滋溪文稿

〔元〕蘇天爵 著
陳高華
孟繁清 點校

中華書局

圖書在版編目(CIP)數據

滋溪文稿/(元)蘇天爵著.—北京:中華書局,1997.1
(2012.12重印)
ISBN 978-7-101-01412-9

Ⅰ.滋…　Ⅱ.蘇…　Ⅲ.古典文學-作品集-中國-元代　Ⅳ.I214.72

中國版本圖書館CIP數據核字(2007)第147723號

責任編輯:姚景安

滋溪文稿

〔元〕蘇天爵 著

陳高華　孟繁清 點校

*

中華書局出版發行

(北京市豐臺區太平橋西里38號　100073)

http://www.zhbc.com.cn

E-mail:zhbc@zhbc.com.cn

北京瑞古冠中印刷廠印刷

*

850×1168毫米1/32・19¾印張・2插頁・330千字

1997年1月第1版　2012年12月北京第3次印刷

印數:4001-6000册　定價:60.00元

ISBN 978-7-101-01412-9

前言

（一）

滋溪文稿三十卷，元蘇天爵著。

蘇天爵（一二九四—一三五二），真定（今河北正定）人。其先世當金末曾一度徙河南，金亡後返里，「居久之，遂以貲雄其鄉」。曾祖蘇誠，繼承先業，「時郡邑新立，無知學者，獨能教其子，爲鄉人先」。祖蘇榮祖，「家藏書數百卷，手録校書不倦」。藏書之屋名滋溪書堂，「蓋滋水道其南也」。這也正是本書名稱的由來。榮祖曾一度監真定税務，不久卽辭去。父蘇志道（一二六一—一三二〇），以吏起家，有能名，曾參與處理江南白雲宗獄及嶺北行省賑濟飢民事件，頗有聲譽。官至嶺北行省左右司郎中（從五品）。他「既爲時循吏，又好讀書」，對書堂加以修葺，「且漸市書益之，又嘗因公事至江之南，獲萬餘卷以歸」。〔一〕蘇氏爲

〔一〕虞集：真定蘇氏先塋碑，見道園學古録卷十四；蘇公墓碑，同上書卷十五。宋本：滋溪草堂記，國朝文類卷三十一。

真定大族，天爵祖先世代爲學，藏書萬卷，又兩代出仕，這樣的家庭環境，對他的生活道路有極大的影響。

蘇天爵少年時受到其父蘇志道的嚴格教育，並一度師事理學家安熙(一二七〇—一三一一)，「從學實有年」。〔一〕後入國子學讀書。他「初爲胄子時，科目未行」。〔二〕元代科舉制的實行，始於仁宗延祐二年(一三一五)。蘇天爵入國子學，應在延祐元年(一三一四)或稍早，也就是在他二十一歲或更早一些時候。值得指出的是，國子學是元代漢族儒生入仕的一個重要途徑。元代國子學招收的對象是貴族、官僚子弟，但是事實上貴族和高級官僚子弟入學者極少，因爲他們可以通過怯薛〔三〕或廕叙謀取高官，用不着費心苦讀。國子學的學生主要是中下級官員的子弟。蘇天爵顯然就是以父親的地位得以入學的。國子生要定期考試，國子學內部的考試稱爲私試，合格者打分。積分達一定標準可以參加貢舉考試。元代中期，「歲貢六人。蒙古二，官從六品；色目二，官從七品；漢人二，官從七品」。〔三〕

〔一〕袁桷：安先生墓表，清容居士集卷三十。

〔二〕怯薛，突厥—蒙古語。原義爲輪番宿衛，後成爲蒙古大汗禁衛軍的專有名稱。入元朝後，怯薛成爲皇帝身邊的執事人員，世代相襲，朝廷大官多由此出身。

〔三〕蘇天爵：齊文懿公神道碑，見本書卷九。

貢舉考試由朝廷派人主持，稱爲公試。蘇天爵在國子學期間，勤奮努力，得到著名學者虞集等人的賞識。延祐四年（一三一七），天爵參加國子學生貢舉公試，所作碣石賦「雅馴美麗，考究詳實」，爲主考官馬祖常所激賞，拔爲第一。〔一〕因此得以釋褐出仕，授大都路薊州判官（從七品）。時年二十四歲。

蘇天爵由國學貢舉出仕，是他一生政治生涯的起點，對他後來的發展，關係至大。元代官員的選拔，主要有怯薛、廕叙、吏員出職、國學貢舉等途徑，後來又有科舉。列名怯薛，限於蒙古、色目的貴族、官僚子弟，蘇天爵不具備這樣的條件。通過廕叙，是一條可行的途徑，但其父蘇志道尚任職，而且其品階（從五品）廕子，不過從九品，屬於最低的品級，往上升遷不易。由吏入官，是當時多數漢族知識份子入仕的主要途徑，也正是蘇志道走過的道路。但是，這是一條漫長而又坎坷不平的道路，能上升到高品階的極少。〔二〕蘇志道是有名的能吏，數十年辛勤，南北奔走，終於五品，便是最好的例子。因此，在科舉實行前，經由國子學出仕，是漢族知識份子的最好出路。當然，在國子學中也充滿了競争。國子學生員定額四百人，經過嚴格的考試選拔，每年得以出貢的漢族學生不過二人。儘管如此，它仍然提

〔一〕見馬祖常文，本書目録後附。

〔二〕元制吏員爲官止于四品。

供了可以憑個人努力争取入仕的機會。蘇天爵憑入學前的基礎，以及入學後的勤奮努力，終於脱穎而出。二十四歲即爲七品官，這在元代漢族儒生中是極罕見的，而這也就爲他進一步的升遷提供了有利的條件。

延祐七年（一三二〇），蘇志道病死，不久其妻亦去世。蘇天爵丁内外艱，離職家居守喪。服除，調功德使司照磨。泰定元年（一三二四），改翰林國史院典籍官，升應奉翰林文字。自此歷遷翰林修撰、監察御史、肅政廉訪使、江浙行省參知政事、集賢侍講學士、兩浙都轉運使等二十餘職。至正十一年（一三五一），農民戰争爆發，天完紅巾軍起自湖北，沿江而下，攻取江東、江西、兩浙之地，東南爲之震動。次年，元朝政府調蘇天爵任江浙行省參知政事（從二品），總兵於饒（路治今江西鄱陽）、信（路治今江西上饒）一帶。不久，病卒於軍中，年五十九。其生平事迹略見元史本傳（本書附録已收）。

蘇天爵入仕以後，遷轉二十餘職。其中最受人稱道的，是在監察系統中任職時的作爲。他曾前後八次在監察系統任職，受人稱道的有三次。至順二年（一三三一）任江南行臺監察御史，次年奉命慮囚湖北。元代江南湖北道所轄範圍包括今湖北南部和湖南北部，「所統地大以遠，其西南諸郡民獠錯居，俗素獷悍喜門争，獄事爲最繁」。蘇天爵「不畏山谿之阻，瘴毒之所侵加，徧履其地，雖盛暑猶夜篝燈閱文書無少倦」。「事無鉅細，必盡心焉」。

在當地平反寃獄多起。這次經歷後來由黄溍寫成蘇御史治獄記一文，〔一〕在士大夫中間博得了普遍的贊譽。在此以前，人們對他的印象是：「泯泯默默，惟沉溍載籍，若他無所能者。」這時才知道他精明幹練，長於吏事。〔二〕這次録囚不過數月，同年七月卽離任。元統元年（一三三三），蘇天爵改監察御史，在官四月，章四十五上。「所劾五人，皆權要所舉。所舉百有九人，則世臣耆德與一時之名流，而於外官下吏草澤之士有弗遺也」。〔三〕元朝不設諫官，監察御史兼有匡諫之責，「然居是官者往往致詳六察，於匡諫之道則或未盡」。這是由當時的政治狀況造成的。監察御史主要由漢人充任，而元朝實行民族歧視政策，漢人在政治上是没有多少發言權的。蘇天爵所上章疏，除了劾舉之外，還「言當畏天變，奉宗廟，保聖躬，輔聖德，止畋獵，大臣不當增廣居第」；〔四〕「自聖躬至於朝廷政令，稽古禮文，閭閻幽隱，苟有關乎大體，繫乎得失，知無不言」。〔五〕他能於監察、匡諫兩個方面都有所表現，因而受到了人們的注意。所上奏疏曾由他自己編爲松廳章疏五卷，已佚，但部分已收入本書。

〔一〕金華黄先生文集卷十五。

〔二〕陳旅：送蘇伯修治書西臺詩序，安雅堂集卷五。

〔三〕〔五〕黄溍：讀蘇御史奏稿，金華黄先生文集卷二十二。

〔四〕陳旅：跋松廳章疏，安雅堂集卷十三；又見本書卷首。

至正五年（一三四五），蘇天爵被派充京畿奉使宣撫，出巡京畿（大都周圍）地區。奉使宣撫從性質來説也是一項監察工作，但係元朝政府的臨時派遣。元順帝即位後，政治更形混亂，社會矛盾日益尖鋭，「吏弊未袪，民瘼滋甚」。於是便「遣官分道奉使宣撫」，「詢民疾苦，疏滌寃滯，蠲除煩苛。體察官吏賢否，明加黜陟。有罪者四品以停職申請，五品以下就便處決」。〔一〕總的來説這一措施是失敗的，奉使者大都不過虛應故事而已，「使者所至，持訴牒遮馬首號呼者千百餘輩，皆漫不加省，不過卽官署一布德音而去」。〔二〕當時民間歌謡唱道：「奉使來時驚天動地，奉使去時烏天黑地，官吏都歡天喜地，百姓却啼天哭地。」〔三〕其中也有極少數例外，蘇天爵便是一個。他在京畿各地宣撫，「其與除者七百八十有三事，其糾劾者九百四十有九人」。這樣做反而引起了當權者的猜忌，「竟坐不稱職罷歸」。〔四〕

除了上述三次以外，蘇天爵還曾任御史臺都事、〔五〕淮東道肅政廉訪使、陝西行臺治書侍御史、山東道肅政廉訪使等職。他還在中央和地方政權機構和文化教育部門擔任過各

〔一〕元史卷四十一順帝紀四。

〔二〕趙汸：書蘇奉使本末後，東山存稿卷五。

〔三〕長谷真逸：農田餘話。

〔四〕元史本傳。按，書蘇奉使本末後所引與除、糾劾數不同。

〔五〕元史本傳記天爵於後至元二年（一三三六）由刑部郎中改御史臺都事，三年遷禮部侍郎。郎中從五品，侍郎正四品，而御史臺都事爲首領官，正七品。疑有誤。

種職務，在不同程度上有所表現。

蘇天爵在政治上有一定抱負。他受過理學的嚴格薰陶，追求的是實現儒家的政治理想，「平日論治道，必本三代，所謂明道術，正人心，育賢才，興教化，蓋拳拳焉」。〔一〕但他有實際的從政經驗，深知法制刑政對於鞏固統治的重要性，提出：「禮樂教化固爲治之本，而法制禁令實輔治之具。」〔二〕「國之重者，莫先乎刑」。〔三〕本書共收章疏十九篇，其中有半數以上涉及法制刑政問題，可見他的注意所在。元末社會矛盾日趨尖鋭，蘇天爵已經敏鋭地感覺到問題的嚴重性。他多次指出，苛政暴斂，百姓飢寒，是「盜賊」滋多的原因。「蓋犯法而爲盜則死，畏法而不爲盜則飢。飢餓之與受刑，均爲一死，賒死之與忍飢，禍有遲速，則民之相率而爲盜，是豈得已。長民者可不爲之深念乎！」所以，既要加强法制刑政，又要選官恤民，減輕賦役。「大抵安民之術，不奪其時，不傷其財，惟禁其爲非，而去其爲害，則民皆安堵矣」。〔四〕「不奪其時」，是要人民能從事簡單的再生產；「不傷其財」，是使人民能維持

〔一〕趙汸：送江浙參政蘇公赴大都路總管序，東山存稿卷二。

〔二〕乞續編通制，滋溪文稿卷二十六。

〔三〕乞詳定鬬毆殺人罪，滋溪文稿卷二十七。

〔四〕山東建言三事，滋溪文稿卷二十七。

最低的生活水平。祇有在這樣的前提下，禁止其「爲非」「爲害」才能有效，社會才能安定。他還反覆强調刑獄寃濫的嚴重性，指出，「州縣官吏輒敢恣意殺人」，「憤怒蘊於人心」，促使社會矛盾激化。因此，必須「恤刑」、「録囚」，使「有不敢生事擾民，罪囚不致寃濫死損」。〔一〕「刑政肅清」，「草竊有不知畏乎！」〔二〕他曾多次向統治者提出建議，並在自己的政治活動中努力把上述想法付諸實現。但是，統治者並不曾認真考慮他的意見（事實上在一個腐朽的官僚統治體系内部也不可能按這些意見去辦），他自己的努力猶如杯水車薪，根本不能阻擋元朝政權日益腐化的没落趨勢。

蘇天爵對元朝統治是極端忠誠的。他不斷爲元朝統治者歌功頌德，「深仁厚澤，涵育衆生」之類言語，在他的文章中反覆出現。他認爲「中統、至元之治比隆前古」。〔三〕元順帝統治時期，政治黑暗，人民困苦，蘇天爵完全了解這些情況，而且在奏疏中一再言及。但他認爲上述嚴重情況是官吏貪污枉法所致，而天子聖明，「恩澤汪濊，誕洽臣民」。〔四〕在他看

〔一〕〔二〕禁治死損罪囚，滋溪文稿卷二十七。

〔三〕論不可數赦，滋溪文稿卷二十六。

〔四〕恭書聖德頌後，見本書卷三十。

來，元朝是「正統」所在，它取代金、宋，統一全國，是天命所歸，完全合理的。蘇天爵持這樣的政治態度，並非偶然。北方漢族士大夫先後經歷金、元兩代統治，他們的政治理想，不是强調「夷夏大防」，而是「用夏變夷」；不是反對元朝統治，而是積極勸説、促使元朝統治者接受並推行「漢法」。蘇天爵是元代後期位列顯要的少數北方漢族士大夫之一，在當時的學術思想界也有很高的地位。他是北方漢族地主的政治代表人物，在思想上也有代表性。

（二）

蘇天爵在國學讀書時即以「力學善文」知名，〔一〕釋褐入仕後仍然「嗜學不厭」。〔二〕著名學者馬祖常讚揚他「讀經稽古，文皆有法度，當負斯文之任於十年之後也」。〔三〕果然，元朝末年，「中原前輩凋謝殆盡，天爵獨身任一代文獻之寄，討論講辯，雖老不倦」，〔四〕成爲學術界的領袖人物。

從學術淵源來説，蘇天爵入國學前受業於安熙，而安熙則是元初北方著名理學家劉因

〔一〕王守誠：國朝文類跋。
〔二〕宋本：滋溪書堂記，國朝文類卷三十一。
〔三〕見本書卷首。
〔四〕元史本傳。

的私淑弟子。安熙教授學生，「入學以居敬爲本，讀書以經術爲先」。〔一〕他的言行對蘇天爵有很大的影響。入國學後，受業於理學大師吴澄。吴澄是元代南方理學的代表人物。因此，蘇天爵篤信理學，時時以倡明理學自命。他曾先後刊印朱熹編伊洛淵源録和輯録許衡「褒封之制、奏對之書及其哀誄之文」爲内容的正學編，目的都是爲了使學者「知夫學術源流之正」，「知求聖賢之學而學焉，則真儒善治之效可得而致矣」。〔二〕應該指出的是，元代理學門户之見頗盛，陸九淵心學一派受朱學排擠，趨向衰微；在朱學内部，北方許衡、劉因兩人門下勢同水火，互相攻訐；而南方吴澄也受到許氏弟子的非議，以致不能在國學立足。蘇天爵則不爲此所囿，他調和許、劉，尊崇吴澄，對陸學亦加肯定，這在當時是難得的。但在理學方面，他並無專門著作，嚴格來説，並不能算是理學家。他在學術上的貢獻，主要是在歷史學上。

蘇天爵在史學方面的貢獻，主要有以下幾個方面。

蘇天爵從青年時起卽有志於著述，並以保存文獻爲己任。他自就讀國子學就「手抄近

〔一〕默庵先生安君行狀，見本書卷二十二。

〔二〕伊洛淵源録序，見本書卷五；正學編序，見本書卷六。

世諸名公及當代聞人逸士述作，日無倦容」。〔一〕經過近二十年的努力，先後編成國朝名臣事略和國朝文類二書。前者以人物爲中心，選輯各種資料，所録四十七人，除劉因外，都是元初（自成吉思汗至忽必烈）功績卓著的名臣。劉因得以列名其間，則與蘇天爵推崇理學有關。此書仿照南宋杜大珪名臣碑傳琬琰集的體例，但又有所創新。全書採用各種文獻達一百三十餘種，有不少原書已散佚，賴此書得以保存片段。後來明人修元史，其列傳部份，從體例到取材都受名臣事略一書的影響。〔二〕後者按文體編録，「乃蒐集國初至今名人所作，若歌詩、賦頌、銘贊、序記、奏議、雜著、書説、議論、銘誌、碑傳，皆類而聚之」，「百年文物之英，盡在是矣」。蘇天爵選編此書的原則是：「必其有繫於政治，有補於世教，或取其雅製之足以範俗，或取其論述之足以輔翼史氏，凡非此者，雖好弗取也。」〔三〕顯然，他選編的着眼點是經世致用，以政治標準爲主，目的是爲編纂當代的歷史積累資料。這兩種書在元代後期刊行後已博得普遍的讚譽，有人説：「山林晚進得窺國朝文獻之盛者，賴此二書而已。」〔四〕在今天，更是研究有元一代歷史者必讀的基本典籍。

〔一〕王守誠：國朝文類跋。

〔二〕韓儒林：影印元刊本國朝名臣事略序，載穹廬集；蕭啓慶：蘇天爵和他的元朝名臣事略，載元代史新探。

〔三〕陳旅：國朝文類序。

〔四〕趙汸：書蘇參政所藏虞先生手帖後，東山存稿卷五。

元朝效法前代的制度，在每位皇帝死後都要修纂實録，此事通常由翰林國史院負責。蘇天爵前後二度任職史館。泰定元年（一三二四）爲翰林國史院典籍官，不久遷應奉翰林文字（仍爲從七品）。到至順二年（一三三〇）陞翰林修撰（從六品），同年遷南臺監察御史。這一次在翰林國史院前後長達七年左右。第二次是元統二年（一三三四），由監察御史遷翰林待制（正五品），但不久改中書右司都事。在兩次任職翰林國史院期間，他曾先後參預纂修英宗實録和文宗實録。元朝對於實録纂修人選十分重視，與其事者除蒙古重臣外，例選當時有聲望的漢人士大夫擔任。這既是一種榮譽，又是陞遷的機會。蘇天爵兩度參與其事，足以説明他在當時享有較高的聲望和地位。而每次實録的完成，都使他得以晉陞官職。

元朝諸帝實録，爲明代編纂元史的本紀部分，提供了最基本的素材。實録的編纂，無疑是對歷史學作出了貢獻。在這裏需要對某些史實加以説明。據元史本傳，蘇天爵在「至順元年預修武宗實録」，元統二年「預修文宗實録」，歷來論述蘇氏史學者，均以此爲據。〔一〕蕭啓慶教授則認爲天爵先後預修武宗、文宗、英宗三朝實録，後者不見於本傳，但天爵所撰黄清老墓碑中曾提及。〔二〕按，蕭氏指出天爵預修英宗實録，爲前人所未發，至爲可貴。但

〔一〕如孫克寬：滋溪文稿別記，收在元代漢文化之活動（台灣中華書局一九六八年版）中。

〔二〕蕭氏前引文。黄清老墓碑見滋溪文稿卷十三。

預修三朝實録之説，仍可商榷。 問題出在武宗實録上。 至大四年（一三一一），武宗死，仁宗嗣位，即「命翰林國史院纂修先帝實録」。〔一〕主其事者爲程鉅夫、袁桷、元明善等。元史程鉅夫傳和元明善傳都説皇慶元年（一三一二）修武宗實録。〔二〕程鉅夫的進三朝實録表作於皇慶元年十月，所進三朝實録是順宗實録一卷、成宗實録五十六卷、武宗實録五十卷。〔三〕這一年蘇天爵方十九歲，尚未入國學，所以是根本不可能參預修武宗實録的。 後來有的記載如趙翼廿二史劄記以爲武宗實録係元明善和蘇天爵合修，所根據的即是元史本傳，不足爲憑。〔四〕另據元史本紀中的記載，英宗實録的纂修始於泰定元年（一三二四），到文宗至順元年（一三三〇）五月，「翰林國史院修英宗實録成」。足徵元史蘇天爵傳中所説至順元年預修的不可能是武宗實録而應是英宗實録。 蘇天爵在黄清老墓碑中説：「英宗一朝大典撰述未終，國有大故，命公與天爵修撰，爲成書四十卷。」所謂「國有大故」，係指泰定帝死後統治集團内部爲争奪帝位以致兵戎相見而言，這條記載更可以説明天爵確曾預修英宗實録。

〔一〕元史卷二十四仁宗紀一。

〔二〕元史卷一百七十二、卷一百八十一。

〔三〕國朝文類卷十六。

〔四〕廿二史劄記卷二十九元史條。

實録是元代「國史」修纂的一個部分。「國史」修纂的另一項重要工作，則是后妃功臣傳。此事始於仁宗即位之初（一三一一），〔一〕但問題甚多，進展緩慢，時斷時續。順帝即位（一三三三）初，蘇天爵上疏，請修功臣列傳。他指出，「史有二體」，即編年與紀傳。「近代作爲實録，大抵類乎編年，又於諸臣薨卒之下，復爲傳以繫之，所以備二者之體也」。但實録中諸臣列傳「事實不見」，需要另修。他强調「網羅」各種資料對修史的重要性；指出作史不能以貴賤爲差，主要應看是否有事迹可傳，不能止取嘉言嘉行，應該善惡並載，這樣才能「爲將來之勸」，「無虚美隱惡之譏矣」。〔二〕這篇奏疏篇幅不長，但集中表達了蘇天爵對於修史的一些想法，是很可貴的。在他上疏後不久，后妃功臣傳的修撰工作全面展開，顯然他的意見是起了作用的。

宋、遼、金三朝的歷史，對於元人來説，是近代史。蘇天爵一貫注意收集三朝的歷史文獻，「家藏書萬卷，於遼、金逸事，宋代遺文，猶拳拳收購不倦」。〔三〕進入史館後，「閲近代

〔一〕元史卷二十四仁宗紀一。
〔二〕見本書卷二十六。
〔三〕趙汸：書趙郡蘇公所藏經史遺事後，東山存稿卷五。

史籍」，對宋代國史的情況，有詳細的瞭解。〔一〕同時還「多知遼、金故事」。〔二〕大約就在編纂國朝名臣事略的同時，他還完成了遼金紀年一書。據元史本傳說，遼金紀年一書「未及脱稿云」。但此說似非事實。蘇天爵的友人吴師道說，遼金紀年和國朝文類、國朝名臣事略二書一起，「遂大行於時」。〔三〕又宋本說，遼金紀年與國朝名臣事略「皆脱稿」。〔四〕遼金紀年無疑已成書。此外，蘇氏的另一位友人趙汸說，天爵「早歲入胄監，登禁林，接諸老儒先生緒言，最爲有意斯事（指編撰宋、遼、金三朝歷史——引者）。嘗取三國史志文集，總其編目於前，而合其編年於後。事之關於治亂存亡者，則疏而間之。題曰：宋遼金三史目録。所以寓公正之準的，肇纂修之權輿也。後雖出入中外，不克他有撰録，而所至訪求遺文，考論逸事，未嘗少忘。」〔五〕宋遼金三史目録一書，不見於元史蘇天爵傳。按照趙汸所說，此書作於蘇天爵就讀國子學及入翰林國史院時，則與遼金紀年的成書年代相近；而此書的體例，

〔一〕曹先生文稿序，見本書卷六。

〔二〕王守誠：國朝文類跋。

〔三〕滋溪書堂詩序，吴師道文集卷一。

〔四〕滋溪書堂記，國朝文類卷三十一。

〔五〕題三史目録紀年後，東山存稿卷五。按，文中言書名宋遼金三史目録，但標題則作宋遼金三史目録紀年。

亦採用編年的辦法。因此，似可認爲，三史目録應在遼金紀年基礎上擴編而成；也有可能，紀年就是三史目録的一部分。由於紀年與目録均已散佚，我們祇能作如上的推論。由此可見，蘇天爵對宋、遼、金三朝歷史，確實下了很大功夫並有所著述。

與此相關，蘇天爵還與友人謝端合作正統論，「辨金、宋正統甚悉，世多傳之」。〔一〕此文亦已佚。趙汸曾在虞集處見到蘇天爵的「文字一帙」，其中一篇「論帝王統緒之正」，虞集給予很高評價，以爲：「論茲事於前代，先儒具有成言。若夫世變不齊，異論蠭起，自非高見遠識公萬世以爲心者，安能明決如是乎！」〔二〕這篇針對「世變不齊，異論蠭起」而發的文章，無疑就是正統論。可見當時確曾流傳過。蕭啓慶教授以爲國朝文類卷四十五「有謝端撰遼宋金正統一文，大概就是他們合著的正統論」。〔三〕按，國朝文類一文作者修端，並非謝端。又，此文已見於王惲玉堂嘉話卷八（秋澗先生大全集卷一百），係元初作品，不可能出於謝、蘇之手。

纂修遼、金、宋三史，是元朝許多學者的共同願望，屢次提出建議，但因統治者未予重

〔一〕元史卷一百八十二謝端傳。

〔二〕書蘇參政所藏虞先生手帖後，東山存稿卷五。

〔三〕見前引蕭文。

視，一直未能實現。一直到元順帝時，才得進行。至正三年（一三四三），順帝下詔修遼、金、宋三史，時距金亡已一百餘年，距宋亡亦已六十多年了。受命主持其事的有名學者歐陽玄、揭傒斯、張起巖等。蘇天爵時任湖廣行省參知政事，未能參預這一學術界的盛事，這對於他來説，一定是覺得十分遺憾的，而當時「論者每爲惜之」。〔一〕爲此，蘇天爵寫下了三史質疑一文，寄給歐陽玄作參考。文中對修三朝史必須依據的資料加以評論，對一些重要史實提出自己的看法，還提出修三史時應注意的若干問題。這篇文章反映了蘇天爵對遼、宋、金史的豐富知識，文中提出的種種問題對於今天的研究者仍有參考價值。

這裏順便談一下蘇天爵與經世大典的關係。元文宗天曆二年（一三二九），命奎章閣學士院與翰林國史院「參酌唐、宋會要之體，會粹國朝故實之文」，編成一書。〔二〕書成後賜名經世大典。這部篇幅浩大的著作，是元代前半期典章制度的總匯，對於研究這一時期的歷史，具有極其重要的價值。纂修經世大典的實際負責人是名學者、奎章閣侍書學士虞集。前面已説過，虞集是蘇天爵在國學的老師，兩人一直保持着密切的聯繫。虞集受命後，立卽

〔一〕趙汸：書趙郡蘇公所藏經史遺事後，東山存稿卷五。

〔二〕經世大典序録，見國朝文類卷四十。

推薦馬祖常等「可共領典」，謝端、蘇天爵等「可助撰録」。〔一〕不少研究者以此爲據，斷言天爵曾參與大典的纂修工作，如蘇振申的元政書經世大典之研究，〔二〕其實並非如此。首先，據元史本傳載，虞集上書後，「帝以嘗命修遼、金、宋三史，未見成績，大典命閣學士專率其屬爲之」。趙汸所撰虞公行狀亦云，集「移文閣中言……議未定，而上命閣學士專率其屬爲之。」〔三〕虞集所舉均非奎章閣人員。文宗下令「閣學士專率其屬爲之」，就是否定了他的建議。當時蘇天爵的職務是翰林應奉，當然也就不可能參與其事。其次，如果蘇天爵參與修經世大典的話，這是一件大事，其重要性決不下於修實録，元史本傳記修實録而不記與修經世大典，是講不過去的。本傳没有這方面的記載，正好説明他未參與此事。

〔三〕

滋溪文稿是蘇天爵的文集，共收各體詩文三百二十五篇，分三十卷。其中詞、贊、銘、詩合爲一卷，共十九篇。其餘二十九卷是記、序、碑誌、行狀、制誥、祝文、表牋、祭文、策問、書、讀書劄記、章疏、題跋等。碑誌、行狀共十七卷，占全書篇幅一半以上，這樣的比重在傳

〔一〕元史卷一百八十一虞集傳。

〔二〕臺北中國文化大學出版部一九八四年版。

〔三〕東山存稿卷六。

世的元代文集中是罕見的。十七卷碑銘、行狀共一百八篇，所記人物有大臣、中下級官吏、儒生、婦女等，值得注意的是，除了箇别例外，他爲之作碑傳文字的對象全都是漢人和南人。

虞集曾稱贊説：「伯修之文，簡潔嚴重，如其爲人。」〔一〕王褘則説蘇天爵長於「紀事之文」，爲當代其他學者所不及。〔二〕蘇氏的碑傳文字，特點是簡明扼要，重點突出，可以看出作者對當代典章制度的熟習和深厚的史學修養。對於研究有元一代的政治、經濟、文化來説，蘇天爵的碑傳文字是必須參考的。以政治方面來説，趙秉温行狀中記述了建設大都和立朝儀的經過，吴元珪行狀中關於軍政的記載，趙伯成碑中有關元初江南人民起義的記録，等等，都是很有價值的史料。以經濟方面來説，諸如郭明德碑中關於邊境屯田和運輸軍糧的議論，李守中墓銘中關於河東、兩浙鹽政的記載，李羽與和洽兩人墓碑中有關民間飼養官駝馬的記述，等等，都有助於對這些制度的認識。文化方面的内容特别豐富。硯堅、劉因、蕭𣂏等人的碑傳文字，是關於元代北方理學傳播的珍貴文獻。齊履謙、耶律有尚、孛术魯翀三碑，留下了元代國學制度的重要資料。馬祖常、黄清老、宋褧、傅若金的碑

〔一〕趙汸：書蘇參政所藏虞先生手帖後。

〔二〕上蘇大參書，王忠文公集卷十三。

銘，則是這幾位元代中期著名文學家的翔實的傳記，其中記錄了他們的文學活動，也記述了他們的仕途生涯。李衎、李遵道父子是元代享有盛名的畫家，他們兩人的生平，只有在滋溪文稿中可以找到詳盡的記載。還值得提出的是，蘇天爵爲韓公麟、竇行沖、王彦澤等醫學名家所作的碑傳，對於了解元代醫學的成就和元朝政府對醫學的態度很有幫助。總的説來，蘇天爵筆下的碑傳人物，以元代中、後期居多。他們的言論、行爲，很多均是蘇天爵親身見聞，所以記述自然翔實可信。

滋溪文稿中的其他體裁的文字，如奏疏、記、序、讀書劄記、題跋等，都有程度不等的史料和學術價值。其中奏疏二卷，涉及順帝朝初期社會生活的許多方面。如災異建白十事、山東建言三事等文，全面、系統地分析了當時的社會矛盾，從而顯示了元末全國農民戰爭爆發的必然性；乞續編通制、建言刑獄五事、乞詳定鬪毆殺人罪、乞差官録囚等篇，提供了許多有關元代法制和刑獄的資料；而修功臣列傳一文，使我們對元代國史的修撰情況有所瞭解。記、序、題跋中也有許多涉及當時政治、經濟、文化的重要内容。例如，新陞徐州路記敍述了徐州陞路的背景：適應鎮壓羣衆武裝暴動的需要；跋延祐二年廷對擬進貼黄後、書泰定廷試策題稿後二文，有助於瞭解科舉制度的實施情況。文稿中的讀書劄記祇有兩篇，一篇是三史質疑，係蘇天爵爲纂修遼、金、宋三史而作，已見前述。另一篇是讀詩疑問，係蘇天爵三十四歲時讀朱熹詩集傳、呂祖謙讀詩記有所疑而作，對於研究詩經有一定的參考價值。清人修四庫全書總目，在介紹滋溪文稿時說：「其波瀾意度，往往出入於歐、蘇，突過其師（指安熙——引者）遠甚。至其序事之作，詳明典核，尤有法度。集中碑版幾至百有餘篇，於元代制度人物，史傳闕略者，多可藉以考見。元史本傳稱其身任一代文獻之寄，亦非溢美。」〔一〕完全可以説，滋溪文稿是研究元代歷史的必讀的基本文獻之一。在元代衆多的私家文集中，它是公認的比較重要的一種。

文稿趙汸序云：「滋溪文稿三十卷，江浙行中書省參知政事趙郡蘇公之文，前進士永嘉高明、臨川葛元哲爲屬掾時所類次也。」趙汸字子常，徽州休寧人，元末著名經學家。他的文集東山存稿中有多篇文字提到了蘇天爵，説明二人有較密切的交往。高明，字則誠，温州瑞安人。温州古稱永嘉，故趙汸以永嘉爲其籍貫。至正五年進士，南戲琵琶記的作者。葛元哲，字廷哲，江西撫州金谿人。撫州古稱臨川。至正八年進士。按蘇天爵曾兩度任江浙行省參知政事，一在至正八、九年，一在至正十二年。葛元哲任江浙省掾是至正八年的事，〔二〕趙汸作序的時間是至正十一年十一月，因而文集的編定祇能在蘇天爵第一次任江

〔一〕見該書卷一百六十七集部・別集類二十。

〔二〕趙汸：書蘇奉使本末後，東山存稿卷五。

浙行省參知政事時，即至正八、九年間，而不能在第二次出任時。但需要指出的是，文稿收録了蘇天爵在至正九年以後寫的文章，時間最晚是辛卯（至正十一年，一三五一年）秋七月，距趙汸作序不過四個月。〔一〕據此，我們可以説，滋溪文稿三十卷在至正八、九年間，由高明、葛元哲大體編成，後來有所增補，大概在至正十一年十一月趙汸作序前，才最後定稿。

在滋溪文稿目録後有文四篇。前兩篇分别爲馬祖常、陳旅作，無題。第三篇是祝蕃所作像贊，第四篇是商企翁所作畫像贊。關於馬、陳二文應作一點説明。馬祖常文一開始説：「右蘇君伯修雜著。」顯然是爲蘇天爵文集所作的跋。但馬文作於至順元年（一三三〇），距滋溪文稿成書還有二十年，元代有不少文人立意著作，隨時請一些名家爲自己的部分詩文作序跋，待最後成書時一併收入，這是習見不鮮的事。例如，名詩人廼賢的金臺集所收詩篇以至正四年到至正十年所作居多，成書應在至正十一年以後，但所收序跋有好幾篇均作於至正四年以前。嚴格地説，馬祖常此文是爲蘇天爵部分詩文所作跋，當時可能連文集的名稱都没有定下來，故祇稱「雜著」。陳旅文又見於他的文集安雅堂集卷十三，題爲跋松

〔一〕　跋丘侯送行序後，滋溪文稿卷三十。

廳章疏。松廳章疏是蘇天爵任監察御史時所上章疏的匯編，部分内容收入文稿卷二十六、二十七。故文稿編定時將陳旅的有關跋文一併收入。

滋溪文稿成書後曾於元末刻印，現存有元刻本卷二十五至卷三十。原係繆氏藝風堂藏書，〔一〕後歸北京圖書館。明、清二代一直没有重刻，祇有鈔本流傳。進入民國以後，張鈞衡輯適園叢書，將滋溪文稿收入第六集，於民國五年（一九一六）出版。徐世昌於民國二十年（一九三一），也將文稿刊印出版。這就是比較通行的適園叢書本和徐氏退耕堂刻本。

適園叢書本以鈔本爲底本，其中部分曾用元刻殘本校過。〔二〕書中許多蒙古色目人名、氏族名、職官名經過竄改，如「達嚕噶齊拉拜」（原作「達魯花赤老字」）〔三〕、「哈喇婁準台氏」（原作「哈兒柳温台氏」）、「哈巴爾圖」（原作「哈八秃」）、「瑪穆特」（原作「馬馬其」）〔四〕。文稿卷二十三王憲穆公行狀還出現了一人二名的情況。前面作「哈達布哈」，隔了兩行，却出現了

〔一〕藏園羣書經眼録卷十五集部四。

〔二〕據張鈞衡跋，所用校本係「元大字本後六卷殘帙」。應即繆氏藝風堂藏本。但北京圖書館所藏殘本祇有五卷，即卷二十六至三十。

〔三〕趙文昭公行狀，見滋溪文稿卷二十二。

〔四〕長葛縣君張氏墓誌銘，見滋溪文稿卷二十一。

「哈塔不花」，查勘其他鈔本、刻本，前面的「哈達布哈」亦作「哈塔不花」，適園叢書本顯然是竄改時過於粗心，以致同一人名一改一未改，給讀者增添了疑惑。同卷中書左丞王公行狀也有同樣的情況，前面作「阿嚕威氏」，一行以後則作「阿魯渾氏」。「阿魯渾氏」是元代通行的譯名，而「阿嚕威氏」則是清人竄改的結果。這種任意竄改人名、氏族名和職官名的做法，是清代修四庫全書時所爲，這是衆所周知的事情。查勘文淵閣本四庫全書中的滋溪文稿，適園叢書本中的竄改多數可以找到，但也有一些不同的地方。例如，前面所舉「哈達布哈」、「哈塔不花」一名異譯，在四庫全書本中都作哈陶布哈；又「阿嚕威」、「阿魯渾」一名異譯，在四庫全書本中都作「諤爾根」。總的來看，適園叢書本源自四庫本，是没有問題的。其中某些譯名不一致，有兩種可能。一種可能是，四庫全書曾不止一次修改，適園叢書所據是其中某次修改本，與文淵閣本有出入。另一種可能，則是適園叢書所據底本從四庫全書鈔出，但又作過某些修改。

適園叢書本除了任意改竄人名、氏族名和職官名外，脱漏錯訛之多，令人吃驚。經我們查勘，幾近六百處。脱漏最多的是趙忠敏公神道碑（卷十），計三百九十七字。其他如高文貞公神道碑（卷十一），脱十九字；程府君墓碑（卷十八），脱十六字；治書侍御史韓公神道碑，銘文脱十六字。至於脱一、二字者，則比比皆是。因錯訛造成文義相反或不可解之處，也有多起。如災異建白十事（卷二十六）中云：「今朝廷設官罔有上下之别」，便令人無法理解。元朝和其他朝代一樣，等級森嚴，設官怎麼能没有（「罔」）上下之别呢？查元刊本殘卷，原來「罔」係「固」之誤。一字之差，意義全然不同。又如，李侯墓碑（卷十八）中云：「民有親喪久不葬者，蓋始則疑陰陽休咎之説，土俗因而不改。」既「疑」爲何「久不葬」？查其他諸本，「疑」係「泥」之誤，意義也正好相反。至於人名、地名、年月之誤，爲數更多，就不再舉例了。

徐刻本的底本，是張之洞家舊藏的明鈔本，並用「他家寫本，及元刻殘本、四庫全書本」加以校勘而成的。〔一〕徐世昌曾任北洋政府的總統，他之所以有興趣刊印此書，大概是受了新元史作者柯劭忞的影響。徐、柯二人係同年進士，徐曾爲新元史作序並爲之刊行，此明寫本也是因柯劭忞的關係從張之洞家買得的。從刻本來看，徐氏依據的底本是不錯的。例如上面所説適園叢書本幾處大的文字脱漏，在徐刻本中都没有出現。但爲徐氏任校勘之責的人似乎並不認真，此本錯誤亦復不少。著名版本目録學家傅增湘曾以李木齋（李盛鐸）所藏明鈔本加以校勘，凡訂正九百八十字。傅氏校本現藏北京圖書館。徐刻本的錯誤有兩種情況。一種是不明文義任意改動。如常州路新修廟學記（卷三）云：「中唐左墄，悉

〔一〕見徐世昌所作序。

用玉石。」徐本改「唐」爲「堂」。按，「唐」有道路之義，爾雅釋宫：「廟中路謂之唐。」將「唐」改爲「堂」，是改錯了。（適園叢書本亦作「堂」）。又如，蕭貞敏公墓銘（卷八）中引蕭㪺云：「某蚤事文墨，見一時高才絶足趨事功者，效之不能，是以安于田畝，讀書爲事。」適園叢書本改「絶足」爲「捷足」。按，「絶足」指千里馬，用作譬喻傑出的人才，與「高才」同義。改爲「捷足」，反而不可解了。徐刻本則作「絶足」，但改「事功」爲「事公」，同樣是錯誤的。「事功」指事業、功績。蕭㪺的意思是説，當時的才智之士都追求做一番事業，自己不能效法他們，安於田畝讀書爲事。如果改爲「事公」——事奉公上，意思就講不通了。同一墓碑云：「考諱瑜，才而略，金季轉徙陝、洛之郊，屢佐戎幕，活人有功，終京兆路總管府經歷。」徐刻本改「金季」爲「宋季」，誤。「陝、洛之郊」原是金朝的轄地。另一種是疏忽造成的錯字和别字，就不一一列舉了。但總的來説，徐刻本比適園叢書本的錯訛要少一些。

上面介紹的是刻本的情況。除刻本之外，傳世的鈔本頗多，分藏於各圖書館。就我們所見，鈔本中以上面所説李木齋藏本（現藏北京大學圖書館）和臺灣刊行的元代珍本文集彙刊〔一〕中所收鈔本（現藏台灣中央圖書館）爲佳。經比較，兩本應同出於一祖本，或即元刻本。現在我們即以元代珍本文集彙刊中所收鈔本作爲底本進行整理，校以李木齋藏本

〔一〕臺灣中央圖書館印行。滋溪文稿出版於一九七〇年。

(簡稱李氏鈔本)、適園叢書本(簡稱適園本)、徐世昌刻本(簡稱徐刻本)和元刊殘本。

元代珍本文集彙刊本滋溪文稿前有劉兆祐所作序録，介紹天爵生平及文稿一書版本源流。其中云：「清季曾兩刻，皆在同治年間。」按，適園叢書本與徐氏刻本均刻於入民國以後，不知何故有此誤。又云：「後至元戊寅(四年)曹復亨編次其父曹文貞詩集，天爵序之，見曹氏詩集吴全節跋，今則佚而不見。」按，曹復亨之父曹伯啓，其詩集名曹文貞詩集，又名漢泉漫稿。蘇天爵所作序文題漢泉漫稿序，見文稿卷五，「佚而不見」云云，並非事實。

元史本傳稱天爵有詩稿七卷、文稿三十卷，其詩稿已佚。又，本傳記松廳章疏五卷，今文稿中章疏僅二卷。可見天爵詩文頗有遺佚。今從各書輯得詩文七篇，作爲本書附録。又從元代詩文集中輯得有關蘇氏詩文，以及後代有關滋溪文稿的序跋著録，亦均收作附録，以便讀者研究蘇氏生平及文稿時參考。

本書點校得到姚景安同志指正，謹此致謝。限於學力，難免有不當之處，衷心歡迎指正。

陳高華　孟繁清

一九八七年十月

序〔一〕

滋溪文稿三十卷，江浙行中書省參知政事趙郡蘇公之文，前進士永嘉高明、臨川葛元哲爲屬掾時所類次也。初，國家既收中原，許文正公首得宋大儒子朱子之書而尊信之。及事世祖皇帝，遂以其說教冑子，而后王降德之道復明。容城劉公又得以上求周、邵、程、張所嘗論著，始超然有見於義理之當然，發於人心而不容已者，故其辨異端，闢邪說，皆真有所據，而非掇拾於前聞。出處進退之間，高風振于天下，而未嘗決意於長往，則得之朱子者深矣。當是時，海內儒者各以所學教授鄉里，而臨川吴公、雍郡虞公、大名齊公，相繼入教成均，然後六經聖賢下學上達之旨，縷析豪分之義，禮儀樂節名物之數，修辭游藝之方，本末精粗，粲然大備。蓋一代文獻莫盛于斯，而俊選並興，殆無以異於先王之世矣。若夫得之有宗，操之有要，行乎家鄉邦國而無間言，發於政事文章而無異本者，抑亦存諸其人乎。

公世儒家，自其早歲即從同郡安敬仲先生受劉公之學，既入冑監，又得吴公、虞公、齊公先後爲之師，故其清修篤志足以潛心大業而不惑於他岐，深識博聞足以折衷百氏而非同於玩物。至於德已盛而閑之愈嚴，行已尊而節之愈密，出入中外三十餘年，嘉謨偉績著于天下，而一誠對越，中立無朋，屹然頹波之砥柱矣。其文明潔而粹温，謹嚴而敷暢，若珠璧之爲輝，菽粟之爲味。自國朝治化之原，名公卿賢大夫士德言功烈，與夫儒先述作閫奧，莫不在焉，而浩然删修之志未有止也。初官朝著，卽爲四明袁公伯長、浚都馬公伯庸、中山王公儀伯所深知。袁公歸老，猶手疏薦公館閣，馬公謂公當擅文章之柄於十年後，而王公遂相與爲忘年友，夫豈一日之積哉。昔者漢、唐七百餘年，惟董仲舒、韓退之辨學正誼庶幾先王遺烈，而尚論政理則莫如賈太傅、陸宣公。宋文學特盛，而士大夫之間不曰明道、希文，則曰君實、景仁，抑未知三〔二〕公之視程夫子何如？是故公平居教人必以程、朱爲模範，而力求在己，不務空言，則從事於聖賢之道，而審夫得失之幾也明矣。故汸以謂讀公之文則當求公所學，而善論學者又必自其師友淵源而推之可也。至正十一年冬十有一月辛未日南至，諸生新安趙汸謹書。

〔一〕此序原載滋溪文稿卷首，又載趙汸東山存稿卷二。

〔二〕原作「王」，據李氏鈔本、適園本、徐刻本改。

跋〔一〕

右蘇君伯修雜著。祖常延祐四年以御史監試國子員，伯修試碣石賦，文雅馴美麗，考究詳實。當時考試禮部尚書潘景良、集賢直學士李仲淵寘伯修爲第二名，鞏弘爲第一名。弘文氣踈宕，才俊可喜。祖常獨不然此，其人後必流於不學，升伯修第一。今果然，而吾伯修方讀經稽古，文皆有法度，當負斯文之任於十年後也。至順元年九月五日，侍上幸中心閣，還休半日，書此以記予與伯修之舊也。馬祖常誌。

〔一〕此跋原載滋溪文稿卷首。

跋松廳章疏〔一〕

前代有諫官，有察官，其任皆重也。我朝唯設監察御史，而諫官之責寓焉，則御史實有兩重任也。然居是官者往往致詳六察，於匡諫之道則或未盡，至於爲天下後世計而出於尋常識見之外者，蓋益寡矣。趙郡蘇公伯修爲御史中臺僅四閱月，而所上章疏已四十有五，言當畏天變，奉宗廟，保聖躬，輔聖德，止畋獵，大臣不當增廣居第。凡政治之未善，民隱之未恤，風俗之未正，賢者之宜進而未進，不肖之宜退而未退者，皆言之。道足以事明主，氣足以肅羣慝，學足以達古今之變，智足以周天下之慮，若公者可謂能任夫兩者之重也。中間又嘗以延平李先生從祀爲請，於世教蓋拳拳焉。烏乎，爲御史而念及乎此，是豈易與尋常識見者言哉。至正元年八月三日，國子監丞陳旅拜手書。

〔一〕此文原載滋溪文稿卷首，又見陳旅安雅堂集卷十三。

湖廣省參政蘇公畫像贊〔一〕

屬掾祝蕃

炯乎其明，湛乎其清。淵淵乎其有容，抑抑乎其弗盈。晬乎其良金美玉，凜乎其寒露清冰。量涵千古，心醉六經。宜其發而爲文，炳煥今昔；施于有政，黼黻隆平。當持節秉鈞之任，鑿鑿乎精實；居納言進講之職，懇懇乎忠誠。斯可肩儕乎韓范，而武接乎歐曾者矣。然猶微韡深坐，憂黎元之未乂，旰謨遠略，念荒徼之靡寧。復劬書而下士，恒夜寐而夙興。斯益深而益厚，終不伐而不矜。然則異時冠佩淩烟，丹青麟閣，匪斯人其疇能。

〔一〕 此文原載滋溪文稿卷首。

國子祭酒蘇公畫像贊〔一〕

門生商企翁

積之豐，虚以容。持之恭，屹以崇。安其所遇，孰問窮通。汲引後學，誨諄告忠。藴之爲精華，發之爲事功。索絶響而嗣音，瀹旁流以之東。昔嘗嘆先正之美莫或繼蹤，猗獨於公復以見古人之風。

〔一〕此文原載滋溪文稿卷首。

滋溪文稿目録

卷第三

記二

卷第四

記三

卷第五

序一

卷第六

序二

卷第七

碑誌一

卷第十一

碑誌五

卷第十二

碑誌六

卷第十三

碑誌七

卷第二十

碑誌十四

卷第二十一

碑誌十五

卷第二十二

行狀

卷第二十三

行狀

傳

卷第二十四

制詔

祝文

表牋

祭文

卷第二十五

卷第二十六

卷第二十七

卷第二十八

題跋

卷第二十九

題跋

卷第三十

題跋

〔一〕〔後〕，據正文題目補。
〔二〕〔後〕，據正文題目補。
〔三〕〔後〕，據正文題目補。
〔四〕〔後〕，據正文題目補。
〔五〕〔後〕　據正文篇目補。
〔六〕〔明道〕　據正文篇目補。

附録目録

附録三　贈答題詠

附録四　序跋著録

滋溪文稿卷第一

詞

甄處士訪山亭詞

猗高人兮遯肥，羌欲淡兮心夷。卜居兮何許，山隱隱兮旁圍。朝撫兮孤松，夕採兮秋菊。招白雲兮爲賓，抱明月兮同宿。展吾樂兮徜徉，又何必兮空谷。余亦慕兮由、巢，家滋水兮滔滔。歲晏兮來歸，願與子兮同逍遥。

春露亭詞

鎮陽東郭，滹沱北滸。有亭翼然，密邇先墓。草木蘙兮菲菲，雨露降兮朝晞。雲冥冥兮不返，鳥鶵鶵兮增悲。歲時兮來享，陟彼高兮騁望。感吾念兮思親，悵音容兮惚恍。覽日月兮交馳，寒與暑兮相依。尚永延兮孫子，勿俾汝親兮鬼飢。

澧州通濟橋詞

望涔陽兮嵯峨，涉江浦兮橫波。當周行兮揭厲，嗟征人兮柰何。南荆兮溽暑，雲冥冥兮多雨。招舟子兮未來，路曼曼兮修阻。羌申伯兮遺緒，積財富兮能予。斷木兮林中，斵石兮山下。造飛梁兮穹窿，播惠利兮焉窮。帝褒嘉兮厥美，錫天書兮九重。源涸兮石腐，名延兮終古。爰抽思兮詠謌，蹇將遺兮行者。

贊

丞相淮王畫像贊

故太傅、開府儀同三司、録軍國重事、贈宣忠佐命開濟翊戴功臣、太師、追封淮王、謚忠武伯顔，有廟在杭州德化里，賜田二千畝，勑有司歲時祀享。至正九年春，天爵拜謁祠下。會守廟者模王像勒諸石，謹拜手而爲之贊曰：

唐失其馭，晉割燕雲。歷遼與金，疆宇中分。天生聖神，將大一統。不有碩臣，孰濟其用。偉忠武王，來自西疆。入見天庭，猷謀有章。明良遇合，位列將相。山立揚休，惟民所望。帝念南土，聲教弗宣。孰擅國命，肆姦竊權。誘納叛亡，拘囚信使。禮義之邦，顧至如是。帝赫斯怒，命王專征。不亟不遲，克下百城。淮海無波，江漢如帶。壺漿來迎，民莫有害。萬方入貢，九有會同。冠蓋裳衣，共襲皇風。三百餘年，天限南北。偉忠武王，始定于一。王之功大，實惟聖明。任使弗疑，功烈斯成。王始南邁，帝有明訓。曹彬不殺，汝往執訊。勘定惟艱，嗣守尤難。王克取之，在克守之。王廟巍巍，黼衣旒冕。圖報王功，國有彝典。乃礱文石，肖王儀容。春秋來享，瞻拜敬恭。咨爾杭人，以及有位。尚思王功，用勸毋怠。

贈少師趙清獻公畫像贊

烈烈少師，直哉惟清。直非爲激，清不近名。鯁論忠言，姦諛是斥。不有君子，其何能國。春陵先正，克倡斯文。公有絕識，能知其人。吳、越之俗，樂習華靡。公修實行，聞者興起。匪第一時，惇薄廉貪。百世凜然，當爲指南。

文丞相畫像贊

蚤游學宫，卽思盡忠。入對大廷，直言匪躬。行都之召，天命已改。倡義興師，奮起嶺海。如人初疾，委之庸醫。及阽于危，盧、扁何施。慷慨伏節，從容就死。表著臣則，張皇人紀。彼士膚敏，富壽安榮。肅瞻公像，凛然猶生。

丞相史忠武王畫像贊

贈太師、推忠同德佐運功臣、丞相史忠武王有祠在真定東嶽廟側，歲時父老祀之惟謹。復號至元之四年，天爵忝官禮部，始請于朝，令有司祭享。民大和會，乃繪王之遺像而爲贊曰：

世廟巍巍，克大一統。文武恢張，賢能登用。維忠武王，進拜相臣。王家畿甸，允惟漢人。天方會通，無間遐邇。創業敷治，同仁一視。民有寒飢，相臣恤之。時有安危，相臣謐之。太平將洽，庶績維熙。天不慭遺，哲人其萎。肅肅遺像，百世瞻仰。尚配廟廷，春秋從享。

治書侍御史王公真贊

猗士敬父，器識宏遠。挺生相門，受業胄館。威儀雍雍，論議侃侃。蚤服繡衣，著聲白簡。數踐歇以在公，惟正色以持憲。言有物而動有恒，上無惡而下無怨。蓋孝謹馴行既遠邁乎石慶，清修雅度亦足儗于楊綰。是謂百年世家之範模，一代儒臣之冠冕。

元帥述律公畫像贊

皇有多方，西南邛僰。獨遠聲教，時作姦慝。偉述律公，氣剛以直。肅將明詔，往臨其域。休爾師徒，諭以威德。遠人賓服，外臣承式。昔漢中興，將曰充國。大整六師，先零是克。圖形歌功，垂美無極。偉述律公，棣棣其則。棣棣其則，永翼王室。

杜提學畫像贊

保定杜君諱蕭，字彦表。其爲人温粹而惠和，清介而簡靖。少值父母喪，獨居一室，五年不茹葷酒，藹然篤行君子也。嘗受學於容城劉文靖公。文靖弟子恒以百數，雅愛異君及遼東烏冲、内丘林起宗三人。文靖殁，君輯其遺文傳焉，其他論著藏之不輕示人也。保定密邇京邑，仕於朝者多公卿貴人，君年幾五十，家居不事進取。時國家方重文學，士有自白衣入館閣者，於是故廣西憲使張公本、中書左丞郭公貫以君行義聞于朝，起家助教國子，歷提舉大都、河南儒學。君以己之所能，具訓諸生。晚歸于家，逍遥林泉之下，以終其身。進士房山賈彛昔從君游，繪其遺像事之，屬趙郡蘇天爵爲作贊曰：

介然能自持者，君之行；温然而可親者，君之容。問學從容而不務爲索隱，進退廉静而知近乎中庸。嗚呼，文靖之高致今固不得而見之矣，觀君之懿尚可想象其遺風也耶。

御史董侯豸冠贊

成都董侯元章甫踐歟，中外聲聞倬然。至正戊子，由陝西行省郎中拜監察御史，所以敷陳政令之得失，論列人才之賢否，具載封事。會國家有事于宗廟，侯服法冠佩裳涖之。禮成，繪爲像以傳焉。趙郡蘇天爵謹述贊曰：

奕奕清廟，時致明禋。濟濟卿士，左右駿奔。孰其涖止，爰命御史。執憲山立，克相祀事。法冠峩峩，佩玉鏘鏘。禮儀孔嚴，鍾磬斯喤。凡兹在列，惟夙惟夜。敬畏是伸，供事靡解。瞻侯德容，氣肅而温。稱是冠服，允惟正人。

嘉禾圖贊

昔之有國家者，以仁愛育兆姓，以廉能責庶官，天下尚克爲治平。金世宗立國幾三十年，視民如傷，用賢如渴，故中夏蒙昇平之治，黎元無愁嘆之聲。協氣橫流，休徵畢至，遠邇之人共稱爲小堯舜，是豈威權聲勢之所致歟。當是時，中外之臣以廉能著名者，五臺張公亦其一也。公歷典大郡，灼有治績。其繕隄防則亡水害，理刑獄則無寃民，治錢幣則法能流通，處煩劇則事悉辦集，非但作興一、二名進士而已。公之所以能若此者，由其忠實故也，是以時君屢褒賞之。嗚呼，世之患得患失之徒，懷禄觀望，一身之榮或幸保之，至于子孫永久而不衰者，則未聞也。公之八世孫惟仁，清修自勵，思振其家聲，乃以嘉禾圖碑本示予。蓋公爲橫海軍節度使時所致之祥，邑人圖而上之，而史不登載，豈公屏之而不聞歟！觀夫一時之治効若此，豈偶然哉。爲之贊曰：

彼嘉者禾，異畝同潁。地發珎祥，橫海之境。廉明豈弟，澤洽于民。瑞慶鼎來，公如弗聞。治同堯舜，千載一出。傳於歌謠，太史是述。有感斯應，信不可誣。草木之祥，亦奚足書。二百餘年，公尚有後。曷以徵之，忠實之報。

千里馬圖贊

馬以千里名，奇馬也。物之奇者世不常有，有則見奇於世，亦宜矣。然漢文帝絶獻者而不受，武帝喜得之而作歌，其遇不遇蓋如此。嗟夫，優游六閑，食粟一石，備乘御者又不必皆奇者也，乃獨有善畫者得神駿之意而寄諸毫縑焉，噫，亦微矣。夫畫者之難得有甚於馬之難得，而知畫者亦不減知馬者之難能，故爲千里馬圖贊，使好事者覽觀焉。贊曰：

伯樂於馬，有則識之，渥洼未來，猜鑒曷施。孰是經營，心會手到。託諸驪黄，肆爾妙造。千里之奇，頃刻在前。形由人爲，其神則天。

瓠冠贊

稽古之制，冠衣有常。齊一其民，厥德弗爽。德本諸身，儀形于外。服之不衷，而害亦大。維昔夫子，其服也卿。章甫逢掖，所本不忘。彼瓠之生，在鎮之野。尊加于首，以聳觀者。既質而古，至簡而文。尚懲奢麗，三復斯言。

銘

遺安堂銘

醴泉李氏遺安堂，監察御史唐卿命其子進士觀來徵銘。銘曰：

伊昔龐公，銖視軒冕。作訓遺安，世克用勸。林林生民，孰慎猷爲。弗蹈于安，而履于危。如彼行人，棄夫周路。舟檝險巇，心悸神怖。爰有君子，樂理循循。或仕或隱，垂裕後昆。執法在廷，風采嶽嶽。子秀而文，日敏于學。堂斯構矣，又大厥基。既崇既安，其永無隳。至善攸存，慎終如始。咨爾雲仍，尚安汝止。

儀齋銘

侍儀承奉班都知孫君鼎臣名其齋室曰儀，廬陵歐陽子爲之記，趙郡蘇天爵復作銘曰：

堪輿肇闢，聖人斯起。八卦既畫，謙以制禮。禮貴有儀，温温其恭。匪徒彪外，實弸于中。洪維國家，建基龍朔。功成治定，禮制攸作。一時臣工，正笏垂紳。羽儀就列，煥乎成文。郊廟王朝，元會慶壽。九有來賓，歎息稽首。凡茲盛禮，孰其司之。于今百年，欽哉侍儀。恭見於外，直内以敬。允思聖謨，表裏交正。孫氏名齋，肅其儀刑。爰述銘詩，敢告在廷。

千載心堂銘

宇宙萬古，民生如林。道之全體，實具此心。唐虞三王，於穆元聖。精一相傳，爰及思孟。孟氏云殁，道其遠而。匪道遠而，心焉外馳。周程勃興，克嗣鄒魯。其學伊何，敬爲之主。一念之善，千載同符。毫釐有差，千里異途。卓哉楊君，燕居静密。炯炯靈臺，守之勿失。

詩

鶴壽堂詩

河東李生僑家真定，築堂以奉其母，揭名鶴壽。爲之賦詩曰：

奕奕新堂，滹水之陽。于以奉母，允壽且康。惟此滹陽，風物淳美。旨甘膳羞，亦孔之備。母氏壽康，由克致養。子職慎修，晨夕弗爽。九皋之禽，其色尚玄。爰祝慈母，惟以永年。瞻彼冀方，俗儉而嗇。我固不忘，昊天罔極。生也屬屬，肄業詩書。堂構益崇，其永勿墮。

千夫長梁侯壽詩

皇有中夏，戡定南土。猛將如雲，奮厥才武。于時梁侯，旅力方剛。被甲執殳，從征遐荒。嶺嶠海壖，蝮虺瘴霧。出入廿年，王事勞苦。嗟爾師旅，以殺爲嬉。梁侯姁姁，撫寧遺黎。天相其德，受福不那。黄髮歸休，子孫孔多。伯也總戎，于江于漢。仲也在廷，執法侃侃。皇錫封命，寵予褒嘉。酒醴維醹，往告于家。周有方叔，漢有充國。征罔不服，謀罔不克。維今南疆，猺人昌狂。思得虎臣，往斧其斻。盍卽老成，爰咨爰度。我武惟皇，九宇式廓。

滋溪文稿卷第二

記一

新城縣紫泉龍祠記

雄州屬邑曰新城，邑西北十餘里，有泉出焉，東流入于巨馬水。泉之北涯，昔人建祠以事龍神，金時刻石猶存。祠前二池，清瑩可鑑毛髮，冬夏不涸不溢。居民相傳曰紫泉者，莫究其始名也。泰定丙寅秋，池水一夕色變爲紫，遠近觀者異焉，疾者飲之而或愈也。明年，有赤蛇出於池中，蜿蜒行走祠壁，變化靈異，蓋龍云。樞府右翼屯田官廨在祠之西，朝列大夫、佩金符千夫長荆侯訥覩神之異，率其僚吏及祠旁耆老歲再祠之。故燕南憲使趙惠肅侯嘗尹是邑，有惠政，既代，吏民懷思不忍其去，子孫因留家焉。惠肅之子右藏庫副使道安來京師，具道荆侯事神之意，且曰：「曩者泰定時，關陝及大河南北頻歲亢旱不雨，麥禾槁死，民皆菜色，至煩朝廷出粟與幣以惠活之。而吾邑境，比年以來，春夏之交，百穀方茂，驰禱祠下，甘澍輒應。歲連大穰，民用充羨。神之功其敢忘乎，宜傳其事於永遠也。」余聞其言而異之。嗚呼！天人相通，感格無間，是以古者國家修德布政，治化熙洽，雨暘時若，年穀順成。今新城之民獨賴神休，幸無凶歲，其所以祠神以昭靈貺也，亦宜哉。荆侯字子辯，涉獵書傳，清慎有聞。向仕樞廷，與先公雅厚。故筆其事，并作詞以侑饗云。

坎坎兮擊鼓，將迎神兮水澨。風肅肅兮雲興，靈連蜷兮來下。奠酒醑兮肴烝，女巫進兮合舞。神居歆兮樂康，順年穀兮福汝。倏廻翔兮揚靈，霈滂沱兮九宇。

翰林分院題名記

至順二年夏五月，翰林國史院扈從天子清暑上京，自承旨以下，題名于壁，遵故事也。其詞曰：

昔在世祖，誕惟作京。臨御中國，控制朔庭。大駕之行，歲往觀省。左纛周廬，嚴慎肅整。中書宥密，御史列卿。凡百有位，冠蓋如星。或以先後，或以禦侮。暑雨祁寒，敢曰勞苦。維今天子，端拱穆清。怡神文藝，優游治平。顧余詞臣，克謹官守。雍容清華，論思左右。儲精覃思，作爲文章。渾灝爾雅，播敷萬方。龍岡高寒，灤水瀰瀰。夙夜在公，亦既樂只。昔人行役，覽觀山川。勒名于石，期永弗刊。矧茲陪京，官署翼翼。爰著斯文，聿欽厥職。

中書參議府左右司題名記

先王之巡守也，蓋省觀民風，設施政教，非以縱遊田而事宴樂也。昔我世祖皇帝肇作兩京，歲時巡幸，振民布政，發號出令。遠則邊徼咸畏其威，近則臣庶不知其勞，是亦先王巡省之遺意歟。元統三年夏五月，駕幸上京，百官分司從行。秋八月南還，乃録參議府左右司官僚姓名于壁。

嗚呼，中書政本也，天下之事屬焉。相臣挈其綱于上，參佐理其務于下，勝其任者蓋亦難矣。昔者君臣交修，百職興舉，内正身心以端其本，外修刑政以輔其民，故治日新而天下化矣。國家自中統建元，始立中書，修明憲度，垂八十年。列聖傳序，保守治平。今天子聰明仁聖，嗣大歷服。萬機之暇，時召儒臣侍講六經禁中，輔弼之臣又皆先朝勳舊。吾儕幸生斯時，待罪宰屬，孰不欲攄其素藴，樹功于世，以報明時之萬一哉。夫爵禄所以勸賢也，苟非賢材，寧私授乎！錢穀所以經費也，苟非國用，寧濫出乎！至於刑罰之當罪，興作之以時，皆思止邪而禁暴，節用以裕民，如是，庶幾克勝其任矣夫。然而君心之正，元化之和，禮樂之隆，風俗之厚，則惟大人君子所能致也。方今朝廷政化更新，致治之機蓋不可緩。不然，將見行身者以緘默保位爲能，任事者以便私適已爲務，國家何賴焉。

夫以上京山川都邑之盛，宮室車服之美，從臣多爲文詞以頌美之，是不庸贅也。謹述古者巡守之事，及輔相參佐之責，俾來者有所觀感焉。

上都廟學碑陰記

上京夫子廟學既建六十有八年，尚未勒碑以紀成績。留守賀惟一始爲具石，教授李溥請于朝，中書以聞。敕參知政事許有壬爲之文，卜日樹立。溥復請記其碑陰。天爵曰：聖人之道，昭如日月，不待碑而後著也。獨列聖右文隆儒之盛，可不論載以傳于後歟！夫以國家建黌宮，延師儒，棟宇之隆，籩豆之列，豈徒觀美而已，亦曰崇教以範俗，育材以任官。爲師者思所以作乎人，學者思所以修其業，庶不負朝廷興學養士之美意也。維昔世祖皇帝肇城上京，北帶絕幕，南控中夏，宮室、苑囿、府庫、官署咸備。天子歲一巡幸，朝覲會同，發號布政，罔不在焉。然而地大物衆，民俗浩穰，苟無教化，俾知禮義，何以爲四方之極乎！今廟學既崇，教養斯設，將見其民涵濡治化，被服儒術，賢材並出，以爲世用。傳曰：「師道立則善人多，善人多則朝廷正，而天下治矣。」先是校官董昱輩雅樂禮器典籍于江南，溥尤勤于執事，殿廡庖湢敧傾漫漶者繕［而］完之，〔一〕祭田廟堧學廩爲兵民豪奪者理而出之。春秋釋奠，天子特頒薌幣，而留守臣亦樂盡其力。溥北平人，鋭然有志於事功，以廟碑未立，既終更猶不忍去。天爵忝貳春官，庠序所當敦勸也，故爲之書。

〔一〕〔而〕據李氏鈔本、適園本、徐刻本補。

禮部題名記

官署題名，其制舊矣。我國家自世祖皇帝始建中書，統左右部。未幾，分部爲四，又分爲六，蓋遵成周六官之制焉。而禮部實春官也，秩清而任重，朝廷常以勳舊之裔、儒學之士膺其選，然皆未有文字以誌名氏。至順元年，尚書馬公祖常始取禮樂合天地之化者名其廳事曰合化，刻石記其事。又三年，尚書宋公本復記其同官。凡官曹之典掌，僚寀之契分，二公序述悉矣。今又七年，能無紀載以續前修而爲後鑑乎！嘗聞之，天地奠位，人列其中，事務至殷，分官以治。夫官制莫備于成周，而春官之任獨曰治神人，和上下。爲人臣者，惟能敬以直內，則郊社宗廟之事治，而無僭妄諂佞之瀆；惟能奉法不撓，則尊卑上下之分定，而無陵犯乖争之失。其任不亦重歟！嗚呼，凡我同列可不知所勵哉！至元四年戊寅五月己酉，太中大夫禮部侍郎蘇天爵記。

歸德府新修譙門記

至元三年冬十月，汝陰李侯守中知歸德府事，偕監郡鼎安戮力爲治。未幾，政清訟簡，封内無事，所屬州四、縣十有一，莫不趍其約束，安其政令。侯與監郡議修弊立廢，郡故有譙門在府治南，歲久將壓，侯命改爲。同知不答失里、判官孛羅罕、推官梁思温、幕府吴輿祖合議允同，共捐俸金，度材庀工，徹而新之。經始于四年孟春，落成于是歲孟夏。增崇其垣高二十有五尺，廣大其屋爲二十有四楹。規模宏偉，克稱郡制。憲度政教布設于斯，賓客士吏觀聽于斯。至於伐鼓鳴鍾以警朝昏，傳更下漏以節晝夜，則又新是數器，陳列於上。董其役者，郡吏秦弼、馬德修也。走書京師，請紀其成績于石。

嘗聞周官挈壺氏掌漏刻以正時，朝廷興居咸中乎節，而鼓角之制所以嚴暮警夜肅齊乎衆，郡縣尤不可不備也。昔有中使聞更鼓而知邑令之賢，蓋爲政者必於事事而致謹焉。然則是役之興，豈徒然歟。夫以内外之官，近民者莫切於郡縣，敷政者莫先於守令，有國者尚焉。今海宇承平歲久，法制寬簡，郡縣之吏能者舞文以黷貨，下者因循以苟禄，故事功隳而廉耻喪，唯君子常思作新其政而後能有爲也。歸德爲郡，南控江淮，北臨大河，境大壤沃，方數千里。侯始下車，愛其土風厚完，民生樸茂，第未學以成其性爾。郡中又多昔賢名人遺蹟，足以風礪其人，振起其俗。於是既新學宫兩廡像設，又搆三皇祠宇，而微子、張巡、許遠亦葺其廟。招延耆儒，貳其校官，擇民俊秀、吏之開敏者，執經授學。且望舍菜，侯率同列躬詣學宫，以程其業。而吏舍、河防，悉加繕治。侯之在官第數月爾，凡養民化俗、興利補弊，皆勇爲之而不憚也，故因紀譙門之成，并書其事以告于後人焉。侯爲人方正有守，不畏强禦，施于爲政，子愛其民。歷典郡邑，名聲流聞，民咸鏤石，以頌遺愛，不獨歸德之民始稱其善也。雖然，天下之事豈一人所能爲，監郡鼎安、知府李侯政固善矣，非僚寀幕府同心贊輔，則亦曷能至是乎！嗚呼，使列郡爲政者皆然，則治化何患乎不興，斯民何患乎不被其澤也哉。四年戊寅六月朔記

盱眙縣崇聖書院記

長淮之東，地多平衍。虎山在盱眙縣南一里，石潤而土美，木茂而泉潔，昔人表之曰第一山，蓋因其勝而名之也。至元四年戊寅，監縣納璘不花勤於爲政，訟日清簡，興學以訓諸生，制雅樂以祠夫子。他日，耆老來告曰："吾邑在漢爲臨淮郡，有孔武者，由國子博士來爲郡守。卒于官，遺愛在民，民祠事之。宋季，祠燬于兵。今吾幸生治平之世，又遇縣侯興學作士，民之俊秀將日益盛。願卽虎山別建黌舍，以廣爲學之所，并爲祠以祀孔公，不亦可乎！"監縣曰："是維某之責也。"首捐俸伍伯貫以倡其衆，僚寀士民咸樂輸財助役。是歲四月經始，九月告成。十月丁酉，泗州守帥邑官屬行釋奠禮。黌舍在山之陰，山三級，上爲燕

居堂以祀夫子，配以兗、郕、沂、鄒四公；中爲兩廡，右祀周、程十儒，左祀郡守孔公，侑以晉侍中陳騫等六人。下爲淮山堂，以居其師；進學齋，以教其弟子。庖厨門亭，咸有其所。合三十八楹，買田四百畝，給其餼廩。以孔公於夫子爲十一世孫，故名之曰崇聖書院。乃請于朝，立師以司其教。

明年己卯，天爵被命使憲淮東，納璘不花爲圖徵文，用告來者。按漢至今千餘年矣。孔公惠澤及於一方，世猶崇奉而祠事之，矧夫子之道衣被天下萬世，其報德報功當何如也。嘗聞夫子曰：「君子學道則愛人，小人學道則易使也。」夫長民者苟能示人以好惡之正，則民知所趨向而歸于善矣。今盱眙既新學宫，又廣教術，將見在官者慈祥豈弟以撫其下，爲民者孝弟忠信以事其上，則貪暴之政化而爲廉平，譁訐之俗變而爲信厚，斯不負縣侯建立書院之美意，是亦天爵之所望也。納璘不花登泰定四年進士，時天爵以太史屬獲與其事，今持憲于斯，庠序職當敦勸也，故爲之書，庶來者有所矜式焉。嘉議大夫、江北淮東道肅政廉訪使蘇天爵記。

浯溪書院記

至元三年春，僉嶺北湖南道肅政廉訪司事陝郡姚侯紱按部祁陽之境。舟過浯溪，覽前賢之遺跡，作而嘆曰：「昔唐天寶之季，忠烈之士奮濟時艱，遂復兩京，號稱中興。水部員外郎元公結作爲雅頌，鋪張宏休。撫州刺史顏公真卿大書其詞，刻諸崖石。殆今四百餘年，過者觀其雄詞偉畫，猶足聳動。維二公風節文采，可使一方之人獨無所槩見乎！」零陵縣尉曾君進而言曰：「圭家衡山，世業儒術。每讀載籍，見昔人言行卓卓者，心慕好之。況二公流風餘思，在此山隅，當作祠宇以奉事之。并築學宮，招來多士，庶幾遐方有聞風而興起者矣。」姚侯曰：「善。」於是曾君命其子堯臣獨捐家貲，度材庀工，不一歲告成。中爲大殿，以奉先聖，東西兩廡屬焉。又於殿之左爲祠，以祀元公；右爲祠，以祀顏公。後爲明倫堂，前爲三門。周以崇垣，規制宏偉。下枕崖石，前臨浯水。表其額曰：浯溪書院。請于行省，設官以司其教。曾君又割私田三百畝，以廩學者。是年，姚侯移憲廣西。明年，又拜南臺都司。往來浯溪之上，瞻拜學宮，裴回而不忍去。嘉曾君父子之用心，走書維揚，請記其事于石。

天爵少嘗讀中興頌，有曰：「大駕南巡，百寮竄身，奉賊稱臣。」又曰：「功勞位尊，忠烈名存，澤流子孫。」甚矣，人臣不可不知節義之爲重也。夫食人之禄而忘其君，曾犬彘之弗若乎。當天寶全盛之時，中外公卿將吏可謂衆矣，一旦遭值變故，死社稷封疆者僅十餘人，不授僞官者二人而已，何忠臣義士之難致歟。然以唐室之大，文皇養士之久，豈果無其人歟？觀夫顏公以區區平原倡義，起兵討賊，俾河朔諸郡復爲唐有，而賊不敢急攻潼關。唐卒賴以中興者，維公倡義于其先也。及在朝著，數進讜言。李輔國遷上皇居西内，首率百官問起居。元載請奏事者先白宰相，又極論其擁蔽。屢忤大姦而不少悔，卒爲所擠以死。初，安史之兆亂也，元公受教于其父曰：「而曹逢世多故，勉樹名節。」觀所上肅宗時議三策，及説來瑱之言：「孝而仁者可與言忠，信而勇者可以全義」，則豈偷生自私者哉。其爲道州刺史，州經寇掠，民生蕭然，奏免民所負租税及租庸使和市雜物十三萬緡，流亡來歸者萬餘。夫二公言論治行若此，像而祝之，孰不曰宜。

嗚呼，天之生材足周一世之用，方無事時，人材或不克顯，及臨大節決大事，則忠義材能之士始表見焉。然則有天下者，可不以賢材爲務乎！夫學校者，所以長育人材，而風紀之司又所以敦勸其教者也。往年湖湘之南，猺人數出爲寇，甚則攻城邑，殺吏民。朝廷屢懷柔之，卒以無事。當是時，有若二公者臨涖於上，彼將聽命請罪之不暇，又豈敢猖獗而爲患乎。矧其地山峻拔而水清寫，其人之生孰非忠義出于其性者哉。今國家承平既久，德澤涵濡，雖荒服郡縣亦皆有學，而部使者按臨所經，又卽山林勝地訪求先賢遺迹，以廣爲學之所，則其風厲治化，樂育賢材，不亦重且大歟。傳曰：「志士仁人無求生以害仁，有殺身以成仁。」蓋天下之事，豈懷禄觀望之徒所可與謀，必振世豪傑而後能有爲也。士之來游于斯學者，誦聖人之言，思二公之烈，尚能有所興起已夫。至元五年己卯冬十有一月甲子，具官蘇天爵謹記。

揚州路學田記

維揚郡學田九萬一百九十畝，比歲政弛，或爲豪民冒種，或妄言淪入江水，或以墝瘠易其膏腴。歲入不足，士始失所養焉。至元四年戊寅，郡侯不華下車，瞻拜學宮，敦延師儒，又廣郡士以學。或言餼廩弗贍，侯稽舊籍，檄官屬廉敏者泰興縣尹劉節、六合縣尹徐居仁偕教授崔宗瑶，分行驗視。民畏郡侯之政，不敢欺隱，於是學田皆復其故，增多于前一萬三千一百七十畝，共爲田十萬三千三百六十畝。歲入有餘，士獲其養，而學制益修矣。明年己卯，天爵被命使憲淮東，旦望趨謁廟廷，退聽諸生講誦經訓，蓋亦彬彬有可觀者焉。侯間來請曰：「郡之學田既復舊貫，恐歲遠或去其籍，又將無所稽考。今礱石二，誌其頃畝，樹于府治及郡學中，尚其永久而有徵也。」天爵聞而嘉之。夫國必有學，所以明彝倫也；學必有田，所以育賢材也。維揚號東南名郡，地大物衆，家給人足，廟學之崇，隆於古昔。又有憲司臨涖于上，將見英材輩出，甲于他邦。然自延祐以來，貢舉取士，闔郡不聞一人與計偕者，豈儒學之士耻于自售歟，抑教養之方有所未至歟。夫江、淮之南，其田履畝而賦，民無有閑田以自養者。而維揚郡學有田十萬餘畝，歲收租入若干萬石，則國家興學養士之意，不亦盛乎！且古之爲士者，所以學乎道也。道也者，忠於君、孝于親、弟于長上、信于朋友之謂也。後世之士有志於道德者矣，有志於功名者矣，其志於富貴利達者，則未足與議也，矧志於刀筆筐篋之習者乎！嗚呼，世之有官君子俾俊秀之民役役乎文法之末，是豈朝廷樂育賢材之意歟！

蓋古之學者爲己非爲人也，身修于一時，則道德可以表于後世矣。以淮東屬郡觀之，若海陵胡公瑗、山陽徐公積，經術德業之懿，高尚孝友之風，千載之下猶足儀形後學，激勵風俗，視彼富貴利達無所聞于世者爲何如哉。今維揚學宫既完，餼廩斯足，士之來游者修身爲學，能以先賢自期，則庶幾不負聖朝崇尚文化之盛，風紀敦勸庠序之勤，及郡侯振舉政教之美矣。郡侯胄出北庭貴族，向爲御史，論列無所避。及其臨民，勸農脩學，輯姦禁暴，民便安之，憲臺交薦其材。古稱良二千石者，侯之謂歟！

前衛新建三皇廟記

世祖皇帝既一中夏，休兵息民，以建太平。乃於畿甸之南，列置諸營，環拱京都。分立屯田，居者佃作以爲養，出者扈衛以啓行，軍制肅然而有法矣。於是諸營有閱兵之所，邵農之治，庾廩府庫之藏，田廬市井之衆，而儒學、醫學亦各設官以司其教焉。前衛屯營在涿州范陽縣之境，建于至元十六年，而醫學之設則肇於後至元二年也。三皇之祠，寓于醫學，自國朝始。先時衛官繪像祀于治所，簡略弗稱。至正改元，副都指揮使濟南張侯元珪分治屯田，語官屬曰：「國家詔郡邑立三皇廟，春秋祀享如釋奠宣聖儀，蓋所以崇治典遂民生也。今吾衛廟貌獨無，非闕典歟。」乃卜吉地於宣聖廟之西，凡若干畝。中爲大殿，翼以兩廡。聖像袞服，巍然以臨，十大醫師，侑食左右。前爲神門，外爲靈星門，共十有四楹，户牖煇煌，瓴甓堅密，周以崇垣，樹以嘉木。几席帷幕，俎豆巾篚，靡不備具。經始於是歲夏之孟月，落成於秋之仲月。董其役者千夫長董惟忝，百夫長大都閭、姜惠也。

明年侯偕工部侍郎郭孝基求天爵書其事于石。夫以伏羲、神農、黄帝開天立極，德被萬世，有國家者所當崇奉，顧寓于醫家者流，何也？善乎韓愈氏之言曰：「古之時人之害多矣，有聖人者立，然後教之以相生養之道，寒然後爲之衣，飢然後爲之食，爲之醫藥以濟其夭，死爲之薤埋祭祀，以長其恩愛。」三皇之祀寓于醫者，或本於是歟！蓋人之生，飲食以養其生，冠服以奉其身，然而風雨寒暑之不時，起居服食之無節，而疾生矣。矧在軍旅，邊方征戍之勞，道途霜露之苦，而疾之生則尤甚焉。天爵忝官于朝，伏讀列聖之訓，而知祖宗恤養軍士之爲至也。方征江南時，制若曰：「軍前士卒有疾，卽命良醫治之。爲將帥者，又當擇人侍疾。而幕官一人，俾專司疾，俟其疾愈，方聽從軍，仍具數以聞。驗士卒病死多寡，以治司疾者罪。」又曰：「遠方戍卒代還者，給文檄。如路中遇疾，有司驗其文檄，卽給藥餌。不幸死者，官爲給其道里費，命同還者以骸骨歸，仍蠲其家徭役。」其著于甲令者，則曰：「戍卒代還者卽給行糧，病者卽給樂餌，前途官爲應援，庶俾遠征者皆得生還。」又曰：「士卒疾者日食陳米，轉生他疾。當給新米，以養其疾。」夫國家之於軍士遠者念之若此，近者可知；疾者養之若此，則於其生者又可知矣。然則張侯之建三皇祠宇，崇尚醫術，其體列聖之心，恤軍士之實，於此益可徵焉。侯讀書好禮，清慎有爲。是役也，其貲用皆侯規畫，一毫無取于人，故樂爲之書。至正二年三月既望記。

四先生畫像記

覃懷商庠家藏姚文獻公、王文忠公、許文正公、商文定公遺像，天爵拜觀，凜然起敬。昔者世祖皇帝天縱神聖，出而爲斯民主。自居潛藩，徵召儒宿，訪求治道，初無遠邇親疏之間。及踐天位，建國紀元，發號出令，訓農興學，治曆明時，征伐百蠻，混一九有，其功烈烜赫，與古比隆。當是時，材能智略之士若四公者，則有太保劉公秉忠，丞相史公天澤，平章廉公希憲、宋公子貞，左丞張公文謙、董公文炳，參政楊公果、賈公居貞，樞密董公文忠、趙公良弼，尚書劉公肅、李公昶、徐公世隆，內翰竇公默、王公鶚、董公文用、郝公經，太史楊公恭懿、王公恂、郭公守敬。傳曰：「不有君子，其能國乎。」夫以一時功烈之盛如此，而許公進說，猶曰：「自古建國北方，奄有中夏，如元魏、遼、金，維能用漢法，故享國久長。今國家當行漢法，齊一吾民，隨時損益，裁爲定制，篤信而堅守之。不雜小人，不營小利，不責近效，不惑浮言，庶幾可以得天下之心，成至治之效。」此文正之深思長慮度越諸公者也。

天爵少時好觀前言往行，是以竊取國初名公行事識之，以爲師法。今復得瞻四公儀形，不勝高山景行之思。嗚呼，當中統至元之初，羣賢萃于朝廷，而王文統欲以權謀功利之說竊位希寵，賴世皇聖明察其奸邪，旋以罪戮。然則君子甘爲君子，小人徒爲小人，覽者不可不思也。庠由彰德儒學教授擢掾鄂省，其先族出長平，蓋與文定公同譜云。

光山縣鍾樓記

光州光山縣建鍾樓成，耆老周德用等來請曰：「吾邑在春秋爲弦子之國，漢曰西陽，至唐初號今名。宋季被邊，歲有兵戈之擾。自入版圖七十餘年，吾民沐皇元承平之化，始獲休息。而邑之官廨民廬，聖賢之宮，以及山川釋老之宇，亦漸修繕完美。來爲長貳者，又多一時之材俊，若故尹太常曲阜孔君、今尹進士覃懷逯君，則尤爲治之美，民所不能忘者也。

昔逯君始至，以廉律身，以嚴御吏，一年而政教斯舉，二年而百廢皆興。於是新三皇祠及兩廡，以名醫從享焉。搆廳事于邑北門外，以爲送往迎來之所焉。又於邑治東隅大建層樓，懸鍾于上，以警朝昏，以肅號令。肇事於至正壬午之夏，落成于明年癸未之秋，實爲吾邑之偉觀焉。凡此數役，皆逯君捐俸以倡，監縣哈倫、主簿趙恭竭力相之。民不告勞，工知用勸。惟樓之役爲大，宜刻石記之，以示永久，敢以爲請。」

予聞光之爲郡，介江淮之間，土厚而俗敦。國家混一之初，浚儀馬公來監是州，有遺愛。秩滿，民挽留之，不忍其去，因家于光。其子御史中丞魏郡文貞公以儒學仕中朝，屢與人言光山民風之淳，孔君作縣之良，爲賦豳風亭詩頌之，因以風勵天下之爲民牧者。逯君乃文貞公考士所取，習知豳風之詩，宜其爲治之美而民不能忘也。今海宇治安，時和歲豐，朝廷屢下詔書，遴選守令，其爲民求治可謂至矣。遠方下邑，寧無思體朝廷之德意，以斯民爲念者歟！觀逯君光山之政，可知矣。然則鍾鼓之設，樓觀之崇，蓋所以肅衆之聽觀，定民之心志，則固不可不備也。彼世之貪墨苟且之徒，第知重祿肥家，翫歲愒日，視居官如傳舍，豈不負國家待養之恩、孤斯民撫治之望乎！孔君名思迪，逯君名永貞。後之來者，因斯文以稽二君之政，庶幾知所警懼，而能興起矣夫。中奉大夫、湖廣等處行中書省參知政事趙郡蘇天爵記。

滋溪文稿卷第三

記二

陜西鄉貢進士題名記

陜西行中書省每三歲當貢士十三人，解額或弗充者，非主司之罪也。承事郎、儒學副提舉張君敏裒集八舉計偕之士勒名于石，以記文爲請。

昔我太宗皇帝平金之四年，干戈甫定，朝廷草創，即遣斷事官术虎乃、宣〔一〕差山西東路，徵收課税所官劉中巡行郡國，程試故金遺士，中選者復其家。蓋興文以爲治，儲材以待用，已造端于斯焉。世祖皇帝建號紀元，制禮作樂，典章文物於是乎備。屢詔臣下，訪求治經術、學孔孟之道者。至元十有一年，乃命儒臣文正竇公默、文獻姚公樞、文正許公衡、文康楊公恭懿集議貢舉，條目之詳，具載於策書。是時賢能衆多，治化熙洽，故弗果行。成宗、武宗屢以是形于詔旨，至于仁宗，念故老之日亡，嘆人材之不足，於是遹遵祖武，損益舊制，闢進士科，網羅賢俊。今三十餘年，而陝西鄉薦登第者共十九人。夫雍州山川高厚而深遠，其人質直而慎重，導之以善，易于興起。始者世祖之居潛藩，賜京兆以爲食邑，首徵許文正公典司教載，所以作新斯文，表帥多士。郡人楊文康公以奧學篤行，模範鄉邦，名聞天聰，徵入禁近，國有大政，謀猷是資。其後集賢蕭公𣫋、贊善同公恕，皆能敦守名檢，崇尚經術，迄今海内慕其風采。方延祐賓興之初，陝西省憲屢延蕭公、同公較其文藝，則是邦文獻源流之盛，師友問學之傳，豈他郡所能及哉。蓋木之生也，非雨露長育不足致其材，士之教養豈異于是。且百工之爲宫室器用，猶必資之規矩準繩，矧治天下者，可獨恃其材智所及而不師法于古歟？此自昔國家隆庠序以育士，制科目以取材，非特以備觀美而已。

然而興學作人，今朝廷責成於風紀之司，天爵忝貳西臺，恒以弗克奉承明詔爲懼。茲因張君之請，謹述列聖設科取士之本而告之。士之服官政者，當思行其所學，堅其所守，夙夜無懈，力圖報稱，勿負國家求賢圖治之意，庶乎其可也。至正四年秋七月壬寅，中奉大夫、陝西諸道行御史臺侍御史蘇天爵記。

〔一〕「宣」原作「寧」，據李氏鈔本、適園本、徐刻本改。

慈恩寺題名記

至正甲申之仲春閏月戊辰，余偕侍御史買買，經歷納納實理，都事宋秉亮，御史觀音寶、尹忠、楊惟一、卓思誠、潘惟梓，照磨王頤，管勾房温、護都不華，遊於樊川。覽春陽之和暢，欣品彙之敷榮，觴詠倡酬，抵暮始還。是秋九月己酉，值簿領之清簡，樂歲時之豐登，又偕都事楊惟一，御史脱火赤、脱伯，管勾房温、護都不華，遊於慈恩寺。徘徊臨眺，迤邐至曲江而歸。一歲之中，凡再遊焉。前時同行者則已別遷他官，存者獨予與幕府楊君、兩架閣而已。念夫遊觀行樂之有時，出處聚散之不常，何必追尋陳迹，始興感慨耶！

國子生試貢題名記

至正五年春二月，大比進士。知貢舉翰林學士歐陽玄，同知貢舉禮部尚書王沂，考試官崇文太監楊宗瑞、國子司業王思誠、翰林修撰余闕、太常博士李齊，監試御史寶哥、趙時敏。於是國子積分生試者百二十人，中選者十有八人，將登名于石。天爵適長成均，進諸生而告曰：「自昔國家崇庠序以育士，嚴選舉以取材，豈直觀美而已，蓋非學校不足致天下之才，非賢能不克成天下之治。故舜命契爲司徒，以敷五教；夔典樂，以教胄子。殆及成周，始有鄉舉里選之法。是則公卿貴胄之教養，凡民俊秀之賓興，豈不秩然而有叙歟。我世祖皇帝定一函夏，興造功業，而禮樂之文，賢良之選，蓋彬彬焉。乃以中統二年，命相臣許文正公爲國子師，而成均之教益隆。列聖承統，有光前烈，既增弟子之員，又進出身之階，而成均之制益備。天爵弱冠忝爲冑子，伏覩祖宗建學育才之美，先賢設教作士之方，潛心有年，始獲充貢。今列官于斯，而又深嘆其規摹之宏遠，典刑之尊嚴。夫明經所以修身也，修身所以致用也。士負才能，遭時見用，豈但庠序之光，朝廷實有賴焉。然則諸生學古入官，佩服國恩，尚思所以報稱之哉。」是歲夏五月戊戌，集賢侍講學士、中奉大夫兼國子祭酒蘇天爵記。

七聘堂記

士君子之出處，有義存焉。審其時而後動，合乎禮而後應。是以屢召而不行者，非敢故爲亢也，蓋本諸道義之正，循于禮節之宜。自昔君子進退出處之際，莫不皆然。愚於故贈平章政事張文忠公，深有慕焉。公起諸生，致位至中執法，其牧民則爲賢令尹，入館閣則曰名流，司臺諫則稱骨鯁，歷省曹則號能臣，是誠一代之偉人歟。至治初，公由中書參預，以親老謝政而歸，屏居田里凡踰八年。朝廷重其名德，七遣使者聘之而不果起。及聞西土凶荒，一命卽駕，罄思竭力，出幣發粟，全活生靈，不知紀極。斯其胷中所蘊，豈尋常者能窺其萬一哉。

方公之西行時，適作新堂於濟南宣化里第，門生今翰林承旨張公名之曰七聘之堂，蓋以著公之節也。至正五年，天爵來作憲使，公之子太廟令引求記其堂。昔先子與公同朝雅厚，故不敢辭。嘗聞君子立身莫重於保守名節，大臣爲政莫急於康濟斯民。伊尹耕于有莘之野，湯三使往聘之，既而幡然改曰：「予天民之先覺者也，予將以斯道覺斯民也。」思天下之民匹夫匹婦有不被堯舜之澤者，若已推而納之溝中。富鄭公安撫京東，會河朔大水，民多流亡。勸民出粟十五萬斛，益以官廩，隨所在貯之。公私廬舍十餘萬區，散處其人，以便薪水。於是活流民五十餘萬。是古之聖賢其出而用于世者，皆所以爲天下也。然則公之去就，庶幾合于古人之道乎！

夫以公之文章傳海內，德業具國史，斯不待贊而彰也。特發其出處大節，以爲世之師表焉。士之登公斯堂，思其難進易退之風，審其度時合義之制，則立人之朝，必無貪位苟祿之恥矣。是歲冬十月癸酉，趙郡蘇天爵記。

新樂縣壁里書院記

古者學校之設，所以明彝倫而興賢材也。蓋彝倫不明，則不能以立教；賢材不興，則不足以敷治。甚矣，學校不可一日亡於天下也。故於家有塾，於黨有庠，於遂有序，於國有學。夫內外學制既嚴，教養之方又備，玆隆古治教之盛，後世有不能及者矣。我國家戡定中夏，治化斯彰，興學之典屢頒于詔書，而山林清曠之地，亦有建立黌舍，以爲藏修遊息之所者焉。新樂永壽鄉壁里書院者，趙氏兄弟作之以誨來學者也。初，趙氏僅有中人之産，其父孝弟力田，兼通陰陽五行之説，母亦賢明，延師以教其子。久之，鄉隣從學者衆，黌舍至不能容，始捐家貲修建書院。中爲禮殿以祠夫子，顔、曾、思、孟、十哲列焉。前樹儀門，翼以兩廡。後爲講藝之堂。東西棲士之舍，合五十楹，堅完可久。割俠神里田三百畝，以廩師生。經始於至正四年三月，告成於七年五月。監察御史楊君俊民表以書院之號，郡縣之官既蠲除其差役，復言于朝，請設學官，欲其規制永久而弗替也。

嘗聞先賢之言曰：善言治天下者，不患法度之不立，而患人材之不成。善言人材者，不患器質之不美，而患師學之不明。人材不成，雖有良法美意，孰與行之！師學不明，雖有受道之質，孰與成之！今海宇寧謐，法制具張，第患人才之不足爾。夫中國者，聖賢之教所由興也，禮樂之用所由出也，遠近之人所則效也。新樂雖曰小邑，近在邦畿之中，山川清淑之氣，朝廷治化之隆，豈無豪傑出而爲世用者歟！書院之設，豈苟云哉。蓋善風教而淑人心，明禮義以厚鄉黨，莫大于斯。故其幽深寂寞之濱，朴野醇一之俗，講誦乎詩書六藝之訓，訪求乎聖賢千古之迹，庶幾作新其人，觀感于善。不然，將見爲狂爲愚，倀倀冥行，無所依歸，豈國家化民成俗之意乎！苟非讀書好義之家，則亦孰知以是爲重乎！嗚呼，世有田疇連阡，歲收萬鍾，終歲不捐一錢，寧肯興學作士以化其鄉里哉！天爵問嘗行過新樂之境，瞻拜壁里先聖祠下，登堂以聽諸生之講習，蓋亦彬彬有足嘉者。方今朝廷開設貢舉，三年大比，旁求碩彥，聿修治平。他時壁里之士，將有經明行修以應有司之選，則中國文明之盛，人材長育之多，而遠近皆有所則效焉，非徒以稱觀美而已。趙氏之兄曰恕，開元路教授。弟曰愿，好義，處士。孝友雍睦，爲一方之楷範云。是歲秋七月辛丑記。

新城鎮東岳祠記

真定之新城鎮，漢新市縣也，廢於晉，復於五代，至宋省焉。鎮有東岳祠，不知始造歲月。金明昌間，穹殿修廊，規制甚偉，毁于貞祐之兵。國初，我先祖尚書府君帥里中父老新之，今已百年，水旱疾疫禱焉。夫山川之神，五岳最大，而岱爲之宗。古之王者，歲時巡狩，望秩以祀。後世人主登封降禪，禮文繁縟。民因一時之好尚，遂以成俗，兹東岳祠宇所以遍天下也。雖然，山川之靈，能出膚寸之雲，不崇朝而澤及四海，其功利之博如此。矧今是祠有禱多應，民之報祀不亦可乎。

浙西察院題名記

世祖皇帝既一四海，詔立行御史臺于大江之南，歲命監察御史六人分行三省及十道憲司，于以振肅綱維，省觀俗化，察吏廉貪，詢民利病。凡有聞見，悉聽舉行，省府藩方吏牘，又從而稽核焉，其任不亦重歟。江浙行省總閩、浙、江東三十餘郡，地大人衆，其獄訟之所興，錢穀之所出，視佗省爲劇，六察之官歲按臨者，號稱不易。至正八年，監察御史、承直郎、前進士高昌普公原理，朝列大夫海岱劉公廷幹，以是秋九月由建業巡行，歷浙入閩，周數千里。明年二月，復歸至杭。凡所經過郡邑，留必旬餘，民之訴訟者聽之，事之廢弛者舉之，官吏材能者薦之，貪暴者黜之。孳孳奉公，無不盡心。耆老爲之驚嘆，官僚爲之震悚。

先是杭有回禄之厄，察院既一新之，廳事猶未有名。二公于是表曰霜清，又將題名于石，徵愚爲記。嘗聞自昔國家造邦之始，莫不掄材以任官，勵己以圖治。迨夫承平既久，法制寬簡，人情不無怠弛。而患得患失之徒，樂宴安苟且之習，天下之事日入于壞。故必登崇俊傑，修明憲度，肅清其政，作新其人，而治化之隆斯有望焉。惟我世祖皇帝肇建臺憲，官秩之清峻，規模之宏遠，任賢去邪，正民表俗，其爲後世慮至深遠也。今天子纂繩祖武，思致丕平，既尊耳目之寄，又嚴牧守之責，皆所以爲民也。然地有遠邇，吏有能否，政有美惡，故必遣風紀之臣，盡咨諏之實，世之治忽始能悉焉。蓋上下之情通，則政平訟理，和氣薰烝，年歲其有不登，民庶其有不被其澤者乎！士君子極一時之選，居清要之途，高明足以察姦，廉平足以服衆，然後稱所任使，天下之事可得而治矣。今二公踐歷之久，名譽之崇，文學政術之美，來者以次書之，俾後人覽觀名氏，思慕風采，其克有以繼之哉。通奉大夫、江浙等處行中書省參知政事蘇天爵記。

江浙行省浚治杭州河渠記

至正六年十月，江浙行中書省始命浚治杭州郡城河渠。明年二月卒事。宰臣慎于出令，僚吏勤于督工，民庶樂於趍役，於是河流環合，舟航經行，商旅由遠而至，食貨之價不翔，稚耄莫不皆喜，公私咸以爲利矣。又明年冬，天爵承命參預省政，幕府與林請紀其事于石。

古者立國居民，則恃山川以爲固。大江之南，其城郭往往依乎川澤，又爲溝渠以達于市井。民欲引重致遠，必賴舟楫之用。歲月既久，寧無湮涸，則加浚治之功焉。然勞民傷財，昔人所重。居藩省者，必得清慎之臣，知愛民爲本，則能倡其衆。官郡縣者，必得廉能之人，知奉公爲職，則能集其事。否則，克有成功者鮮矣。杭州爲東南一大都會，山川之盛，跨吴、越、閩、浙之遠；土貢之富，兼荆、廣、川、蜀之饒。郡西爲湖，昔人釃渠引水入城，聯絡巷陌，凡民之居，前通闤闠，後達河渠。舟帆之往來，有無之貿易，皆以河爲利。或時填淤，居者行者胥以爲病。在上者日理政務，有不屑爲，長民者壓於大府，不敢擅爲。觀望因循，天下之事日漸廢壞。有志于當世者，可不爲之長慮乎！

歲在乙酉，天子念東南貢賦之煩勞，閔民生之彫獘，詔命國王丞相江浙省事。王威儀有度，中外具瞻。又命翰林學士承旨達世貼穆爾爲平章政事。公讀書守法，不矜不揚。曾未數月，百度修舉。乃詢民之利病，衆以河渠不治爲言。丞相咨于官僚而允合，謀于憲府而僉同。平章公總其事于上，檢校官李益、杭州路總管趙璉董其役于下，又以掾曹十餘人分治其工。南起龍山，北至猪圈垻，延袤三十餘里。尋以冬寒止役，春復役之。郡中郭外支流二十餘里，共深三尺，廣仍其舊，悉導湖水注之。爲役四萬二千五百工，用鈔八萬五千貫。復慮上出塗泥值雨入河，命諸寺載而積之江滸。又新木閘者四，石梁者一。其經營謀畫，皆出平章公心計指授，鈔則鹽漕備風濤所〔一〕儲，工則僦諸庸保。恐民之不知，申以永久之利；防吏之爲奸，嚴以煩擾之禁。公治事少暇，親行河上以撫慰之，以故人忘其勞，事克以集。

嘗聞自昔有天下者，皆立法制以維持之，又選材能以奉行之，下至封疆、城郭、河渠、津梁，各有官守，掌其厲禁。是以修治有方，啓閉有時，小大得職，民物安堵。況治水者當行其所無事，則績用有成。而鹵莽滅裂之徒，或者力欲僥倖，覬一時之功，未有不爲民患者也。觀夫杭州浚治河渠之事，宰輔謀猷之賢，任人嚴謹，作事周密，誠足以爲後世之法哉。故備述之，俾來者尚勿廢前人之功，永爲一方之利也歟。

〔一〕「所」原作「祈」，據李氏鈔本、適園本、徐刻本改。

新陞徐州路記

至正戊子夏六月丙寅朔，詔陞徐州爲路，職從三品，割滕、嶧、邳、宿四州隸焉。越六日辛未，乃命同知浙東道宣慰司事卜顔禿爲達魯花赤，海道府副萬户雷好義爲總管，都漕運司，副使塔海忽都爲同知，江浙行省都事兀顔思温爲判官，廬州路經歷陳義爲推官，雲南廉訪司經歷哈剌不花爲經歷，賜印章，給乘傳。既已涖事，頒布章程，敷宣政教，申畫其封疆，版籍其民衆，郡制凛然一新。明年，諸公以書屬天爵載之于石。

古者建邦置都，以域兆民，典則修而治化興，年穀登而人民育。殆夫承平歲久，任或匪人，姑息偷安，刑政日紊。民有嗟嘆之聲，災異因之而作，甚則飢寒無以爲養，盜竊羣起。當國者懼，作新政令，撫綏黎元，期于天下無事而已。我國家治平百年，海内殷富。邇者甲申之秋，有盗起于沂、莒之間，擁旗鼓，入城邑，掠人民，纂囚徒，共益其黨，火廬舍，刼府庫，争取其財。横行曹、濮、滑、濬、相、衛諸郡，西抵太行，由磁、洺而歸。郡縣弛于久安，盗至皆相顧無可奈何。朝廷聞之，遣兵馬使偕衛士發兵逐捕，老稚脅從多被誅夷，姦黠者或變姓名，潛匿隱處，伺官軍還復出爲盗。而徐、泗、陳、蔡之民，連歲驚擾，河、淮左右，舟車幾不能往來，廟堂始以爲憂。

丁亥之冬，詔遣工部尚書偰哲篤同僉樞密院事蔡受益相度便宜。二公行視山川形勢之險要，詢求郡國控制之緩急，皆一一圖上方畧。云：「初盗起時，樞府請于邳州之北黄堌城屯阿速軍士九百人，阨其行路。盗委曲避之，出入乎徐、宿、滕、嶧之境。徐、宿則隸歸德，滕、嶧隸益都，遠者相去六七百里，近者一二百里。每聞盗發，必請命于大府，大府又請命于朝廷，然後出號令，調士卒，盗已刼鹵而去，雖乘急傳，皆後時無及矣。此政令所以不行，盗賊所由滋也。徐之爲郡，控扼南北，被山帶河以爲固，其人悍勇尚力，蓋自古用武之地也。漢、晉皆號重鎮，在唐建武寧軍。當陞徐州爲路，滕、嶧、邳、宿地皆與徐相錯，宜以四州來屬。負郭之民，置彭城縣治之。遷滕之滕縣于薛城，裂滕之西南四鄉治之，東北六鄉滕自治之。又以淮東分黄堌城軍士五百，自恩州甲馬營南至臨清，迤邐東至河、淮津渡，各守其要害。仍令淮東宣慰兼元帥府總其軍政，移揚州一萬户統兵戍徐。凡徐之文移，悉得達于六部。俾上下節制有等，遠近救援得宜，事至不失其機，令行必中其會，庶幾國家經久之利。」宰臣以聞，天子悉可其請，官府民庶果皆稱便焉。

嗚呼，政有因革，事貴變通，古之人考方域，審形勢，分晝廢置，不守故常，皆所以爲民也。且民之爲盜，亦豈其本心哉。第以有司會斂之虐，加以比歲雨暘之愆，民罹窮苦，始有不幸陷于刑辟者矣。昔有以患盜爲問者，孔子曰：「苟子之不欲，雖賞之不竊。」長民者誠能以仁愛存心，廉慎律已，民知有耻，相帥爲善，又豈有寇攘之足患歟。漢渤海郡盜起，龔遂爲守，盜乃悉平。朝歌有盜，連年未獲，虞詡爲長，賊遂解散。此郡縣有盜，精擇守令爲治之明效也。故有國家者，山川之脩阻，城池之高深，固所以域民也，然而選求循良，惠養鰥寡，其先務乎！今徐州既陞爲路，爵秩之崇，任使之重，省憲臨制之近，官屬承奉之勤，可謂盛矣。然來者當思修政興化，扶善戢姦，俾郡人永享泰和承平之澤，仰稱朝廷建官圖治之意，不亦偉歟！

常州路新修廟學記

至正九年，天爵承命參預江浙省政。適年穀豐穰，政務清簡，方思所以導其民者奚先，正其俗者何尚。常州路儒學教授盛君以書來請曰：「昭起諸生，叨承郡學。自揆迂踈不足以爲人師，朝夕是懼。顧瞻夫子之宮，歲月滋久，棟宇欹傾，丹雘漫漶，不有以新之，何以表朝廷尊崇之德，嚴士民仰止之心乎！於是謀諸郡守而克合，稽諸學廩則有餘，乃以八年三月經始，次年五月落成。改建大成殿三十二楹，闊六丈有八尺，高及深皆五丈，深又五尺，規制宏偉，可爲浙右儒宮之冠。以東廡迫近，移而廣之。更作中門、欞星門。凡聖賢像設、户牖、祠宇繪塑，有加于前。中唐左墄，悉用玉石。顧爲文記之，以示永遠。」

謹按郡乘，常之學肇于唐，李栖筠爲刺史，創禮殿于荆溪館南，率諸生行鄉飲酒禮。宋太平興國中，改築于郡治西南，今廟學是也。我國家混一南土七十餘年，德澤休養，生齒繁庶，文教漸隆，不亦宜乎。且浙右之地，若蘇、湖、常諸郡，土壤肥沃，民務佃作，歲賦租米數百萬石，漕海以供京師。孔子嘗適衛曰：「庶矣哉。」弟子曰：「既庶矣，又何加焉？」曰：「富之。」曰：「既富矣，又何加焉？」曰：「教之。」今天下承平日久，治化當興。矧浙右民多富足，教之之道，當何如哉？昔者安定先生胡公之爲蘇、湖教授，言行而身化之，使誠明者達，昏愚者勵。其爲法嚴而信，爲道久而尊，東南之士莫不以仁義禮樂爲學，而當時太學亦取其法以爲教。其弟子成德達才者，莫不皆有用于世，一時人物之盛，實造端於斯焉。嗚呼，胡公教養，其效若此，後世學校之制，獨不能有以繼之乎！或曰：「胡公之學，古學也。今學者方從事于貢舉，寧可同歟？」是不然。夫今之貢舉革近代聲律之陋，復隆古正學之規。朝廷立法既周，諸儒講論又至。試之以疑義者，所以使人通經學古，明乎道德性命之本，達乎詩、書、六藝之文，非章句括帖之是尚也。繼之以古賦、制誥、章表，所以驗其登高能賦，則可以爲大夫，應制代言，則可以敷號令，非雕蟲篆刻之爲工也。終則試之以制策，于以考古今治亂之原，推天地事物之變，民之利疚，政之美惡，皆得指陳。它日措諸實用，將見真儒善治之效出焉。雖然，此特試之以言也，不尚察其行歟？故必孝弟稱于鄉閭，信義服于朋友，始得賓興于鄉，薦之春官，貢于天子之廷，論定而後官之。其所學所能，不有胡公所謂經義者乎，所謂政事者乎！

常州自昔文物之邦，方宋盛時，士之同日賜第者五十三人，郡守、校官皆增秩受賞。近歲貢試浙省，亦有擢置倫魁者焉。夫國家之設貢舉，所以求賢才也。學校者，養士之原，賢才之所出也。然世有古今，而人之生同具此理，山川人物流風遺俗之傳，精神意氣之相感，寧無可望者歟！比者朝廷慨雨暘之失時，敦守令之所責，選賢求治，德至渥也。常州廟學初成，朝散大夫監郡某，通議大夫總管某，皆新領郡事，月朔謁拜頖宫，講誦聖賢經訓，當思作新其政，鼓舞其人，俾爲經濟之學，以贊隆平之治。庶幾國家興學有材之美意，藩省化民正俗之至願哉。

鎮江路新修廟學記

聖天子臨御多方，厲精爲治，慨雨暘之失時，愍民生之不足，屢命中書選擇守令，惠養元元。條制六事，程其殿最，而學校興舉，其先務歟。夫學校者，所以化民隆治也，庠序不修，則治化何由而成。是以有國家者，當以興學爲務，又必得良守令，而後其效著焉。

至正八年冬，天爵承命參預江浙省政，聞郡縣官屬有聲者十餘人，鎮江路總管李侯世安其一也。侯到官歲餘，政事修舉，江南行臺御史、浙西部使者往來郡境，民數百人共言其賢。朝廷聞而嘉之，遣使賜金織幣，表侯治效。九年秋，大修廟學，至冬告成。校官王鏞、韓天與以書來言曰：「始者李侯覩學宮故弊，議繕完之。乃稽學帑，擇士之老成者韋應紳、俞希魯司其出納，又得吏之廉敏者童克仁董其工程。凡殿廡、堂筵、齋講、庖庫、門庭大小二百餘楹，木之腐者易之，瓦之穿者補之，壁之欹傾者正之，丹雘之漫漶者新之，遠近觀者異焉。侯治事之暇，督視惟謹，工樂趨役，士喜來集。買地學舍之傍，爲路以達通衢。植杏前山，其下爲壇。選官民子弟八十人，朝夕肄業，延名儒春秋堂試，取業優者賓興于鄉。耆宿就食于學，醫卜雜流則去之。儒吏待補于郡，行能清慎則進之。於是文物之盛，課試之嚴，可謂備矣。願爲文刻石，昭示永久。」丹徒縣尹吳舉亦以爲請。

天爵伏念起由諸生，忝列大藩，喜承宣之得人，樂教育之有法，不敢以蕪陋辭。夫國家之興廟學，非第棟宇埠庭之偉，俎豆鍾鼓之修，崇尚儀文而已，蓋欲尊其道也。尊其道者，所以施之於政，化其民爾。故古者治之而爭奪息，導之而生養遂，教之而倫理明，非此不足以言政也。方今朝廷法隆古之治，精牧守之選，程之以殿最之方，期之以歲月之久，治化之興，誠有望焉。或謂江、淮民俗澆漓，喜相告訐，柰何純任德教治之乎？嗚呼，潁川，中國之地也，趙廣漢治之，俗易以暴，韓延壽、黄霸治之，俗易以善。豈潁川之俗異乎，顧長民者導之何如爾。蓋大江之南，土壤肥饒，其人喜誇而尚氣，少有所訟，則百計以求直。貪者舞文以撓政，縱欲以求獲，是以民被譁訐之名，吏少清白之譽。夫好善而惡惡，人之常情，在上者因民富庶訓之以詩書，迪之以禮讓，則俗何以不古若哉。矧鎮江名郡，江山之高深，習〔一〕尚之朴野，又遇李侯修治學官，敦尚名教，將見風俗與化移易，仰稱聖天子養民圖治之意乎。

李侯世家京師，先參政忠靖公歷仕累朝，有聲中外。侯蚤承家訓，長游成均，由監察御史分憲淮東，擢拜是官。清慎有守，孜孜愛民，陳郡政不便者數十事，治獄訟未決者又數百事。扶壞拯廢，皆勇爲之。監郡馬舍謨豈弟樂易，僚寀協恭不撓，故其政爲稱首。因紀廟學之成而併書之，來者尚克繼之哉。

〔一〕「習」原作「翼」，據李氏鈔本、適園本、徐刻本改。

滋溪文稿卷第四

記三

燕南鄉貢進士題名記

官署之有題名，重職守以謹遷次，推名氏以稽美惡，爲後來者勸也。進士始貢于鄉，未有設施，而亦載名于石，蓋以觀文運之升降，考人才之崇卑，則於朝廷得賢敷治之盛益有徵焉。古之有國者儲才以爲世用，非事至而後圖之也，故盡攬天下之才，共成天下之務，否則世弗克濟者多矣。

我國家混一之初，取才宋、金之遺，不乏用也。治平既久，耆舊日亡，開設貢舉，網羅賢能，登崇治功，其爲後世慮不亦大歟！昔者皇慶之時，肇定鄉試之所，由兩都、十一行省、河山之東二宣慰司，及真定、東平，共十有七。其貢士之制，三年大比，度郡縣之遠近，驗户版之多寡，凡國士、諸國士、漢士、南士各七十五，合三百人。拔其文學之尤者，取百人焉。其試於真定者，河間、保定、順德、廣平、大名、彰德、衛輝、懷慶九路，取合格者二十有一，國士，諸國士各五，漢士十一。其始也，或闔郡不薦一人，今則應書之士幾六百人，是可尚已。然則諸君子盍亦深思國家設科之本歟，非第求其文辭之工，惟願得人以爲治也。故詢於所居之鄉，則欲知其孝弟信義之行；問其所治之經，則欲考其道德性命之學；試之以應用之文，則可見其才華之敏；策之以當時之務，則可察其治世所長。他日立于朝廷，仕于郡縣，大則謀王體斷國論，次則治民事決獄訟，夫如是何患人才之不足，天下之不治乎！或者竊聞持政之所尚，掇拾貢舉之緒餘，鑿經傳以傅〔一〕世好，刺邪説以阿主司，豈國家取賢歛材備治具之意邪！且昔之爲文者，命於氣，立于志，成于學者也，覽者獨不可以知其人之所存乎。宋嘉祐中，歐陽文忠公典貢舉，所取之士，文章如蘇、曾，道德如程、張，皆於是舉得之一。〔二〕時所尚詭異之辭，痛裁抑之。然而士之不可趍時好也明矣。

今燕南諸郡列居中土，皆古聖賢過化之地，禮樂政教所由出也。賢才所由以生，四方以爲則効者也。當漢、唐、宋、金之世，文武將相之儲，經術詞章之粹，皆於斯而取焉。矧今國家治化涵濡之久，山川清明之蘊，庠序教養之隆，則賢能之興，又豈近代所可及歟。故自延祐以來，燕南賓興之士廷對賜及第者三人，省試擢置倫魁者三人，亦可謂之盛矣。雖然無所待而興者，豪傑也，其餘則亦不能無所勸焉。茲題名記所由立也。真定郡教授郭鵬摶，學正、録趙應辰、李時中，考求累舉鄉貢姓名，載之于石，屬予記之。聞嘗伏讀科舉初詔，有曰：「經明行脩，庶得真儒之用；風移俗易，益臻至治之隆。」夫士不至于真儒，治不本于學術，則先王發政施仁之實，何以及于天下乎！嗚呼，士之懷才抱藝出應有司之選，當窮經修身，施于有政，勿專事于空言，庶幾不負朝廷求才圖治之美，及郡學官表名樹石之意哉。

〔一〕「傅」原作「傳」，據徐刻本改。適園本作「溥」。

〔二〕「一」原作「二」，據李氏鈔本、適園本、徐刻本改。

羅山縣三皇廟記

羅山三皇廟歲久將壓，縣尹田侯實撤而新之。棟宇完美，丹雘輝華。像設既嚴，祀享孔敕，醫知起敬，民賴以康。礱石廟廷，將勒文以示永久。至正壬午之冬，予官鄂省，道出邑中，聞民頌侯之美。又明年春，予改西臺，復過其邑。侯已代去，檢校官馬君以民之意丐予文其廟石。

夫江、淮之間郡縣十餘，羅山獨當孔道，迎候殷劇。田侯風紀起家，擢掾兵曹，由集賢選令是縣。其律身以廉，撫民以慈，馭吏以肅，治事以勤。於是百廢修舉，縣日以治。既新三皇祠宇，復葺孔子廟堂，興秀民于學，而驛舍道塗悉加繕治。侯皆捐俸以倡，未始有取于民。是年時雨愆期，飛蝗將至，侯齋沐祈禱，雨隨霑足，蝗亦不入。州符縣覈實荒田以增賦稅，侯以非朝廷命，不敢擾民。江西茶司設局大勝關下，歲征課千餘貫，吏因緣騷動鄉邑。侯請均課與民，除去蠹吏。因有罪當杖，怨家賄獄卒誣以病，因欲殺之。侯親察視，因得不死。嗚呼，侯之事神治民，可謂備矣，其著之金石固宜。

蓋嘗聞之，古之爲治者，當世難方解，不可復以煩苛嚴急御之，必寬大簡易，以息其民。及天下既定，則建久安之業，成長治之規，正紀綱以修憲度，興禮樂以施教化。蓋承平日久，則人情安肆，法制浸弛，豈進一州一邑之爲然歟。自非剛明果斷之材，不足以振起其俗，作新其政。故天子任宰相，宰相任百官選公卿以治其内，擇守令以治其外，内外相維，庶功成矣。今海宇清晏，朝廷屢下德音，訪求民瘼，守令之選，蓋尤重焉。然或千里相接而無一賢守，百里相環而無一賢令，豈人材不足以及于昔歟，抑亦獎勵之方有未至歟。觀田君之爲政若此，世亦何嘗無人哉。雖然，天下之事或愼厥始而怠〔一〕厥終，謹于微而忽于著，田侯位日以高，名日以起，尚思祗愼其職，與古之良吏並稱于世，不亦宜乎。

〔一〕「怠」原作「息」，據李氏鈔本、適園本、徐刻本改。

志學齋記

古稱燕、趙多感慨悲歌之士，蓋周衰戰國一時習俗所尚，非人性之本然也。夫以中國風氣之高厚，朝廷政治之深淳，人生其間，鼓舞變化，又豈無所自乎！昔者國初丞相史忠武王之治真定，教行俗美，時和歲登，四方遺老咸往依焉。若滹南王公、遺山元公、敬齋李公、頤齋張公、西菴楊公、條山張公，問學文章之富，言論風采之肅，豈維時政有所裨益，而搢紳儒者皆仰賴其聲光模範，以成其德焉。當是時爲郡學官者，則有侍其先生乘之、吴先生蓋臣、硯先生伯固、張先生世昌，授徒于家者則有安氏祖孫、馬氏父子，仕于中朝若翰林學士李公、參知政事王公、宣慰使周公、御史中丞于公，皆其人也。是則百年以來公侯大夫之所表帥，父兄師友之所教養，衣冠人物相繼而作者，其盛矣乎。蓋非儀刑之正不足以興其化，非見聞之富不足以動其心，故居于家庭則能愛親而敬長，行于閭里則知尊老而慈幼，其流風善政淑艾于後人者，既久而不衰也。

予生十年，從親入京。比者來歸，故家遺俗淪落無幾。李生子充惠然見訪，愛其動作之雍容，文藝之清雅。問以志學名齋，徵予爲記。子充世本晉人，愛吾風土，來家于斯，故以鄉郡文獻淵懿告之。然士志于學，則亦始于讀書而已。夫易、詩、書、春秋、禮記、大學、論語、中庸、孟子之書，皆聖賢之言也。其所載者，皆聖賢之道也。子充能沉潛以求其義，敦篤以踐其實，不惑于異端之説，不安于凡近之習，則心之所存，學之所至，將日趍于聖賢之域，豈第一鄉之所慕而已乎。孔子曰：「德之不修，學之不講，聞義不能徙，不善不能改，是吾憂也。」今予年日以邁，學日以退，聞先生長者之行，凜乎不能企也，思鄉閭風範之舊，邈乎不及見也，是則所可憂者，不亦甚乎。故願與子充共勉之也。

新城縣廟學記

新城孔子廟者，國初李侯天祐爲尹時所作也。時河朔新去兵難，侯芟荆棘以立官舍。久之，田野皆闢，乃建儒宫，俾邑人知向學焉。前至元時，尹劉恭增修兩廡。大德初，監縣帖里海涯繪十哲及七十二賢像。泰定四年，監縣忽魯哈剌作講堂、神門及東西齋室。今至元五年，監縣那海、尹劉定安以講堂土階弗稱，用甓易之，復廣西齋以居師生，正兖、郕、沂、鄒四公配食之位。又以禮殿漫漶，兩廡攲傾，遂一新之。於是文學掾耿世榮來請曰：「國家治平百載，邑之廟學始完，將刻石以告來者，俾嗣葺之。」又曰：「甚矣，世俗之難喻也。今學者僅能執筆曉書數，其父兄已命習爲吏矣。願爲記以惠教之。」

天爵曰：豈獨新城爲然，是則天下之通患也。夫國家建庠序于郡邑，延儒士以爲之師，蠲徭役以復其家，蓋曰敷教以化民，育材以輔世。列聖臨御，屢下詔書，罔不以是爲意。爲守令者，奉行其可不至乎。昔蜀郡守文翁以蜀地僻陋，選郡縣小吏開敏者詣京師受業。業成還歸，文翁以爲右職。又起學宫於成都市中，招下縣子弟以爲學宫弟子，爲除更徭。每出行縣，從諸生明經飭行者與俱。縣民榮之，争欲爲學宫弟子。由是蜀地大化，比齊、魯焉。新城，燕督亢之地也。土沃而俗美，北去京師不二百里，非若蜀地之僻陋也。邑中又多名卿碩輔，在金時有若宣政殿學士高漢回、中書令時立愛。故家遺俗，猶有存者。聖朝以來，則有丞相東平王、御史大夫高昌王賜田封户在焉，而故治書侍御史崔公思義、燕南廉訪使趙公晟皆家于斯。歲時冠蓋不絶，學者亦足以儀形觀感矣。爲父兄師帥者，可不知所以風厲之歟！蓋化民成俗，必由乎學。詩書禮樂之教，治天下之本也。刀筆筐篋之習，趍一時之急也。學者誠能捨其近者、小者，而圖其遠者、大者焉，則方聞之士充於朝廷，孝弟之風行于鄉邑，庶幾列聖興學作士之意乎。天爵少游成均，及其入官，忝列公卿之後，故知祖宗右文崇化之盛，敢以是爲邑人告。

是役也，尉張節、史鏞，典史楊中，皆左右之，克相其成。世榮學行淳謹，訓授多方，將見邑人有所興起矣。六年庚辰三月甲子謹記。

新城縣學田記

新城，燕督亢之地也。古稱土壤肥饒，溉以西山紫泉諸水，故凡植物豐暢茂遂。邑方百里，北去京師僅二百里，士卒屯戍列其左右，公卿分地交于前後，而官府民庶公私之田及朝廷頒賜釋、老以爲永業者又不與也。夫一邑之中，其地如是之美，居者如是之多，欲無侵漁争奪之患，蓋亦難矣。邑有學田百八十畝，散在四鄉之野，歲入租粟五十餘石、藁千餘束。教官張節慮爲豪强侵奪，疆界之不明也，伐石志之，屬天爵爲之記。

嗚呼，井田、學校，王政之本也。後世經界之法既壞，明倫育才，尚賴庠序存焉。然而教養之法在乎師表之嚴，敦勸之方責諸承宣之寄。而聖賢之祀享，弟子之膳羞，是皆學田所出，可不正其疆界乎。夫世之學田往往湮没者，何也？蓋今之校官無刑罰可施，則人不知所懼；無圖籍可攷，則吏易以爲姦。故必大書深刻，斯能彰示永久焉。雖然，長民者所以專其政也，爲師者所以司其教也。若夫治化洽而禮讓興，風俗淳而民庶化，豈獨耕者讓畔于野，是則政教有成，庶幾隆古之治乎。

文水王氏增修塋兆記

正議大夫、晉寧路總管王侯國器既承寵命褒贈其父祖，請于翰林學士承旨歐陽公銘其隱德遺善于碑，又刻宗人世系于碣，又各題石表識其墓，及陳祭石于前。乃謂天爵曰：「先世塋兆，翁仲石儀已具，封樹祭田冢人所居皆次第成之。子其書于碑陰，俾後人守之，庶幾永久而弗墜也。」

按，王氏先墓在太原文水縣云周里，東距汾河數里之近。比年河流填閼，夏秋之交，水衍溢于墓域。侯築土四圍，高十有五尺，闊八尺，水害遂息。樹松栢榆柳凡八百章，鬱然暢茂。墓域舊惟三畝，王氏族大且盛，塋不能容。侯買地五十畝，以二十畝爲塋地，餘爲祭田。三畝爲宅，作室四楹，令冢人居之。鑿井及泉，以資漑浸。蓋所以致謹于先兆者，周密深遠，是亦人所難能者哉。天爵曩讀周官，大宰以九兩繫邦國之民，其五曰宗，以族得民。說者謂百夫無長則亂，一族無宗則踈。古人因族以立宗，敬宗以尊祖，吉凶有以相及，有無得以相通。尊卑有分而不紊，親踈有別而不二。族墳墓以塋之，合廟祀以享之。後世廟制既亡，而族塋之禮猶在，士之有志於古者，尚可得而稽焉。故既設冢人之官，祭于墓則有尸，是聖人制禮出於人情之所不忍，以廣其孝思之誠者，亦不得而廢也。然則冢墓封樹之崇，又可不致敬乎。近世士大夫家，爵秩以華其身，禄賜以畜其妻子。或值親喪，歲久弗塋者有之；或仕遠方，子孫不知其先墓者有之。聞侯之風，不亦甚可愧歟！

夫河東之俗，本於儉嗇。侯起家試吏，仕至良二千石，廉以律己，儉以養身，俸稍所入，以歲時奉先嚴事宅兆爲篤。先儒有言：謹家牒〔一〕而心不忘于先塋者，孝之大也。侯其孝已乎。侯曰：「國器之少也，從世父拜于墓下。有術者言，此地當出官人。今承祖考之訓，列官三品。吾何能有哉，皆先世之澤也。」又嘗誡族人曰：「比見世人，或因窮乏，斬伐丘木，賣以爲薪。吾子孫有若此者，族中長者當痛責之，以懲其衆，庶其人羞愧自悔，起敬起孝。又況國制明有厲禁，人豈可被不孝之名，蹈茲刑憲，以辱父母之遺體乎！」是則侯之望于後人者至矣。

昔者侯掾秋官，先公適主幕府；及拜御史，又與天爵同日被命。是以侯交吾家最舊，故因其請遂爲之記，以表其孝行，來者尚嗣葺之而無壞也。至正五年秋九月朔旦，通奉大夫、山東東西道肅政廉訪使蘇某記。

〔一〕「牒」原作「諜」，據李氏鈔本、適園本、徐刻本改。

金進士蓋公墓記

故金進士蓋公之墓，在真定路真定縣新市鄉新城鎮之北原，墓前刻石翁仲四。案登科記：大定二十二年三月二十日集英殿放進士七十六人，第一甲三人，第二甲七人，第三甲六十七人。其第一甲第一人遼陽張甫。第三甲第四人則蓋公也。諱侁，字子威，不知歟歷何官，今里人第呼爲縣令。豈治民有聲，故流傳于後世歟！新城本漢盧奴之南天平城，以其隔滋、泒二水，置縣立市交易，故名新市，初隸中山。晉氏南遷，遂廢。唐初、五代，嘗一復之。其後又廢。至宋，始改新城。蓋氏不知其所由徙，兵後子孫流落佗邦，墓皆荒廢不治。予先世墳墓在新城南一里。至正八年，天爵奉勑爲先參政郡公樹碑，乃帥里中父老趙某、龐某、劉某、張某亦爲蓋公修治其墓，仍建石以表之。

夫自三代鄉舉里選之法廢，隋、唐皆設科目，以詞賦取士，名卿碩輔往往由是途出。金之制度，大抵多襲遼舊。得人之多寡，致治之汙隆，係乎法制、教養，有疏密、小大之不同焉。是歲考士之法，以天地無私覆載爲賦，發倉振乏餓爲詩，正心以正朝廷爲論。中選之士若武簡〔一〕如趙泒、周昂、趙文昌、武都、蕭貢、孟奎、孫椿年、楊庭秀、路元皆有名，蓋公、昂、椿年俱真定人也。昂尤知名，嘗爲監察御史、户部郎官。其父伯禄，大定五年進士，卒刑部郎官，墓在真定縣南仰陵原，事具中都轉運使王寂所述墓銘可考。然在朝者姓名顯而彰，居郡縣者事迹多無所見。方大定之世，中國富康，年穀豐衍，民至以小堯舜稱其君，則一時治效可覩矣。其爲守令者，豈僥倖苟且之徒所能得哉。觀夫世宗初年，守令循良者陞之，貪汙者誅之，詢試詳密，賞罰嚴明，其致治之盛感民之深豈偶然歟！蓋公之殁今一百五十餘年，而里人猶以縣令稱之，則當時能官可知已。又案泰和令：諸塋儀，一品官石人四事，石虎石羊石柱各二事。二品、三品減石人二事，四品、五品又減石柱二事。今以蓋公石儀攷之，則暮年遷官不止縣令而已。

嗚呼，秦、漢以降，中原兵難相尋，雖以聖賢陵寢、將相王公丘墓，湮没弗治者多矣，可勝嘆乎。然予惓惓于蓋公之墓者，以鄉先生故也。父老相傳，有石某者，與蓋公同試省闈被黜。夫數家之里，一歲被薦者二人，可見承平文教之盛也。予嘗讀金野史，世宗時近侍有請廢科舉者。上召太師張浩問曰：「自古人君有不用文士者乎？」曰：「有。」曰：「何人也？」曰：「秦始皇。」世宗怫然怒曰：「豈可使朕效秦始皇所爲乎！」由是科舉得不廢。蓋世宗之明，張浩敷陳之力也。且古者國家建置官儀，施設號令，必得賢才乃能奉行。然人才之生，何世何地無之。是以設爲學校、貢舉，教養選取，使人人讀書修身，習爲孝弟忠信之行，興起禮義廉耻之俗，其于治化誠非小補。或者必欲廢之，何哉？因記蓋公之墓，感而爲之書。

〔一〕此處疑有誤，各本均同。

皇元贈儀同三司太保趙襄穆公神道碑陰記

蔚州飛狐趙氏，國初有勳勞之臣諱瑨，累官昭毅大將軍、河北河南道提刑按察使，以至元甲申薨，肇塋中山堯坊原。又五年戊子，公之元子昭文館大學士、中奉大夫、知太史院、侍儀使秉溫請于翰林侍讀學士李謙述公碑銘，中書參知政事商挺書，太史校書郎楊桓篆額。未幾昭文卒，昆弟宦游南北，碑不果立。又二十四年爲皇慶壬子，天子推恩褒封勳舊，制贈公儀同三司、太保、上柱國，追封定國公，謚襄穆。昭文亦贈金紫光禄大夫、大司徒，追封定國公，謚文昭。又三十九年爲至正庚寅，公之第六子少中大夫、江西湖東道肅政廉訪使、贈嘉議大夫、禮部尚書、追封天水郡侯、謚忠敏秉政有子曰儼，始克買石作碑，表公墓道，仍議刻李、商、楊三君子銘辭書篆，蓋所以追述先志，光昭先德，其誠孝何如也。命其子鄉貢進士時泰屬趙郡蘇天爵紀諸碑陰。

夫自古帝王之興，曷嘗不賴輔弼勞烈之臣以共成大業者乎！我國家興王之初，一時忠勇貔虎之士，戰伐攻取，料敵制勝。及中國既寧，握符持節，敷政宣化，赫然勃然，揚聲名于宇宙，著功業于册書，不知幾何人矣。考其一身之富貴，子孫之昌榮，則不妄殺人之效，澤被生民之功，斯可徵焉。伏讀襄穆之碑，未嘗不再三嘆慕之也。公從征三十年，善撫循士卒，臨戰未嘗妄殺，每以活人爲心。及莅吏民政，慈祥豈弟，人不忍欺。其爲監司，務持大體，不事苛細，所至吏畏而民愛之。嗚呼，當至元、大德之間，功成治定，朝多偉人，文物制作，比隆前古。李公銘章，叙事典實。商公正書，端嚴有法。楊公篆籒，考究精詳。蓋自漢、魏以來，孝子慈孫，欲圖不朽，其親多求碩儒爲銘，能書篆者副焉。故唐人銘其先者，必得三服，斯謂之孝。今襄穆之碑既具三君子之制作，其傳于後無疑也。昔歐陽文忠公葬其父于吉之瀧崗，閱六十年，乃表其阡曰：「非敢緩也，蓋有待也。」夫君子之德蘊諸身，信知其有後乎。襄穆之歿幾七十年，子孫六世傳百餘人，冠冕相繼，蔚爲海內名家。雖曰襄穆德澤之所覆燾，亦惟文昭、忠敏諸公承宗睦族詩書忠孝之訓有以啓迪之也。故本深者枝葉多茂盛，德厚者傳緒常永遠，理固可信而不可誣者哉。

儼由中臺掾爲南行臺照磨，就遷御史，改僉湖北廉訪司事。會有詔選守令，擢泰州尹。考績有成，召入待制翰林兼國史院編修官，進拜監察御史。方嚴廉正，君子稱之。乃推本祖考之懿，傳諸不朽，其用心仁厚者歟。雖然，朝廷之制，凡國初効節之臣，有司聽建祠宇，歲時致享。襄穆公屢典名郡，遺澤在人，其牧守必有援制爲請之者。麗牲有碑，尚當執筆書之。

真定奉恩寺買田修殿記

真定實河朔上郡，山川之雄，城郭之固，官署民廬之所，浮圖老子之宮，瑰偉壯麗，甲於佗邦。奉恩寺居城之中，作於北齊之天保。唐元和時，成德軍節度使王承宗又增構焉。金季燬于兵。元有中夏，丞相史忠武王開府真定，公私所居，釋、老之舍，燦焉一始。于時祖師道琳實主是寺，再傳曰政公、安公，克守其舊。今宗主勝始慨然曰：「寺興幾千年，國初迨今又百年矣，屋日以獘。」乃竭贏餘，并出己有，以興繕爲任，久之始完。寺舊有邸舍百餘間，無極西門里田二百八十畝，勝增買三百四十畝，又買真定常山里田一百六十畝，原頭里墓田三十畝。建居屋八十間，浴室二區，酒肆一區。歲收其租，月取其直。於是諸僧處有安居，廩有餘粟，而無風雨寒飢之憂矣。

先是奎章閣大學士忽公請于朝，勑賜金字佛經若干卷。勝具其事來請文，以志諸石。予里人也，不克終辭。夫自昔有國者養民之方咸備，蓋井九區之田而教之耕，分五畝之宅以爲之居，民無有無職事而食者。自佛教之入中國，穹宫以奉其身，良田以食其衆，優養可謂至矣。學佛之徒可不清潔其躬，扶植其教，朝夕揭虔頌禱，思圖報其萬一乎。余官禮曹，每見朝廷崇奉釋氏，興建梵宫，歲新月異。又割江南腴田，賦其租入，以供祝髮。今勝不資官帑，不勞民力，能完其居以庇其徒，非其材有以動人，能若是歟！嗚呼，世之有官者使皆材能，則天下之事何患其不治乎！勝闡教乘，一鄉傾信，而大歷、資福諸僧咸請主其寺云。

滋溪文稿卷第五

序一

趙氏族譜序

古者公侯大夫之家合宗睦族之道，可謂周密深遠者矣。自周衰禮廢，宗子法壞，而族無統。後世譜牒，尚有遺風焉。譜牒又亡，無百年之家，子孫分散而無所屬，是以先儒深嘆夫古禮之廢壞也。蓋姓氏者其初一原也，子孫者其初一人之身也。一原而不知其所本，一身而不知其相親，循至于此，大夫君子獨無所感于心乎！蔚州蜚狐趙氏，其先自周、隋間家朔方，不能遠本世次。今自評事府君而下得七世，合宗族子孫蓋百餘人，宣慰公始議述譜以傳，俾子孫知身之所自出，以起親親之心，庶幾昔人睦族之道，而於古禮有所興起也夫。應奉翰林文字、承直郎、同知制誥兼國史院編修官蘇天爵序。

張母節行詩序

古者婦人之善不出於閨門，蓋必有持節守義，不睽婦道，處人之所甚難，然後見述於君子，流聞於後世，此共姜之節録于國風，紀叔姬之賢備書于春秋者也。其所以嚴閨門內外之禮，重夫婦始終之義，爲後世勸，不亦大乎。鎭陽張祐以其母夫人杜氏之賢來請曰：「吾母之幼也，孝於其親。既嫁，克盡婦道。年二十七，先君子卒，哀痛憂苦，盡鬻服飾以供喪具。於是祐生三年矣，攜持鞠育，唯恐弗至。祐嘗有疾，吾母禱於神曰：『昔良人歿，妾所以不卽死者，以是兒故。今兒又疾，惟神佑之，令吾夫之傳不絶，吾雖死無憾矣。』及祐稍長，乃輟衣食資之從學，俾克樹立。自先君子卒，吾母深居簡出，禮節自持。今年幾七十，康寧壽考。將求搢紳先生頌而詩之，以傳於世，庶幾孝子之用心乎。」天爵昔居鄉里，嘗與夫人之兄今灤州使君游，又識祐之諸父郡文學先生者，固知夫人詩禮舊家，見聞濡染，異於常人，宜其節行堅苦能若是也。矧在國制，夫亡守義，則旌異門閭，以化其鄉邦。而鎭陽乃郡守治所，又有憲司臨莅其上，必有以夫人之行表請於朝者矣。故因祐之請，述詩、春秋之旨，及其家世之懿，序以傳焉。奉政大夫、奎章閣授經郎、兼經筵譯文官蘇天爵序。

漢泉漫稿序

漢泉漫稿者，故御史中丞曹文貞公所作之詩也。公薨，諸子南行臺御史復亨、西臺掾履亨采録彙次，將板行焉。天爵伏讀而嘆前修老成之不及多見也。昔者國家奮起龍朔，奄奠中夏，渾厚朴茂之俗，端重篤實之士，接武于庭。豈獨經紀法令寬平簡易，而言語文字亦質直暢達，不續不雕，有古昔之風焉。此其御世之久長，保民於安乂，後世有弗能及者矣。觀乎文貞之歌詩，其尚有可稽歟。夫言辭出于心者也，而其行事之著于外者，又豈異乎！故公之司刑也，哀矜平允，不事苛察，而人自以無冤。其治民也，慈祥愷弟，不爲聲威，世多長者之譽。及其列官風紀，尤以興崇俗化、惇奬廉退爲先。蓋公所養者德盛而氣完，故其言行忠厚類此。後之讀其詩者，則故老之話言、先朝之風烈，可想而知也。詩云：「雖無老成人，尚有典刑。」其斯之謂矣。

西林李先生詩集序

故國子助教、贈太常禮儀院判官西林先生李君謌詩若干首，其子浙東僉憲好文將刻梓以傳于世。天爵昔游成均，侍先生館下，故僉憲以序屬焉。

夫自漢、魏以降，言詩者莫盛于唐。方其盛時，李、杜擅其宗，其他則韋、柳之冲和，元、白之平易，温、李之新，郊、島之苦，亦各能自名家，卓然一代文人之製作矣。我國家肇定河朔，有若金進士元公好問獨以文鳴，謌詩最其所長。及嚴侯興學東方，元公爲之師，齊、魯綴文之士雲起風生，以詞章相雄長，而閻、徐、李、孟之徒世所謂傑然者也。諸公進用于朝，遂掌帝制，專文衡，一時新進小生爭趍慕之矣。西林先生其家大名，幼爲古學，習六經百家之説，詩則取法於唐，於近世宋、金諸作未遑學也。蓋其爲詩興寄高遠，託諸諷議，不爲空言，欲有補於世教。是故讀靈災謡則有憂世恤民之志，讀修鄉校詩則惜一世人材壞於刀筆之末。及送其子赴鄉舉也，則勉以問學，勿速成名，蓋忠厚惻怛，憂思深遠，隱然著于文辭。視彼連篇累牘第詠風雲之狀者，大有逕庭矣。

初，先生爲大名、廣平郡文學凡十餘年，大德末，始至京師。由公卿薦，命教國子。又六七年，歸老于家。平居循循，不見喜怒，唯以經術教授爲業，暇則長歌雅曲，吟詠性情以自適，未嘗希世釣名以苟進取，蓋有古君子之風焉。當是時，翰林應奉王伯益者，與先生居同鄉郡，交最善，詩尤清麗閑遠，亦以不阿世好而卒。嗚呼，自昔君子沈抑下僚，用不極其材，曷可勝數。獨其文章猶克表見于後，方之富貴赫奕與草木俱腐者，相萬萬也。僉憲舉進士，禮部薦名第一，歷官詞林、奉常、成均，擢拜御史，以文學稱於時，蓋其家庭傳授有所本云。至元五年龍集己卯六月壬寅，嘉議大夫、江北淮東道肅政廉訪使蘇天爵序。

齊乘序

齊乘六卷，故兵部侍郎于公志齊之山川、風土、郡邑、城郭、亭館、丘壠、人物而作也。古者郡各有志，中土多兵難，書弗克存。我國家大德初，始從集賢待制趙忭之請，作大一統志，蓋欲盡述天下都邑之盛。書成，藏之祕府，世莫得而見焉。于公生于齊，官于齊，考訂古今，質以見聞，歲久始克成編，辭約而事核。公在中朝爲御史、憲臺都事、左司員外郎，終益都田賦總管，以文雅擅名當時。既卒，其家蕭然，獨遺是書于其子潛。余官維揚，始得閱之。

嗚呼，齊地之强，民物之夥，自古然也。桓公任管仲以成霸業，聖人嘗稱其功，謂一變能至於魯。後世去古雖遠，山川郡邑猶存，革其俗以化其民，獨不在夫上之人乎！當漢之始，兵戈甫定，曹參爲齊相，師禮蓋公，以清静化民，齊乃大治，兹非其效歟。今齊爲山東重鎮，所統郡縣五十有九，宦游于齊者獲是書觀之，寧無益乎！予於于公之言重有感焉。謂三代、兩漢人材，本乎學校之教養；謂風俗自漢、晉以降，愈變而愈下。美昔人之賑飢有道，嘆近世之採金病民。以稷下學術流于異端，以海上求仙感于神異。斯亦足以慨公之志矣夫。公諱欽，字思容，益都人。潛擢南行臺掾云。至元五年己卯冬十月丙戌朔，趙郡蘇天爵序。

御史中丞馬公文集序

昔者仁宗皇帝臨御天下，慨然閔習俗之弊於文法，思得儒臣以圖治功。詔興貢舉，網羅俊彦。故御史中丞馬公首應是選，入翰林爲應奉文字，與會稽袁公、蜀郡虞公、東平王公以問學相淬礪，更唱迭和，金石相宣，而文日益奇矣。未幾，擢拜御史，劾權貴人擅弄威福，遂罷相位。久之，其人再竊政柄，左遷公尹縣開平，實欲深中傷之。公退耕浮光之野，泊然不以介意。權貴人死，復入翰林爲待制，遷直學士。訓誥、誓命，温厚典則，有西漢風。在禮部爲尚書，兩司貢舉，選士專求碩學，崇雅黜浮。至順天子親見郊廟，祼獻禮文，多公裁定。及爲臺臣，端重正大，百辟鎮肅。議論廊廟，有關於治體，一時薦拔皆重厚清慎之士。公少嗜學，非三代、兩漢之書不觀，文則富麗而有法，新奇而不鑿。詩則接武隋、唐，上追漢、魏。後生争慕效之，文章爲之一變。公之先出雍古部族，世居天山。殆入中國，數世宦學不絶，至公位益光顯。

嗚呼，我國家龍奮朔土，四方豪傑咸起而爲之用，百戰始一函夏。干戈既輯，治化斯興，而勳臣世族之裔，皆知學乎詩書六藝之文，以求盡夫修身事親致君澤民之術。是以列聖立極，屢降德音，興崇庠序，敦延師儒，非徒爲觀美也。至于仁皇，始欲丕變其俗，以文化成天下，猗歟盛哉。觀公治行卓偉若此，則祖宗取材作人之效，豈第文辭之工而已。雖然，非此無以表公之蘊。公既没，其從弟察院掾易朔出公詩文若干篇，合天爵所藏，共若干卷，請于中臺，刊諸維揚郡學。嗚呼，覽者尚能考公之行也夫。至元己卯冬十一月朔，趙郡蘇天爵序。

曹南李時中文稿序

客有示予文一編者，讀之，辨博宏衍，若無涯涘，蓋本諸經以爲辭，非空言以自詭者也。予亟問之。客曰：「曹南李時中所作。」予曰：「宜其然。」蓋時中少學于稾城王祁京甫，京甫則臨川吴先生之高第弟子也。初宣慰使珊竹公延導江張氏于儀真誨其子弟，張氏没，復延吴先生爲之師，故真、揚間學者甚盛。京甫既傳其師説，開門授徒，時中尤知名于時者也。嗚呼，昔宋之季，文日以獘，而江、淮俗尚武俠，儒學或未聞也。國家既一四海，儒先君子作而興之，獨以經術訓諸其人，宜其講授淵源之有自歟。時中爲人，沉潛縝密，讀書刻苦，不急一時之譽而譽日彰。久之，大臣有知其賢者，薦之于朝，得爲校官。又辟掾行省。不樂俯仰，輒棄去，蓋昂然特立之士也。延祐、至治間，吴先生兩被召命入朝，道出真、揚，館于時中之家，時中受教益多。惜乎藴其材能，弗克表見于世。予官淮東，訪求士之賢者，得數人焉，時中其一。每嘆去世之蚤，不及與之講所學也。後之讀其文者，尚及識時中之志矣夫。

蔗齋詩集序

故遼東廉使荆公有詩若干篇，其孫晉陵縣尹思德板行于時。公之從子右衛屯田千夫長訥授天爵讀之，且曰：「叔父行事粗見于斯，幸序而發焉。」

昔在世祖皇帝，一時侍從之賢，今不及見矣。公少學于翰林李公治，至元初來遊京師。左丞張忠宣公方在中書，以薦賢爲己任，與公語，奇之，館于家塾，命讀所未見書。歲餘，忠宣薦公于祕書焦公，補興文署校理。尋又薦于符寶董公，遂爲符寶局直長。局陞爲典瑞監，就用爲丞，爲少監，又遷太監。久之，拜淮東道提刑按察使。會改肅政廉訪，公仍爲使。按行屬邑，風化肅清。元貞初，改使遼東。以謀葬告歸，老于家。公在典瑞凡十三年，未嘗別遷他官，蓋上以符璽國之重器，必得儒臣忠清慎密者司之。公與王文恭公思廉實爲同列，上命近侍以爲師表焉。巡幸蒐畋，公皆扈行，以是屢承眷顧。嘗從獵三不臘，風雪暴作，上念公等不能寒飢，召入虎帳，賜酒及食。殆從征叛王于山北，還至隆興，時已八月。上聞畿甸禾稼禾獲，遂復北行。是皆見于公詩可徵者也。又嘗讀公薦平章武寧正憲王書，有曰：「曩者姦臣恃勢作威，烈於猛火，衆莫敢言。近侍徹理不避雷霆之威，昧死論列，竟使伏辜。某與徹理同爲從官，第知其進止有常，取與不苟，至是又知其敢言也。今徹理列官閫省，獨俾一方受其利益，宜置朝廷，朝夕獻納，贊成天下之務，其爲利益不亦博哉。」此公官淮東時所上也。夫以世祖聖明天縱，又得左右從臣匡輔啓沃若此，則當時治化之隆豈偶然哉。嗚呼，自昔國家慎選侍御僕從，以旦夕承弼厥辟，蓋以此也。天爵少時嘗聞故老言至元政治人材之盛，今讀公詩尚得其一二焉。傳曰：「詩可以觀」，豈不益可信歟。公諱玩恒，字文紀，趙之寧晉人。蕉齋其自號也。至元六年庚辰二月既望，嘉議大夫、樞密院判官蘇天爵序。

御史中丞魏忠肅公文集序

古之君子以言爲職者，正己正言，無諷無顯，主於理勝而已。故國憲以之而振肅，治化以之而清寧，善人足以有立于世，不善者聞風斯引退矣。天爵伏讀順聖魏公之文，其尚有以徵焉。

公以前朝故家，述其父祖遺業，聲譽著聞。中臺既立，辟公爲掾，陳書辭不應。其說曰：「昔程顥爲御史，進言于朝：使臣拾遺補闕，裨贊朝廷則可；使臣綴拾臣下短長，以沽直名，則不能也。」未幾擢拜御史，知無不言。謂：「朝廷之禮不可不肅，天下之法不可不立，禮不肅則華夏無所瞻仰，法不立則臣民無所持守。」及其進爲僉憲副使、治書侍御史、中丞，終始不離風紀。其執法嚴重，務存大體，儼然人望而畏敬焉。世祖御極，思得俊賢，布列有位。嘗命公訪求人才如魏徵者，公對曰：「天下未嘗乏才，顧用之何如耳。且徵之爲徵，以太宗能聽其言也。不然，徵雖忠直，將何所施。」當是時，國家圖治方急，求言甚切，蓋欲敷宣政教，休養黎元，至於是非與奪，則一歸之公議。一時中外居言責者，大抵多文學老成之士，若渾源雷公膺、武安胡公祗遹、汲郡王公博文、王公惲、東平張公孔孫、徐公琰及公等是也。傳曰：「不有君子，其能國乎。」嗚呼，前輩風烈日遠，後學因其語言文字，猶能想見一二。然公之學本諸春秋，春秋之書褒善貶惡，公天下之心也。覽者能以是求之，則庶幾矣。

公卒後二十年，仁皇興念故老，制贈公通奉大夫、河南行中書省參知政事，追封鉅鹿郡公，謚忠肅云。至正元年八月庚申，正議大夫、參議中書省事趙郡蘇天爵序。

送察君白赴廣西帥府經歷序

世嘗患才之不足于用者，非天不生才于今也，或教養未至不足以致之，或見聞未周不足以識之。天下之才，始隱而弗彰矣。至正二年，予參湖廣省政，詢諸僚屬之中，而得管勾察罕不華君白，信天下之美材也。君白朔方貴族，從親官江南，三以進士中鄉貢選，復以特恩教授江陰，掾浙西憲司，佐平江幕府。發言制行，甚有可觀，治劇剸煩，益有餘裕。是年廣西用兵，省檄君白往糴兵食，財省而民弗擾。明年，詔省憲調廣海官，衆擬君白長帥府幕。故事，得先之官。徵予言以爲别。昔者祖宗戡定中夏，一時國人咸起而爲之用，質厚而材良，敦重而正大，征謀治法，左右先後，弼成太平之業者，非偶然也。海宇既寧，憲度斯舉，長育當盡其方，砥礪宜有其具，然後賢能彬彬出爲時用。觀乎君白之才猷，其有關於世道矣夫。然而中州内地，耳目所及，朝廷政令之所先焉，而猶選賢任官，以治其民。矧荒邊異域山區海陬之間，北去京師萬里之遠，民物彫瘵，居有文移召發之警，行有戰攻饋餉之勞。而懷柔撫綏之責，贊協盡諸之宜，苟不慎擇其人，何以敷宣天子之德服遠人乎，此諸公所以力薦君白者也。君白昔嘗親履其地，周知一方利病，他日報政而還，余益信其才之爲不可及矣。

渾源劉氏傳家集序

先王之世，道德同而風俗美，故其政教行于天下，莫不身修而家齊，禮明而樂備。去古既遠，政教漸微，豈惟士之學行不能世其家，而有國者亦弗克維持其治化矣。然而數百年間，士之持身愼行以詩禮操義相傳，寧無一二可述者乎？若漢之袁氏、楊氏，唐之柳氏、穆氏，家範之嚴，風槩之高，有以厲天下，矯異世，故史氏載之以爲訓焉。

湖廣行省檢校劉君之彦輯其先世譜牒言行來告曰：「吾家渾源，傳九世，閲二〔一〕百餘年。其在于金舉進士者八人，際遇聖朝仕者若干人。然官雖不甚顯，而文學風誼見稱於大儒先生，可考不誣。念宗族昆弟散居四方，故輯録爲書，俾謹藏之，庶不失墜先訓。公其序而傳焉。」余聞古之君子不以名位崇高爲貴，而惟節義風槩之爲尚也。故曰：富與貴是人之所欲也，不以其道得之不處也；貧與賤是人之所惡也，不以其道得之不去也。其審富貴而安貧賤如此，渾源劉氏其庶幾乎。金之初年，士大夫乘時以干名，依勢以取貴，無何羣小相傾，卒陷于禍。南山翁方以清修文雅著名于時，用則出而應之，否則安其所守，不見喜慍。而詞學之懿，操行之潔，傳諸其家以及其鄉人者，終金之世，雲、朔諸郡文獻相望，大抵多翁所感發也。其子翰林繼之，家學益修，居官廉平。恒慕黄叔度、郭林宗爲人，蕭然有高世之志，徜徉西巖泉石之間而佚老焉。後之人皆世其學，厲其行，未嘗趍勢干名，以苟富貴。則能傳家保族，固其宜哉。

嗚呼，前代名門巨室泯没無聞者多矣，蓋非祖考積德累行倡之於其始，子孫讀書立身承之於其後，孰能傳緒歷次于久遠歟！昔金盛時，公卿將相隆名極位，赫然震耀。曾無幾時，聲迹俱滅，甚者或無以爲繼。而劉氏獨能以詩禮操義，保其世德若此，覽者其亦有所感而興起矣。至正三年癸未冬十月癸巳朔，中奉大夫、湖廣等處行中書省參知政事趙郡蘇天爵序。

〔二〕「二」原作「一」，據李氏鈔本、適園本、徐刻本改。

禹柏詩序

漢陽府太平興國寺有古柏焉，相傳大禹所植。眉山蘇公爲詩倡之，世遂信而不疑。往年予按部至郡，因卽所謂禹柏者觀之，枝幹之昂藏，顔色之蒼古，雨露之所滋潤，風霜之所偃薄，非數千百年豈能成此嘉樹乎。間讀禹貢至「導嶓冢，至于荆山、内方，至于大別」，則聖人八年于外，跋涉山川，以拯民溺，以奠民居。及登大別之山，觀江、漢之會流，尚可得而徵焉。昔召伯循行南國，舍于甘棠之下，後人思之，惜其樹而不忍傷，詩所謂「勿翦勿伐」者也。夫古人布政所息之樹而猶愛護詠歌若此，況聖人所封植者歟。考之於詩，有曰：「新甫之柏。」而荆州所貢，則有杶栝柏焉，獨禹所植者無所攷見。然則古今詩雖不同，其爲懷人思古之作，又豈異哉。今自眉山公以下，得詩若干篇，府判哈剌台德卿，名進士也，將帥寺僧刊布四方。覽其詩者，當思聖人抑洪水之功，勿徒詠嘆其樹而已。

伊洛淵源録序

伊洛淵源録者，新安子朱子之所輯也。朱子既録八朝名臣言行，復輯周、程、邵、張遺事以爲是書，則汴宋一代人材備矣。天爵家藏是書有年，及來鄂省，謀於憲府諸公，刊置郡學，與多士共傳焉。

問嘗誦程子之言曰：「周公没，百世無善治；孟軻死，千載無真儒。」蓋治不出於真儒，雖治弗善也。自聖賢既遠，治教漸微，漢、唐數百年間，逢掖之徒豈無名世者歟！蓋溺於詞章記誦之習者，既不足以知道德性命之原；訹於權謀功利之説者，又不足以求禮樂刑政之本。此教之所以不明，治之所以弗古若也。宋氏之興，儒先挺出。周子得不傳之學於圖書，闡發幽祕。二程子擴大而推明之，窮理致知，以究其極。邵子、張子則又上下其論議。然後天理之微、人倫之著、事物之衆、鬼神之幽焕然復明于世。一時及門之士，講明正學，風采言論，各有所傳。朱子悉登載於是書，以爲訓焉，其有望于天下後學，可謂至矣。蓋自古爲政者，必明道術以正人心，育賢材以興治化。然則是書所述，其有關於世教已夫。

昔我世祖皇帝既定天下，惇崇文化，首徵覃懷許文正公爲之輔相。文正之學，尊明孔、孟之遺經，以及伊、洛諸儒之訓傳，使夫道德之言，衣被四海。故當時學術之正，人材之多，而文正之有功於聖世，蓋有所不可及焉。逮仁廟臨御，肇興貢舉，網羅俊彦。其程試之法，表章六經。至於論語、大學、中庸、孟子，專以周、程、朱子之説爲主，定爲國是，而曲學異説，悉罷黜之。是則列聖所以明道術以正人心、育賢材以興治化者，其功用顧不重且大歟。夫伊、洛之書固家傳而人有之，然學之者欲以見諸實用，非徒誦習其文以爲決科之計而已。嘗即是書而考之，謂人君當防未萌之欲，輔養君德要使跬步不離正人；謂一命之士苟存心於愛物，於人必有所濟；則正主庇民之道，豈有外此者乎！謂殺人以媚人，吾不爲也；謂薦士當以才之所堪，不當問所欲；則慎刑官人之法，豈有不本於此者乎！其他一言行之嘉，一政令之善，莫不皆可以爲法焉。讀者能即是而求之，本乎聖賢修己之學，自不溺於詞章記誦之習；明乎聖賢治人之方，必不詸于權謀功利之説。庶幾先儒次輯是書，有望於後學者哉。蓋學問之傳授，不以時世而存亡；師友之淵源，不以風俗而間斷。然而巽懦無志者不足以有望，必得豪傑特立之士，覩感興起，知求聖賢之學而學焉，則真儒善治之效可得而致矣。至正癸未十月既望，趙郡蘇天爵書。

太子贊善同公文集序

古之君子，道積于躬，行脩于家，號稱一鄉之善士者，固有之矣。及其至也，稱于一國焉，又稱于天下焉。其没于世，則善言懿行，忍使湮晦而弗傳歟。天爵早歲居于京師，凡四方之士文學節行著于州閭者，未始不聞其名焉。若故集賢學士蕭貞敏公、太子贊善同文貞公，則尤士君子所喜稱道者也。夫二公生逢國家之治平，親承文獻之緒餘，深居而簡出，惇行而慎言。處于家庭則肅然以莊，接于鄉黨則薰然以和。遠近學者之及門也，則授之以經；臺省名公之造其家也，則交之以禮。故小大敬服，而聲聞日以彰矣。自昔關輔風土厚完，人材樸茂。洪惟世祖皇帝始以潛藩分地，請命故相廉文正王爲宣撫使，乃辟覃懷許公爲之提學，以興庠序，以育賢材，以美風化，其規摹弘遠矣。當時儒宿，磊落相望。至大德、延祐之際，則有若貞敏、文貞二公者出焉，風采凛然，傾動海内。于時朝廷方興文治，登用老成，屢以尊官顯爵卽其家徵起之。間嘗一至京師，深欲推明其學，未久，移書廟堂，辭疾而歸。雍容乎道義之盛，審度乎出處之宜，是豈遺世絶人、索隱行怪者之流歟？

至正四年春，天爵來官于秦，方將攷求諸老言行而表章之，俾多士以爲矜式。會御史觀音寶、潘惟梓以文貞遺文來上，請刊布于江、淮郡學。天爵再三誦讀，愛其詞淳而義正，信乎有德者之有言也。嗚呼，邇年以來，中原耆舊相繼淪逝，流風餘韻日遠日亡，獨賴其語言文字尚能稽其一二。善哉，御史之有是請也，豈惟使關輔之士企其風節學行而有所興起已夫。至于貞敏之文，散逸無幾，將與文貞之孫再思等采而輯之，共廣其傳焉。中奉大夫、陝西諸道行御史臺侍御史趙郡蘇天爵序。

滋溪文稿卷第六

序二

正學編序

儒者之學，祖述聖賢之所傳，攷求經傳之所載，端本以正人心，立教以化天下，有若魯齋先生許文正公其至于是歟。至正四年春，天爵忝官西臺。三月，帥御史敦勸郡學。四月，謁魯齋祠，命山長祁文思輯録先生褒封之制、奏對之書及其哀誄之文，號正學編，刊布以式士類。

夫天將定一函夏，躋世隆康，則生文武神聖之君爲斯民主，又必有道德中正之臣以輔相之，然後明道術以叙彛倫，興禮樂以敷治化。伏覩世祖皇帝之所以爲君，魯齋之所以爲臣，其有見于斯歟。故朝廷公卿之上，郡縣庠序之中，皆明夫易、詩、書、春秋、論語、孟子之文，以敦夫君臣父子夫婦兄弟朋友之典，曲學邪説悉罷黜之。今稽是編，文正之爲學也，精思苦索以求其所未至，躬履實踐以行其所已知，識儒先傳授之正，辨異端似是之非。其被召而立于朝也，嚴乎出處之義，盡其事上之禮。謂國家居中土當行漢法，則歷年多而可久；治天下定其規模，則事有序而不紊。本之於農桑學校以厚民生，輔之以典禮政刑以成治效。蓋欲君之德比於三代之隆，民之俗登於三代之盛者也。嗚呼，先生德業若此，非學術源流之正乎！是學也，伊、洛、洙、泗之學也。自聖賢既没，正學不傳，秦、漢以降，學亦多歧矣。或以記誦詞章爲問學之極致，或以清虚寂滅爲性理之精微，或以權謀功利爲政事之機要，是皆非學之正，此道之所以弗明、世之所以弗治也。不有儒先君子探其原而啓其途，端其識以正其趣，則士將倀倀然無所依歸。覽是編者，蓋知夫學術源流之正矣。臨卭魏文靖公生宋之季，每以世道下降、士習愈卑深慨嘆焉。其曰：「記問，學之末也，今非聖賢之書而虞初稗官矣。虚無，道之害也，今非佛、老之初而梵唄土木矣。權利，誼之蠹也，今非管、晏之遺而錐刀毫末矣。」魏公斯言，豈特一時之所當憂者乎！

嗚呼，先王經世之志，儒者有用之學，久不著于世矣。世祖臨御，方大有爲，魯齋以真儒之學，啓沃弼正，俾聖賢之道，昭明于時，詩書之澤，衣被于世，斯則有功于今日之大者也。是以封爵之崇，從祀之典，百世之公論，終不可誣。當是時，有祖蘇、張縱横之術，鉤距揣摩，欲以利害動朝廷，智術操天下。賴天子明聖灼知，姦邪隨殄滅之。或者猶欲踵其餘習，盜名欺世，是亦弗思之甚也。列聖繼作，文治休明，儒者之學，益見于用，而魯齋扶世立教之功，不可及矣。

維昔書院之建，蓋以先生首應聘召，見世祖于六盤，被命教授京兆子弟。考論是邦師友淵源，實有所自。諸生游息于斯，讀聖賢之遺經，考儒先之言行，庶能正其趨向，感而興起已夫。是歲秋八月，後學蘇天爵序。

濟陽文會序

濟陽之士讀書永安僧舍，緝爲貢舉之文，月再會焉。或文義字書之訛，亦各有罰，必欲詞章程式期於中選，其志亦可尚哉。我國家奄有中夏，治安日久，始議設科取士。其爲制也，詢之孝弟信義，蓋欲其行之有常；試之經義疑問，蓋欲其學之有本。繼以古賦詔誥章表，欲其敷揚宏休，以備代言之選；策以經史時務，欲其經濟斯世，發爲有用之學。是則朝廷設科取士之意，諸君子其亦思之否乎？且濟陽介于齊、魯之間，聖賢德化之所被也。邑之先進有若故翰林學士楊文安公，雅德懿行，爲世師表；故河西僉憲程君，今江西省掌故王君，皆由進士入官，焯有聲譽者也。諸君子接于師友之見聞，考諸文獻之原委，振勵憤激，講明正學。他日薦名春官，仰副國家求賢圖治之美，豈徒曰文辭之工而已乎。集賢侍講學士、通奉大夫、兼國子祭酒趙郡蘇天爵題。

宋正獻文集後序

國子祭酒宋公既卒，制贈翰林直學士、范陽郡侯，謚正獻。其弟翰林修撰褧次輯遺文爲四十卷，將板行之，家貧不克。御史共以爲請，遂命江陵憲刊諸學宫。

公生京師，早從親官江南，留落江、漢間最久，學日益富，文日益奇。延祐初，北還，聲聞隱隱動臺閣。一時名卿若清河元公、濟南張公、東平蔡公延譽不容口，乃擢高科，歷顯仕。方期大用，而公卒矣。嗚呼，天之生材固爲世用也，或弗究厥施而遽奪之，豈公之不幸耶，世之不幸耶！自昔燕、趙山川風氣雄渾奇偉，豪傑之士往往出於其間，故材氣强毅，不隨世俯仰。公之文辭高古，務出于己，每嘆近世文氣骫骳爲不足尚也。國家設都于燕七十餘年，人物生于興王之會，奮立事功列官將相者盛矣，而問學文辭之懿若公者，幾何人哉！

公之行已大節具翰林謝公之銘章，然尚有可稱者，而衆或弗察也。當天曆初，公移疾家居，殆及百日，凛凛乎死生禍福，不能怵也。及至順中，儒者以才華相誇尚，詠謌治平，以需進用，公獨退然如不能言。此其胷中所藴，豈區區文士所能及哉。天爵昔官六察，嘗以士氣不振，薦公可教胄子，庶幾作新士類。朝廷輒從其言。未幾公卒。江陵公所舊遊，流風餘思，猶有存者，文字之傳，將及四海矣，讀者尚能興起也夫。

宋翰林文集序

延祐中，朝廷大興文治。予友宋顯夫從其兄誠夫自江南來，出其橐中詩文若干篇。一時學者共傳觀之，公卿大夫争識其面，而大宋、小宋之名隱然傳播於京都矣。未幾，誠夫果魁多士。久之，顯夫亦賜同進士出身。初，顯夫兄弟從親宦游于江、漢之間，日益貧窶，衣食時或不充，故其爲學精深堅苦，下至稗官傳記，亦無不覽。詩尤清新飄逸，間出奇古，若盧仝、李賀之流，蓋喜其詞以模擬之。及聞貢舉詔下，始習經義、策問。既擢科第，遂入館閣爲校書、編修、修撰、待制，又嘗爲太禧掌故、中臺御史、山南僉憲，最後由國子司業入翰林爲直學士。至正丙戌之春，年五十三以卒，謚曰文清。誠夫累官至禮部尚書、國子祭酒，謚曰正獻。始者誠夫之卒，顯夫屬予序其文後。今顯夫之亡，其子國子生籲復彙其稿徵序于余。夫宋氏文學之偉，固不待予言而傳也，第念伯仲方以才能進用于時，用不極其至，相繼淪逝，此中外有識之士重悼惜也。

昔者仁皇開設貢舉，本以敷求賢才，作興治化。今觀累舉得人之盛，或才識所長裨益國政，或文章之工黼黻皇猷，議者不當盡以迂滯巽懦詆訾之也。嗚呼，去古雖遠，士之卓然能有所見，毅然能有所守，又豈無其人哉。彼或訹之以利害，視之以禍福，事弗合義，言不中度，詭隨而妄作者，亦有之矣。顯夫學識持守逈與流俗不同，斯其兄弟平昔講于家庭，而世人或不能盡識也。予以交游之久，故深知之，知之深則其哀之也切。是則國家承平百年德澤涵濡，而庠序樂育多士之功，豈第求其文章言語之工而已。顯夫家本京師，故題其集曰燕石云。至正六年冬十月朔，集賢侍講學士、通奉大夫、兼國子祭酒趙郡蘇天爵序。

送韓伯敬赴杜浦巡檢序

儒者之爲學官，由縣而州而路，積百五十月始入流選。其遷調之淹，需次之久，近者二十餘年，遠者或三十年，而其人亦老矣。朝廷知其然，略更其制，願爲巡徼官者聽，南士調廣海，中州士調江南。夫天生民而爲之士，寧無豪傑有爲之才，倜儻不羈之器。顧使跋涉江湖風濤之險，觸冒蛇虺瘴霧之毒，其亦可憐也哉，士之往者又豈得已也哉。然而幸有一焉。比歲山東、河南之境，旱乾水溢，民罹寒飢，盜賊竊發，職警捕者皆以爲病。大江之南，火耕水耨，民頗豐足，野無所警，豈惟士之幸也。雖然，國家建官本以爲民，民既豐裕，當思撫字之方，休養生息之道。方今郡縣貪吏黠卒害民爲甚，江南大家被害尤甚，居官者不可不知也。知之則思所以格之，民其庶幾少休乎。唐山韓伯敬由真定儒學正調江南杜浦巡檢，將行求言，故書是以贈。

靳先生詩稿序

昔者國家興隆之初，合乎南北疆宇之大，網羅人才，布列官守。其政術之廉平，文詞之雅正，接武宋、金，遺老沛然有以周用于世，是豈中則歆然不足、外則軒軒以藝能自負者所可擬乎！嗚呼，甚矣，祖宗德澤之深厚，仁賢之衆多，治化之隆，爲不可及已。余鄉靳先生汝弼，字舜卿，生逢海宇之清晏，親承耆舊之典刑，問學之富，蔚乎有章，政術之良，秩焉可紀。出佐江東憲幕，則稱贊畫之長，擢尹浙西劇縣，則著循良之譽。惜乎藴負所有，不獲盡施而亡。家藏所著謌詩一編，余因其孫穆得而誦之，緬懷國初治化人才之盛，感而爲之書。

曹先生文稿序

廬陵曹先生有文數百篇，季子友仁板行于世，徵愚序其端。昔者國家隆興之初，人材衆多，然或抱異材奧學，卒于小官，豈非命歟。先生少年儻倜有奇節，論議古今，出人意表。江左初下，一時名公争與爲友，而名聲日延。作爲文章，博洽古雅，不狥流俗，可謂豪傑之士矣。蓋先生平生雅好著述，每言：「宋有國三百年，禮樂文物、名臣碩儒皆表表可紀，國亡史多散失。」乃慨然自任，著書若干卷，未及脱稿而卒。年方逾于知命，官僅止于徼巡，此搢紳君子所以傷悼不能已也。

當中統初，朝廷肇置史館，承旨王文康公鶚請修國史及遼、金史。其言曰：「既亡人之國，不可亡其史。」未幾宋氏亦滅。是時諸老皆在，而三史卒不克修，是亦天也。至正癸未，大臣始奏論輯其事，於是使者分行四方，網羅舊聞。先生去世已久，仲子汝舟以遺書來上，衆皆愛其書法簡嚴，而嘆先生不及與于論撰之列也。嗚呼，甚矣，作史之難。先儒以謂古之良史，其明足以周萬事之理，其道足以適天下之用，其智足以通難知之意，其文足以發難顯之情，然後其任可得而稱也。夫太史公以奇偉之材，去古未遠，論者猶謂疏略抵梧，況其下者乎！況後世乎！

愚嘗備員史屬，閲近代載籍，宋自建隆迄于嘉定，實録、編年、紀志表傳蓋數萬言，其未成書者第寶慶、咸淳之事而已，秉筆者豈無所藉手乎！夫唐及五代初皆有書，而歐陽公、宋公尋復爲之，蓋山林有志之士若曹先生者又豈無其人哉。愚因覽其遺文，感而爲之書。先生諱榖，字士弘，家本廬陵，今葬寧國之南陵。至正己丑春正月丙午，通奉大夫、江浙等處行中書省參知政事趙郡蘇天爵序。

至元新格序

國家以神武定天下，寬仁御兆民。省臺既立，典章憲度簡易明白，近世煩文苛法爲民病者，悉置而不用。嗚呼，斯其所以祈天永命莫丕丕之基者歟。故平章政事廣平何公榮祖明習章程，號識治體，當至元二十八年，始爲新格一編，請于世廟，頒行多方。惟其練達老成，故立言至切；惟其思慮周密，故制事合宜。雖宏綱大法不數千言，擴而充之，舉今日爲治之事，不越乎是矣。蓋昔者先王慎于任人，嚴於立法，議事以制，不專刑書。是以訟簡政平，海宇清謐，其皆以是爲則歟。是書舊板漫滅，省府命重刊之，覽者當體先朝寬仁之治，慎勿任法煩苛爲尚哉。

兩漢詔令序

先王典謨訓誥誓命之文，何其義理精微忠厚惻怛感人之深能若是歟？蓋情之發於中者實，則言之著于外者切，德澤之及于人者深遠也。三代而降，文辭近古者莫兩漢，若一時典册詔令，混于紀、傳。有能取司馬、班氏書離其説，決其先後，俾觀者見其愛民憂世、恤刑薄賦、遣使求賢、乞言圖治。詞氣温雅，制作森嚴，甚有古之風烈。夫明君賢臣訏謨于巖廊之上，既務合乎典禮，發號施令，敷布于海宇之内，必能格于人心。斯其上下之交孚，治忽之所關，豈偶然哉。有虞之朝，龍作納言，夙夜出納，帝命惟允。鄭，伯爵也，爲命裨諶草創之，世叔討論之，行人子羽修飾之，東里子産潤色之。況後世有天下者，涣汗大號，鼓舞兆民，皆出治之本，經國之要，豈可以私智獨見而爲之乎。

我國家累聖相承，興崇治化，凡議大政，皆命文學老臣共之。故詔令之頒，渾厚質實。及貢舉試士，詔誥亦用古體。其軫念黎元，追古制作，誠非近世所能及焉。然則帝王之制，固本於五十八篇之書，而兩漢詔令亦不可忽也。

是編吾家所藏，西漢十二卷，吴郡林虙録；東漢十一卷，四明樓昉録。及官浙省，與憲使王公議刊行之。向聞於灊洪咨夔亦嘗纂次成書，事著其畧帝系之説，惜乎不傳。獨得其總論，刻置卷首。又命進士高明輯其目，文學掾江若泉正其訛。或謂兩漢季年權姦柄用，擅政稱制，文宜刊削。夫命令雖出于當時，而善惡悉著于史策，録之以示訓，不亦可乎。至正己丑五月甲午，趙郡蘇天爵書。

性理四書序

至正丁亥，詔嚴守令之選，以六事責之。明年夏五月，浙西廉訪副使徐侯思讓拜括蒼郡守。下車之初，奉行六事惟謹，獄訟日簡，治化日興。暇則帥僚吏詣頖宮，聽諸生講誦經訓，於是郡人興起于學。侯益延師儲書，盡教養之實。又以周子太極圖說、通書，張子正蒙、西銘，刊置郡學，俾諸生閲習。書成，號性理四書，命文學掾雲某來求序。

嘗謂士之著述固有待序而傳者，若夫先儒立言垂訓，推廣聖賢所未盡發，開示後人所未知聞，又何待序而後傳耶！蓋自周衰，聖學失傳，漢、唐數百年間，豈無豪傑之士以孔、孟之言爲學者歟？然而窮極性命之根柢，發明義理之精微，或有所未至也。宋興既久，周子出于舂陵，河南程子、關中張子相繼而起，其微言大義，傳諸學者。凡天地之所以生成，日月之所以運行，山川之所以流峙，萬物之所以茂遂，鬼神之所以祕，人道之所以明，莫不原理以達於用。紫陽朱子、東萊吕公嘆其廣大閎博，若無津涯。念窮鄉晚進有志于學，無賢師友以迪之，則不知所入也，因共掇其關於大體切於日用者，爲近思録傳焉。今國家九有會同，崇尚文治，而伊、洛諸儒之全書廣布于世，不亦宜乎。

嗚呼，昔人有以道學、政術爲二事者，先儒深以爲非，謂孔、孟可作，將推其所得施諸天下歟，將以其所不爲而强天下歟。蓋王者爲民父母，視四海之民如己之子，則講治之術，必不爲五霸之假名，秦、漢之少恩矣。然則徐侯之刊是書，其有意於古之治乎。

訾君孝義詩序

德州齊河縣有孝義之士曰：訾君仲元。其上世以貲雄，金之季年，散財招壯勇，保衛鄉社，由是貲衰，然里人咸賴之以安。聖朝平定之初，君之父思振先業，而家日裕。有子四人，仲元居其次。幼服田力穡，悃愊無華，動循矩度，敦行孝義。父病瘍甚，君拜醫求藥，藥必親嘗，衣不去體，食不甘味。父卒，躃踊哀號，絶而復蘇。棺斂葬祭，稍從禮制。既而母亦感疾，伏枕二年，君奉侍彌篤。及卒，哀踰前喪。母鍾愛君孝謹，知其無所私藏，疾革，屏人以金珠首飾付之。君拜辭，乞與諸弟，母益賢之。異時諸弟求分財別居，君不能止，聽擇田廬便利者取之，而己略不介意也。諸弟不幸蚤亡，君撫遺孤如己子，待中外婣族盡恩義。里閈貧無依者十餘家，割良田百畝俾種植自給，以終其身。歲大疫，貧者不能具藥餌，有食瓜輒自汗者，君買瓜載米過病者家，親分與之。或言：「疫氣相染，不可。」君曰：「我以誠意援人于危，造物者忍害之乎！」其死者又量賻之。間歲不登，鄉人有所假貸，積不能償，悉取券焚之。於是一鄉之人，皆感其惠，而君之孝義彰于遠近矣。

縣，以其名登之府，部使者覈實以聞。朝議命旌其門閭，仍令史官書之。君之子德明官從仕郎、管勾南臺架閣，嘗與浙西憲幕王君威可同掾中臺，相好也。故威可將求諸公謌詠君行，屬予序其事。

嗚呼，昔者先王之爲治也，井天下之田而俾之耕，民無寒飢之憂矣；建大小之學而明其教，民興孝弟之行矣。故居于其鄉，出入有相扶之義，患難有相恤之道，老幼皆得其養，生死俱無所憾。或一夫不得其所，在上者則曰時予之辜，斯其所以盡爲民父母之道者歟。我國家覆燾九有，惠鮮小民，德至渥也。然而一鄉一里，或罹水旱之災，民尚有仰其好義之家以周給之者，蓋人之生稟乎天地之性，惻隱仁愛之端，莫不因其有所感發而著見焉。是以篤實之士不爲物欲所誘而力行之，非有待于外也。觀乎訾君慈祥豈弟之行著於家庭，忠厚孝友之風推于鄉黨，凶歲則出其有餘以濟不足，飢者與之以食，疾者捄之以藥，殣者送之以藏，是則朝廷治化之隆、風紀敦勵之嚴有所致也，宜乎大夫士歌詠其美以爲勸者哉。

送劉德剛赴三尖寨巡檢序

國家設巡徼之官，所以詰姦禁暴，俾一鄉一里之人莫不獲其安静休養之惠焉。然或地有險夷，俗有美惡，故政之及人又有淺深遲速之異，是則係乎人之才能何如爾。浙江之東有州曰瑞安，州之西南地左而民衆，故設巡檢以分治之。至正七年春，劉君德剛承命而往，徵言以自勵。德剛爲真定判府公之曾孫，葭州府君之孫，歷遊京師兩國子監，而得是官。故其本諸故家之所見聞，淑于明師之所教養，加以氣粹而才良，言慎而行雅，其於職事必克有以舉之。比歲吴、越之境年穀屢豐，盜竊弗發，居官者不能廉静以息民，貪墨興事，深文巧詆，民始不勝其重困矣。故獄訟之煩，巡邏之擾，則有造幣之僞，食鹽之私，榜笞逮繫，無所不至。嗚呼，安居而樂生，人之常情也，或陷于罪戾者，又可不哀矜歟！方今刑獄病民，豈獨江南也哉。雖然，瑞安爲州在昔多搢紳儒先，其商訂古今，考求制度，凡天官、律歷、井田、封建、禮樂、政刑，靡不講貫，而儒學之盛，鄉俗之美，民之易治可知矣。夫朝廷命學校之官居巡徼之職，匪第資其扞禦之方，蓋欲責其撫字教養之事也。德剛自其父祖愛民而好士，又知讀書勤于職事，故予深有望焉。

江西僉憲張侯分司雜詩序

讀國風之詩，有以考俗尚之美惡，知政治之得失，然皆民俗歌謡，非公卿大夫雅、頌之音也。薊丘張侯士從由江西僉憲來官燕南，出示按治之暇所作謌詩若干首，備見江右吏治民俗之獘，安得不爲之三復慨嘆乎。

夫一道德以同風俗，隆古之治所由興也。江右之人何獨譁訐至于斯耶？蓋大江之南，山水清麗，人生其間多輕俊而喜文，平昔負氣不肯相下，官吏貪黠者又從而逗撓之，彼始百計求直，紛争而不息矣，是豈民之本性、俗之素然哉。張侯爲人廉明愼密，按部吉、贛、袁、瑞之境，皆俗之尤健訟者。侯發姦擿伏，彰善樹弱，風節矯矯，遠邇震讋，民稱道之不容口。有同官同氏年差長者，民恐或誤，乃以别號爲侯稱呼。其愛慕如此，則好善而惡惡，人之常情也。侯在官二年，凡決罰官吏若干人，徵贓若干萬貫。使爲郡使者皆然，天下何患不治乎！方今朝廷念民疾苦，特命宰臣精擇守令，其不才者悉罷遣之，求治之意蓋甚切也。郡縣之中，豈無廉平爲政，惻怛愛民，仰副朝廷之意者乎！澄汰而顯白之，慰薦而當罰之，則部使者之責也。然則如張侯者，豈易及哉！讀其詩者，又豈無所感發哉！

燕南密邇京師，比歲水旱，年穀不登，元元困乏。張侯巡行郡邑，將見大振風采，黜陟貪廉，休養黎庶，日臻于熙洽，匪徒形諸詠謌而已。天爵早歲與侯同游成均，友誼深厚，因覽其詩而告之以此。至正戊子五月，通奉大夫、浙東海右道肅政廉訪使趙郡蘇天爵序。

滋溪文稿卷第七

碑誌一

元故翰林侍讀學士贈陝西行省參知政事呂文穆公神道碑銘奉勑撰

至正六年秋七月癸卯，御史臺臣傳勑，若曰：「故翰林侍讀學士呂端善道明經濟，仁宗皇帝召入禁林，由五品官超拜二品。及薨，褒封賜謚，墓隧之碑，猶未有刻。其命集賢侍講學士蘇天爵製銘，河南行省參知政事王守誠書，翰林學士承〔一〕旨張起巖篆額。」臣聞命惶懼。謹按，呂氏世家洛陽，葬新鄭，累世仕宋，爲名輔相。公七世祖公緒，與中國正獻公爲從兄弟。六世希衍，失其官封。希衍生衡，金初涉河家武陟。衡生三子：全、仝、佘。仝生五子：唐、慶、庭、膺、欽。貞祐中，舉族徙汴。膺語伯仲曰：「今兵戈方興，宜各逃難，庶幾宗祀幸有存者。」乃挈其子偉入宋。偉改名文蔚，以經義登進士第。庭避地河內，大兵遽至，謂其子佑曰：「汝已長立，當自求生。」佑艱關險阻，由河南、山東轉入雲、代，既久，至京兆。事已稍定，樂其風土，家焉。佑卽公之考府君也。

初，世祖皇帝受封食邑于秦，請命故相廉恒陽王宣撫京兆，聘覃懷許文正公教授多士。府君素有高識，一見文正，卽知其爲異人，遂命公從之游。居嘗訓公曰：「吾世衣冠大家，汝當學儒以續先業，勿舍正道而趨異途。」公資禀既高，博識力行。世祖既踐天位，特命文正公爲國子祭酒。及拜中書左丞，猶選國戚大臣子弟從之授業。迨其謝政，復以集賢大學士師長成均。文正請以弟子在四方者爲伴讀，分命驛召赴都，相與輔佐爲教。制可。關中應召者三人，公其一也。當是時，風氣渾厚，人材質朴，俗無驕矜華靡之習，故言易入而教易從。世祖皇帝以天縱之聖，思有以作新賢才，丕變風俗。而貴游之子言語不通，視聽專一，文正公躬行以表帥之，設法以教養之，因其氣質之淳，就乎規矩之正，本諸國朝之憲章，協于古先之典禮。其後成德達才，布列中外，大而宰輔卿士，小則郡牧邑令，輔成國家之政治者，大抵多成均之弟子也。是則文正與學作人之功，顧不大歟！蓋惟世祖之聖，故能興隆基業；惟文正之賢，故善樂育人才；惟公等之能，故克輔成教養。久之，文正以疾辭歸，公亦還京兆。御史臺薦其才，命爲陝西道按察司知事，未行。

會宋降者言：「襄、漢新附之民，緩之則畔散不屬，急之則飢饉弗安。呂子開者，向爲襄陽制閫參謀，今退居鄂。其人悉知宋事，可徵用之。」朝廷從其説，方議遣使而難其人。或言：「子開卽公之從叔父文蔚。」公聞之喜，蓋呂氏宗族自汴中解散四十餘年矣。時江、淮兵猶未戢，公慨然請行。至鄂，卽諭天子德意，子開入覲，爲陳撫安襄、漢便宜。詔拜翰林直學士，堅辭不就。時人咸高子開之節，而多公之功。至元十有四年，江南既下，公擢從仕郎、四川行樞密院都事。時四川制置使張珏據重慶，合州安撫使王立據釣魚山，猶持宋節，負固不降。詔樞府分兵取之。故相李忠宣公德輝行西樞府事于成都，獲偵卒張郃等數人，將殺之。公曰：「彼所以不卽降者，豈以昔嘗抗蹕先朝，恐城降日悉見誅夷之故歟？今宜釋郃俾歸諭立。」未幾，立果遣郃等賫蠟丸書至成都，忠宣請與東樞府同受降。已而後期不至，忠宣承制署立仍安撫使、知合州，開倉賑民，禁戢剽掠。而瀘、叙、崇慶、思、播、夔、萬等郡聞之，相繼送款。巴、黔人感公之惠，與忠宣並立生祠事之。東樞府恥其無功，誣忠宣越境生事，械立于獄以聞。公適以事至京師，言于平章賀公仁傑。賀公入奏，詔卽釋立，賜金虎符佩之。公亦獲賜金織衣、弓刀、鞍轡等，進階奉訓大夫、四川行省左右司郎中。承命徵理蜀帑，得金、幣若干萬兩、匹。轉奉議大夫、同知順慶路總管府事，以疾辭，家居者十年，徵爲國子司業，以丁內艱未終辭。三十年，除華州知州。公曰：「聽訟決獄，治之末也，當惇本以訓民，其庶幾乎。」歲餘，勸農興學，皆有成效，士知明于經術，民知勤于稼穡，藹然有古循吏風。在官三年，代者將至，民老幼數百詣行省請留公再任，其德化感人若此。

公退居于里，日與韓公擇、蕭公𣄃、同公恕講論道義，從容函丈，而關、陝學徒從者益盛。由是士知自重而不苟進，尚經學而後文藝，皆文正啓之，諸公有以成之也。皇慶初元，仁宗大興文治，拜公翰林侍讀學士、中奉大夫、知制誥、同修國史。時方議行貢舉，公曰：「經明行修，質而少華，非惟士有實學，國家當得真才，以登治平。」明年，引年謝事，上從其請，遣使送歸。又明年，改元延祐，十二月某甲子薨，享年七十有八。葬咸寧縣東陵鄉驪山原。贈通奉大夫、陝西行省參知政事、上護軍，追封東平郡公，謚文穆。曾祖妣朱氏、祖妣張氏、妣某氏，元配晉氏、繼姚氏俱追封東平郡夫人，合葬公墓。子男三人：杲，未及仕而卒；果，贈中議大夫、禮部侍郎、上騎都尉、東平郡伯；楨，隆禮州知州，羅羅宣慰司副使。孫男三人：曾、魯、著。魯由陝西行省照磨、雲南行省都事、社稷署令擢拜監察御史，階中議大夫。曾孫男二：公直、公肅，俱補國子員。

公字伯充，篤信好學。既從許文正公游，專事踐履，居家律身，養生送死，造次弗違于禮。蓋關中士厚俗敦，太史楊文康公恭懿家世爲儒，冠昏喪祭，一遵禮書。公之考府君亂定來歸，念親喪未葬，不御酒肉者數年，遇忌日輒悲泣。巫覡怪神，一無所信。將終遺命，勿用二氏。公之治喪，稽司馬氏書儀、朱子家禮，及楊文康公已行故實，使古人送終之正復見于世。故關中喪葬多合乎禮者，由公等一二儒家爲之倡也。大德中，河東、關隴地震，月餘不止，公與蕭公斠各設問答數千言以究其理。公復移書廟堂，援董仲舒天心仁愛人君出怪異以警懼之説，及言：「方内重囚不過數十百人，國家慮有寃抑，歲再遣官詳讞。今秦、晉數十萬衆死于一時，豈容恝然忘情乎！天子宜貴躬修省，宰臣當避位待罪，旁求直言，極陳過失，期於災弭而已。」蓋公雖居畎畝，未嘗一日忘天下也。

臣聞古之君子莫不親師友以修其學，惇典禮以肅其家，措諸于用則教化興而風俗美。然自秦、漢以降，士之於學則以文章記誦爲工，施之于政則以功利權謀爲上。至程、朱大儒，始本洙、泗遺書發明聖賢修己治人之道，許文正公得其書于南北未通之日，心領神會，躬行實踐。及遇世祖皇帝，其學大行，迄今海内家習其書，義理賴以不泯。臣承詔序述吕公行事，因論及此，謹拜手而爲銘曰：

於赫世祖，混一文軌。匪儲材能，疇克任使。譬之作室，大木是資。桷榱居楔，巨細不遺。世廟御天，巍巍其功。將相文武，會合雲風。顧瞻儒臣，命汝典教。多士有作，來則來傚。亦有勳舊，名閥之子。佩矩帶規，儼若儒士。公在左右，以翼以承。教養有方，治化克興。江、漢之行，川、蜀之役，惟公一言，事如破的。及典外郡，化民有道。歸休于家，允爲元老。思文仁宗，登用老成。乞言議政，曰有典刑。盛德垂裕，蔚多孫子。天子有命，擢拜御史。

曰汝祖考，简在仁皇。道明經濟，聞于家邦。驪山之原，墓有貞石。詔錫銘詩，車過者式。

〔一〕「承」原作「丞」，據李氏鈔本、適園本、徐刻本改。

大元贈中順大夫兵部侍郎靳公神道碑銘奉勑撰

故福州路總管府判官靳公既卒之十有八年，爲至正乙酉，其子義列官朝著，推恩贈中順大夫、兵部侍郎、上騎都尉，追封西河郡伯。是歲義進拜樞密院判官。天子遣使分道詢民疾苦，義持節宣撫陝西。明年還朝，又從幸在上都。秋七月甲辰，樞密臣奏：「向者院判臣義褒封其親，而墓碑無刻。請命集賢侍講學士臣天爵爲文，侍御史臣思立書，翰林學士承旨臣起巖篆。」制若曰：「可。」臣維國家建邦樹官，所以爲民，故守令之選，屢形于詔旨。若惠政著于當時，遺愛洽于一邑，歷時雖久，民猶頌之。惟公善政最於江右，其墓道之石，誠宜有銘，矧重以聖天子之命乎。

謹案公諱孟亨，字嘉夫。由儒起家試吏，歷官劇縣有聲。初，至大庚戌，公以從仕郎爲贛縣丞。縣當廣海要衝，環城皆水，歲造舟爲梁，以通行者，而有司徵歛之煩，使者追呼之急，民甚苦之。公籍諸鄉下户共二千三百家，驗所輸糧多寡，造舟大小共三百艘，各署主名于舟尾。舊則新之，弊則完之，聽其自爲，吏弗得與。凡差舟爲三等，十舟爲一甲，三甲之中，率十閱月各用其一，迎候江岸。使者之往來，有司之轉運，刻期皆集。役滿則聽其歸，約十年復一役。民大便之，載其法于石。其他賦役皆以糧爲差等，上焉以供海運，次應差役，下則供雜泛之勞。具籍申府而永行之，吏胥皆不得因緣爲姦弊矣。歲餘，遭父喪去官。

當江南内附之初，户籍繁衍，時科目又廢，所除官多貪汙雜進之流，獄訟既不克理，而譁訐之風日興，不知者悉以病民，何哉？公以延祐丙辰遷承事郎、雩都縣尹，思欲作新其俗，首捐己資大修學宫，士民胥勸。又建三皇祠宇，命鄉社皆立義塾，擇士之高年有聞者爲之師，教以孝弟。又輯農書，導民稼穡。自是邑人漸知禮讓，而譁訐之習亦少變焉。泰定甲子，調星子縣尹。縣廨歲久弊壞，官吏治事幾無所容。公偕同列割俸繕治，民不知勞。公久居江右，熟其土風，聽訟日益精明。大府知其材，他縣所訟亦以屬公。開先寺僧與南康郡學争田，府檄治之。公詣田所，召佃人、鄰人各言曲直。田有小溪介之，訟之所由興也。公命吏具文書，以田在溪北者歸之學，溪南者歸之寺，遂不復争。都昌民叔姪争田，積年不決，逮者數十人。府檄復以屬公，公取論語一編語及彝倫，即使叔姪誦讀，公申以孝友親睦之義，仍令逮者與聞。頃之，逮者請曰：「曩時官吏意有所私，此訟之不決也。今明府以善諭民，敢不首實。田本姪産，叔父因其幼孤奪之。」於是叔父感泣，盡以田券與姪，遂相慈孝如初。時人謂公爲治以理而不以刑，真得古人慈祥化民之意哉。公惠政甚多，此其尤較著者云。及進承直郎、福州路判官，涖事七月而卒。享年五十有七，天曆戊辰九月二十四日也。是歲某月某日，歸葬洛陽縣某鄉某原。

靳氏本絳之曲沃人，金明昌間始徙家洛。公曾大父忠，大父貴，再世隱德弗耀。父沅，累官奉訓大夫、僉海北海南道肅政廉訪司事，妣尚氏，封洛陽縣君，配李氏，封西河郡君，元統元年六月一日卒，享年六十有一。配君子有淑行。子男三人。其長曰仁，江西行中書省檢校官，階儒林郎。仲卽義也，由樞密院都事擢拜監察御史、中書省右司員外郎、禮部侍郎，進佐樞府，階中憲大夫。其季曰智，江南行御史臺掾，轉樞密斷事官知事，階將仕郎。女二人，長適都昌縣丞大名曹本，次適福建元帥府照磨廣平楊泰。孫男一，某；女三，長適監修國史宣使真定王惠，餘幼。公有母弟二人，仲亨由僉憲公廕入官，累遷汝州提舉。有子曰禮，臨江路清江鎮巡檢。季亨未仕而卒。有子曰温，歷河南汴梁郡掾；曰良，懷慶織染局幕官。女適同郡楊公直。

公世業儒，家庭之間雍容孝讓，父子昆季自相師友。初僉憲公欲以遺澤恩畀其孫，仁懇辭，請授其弟。其後仁、義亦以公之遺澤讓其弟，搢紳稱之。僉憲公以孝行聞于郡國，故相奧魯赤行省湖廣，辟署掾曹，擢廣西帥府都事，改知江州，調安南行省員外郎，復遷廣西帥府經歷。海北立廉訪司，選爲僉事。不立聲威，所部震悚，蓋問望素孚于人故也。雅尚恬退，未老謝歸，築室午橋，時與緱山陳公天祥觴詠爲樂，有詩百餘篇，皆本諸道義有裨世教之言。公幼警敏，稍長能通諸經大旨，議論奇偉，作詩有盛唐風。未冠，洛人已有從受業者。憲府論薦，擢洛陽縣學諭，改陝州儒學正。時僉憲官廣西，公奉母省焉。母道病卒，扶柩還葬，免喪復往。會僉憲有他除，帥府進公爲掾。公交人以誠，言出而衆信服。邕賊猖獗，帥府出兵討之。公往諭其酋曰：「汝據險爲寇，今兵且至，念汝無知，故欲活汝。汝能悔過，其家可保，否則無噍類遺。」賊感其言，相帥請降，帥府以其功聞。未幾，聞岑、黄欲相讎殺，連帥命公視之，公復諭以禍福，而兵亦止，全活者不知其幾。公將赴雩都也，適有詔經理其田，令民自實糧數輸官，禁其欺隱。縣之承樂鄉雜溪洞間，豪民三十餘家相聚亡命，約所徵糧弗予。公至，即上言經理擾民，日從家僮單騎入其鄉，召父老告之曰：「朝廷徵糧以佐經用，果無欺隱，官不强汝。且不輸糧之罪小，若集衆爲寇，是自取滅亡，國家刑憲不可輕犯。當從吾言，各安其業。」執其首惡罪之，餘皆帖然。久之，詔免所增糧勿取，民情大悦。又黄金、藍田等鄉僻在萬山，賦役刑獄多不從命。非公誠實感人，其能有以信服之歟。民有殺人者，事覺，公抵以罪，自是賦役所輸皆不敢後。公方施于有政，而遽云没，蓋不在其身則垂裕于後，宜其子孫碩大貴顯，欽承天子之命，賜銘表墓以侈寵光。凡在郡縣守臣，尚亦知所勵哉。故謹爲之銘曰：

皇矣列聖，治化清静。孰承孰宣，曰守曰令。誕敷明詔，責之薦揚。匪徒才能，實惟循良。巖巖靳公，早紹家學。德也温温，才也犖犖。大江之西，百萬其家。官或匪良，民訟亦譁。公爲令丞，宣布治化。廉公而明，文雅藴藉。賦役之重，公則斯平，獄訟之煩，明則斯清。於穆元聖，聿嚴廟貌。匪華土木，式崇治教。好生欲安，民情之常。彼雖遠人，豈願跳踉。教匪話言，惟誠與信。民庶可近，弗煩合刃。公方有爲，天遽奪之。遺愛在民，民父母思。公多賢嗣，有位而耀。出佐藩宣，入職樞要。唯今天子，惠鮮下民。詔遣使者，宣撫諮詢。公之仲子，簡在華選。詔錫公銘，百世丕顯。

皇元故昭文館大學士兼國子祭酒贈河南行省右丞耶律文正公神道碑銘有序

世祖皇帝既踐天位，惇尚文化，爰命相臣許文正公衡典教成均，以育賢才，以興治平，規模宏遠矣。一時及門之士，嗣其師傳，久而彌尊，海内共推之者，惟公一人而已。公諱有尚，字伯强，姓耶律氏。遼東丹王突欲十世孫，金正議大夫、尚書右丞文獻公履之曾孫，中京副留守、贈龍虎衛上將軍、工部尚書善才之孫，皇贈昭文館大學士、資德大夫莊慎公鈞之子也。五季之初，遼人奮興東北，奄有燕、雲，號令征伐赫然，與中國爭衡。東丹王以太祖元子，讓位不居，來歸于唐，賜姓名曰李贊華。子孫世事華學，衣冠日盛。文獻公深通天文，歷事世宗、章宗，功載史氏記。金將亡，尚書死義于汴。莊慎公留居河朔，東平嚴侯重其世望，請徙家焉。中統初，制授東平工匠長官，佩金符，以高年終。

公生有奇質，身頎然以長，毅然不苟戲笑。憲宗皇帝臨御，廉文正王希憲奉世祖潛藩命，宣撫關中，奏徵許文正公爲京兆提學，以淑多士。公踰弱冠，薿關數千里，贏糧往從之遊。文正公見其學苦而志篤，深器異之。世祖立極，召文正公入朝，公還東平。會姚文獻公樞來爲宣撫使，辟公從事幕府。公以不能政事辭，姚公曰：「今正欲汝習政事也。」未幾，姚公赴召，公亦退休于里，日益力學。當是時，齊、魯之士踵金辭賦餘習，以絺章繪句相高，公厭薄之，專明經訓，人或以爲迂，公弗渝也。至元八年，文正公由中書左丞屢請謝政，世祖勉從所請，擢拜集賢大學士兼國子祭酒，專以成均之教責成焉，凡勳臣貴戚之子弟及海內名士咸從受業。乃請于朝，驛召弟子在四方者十一人爲伴讀，公居其一。既至，日與諸生相共講學。蓋文正公之爲教也，先之小學以端其本，次之羣經以達諸用，勸之以洒掃應對以折其外，嚴之以出入遊息以養其中。故雖動伐世胄，變化氣質，周旋動靜，皆有可觀；而公匡救輔翼之功，蓋不細矣。十年，文正公南歸，諸生祖餞于國都門外，文正悉語之曰：

「他日能令師道尊嚴，惟耶律某能之，汝等當以事我之禮事之可也。」久之，起公爲國子助教，而諸生多昔時同門者，皆帖帖敬服。蓋公以文正之爲教者教諸生，諸生亦以事文正者事公，人兩賢之。

十五年，擢監察御史。公以從父鑄居相位，辭不拜。明年，遷秘書丞。二十年，以承直郎知薊州事。薊邇畿甸，鷹師春秋縱獵，横有需求，公獨不與。州無職田，歲徵於民，公獨不取，民深德之。金大定時，文獻公以疾出典是州，建無恙亭，歲久亭壞，公修完之。裕皇在東宮，遴選僚屬，召公爲詹事院長史。初，裕皇設學於春坊，命贊善王公恂教養宫府侍衞之子孫。王公卒，徵處士劉公因教之。劉公歸，至是命公教之。尋授奉訓大夫、國子司業。一蒙古生不請命遠出，聞公欲深責之，祈中貴求免。公曰：「教法不可廢也。」竟扑之。裕皇時時召見，聽諸生講誦古訓，屢賜公帛，慰勞良厚。二十四年，初置國子監學，設祭酒、司業、博士、助教員，始給印章，分官署以典教。詔春坊學徒從公赴監，命太常卿周公砥爲祭酒，公仍司業。明年，公拜祭酒，進階奉議。二十六年，以莊慎公年老，辭職歸養。成廟正位，敦請還監。元貞二年，加朝列。大德元年，遷集賢學士，加中議，仍兼祭酒。迎莊慎公就養京師。五年，加太中，學士、祭酒如故。公在官凡三進階，朝廷一時尊敬師儒之禮益隆。

成廟初年，鋭意求治，嘗議遣使問民疾苦，糾治官吏貪邪，而宰臣貪墨者或欲因而肆赦。公倡言曰：「今方遣使，復行赦宥，卽與皇上作新政務、除治奸弊之意不同，赦不可肆。」衆是公言而止。時國家所頒詔令科條，皆忠厚惻怛，孳孳爲民，故海宇清謐，年穀豐穰。而諸老冠蓋雍容，嘉時令節擇名園勝地觴詠宴娛，藹然太平人物之盛。然每公在列，諸老則以禮自持，號公爲畏友焉。七年，遷太常卿，進嘉議。八年，莊愼公捐館，公護柩還東平，喪葬合禮，閭里範之。明年，復授集賢學士，驛使召，以憂辭。又明年，拜昭文館學士，遷正議，兼國子祭酒。中書遣使卽其家徵起，時順德忠獻王爲相，令使者道朝廷佇望之意，勿以老且病辭，迺行。武宗卽位，大臣奏請：「許文正公典教胄子，耶律某繼之，自助教至位祭酒，匡輔造就功名。久列三品，宜優爵秩。」上曰：「是儒學舊臣也。」進拜公昭文館大學士，仍兼祭酒。至大元年，進階中奉。俄以疾辭，踰年始允。詔賜楮泉五千緡，使者護送歸鄉里。延祐六年，仁宗清燕，語及先朝故老，遣近臣賜公酒醴，搢紳榮之。

初，公受學于許文正公，於文正言行默而識之，其後考次年譜，筆之于書，凡日用纖悉，取以爲師法焉。而文正德業學術之微，因以表見于世。公嘗曰：「文正著述，惟小學大義、孟子標題，讀易私言，而中庸四箴等說乃門人所記，他則不足徵也。」莊愼公嘗同昆季作傳家誓訓以教子孫，大槩以謂：「自東丹王以來，生長中國，素習華風。父子夫婦綱常嚴正，累世弗變，不當效近世習俗瀆，亂彝倫。」公佩服遺訓惟謹，治家嚴肅，以身先之，諸子卓然有立。其教人也，師道尊崇，凜乎若不可犯。出言簡而有法，廟堂論議，成均講授，人皆聳聽，恐不卒得聞。公教國子幾三十年，始終如一，學規賴以不隳，作成後進居多。故參知政事蔡公文淵始由諸生擢爲學官，公加敬禮，引爲同列，士咸多其識量。公於祭酒，以集賢學士、昭文館學士兼者皆再，特授者一。及公辭歸，朝廷嚴於擇人，曠官者數年，古所謂才難者，不其然乎。

公既歸老，屏居別墅，未嘗一入城府，自號汶南野老。表所居曰寓齋，終日端坐，略無惰容。晚不能視，令弟子誦讀經史，心領神會，怡然忘倦。門生、朝貴、四方之士造謁無虛日，聽其言論，或不忍去。既薨，監察御史王笴請即公鄉建書院祠宇，垂範後學，廷議是之。

公妣謝氏，金進士慶陽總管遹祖之女，繼妣李氏，俱封漆水郡夫人。元配楊氏，五十四處宣差坤珍之女，早卒，追封漆水郡夫人。繼配伯德氏，濟、兖、單三州都達魯花赤山哥之女，有賢行，封漆水郡夫人，壽九十卒。子男五人。長奉訓大夫、鄧州知州兼管諸軍奥魯勸農事楷，次太常禮儀院奉禮郎朴，次朝散大夫、僉江南湖北道肅政廉訪司事權，皆伯德夫人出也。次陝西行中書省宣使栝，次將仕佐郎、廣源庫知事檢，庶也。女一人，適奉訓大夫、川州知州李孝恭，封宛平縣君。孫男五人：自新、自得、自明、自成、自本。女三人，皆幼。公享年八十有五，以延祐七年冬十二月某甲子告薨于家，制贈資德大夫、河南江北等處行中書省右丞、上護軍，追封漆水郡公，謚文正。以至治元年春三月丙申，堲須城縣登賢鄉執政里之原。銘曰：

維遼有國，于燕之北。金氏承之，皇武斯克。於皇建極，九有同文。革其故俗，治化維新。凡代大家，肖孫賢子。德澤涵濡，克振克起。公生明時，頎然長身。嚴威儼然，寡笑與言。覃懷許公，卓爾先覺。有德有言，尊明聖學。公從之游，丕衍其傳。持守範模，仰鑽高堅。彬彬貴游，昔也同志。今焉師之，有教無貳。佩規帶矩，誦詩讀書。禮法循循，衣冠舒舒。時方治平，賢材輩出。羽儀周行，楨榦王室。推公之功，克紹其師。考行定謚，士無異詞。伊昔燕、雲，將相棊布。隆名極位，朝起暮仆。惟公之家，世德孔揚。歷年四百，率由舊章。孰綱孰維，家有誓訓。後克將之，永有令問。

元故國子司業硯公墓碑并序

世祖皇帝既一函夏，大興文治，迺命相臣典教胄子，次則分教天下之士。至元二十四年，始置國子監學，設官以司教載。特召真定府學教授硯公爲國子司業，超遷七階，賜五品服，士論翕然推重。于時朝廷憲度初立，治平方臻，其於材能往往不拘常格而擢用之，故百職得人，政教修舉。此則中統、至元一時號稱盛治者，非偶然也。

國初，歲在乙未，王師徇地漢上，公與江漢先生趙公復俱以名士爲大將招致而北，久之，周流河朔，不獲寧居。歲戊戌，詔試儒士，公試西京，中選。歲壬子，詔實户口，公家真定，著儒籍，自是專以授徒爲業。公通諸經，善講説，士執經從而問疑者日盛。公告以聖賢之旨，諄切明白，不繳繞於章句。中原碩儒若容城劉公因、中山滕公安上，亦皆從公授經。時來官燕南宣閫及部使者多名公卿，聞公之名，咸造見焉。已而嘉其行義，又共薦之，擢爲本郡教授，凡十餘年，循循爲教，始終不倦，作成後進居多。聲聞中朝，遂有徵召之命。其在成均，律身嚴以有禮，得師之道，屢以陽城忠孝之説訓迪諸生，盡皆化服。是時風俗敦厚，人皆尚行，而文辭浮華之習，士鮮好焉，故治化人材於是爲盛。居歲餘，公移疾辭歸，朝士及諸生祖餞于國都門外，觀者以爲榮。

公姓硯氏，莫究其始所出，每見儒者輒詢問之。其師初命公名曰彌堅，字之曰伯固，其父止命名堅。故公在官稱彌堅，自稱曰堅，蓋不忘父師之訓也。晚年嘗自爲譜，言其先世潁州人，宋靖康丙午，〔一〕燕、雲兵興，高祖汝翼挈家南徙，僑居于郢，再徙德安之應城。曾祖諱震，祖諱珎，生理粗完，卽德安買田家焉。父諱端禮，妣黄氏，進士直卿之女。直卿有孫曰中，穎悟善學。公生七年，學于黄氏家塾，年十四始習詞賦，補府學生。十六從鄉先生王景宋學。景宋名登，以進士起家，仕至京西路提刑、京湖制置大使司參謀，爲人卓犖奇偉。公學得其梗槩，慨然有志于事功。年十八，又從袁州劉仁卿學議論。年二十四，來歸聖朝。公問學淳正，文章質實，務明道術，以敦世教，其爲人亦然。自少至老，清苦嚴重，士咸服其學，推其行曰，老成君子云。有鄖城集十卷，藏于家。公之卒也，家徒四壁立，非士友賻之，幾不能喪。臺閣名流周公砥、閻公復、李公謙、焦公養直爲誄以哀之。公以至元二十六年九月癸卯卒，春秋七十有八，易簀之際，了然不亂。葬真定縣新市鄉臨濟村之原。

娶曹氏，生二子：禹功，冀州儒學教授；次禹謨。皆明經學，早逝，士論惜之。孫男曰續，禹功子也。初以公廕爲鼓城尉，再尉平山，歷惠民場管勾、監永濟倉、支納汴梁、行用庫使上都、宜興縣尹。天曆元年縣陞爲州，就命知宜興州事，進階承務郎。至順三年某月卒，年四十九。曾孫男二：惟仁，進義校尉、黄陂縣主簿；惟義，治進士業。女一，適黨某。玄孫一：德。後公葬五十餘年，惟仁始請述公墓碑。追思先朝故老聲采日遠，後生幾無知者，故謹摭其遺事，而爲之銘。銘曰：

昔宋之季，士習衰薾。江、漢之間，獨有材傑。天方混一，羣賢並興。無間遐邇，共登治平。有美硯公，來自南服。言論雍雍，衣冠肅肅。周流河朔，弗獲寧居。學徒從之，誦詩讀書。分教外邦，十年如始。名聞天庭，徵車至止。曰此老成，汝官于黌。士有矜式，國有典刑。曾無百年，故老孰在。興文善俗，君子攸慨。尚述遺行，勒辭刻銘。匪貽孫子，垂憲後生。

〔一〕「宋」原作「生」，據李氏鈔本、適園本、徐刻本改。

滋溪文稿卷第八

碑誌二

静脩先生劉公墓表

静脩先生劉君葬容城縣易水之陰溝市里。至正戊子，縣尹賈侯始捐俸買石表諸墓，書來請曰：「先生之殁五十有六年，道德之懿，風節之偉，固多士之所景仰。丘墓之寄是邑者，旁無宗人守護。彛自下車，率僚吏諸生拜而祠之，恭修封樹，以限樵牧。又將建石琢辭，彰示悠久，庶來者聞風興起焉。」天爵伏念自聖賢之學不傳，禮義廉耻之風日泯，至宋伊、洛大儒克紹其緒。然而廢棄于紹聖，禁錮于崇寧，而中原已爲金人有矣。方是時，士之慕功名者溺于富貴之欲，工文藝者汩于聲律之陋，其能明乎聖賢之學，嚴乎出處之義，蓋不多見也。我國家治平方臻，真元會合，哲人斯生，有若静脩先生者出焉。氣清而志豪，才高而識正，道義孚于鄉邦，風采聞于朝野。其學本諸周、程，而於邵子觀物之書，深有契焉。惜乎立朝不及數旬，享年不滿五十。迄今孺子遠人皆知傳誦姓字，是豈聲音笑貌所能致歟。宜述其德，以表于墓。柰何先生既歿，行業未有紀述，故雖作者不能措辭。今謹攷求遺文，掇其出處大節一二，而爲之書，尚稱賈侯尊賢尚德之心乎。

按，先生諱因，字夢吉，保定容城人。世爲儒家。五世祖琮生敦武校尉、臨洮府録事判官昉，昉生奉議大夫、中山府録事俁。俁生秉善，金貞祐中南徙。其弟國寶，登興定進士第，終奉直大夫、樞密院經歷。秉善生述，是爲先生之父。壬辰北歸，刻意問學，尤邃性理之説。獨好長嘯，嘗遊西山，當秋風木落時作一曲，而感慨係之。中統初，左三部尚書劉公肅宣撫真定，辟武邑令，以疾辭歸。先生將生之夕，父夢神人馬載一兒至其家曰：「善養之。」既覺而生，乃名曰駰，字夢驥，後改今名及字。先生天資絶人，三歲識書，日記千百言，隨目所見，皆能成誦。六歲能詩，十歲能屬文，落筆驚人。故國子司業硯公彌堅教授真定，先生從之游，同舍生皆莫能及，獨中山滕公安上差可比。硯公皆異待之，謂先生父曰：「令子經學貫通，文詞浩瀚，當爲名儒。」初，先生之父四十猶未有子，乃曰：「天果使我無子則已，有子必令讀書。」故自真定還居保定，謝絶交朋，專務教子。先生年未弱冠，才氣超卓，日閲方册，思得如古人者友之。嘗作希聖解、吊荆軻文，豪邁不羈之氣可想見也。鄉間老儒説經止傳疏義，爲文盡習律賦，聞先生講貫，閲先生論著，始則謗訕，久亦敬服。先生杜門授徒，深居簡出，性不苟合，不妄接人。保定密邇京邑，公卿使過者衆，聞先生名，往往來謁，先生多遜避不與相見。不知者或以爲傲，先生弗恤也。王師伐宋，先生作渡江賦以哀之。數欲南游江湖，覽觀儒先名迹，不果。常愛諸葛孔明「静以修身」之語，表所居曰静修。閒遊郎山雷溪，又號雷溪真隱。先是京師有曰田尚書者，西域貴族，頗尚文學，聞先生名，厚禮請教其子。先生以水噛先墓，謀遷避之，不及往。既而易州何公瑋辭兩淮鹽使，奉親家居，藏書萬卷，亦以教子爲請。先生平生苦無書讀，又樂易之風土，遂允其請。三年卽歸，何公贄以銀、幣，皆謝不受。世祖皇帝自居潛藩，收召諸儒，講求治道，及踐天位，姚文獻公樞、許文正公衡、楊文獻公果、商文定公挺皆列臺省，而憲章文物號盛治者，非偶然也。久之，諸公相繼告老，當國者急於功利，儒者之言弗獲進用。時先生年雖甚富，聲問已彰，中朝賢士夫夫多稱譽之，故相文貞王不忽木薦之尤力。至元十有九年，朝政更新，有詔徵起先生于家，擢拜承德郎、右贊善大夫。初，裕皇建學宮中，命贊善王公恂教近侍子弟，恂卒，繼者難其人，乃以先生嗣其教事。未幾，母感風疾，卽日辭歸。明年，母卒，治喪合禮。二十八年，朝政又一更新，復遣使者以集賢學士、嘉議大夫來徵。先生以疾固辭，不起。世祖聞之，亦曰：「古有所不召之臣，其斯人之徒歟。」明年，國子助教吳明陳書于朝，薦先生爲國子祭酒，士論高之。三十年夏四月十有六日，先生終于容城，春秋四十有五。海内聞之，無不嗟悼。

曾祖妣邊氏，祖妣陳氏，妣楊氏，繼妣某氏。配郭氏。一子曰和，早卒。三女皆適名族。先生早喪父母，事繼母孝，以父祖之喪未葬，獻書先友翰林待制楊公恕，楊公憐而助之，克襄大事。家雖甚貧，非其道義，一毫不取於人。

先生師道尊嚴，學子造門，隨其材品而教焉。講説諸經，理明義正，聽者心領神會。初，朱子之於四書，凡諸人問答與集註有異同者，不及訂歸于一而卒。或者輯爲四書集義數萬言，先生病其太繁，擇爲精要三十卷，簡嚴粹精，實于集註有所發焉。有詩五卷，號丁亥集，先生所選，常自諷詠，復取他文焚之。今所傳文集十餘卷，得于門生故友，然不爲空言，皆有補於世教。其他小學四書語録亦皆門生所録，惟易繫辭説乃先生病中筆之親授其徒者也。先生每以後世史官不明義理，修辭之際，輕爲增損，使忠臣義士之心不得暴白于世，嘗曰：「若將字字論心術，則受屈者多矣。」

先生之亡未久，吴明復進言于朝曰：「風俗之薄久矣，士之處世不自貴重，聞人譽已喜見顔色，不復知有廉耻等事。何則？欲動于中利奪于外故也。伏見故處士劉因，隱居教授，不求聞達。授以三品清要之官，辭而不顧。若蒙賜謚贈官，庶幾息奔競，惇風化，士類知所懲勸焉。」延祐中，始贈先生翰林學士、資善大夫、上護軍，追封容城郡公，謚文靖。是後中外風紀儒臣皆以先生礪俗興化有功昭代，宜如許文正公從祀孔子廟廷，禮官會議亦皆曰可，而當路者未遑及也。

嗚呼，天之生賢也，豈無意乎？自義理之學不競，名節隳頽，凡在有官，見利則勸。有國家者，欲圖安寧長久之治，必崇禮義廉耻之風，敷求碩儒，闡明正學，彰示好惡之公，作新觀聽之幾，使人人知有禮義廉耻之實，不爲奔競僥倖之習，則風俗淳而善類興，朝廷正而天下治。世祖皇帝再三聘召先生者，其以是歟。

天爵之生也後，不獲見先生。及游成均，得臨川吴文正公澄爲之師。吴公於海内諸儒最慎許可，獨知尊敬先生，豈其問學出處道同而志合歟！當國朝龍興之初，歲在己酉三月，先生生于保定，吴文正公亦以是歲正月生于臨川。是時南北未一，天已生斯大賢，他日輔贊國家文明之治。吴公年八十餘方終，著書立言，盛傳于時。先生早歲去世，雖不及大有著述，然風節凜凜，天下慕之，扶世立教之功大矣。賈侯由進士入官，治邑有聲，獨能訪求先賢遺迹而表章之，其於風厲俗化惇崇名教誠非小補云。

元故集賢學士國子祭酒太子右諭德蕭貞敏公墓誌銘

大德、延祐間，關、陝有大儒先生曰蕭公、同公，篤志勵操，高蹈深隱，鄉郡服其行誼，士類推其學術，朝廷重其名節。於是徵車起之，表帥俗化，其道德風流，迄今天下慕之。至正甲申之春，天爵來官西臺，訪求二老言行，將以爲師法焉。既而得同公墓銘，讀之起敬起嘆。蕭公云亡久矣，猶未有述，乃稽核薦揚徵召公牘於省府，採摭族世薨葬歲月於其家，問其隱德懿行於舊老名士之所傳，録其遺文雜著於金石簡册之所載，合而誌之以銘，庶後世攷德者有徵焉。

謹按，蕭氏益都人，國初著籍京兆。公諱𣂏，字維斗。年二十餘，郡守以茂才推擇爲掾。未幾，新郡倅至。倅西域人，怒則惡言詈吏。公嘆曰：「如此尚可仕乎！」乃置文書于案，卽日謝去，隱於終南山下，鑿土室以居之。盡得聖賢遺經以及伊、洛諸儒之訓傳，陳列左右，晝夜不寐。始則誦讀其文，久則思索其義，如是者餘三十年。義理融會，表裏洞徹，動容周旋，咸中禮節，由是聲名大振。世祖皇帝既一四海，而遐荒小邦，横目窮髮，悉皆來庭。命開祕府，詳延天下方聞之士，撰述圖志，用章疆理一統之大。使者來徵，公辭焉。故贈咸寧貞獻王野仙鐵木兒親受學于許文正公，深知治國用賢之説，及爲陝西行省平章，登公并故四川憲副劉季偉姓名于朝。會參政趙彦澤請立提舉學校官，薦公可當其選。久之，制下，授公承務郎、陝西儒學提舉，蓋從貞獻王及趙公之言也。省憲請公就職，公以書辭曰：「某蚤事文墨，見一時高才絶足趨事功者，効之不能，是以安于田畝，讀書爲事。本求寡過，不謂名浮于實，聖恩横加。竊念聖人之戒，必明德而後新民，成已乃能成物。昔夫子使漆雕開仕，對以『吾斯之未能信。』然則心術之微，雖聖師不若開自知之審。今某學行未至，自知甚明，望達廟堂，改授真儒。則朝廷得人，學者得師，某亦不失爲寡過之人矣。」大德七年冬，超擢集賢直學士、奉訓大夫、國子司業，遣使徵之。公又力辭不拜，其言曰：「念某寡陋，與人共學，非敢爲師。向授提學，幸蒙聽允其辭。既不能當外郡學職，豈復可預國學之事。況敢辭卑居尊，以取無廉耻貪冒之罪乎！」九年夏，制若曰：「蕭維斗山中讀書，不貪官，不嗜利。世祖徵召不至，朕遣人召之亦不至，豈將命者非其人而弗來歟？今特命參議中書省事廉恒等以往，其令行省給五乘傳，賜之楮幣百定，命挈其家偕來。或蕭維斗堅欲不仕，可進嘉言一二，朕當令人送還。如年老或不能騎，別給安車可也。」行省、行臺、諸司所在敦遣，公辭不獲，力疾北行。適成廟不豫，然猶傳勑俾擇舍館，遣近侍賜餼廩衣物，又命宰執以治道爲問。公尋亦南歸，仍辭所賜不受。

十年，進集賢侍讀學士、少中大夫，卽其家授之。明年，武宗臨御。仁皇養德東宮，博選當世名儒，左右輔導。特授公嘉議大夫、太子右諭德，命宮師府長史聶輝起公，敦迫上道。至大元年二月至京，入見嘉禧殿。仁皇温問再三，公書酒誥以進，因言：「古人惟祭祀則飲酒，然尚德將無醉。」蓋當是時近習多侍上燕飲，故公首以是訓陳之。未幾，懇請還山。上憐其衰老，遣使送歸。二年四月，徵拜集賢學士、國子祭酒，依前太子右諭德，進階通議大夫。公以老疾辭。門人疑焉，問曰：「聖人樂得天下英材而教育之，今先生辭祭酒者何也？」公曰：「曩在京師，有朝士再三以成均教法爲問者，余告之曰：『若欲作新胄子，當罷歲貢，一如許文正公時，專於教養。彼既外無利祿之誘，內有問學之功，則人材庶有望矣。』此語一傳，物議鼎沸，執政者亦深不以爲然；今余出則狥人，豈能正己以正人乎！」四年正月，尚書省臣皆以罪廢，政務復歸中書，而大臣請曰：「今政事大壞，當從新治之。中外廉潔老臣及事世祖、成廟兩朝有若李謙、尚文、趙居信、劉敏中、蕭𣂏、程鉅夫、郝天挺、韓從益、劉正、程鵬飛、董士選、陳天祥、王思廉等，可急遣使召之，共議新政。」仁皇從之。公以疾辭，不起。延祐五年七月己未，有星殞于所居中庭，光射如晝。越八日丙寅，公以疾薨，春秋七十有八。八月某甲子，葬咸寧縣少陵鄉朱張里南原先塋之昭。至治三年，門人故四川行省左丞廉公惇、江浙行省參政孛术魯公翀時方在朝，以公易名爲請。制贈資善大夫、四川等處行中書省左丞，追封扶風郡公，謚貞敏。

維關輔自許文正公、楊文康公倡鳴理學，以淑多士，公與同公接其步武，學者賴焉。公之學自六經、百氏、山經、地志，下至醫經、本草，無不能通其說，尤邃三禮及易。嘗作家廟以奉先世，祭則極其誠敬，子弟或少有怠，祭已必深責之。早值親亡，哀毁致疾。治喪不用佛、老，棺槨衣衾悉遵禮制，蓋自楊文康公倡於其始，公復推明於後，至今長安士大夫家亦多化之。公平生不祭于墓，有築亭於先壟之側者，表曰「致慤」，引祭義以明之。公曰：「墓祭非古，當作祠堂於其家，揭斯名於齋室，庶乎其可。」臨川吳文正公獨稱公爲善於禮。初江西儒者標題小學書行于世，公間以朱筆塗之曰：「凡今標題多朱子所不欲存者，如鄧伯道繫其子於樹之類。」吳文正公是之。公深通六書，嘗言：「自古文篆籀而後，小篆佐隸至於真楷相沿而成，故今楷書中古籀篆隸皆有之，雖行草亦有古籀篆隸之遺意。今真書點畫之訛者，皆從隸章行草中來，非兼通者不能知也。小篆自是省古籀而爲之，攷諸鍾鼎款識，遇重字則變之，要之不失六書之旨。」大常博士侯均曰：「今人識字及通六書者，惟蕭公爲然。」關中字學不差，亦因公發之也。公嘗書經史格言以訓人，求書者或非其人，及涉異端之事，則拒絶之。家多藏書，手自讎校，或經傳音訓之訛，皆字字而正之。下至文史亦然。爲文悉本諸經，非有裨世教者不言，非其人不與。公薨，遺落無幾。今購得古今詩若干首，銘贊雜文序記碑誌又若干首。翰林姚文公燧文蓋當代，愼許可，獨敬禮公。其門生有譏詆公文者，姚公怒曰：「蕭先生道德經術名世者也，豈若吾輩以雕蟲篆刻爲工乎！」所撰九州志若干卷，法史記年表，由三代迄宋、金，詳疏沿革於下，山川、貢賦附焉。其他著述又若干卷。天曆兵荒之餘，往往散在民家。

公少穎悟，三四歲時，從其姊過親族家，引公坐榻上，不從。親族固命之，乃坐榻下，人已異之。既長，慨然有志于天下。歲癸卯秋，河東、關中地震月餘不止，父老憂懼，不知所以，相帥問公。公告之者數千言，反覆極論天人一理，性本皆善，國家當務教養，俾復其初，人當恐懼修省，日遷於善，則陰陽和而萬物〔一〕遂，災害自不生矣。其心蓋欲位天地，育萬物，上躋隆古之盛，是豈離世絶倫、索隱行怪者之流歟？初朝廷以貢舉取士，行省禮請公與同公較其藝。公以斯文方興，出而應之。公讀書之暇，躬視農耕蠶桑，嘗教其子孫曰：「治此以供衣食，最爲安爾。」或有饋遺，非義不取。人有急難，施不少吝。奉養極其澹薄。公身長六尺，修髯如畫，望之可敬。其爲人外和而中剛，凡與人交，接之以温言悦色，胸中黑白，瞭然不溷。間入城市，觀者如堵。當代名公卿及四方之士宦游於秦者，願一見公爲榮，或數造其廬請教焉。西臺大夫伯篤公嘗以冬月謁公，汗流浹背，出語人曰：「吾久在京師，屢接賢士大夫，未有若蕭先生自然令人敬愛不舍。」

公教人極嚴，諸生惴惴畏服。其學皆自小學始，次及四書、諸經，日與學者講説經訓，滚滚不窮，待其曉解，方授別義。人來質疑，卽命其徒取某書某卷所載以對，曰：「若背文暗誦，恐或誤人。」初，孛术魯公至自南陽，從公受業。久之，謂人曰：「某游江右，獲識諸老，聞其論議，或有不讓。今見蕭先生，使某自不能措一辭，信知吾道之無窮也。」其他弟子若同毅、陳嵓、智炳、李材、盧烈等，多知名于時。公德善化及遠邇，雖武夫悍卒亦知景慕。征西兵嘗屯長安，大帥一日入朱張里，里人驚惶。帥諭止之曰：「汝勿怖，聞此有蕭先生者，見之卽歸，吾非侵擾汝也。」有郡吏乘馬城南暮歸，遇盜逐之。吏思所以自解曰：「我乃蕭維斗也。」盜卽引去。未幾盜獲，吏適按之。盜曰：「吾向欲刼汝騎，汝以爲蕭維斗也，吾故不忍。寧知汝紿我耶！」

公四世祖諱雲，宋樂安鹽使。曾祖諱彥，金益都府孔目官。祖諱均，皇贈中奉大夫、河東山西道宣慰使、護軍、河南郡公。考諱瑜，才而略，金〔三〕季轉徙陝、洛之郊，屢佐戎幕，活人有功，終京兆路總管府經歷，因留家焉。徵士韓擇爲誌其墓，贈資善大夫、大司農卿、上護軍、河南郡公。曾祖妣蓋氏，祖妣孫氏，追封河南郡夫人。妣張氏、逯氏，俱歿于兵；周氏、張氏，並追封河南郡夫人。配楊氏、張氏、杜氏，俱先卒，張氏亦追封河南郡夫人。子男二：曰友，早卒；曰恭，終奉議大夫、耀州知州。女五，俱適人。孫男三：元，終進義副尉、涇陽縣主簿；次亨，次儀。

嗚呼，節義天下之大閑，有國家者欲以作興風教，振起名節，則必訪求高人逸士，徵而用之，于以登禮樂之治，惇廉讓之風。彼爲士者非偃蹇以自媚，矯亢以爲高，蓋不如是則道不尊。觀列聖之所以用公，公之所以自處，則朝廷風厲人材之盛，君子進退道義之隆，可以爲後世之楷範矣。銘曰：

節彼終南，有堂有紀。誰其居之，曰隱君子。早捐世務，樂乎幽潛。德蘊于身，士具爾瞻。南山之雲，朝濟于穴。雨澤誕施，澡我名節。天子曰咨，有臣如斯。安車載脂，屢往徵之。公拜陳辭，能薄材謭。誤達天聰，臣非連蹇。安車西來，道德雍容。羣工在列，仰止高風。進敷正言，退明正學。垂訓後生，克配先覺。去古日遠，士習愈偷。媕娿骫骳，合汙同流。一聞薦揚，喜溢顏面。遯世弗悶，百未一見。不有君子，孰障頹波。尚思公存，考槃在阿。言爲世則，行爲世軌。流風遺烈，來者興起。南山蒼蒼，下爲公藏。爰述潛德，百世耿光。

〔一〕「物」原作「生」，據李氏鈔本、適園本、徐刻本改。

〔二〕「金」原作「人」，據李氏鈔本、適園本改。徐刻本作「宋季」。

元故中奉大夫江浙行中書省參知政事追封南陽郡公謚文靖孛朮魯公神道碑銘并序

公姓孛朮魯氏，諱翀，字子翬。年出二十，號稱鉅儒，由憲府薦，授襄城學官。汴省右丞廉公恂辟掾，辭，擢汴學正。朝廷聞其名，召爲國史院編修官。未幾，御史臺辟掾，又辭。臺臣高之，奏爲河東道廉訪司經歷，遷陝西行臺御史，階將仕佐郎。入拜監察御史。延祐五年，擢中書右司都事。會權相用事，公退居濬之新鎮。改翰林修撰。鄆忠獻王栢柱爲相，復薦公左司都事，轉從仕郎，尋陞右司員外郎。泰定初，充會試考官。遷國子司業。歲餘，除河南行省左右司郎中，遷燕南道廉訪副使。入僉太常禮儀院事，尋陞奉訓大夫，兼經筵官。至順元年，同知禮部貢舉，拜漢中道廉訪使。久之，僉太禧宗禋院事，僉祗承神御殿事。改集賢直學士，兼國子祭酒。應召赴上都議事，又兼經筵官，進中順大夫、禮部尚書。元統二年，進中奉大夫，拜江浙行省參知政事。以葬親北歸。復號至元元年，召拜翰林侍講學士、知制誥、同修國史，以未葬辭。明年，復命編修官成遵召之，而疾不能行矣。

公之先女真貴族。泰和中，章宗命定氏族爲百，孛朮魯氏其一，望著廣平。公曾祖阿納尼，金符離令。妣石抹氏。祖德，國初官忠顯校尉、南京路漢軍總把，累贈昭勇大將軍、前衞親軍都指揮使、上輕車都尉，追封南陽郡侯。妣南陽郡夫人成氏。考居謙，累贈中奉大夫、河南行省參知政事、護軍，追封南陽郡公。妣南陽郡夫人王氏。公世居上京之隆安，昭勇公初從憲廟南徙，以保甲射生軍壯總把戍鄧之順陽川，因家焉。初至元己卯，郡公從故相賈公居貞掾江西宣閫，公生贛江舟中，于時釜鳴，家人驚異。昭勇愛公穎悟，嘗曰：「是兒必興吾家。」稍長，讀書一覽卽記。郡公以順陽僻左，徙居于鄧。貞隱李先生，鄧名士也，公從學詩賦，同門莫及。郡公卒，家益貧窶，進修愈力。翰林閻宏曰：「觀子之才，後必名世，盍遠遊以廣見聞。」公往江西，謁克齋蕭君某。蕭君故宋大家，夜夢大鳥集所居屋，翼覆院外，疾出視之，冲天而去。鼇明公至，蕭君異之。公始名思温，字伯和，爲製今名及字。歸，復走京兆，拜集賢蕭貞敏公。貞敏隱終南，爲學精勤，夜以繼晝。公寓其旁僧舍，攻苦食淡，人不能堪，公裕如也。歸，復游漢上，從翰林姚文公學古文。文公奇之，以書抵貞隱曰：「子翬談論鋒出，其踐履一以仁義爲準，文章不待師傳而能，後進無是倫比。」於是貞隱以女妻公。

公之爲學務博而約，自六經、諸史傳註，下至天文、地理、聲音、律曆、水利、筭數，皆考其説。聽其言論，衮衮不窮，故聲聞大振。自官汴學，士之從者日衆。及師成均，與鄧公文原、虞公集、謝公端爲同時，教人不倦，發明經旨，援引訓説，累數百言，極於至當而後已，學者恐不卒得聞，故經公指授者多知名。公佐河東，或訟冀寧監郡不法，其憲長曰：「監郡貴冑，宜詳讞之。」蓋欲緩其事。公曰：「吾第知有憲法，焉知爲貴冑乎！」卒正其罪。關、陝有警，郡民驚惶。蒙古萬户提兵赴河中，道出冀寧。公白憲長曰：「是郡要衝，當留兵鎮守。」萬户難之。公曰：「有責在吾，不汝累也。」郡賴以安。應州大興土木之工，公言兵後宜蘇民力，朝廷爲罷其役。土番之民以飢饉告，天子憐憫，命出内帑錢賑之。公以西臺御史承命而往，民賴其惠。及還内臺，適英皇初正儲位，公言當選正人朝夕輔導，制可。公分行淮東，體察憲人能否。淮憲尚嚴刑，庭列獄具甚衆。公曰：「國家置風紀，本以肅清貪污，與行治化，初不專尚刑也。」取獄具焚之。南陽設六屯田，各樹官屬，朘削其民。民不能堪，故多流亡。公請罷去官屬，俾有司董其佃作。公在省闥，左相鄆忠獻王以公端重博洽，甚加敬禮。王嘗謂公曰：「汝能作宰相否？」公對曰：「宰相之位固不敢當，然平昔所學皆宰相事，蓋聞有福德才量者乃能爲之。」因爲王陳其說。王曰：「微公吾不聞是言。」權相既死，王進右相，君臣親密無間，慨然欲復祖宗之治。上畋易州，聞王之曾祖魯忠憲王安童賜田賜碑在邇，乃往觀焉。勑設燕享，王稱觴獻壽，上大悦。明日，公進駐蹕頌，敷言忠憲王輔相世廟，統一六合，修舉百度，治底雍熙，以箴規焉。上覽之，命以駐蹕表其里。英皇崩，王亦遇害，逆黨列據津要，公移疾不出。晉邸遣使誅其逆黨，公卽起視事。

泰定間，數有天變、地震、水旱之異。時相多西域人，西域富商以異石爲寶，誑取國帑，又其私人多以貪墨奪官，至是託言累朝中獻諸物直不時給，臺憲所罪官吏弗克叙用，皆有怨言，故致災變若此。天子信之，因肆大赦，播告多方。蓋彼内以私結其黨與，外以取悦於姦貪。公時爲燕南憲副，力陳其不可。他憲雖亦有言，皆依違回護，不若公言明白剴切，已而事果不行。公讞囚保定、河間，民犯私鹽，法當運司治罪。公以民罹飢寒，誤觸刑禁，皆隨事治之。佐吏以爲難，公弗恤也。囚有在獄久不决者，公察其情，可杖杖之，可釋釋之，衆皆以爲平允。岐山周公廟，道士據之。公曰：「周、孔名教，炳如日月，豈宜列於異端。」請設書院，令學官主之。文宗入京，首謁太廟。既卽位，又行祫饗大禮。公攝禮儀使，咫尺天顔，上有所問，執禮以對，上悦。上建太禧宗禋院，崇奉祖宗神御，若家人禮。又建奎章閣學士院，陳列圖書，日覽觀焉。兩院官屬學士，皆上所自擇動舊文學，親書其姓名付中書，以行文書，銓曹不敢進擬。公既選僉太禧，而奎章偶闕大學士員，近臣乘間以某官爲言。上怒曰：「汝何不薦魯子翬、馬伯庸，而以斯人爲言乎？」公之見知類此。武宗廟室未有配位，大臣請用並祔之文。公曰：「宜慈惠聖皇后昔受寶册，母儀天下，禮當合食于廟。」其後卒從公議。

今上卽位，議者以比年恩澤太頻，不宜肆赦。公曰：「皇上以聖子神孫入繼大統，當令臣民視聽一新，不可斂怨於國。」遂赦天下，賜公白金百兩、金綺二端、楮幣萬緡。初，國子生以入學名次爲先後，歲貢補官，殊無勸懲，故太史齊公履謙爲司業，請以學業爲陞齋等第，以積分公試，文詞優者爲中選，繇是諸生咸思奮勵而人才興矣。後值天曆多故，其法中輟。公爲祭酒，始試諸生于崇文閣下，中選者凡若干人。先時學官多僦民舍以居，監有隙地在居賢里，公曰：「古者教有業，退有居。」乃積弟子入學贄禮，得楮緡二萬有奇，爲宅數區，築室完美，以居師生。帝師至自西方，勑百官郊迎，公卿膜拜進觴，師坐受之。公立以觴進曰：「師釋迦徒，天下僧之師也。余孔子徒，天下士之師也。」師笑而起，舉觴卒飲，觀者凜然。時相將封秦王，事下禮部議。公曰：「秦大國也，非宗王不可。今丞相食邑高郵，高郵驛名，秦淮非秦地也，宜以淮易之。」衆何相意不悦，因共請曰：「詔已命封于秦，不當別議。」有官平章者卒，其妻盡以田施僧寺，云爲平章祈福。妾子求訴于公。其妻曰：「平章名爵，子廕足矣，所施家貲幾何。」公曰：「汝既無嗣，而又蕩其家資，異日何顔見汝夫于地下！」命以田還其子，廷議是之。江浙地大事劇，而省臣煩苛，事多壅積，民以爲病。公曰：「職居大藩而欲吹毛求疵，居下者無所措手足矣。」事至卽決，民大稱頌。

公爲文章嚴重質實，不爲浮靡，其詞悉本諸經，如米粟布帛，皆有補於世教。有菊潭集六十卷。太常典禮因革不同，每遇禘享輒稽吏牘，故多抵牾。公請于朝，賜筆劄廩膳，倡禮官彙集爲書七十五卷。公欲於順陽建博山書院，以淑其人。分置六齋曰：治禮、治事、經學、史學、書學、數學。方經營之，而疾已革。遺言喪祭一本于禮，勿事夷鬼。以至正四年三月某甲子，薨于順陽味經堂，享年六十。訃聞，制贈通奉大夫、陝西行省參知政事、護軍，追封南陽郡公，謚文靖。是歲四月庚寅，葬鄧之永昌鄉西樊里四望山下。配李氏，貞隱先生之女，儼雅儉勤，治家有法，親供蠶績而無富貴之習，累封南陽郡夫人。以至正元年五月某甲子，卒于順陽稼穡堂，享年五十有三。是歲閏五月甲申，合葬公墓。子男曰遠，力學有聞，今祕書監祕書郎。

嗚呼，士之於世也，愿謹者人多以爲迂，倜儻者人則以爲狂，底厲名號者返以爲矜，通達時變者或以爲譎。甚矣，爲士之難也。公學識卓異，不隨流俗俯仰，論議設施多有可述，而淺見狹聞者或未能盡識也。然士之特立獨行，豈以求合時好爲賢乎！臨川吳文正公嘗曰：「孛朮魯公學博而正，獨立無朋。」聞者以爲知言。銘曰：

金有中原，治安百年。設爲貢舉，網羅才賢。聖元方隆，遺士接踵。臺閣彬彬，尚賴其用。故老寖亡，惟公挺生。淵淵其蓄，涵涵而停。江、漢之南，河、華之右。爰有碩師，爲世領袖。公從問學，堅苦不渝。華聞日昭，衣冠偉如。洙、泗遺經，伊、洛訓傳。講說精深，義理融貫。踐敭臺閣，晝贊相臣。言論之卓，風動縉紳。翼翼成均，公正師席。敷教以寬，多士作則。中朝興禮，外省旬宣。有倫有要，惟經惟權。士之立朝，貴有學識。議事以制，匪學何式。瞻彼東土，金人肇興。既定危亂，遂登治平。文物聿彰，人材斯出。惟公之先，喜事儒術。積善儲慶，益大以振。公學有源，力相斯文。繼世克承，箕裘是業。表公儒行，允配前哲。

滋溪文稿卷第九

碑誌三

元故太史院使贈翰林學士齊文懿公神道碑銘

世祖皇帝既奠天位，定百官之儀，新一代之制，治曆以授民時，建學以教胄子。其謀猷師表之重，乃以屬諸中書左丞許文正公。文正既没，繼者遵守其舊。若夫見而知之，卓有學識，通制作之本原，酌時宜之損益，則惟太史齊公其人哉。

公諱履謙，字伯恒〔一〕，大名人。少從考府君來京師，受學家庭，讀書一過輒記。年十一，學推步星曆。十三，習詞賦。府君曰：「汝欲爲進士歟？能明經術，則聖賢可學。」公遂研窮性理，非洙、泗、伊洛之書弗好也。國家襲金用大明曆，歲久弗與天合。至元十三年，詔立太史局，改治新曆，尋升局爲院。公年十七，補星曆生。同輩多司天世家子，忌公才能。太史王公恂召問筭數，皆不能對，獨公隨問隨答，王公稱之。許文正公、楊文康公俱應詔治曆，公侍左右，數請益焉。曆成，與修曆經、曆議。二十八年，太史郭公守敬奉詔浚惠通河，薦公爲星曆教授，奏凡儀象未完者命公完之。都城刻漏以木爲之，其形如碑，中設曲筒，範銅爲丸，自碑首轉行而下，擊鐃以爲節，既久廢壞，晨昏愆度。公按圖考訂蓮花、寶山漏製，俾工改爲，訖今用之。遷平秩郎、保章正，始掌曆官之政。大德三年八月，時加巳，依曆日食二分六寸六秒，已而不食。衆懼，公曰：「當食不食，在古有之，矧時近午陽盛陰微。」因列唐開元以來日當食不食者以聞。六年六月朔，時加戌，依曆日食五十七秒，衆以涉交既淺，且復近濁，欲不以聞。公曰：「吾所掌者常數也，其食與否則係于天。」及時果食。日官爭没日術，弗能決。公曰：「氣本十五日，間有十六日者，餘分之積也。故曆法以所積之日命爲没日。則没日不出本氣者爲是。」衆從其議。七年八月二十三日夜，地大震。詔問致災之由，弭災之道。公按春秋言：「地者爲陰而主静，妻道、臣道、子道也。三者失其道，則地爲之弗寧。」是時成廟寢疾，宰執有作威福者，故公言及之。九年冬，初立南郊，祀昊天上帝，公攝司天。故事，司天雖掌時刻而無鐘漏，往往將旦行事。公請自今用鐘漏，俾早晏有節，則人咸知起敬，從之。

十一年春，武宗皇帝自北藩入繼大統，太后命卜卽位日期。公曰：「帝王卽位具有典禮。漢文帝至自代邸，以其日日夕卽位，豈宜拘以禁忌誤大計耶！」至大二年，奉常請修社稷壇及浚太廟庭中井，或以歲君所直，欲止其役。公曰：「國家以四海爲家，歲君寧專在是乎？」湖廣民家生子數歲，身足下有毛，行省以爲瑞，貢之。公曰：「此異類所產，不可以見。」三年，陞授時郎、秋官正，兼領冬官正事。仁宗自居潛宮，嘉尚儒術，及其卽位，學校、貢舉之制興矣。臺臣屢薦公當爲胄子師，宰相李韓公承上意拔用名士，擢公國子監丞，易階奉直大夫。公嚴條要，以身先之，諸生惴惴畏服。說經精明，質疑請問無虛日。諸生齋居者休旬無所於食，公積學廩之贏典之，夜給膏油繼之。公每五鼓入學，風雨寒暑未嘗懈也。改僉太史院事。皇慶二年春，彗出東井。公廷奏：「古者熒惑犯心，宋景公反身修德，熒惑退舍。今當修省，以弭天變。」因陳時務八事，曰除舊、布新、進賢、去邪、省刑、輕賦、節用、愛民，上改容傾聽。

明年，復拜國子司業。有制，國子歲貢六人。蒙古二，官從六品；色目二，官正七品；漢人二，官從七品；第以入學名籍爲差次。公曰：「不變其法，士何由進學，國何以得材。」乃酌舊制，立陞齋積分等法。其言曰：國學立六齋，下兩齋以初學者居之，中兩齋治大學、論語、孟子、中庸，學詩者居之，上兩齋治易、詩、書、春秋、禮記，屬文者居之。每季考學問，進者以次第陞。又必在學二年以上，始與私試。孟仲月試經疑、經義，季月試策問、古賦、制誥、章表，蒙古、色目試明經、策問。辭理俱優者爲上，准一分；理優辭平者次之，准半分。歲終積至八分者充高等生，以四十人爲額，員不必備，惟取實才。然後集賢、禮部試其藝業，及格者六人以充貢。諸生三年不能通一經，及在學不滿半歲者，並黜之。中書奏行其法，於是人人厲志讀書，益多材學之士矣。久之，出知濱州，丁内艱不果上。終喪，超拜太史院使，階朝散大夫。至治之季，司天以誤卜日下吏。公曰：「陰陽之説多端，未始會歸于一。彼星官疇人各專家學，弗知貫通，豈有心而然哉。」由是獲免。

泰定二年，選充江西福建道奉使宣撫。江西俗頗譁訐，獄訟滋章，姦人因緣爲市。公訊之以情，皆隨事決遣。泉、漳戍兵逞威肆暴，淩蔑郡縣長吏，或白晝刼民財。公痛繩之以法。初，括江南地時，民或無地輸税，或地少輸多，曰虚加糧，江西尤甚。詔諭憲司覆實蠲免，久弗施行。公曰：「上欲澤加於民，而憲司格之，何也？」既杖屬吏，俾憲使親行覆實，免糧若干萬石。閩憲職田每畝歲輸米三石，民率破産償之。公命準令送官，其地左不能致者，以秋成米價輸其直。福建鹽漕分司古田，江口商旅過者被擾，公立罷之。福清富民千家妄稱煮鹽避役，公皆民之。閩多先賢子孫，或同編户服役，公悉除之。凡黜罷貪吏四百餘人，興利除害數百事，民大稱快。天曆二年九月十有六日，公以疾薨，享年六十有七。

公平生寡言笑，不妄交游，儀貌奇偉，望之儼然。爲學堅苦，家貧借書讀之。及在太史，會朝廷輦宋三館圖籍置院中，公晝夜誦讀，精思深究，故其學博洽而精通，自六經、諸史、天文、地理、禮樂、律曆，下至陰陽、五行、醫藥、卜筮，無所不能，而於經術爲尤邃。立言垂訓，簡易明白，不蹈故常以徇人，不求新奇以驚世，其于聖賢旨意蓋多有所發焉。所著易本説四卷，繫辭旨略二卷，蔡氏書傳詳説一卷，春秋諸國統紀六卷，大學四傳小註一卷，中庸章句續解一卷，論語言仁通旨二卷，皇極經世書入式一卷，外篇微旨四卷，〔二〕授時曆經串演撰八法一卷，二至晷景考二卷，遺文若干卷。公嘗言：「國家治平百年，禮樂多沿舊制。蓋樂本於律，律本於氣，當擇僻地爲驗氣密室，取金門之竹，河内葭莩，多方候之，可以正樂音，同度量。」列其事上之。又得石律管一，長尺有八寸，外方内圓。中有隔，隔有小竅，蓋以通氣。隔上九寸，其空均直徑三分，以應黄鐘之數。隔下九寸，迤邐殺至管底，徑二寸餘，蓋聚其氣而上之。疑卽古所謂玉律者也。既而公遷他官，事遂寢。臨川吴文正公覽公著述，爲之敬服，屢嘆當世無知公者。

公薨，贈翰林學士、資善大夫、上護軍，追封汝南郡公，謚文懿。祖政贈中奉大夫、護軍，考義贈資善大夫、上護軍，俱追封汝南郡公。祖妣劉氏、妣桑氏，俱追封汝南郡夫人。配張氏，封汝南郡夫人。子男克明，世其業，終候儀郎、保章正。女適知祁州申克强。孫男某。公母弟思恭蚤游成均，有文名，由京學官入教國子，歷尹冀寧之榆次、光之固始、安之高陽，並著能稱，今以奉訓大夫、國子監丞致仕。至正九年二月甲子，監丞買地京城齊化門東大路之陽，奉考府君及公葬焉。以天爵少從公學，故以墓隧之文見屬。嘗觀漢碑，門生爲師作者居多，又載人各出錢幾何，共相其役。顧天爵迂踈，何以有此。謹述公歷官治行論著卒葬，而爲之銘。銘曰：

經世之學，本諸儒臣。孰啓其原，六籍三墳。明乎天人，達于物理。成己成物，罔不由此。巍巍世皇，撫有萬邦。建官任人，治具畢張。周覽乾象，攷正曆紀。爰立膠序，樂育多士。一時鴻碩，曰許與楊。亦有羣英，作式四方。公學堅苦，博觀載籍。於易、春秋，獨探其賾。入師璧雍，時詠菁莪。勗其學徒，以弦以歌。由司星曆，進太史職。率其官屬，推步弗忒。在昔唐虞，民底時雍。三光以全，五典克從。羲和授時，司徒典樂。於皇我朝，惟古是傚。世皇在御，百度惟新。匡飾治化，無競維人。禮樂百年，是圖是究。允懷先哲，不尚有舊。都城之東，鬱鬱新阡。碑無愧辭，過者式焉。

〔一〕「伯恒」下原有「甫」字，據李氏鈔本、適園本、徐刻本删。

〔二〕元史卷一七二齊履謙傳作「外篇微旨一卷」。

元故翰林侍講學士知制誥同修國史贈江浙行中書省參知政事袁文清公墓誌銘

國家有文學博洽之儒翰林侍講學士袁公諱桷，字伯長，慶元鄞縣人也。故宋少傅、同知樞密院事、資政殿大學士、贈太師、越國公諱韶之曾孫，中散大夫、知嚴州軍州事、皇元贈嘉議大夫、禮部尚書、上輕車都尉、會稽郡侯諱似道之孫，朝列大夫、同知處州路總官府事、贈中奉大夫、浙東道宣慰使都元帥、護軍會稽郡公諱洪之子。年二十餘，憲府薦茂異于行省，授麗澤書院山長，不就。大德初，羣賢萃于本朝，聞公才名，擢翰林國史院檢閱官。秩滿，陞應奉翰林文字，同知制誥，兼國史院編修官。遂遷修撰。凡歷兩考，遷待制。又再任，進拜集賢直學士。久之，移疾而還。復遣使召入集賢，仍直學士。未幾改翰林直學士，知制誥，同修國史。明年遷拜侍講，積階奉議大夫。泰定初，辭歸。四年八月三日，以疾終于家，享年六十有二。是歲十有一月某日，葬鄞縣上水慶遠墺之原，訃聞，制贈中奉大夫、江浙等處行中書省參知政事、護軍，追封陳留郡公，謚文清。

維袁氏遠有世序，宋嘉祐間，有諱轂者舉進士，歷官朝奉大夫、知處州。其後龍圖閣學士正獻公燮、兵部尚書正肅公甫父子，俱號名儒。越公於祥符丞數爲曾孫，師事正獻，尹臨安十餘年，爲政嚴明，事載之史。公生富貴，爲學清苦，讀書每至達旦。長從尚書王公應麟講求典故制度之學，又從天台舒岳祥習詞章，既又接見中原文獻之淵懿，故其學問核實而精深，非專事記覽譁衆取寵者所可擬也。世祖皇帝初得江南，故宋衣冠之裔多録用之，而宣慰公屢被恩命。公在館閣，一時耆舊若閻公復、程公鉅夫、王公構雅愛敬公，故蒙薦擢。時海宇艾安，年穀豐衍，而詞林清華無官守言責，日惟撰著爲職。朝廷有大制作，公從諸老獲議其事。成宗皇帝初建南郊，公進十議曰：「天無二日，天尤不得有二，五帝不得謂之天，作昊天五帝議。祭天歲或爲九，或爲二，作祭天名數議。圜丘不見於五經，郊不見於周官，作圜丘非郊議。后土社也，作后土卽社議。三歲一郊非古也，作祭天無間歲議。燔柴見于古經，周官以禋祀爲天，其義各〔有〕旨，〔一〕作燔柴泰壇議。祭天之牛角繭栗，用牲于郊，牛二，合配而言之，增羣祀而合祠，非周公之制矣，作郊不當立從祀議。郊，質而尊之義也；明堂，文而親之義也；作郊明堂禮儀異制議。郊用辛，魯禮也，卜不得常爲辛，作郊非辛日議。北郊不見於三禮，尊地而遵北郊，鄭玄之說也，作北郊議。」禮官推其博，多採用之。

仁宗皇帝自居潛宮，深厭吏弊。及〔二〕其卽位，乃出獨斷，設進士科以取士。貢舉舊法時人無能知者，有司率諮于公而後行。及廷試，公爲讀卷官二，會試考官一，鄉試考官二，取文務求實學，士論咸服。公在詞林幾三十年，扈從于上京凡五，朝廷制册、勳臣碑版多出其手。嘗奉詔修成宗、武宗、仁宗三朝大典。至治中，鄆王栢柱獨秉國鈞，作新憲度，號令宣布，公有力焉。詔繪王像，命公作贊賜之。公述君臣交修之義以勵王。王尤重公學識，銳欲撰述遼、宋、金史，責成于公。公亦奮然自任，條具凡例及所當用典册陳之，是皆本諸故家之所聞見，習於師友之所討論，非牽合剽襲漫焉以趨時好而已。未幾，國有大故，事不果行。公歿二十餘年，今天子特敕大臣董撰三史，先朝故老存者無幾，衆獨於公追思不忘。會遣使者分行郡國，網羅遺文古事，而江南舊家尚多畏忌，秘其所藏不敢送官。公之孫同知諸暨州事曮乃以家書數千卷來上。三史書成，蓋有所助。初，世祖建宗廟于京師，至仁宗崩，七室已滿，乃結綺爲室以祔。英皇親行祫享之禮，始議增廣廟制，乃作新廟爲十五室，公亦預其議。

公曾祖妣陳氏，封周國夫人。祖妣王氏，妣史氏、楊氏，元配鄭氏，並追贈會稽郡夫人。子男二人：瓘、瑾。女四人，長適同知袁州路總管府事趙孟貫，次適故觀文殿大學士趙某孫由錫，次適故相史忠定王玄孫公俏，次適處州儒學録余應棨。孫男曮以公廕入官，既進遺書于朝，遂擢祕書監著作郎；次曄、旼。孫女適浮梁州判官范理，次許適陳某，次幼。曾孫男二。公生七日，史夫人卒。長事郡公極孝，教子孫有法，待宗族盡恩意。中外姻婭，皆宋名族，家庭嚴肅，吉凶之禮不廢其舊規。每以務學修行勗故家子弟，俾自愛重，無爲門户羞。

公喜薦士，士有所長，極口稱道。公之南歸，會史館將修英皇實録，今中書左丞吕思誠、翰林直學士宋褧、河南行省參政王守誠皆新擢第，公薦其才堪論撰，天爵與焉。公於近代禮樂之因革，官閥之遷次，朝士大夫之族系，九流諸子之略録，悉能推本源委而言其歸趣。袁氏自越公喜藏書，至公收覽益富，嘗曰：「余少讀書有五失。泛觀而無擇，其失博而寡要。好古人言行，意常退縮不敢望，其失懦而無立。纂録故實，一未終而屢更端，其失勞而無成。聞人之長，將疾趨從之，輒出其後，其失欲速而好高。喜學爲文，未能蓄其本，其失又甚者也。」公之斯言，深中學者貪多苟且之弊。公爲文辭，奧雅奇嚴，日與虞公集、馬公祖常、王公士熙作爲古文，論議迭相師友，閒爲謌詩倡酬，遂以文章名海內。士咸以爲師法，文體爲之一變。公有易説若干卷，春秋説若干卷，清容居士集五十卷。嗟夫，昔宋南遷，浙東之學以多識爲主，貫穿經史，考覈百家，自天官、律歷、井田、王制、兵法、民政，該通委曲，必欲措諸實用，不爲空言。然百年以來，典刑風流日遠，故公之葬，謹序而銘之，來者尚有所徵乎。銘曰：

懿歟袁公，博極羣書。矢辭淵淵，佩玉舒舒。海宇既一，興自江左。諸老見之，孰不曰可。進掌帝制，列官詞林。討論憲度，講求古今。于時朝廷，日興典禮。祖朝天郊，以享以祀。三聖信史，纂述宏休。羣士選舉，務拔其尤。不有學識，孰承其責。惟公雍容，斟酌損益。陳編墜簡，公證其訛。識時歸休，山林浩歌。世有鄙夫，空空如也。覆忌多能，係時用舍。公富著述，燦若日星。銘詩弗刊，垂後是程。

〔一〕「有」，據元史，據卷一七二袁桷傳補。

〔二〕「及」原作「作」，據李氏鈔本、適園本、徐刻本改。

元故資德大夫御史中丞贈攄忠宣憲協正功臣魏郡馬文貞公墓誌銘

至元四年戊寅三月丙午，資德大夫、御史中丞、知經筵事馬公薨于光州居第正寢。有司以聞，制贈攄忠宣憲協正功臣、河南江北等處行中書省右丞、上護軍，追封魏郡公，謚文貞。其年四月壬申，葬郡城之北平原鄉西樊里。公諱祖常，字伯庸。世本雍古部，族居静州之天山。四世祖錫里吉思，金季爲鳳翔兵馬判官，死節，贈恒州刺史，祀褒忠廟。官名有馬，子孫因以立氏。曾祖月合乃，從世祖皇帝伐宋，留汴餽饟六師，卒官禮部尚書，贈推忠宣力翊運功臣，僉樞密院事，謚忠懿。俟祖世昌，行尚書省左右司郎中，贈嘉議大夫、吏部尚書。父潤，朝列大夫、同知漳州路事，贈中奉大夫、河南行中書省參知政事，封梁郡公。母梁郡夫人楊氏。

公幼有異禀，年六七歲卽知讀書，歲時拜賀長者以錢賜之，他日行過市中悉以買書。十歲侍梁公宦游儀真，月朔列燭于庭，燭欹側延燒屋壁，公解衣沃水撲滅。梁公走視，火已救止，問其故，對曰：「恐驚長者。」蜀儒張公頦講學儀真，公時未冠，質以經史疑義數十，張公奇之。公少慕古學，非三代、兩漢之書弗好也。梁公嘗語公曰：「吾祖有德未盡發，吾宦州郡不克施，汝其能大吾門乎？」公愈力學。

仁宗皇帝深厭吏弊，思致眞儒丕變治化。延祐元年，詔闢貢舉，網羅賢才。公偕其弟祖孝俱薦于鄉，公擢第一。明年會試禮部，又俱中選，公仍第一。廷試則以國人居其首，公居第二甲第一人，隱然名動京師。授應奉翰林文字、承事郎，同知制誥、兼國史院編修官，日與會稽袁公桷、東平王公士熙以文章相淬礪。

三年冬，擢拜監察御史。時天子臨御已久，猶居東宮，而羣下每因燕飲輒有奏請。公上疏曰：「大内正衙，古帝王視朝之所，今大明殿是也。陛下聖德謙恭，尚居東宮之舊，顧御大明正衙，鎭服華夏。夫陛下承天地祖宗之重，奉養當極精美，調攝宜進玉食。至於酒醴，固穀麥所爲，然近侍進御之際，可思一獻百拜之義。且百官奏事，古有朝儀，今承平百年，文物宜備，或三日、二日一御朝聽政，宰相羣臣以次奏對，御史執簡，史官執筆，縉紳珮玉儼立左右，雖有懷姦利己乞官賞者，亦不敢公出諸口矣。」初，立英廟爲皇太子，公請愼選師傅，朝夕輔養，下至臣僕亦宜精擇，天下休戚實原于此。

丞相鐵木迭兒專權擅勢，大作威福。公帥同列論奏其惡，又摭其貪縱不法十餘事劾之。仁宗震怒，命罷其政事，將治以罪，賴太后救解得免。公又言：「贊畫省務，允宜得人。而參議李羅、劉吉爲丞相腹心，交通賄賂；左右司都事馮翼霄、劉允忠依憑權勢，僥倖圖進。」遂皆黜退。又言：「秦州山移，實惟大變，非遣使祈謝賑恤一方而可弭也。大臣各宜辭官讓能，畏懼修省。史載平公石言之語，世世爲監。今山移之譴，豈在野有當用不用之賢，在官有當言不言之佞，所以感召不動之物而動也。」於是宰臣皆家居待罪。河西廉訪使杜某以赦後殺人者作赦前原之，肆意廢法；大都路總管范某以盜竊家貲，自至兵馬司督問，侵官失體；並劾罷之。又薦：「前中書平章蕭拜住、左丞王毅，曩在政府數與丞相抗論是非，當寘機要，勿令外補，朝廷緩急有所賴焉。前監察御史徹里帖木兒、中書參議韓若愚皆被丞相誣罔排擯，早賜録用。翰林承旨劉敏中精力尚强，斂身高蹈，可賜半俸，以厲〔一〕廉隅。國子司業吴澄通經博古，海内名儒，可進兩院，以備訪問。翰林修撰陳觀、刑部主事史惟良其材方嚴，宜居諫職。」

公論刑獄尤本哀矜，嘗請量移流罪，及論禁挾弓矢曰：「國家不嗜殺人，仁覆生齒。邇年屢發德音，未嘗量移流徒，竊慮推恩或有未悉。夫大辟死罪，反被赦原，而減死流徒，獨不蒙澤，豈法之平允哉。今後果應長流，請别定制，否則驗情重輕，度地善惡，遇恩内徙，幸甚。」又曰：「近制：漢人百人以上執弓矢獵者處極刑，百人以下流遠方。微及一兔之獲，亦各有罪。方今條格已有禁弓矢之科及聚衆之制，又復爲此，錯縱而網羅之，誠恐愚氓舉足蹈罪，實可憐憫。」蓋公建白剴切，故多見于施行。五年改宣政院經歷，月餘辭歸。起爲社稷署令，被命罷雜事于泉南。

七年正月，仁宗賓天，鐵木迭兒復居相位，睚眦必報。屢欲害公未得，左遷公開平縣尹。開平治行都，供億浩穰，訟獄煩多，蓋欲因事深中傷之。公退居浮光之野，詠歌詩書，漠然不以介意。久之，丞相不得專政，憂憤而死。鄆忠獻王栢柱獨相，旌別邪正而陞黜之，召公爲翰林待制。泰定元年三月，詔建儲宮，尋開經筵，公拜典寶少監，階奉直大夫。四月，天子清暑上京，以講官多老臣，乃命集賢侍讀王公結、祕書少監虞公集及公執經從行。明年，拜太子左贊善，尋遷翰林直學士，仍兼贊善。方儲宮之建也，一時賓贊之選，責成輔導之意，蓋甚重焉。公述古昔調護輔翼之事上之，又因成均釋奠，陳太子視學之禮。內廷出禮幣，命公助祭。

三年，考試大都鄉貢進士。明年，同知禮部貢舉，取士八十五人。又充廷試讀卷官。是秋，拜禮部尚書。會祖母梁郡夫人張氏卒，護喪南歸，持服。公事夫人克盡孝養，初階官五品，請于朝曰：「祖常幼亡母氏，賴祖母鞠育有成。願以封妻恩讓封祖母。」於是夫人封慶都縣太君，著于令。至是公移文曰：「禮有爲祖後者，祖卒，爲祖母齊衰三年。我朝典制雖不登載，然某誤擢禮官，理宜從厚。」無何，使者起復，轉右贊善，尋命兼經筵官。又明年，公始至京，復入禮部，階朝散大夫。旋又辭歸。天曆二年，文宗凡兩遣使召之，方起。至順初元，知禮部貢舉，復取士九十七人。改燕王內尉，又拜禮部，階太中大夫。公擇士務求實學，空言浮辭悉棄不取，中選者多知名于時。拜參議中書省事。是歲十月，文宗舉百年曠典，親祀南郊，公充讀祝册官，參定典儀。禮成，大賚四海，侍祠官賜金及幣，致仕官一品月給全俸，二品半之，三品及九品賜幣有差，民年八十以上者表號高年耆德，並免其家徭役。公議事廟堂，言簡而理明。敕衛士飼駞馬者聽借民宂舍以居，公曰：「衛士飼駞馬已有定居，今不遵舊制，徒使細民横被驚擾。且祖常官列三品，尚無宂舍，況細民乎！」奏復其舊。建德之民遠遊被殺，莫詰誰何。歲餘，妻以貧改嫁之。後夫者曰：「知汝夫之死乎？我以汝故殺之。」未幾事覺，法司以不首坐之。公曰：「綱常所係，當以重論，以責天下之爲人婦者。」制可其請。二年，拜治書侍御史，遷侍御史，進中奉大夫，特賜犀帶及御書奎章閣記，內宴服七襲，金玉腰帶各一。三年，轉徽政院副使。明年，拜江南行臺御史中丞。

六月，今上皇帝卽位，召公及翰林承旨許公師敬等赴上都，共議新政。賜公白金二百兩，中統楮幣二百定，金織文綺四端。遷同知徽政院事。是月，復命儒臣進講，公兼知經筵事。公每進説，必以祖宗故實、經史大誼切于時政者爲上陳之，冀有所感悟焉。是冬，進拜御史中丞，階資政大夫。

公風神秀異，威嚴端重，起居皆有禮法，人亦望而畏之。三爲臺臣，務鎮以肅，或撓憲度，輒屏棄之。西臺御史高坦劾同僚「時禁酤酒而面有醉容」，公以風憲當存禮體，糾劾務有其實，今以酒容罪人苛細，不持大體，奏黜罷坦。山東僉憲白元采按行曲阜，以李經自陳不當路衍聖公求爲官屬，及孔氏訟衍聖公不法數事以聞。公署其牘曰：「李經所首在赦令前，宗人相訐事關名教。」元采聞之亦去。江西僉憲任忙古帶以貪墨敗，田廬奴僕在東阿者當没入官，公請以田廬供曲阜林廟祭享，奴僕充洒掃户，從之。公喜鑒拔後進，及官中臺，薦士尤衆。故禮部尚書宋公本初至京師，人無識者，公揄揚其學，遂大有名。嘗擬進汴處士吴炳官風紀，上曰：「朕新擢炳爲藝文簿，汝俟其至用之未晚。」二年，拜樞密副使。公言：「軍將子弟驕脆，不勝任使，當立武學教習兵法。庶人挽强蹶張，徒老草野，當建武舉，儲材以備非常。」不報，公遂辭歸。復拜南臺中丞，階資德大夫，又遷西臺，疾不赴，薨，年六十。

公娶索氏，常州録事判官某之女。次怯烈氏，河南鎮守千户和尚之女。索氏封梁郡夫人，婦德母儀，宗黨範之。子男二人：武子，太常太祝、中書省掾、奎章閣典籤兼經筵參贊官，今承務郎、湖廣行中書省撿校官；文子，徵事郎、祕書監著作郎。孫男三人，女二人，俱幼。

公自先世皆事華學，號稱衣冠聞族，至公位益光顯，文學政術爲時名臣。尤篤友義，昆季子孫及宗族孤寒者，悉收而教養之，舉進士釋褐上庠者凡數十人。公上言：「本朝及諸國人，既肄業國學，講誦孔、孟遺書，當革易故俗，敬事諸母，以厚彝倫。」天下高其議。公自少至老好學彌篤，雖在扈從手亦未嘗釋卷，喜爲謌詩。每嘆魏、晉以降，文氣卑弱，故修辭立言，進古作者。其爲訓誥，富麗典雅。既出詞林遷他官，而勳閥貴胄褒贈父祖猶請公爲之辭。文宗最喜公文，嘗擬稟進，上曰：「孰謂中原無碩儒乎！」文宗北幸，還駐龍虎臺，公奏事幄殿，敕近侍給筆札，命公榻前賦詩。卒章言兩京巡幸非以遊豫，蓋爲民爾，因詩以寓規諫，上覽之甚悦。適太官進食，乃輟尚食以賜。今上聞公痼疾，特免朝會行禮，命光禄日給尚醞二尊，服藥療治。近世儒臣恩遇，無以踰公矣。始梁公監光州，有惠政，公亦愛其風土，因買田築室家焉。嘗贊郡守修孔子廟，倡秀民興于學。接光人謙遜以和，光人益敬愛公。或有訟者，聞公一言卽解去，不復詣府。公薨，光人老幼咸悲思之。公有文集若干卷，奉詔修英廟實録，譯潤皇圖大訓、承華事略，編集列后金鑑、千秋記略共若干卷。

昔者公以御史監試國子，天爵偶忝科名。殆還應奉，間以所作就正于公。公曰：「勉之，當負斯文之任于十年後也。」嗚呼，天爵學日荒落，不克副公所教，公之厚德，其能忘歟。謹考次其世族、官封、薨葬歲月，與其始終之大節，合而誌於其墓，且銘之。銘曰：

維天生才，無間中外。封殖樂育，治世攸賴。皇有中國，萬方會同。征伐謀猷，屬諸羣雄。維公之先，奮興西北。佐官前朝，矢死靡忒。忠懿父子，種德百年。世載衣冠，至公益宣。黼黻皇猷，文華有爛。邈視魏晉，上本周漢。帝命褒嘉，中原碩儒。汝執憲度，往肅姦諛。正色立朝，百僚震懾。小臣以廉，大臣以法。公論刑獄，平恕不苛。念彼華人，日陷網羅。公於人才，惟祇惟慎。薦揚碩學，裁抑躁進。公在廊廟，侃侃進言。以厚倫紀，以安黎元。寶帶對衣，錫賚繁舞。儒臣遭逢，孰步公武。贈官賜謚，爵以魏公。邺典孔昭，維以勸忠。瞻彼行潦，朝盈夕涸。江漢滔滔，源遠流濩。維馬有氏，七世于茲。忠懿啓之，魏公大之。百爾子孫，思慎其守。詩書之傳，允克悠久。

〔一〕「厲」原作「勵」，據李氏鈔本、適園本、徐刻本改。

滋溪文稿卷第十

碑誌四

元故少中大夫江西湖東道肅政廉訪使趙忠敏公神道碑銘

世祖皇帝臨御中國，總攬豪俊，布列有位，故治功興而法制立。一時賢材之盛，或奮由農畝，或舉於戎行，或出於詩禮之族，或興于勳伐之裔。若趙公者，蓋其人乎。公諱秉政，字公亮，河北河南道提刑按察使、贈太保、儀同三司、上柱國、定國襄穆公瑨之子，知太史院侍儀事、贈金紫光禄大夫、大司徒、定國文昭公秉温之弟也。起家武略將軍、新軍上千户，官至少中大夫、江西湖東道肅政廉訪使。享年六十有七，以至大元年秋七月某甲子薨於當塗寓舍。二年夏五月某甲子，葬於順德南和縣李馬原。後三十年，制贈公嘉議大夫、禮部尚書、上輕車都尉、天水郡侯，謚忠敏。始刻石以文曰：

初太祖皇帝兵至飛狐，襄穆舉城來歸，從國王木華黎戡定河朔，由監中山家焉。有子十一人，公次居六。生有異質，襄穆奇之曰：「吾將兵不妄誅夷，子孫庶有賢者。」中統庚申，世祖歸自鄂渚，道出中山，襄穆以潛藩舊臣，持牛酒郊迎。上爲下馬坐帳中，襄穆進酒，公從拜其後，進止雍容。上偉其貌，命列宿衞。至元十年，襄陽降，詔丞相伯顏大舉南伐，選材勇以充將校。大臣以公名薦，卽授新軍上千户，佩銀符，從兵攻郢，又破黄渠。以功陞宣武將軍，授金符。宋社既墟，新令未洽，慮民復叛，命諸州置管軍總管府，分守其地。公調徽州，尋又置萬户府，兩府莫知所長，而萬户受賂，輒爲人奏官賞。公還京師，求解其職。久之，臺臣知公賢能，奏僉江西湖東道提刑按察司事，上可其奏。豐城尹張某夤緣東宮近臣得官，肆爲貪暴，公按得之。尹恚曰：「吾昔受東宮教。」公曰：「教若殘赤子乎？」尹陰令其子訟冤于朝，吏不敢書尹獄辭。公曰：「苟得罪獨身坐，不以累若等也。」卒論如律。吉鎮守萬户蘇某横恣不法，樹黨與十人，號十虎，持郡縣短長，縱虐於民。公擒其黨一人，急索其家，得刀斧弓矢并新屠牛，獄具，卽杖殺之。民争愬其枉，盡取九人治之。萬户誣公擅殺，行省臣曰：「州郡置兵本以爲民除暴，今自爲暴，可乎？僉事用法擊賊，非擅殺也。」萬户慚憒而退。江南既歸版圖，後生漸趍刀筆之習。公行部大郡，遣吏奉書幣迎故縉紳先生劉辰翁、鄧光薦、黎立武舍于學宫，命諸生從授經訓，業成者復其家，士風由是浸盛。移僉漢中，授朝列大夫，度同列不可與爲，居三月遂移病去。二十八年，詔改提刑按察爲肅政廉訪，起公僉憲河南。懷孟有閑田若干頃，民佃其中，竊位方面者奪爲己有，公復還之於民。

元貞初元，遷山東道廉訪副使。益都宣慰使落石奏請：「東海之濱，土皆膏腴，宜爲屯田以養軍士。」公言：「田實潟鹵，不可以耕，落石罔上病民，言不可信。」朝廷爲罷宣慰使。時成宗皇帝新卽位，慎選大臣，尤以臺憲爲重，詔拜閩省平章徹里爲南臺大夫，江西行省左丞董士選爲中丞，公爲治書侍御史。大夫先朝舊臣，威重若神，以公高年獨加敬禮。公爲大夫言：「各道廉訪司糾郡國官吏，宜選御史察各道臧否而黜陟之，則職業舉。」大夫從其言，而憲紀益振。江浙省臣爲姦利事覺，激怒東朝，廷議遣官雜治。公分臺以行，具得鹽司及省中大吏贓狀，皆以罪黜。大德五年，拜江西廉訪使。民聞公來，懽曰：「是能縛十虎者耶！」貪吏望風或自引退。寧州盜殺大賈，數年不獲，公閱其辭，以大賈嘗舍逆旅，意盜爲逆旅主人，立捕至，卽服。明年，公告老，臺臣不許，趣起視事。又明年，公復求去，官屬苦留之，乃夜乘舟入匡廬山，尋載其家北還。至當塗，悅其土俗，卜居郡城之東。歲丁未，江南大飢，有司勸富民出粟，粟不能具，民且死。公謂吏曰：「爾以嚴刑威之，粟終不可得也，當以善言諭之。」吏如公言，果得粟以活民甚衆。

公少善騎射，嘗獵于野，猝與虎遇，衆皆辟易，公引弓一發而踣。從畋柳林，近侍較射爲樂，公射輒中。及學書，筆力端勁，以顏魯公爲法。公嗜讀書，不尚章句，獨喜古人奇節偉行，雖在行陳寘書袖間，下馬休輒誦讀，軍中相謂趙生。丞相渡江，盡召諸將議守襄、郢，統軍萬户韓某堅請公留，丞相不許。宋平，公出槖中金購書萬卷，輦致其家，以其副分遺順德、懷孟、許三郡學官，北方之士賴焉。公嘗言：「自昔中原文獻之會，兵戈以來，詩書禮樂之習微矣，雖公卿大家亦多雜用俗禮。」乃與文昭公爲家訓以示子孫。襄穆公薨，親舊欲用浮屠。公曰：「吾衣冠族當守禮經。」於是衰絰喪祭一遵古制，郡人化之。

公娶張氏，再娶劉氏。子男諶，先公卒；儀，承事郎、建德路壽昌縣尹兼勸農事；儼，將仕佐郎、河北河南道肅政廉訪司架閣庫管勾兼照磨；侃，不仕。女適承直郎、揚州路泰興縣尹兼勸農事劉節。孫男時可、時充、時養、時貞、時會、時泰、時立。孫女五人。趙氏世家飛狐，襄穆始兆中山。公母定國夫人楊氏別塋順德。公疾，語諸子曰：「吾母愛我善事，即死，葬我母傍。」遂從遺命。始公僉憲河南，憫世俗用刑之酷，上言曰：「昔唐太宗因閱銅人，見人之五臟皆繫于背，詔天下勿鞭背，可謂仁君愛民，萬世龜鑑。今朝廷用刑有制，而有司不詳科條，輒因暴怒褫衣鞭背，致人于死，深負國家好生之德。」廟堂是其言，遂著爲令。銘曰：

於赫世皇，立賢無方。用適其宜，治具畢張。維人之生，才有萬彙。成德之士，施用不器。偉歟趙公，悃愊無華。奮其材能，益大厥家。飛狐被邊，俗喜騎射。及家中原，詩禮日化。始從丞相，執戈戎行。南士既平，分持憲綱。典刑嚴嚴，風猷凜凜。發擿姦貪，民獲奠枕。洪惟皇祖，建臺之初。一時老成，執法不逾。時方治平，人皆尚行。風化肅雝，州部清整。公在憲府，三十年餘。用人之效，此其權輿。維古善人，爲國之紀。嗟爾子孫，尚纘公祉。

元故御史中丞曹文貞公祠堂碑銘有序

贈體忠守憲功臣、河南行省左丞、魯郡曹文貞公諱伯啓既葬碭山，其令尹謀諸耆老曰：「公家是邑，仕王朝，清規重德，師表一世，天下慕其風采。矧吾邑人，詎能忘乎！」衆是其言，相率爲祠于慱化里，奉公像而祀之。遣人至惟揚，請曰：「昔者公薨，天子勑儒臣刻銘神道。今祠宇既作，繫牲有石，願摭公遺事序而詩之，重爲吾邑人勸，是所望也。」天爵弱冠獲拜公履前，公教誨甚至，其敢以固陋辭。

國初，東平嚴侯興學作士，公往游焉，師事翰林承旨李公謙，故其爲人廉静温雅。筮仕碭山文學掾，歷瀄州學正、冀州教授，訓諸生有法。及見於用，則以洗冤澤物爲心。嘗主婺州蘭溪簿，尉獲盜三十，械徇諸市。公曰：「盜無左驗，其孰信乎？」未幾，果得真盜，尉以是黜。累遷常州路推官，豪民黄甲恃財殺人，賂佃客坐之。公讞得其情，甲坐殺人者罪。御史潘昂霄、憲副王俁交薦其賢，擢拜西臺御史。關輔自許文正公倡鳴道學，以淑多士，公請于朝，建祠以表其功，築室以訓來學。涇陽民誣其尹不法，公核其實，抵民以罪。蜀僉憲以苛刻聞，公列其狀去之。善善惡惡，克協於理。

延祐元年，由中臺都事除刑部侍郎。時相擅政，威焰赫然。一日盛怒，召公等至曰：「西僧訟某之罪，何爲久弗治也？」衆莫敢對，公徐進曰：「某罪犯在赦前，故弗敢治。」相益怒，左丞起請曰：「曹侍郎素稱廉直，某罪誠如所言。」相怒稍解。宛平尹盜官帑，事覺，宰臣欲誅其守者。公曰：「守者罪不至死。」杖而遣之。或謂公屢忤宰執，盍稱疾避之。公曰：「禍福命也，第謹吾職而已。」久之，出爲真定路總管。治尚寬簡，民便安之。遷司農丞，拜南行臺治書，轉福建廉使。未行，改右司郎中。至治元年，遷遼東廉使。京師西山勑大建佛廬，御史言：「歲饑民貧，宜緩其役。」近侍有恚臺諫者，激怒主上，而御史以譏死。公抗章言：「臺臣某叨塵清要，拱默苟容，使昭代有殺諍臣之名。宜示顯責，用儆具臣。」時韙其言。召爲集賢侍讀學士，拜侍御史。奉詔删訂條格。公曰：「刑貴適中。今民犯罪，既黥而杖，復加流竄，是一人身備五刑，故生還者百無一二，殊乖列聖子育元元之盛德，法當改易」。丞相是其說。會公除淛西廉使，不果。

泰定初元，公引年北歸，優游鄉社。碭人樂公之德，表所居爲曹公里。文皇卽祚，以廉使任重，詔徵耆舊爲之。公落致仕，使淮東。時方旱歉，飭有司發粟賑窮乏。及聞中丞之命，則曰：「吾年且八十，尚忘知止之戒乎！」公平生以人才爲任，在中臺薦名士若干人爲侍讀，考試國子，拔呂思誠、姚紱寘前列。及監浙省，鄉貢選士尤精。雲南僉憲范震言宰臣欺上罔下，不報，范飲恨死。公具其事，書于太史。真州守呂世英以剛直獲罪，公白其枉，進擢風紀。公性莊肅，奉身清約，雖爲貴官，飲食服用不異於儒素。公退讀書不倦，教子孫嚴而有禮。諸子晉寧縣尹震亨，臨江儒學教授賁亨，福建鹽司經歷泰亨，江南行臺御史復亨，陝西行臺掾履亨，佩服公訓，皆克有聞。公嘗嘆曰：「比見官治民俗，歲殊日異，習熟見聞，以爲當然。非上之人作新丕變，未易復舊貫也。」

嗚呼，昔我世祖皇帝既定海宇，建官立制，任賢使能，以興治功。至於本乎詩書之訓，發爲仁義之言，深謀遠圖，贊襄國論，以成天下之務者，唯一二儒臣是所賴焉。公蓋及事至元故老，學有本原。其處心平易而不苛，其爲政安靜而不擾，用能敭歷中外五十餘年，海內推爲鉅人長者。今已矣，典刑風裁，豈一鄉一邑所當法哉。詩曰：

碭山之墟，河流匌礚。昔產豪雄，奮烈忼慨。溫溫魯公，獨稱鉅儒。長裾玉珮，步武其徐。天啓治平，羣賢林立。如欲威鳳，有道斯集。入贊國論，出總憲綱。譏排奸倖，扶植善良。心焉和平，行焉忠厚。興治善俗，允屬耆舊。君子豈弟，天厚其門。有祿有年，蕃蕃子孫。維古先哲，道德可仰。里社尸之，來格來享。咨爾碭人，匪公曷師。祠以報德，徵此銘詩。

故集賢大學士光祿大夫李文簡公神道碑

仁宗皇帝臨御之初，方内晏寧，乃興文治。一時賢能材藝之士，悉置左右。皇慶元年秋八月某甲子，特命中大夫、常州路總管李公爲吏部尚書，卽日遣使召之。蓋上在潛邸，已聞公名。既至，禮遇隆重，字而不名。明年，公請致仕，上不允。尋又以爲言，上曰：「仲賓舊人，宜力有年，不可令去禁近。」超拜集賢大學士、榮祿大夫。當是時，朝之宿學碩儒名能文辭翰墨者，若洺水劉公賡、吳興趙公孟頫、保定郭公貫、清河元公明善，皆被眷顧，士林歆慕以爲榮。公居其間，年德俱尊。國有大政，則偕諸老議之，衣冠整肅，言論從容，廷臣莫不起敬。世戚大家欲銘勳伐德業者，必屬公等論撰書篆，子孫始以爲孝。公翰墨餘暇，善圖古木竹石，庶幾王維、文同之高致，而達官顯人爭欲得之，求者日踵門，公弗厭也。久之，公以疾辭。上不得已許之，進官光祿大夫，勑賜幣帛、酒饌，俾使者護送南還。又擢其子士行知泗州，使侍養焉。嗚呼，仁宗所以優禮耆艾，崇尚藝文，于此蓋可覩矣。公享年七十有六，以延祐七年十月二十四日卒于維揚，葬江都縣某鄉某原。後二十二年，其孫希閔請于朝，始贈公翰林學士承旨、柱國，追封薊國公，謚文簡。

公諱衎，仲賓字也。世爲燕人。考府君以儒名，兼通天文律歷之學。世祖皇帝聞其名，召而問之，以非官守不敢言。公少警敏，有俊才。世祖新作都城，崇奉宗廟，公起家將仕佐郎、太常太祝兼奉禮郎，尋又命兼檢討。久之，遷承務郎、淮東道宣慰使司都事。至元十九年，宣慰司罷，轉江浙行省左右司員外郎。二十四年，改江淮行省員外郎。朝廷遣官稽核郡縣錢穀，公分行浙省，人不以爲苛。成均既立，詔徵江淮學廪之餘以給師生，公又承命往，士不以爲擾。二十八年，遷承直郎、都功德使司經歷。三十一年，世祖賓天，成宗繼序，詔罷征安南兵，釋其陪臣陶子奇等，擢拜公朝請大夫、禮部侍郎，往諭其國，賜金虎符佩之。以兵部郎中蕭泰登爲之副，别賜衣物、鞍勒有差。時交、廣新刳于兵，人憚其行，公無難色。命有司置騎傳，萬夫長部兵從行。安南聞有詔使，且疑且懼。公至，宣聖天子休兵息民一視同仁之德意，國王及其臣民拜伏以聽，感戴歡呼，大喜過望。歸所盜邊地二百里，遣其臣奉表謝罪。遣公等槖中裝甚厚，皆辭不受，益之再三，終讓却之，愈大感服。元貞改元九月，公偕使者入覲，錫賚蕃渥。

明年，公請補外，除同知嘉興路總管府事，再遷婺州，佐兩郡凡十年。時天下無事，年穀豐穰，法制寬簡，士大夫亦多樂外官。公操韻高潔，又喜吴、越風土，所在興學訓士，暇則自放山水間，蓋隱然承平官府之舊，民亦悦其安静之化焉。公有吏能，嘗奉詔録囚江南，或疑不能决者，公得其情，多所平反。常州學田萬畝，僧冒種三之一，公言行省，復歸諸士。在郡歲餘，被召。

公既貴，卹典上及三世。曾祖大臨，贈翰林侍讀學士、中奉大夫、護軍、范陽郡公，謚恭懿。祖襄，贈資善大夫、大司農卿、上護軍、范陽郡公，謚忠惠。考居實，贈榮禄大夫、大司徒、柱國、薊國公，謚文康。曾祖妣馬氏，祖妣陳氏，俱追封范陽郡夫人。妣苗氏，繼妣張氏，俱追封薊國夫人。公元配曾氏，追封薊國夫人，繼王氏，封薊國夫人。子男士行，世其學，終奉訓大夫、知黄岩州兼勸農事；士昌，江東憲史。女士貴，適奉議大夫、惠州路總管府判官張汝霖；士柔，適王昇；士能，在室。孫男希閔，温州永嘉尉；餘二人，幼。公性和厚，人不見有喜愠。家居不治生業，子孫皆以清慎聞。初表所居曰息齋，晚號醉車先生，作傳以自適。

天爵使憲淮東，希閔請銘公墓。昔公官集賢時，天爵補國子員，獲瞻拜公。追思先朝故老漸已澌盡，然則紀述先進言行，非後生責乎。銘曰：

於皇仁宗，方内晏寧。崇儒稽古，詠謌治平。一時臣工，來際昌運。翰墨藝文，咸啓其藴。雍容李公，帝命褒嘉。峻陟崇班，歷游清華。公方少時，恭侍太室。典禮憲章，討論遺逸。出佐省幕，婉畫是咨。帝念南交，久罷吾師。咨汝臣衔，往宣予澤。公偕陪臣，來貢玉帛。歷官列郡，敷惠在民。召侍左右，允維舊臣。帝眷方隆，公遽告老。白髮蒼顔，天錫壽考。爰卜新兆，其下邗溝。矢銘貞石，尚永公休。

故河東山西道肅政廉訪使贈禮部尚書王正肅侯墓誌銘

朝列大夫、河東山西道肅政廉訪使，贈嘉議大夫、禮部尚書、上輕車都尉，追封太原郡侯謚正肅王公，諱仁，字仲安。由祖以上，世家雲中，譜亡逸其諱。考諱世明，國初從兵破汴，俘匠千人，詔佩金符領其衆。久之，擢知中山府事，因留家焉。公幼襲父官，已而讓其弟，刮磨豪習，從師問學，卓然以古人自期，由是名聞燕、趙間。至元十二年，王師渡江，下江陵。詔平章廉文正公鎮撫其地，承制除三品以下官。廉公求名士與偕，公在選中。至則授歸州安撫副使，因其土俗，治以簡静，民便安之。無何，峽峒諸蠻來歸，公與有力。

明年，宋亡。又明年，江南諸道置提刑按察司，公以才擢僉江東按察司事。是時海内治平方臻，朝廷屢下詔書，訓農興學，修利除弊。中外材能之臣，亦皆廪廪思樹聲名，以需進用，而憲司尤極一時之選。公于其時，歷僉淮西、山東、燕南按察司事，所至郡縣，奬善拔惡，勇於有爲。故君子聞之爲之興起，貪邪之人或自引去，雖劾其罪，亦言無所寃。饒之監郡烏倫赤貪汙病民，順德監郡朶羅帶盜用官帑，公發其事，皆伏辜。故相順德忠獻王由大宗正拜湖廣行省平章，道出真定，謂公曰：「居官難，居憲司又難。治罪奪職而人弗怨，此其尤難也。使官風紀者皆然，而人寧有負寃者歟。」會改提刑按察爲肅政廉訪，公移僉山北廉訪司事，遷陝西副使，改河南副使，皆移病不赴。

大德九年，徵拜治書侍御史。議者以京官任劇，宜增秩以優其禄。公曰：「御史之職在進賢退不肖，悦衆要譽，非所當爲也。」或請檢江、淮閑田，募民佃作，歲益得租若干萬石。公言：「自宋、金亡，承平日久，編户益滋，閑田無有也。」議遂寢。無幾，以疾辭歸。旋有河東之命，復辭以疾。

公爲人孝友、廉退，少喪厥父，勺水不飲者三日。既葬，居倚廬，未嘗輒至私室。及官淮西，妣夫人卒，願終喪制，有司以法不許。公曰：「親喪三年，隆古之制，尚忍以例言邪！」遂棄官去。初在歸州，官屬饋遺一無所受，從者私受富人金百兩，公弗知也。是夕夢若神人來語其事，覺而詰之，卽命以金還其主。官屬異之，多以廉自勵。歸老于家，築室唐水之側，日讀伊、洛諸書，怡然若有得焉。有詩五卷藏于家。以至大四年八月某日卒，享年七十有一。其年某月某日，葬安喜縣九真鄉之原。公娶史氏，早卒，再娶其娣，俱追封太原郡夫人。子男曰簡，疾不任；曰静，承直郎、侍儀通事舍人。銘曰：

允矣王公，秉德惟恭。介介其守，不渝初終。公在至元，繡衣持憲。鋤姦擢良，列城用勸。靡移于怨，弗牽于恩。克協于中，休有令聞。晚起于家，治書烏府。諤諤昌言，以規以補。相彼唐水，薄言屏居。進退雍容，風節偉如。九真之原，公墓有歸。載德銘詩，爰詔無已。

元故少中大夫江北淮東道提刑按察使董公神道碑銘

董氏之族居真定槀城者爲最盛，公其一也。公諱源，字巨源。四世祖提，金洛州防禦使。曾祖公毅，祖簡，再世弗顯。父思誠，舉進士，知名。妣許氏。公生七年，從親避地居河南之永寧，讀其父書。稍長而有俊才，又多謀略。金將亡，父母俱卒，槀殯永寧之野。未幾兵興，公被俘一大帥帳下，同俘者多被殺，公以儒生得存，帥命教其子弟。有間徑歸永寧，訪其親遺骸。兵荒之餘，暴骨如莽，公嚙指瀝血方求得之，負而北還。崎嶇艱危，始達鄉里。既葬，依宗人槀城令文炳以居，復師事翰林王公若虛。王公在金時擅重名，至是及門者衆，獨推公爲第一。遂挾其能，游諸公間，名聲藉甚。一時碩儒若王公磐、李公冶、姚公樞、李公槃、張公肅、高公鳴蓋其交友，中書楊公、太保劉公、丞相史公尤奇其材，共以國士許之。

國家初興，方事戎旅，楊公以征南行省，史公以行軍萬户，俱治兵于外，先後以幕府辟公，公辭不應。或問其故，弗答也。及世祖御極，更新庶政，四方豪傑悉起而爲之用。於是史公承詔宣撫河南，復薦公爲經歷官，乃慨然就職曰：「時可以行吾學矣。」征謀治法，多資于公。上聞其名，召與語，奇之，留置左右。中統三年春，山東守將李璮陰結宋人，據濟南叛。史公已居相位，分省將兵往征之，以公爲左司郎中。是時朝廷肇建官儀，每除拜，猶命翰林行制以訓敕之。告公之詞曰：「董某秉心端慤，處事詳明。草軍前之檄，孰比陳琳；談當世之事，共推王猛。宜須顯渥，以佐行臺。尚盡乃心，克成厥績。」公請周城樹柵遏其侵軼，使賊無外援，城中食盡則自降矣。已而果然。璮既伏誅，改行省爲濟南濱棣益都等路宣慰司，復以公爲參議。諸侯王唐古帥蒙古軍士萬人鎮益都，王以齊人向從賊亂，欲縱兵誅薙。公曰：「亂者璮爾，民實何罪。璮既授首，餘皆王民。今欲兵之，是激其爲亂也。」因極陳古昔殲厥渠魁脅從罔治之訓以諷王，王是其言，齊人賴以全活者無慮萬數。

至元四年，遷轉法行，調西京路判官。六年秋，上念郡國囚在獄者或多寃滯，詔中書選官決之。公偕斷事官鐵木爾分行西夏中興諸路，周歷沙漠蓋萬餘里，所決遣者悉稱平允。九年，遷奉訓大夫、知林州。州無屬縣，得親治民。公嚴法以馭吏，布惠以養民，民悦其政，如父母焉。朝廷滋以爲材，遂擢朝列大夫、山北遼東道提刑按察副使。按行郡縣，風采聳然，監察御史表其廉能。十六年，超拜少中大夫、江北淮東道提刑按察使，公以老疾辭。上曰：「江淮新附之邦，民尚未洽吾元聲教，非得老成舊臣，孰能撫綏而鎮安之。朕固知卿高年，其乘軺傳以往。」公整齊其大體，闊略其細故，一以敦俗興化惠安元元爲務。歲餘，江、淮之民樂其清簡之治，爲吏者恥其貪汙之行，皆仰公若神明焉。

公語同列曰：「大夫七十而致仕，禮也。吾敢久貪榮寵，弗知止乎！」卽移病謝歸，葺第眞定，闔門謝賓客，娛意圖史以終其天年。嘗作家訓以敕子孫，導江張氏覽而善之曰：「匪止家訓，要以警世可也。」子孫服公之訓，皆以學行聞于時。公享年八十有七，以至元三十一年十一月二十一日卒。是歲十二月十五日，合夫人尚氏之喪葬稾城縣安仁鄉南董村先塋，董氏葬是二百餘年矣。子男二人：曰儀，終行省郎中；曰居中，終靈壽縣尹。二女，長適郭秉德，次適栢縣尹張行中。孫男三人：堅、均、基。曾孫男三人：興宗、起宗、承宗。

公既葬之三十有九年，當至順壬申，基撰公行事徵銘神道之碑，基之言曰：「昔者先公被遇世祖，列官三品，德業著聞。基也幼孤而弗克知，幸其一二可考知者，誠懼歲久又泯泯也。」然而古之君子其言行豈能盡傳于世，惟其大節不誣，則固史氏所宜書也。夫銘誌之作，義近于史，蓋銘其所可知，則其未盡知者可推而知矣。天爵受其言，退而述之以銘。銘曰：

於赫世皇，百治具張。小大有位，無材不良。偉歟董公，才謂多譽。相時而興，雍容中度。疇須奇畫，我其資之。疇須善政，我其施之。帝瞻南邦，未洽聲教。尚資老成，克撫無橈。自昔有國，黄髮是詢。有典有則，永綏兆民。曾無百年，故老澌盡。公有慈孫，嗣守遺訓。考公大節，廩廩不誣。爰徵銘詩，式表幽墟。

祕書少監王公墓誌銘

中統建元之明年，世祖起中山王公爲贊善大夫，輔皇太子親授之書，是爲裕皇。其書册之端，有親書廟諱，厥後書歸王氏。延祐三年，仁宗御光天殿，贊善之子祕書少監賓執其書以獻。上穆然曰：「是皇祖所讀之書歟，朕何敢不敬。」有詔褒寵王氏，曾祖順贈中奉大夫、太常少卿、中山郡公，謚安定；祖良贈昭文館大學士、資善大夫、中山郡公，謚端懿；父嘉議大夫、太史令恂贈推誠守正功臣、光禄大夫、大司徒、上柱國、定國公，謚文肅；曾祖妣趙氏、祖妣劉氏俱追封中山郡夫人，妣張氏追封定國夫人，繼妣氏封定國夫人。又命中書遷賓官，未及命而賓卒，延祐七年夏六月某日也。當是時，天子方鄉文學，賓重以是啓之，贈典罷已久，祖考蒙是休澤，可謂忠於上而孝於親者矣。

公字子立，賓其諱也。贊善之幼子，性資開敏。初從祭酒許文正公游，小學、四書悉能通其大旨。贊善兼以星官歷法妙一世，既爲太史，改正曆日，公亦傳其學。贊善薨，選爲太史院保章副，累遷至少監焉。公少長富貴，未嘗有富貴氣，容儀雅潔，若寒士然。居京師未嘗謁貴人門，嘗語其子弟曰：「吾名臣後也，當慎守先業，豈可妄與新進小生交游哉。」至大中，尚書省因某挾異書，遂起羅織之獄，公視家所藏凡涉天文陰陽家者悉焚之，謹厚類此。娶郭氏，太史院使守敬之孫、都水少監某之女。二子：楨，主滄州清池簿；桂，補太史星曆生。公享年五十有二，權殯都城東南十里。楨將以至治三年六月某日葬公安喜縣北扈原。銘曰：

於皇仁宗，文治太平。一時材藝，咸列禁廷。矧茲遺經，裕皇宸翰。藏之臣家，榮光有爛。恭進丹陛，允也其時。斯文日興，亦公啓之。愍册襚章，褒及祖考。將進大官，胡命不偶。北扈之原，土厚泉深。銘昭厥美，以視來今。

滋溪文稿卷第十一

碑誌五

元故贈推誠效節秉義佐理功臣光祿大夫河南行省平章政事追封魏國公謚文貞高公神道碑銘有序

仁宗皇帝延祐初元，召江浙行省左丞高公，復拜中書參知政事。公以母老乞歸養，上不許，留爲集賢學士，商議中書省事。是歲十月，母夫人卒，公護喪歸葬。明年用起復故事，擢拜江南諸行道御史臺侍御史，又拜樞密副使，皆不起。上簡注公不忘，又明年冬，遣使趣召，仍命之曰：「汝以大祥日至，則能爲朕來矣。」使者果以其日至，公惶懼不敢辭。既至，入見便殿，聖眷優渥，卽日命近臣送至中書，參知政事。四年，進階資政大夫，遷左丞。五年，陞資德大夫，遷右丞。公自早歲已在朝省，練國故實，凡選舉、錢穀、決獄，悉其原委。事物之至，應之閑暇。尤善用人，一時材能布列中外。或承時好，黨同惡異，公曰：「任人各以其材，不可妄有分别也。」

當是時，仁宗皇帝事皇太后，孝養順承，惟恐不至，而英宗皇帝方育德于儲宫。公與一二大臣同寅協恭，承弼輔贊，俾三宫怡愉，九有清晏，年穀豐衍，民庶樂康，是則公之相業最著者也。然小人不便，陰偵潛伺，思有以害之矣。七年春，仁皇不豫，鐵木迭兒已在儲宫左右，譖言倉廩空虚。傳旨命具錢穀大數以聞。公曰：「某等備位宰府，輔政興化，用賢理民，乃其職也。至於錢穀，自有主者。」彼聞之益怒。居無何，仁皇賓天，英廟未立，鐵木迭兒遂爲丞相，擅政肆虐，盗弄福威，睚眦之怨無不報者。以已曩者得罪憲臺，公等坐視弗救，心尤恨之。乃以公及平章王公毅、參議韓公若愚徵理錢穀，又屢揚言上前，以爲世祖之時，幣朽于庫，桑葛嘗奏誅其執政二人，蓋欲以此譖殺公等。賴英廟察其無罪，第罷其所居官，放歸田里。

公始以同知中政院事，特拜中奉大夫、中書參知政事。明年，至大紀元冬十月，武宗皇帝親祀太廟，公充讀祝册官，禮成，錫與甚渥。二年，尚書省立，議更鈔法。公曰：「鈔今已虚數倍，若復抑之，則鈔愈輕而物愈貴。非法之善也。」時不能用其言，出公爲江浙行省參知政事。有旨範京城新寺供佛銅器，以行省督視之。期已迫，銅不能具，或欲銷省庫錢以充用者。公曰：「歷代泉貨孰敢擅毁。」有頃詔發庫錢與楮幣兼行，衆方服公之識。海舶歲運米數百萬石，以食京師，官爲給其道里費。然歲久法弊，及民者十蓋一二。至是朝廷命公領之，分毫悉給于民。公以海漕官吏出入風濤，百死一生，勞効殊甚，請優其序遷以勸來者。廷議是之，著于令。進拜資善大夫、本省左丞。會平章張閭請括江南民田以益賦稅，公言："「國家承平日久，賦稅皆有常經，民心一摇，恐生他變。」已而迄如公言。泰定之初，詔以鐵木迭兒專權蒙蔽、報復私讐、杜塞言路、構害忠良等罪，播告天下，而公等始獲昭雪矣。超拜榮禄大夫、湖廣行省平章政事，佩金符虎，節制諸軍。

時兩江岑、黄數有邊梗，公請于朝曰："「蠻夷之人，僻居遐荒，撫則治，擾則亂，自昔然也。竊聞岑、黄初則未敢猖獗，蓋緣招諭官吏恣意貪求，或不如欲，輒復以兵威之，遠人由是不敢効順。前廣西僉憲奥屯忽都魯向嘗按臨其地，威惠並著，若命爲本道帥使，則岑、黄可不招諭而至矣。」詔從其請。岑、黄聞之踴躍，語人曰："「吾豈惡生樂死者耶，今奥屯侯來，吾無患矣。」乃相帥請附，他夷小醜亦皆向化焉。事聞，詔賜公玉帶、弓矢、鞍勒，以旌其功。

歲餘，改江浙行省平章政事。江左繁富，中外徵求百至，公熟知其利病。又得脱歡答剌罕爲相，同心輔治，專務簡静不擾，以是民用寧一。致和改元春，海潮日溢，鹽官州其城將陷，浙民大恐。勑使者數輩行視，衆議累石爲岸以捍海。公曰："「政事弗修則變異數見，今海水爲災，殆陰盛陽微之咎。第君臣修德恤民，庶幾可彌，若復勞民，愈爲不可。夫海患不息，浙西已弊，又爲石岸，則害及浙東。且石岸延袤百里，功非十年不就，而海患近在旦暮。比岸成，兩浙之民俱爲魚鼈矣。」衆是公言，未幾海患亦息。是則公之謀國保民世所共聞者，其陰爲彌縫補益，人受其惠而世不及知者，則亦不得而書也。

公諱昉，字顯卿，世爲遼東右族，國初始遷大名。少美風儀，神觀高朗，涉獵書史，考求前代治忽、君臣得失，與夫應時合變、先後本末之序，期於有以發爲論議，措諸事業，以表見于當世焉。甫冠，游京師，名聲籍甚。會立集賢院，以學行辟爲掾。國有大政，集諸老議之，公屢侍行，而聞見益博。擢都省掾，故相何公榮祖器其材，以公輔期之。調吏部主事，建言：「仕者歷履歲月治行廉貪無由核實，吏得並緣爲姦。宜書于册，置局司之，每遇轉官者驗以爲黜陟。」廟堂從其言，迄今行之。遷左司都事，又遷員外郎。承檄調廣海官，人稱其公。還爲禮部郎中，奉詔慮囚燕南，活寃獄若干人。改吏部郎中。時入官多途，選授無法，公請除文墨士爲長吏，雜進者貳之，由是選法清而衆職舉。遷禮部侍郎。浙西豪民即所居爲佛廬，舉家度爲僧尼，號其教曰白雲宗。日誘惡少，肆爲不法，奪民田宅，奴人子女，郡縣不勝其擾。中書以聞，公承按治，凡得民田廬若干所，還爲民者若干人，賄賂没官者若干萬，浙民大快。時順德忠獻王當國，選公爲左司郎中，贊畫政務居多。嘗以言忤權貴，出爲潭州路總管。潭爲湖南大郡，訟牒塡委，公決治明允，頃之訟亦衰止。郡吏求補者衆，公日以所決事試其可用者，得數十人。部民有詐稱制勑者，逮繫數百，公詳讞之，止坐二人，餘皆釋不問。貴官傔從恃勢擾民，公痛繩以法，部內清整。憲司以治最聞。潭人方樂公政，而公召爲中政矣。

公養母甚篤，居喪如禮，孝行聞于郡國。爲人清簡寡欲，齋居宴坐，終日默然，及臨大事，敷陳宏辯，咸中肯綮。宇量宏深，嘗曰：「人能容，斯足以任天下之責；能忍，斯可以成天下之務。又當以靜爲主焉。」故以主靜名齋，蓋本太極圖訓云。天曆元年九月，公偕行省臣五人赴召入朝。十月十有九日，行至陵州，公以疾薨，春秋六十有五。明年二月十有五日，葬大名元城縣令公鄉先兆。

曾祖考植，金洺州防禦使，皇贈通奉大夫、遼陽行中書省參知政事、護軍、魏郡公；妣大氏，魏郡夫人。祖考世榮，金近侍局副使，皇贈資德大夫、河南行中書省右丞、上護軍、魏郡公；妣王氏，魏郡夫人。考昂，仕國朝爲濮州朝城尉，累贈榮祿大夫、江浙行中書省平章政事、柱國、魏國公；妣郭氏、孫氏，俱魏國夫人。公配蒲察氏，清豐監縣某之女，早卒；麻氏，太醫院判官贈大司徒、恒國文惠公澤之女，亦先公卒，俱追封魏國夫人。繼白氏。子男三人：履，補國子員，歷官户部司計、工部司程、監察御史、江浙行省左右司郎中；恒，以公廕爲太府監右藏庫使、河間路總管府治中。皆以材能清慎聞，麻夫人出。次益，側室王氏出也。孫男二人，女一人。今上皇帝褒録舊臣，制贈公推誠効節秉義佐理功臣、光禄大夫、河南江北等處行中書省平章政事、柱國，追封魏國公，謚文貞。始終哀榮，可謂備矣。

公昔按白雲宗獄，先君以户曹掾從行，屢蒙薦擢，進長行省幕府，遂以公爲知己。公薨，諸子以神道銘見屬，故天爵不敢以蕪陋辭，蓋庶幾先君報德之萬一也。銘曰：

維高著姓，世家渤海。歷遼與金，閥閲弗改。桓桓太師，有子十人。列官節度，冠蓋如雲。慶流于公，嗣德惟肖。風度雍容，訏謨廊廟。肅肅長樂，天子孝恭。亦有春坊，敬罔不同。三宫雍雍，百辟侃侃。民樂治平，匪邇伊遠。曾是疆禦，肆爲詆欺。惟天子明，公歸祁祁。公歸祁祁，于魏之野。徵車既來，星言宿駕。偪人猖狂，公務允懷。海水齧城，于時爲災。公言君臣，當務修省。民不可勞，忠言炳炳。維此江左，地大物繁。公治以簡，民其孔安。昔公早年，令譽已著。故老嘆咨，期以公輔。通材達變，臺閣踐歷。克有令子，保公烈光。公雖云亡，德業愈偉。何以徵之，國有信史。今公之鄉，豐碑穹然。勒此銘詩，永表相賢。

故少中大夫同僉樞密院事郭敬簡侯神道碑銘并序

至大二年夏六月癸酉，少中大夫、同僉樞密院事郭公薨于京師私第。冬十月庚申，歸葬中山無極縣歸化鄉龍泉里。延祐六年，公之子中書省照磨元珪始屬天爵狀公行，請封謚于朝。制贈太中大夫、廣平路總管、輕車都尉，追封太原郡侯，謚敬簡。至正七年，公之孫鏞乃克伐石樹碑神道，復以銘文見屬，於是上距公薨三十有九年。蓋先子嘗侍公于樞府，天爵與元珪故往來，今鏞是請，及見郭氏凡三世矣，故弗庸辭。

昔者世祖皇帝臨御天下，封殖賢才，一時文武小大之臣，歷乎成宗、武宗之朝，猶克有用于世。若樞密敬簡郭公，亦其人哉。公諱明德，字德新。少長儀貌偉然，力能兼人。至元初，天兵圍襄，有詔募民爲兵，公出應募中選。其父曰：「兒雖長大，年未成童，恐不堪用。」縣尹馮岵試以弓矢，公蹶張挽强，尹曰：「可矣。」樞密張公易聞其才勇，留之樞密。會立屯田總管府，因署爲史，轉前衛史。諸王乃顏叛東土，帝親征之，樞密大臣扈行。公被選分掌幕府文書，間亦執兵禦敵，有勞獲賜鞍馬。及還，擢樞密院架閣庫管勾，改斷事官知事、前衛經歷，遷樞密院都事。同列坐事辭誣逮公，人共寃之。公曰：「吾寧忍自解以重人之罪乎！」未幾，或告樞臣及其幕官貪墨，獨無公名。臺臣疑之。告者曰：「郭君實無所私。」臺臣始知公前時爲衆所誣也。

大德初，擢拜中書省檢校官，遷工部員外郎。五年，京師大水，瀘溝泛溢，決牙梳堰，壞民田若干頃，廟堂檄公治之。公命伐荆爲巨囷，實石其中以殺水勢，使復故道，而堤遂完。自京城至涿，道塗與梁爲雨水所壞者，公相地所宜，皆改爲之，或涉民田，則厚價以買之，故事集而民不擾。

六年，海都犯邊，邊民大驚，宣慰司悉焚倉廩，獨輦金帛南徙，久之方定。選官撫治，公拜宣慰副使僉都元帥府事，賜金虎符佩之。時方隆冬，冰雪載道，或止公緩其行。公曰：「某起寒族，誤蒙拔擢至此，敢稽天子之命乎！」明日遂行。至則撫綏完復，邊鄙肅然。乃陳備邊數事，其說曰：「安邊之策，務在屯田積穀，且耕且戰，自古如此。今兵屯北邊有年，所須錢穀不少，然歲歲而輸之，運米一石，其直中統鈔百餘貫，貴則倍之。使山北每歲有秋，輸米者其家富完，委輸官不敢爲姦，加以路無盜賊之虞，僅可供一歲之用。苟或不然，利害非細。今和林之北，地宜麥禾，昔時田器在在有之。夫京師六衞每軍抽步士二人屯田，以供兵士八人之食。和林寒苦，漢軍不能冬。若於蒙古諸軍揀其富庶强壯者戍邊，貧弱者教之稼穡，俟其有成，如漢軍法，以相資養。置田官，起倉廩，嚴賞罰，以課其殿最。或天有霜旱之災，募民入粟塞下，厚直酬之。和林之錢或不足償，以江淮、長蘆鹽引償之，則數萬之粟可坐而致。此外別立轉道，買牛二萬頭，車二萬輛，用軍士四千人，人月給米三斗。自大同達和林止四千里，百里置一驛，用軍士百人，車五百輛，配牛五百頭，可運米二千五百石。

三日一返，一月運二萬五千石，十月二十五萬石，何患軍儲之不足歟！」又曰：「武欲勝敵，宜先練兵。夫兵在精而不在衆，往年敵人撓邊，我師雖衆，逗遛而不能進。且海都之衆不及國家百分之一，甲兵之利非吾師之比，返能爲害，何哉？良由號令專一，賞罰信明，士卒練習故也。古者遣將出師，君親推轂而命之曰：『自閫以外，將軍制之。』謂機宜不可以遠決，號令不可以兩從。蓋號令不專則人心不一，機會失宜而欲克敵難矣。邇者邊將欲賞有功，必俟朝廷之命，曠日持久，訖無所聞，此勇夫所以解體。當中統初，命宗王征李璮，出金銀符數十，有功者聽予。矧今邊防非璮可比，若舉舊典授之將帥，使賞罰信明，則士卒百倍其勇，而於克敵何有。」又曰：「固邊安民，必當高城深塹。兵志曰：城郭不完，與無地同。而況素無城郭，欲積粟以禦敵，是猶委肉於虎。近年兵少失利，因無固守之地，逡巡退避千有餘里，致使敵人侵我疆域，劉我人民。賴天之靈，旋亦收復。向若敵人深入不返，則將柰何。今當沿邊規度，敵所來道，或五十里，或百里，各修一城，引和林河水灌隍。俟秋熟則貯芻粟於中，分軍屯守，建大藩於和林以總之。如敵人來攻一城，諸城抽軍以救之。則我内有備禦之堅，外有攻敵之急，彼安敢輕動乎。故曰：無恃其不來，恃吾有以待之；無恃其不攻，恃吾有所不可攻。論者若曰：『勞民費財，未見成功。』是不知邊防利害者也。蓋和林國家肇基之地，敵人之所必爭，如襄陽宋之北門，我得其門而入，則宋不能有所爲矣。」於是中書下其事，會翰林、集賢博議，咸謂實備邊經久之計。

歲餘，公感寒疾辭歸，中書省選爲左司都事。未幾，參議樞密院事，進擢本院判官。公以華人起身軍伍，敭歷年多，凡累朝兵政原委，當代將帥材能，城郭山川之險，邊戍屯守之要，皆習知其故，故在宥密稍久，不遷他官。又數條上軍政，謂：「天下雖平，不可弛武功。兵雖不試，不可不養其力。海都無事來朝，不可不爲之備。內外兵勢不可有所偏，江南軍馬不可分散而無統。」及論軍士貧乏之原，皆深悉其弊，廷議是其言。進拜同僉樞密院事。至大之初，詔汰冗員，公請辭，不允。蓋上撫軍北庭，嘗聞公名，至是賜金帶、錦衣，以表其勞。薨年五十有一。

公早遊鄉校，涉獵書史，自爲下僚，所居職辦樞密簿書，歲久繁猥，公序其始末，俾易檢覆，吏不能爲姦。當國初用兵，有近臣承詔賜民十家爲兵前驅，既久，怙勢沒爲奴婢，而十家子孫陳訴不已。樞臣檄斷事官讞之。公閱故牘，得初賜詔，其事始白，十家老幼凡數千指皆良之。

公考府君諱聚，金季自汴之陽武家無極，嘗施粟以賑鄉里，累贈中順大夫、中山知府、上騎都尉、太原郡伯。妣程氏，封太原郡君。配張氏，無極縣尹成之女。張尹初奇公才，以女歸焉，累封太原郡太夫人。子男元珪，歷知陵州、開州，同知河東轉運司事，遷廣平路總管，卒官嘉議大夫、定真路總管，所至以廉慎聞。元璋，善學早卒。女適中山劉雲翼、大都高章。章卒官奉訓大夫、濟南路推官。男孫鏞，補國子生。女孫適王鑾爾、李榮，鑾爾爲岳州鎮守百户。銘曰：

世皇御極，覆燾如天。封殖長養，蔚多才賢。廊廟之謀，軍旅之事。出入左右，咸克有濟。偉哉郭公，起身兵戎。言無不達，才無不通。於皇天朝，神武有倬。王迹肇基，實本龍朔。〔一〕慨彼昏迷，弄兵于疆。皇威赫然，震讋暴强。公承明命，往撫邊鄙。邊人既寧，乃陳兵事。自昔國家，選將練兵。屯田積粟，以求厥成。君子之心，憂深慮遠。言論設施，欲固其本。時方治平，文恬武嬉。文武並用，長久之規。嗟嗟鄙夫，尸禄拱默。惟身是圖，其何能國。樂只君子，邦家之基。王事所賴，民生攸依。尚思公言，慷慨奮烈。欲爲朝廷，永樹長畫。龍泉之原，巋然公墳。勒銘豐碑，以勵具臣。

〔一〕「朔」原作「翔」，據李氏鈔本、適園本、徐刻本改。

元故嘉議大夫工部尚書李公墓誌銘

維廣平雞澤李氏，前至元初徙家于潁。公諱守中，字正卿。少就外傅，涉獵書史，奮然自樹。當是時，入官者多由吏進，公年出二十，來游京師，補左司令史，轉户部通政留司掾，人不敢干以私。初，朱清、張瑄漕江南米，涉海入京師，至則遍賂諸用事人，公時主治文書，獨無所取。

進掾中書。公志大而氣剛，不隨俗依違俯仰，事或不然，輒指陳可否，直言無諱，守身廉白，

大德三年，北兵犯和林，公從大臣往給金幣，邊人賴其惠。徽政臣奏除官千五百員，將須制勅。公曰：「是中有官第七品超遷三品者，有武人雜選入清流者，有治罪奪官復冒用者，殊乖選舉彝典。」宰相是其說，命徽政覆奏止之。至大二年，尚書省立。公上言曰：「昔在世廟，宵旰求治，分置尚書省，以清中書之務，明詔具在。今尚書省臣攘奪政柄，變亂憲章，用人無法，事漸大壞，返謂中書墮廢法制。當辨中書所廢者何，尚書所治者何。」事聞，權貴大怒，以公間諜兩省輔臣，廢黜田里。既而尚書省臣敗誅，公起家承直郎、保定滿城縣尹，縣以大治。燕南憲司以五事聞。

延祐二年，河東大雨，解鹽池壞，選官治之。六年，復命公視其池堰，督其課最。宰臣語公曰：「昔宋耀州觀察使王仲千著績鹽池，汝能效焉，亦仲千也。」公益感激，巡行陝西，歸言于廷，請革巡鹽吏胥，設官分司，其他防鹽之方，擾民之事，可悉興除。廷議從之。又承命往治河間鹽法，請罷煎餘鹽五萬引，以蘇民力，別陳十事上之。遷奉議大夫、户部主事，以親老乞便養，改知泗州。州獄繫囚百餘，公下車數月，皆決遣之。民有誣寡婦爲同籍欲奪

其産者，有訟田殺人誣其田主者，有覬免己罪以賂誣其胥吏者，公悉辯明之，抵誣者罪。淮東憲司薦其廉能，擢河南行省左右司員外郎。丁外艱，服除，調兩浙轉運鹽司副使。公言：「法久則弊，理宜變通。今兩浙竈民凋弊日甚，當驗其恒産差爲上下。竈民既爲國輸課，不當復役里正，代償民租。不然，將見竈民愈困，多徙死矣。」公在官五年，身歷兩浙郡邑，熟知其弊，工本親給與民，官屬不敢有所掊克，故事集而課亦溢，比終更增鹽五萬餘引。浙省言宜陞公官，遂加中議大夫、歸德知府兼諸軍奥魯勸農事知河防事。公聽訟益明，訟亦衰止。歲餘，請致仕，以嘉議大夫、工部尚書歸老于家。

公爲人磊落明白，在官思盡其職，嘗以通制書歸類未盡，別著條目以進。其後朝廷續纂其書，亦取用焉。所至訓農興學，崇化善俗，滿城、泗州、歸德皆修三皇及孔子廟，而廨舍、河防、鍾皷、更漏、驛傳皆繕完之，歸德又新微子、張巡、許遠祠。木石所須，皆公規劃，不擾於民，世以是稱其材。嗚呼，我國家初由胥吏取人，人才亦多由是而顯。故參知政事曹公從革、刑部尚書謝公讓與公居同里閈，材能相埒。二公歇歷中朝，赫然進用，公獨以剛直自持，老於郡縣，人或不能無少憾焉。然公臨民而民治，理財而財豐，所去見思，刻石以頌遺愛。諸子皆以文學進，知名于時。天之報施公者，詎弗厚歟。

公曾祖俊，妣某氏。祖成，由潁州判官權知州事，贈亞中大夫、廣平路總管、輕車都尉、隴西郡侯；妣吴氏，隴西郡夫人。考榮，贈嘉議大夫、僉書樞密院事、上輕車都尉、隴西郡侯；妣高氏，隴西郡夫人；繼魏氏，隴西郡太夫人。公配張氏，隴西郡夫人。子男五人：冕，某官；藻，國子釋褐出身，文林郎、祕書監典簿；黼，賜進士及第，奉政大夫、江西行省左右司郎中；繡，賜同進士出身，將仕郎、翰林國史院編修官；德安最幼，繼室温氏出也。女二人，適儒士真定曲明善及天平程梓。孫男五人：秉易，從仕郎、吴江州判官；秉簡、秉方，國子員；秉幾、秉恒。女一，幼。曾孫男女各一。公享年七十有三，至正二年五月壬午以疾薨，是歲某月某甲子葬顯之某鄉某原。銘曰：

維天生材，材匪有殊。作之興之，相時以趨。爲吏爲儒，蓋本時用。是以君子，慎于垂統。皇有中國，神武肇基。豪傑繼起，法令爲師。偉哉李公，氣剛以直。理財治民，克致其力。或言法家，嚴而寡恩。公德維厚，蕃蕃子孫。蕃蕃子孫，振起術業。著銘幽宫，永詒來葉。

皇元贈集賢直學士趙惠肅侯神道碑銘

至順三年春二月，大雨雪。翰林直學士趙公上言曰："立天之道，曰陰與陽。立地之道，曰柔與剛。立人之道，曰仁與義。夫仁義之政不修，欲陰陽叙而天以清，生物遂而地以寧，未之有也。某自至元中入官，五十年矣。日月薄食，星文示變，五行反戾，皆未之學。春夏雷雨，秋冬霜雪，雖五尺童子知其反時必能爲災。按授時曆，雨水，正月中氣，春分，二月中氣也。四陽上行，卦爲大壯。今自正月雨雪，至二月未已。京師二月未嘗無雪，連綿二十餘日，雖在隆冬猶以爲異，況仲春乎！陽和弗興，陰凝弗釋，蓋陽爲君、爲善、爲君子，陰爲臣、爲惡、爲小人，可不豫防其變乎！」中書以其言下禮部議，識者知公之意蓋深遠矣。夫翰林、集賢，祖宗所以優異儒臣，乞言議政而已，比者耆舊老死且盡，君子傷之。公自入翰林，恒以時事爲念，數數陳便宜，謂：「近歲以來，紀綱漸弛，刑政漸紊，財用無節，選舉無法，人才日壞，風俗日偷。聖上中興，當作新庶政，否則海内失望，不可爲矣。」每遇臺、省大臣，必反覆言之，聽者厭聞，而公弗恤也。

公初試殿中司知班，既而以伯父守贇廕入官，歷河間之鹽山、蔚州之靈仙、滄州之無棣三縣主簿，遷忻州秀容縣尹，轉雄州新城。至治元年，詔舉守令，燕南郡使者以公應。詔改尹中山安喜。由臺臣薦，拜陝西行臺監察御史，僉四川道廉訪司事。天曆元年，召拜監察御史，特除山東道廉訪副使，改燕南道，遷同知儲政院事，拜燕南廉訪使。以年老乞致仕，不允，遂拜翰林直學士。

公稟剛毅，卓然能自樹立，雖生世家，周知閭閻利病，筮仕佐治，已有能名。秀容俗頗譁訐，訟者在廷，公丁寧指曉曲直，杖楚遣之，不以付吏，既而訟亦衰止。有民家女爲妖物所憑，或能以術治者，卽投瓦石擊之。公聞之曰：「約某日弗靖，我往觀之。」妖不復作，其家繪公像祠之。新城密邇畿甸，太保囯人縱畜牧蹊田囓桑，卽收繫獄。反誣公詆訾太保。太保怒，命其長史持刑部文符案治，卒無所得，長史直公，而兩釋其事。太保則曲出也。駐蹕莊者，丞相柏柱賜田封户在焉，公始置社，什伍其民。丞相方在中書，聞而嘉之曰：「縣令當如是也。」安喜當西南要衝，侯王、大臣、遐方使者經過絡繹，前政苟簡，凡館傳所需供帳器皿取辦臨時，吏並緣爲姦，民不勝擾。公具爲區處，道路河梁亦修治有方。朝廷和買於民而直不時給，歲終又以衞士馬分飼民間，公以縣劇民困爲言，並得蠲免。有游民百輩，廁名縣卒，會歛于民，公悉遣歸南畝。縣政既修，公行原野，勸民植桑墾田，以勤農業。大興鄉校，延師儒教其邑民俊秀者，俾知禮義之方。久之政譽播聞，流户來歸者百餘家，公緩其力役而優養之。工部尚書教化者，由嘗監縣家焉，乘歲惡民急，數稱貸以與民，獲利不貲。或不能償，輒奪人田廬，奴人子女，豪强武斷以亂吏治，民甚苦之。公發其姦，遂得罪，田廬子女悉還與民。公曰：「農之治穀，猶去其莠，治民而不去其惡，善人何由自立乎！」新城、安喜咸刻石以頌公政，監察御史及部使者行過其縣，民率老幼數百人狀公行治，争言其賢，遮御史、使者馬不得行，以故薦公尤力，遂有西臺之命。

公語同列曰：「欲正憲綱，當自己始。」侍御史哈失不花冒古民田，立劾去。及拜內臺，益感激自勵。首言：「天下既定，不當有彼疆此界之分，上都官吏宜盡録用。」又薦翰林學士張養浩等五人，材任宰輔。初，平章政事速速以上之立也，已與有力，恃功貪横，恣爲不法。會親祠〔一〕太室，速速充禮儀使，稱疾不起。上在齋宫，輒褻服入見。公劾其不敬。知樞密院事也先捏將兵出禦西軍，聞河南告急，逗撓不行，方殺戮無辜，私人婦女。西軍既退，有敕入朝，又不奉命。公劾其不忠。二人皆以罪廢。其在山東、燕南，巡行郡邑，風采凜然；貪吏聞之，或自引退。公仕州縣凡四十年，及任憲臺，年已老矣。方公少時，得展布所藴，其設施豈止是耶！自昔國家置立公卿大夫、郡牧邑令，所以內外相維，共成治效，非有遠近親疏之别也。或者往往重內官而輕外職，使循良之吏老於郡縣而不得達，若公者幾，何其不至是哉！

公諱晟，字子昌，奉聖州礬山人。後徙易州淶水。曾大父世英，仕金爲易縣令。大父柔國，初倡鄉民來歸，官金紫光禄大夫、真定、涿、易等路兵馬都元帥，追封天水郡公，謚莊靖。考守信，廣宗縣尹，贈資德大夫、中書右丞、上護軍、天水郡公，謚康惠。母李氏，追封天水郡夫人。公享年七十有四，以至順三年五月戊寅薨于京師。是月甲申，歸葬其鄉五峯山先塋之兆。夫人宋氏祔。子男四人：道安，從仕郎、右藏庫副使；禮安，承事郎、同知清州事；居安，從仕郎、宣政院照磨；志安，太保府知印。孫男四人：文、景、亶、襄。公孝友天性，爲主簿時，母夫人尚無恙，嘗有所怒，拄杖候門。公自外歸，扶持還室，因跪曰：「某誠可撻。」家人竊視，殊無難色。兄亡，事寡嫂甚謹，撫其孤如己子。公平時食止蔬素，年出五十，方佐以肉，被服布帛，而無紈綺。子孫化之，亦以清約世其家。公葬之明年，制贈亞中大夫、集賢直學士、輕車都尉，追封天水郡侯，謚惠肅。夫人宋氏，贈天水郡夫人。銘曰：

遠矣趙氏，世宅北土。顯聞中朝，肇自公祖。赫赫元帥，活人有功。慶流後裔，益亢其宗。公昔少時，學于古訓。剛毅自持，匪今之徇。歷官劇縣，有法有恩。誅鋤姦强，收養善民。養民伊何，政平訟理。樂爾室家，安其田里。擢拜御史，正色敢言。彈射柄臣，他人所難。河山東西，分持憲節。貪墨敗官，聞風震讋。縣車之請，惟帝是留。公圖報稱，益壯其猷。時在仲春，雨雪如霰。陽和弗興，宜謹天變。顧瞻左右，豈無臣工。優游清華，進退唯恭。獨公之心，憂世如疾。鯁論竑議，爲國藥石。遐不黃耇，考終厥身。追誦公休，尚師古人。遺愛在民，遺直在史。勒銘貞珉，永詒千祀。

〔一〕「祠」原作「相」，據李氏鈔本、適園本，徐刻本改。

滋溪文稿卷第十二

碑誌六

元故奉元路總管致仕工部尚書韓公神道碑銘并序

延祐六年，奉元路總管韓公引年謝事，進官嘉議大夫、工部尚書，將謀東歸，士民共挽留之。居歲餘，公母弟漢中廉訪使中遂亦請老，乃相隨出關。蓋公昆弟皆屢仕于關輔，風采惠愛流布遠邇，於是長安士民聞之，争具酒肴相帥祖餞于東門外。車馬塞途，眷戀追攀，不忍其去。觀者感歎以爲榮，士論嘉其知止，命工畫者寫其迹，號二老出關圖，以擬漢二疏云。公既東歸，往來汴、衞之間，以佚老焉。至順元年冬，天子親祀南郊，禮成，大賚四海。公昆弟與賜金織紋錦四，拜而受之。三年九月十有七日，公薨于汴，享年八十有三，贈通議大夫、禮部尚書、上輕車都尉、南陽郡侯，謚康靖。廉訪先公一年，年七十有九而卒。海内以二公國之老成，相繼淪逝，咸悼惜焉。

公諱冲，字進道，少有立志，涉獵文史，鄉郡儒先咸器重之。年十九，挾其藝遊京師，翰林學士徒單公履辟爲書寫，未幾擢户部掾。江、淮初定，北人除官者帥憚往，詔陞二等，公慨然請行，進從仕郎、太平路總管府經歷。會詹事院立，召公爲掾，尋除本院架閣庫管勾。至元二十八年，尚書省罷，政事一歸中書。太子詹事完澤位右丞相，素知公才，擢工部主事。久之，遷承務郎、陝西行省左右司員外郎。大德初元，選爲安西王相府郎中令。又明年，進奉訓大夫。六年，遷奉議。八年，遷奉政，郎中令如故。十年，改朝列大夫、知沔陽府。陞中憲大夫、峽州路總管，未上，以便親養改汴梁稻田總管，轉黄州路總管。丁母夫人憂。延祐四年服闋，移守奉元。又二年，始請老焉。

昔者國家既定天下，乃置官府以成庶功，而軍旅章程食貨刑獄繕作之事日以興矣，必需刀筆簡牘記載施行，世之豪傑有用之士羣起而趍之。方省部初立，户曹之治錢穀，工曹之治營造，非通敏便給之才不足以當之。公持文墨論議，皆有餘裕，始佐外郡，卽以清慎著聞，風紀薦之，遂優減其資歷。及佐陝西省幕，故贈咸寧貞憲王爲平章，端嚴正大，朝野倚以爲重。公言温而氣和，平章獨愛敬公。關輔自許文正公過化之後，多士雲起，或隱伏閭里而弗自彰，若韓公擇、蕭公𣂏、同公恕、鄭公中，公言于平章，皆薦達而尊禮之，文風翕然丕動。

公爲政詳明，治獄有能迹。先是六盤居民家奴數百指，或怨其使歲給衣食不均，使有子方七歲，殺之以快其忿，反以誣其他奴，歷十餘年不決。公讞之得實，始置于理。有中使代祀秦、蜀山川，道出延安驛，以馬不善馳，命從者以革帶繫館人耳懸于柱端，撻之流血。館人憾之，俟中使還宿驛中，夜入扼其肮以死，從者弗覺也。明日有司疑盜殺之，盜竟弗獲，按其從者，誣服。中書命公驗治，乃呼其衆告之曰："中使過此，曾虐汝乎？"衆驚曰："獨嘗困苦一館人耳。"公徐召其人訊之，遂伏其辜，而從者獲免。臨洮富民無子，有妾方娠，妻妬而賣之，二十餘年矣。夫死，官爲主其家資，忽一人臨喪哭曰："我乃遺腹子也。"有司欲以家貲予之。公疑其詐，物色於富民之家，得佛書一帙，背有書云："某年月日妾有孕，賣鞏昌某家。"公潛遣人求得之，詢其歲月皆合，郡人驚嘆以爲神，哭者坐以欺妄。

初，世廟封皇子爲安西王，立王相府，選儒臣傅之。其子既嗣爲王，猶慎擇其僚屬，公爲郎中令凡四考，朝廷重其選，故久之弗遷他官。公識慮周遠，内正輔導以成傅相之尊，外盡謙恭以修藩國之禮，輯宿衛俾不爲暴，均賜與俾不告勞，王深敬禮。沔陽官舍民廬初燬于火，公至規畫有方，完新如昔。郡以網罟之利甲天下，僑士游客挾貴勢而獵利於其府者無虚日，擾政犯律，未易枚舉。至公一謝却之，聽政而退，門闌闃然。每歲孟春，湖官假貸富家預輸一歲之賦，謂之結課。及夏秋大水，方始捕魚，羨餘悉歸于己。偶適歲侵，詔弛山澤之利以賑民飢，湖官苦之。公言行省，請還其輸賦而後弛禁，從之。衆感其惠，及公去官，餽錢二萬五千貫，公力却之。嘗奉省檄錄囚信陽諸郡，活冤者衆。既而復命于省，或問公曰：「沔陽湖陂號稱陸海，人言飲之者皆得盡量，果如是耶？」公正色曰：「天厨之饌，萃水陸之珍，有敢染指者乎？」稻田官屬舊無公田，竊官租以爲養。公白于朝，賜田八千畝，官屬至今賴之。及奉元命下，士民聞之無不相賀。是郡壓於省憲，往往弗克展布，公聲名素著，上下敬信，朞月之間愷弟之政已洽于秦民矣。有盜竊官帑弗獲，執其主藏吏坐之。獄具，公疑其冤，弗署，果獲真盜。

公性孝友，偕廉訪公事母夫人克盡孝養。母卒，表帥子姪行古喪禮，搢紳範之。季弟仲少有材能，公推父澤與之，後果官郡縣有聲。天曆初，關陝大飢，民盡室以逃。有故人子挈其家抵公，居數日，及其母、妻俱亡，子病亦殆。公買棺葬之，撫其子益厚。公所居必葺，周植竹樹，左右陳列圖史鼎彝，日以自娱。表古人善言懿行，遍疏屏間，以爲師法。作詩閑雅尚清致，隸書圓勁有古法。客至抵掌言笑，泛及經史，客爲忘歸，公亦無倦，不喜飲酒，食必精潔，平生不妄飲食。年八十餘，神觀清明，步履輕便，蓋所養者厚完，斯其有以異於人也。

韓氏世居漁陽、上谷，遼、金以來族大而盛，位列公侯將相，富貴赫奕，與劉六符、馬人望、趙思温等號四大族，昏因門閥，時人比唐崔、盧。公曾祖諱玉，明昌五年登經義、詞賦兩科進士第，入翰林爲應奉文字，卒官河平軍節度副使。祖諱琇，元光元年以材勇應武舉，授慶陽府司録判官，累遷昌武軍節度使，金亡始家于衛，皇贈亞中大夫、衛輝路總管。考諱天麟，國初以明習法令歷官吏禮部員外郎、兵部郎中，累贈嘉議大夫、兵部尚書、上輕車都尉、南陽郡侯。曾祖妣馮氏，祖妣王氏，妣梁氏，元配黄氏，繼辛氏、王氏、梁氏、黄氏並追封南陽郡夫人，辛氏封南陽郡太夫人。子男二：長汝霖，承事郎、同知息州事，轉内丘縣尹，擢陝西行御史臺掾；次閏童，早卒。孫男二：曰禋，曰禧。公以薨之歲十有一月十有一日歸葬汲縣親仁鄉康公里。

天爵少侍家庭，數聞先公稱當代名公卿士，每及公之昆弟。及來關中，又聞士夫高年者尚能談公遺政。會汝霖謀刻公治行於墓之碑，而以其辭見屬。詞曰：

金、遼有國，韓爲世家。將相蟬嫣，門閥輝華。温温郎官，家聲日起。法令爲師，廉平佐理。篤生諸子，皆賢而材。伯也翩翩，名與仲偕。出佐省曹，長幕王相。贊畫周詳，士民所望。廉以律己，冰蘗自持。明以察冤，炳若著龜。久列關輔，允著遺愛。上書引年，士民興慨。鍾鳴漏盡，或不知休。貪禄持寵，實爾之羞。維公伯仲，風節奮厲。進退雍容，表儀當世。帝嘉其行，寵錫褒章。天益相之，俾壽而康。昔人有言，知止不殆。爰述銘詩，以勸有位。

元故陝西諸道行御史臺治書侍御史贈集賢直學士韓公神道碑銘并序

世祖皇帝建立臺憲，以肅紀綱，以正風化，其爲國家治安之計蓋深遠也。賢才彬彬，布列中外，既久而猶賴之以爲世用。若故治書侍御史韓公，亦其一也。初，至元間，公以儒士明習法令，擢察院掾。尋辭去，侍親官江南，歷十餘年不仕。御史表其孝廉，擢掾中臺，遂除架閣庫同管勾。出爲山東道廉訪司經歷。憲使陳公天祥薦其才，召爲籍田署丞，遷司農司都事，擢拜監察御史。除陝西行臺都事，進内臺都事，拜山東道廉訪副使，轉淮東道。以養母辭歸，母喪既終，調湖廣行省左右司郎中，改河東道廉訪副使，進拜漢中道廉訪使，又遷陝西行臺治書侍御史。公自管勾凡十三遷，其散階至中議大夫，蓋入官五十餘年，終始不離風紀。

昔者臺憲建立之初，本以登崇俊良，糾劾貪暴，訓農興學，輔世安民而已。或者矯亢以爲高，苛刻以爲能，是豈祖宗建官任人之意乎！當時進用大抵多老成忠厚之士，故能作新憲度，贊襄隆平。而至元、大德以來，仕者各盡官守言責，朝野清簡無事，是豈偶然者哉！公于其時承國家治安之餘，踵諸老步武之後，所至奉法以公，御吏以肅，俾善良獲伸，徼倖者無所免，一時號稱賢部使者。今攷其行事，而精神心術之著，尚得序而銘之，以爲來者之法焉。

公諱中，字大中，資簡重，寡言笑，自少不妄交遊，讀書惟務踐履。初掾中臺，即著廉聲，殆長山東幕府，簿書品式，無不中程。登、萊告饑，公承檄賑之，民獲其惠。司農所以訓農務，籍田所以供粢盛，其播植之勤，勸課之法，朝廷必擇人如公者居其職，未嘗以散冗視之也。公在六察，言事尤切。并、晉地震，居民壓死者衆，當蠲賦税以休其力；江、淮歲凶，民以男女質錢，或者轉賣爲奴，當出錢贖之，歸其父母；西域富賈大商居中土者，當著版籍，與民同應徭役；諸王所辟監郡、監縣，往往非才，或父兄方官路、府，子姪又列州、縣，上下締構，蠶食其民，當同守令三年遷轉，仍父子相避，及不許需次官所；內外諸司多假公營私，日乘急傳，馬多走死，驛户因而流移，當設法裁省其濫。廷臣多從其說。

公在憲府及佐行省，用刑悉本哀矜。嘗盛暑治獄，逮者數十人，獄具，分臺以聞，事久未下。公約其人俾歸，及期則至，既已治罪，羅拜而去。京師之民有夫死疑其妻殺之者，獄十餘年不決，公辯其誣，釋之。武昌之民兄弟畜一獵犬，省臣將籍其家，公言：「國制華人畜鷹犬獵者没入家貲，今當以不應畜犬坐之，且萬無弟兄俱坐理。」衆是公言，止坐其弟。公每偕五府録囚，必再三詳讞。或言：「彼辭已具，當置于法。若從其反，不愈淹滯乎？」公曰：

「民之犯罪，始則有司簿責，次則風憲審理，朝廷復遣五府共讞之者，正惟或有冤抑。若止以郡縣成牘爲是，將見死者銜冤地下，寧不負國家好生之德與！」聞者是之。及其治有罪者，則亦未嘗少寬假也。和林宣慰司盜糧萬石，公發其罪治之。湖南宣慰使受賕千定，事覺，賂中貴求援，公劾其事正之。有善角抵承命爲郡佐官者，公極言其不可，罷之。泗州民饑，公按部至其境曰：「比請得可，則野有餓殍矣。」首捐俸稍以倡，僚吏大家争先出米，得萬餘石，全活若干人。海獠爲梗，故事調兵誅之。公曰：「遠民素無教，或相讎殺，出没不常，其俗然也。若遽兵之，則將害及平民。請守險隘以遏奔突，彼窮自不能出矣。」朝議從之。鳳翔歲旱，公帥憲人禱于郡之龍湫，歸及中途而雨，秋果大熟。

公平生尤善薦士，所薦者多知名于時。事母至孝，得其歡心。庭有植竹，而芝生焉。翰林姚文公、集賢蕭貞敏公賦詩頌美，謂公誠孝所感云。韓氏居燕，世仕遼、金，名爲衣冠大族。國初徙家于衞，考府君天麟累官奉議大夫、兵部郎中，贈嘉議大夫、兵部尚書、上輕車都尉、南陽郡侯。妣南陽郡夫人梁氏。公及其兄工部尚書、康靖侯冲並顯于世。公娶高氏，先七年卒，享年七十有二，累封南陽郡夫人。三子：汝楫，由河南行省照磨進承務郎、岳州路推官；汝霖，歷同知息州事、内丘縣尹、陝西行臺掾史，進承直郎、揚州路海陵縣尹；汝梅，未仕。一女適郭居仁。汝霖以公命爲康靖後。公享年七十有九，以至順二年九月甲午終于汴梁寓舍。十月庚午，葬汲縣親仁鄉康公原。有司以聞，制贈集賢直學士、亞中大夫、輕車都尉，追封南陽郡侯，謚貞孝。銘曰：

洪惟世皇，宅中圖治。稽古建官，文武皆備。當國之初，法簡而寬。寬則易弛，刑獄滋煩。肅而正之，乃建臺憲。翼善去邪，不戒用勸。羣賢彙征，百度斯貞。熏爲泰和，九有宴寧。公于其時，接武諸老。言有所承，動有所攷。孰爲矯亢，忍是苛刻。不吐不茹，剛柔以德。其言侃侃，其儀温温。淮海、秦、晉，公往咨詢。士勵于學，農勸于野。囹圄空虛，民無寃者。自昔多士，貴在樂育。成周之隆，詩歌棫樸。至元、大德，蔚乎才能。如公一門，伯仲偕興。時方治安，才不勝用。内朝外廷，罔有輕重。天篤其慶，公壽且康。有子奕奕，令聲孔揚。刻石載文，允著厥美。尚世公官，以賛風紀。

元故朝列大夫開州尹董公神道碑銘并序

國家有世德之族曰槀城董氏，由其父祖皆以忠義許國，孝友刑家，才子賢孫亦各思自樹立，是以清規雅範，相傳百年，不隕其家聲。嗚呼，非祖考德業積累之厚，朝廷治化涵濡之深，其何能至于是耶！

公諱士良，字善卿，贈光禄大夫、大司徒、趙國宣懿公諱昕之曾孫，龍虎衞上將軍、行元帥府事、贈推忠翊運效節功臣、太傅、開府儀同三司、上柱國、趙國忠烈公諱俊之孫，資德大夫、僉樞密院事、典瑞卿、贈體仁保德佐運功臣、太師、開府儀同三司、上柱國、趙國正獻公諱文忠之子，資政大夫、御史中丞、贈純誠肅政功臣、太傅、開府儀同三司、上柱國、趙國清獻公士珍之弟也。大德初，公起家承直郎、保定路曲陽縣尹，轉承德郎、同知開州，遷奉議大夫、知博興州，移知滕州，陞朝列大夫、開州尹。公入官三十餘年，僅歷五考，積階至正四品，不克大有所施而卒，識者惜之。然其故家風範之嚴，君子豈弟之政，亦有可紀者焉。

初，正獻公薨，世祖思其謀猷獻替之益，召見諸子。公偕弟故陝西行臺中丞士恭入見，上熟視之，指公謂左右曰：「是子純善，甚肖其父。」遂命弟兄俱列宿衛。無何，公以母疾謝歸。久之，遂承世澤。持身以廉，毫髮無所私，所至以化民興學爲本。曲陽民有善持官吏短長者，醉則入縣詈吏，人莫敢何。公械于獄，晝俾入市曉之，惡少望風屏息。五臺勅建佛宫，西僧入京師者道出其邑，供億浩穰，民不堪命。公言于朝，請裁省其冗濫，仍令分行旁縣，少舒民力，從之。邑陶縹瓷，歲貢有常，是年色幻爲赤，奇異可玩。公曰：「禮，奇器不入宫。今若輸之，是求媚也。朝廷若復欲之，民何由致。」悉毁而瘞之，人服其識。博興學廩不足養士，公捐俸以助之，士師興起于學。州民有輩母行丐市中矯俗以爲孝者，公諭以養親之道，其人慚謝改悔，卒以孝稱。及聞清獻公喪，解官會葬，時以友悌多之。滕州歲旱民饑，公下車發倉賑貧乏，全活者衆。齋沐出禱而雨，歲則大穰。爲政不施鞭朴，第務以身帥之，民亦化服，老幼誦公之政不絶口。公嘗以事之曲阜，孔氏族人有相争積年不解者，聞公慈祥之政，感而相謂曰：「我輩所爲，愧見董公。」遂相友睦如初。公官滿，貧不能歸。泰定四年六月二十六日，卒于滕之官舍，享年六十有三。是歲十月，歸葬九門先塋。

公沉默簡重無疾言劇色，性樂安静，不能隨俗俯仰。生長大家，接人遇物謙抑若寒士，隨牒仕郡縣間，無不足之色。宗族父兄布滿朝著，赫然貴顯，未嘗一言以求進取，蓋雍容進退有古君子之風焉。家貧奉養清儉，稍有贏餘，即分遺親族之貧者。嘗書壁以自警，若曰：「積善獲慶，不善則否。造物者寧有私乎！」又曰：「草木各有時而榮，人可不堅所守乎！」故自號固窮子。母趙國夫人顧氏。元配牛氏，先卒，繼唐氏、李氏。子男守成，歷主武邑、梁縣簿，今從仕郎、真定衡水縣尹，治民有聲。女適燕南鄉貢進士王惟賢。

先正有言，所貴乎世家者，非必七葉珥貂如漢金、張，八葉宰相如唐蕭氏，名位雖崇而不能皆賢，何世之有。若東都袁、楊二族，名德俱隆，斯可謂世家矣。董氏自忠烈公起家，今傳七世，子孫羣從蓋數百人。雖先後出處不侔，然皆清慎純篤，蔚有賢譽，不謂之世家可乎！故士大夫言家法者，必以董氏爲稱首，公亦能守先訓者也。銘曰：

世禄之家，驕淫矜誇。古昔猶然，何今之嗟。趙有董氏，冠蓋盈里。巍巍相門，濟濟才子。佩玉簪裾，執禮弗渝。百年相傳，具有範模。公侍禁庭，長承父澤。雍雍以和，不大聲色。歷典郡邑，嘉善輯姦。鞭扑不施，民用孔安。公之父兄，位列將相。公官于外，白首猶壯。致君澤民，內外相維。世德之族，邦家之基。何天于公，弗大厥祉。弗大厥祉，公又有子。子賢而文，克肖克承。公侯之復，于焉其徵。琢石徵銘，表公墓道。凡代大家，文獻是考。

元故榮禄大夫御史中丞贈推誠佐治濟美功臣河南行省平章政事冀國董忠肅公墓誌銘并序

御史中丞董公既薨，天子聞之震悼，賻錢二萬五千緡給其喪，靈車南還，命所過郡縣發卒護送。又敕詞林、奉常議封謚，加贈推誠佐治濟美功臣、河南江北等處行中書省平章政事、柱國，追封冀國公，謚忠肅。及葬，子鎧遂來請銘。蓋公生長世家，歷事五朝，清規厚德，爲時名臣，是宜勒銘幽宮，昭示後世。

按公諱守簡，字子敬。少端重如成人，不好嬉戲，族長者奇之。稍長，出就外傅，涉獵書史，兼善騎射。年二十餘，入備宿衞。仁宗自居潛邸，喜聞民間利病、臣下能否，公番直未嘗失時，出入尤謹禮節，上察識之。先是公兄守中僉典瑞院事，上一日特命公爲集賢侍讀學士，公奏曰：「臣兄弟以先世之故，並侍禁廷。臣學行不如臣兄遠甚，夙夜祗懼，惟恐不及。臣聞國家建集賢，置學士，本以論思獻納，輔翼聖德，臣實不任其職。」上悦曰：「惇崇謙讓，卿家法也，朕爲卿成其美。」詔以守中遷集賢，公官典瑞，階朝列大夫，世族子孫聞者帥興于讓矣。上雅愛尚文學，勑印真德秀大學衍義分賜侍臣，俾知忠君愛民之說，公與賜焉。朝暮誦習，必欲見諸行事。時承平歲久，機務多暇，左右間進以酒，公從容陳衍義沉湎之戒，上嘉納之，遽命却飲。英宗臨朝，威嚴若神，廷臣慄慄畏懼，公以清謹，愈見親信。上將有事于山川，丞相栢柱請公使蜀。公歸，上曰：「卿來何暮？」對曰：「臣祠事畢，道經關中，見民饑饉，移文行省，俟發粟而後行，是以來晚。」上曰：「卿朕之汲黯。」重加賜焉。

典瑞掌尚方符璽，公父祖昆季恒久居之，公在職十年，不遷它官，未嘗有所陳請。文皇入，立進階嘉議大夫，出爲淮安路總管。三年，移守汴梁，皆有治績。當天曆用兵之後，江、淮大旱，田苗槁死，民無所食。公下車，首倡僚寀捐俸以活之，郡大家争爲出米及錢。凡居者則給錢治生，不令流徙，過者則具饘粥食之。慮有蹂踐之患，則處以寬大之所。盡三月而止。未幾，朝廷發粟之令下，公始沛然足周其民矣。淮安居南北之衝，江南貢賦皆由邗溝入淮以達京師，歲久邗溝填閼，又值旱乾水涸。公請因歲歉官出錢募民濬治，以通舟楫，行省是之。踰月功成，公私皆便。明年，夏麥將熟，天久雨，公齋沐致禱，而雨隨止。職田所入，公以民罹饑荒，皆不忍取。嘗曰：「治民當除其暴，則善類安。」淮安宋總管者黨與十餘人，專持官吏短長，爲郡民害。公發其姦，杖而遣之，闔郡稱快。他州刑獄田宅昏嫁之訟久不決者，憲府屢屬公治之。

公將之汴，民老幼數千相帥遮留，數日不得行，公以一騎潛由它道而去。汴梁獄訟尤煩，公聽決益精明，民以爲神。齊人欒某因官家汴，既没葬焉，有弟利其資産，迫嫂發所藏返葬于鄉。嫂不願行，匿其夫枯骨一體。弟訟之官，嫂遂下獄。隣有豪民欲乘急賤買其田宅，乃與弟共賂獄卒殺嫂，以病死聞。公疑其寃，訊之卽伏，弟及豪民、獄卒皆死。宛丘惡少構同黨武斷鄉曲，衆不能堪，諷同黨殺惡少，挈其妻出走。事覺，官執惡少族人坐之。公閱其牘，問曰：「惡少之妻何往？」乃擒同黨訊之，具得其情，族人獲免。汴人迄今頌之不忘。

甫朞，擢海北道廉訪使，改江浙財賦總管。無何，又擢江東道廉訪使。公莊嚴正大，風節所臨，遠近敬服，貪吏聞風或自引去。廣海猺人數出爲梗，俘掠良家子女數百人，而湖廣省臣總兵者玩歲愒日。公劾其罪，罷之，移書行省，別遣官調兵，大破猺人，悉以子女歸其父母。江東同僚有不克遵憲度者，公卽退歸田里。未幾，召爲大都路總管，固辭不起。上遣使賜以上尊，勞而起之。公以京畿多勢家大族，當以威嚴鎭之。適豪民犯法，杖之幾死，上下震讋，數月之間，翕然稱治，遷樞密院判官，奉命董治屯田。舊時院官治屯田者絶無所擾，故禾麥屢登，倉庾充實。比年董治者侵漁百端，至公始復其舊，軍大和會。詔賜幣四端，以旌其勞。

至正改元，擢山東道廉訪使。未行，拜中奉大夫、陝西行省參知政事，又除浙西道廉訪使。未上，拜內臺侍御史，尋拜湖廣行省左丞，階資善大夫。改拜南臺御史中丞。四年，詔拜內臺中丞。國家以三臺中丞之選，非勳舊德望不輕授之，董氏自公之伯祖忠穆公文用、世父忠宣公士選、叔父士恭及公父子仲兄守庸相繼爲之，衣冠傳爲盛事。公列臺臣，朝著清肅，薦舉務求碩才，執法平允不苛。嘗嘆文吏用法深刻，故人多怨，蓋處心忠厚類此。九月，拜中書左丞，階資德大夫，尋命知經筵事。中原頻年水旱，民力困弊，是歲夏秋大雨，河決曹、濟之間，既而盜起青、徐，郡縣多被其害。明年，民大饑，轉死者相枕藉。公言于兩丞相，出粟與幣，分行賑救。是時省中漢人惟公，晝夜深思拯民之策，形容爲之憔悴。有司以患盜爲言，或曰：「當嚴刑以治之，則盜可戢。」公曰：「民之爲盜，迫于飢寒。今不思所以裕民，而欲濫刑以逞威，將見盜愈滋矣。」或又曰：「昔狂寇范孟伏誅，而連坐未竟。若與羣盜表裏交構，汴梁危矣。」公曰：「罪人既已正法，州縣一時信文書奉行，容有不知，何得俱以爲罪？又況事在赦前，豈可使國家失信於人，更重其反側乎！」置不問者百餘人。朝議因盜發奏漢人不得執弓矢，法甚重。上曰：「董左丞父祖佐祖宗征伐取天下，豈得偕漢人禁之。」賜良弓二,命其族人皆得執弓矢如舊制。會大比進士,命公董之。既已,廷對,銓曹以入粟補官者衆,無官授進士。公曰:「列聖興學作士,所以選賢登治也。今進士擢第而曰無官授之,是輕問學之士而重入粟之人也,豈不貽天下後世譏笑乎!」遂賜進士官有差。四月,上北幸,命公留守京師,乃出御服以賜。又命公董修遼、金、宋史,删訂至正條格。十月,復拜御史中丞。六年四月,進階榮禄大夫,公辭。上曰:「卿先世伐宋,有大勳勞。卿事先朝及朕,忠勤不懈,故特進階一品,卿勿固讓。」翌日,扈駕至行幄,又解御衣以賜,上之眷遇公者,非他宰執比也。五月庚子,公以疾薨于位,春秋五十有五。六月癸酉,葬九門先塋。

公世真定槀城人。曾祖俊,龍虎衞上將軍、行元帥府事,贈推忠翊運效節功臣、傅太、開府儀同三司、上柱國、趙國忠烈公。祖文忠,資德大夫、僉書樞密院事,贈體仁保德佐運功臣、太師、開府儀同三司、上柱國、趙國正獻公。父士珍,資政大夫、御史中丞,贈純誠肅政功臣、太傅、開府儀同三司、上柱國、趙國清獻公。曾祖妣李氏,祖妣顧氏,妣柴氏,俱封趙國夫人。公平生廉慎自持,雖同官餽遺,一無所取。弊衣蔬食,不擇甘美。俸禄所入,遇祭祀則致其豐,宗族貧者昏喪皆有所給。公退杜門讀書,而無私謁。所至敦勸多士,興起于學,淮安、汴梁皆新學宫及三皇祠宇。家居教子,必延碩師,里中寒家亦使子弟執經就學,師之所需,皆公資之。藏書萬餘卷,以遺其子,子亦嚮學有聞。公配烏氏,河南道按察使禔〔一〕之孫、贈祕書郎處士冲之女，封趙國夫人，能通經傳大義，治家有法；次王氏，克執婦道。子男一：長鉞，早承家訓，終內供奉；次鎧，有政事材，搢紳推重。女二：長適祕書監丞鄭郊，次適崇福司丞張歪頭。孫男尚幼。

初清獻公既葬，天子敕儒臣製銘賜公刻石，公在政府不敢告歸，疾革命鎧。鎧卒成公之志。公薨，鎧訪輯公事甚勤，攷公立朝大節以及片言細行，惟恐遺軼，鎧也可謂能子矣。銘曰：

於赫太祖，奄奠中土。豪傑彙興，先後疏附。桓桓忠烈，以忠殞身。天報之豐，燕及後昆。或典兵戎，或掌符璽。帷幄之謀，耳目之寄。昆仲羣從，皆賢而才。門閥巍巍，福禄鼎來。家範雖正，亦本賦與。公性醇誠，不茹不吐。入直禁闥，莊慎而謙。歷持憲節，威容孔嚴。惜才如渴，愛民如子。炳炳相業，著在信史。開國惟公，趙冀疏封。殆公五世，錫爵攸同。克貽有終，斯永厥世。克念其初，斯善于繼。既達其流，益濬其源。子繼孫承，尚永勿諼。

〔一〕「禔」原作「提」，據適園本、徐刻本改。按，本書卷十四故處士烏君墓碑銘作烏禔。

滋溪文稿卷第十三

碑誌七

元故翰林直學士贈國子祭酒謚文安謝公神道碑銘并序

翰林直學士、太中大夫、知制誥同修國史、贈國子祭酒、輕車都尉、陳留郡侯、謚文安謝公諱端，字敬德，葬武昌江夏縣洪山之陽。至正二年冬，天爵來官鄂省，其子請銘公碑。

昔我祖宗既撫方夏，盡收豪傑耆俊，尊禮而任用之，考定憲度，贊襄隆平。至大德末，故老日漸淪逝，後學之士隱伏于山林州閭，而弗克奮。仁宗皇帝獨出睿斷，肇興貢舉，網羅賢能，於是人材輩出，以文學政事著名于世。若公者，蓋亦表表可述者歟。延祐元年八月，公中河南鄉貢，尋丁内艱。五年，賜進士出身，授承事郎、同知湘陰州事。秩滿，赴調京師。由故相張公珪薦，擢國子博士，進儒林郎。改太常博士，階奉訓大夫。轉翰林修撰、同知制誥兼國史院編修官。三年，就遷待制，官朝列大夫。凡再任，階中順大夫。選爲國子司業，陞亞中大夫。復入翰林爲直學士。公之先遂州青石人，宋季避兵出蜀，居江陵，至公始家武昌。曾祖繼先，祖元賁，考雄，曾祖妣黄氏，祖妣、〔一〕妣皆牟氏。祖贈中順大夫、禮部侍郎、上騎都尉、陳留郡伯，妣封陳留郡君。考贈翰林直學士、亞中大夫、輕車都尉、陳留郡侯，妣封陳留郡夫人。公卒以至元六年夏五月庚午，享年六十有二，葬以是歲秋八月丙申。元配陳留郡夫人史氏祔。子搢，補國子員，以公廕爲石門丞。

公世儒家，侍郎深通玄象，發言驚人，江陵制置使孟公珙敬禮之。居數年，忽中夜叩牙門，謂孟公曰：「流星出下階，没西方，一刻所息，占爲天士亡，某實當之。明年荆、楚大將死，公是也。」其後所言皆驗。公資穎異，年十歲時，讀書江陵郡學，習爲科舉之文。援筆立就，屢出同舍生上，其師異之。弱冠偕故禮部尚書廣陽宋公本從王公奎文游，講明性理之學，俱有才名，郡人以謝、宋稱之。翰林姚文公燧以雄文擅當代，讀者或不能句，公一見並與其用意所在發之，姚公大喜，即以茂材薦之。初仕湘陰時年尚少，然發擿姦伏，已能使老吏有所憚驚焉。國朝宗廟之制，範金爲主，泰定四年夏四月某甲子，有盜入第八室竊之。明日當時享，衆議爲位祀之。公言：「四時之祭皆用孟月，有故即用仲月。今盜入祏室，震驚神靈，時享當用仲月。」奏可其請。

公教胄子，嚴毅方正，諸生凜凜畏服。講説經義，能明聖賢之旨，諸生質疑請問無倦。

夜則引燭課試程文，亦使漸趨平實，不爲浮華淺薄之說。凡士子鄉舉、會試、廷對及國子積分，公數與考第之列，所取者多博洽有聞，而初學小生往往被黜，士論咸服其公。公爲文辭簡而有法，序事核實，言無溢美。累朝信史、典册、制詔，當代公卿祠墓碑版，多出公手。嘗憤近世士習卑陋，故修辭專務高古，以不同俗爲主，有遺文若干卷。其於前代君臣得失，古今文章美惡，歷歷能道其詳。遼、宋、金國興廢，人物賢否，亦皆精熟，嘗以不克纂述三史爲憾。

天曆、至順以來，郊廟祠享禮儀討論裁訂，公多與焉。蓋世之於公，第知其文學而已，不知公政事之材爲可稱也。湘陰學宮故弊，公始新之，暇則考其所業，而學者帥知興起。西鄉有隄護民田餘千頃，堤壞，官歲修之以爲利。民因捕魚發掘以納夏潦，至秋徵租，雖鞭笞無從得，遂及隣鄉，公私病之。公計其工若干，諭民黄恭出粟若干石，身督其民築之堅完，迄今不墮。先是賦役不均，豪宗大姓數免，貧者不勝其苦。公命具書民田于籍，差其多寡役之。田元貴者，嘗被省檄爲巡徼，武斷鄉曲，締構路府，持州長吏短長，官不能何。公至，或訟元貴據其妻不還，公取狀閱之，同列顧左右起。公獨勑吏作符召之曰：「否則吾就縛之。」元貴不得已而出，公示以狀即服，杖而遣之。亡何，又犯法，杖而赭其門書惡焉。元貴徙傍郡，終公任不敢歸。盗有殺賈人及從者三而攘其財，棄屍井中，其家累訟于州及府，皆以無佐驗不爲理。公微服宿盗里中，廉得其實，躬往捕之。盗不伏，并收其妻鞫之。妻時時仰視其屋，公曰：「異在此矣。」屋蓋新葺，大竹爲椽，公使人發視之，財悉藏竹中。盗遂吐實，出四人屍井中，乃訖獄，州人神之。部使者聞其名，或他州獄訟弗能決者，亦檄公治之。公去湘陰二十餘年，民猶頌其遺愛。

公在朝著，以文字爲職業，從容多暇。廣陽宋公時已登第，歷官省曹，事或有所疑，輒從公論決，悉中肯綮。衆皆推公材識，惜其不果於從政也。當宋之亡，士之有材名者，朝廷皆被徵用，初無南北之間，若程公鉅夫、燕公〔公〕楠、〔二〕陸公垕是也。公湘陰之政所試者小，而人已受其惠，若見諸大用，當何如哉。歐陽公玄誌公之墓，謂公才器宜居言官，處政塗，世以用不極爲恨，蓋猶愈於既用而觖人望者也。嗚呼，士有抱負藝能而不克盡施于用者，豈獨公乎！銘曰：

於皇仁宗，景運天開。肇興貢舉，網羅異才。如風驅雲，如山有臺。博帶襃衣，羣賢鼎來。帝始思賢，當宁興嘆。公應明詔，奮起江、漢。射策王廷，才華有爛。其儀委委，其言侃侃。筮仕外郡，造兹民庸。相國薦賢，敷教璧雍。璧雍皇皇，多士景從。講古述今，文治昭融。乃入禁林，掌帝之制。潤色之工，辭典而麗。論著信史，具有凡例。簡册尊嚴，垂範來世。豈第君子，邦家之基。公於從政，有猷有爲。治化既同，海宇一時。維楚有材，晉猶用之。公用弗極，言足行遠。洪山之陽，有墳有衍。樹以栢松，勿伐勿翦。列銘貞石，維壽而顯。

〔一〕「祖妣」原作「祖考」，據李氏鈔本、適園本、徐刻本改。

〔二〕「公」字據上下文補。燕公楠，元史有傳。

元故朝列大夫禮部員外郎任君墓誌銘

昔歐陽子善爲銘章，論次賢士大夫功行，至於朋友故舊，握手言笑，方從其游，遽哭其死，遂銘其藏，未嘗不感嘆致意焉。今於任君之卒，而儕流爲之痛悼者也。天爵與君三爲同官，相從最久，暇則杯酒論文，繼以談笑風議。君儀容偉然，若古松栢，豈意遽哭其喪而銘其墓歟！

君初爲翰林從事，及見諸老儒耆舊，接其緒餘。爲編修官應奉文字，凡紀載之體，祈禳祕祝之文，亦皆有法。丁皇考尚書憂，服除，調汴省檢校官。會文皇帝入立，乘輿經汴，擢河南憲司經歷。明年，改江西，進南行臺御史。盛暑乘傳詣廣州，按問省臣盜海舶罪。又分行閩、浙，而浙憲官相訐持奪印章，失風憲體，皆劾去。召拜中臺御史，偕同列糾浙省丞相貪墨，杖而奪其官，風節峻整。遷禮部員外郎，稽訂禮文，省節浮費尤多。詔選官録囚郡國，天爵時佐右曹，以君薦宰臣。或曰：「彼儒者可乎？」某曰：「正唯儒者能治獄也。」陝之諸州西南極金、洋、褒、鳳，北則綏、麟、葭、丹，山川險遠荒寒，君親歷之，歲餘始還。果能活寃獄若干人，未始有一濫死者。

君爲人廉静簡默，不妄進取。其爲憲僚，簿書出納，纖悉有方，吏畏伏莫敢欺詆，然臨事則忠厚識大體。性至孝，自尚書卒，獨奉其母。有弟五人，貧不能家。君屢請補外官，以養親及其諸弟，不克如其志。卒之日，家無餘貲，椸無新衣，弔者莫不悲之。中書宥密而下，各賻鈔若干貫，始克買棺槨治其喪。

君諱格，字大正，河南洛陽人。享年五十有八。其曾祖考贈亞中大夫、輕車都尉、樂安郡公次公，妣樂安郡夫人梁氏；祖考贈嘉議大夫、上輕車都尉、樂安郡侯用，妣樂安郡夫人楊氏；皇考亞中大夫、户部尚書秉直，母樂安郡夫人朱氏。君娶樂安郡君某氏。有男五歲曰典牛，女十歲曰漳。其葬在洛陽水南原。其卒至元四年戊寅二月十三日也。銘曰：

中壽而終，匪夭而凶。郎官御史，匪否而窮。何厚其材，不俾其隆。歸咎無所，納銘幽宮。

元故翰林直學士贈國子祭酒范陽郡侯謚文清宋公墓誌銘并序

宋氏世家京師。公諱褧，字顯夫，由進士出身，卒官翰林直學士，亞中大夫、知制誥、同修國史兼經筵官，葬宛平縣香山鄉瀱山原。衡州路安仁縣尹贈户部尚書禎之子，禮部尚書、奎章閣承制學士謚正獻本之弟，母曰范陽郡夫人李氏。至元甲午，户部主興山簿，公生邑中。稍長，流落江、漢間，綴學勤苦。户部爲小官禄薄，公兄弟授徒以爲養。皇慶初，貢舉詔下，始習經義策問。延祐六年，挾其所作謌詩，從正獻來京師。清河元公明善、濟南張公養浩、東平蔡公文淵、王公士熙方以文學顯于朝，見公伯仲，驚嘆以謂異人，争尉薦之。會蔡公、王公試大都鄉貢士，正獻名冠第一，公文亦在選中，以解額不足而止。又三年，汶陽曹公元用、蜀郡虞公集、南陽孛朮魯公翀爲考官，公遂擢第，除祕書監校書郎。安南使者朝貢而歸，選公充館伴使，將别，使者以金爲贐，公却之。改翰林國史院編修官，詹事院立，選爲照磨。尋辟御史臺掾，辭，轉太禧宗禋院照磨。元統初，遷翰林修撰，與修天曆實録。承詔祀天妃于閩海，登舟風作，舟人皆懼。公曰：「吾奉天子命，函香致虔，以海漕爲禱，又何懼爲！」頃之風息，竣事而還。

復號至元之三年，拜監察御史。時災異並臻，公言：「列聖臨御，治安百年，皇上繼統，未聞過舉。今一歲之内，日月薄蝕，星文乖象。正月元日千步廊火。六月河朔大水，泛濫城郭。八月京師地震，毁落宗廟殿壁，震驚神靈。豈朝政未修、民瘼未愈所致然歟？宜集大臣講求弭災之道，務施實惠，勿尚虚文，庶可上答天譴，下遂民生。」臺臣以聞，上命中書集議弊政，詔天下。京畿之東，霖雨傷稼，餓殍盈路。公按行見之，倡言其故，朝廷出鈔若干萬貫命公賑之，生者不至于流亡，公之力也。出僉山南廉訪司事。峽州房陵〔一〕屬邑在萬山中，公不憚崎嶇，雖盛暑冒霧露毒，皆身歷之，唯以洗寃澤物爲心。宜城〔二〕民與富家爭刈麥共毆而死，乃賂縣吏，俾一人承之，公得其情，坐吏及共毆者罪。安陸寡婦有罪自經，或疑其夫兄及妹婿殺之，屍爛已不可驗，遂皆誣伏。始則曰：「以寡婦私逸，用棠木杖擊死，棄屍溝中。」次則曰：「用山桑及栗木擊之而死。」公疑用杖不同，乃曰：「寡婦之骨得無損乎？」命他官發墓驗之，而寡婦尚以繩繫其頸，於是破械出二人獄。國制，獲盜五人者得官。應山民被刼，巡徼執五人坐之，以冀官賞。獄具，公疑而訊之，果皆良民，而巡徼以罪免。非公之明，五人者死獄中矣。是皆司刑者辭避而不肯爲，公一一能直其寃，人大稱之。嗚呼，世以儒者迂闊于事情，濡滯于時務，常鄙薄之。彼則舞文法以肆苛刻，專逢迎以爲變通，孰有惻怛愛民如公者乎！

至正之初，改陝西行臺都事。月餘，召拜翰林待制，遷國子司業。勑修遼、金、宋史，公分纂宋高宗紀及選舉志，書成，超拜翰林直學士，賜白金五十兩，織金又綺四端。尋文命兼經筵，講説明白，屢承恩賜，搢紳以爲榮。公學務博，尤喜爲詩，自少敏悟，出語驚人。嘗曰：「造語引事，皆當出唐以前，不然則非唐矣。」有文號燕石集若干卷，集選本朝詞詩曰妙品上上，曰名家，曰賞音，曰情境超詣，曰才情等集，又若干卷。齊、魯號稱多士，公兩被命考其鄉貢，又嘗爲廷試讀卷官，選擇精詳，士論推服。其在風紀，薦士尤衆。滱州孝子段懋，父没執喪哀苦，廬墓三年不歸，負土築墳，寒暑不懈。公核實其行，遂旌異其門閭。國人託寅者，少侍父官家隨，屏居讀書，不事進取，荆、襄士多稱譽之。公表其行于朝，果徵用焉。公性樂易，家雖甚貧，待親友無所靳。當官有守，或上官同列事不合義，言不中度，雖迫之以聲勢，訹之以福禍，公毅然操持不變。是則公伯仲家庭講學之功，抑亦國家庠序養士之所致歟！

公享年五十有三，卒以至正六年三月甲午，葬以是月庚子。贈中大夫、國子祭酒、輕車都尉、范陽郡侯，謚文清。娶劉氏，封京兆郡夫人。二子：籲、顒，補國子員。六女在室。公先世墳墓在京師故城南宜泉村原，户部僑葬江陵，正獻始兆橛山。公將遷户部柩北歸，以貧不克，疾革猶以爲言。公葬，猶子中書掾彍序次行事來請銘。天爵昔官朝著，公及正獻休旬數過吾家，或論文史，或評古今，孰憶二公皆以盛年相繼去世。然則銘公之墓，非故人之責與。銘曰：

仁皇御極，天下文明。崇儒稽古，多士斯興。惟公伯仲，時稱二宋。出應明時，祥麟威鳳。憲臺秘府，詞林璧雍。優游清華，論議從容。士貴多聞，尤貴絶識。操之有要，斯能不忒。公居官守，事不詭隨。咢咢其節，抑抑其儀。天生賢才，惟以治世。胡不百年，爲三有事。洎乎委順，歸寧故丘。咨爾後人，尚承公休。

〔一〕峽州房陵　各本均同。按，元峽州路治夷陵，此處「房」疑係「夷」之誤。元房陵縣隸襄陽路，屬河南江北道肅政廉訪司。

〔二〕宜城　各本均同。按，元宜城縣隸襄陽路，應係河南江北道廉訪司轄區。山南廉訪司所轄峽州路有宜都縣，「宜城」或係「宜都」。

禮部員外郎王君墓誌銘

元統乙亥春正月庚子，禮部員外郎王君文若景星甫卒，中書、憲臺各賻鈔若干貫治其喪。是月庚戌，歸葬其鄉先墓。其友左司員外郎張惟敏屬天爵考君官世行治爲之銘。

昔者國家設都于燕，保定、真定皆爲輔郡，一時材臣官于朝者，實甲他邦。君世真定安平人，以儒起家爲保定校官，大興儒宫，諷郡人興于學。故相蔡國張公方以司徒家居，薦其材，由是聲聞于衆。會張公復入爲相，辟爲東曹掾，出官承務郎、兵部主事，轉中書檢校官。擢拜監察御史，遷户部員外郎，改禮部，積官朝散大夫。君少孤貧，長耕于野，暮歸讀書，至古人奇節偉行，心好慕之。故其爲人磊落明白，毅然不苟戲笑，言論切直，人有過輒面斥之。在御史府，號稱敢言。時臺臣有爲姦利者，事覺，賂中貴求援，君庭争之，卒正其罪。承詔按事北邊，劾罷行省平章一人，風采凜凜。薦拔士之賢而在下者十餘人材任風紀，又言：「蔡國張公父祖再世積有勞烈，天曆之初諸子横罹戕害，官籍其家。宜革正之，以爲昭代勳臣之勸。」及官户部，錢穀金幣，力能止其濫出者。蓋君平生果於有爲類此。

初來京師，與今奎章閣供奉學士尚師簡、淮東鹽運使賈垕、淮西廉訪副使趙知彰、太禧院判官韓鏞、故刑部侍郎苑希昉時時從游，賦詩飲酒以爲樂，已而俱顯于時。君與希昉獨相繼去世，搢紳惜之。君享年五十有三，疾革遺命其家甚悉，比卒不亂。曾祖逸其諱。祖賢，考搢，皆以經訓教授鄉閭。考以君貴，贈奉議大夫、樞密院判官。母劉氏，贈安平縣君。娶段氏，封安平縣君。有妾方娠，未知其子之男女。銘曰：

惟昔相臣，求士報國。匪苟于同，好是正直。侃侃王君，氣直而剛。不變其守，君子之方。材未盡施，正晝而隕。爰述銘詩，尚其不泯。

元故奉訓大夫湖廣等處儒學提舉黄公墓碑銘并序

閩有名士黄公諱清老，字子肅，由進士起家，累遷奉訓大夫、湖廣等處儒學提舉。至正八年八月庚寅，以疾卒官舍，享年五十有九。明年五月己酉，葬邵武縣龍岡津之原。諸孤樸、樞遣其弟梓請銘墓道。昔者天爵與公同官詞林，又同奉詔撰次國史，故不忍辭。

按黄氏光之固始人，諱惟淡者徙閩，五子各明一經，世號黄五經家。貴溪令知良，第三子也，居邵武之和平鄉。及子俏生，植樹于門曰："汝大則吾宗蕃衍。"既久，樹乃暢茂。俏有子二十一人，宋元豐間，其孫德裕官少保。又再世，遹爲右司郎中。母弟景從與其子安之屢試南宮不偶，曰："吾家累世登第，今造物于吾父子嗇之，豈將豐其後乎？"至公果中科名。安之生寄孫，是爲公考，以公貴贈奉訓大夫、知福清州、驍騎尉、邵武縣男，母夫人詹氏封邵武縣太君。

公資穎悟，眉目如畫，五歲日記數千言，七歲學屬文。鄉先生李玉林見之，嘆曰："是可繼黄童矣。"閩號多士，內附之初，前修碩儒猶有存者，而文獻之傳，性理之學，往往專門名家。公日〔一〕從諸老講求其說，聞見彌廣，聲問彌著。同舍生或趨世所尚，爲吏以事進取，獨公篤志勵學，不變如初。久之，部使者薦爲建陽學官。年始踰冠，士已推服。邑之儒先嚴斗巖者，至元季年有詔徵之不起，公師事之。斗巖曰：「吾昔受學于嚴滄浪，今得子相從，吾無恨矣。」公自是於六經、四書之旨恍若有得，進三山書院山長，弗就，挾書入深山中，益究其所未至。

於是國家開設貢舉十餘年矣。泰定丙寅之秋，郡守舉公應詔。浙省之士試者恒數千人，是歲公以春秋擢居第一。明年，會試中選，廷對賜同進士出身。中朝搢紳多知公名，而禮部尚書曹公元用、翰林直學士馬公祖常請留公居館閣，遂除翰林國史院典籍官。未幾，陞檢閱官，又遷應奉翰林文字、同知制誥兼國史院編修官。英宗一朝大典，撰述未終，國有大故，命公與天爵修爲成書四十卷。又奉旨分纂明廟實録，皆藏史館。又嘗執筆扈行上京，凡朝廷有大議論，除拜、祠享、詔令、祝册應用之文，公偕學士虞公集、歐陽公玄、謝公端獲與討論。是時文皇崇重儒術，左右侍從有以公姓名上聞者。元統初，時宰請罷貢舉，已而詔復行之，乃命中外作興學校，以經術造士。行省提學，皆慎其選，公是以有湖廣儒學提舉之命。

湖、湘之間，士尚文辭，公申嚴課試經訓，遠近知勸。吏白：「廣海學官，或有冒濫，當嚴覈之。」公曰：「三苗久阻聲教，今方會同，中國士夫衝犯瘴癘往爲之師，甚可矜念，吾何忍於逆詐乎！」提舉月俸於學廪給之，比歲擬郡縣公田，多取其直，公不許。每賓興之歲，藩省大臣屢請公校文，去取精詳，士論推服。公善教誘後進，初在朝著，宰執王公懋德、史公惟良及一時名公卿，各遣子弟執經受業，四方之士亦有不遠千里而至者，作成人才居多。若今四川行省參政歸暘、僉燕南廉訪司事王儀、監察御史篤堅不花、中書左司都事田復、太常奉禮郎程垚、應奉翰林文字李繡，則尤知名者也。風紀之官列薦公可教國子，廷臣方議召公，而公卒矣。故聞其訃者，咸爲之感傷焉。

公風度凝重，廉靜慎密，一室蕭然，圖書自樂。居京師不妄造謁，世以是重其學守。文字馴雅，詩飄逸有盛唐風，存于稿者二千五百餘篇。又著春秋經旨若干卷，四書一貫若干卷，學者争傳習之。公元配蔣氏，先卒，贈邵武縣君；繼室吴氏，封邵武縣君，亦卒。子男六：近仁，早逝；次模、樞、梓、杞、櫝，皆業進士。女三：長適上官文本，次吴國瑞，幼在室。公事詹夫人盡孝養，每欲輦母之官，夫人不忍離鄉里，公數以省母在告，世稱其孝焉。嘗訪得嚴滄浪故居，將築室共斗巖祠之，弗果。今卜葬密邇其地，諸子尚能成公之志歟。銘曰：

閩居東南，山川綿邈。士處隱約，如玉藴璞。海宇爲一，文教蝟興。鄉有碩儒，來師來承。歲月其徂，耆舊日替。國無仁賢，孰與共治。設爲貢舉，網羅羣才。無間邇遐，崛起草萊。英英黄公，博雅温厚。和氣所鍾，惟閩之秀。冠衣楚楚，入對大庭。周旋雍容，蔚有典刑。歷游清華，編摩信史。公於春秋，深究厥旨。總齊郡學，振興皇風。祁祁多士，禮義唯恭。世皆謂公，宜教冑子。年踰知命，遽止于此。士思公學，心其好而。嗟爾闆人，室豈遠而。

〔一〕「日」原作「自」，據李氏鈔本、適園本、徐刻本改。

朝列大夫監察御史孟君墓誌銘

至元五年春正月，翰林修撰孟君擢拜監察御史。是春連日大風晝晦，君帥同列言：「當修省更化，以彌天變。」章上不報。會臺檄君巡視河防，南至汴、潁。秋七月，還過其里，卽移疾上印綬。使屢促之，堅辭不行。未幾瘡生于臆，以是年冬十一月七日卒。踰月，余自維揚北還，聞之，弔于其家。其弟泝曰：「吾兄之葬尚未有銘，子與吾兄同游成均，同官翰林，交義最篤，其爲之銘。」

按君諱泌，字道原，世家陵州。曾祖祐，國初爲某官，將兵保其鄉邑。祖郁，不仕。父秉彝，某郡教授，累贈祕書少監、平昌郡伯，輕財好義，喜交當世名公卿士。君幼受學于其父，志尚犖犖，與常兒異。年十七，侍故御史中丞許公師敬游京師，補國子員。能倍文，暗誦經訓，師友異之。久之，以積分中高等生，補國學錄，又舉至治元年進士，除冠州判官。政餘讀書不輟，入翰林爲編修。時天爵爲典籍官，東平王公士熙治書中臺，辟天爵爲掾，以疾辭，尋用君爲之，果以材稱。未幾，復入翰林爲奉文字，從幸上都。還，以父憂去官。服除，調漢中廉訪司經歷。憲使與其副不和，君贊畫無事。歲餘辭歸，召爲修撰。中書辟删訂條格，書未及進而遷六察。君爲人謹厚不妄言笑，可任以事，自免喪家居，數年不事進取。及被召，士始相賀，皆謂君且大用，而君亡矣。嗚呼，豈非其命也夫。

君享年四十有五，葬州西南某原。母平昌郡太君郭氏。娶戴氏，贈平昌郡君；繼李氏，奎章閣承制學士泂之女，封平昌郡君。子男某、某，俱幼。女適王某。銘曰：

士方志學，期于有爲。或負其能，弗偶于時。君仕中朝，名聲祁祁。端車正轍，孰枙其馳。我銘玄宅，尚識深悲。

元故廣州路儒學教授傅君墓誌銘

至順三年，新喻傅君與礪挾其所作謌詩來游京師。不數月，公卿大人知其名，交口稱譽之。蜀郡虞公、廣陽宋公方以斯文爲任，以異材薦之。會今天子卽位，詔遣使者頒正朔于安南，以君才學爲之參佐。受命卽行，至真定驛，啓制書觀之，上有王號。君曰：「安南自陳日烜已絶王封，累朝賜書皆稱世子，今無故自王之，何也？」使者疑未決，君獨請行。至都堂白其事，宰相大喜，立奏改之。安南之人往往以中國使者不習其國風土，多設譎詐以紿使者，至是君一一用言折之，彼遂讋伏，不敢相侮。或郊迎張宴勞衆，或盛飾侍姬侑酒，君皆却之，曰：「聖天子遣使者來，所以宣布德意，不當重擾遠民。」至日，世子出郭迎詔，帥國中之人共拜聽焉。明年，安南陪臣執禮物來貢闕下，君以功授廣州路儒學教授。湖南及廣西帥閫争欲辟君爲掾，皆辭不就。於是繕完廣之儒宮，復學田若干畝。未幾，遇暴疾卒，至正二年三月某日也。

君諱若金，與礪字也。其先由相州因官家湘潭。唐廣明初，避亂再徙臨江，遂爲新喻人。宋川陝宣撫處置使燮有子曰雱，紹興初假工部侍郎使金爲通問使，生新興令紀，紀生循州倅元余，元余生韶州守君平，君平生司户价，价生頤，頤生朝奉大夫實之，實之生曲江簿允迪，允迪生明可，是爲君父。其母胡氏。君賦質清美，自幼爲詩，出語驚人。弱冠游湖南，宣慰使阿縈招延于家，賓主吟詠不輟。久之，薦爲岳麓書院直學，卽棄去。卒年四十。兩娶皆孫氏，無子，父命以弟若霖之子德麟爲後。二女：宜男，宜弟，俱幼。將以至正四年正月十二日葬新喻擢秀鄉玉隆山。君學長於毛氏詩，尤喜漢、魏、盛唐諸作，其詩數百篇，多可傳誦。及使遠方，果能以專對之才稱。宜有銘。銘曰：

士之窮經，本以致用。詩三百篇，有諭有風。達于從政，專對四方。其或弗能，空言奚望。傳君言詩，上本風雅。漢魏盛唐，作者之亞。持節侃侃，佐使南交。言諭遠人，玉帛以朝。我述銘章，納于君墓。後生學詩，勿溺章句。

滋溪文稿卷第十四

碑誌八

故真定路儒學教授節軒張先生墓碣銘

至元季年，桑葛專政，勢傾朝野。親戚黨友，布列藩方，忤恨睚眦，輒中傷以危法，中外震慄。燕南宣慰使八吉，桑葛之妻弟也，恃勢爲虐。郡縣官屬聞京師爲桑葛立石頌功業，於是亦爲八吉樹碑，以阿其好。故節軒先生張君方爲郡學官，衆以碑文見屬。先生正色力謝却之，度不可居，卽歸田里，一時士論莫不重其風節。其後桑葛敗誅，八吉亦相連坐，而碑遂焚毁。先是稾城有大儒曰王公若虛，仕金季，直翰林。崔立劫殺時相，而黨與請爲立建碑表功，詸王公銘之。公曰：「作之則壞名節，弗作則死，孰若死之爲愈。」竟辭弗作。先生與王公生同里閈，習知其流風餘烈，故識見之卓能若是也。嗚呼，士大夫以文章名世，當有學識以立名檢，况金石之文，義近于史，可以易爲之乎！若先生之潛德高行，可不銘之以表見于後世乎！

謹案國史院編修官董君士廉所述行狀，先生諱延，字世昌，家槀城之故邸里。幼嘗與羣兒戲水濱，衆泅于水，先生獨不爲動，儼然如成人。元帥董公、王公見而奇之，始令肄業于侍其提學軸。既長，學文于李翰林治。先生禀賦既異，用力清苦，問學高出時輩。我國家既一中夏，乃用金、宋貢舉舊制，試士中選者復其家。先生兩試于鄉，初以明經擢前列，又以詞賦冠多士，而聲問日益彰矣。故相董忠獻公經略山東，辟先生爲統軍司諮議。時李壇初伏誅，先生與參議高公逸民請宥脅從，以安東土。無何，以親老辭歸。久之，禮部尚書趙公椿齡復薦于朝，遂除真定路教授。

先生教人崇尚名節，學者興起。事親至孝，親疾不解衣帶，親喪哀毁踰制，鄉人範焉。聚書數千卷，築重屋以庋之。爲學孜孜，老亦不懈，或辯經傳之訛，或訂史學之失。至于氣候之暄涼，交游之言論，悉筆于册，日有程度。所著周易備忘十卷，中晉書二卷，要言一卷，讀通鑑詩二卷，因讀記二十卷，文集十卷。槀城學舍歲久弗治，先生帥邑人完之。邑中大族若董氏、趙氏、王氏，雖以將相勳閥之貴，各遣子弟執經就學。先生師道尊嚴，諸生賴其訓誨，進多貴顯，益振其家聲。先生享年六十有二，以至元二十七年冬十月二十五日卒，葬新豐鄉杜家原。

考諱德用，累官行軍萬户。妣史氏。配郝氏。子男堂，稾城儒學教諭。女適侯某、王某、劉某，皆士族也。孫男三：思賢、思温、思問。孫女一人，適彭孝純。曾孫六：庸、訥、謐、某、某、某。先生世本農家，考府君國初奮田間。金降將武仙殺元帥史天倪，復據真定，諸郡連兵討之。考府君亦帥勇士五十八人，夜潛入城，縱火鼓譟，城中震駭，仙走西山，遂復真定。居常訓子孫曰：「吾少長兵間，雖驍勇見稱于衆，然恒以不齒士籍爲耻。汝曹當學爲儒，以續詩書之澤。縱不富貴，家道亦光。」故先生服膺先訓，卒以儒名，子孫迄今修學爲士。銘曰：

儒者之學，貴守名節。勢利易汙，當全吾潔。金石之文，大書特書。義近于史，言不可誣。咢咢先生，辭嚴義正。惡彼姦邪，斥其諛佞。歸休雍容，著書滿家。風節峻整，道德光華。富貴無能，或鮮知愧。託之空言，亦秖以異。咨爾多士，操觚摛辭。咢咢先生，企其齋而。

安先生墓誌銘

至治壬戌仲冬甲午，恕齋先生安氏卒，享年九十有五。二子熙、煦皆前卒。孫壄以是月戊戌葬先生於稾城縣安仁鄉，夫人劉氏祔焉。先生諱松，字庭幹，太原離石人也。金亡，遷真定。曾祖全廣，祖昇，皆不仕。考滔，真定儒學正。妣賈氏。先生少學於家庭，尊聞行知，聲問偉然。至元癸未，由名臣薦，起家江淮轉運司知事，歷潛江尉、峽州司獄、江東宣慰司照磨，遂謝事歸。再除建寧令，不赴，時年五十餘矣。先生爲吏廉謹，治獄多陰功，所去吏民見思。其北歸也，惟書籍衣衾而已。教授於家，嚴條要，以身先之，弟子從者多至百人，動作悉有規矩。講解明白，不爲繳繞章句學。尤善爲詩，温厚和平，得詩之意。暇則與翰林王公唱酬，有詩若干篇。晚歲充養完粹，毁譽歡戚無少介意，不復仕、終其身。嗚呼，位雖卑而名愈隆，年益高而德彌卲，若先生者，可謂廉退老成君子矣。銘曰：

寒暑代謝，天道之常。仕止久速，君子之方。猗嗟先生，名著昭代。進不爲汙，隱不爲泰。道周于身，化洽于鄉。年及期頤，逌然而亡。人孰不仕，知足或非。人孰不壽，七十猶稀。猗嗟先生，比德者鮮。列銘幽墟，克示悠遠。

姬先生墓碣銘

君諱文龍，字伯陽，姓姬氏。河東絳州人也。世業儒術。曾祖雍，祖泰，考德，妣王氏。金之季年，考府君避地襄、鄧間，又渡江居鄂。雖遭時多艱，所至必擇師教子，故君自少卓然有立。宋咸淳四年，以詞賦擢進士第，初授迪功郎，主郢之京山簿，能聲獵獵。用部使者李應春、錢真孫、郡守翟貴薦，轉從政郎、岳州教授。荆湖制置使汪立信聞其名，辟郢之長壽令，進承直郎。尋兼僉書判官廳事，庫庾、倉廩皆君司之，持身至廉，一毫不以自私，亦不以深刻聚斂爲務。

時天兵圍襄，郡縣多儲金帛以讐有功，郢有金數萬兩，君一日閱實而數不足，主者於法當死。君曰：「是必急有所需。」乃命償之。至元十二年，襄陽降。天兵棄郢不攻而南，郢之守臣乘便冒種官田，竊庫金入其家。君不能止，乃收故牘藏之曰：「他日事覺，悔無及矣。」宋亡，朝廷遣使者稽核故宋金帛之在庾、田土之在籍者入官，於是貪者相繼獲罪，惟君獨無所汙。未幾，例以故官授之，君斂身而退，因家于郢，徜徉林壑以終老焉。

當是時，來爲荆閫及部使者多中朝舊家鉅儒，如史公杠、姚公燧、暢公師文、馮公岵，皆重禮君，樽俎笑談，日相樂也。而姚公、馮公亦就家郢，各遣子弟執經受學。姚公疾革，語其子曰：「吾世衣冠大族，有如不諱，喪禮勿徇流俗。姬先生深明禮學，汝當咨之。」公薨，君主其喪，衣衾棺斂衰麻之制悉遵禮經，觀者敬焉。初，君連值父母喪，廬墓哀號，三年不歸。與其弟光州文學掾震龍同居無間言，蓋其孝友之實見于行事類此，非徒講誦禮文而已。

君性耿介，或有餽遺，一切不取，人有過輒面折之。一時官府多求君文章，傳以爲榮，君亦因與箴規，未嘗以一語相諛悦。荆、襄山間九月桃復華，部使者寫爲圖求言，君曰：「隕霜不殺草李梅實，聖人筆之于策。九月於卦爲剥，而桃復華，表于按部之境，抑亦民和之所致歟！」識者知其言之爲有在也。郢舊有白雪樓，郡守撤而新之，極其宏麗，屬君記之。君曰：「財非天雨，工非役鬼，一旦規飾逾昔，誰之力歟？昔魯人爲長府，閔子騫曰：何必改作。及高大其南門，聖人書之曰：新作，垂戒之意深矣。」郡守惡其詞直，藏之不以示人，君曰：「他日必有喜吾言者。」後十餘年，中書參議何公庭蘭命刻諸石。

君享年八十，以延祐七年某月某日卒，葬長壽縣東十三里祖墳之側。將終，索紙悉書遺命，了然不亂。娶眉山楊氏，故宋參知政事棟之從孫女。子男鏞，將仕佐郎、主婺州金華簿，擢湖廣行省掾。女適張通、陳書、傅表滋，皆儒家子。滋爲玉沙縣學官。孫男周南。嗚呼，宋養士三百年，可謂厚矣。及其亡也，居高位者往往喪其所守，君以小官能晦迹山林，不易其業，是可尚乎。故表而銘之。銘曰：

維昔勝國善養士，一時緩急有所恃。滔滔江漢南國紀，人才倜儻匪風靡。卓哉姬君學詩禮，立言制行類有耻。身雖退藏名愈偉，尚百千年石不毁。

内丘林先生墓碣銘

世祖皇帝既定天下，總攬豪傑，布列有位。猶慮道德之士遯迹林壑，安車四馳，登而用之。至元十九年，詔徵容城劉文靖公因爲太子贊善，未幾辭歸。復徵爲集賢學士，遂不復起。海内高其節義，從而作興者不無人焉，順德内丘林君蓋其一也。

君諱起宗，字伯始。當四方會同，程、朱遺言流布遠邇，君誦之知敬，用志堅苦，或有所疑，思就有道而正焉。于時覃懷許文正公已老，劉文靖公赫然以風節問學著名當世。君欲往從之游，無以爲介，擔簦負笈，齋沐立於其門者三日。文靖嘉其立志之卓，命序弟子之列。君聞其講説，深思體踐，極其至而後已。文靖少然可，獨稱君爲善學。久之，以家貧思省其親，文靖授以治家之法，君歸而行之，家日益裕。已而復往卒業，會文靖卒，乃還。

君事親孝，溫凊定省，皆有禮節，親喪廬墓克盡其哀。行既著聞，士之從者益衆。君儀容奇偉，衣冠雅潔，晨起正襟危坐，雖造次頃刻，未嘗不整齊嚴肅。及與人言則和氣滿容，講授經訓毫分縷析，使諸生心領意會，出入左右，咸中規矩。名公鉅儒道出其邑，卽請見焉，見者若有所得。鄉閭之人凜乎惟恐有一不善爲君所知，觀感而化者多矣。嘗作志學指南圖，以爲學道之標準；心學淵源圖，以爲入聖之極功。及作中庸、大學、論語、孟子諸圖，孝經圖解，小學題辭發明，魯菴家說，共數十卷，大抵皆以程、朱之言爲主。至大間，故相王公結來守順德，始登君名于朝。及長天官，復論薦之。

君年既高，所造益深，優游丘園，玩心神明以佚老焉。享年七十有六。復號至元之三年二月九日，終于家，葬邑西南永安里。門生會葬者百餘人，燕、趙之士識與不識皆悼惜之。君曾祖某，妣劉氏。祖安，妣田氏。考泉，妣張氏。娶李氏，繼劉氏、楊氏。李氏子男曰欽。女適儒士張郁、李秉直、張喜安，次以疾在室。

昔我國家初有中夏，士踵宋、金餘習，以記誦詞章相誇尚。許文正公始以孔、孟之書，程、朱之訓，倡明斯道，一時師友講習若河、汾、伊、洛之盛，劉文靖公繼之，士皆知趨正學，不爲異術他岐所惑。文正公被遇世祖，徵居相位，典教成均，而門人貴游往往仕至顯官。文靖公既出卽歸，學者多窮而在下，傳其師說，私淑諸人。兩公之門雖出處窮達有所不同，其明道術以正人心蓋未始不一也。然而宦達者聲名顯而彰，隱處者其德業或堙晦而無聞于世。君卒之八年，余友兵部員外郎楊君俊民以進士范淳狀君之行爲請。夫賢者之墓宜有銘，天爵生晚，不及識君，向官六察，嘗薦知名士十餘人充國子師，君亦與焉，豈憶今復執筆銘君之墓乎。銘曰：

維天之生賢兮，將以爲世軌也。明遺經以紹墜緒兮，維道之所履也。嗟若人之好修兮，懷堇瑜以爲美也。凛冰霜以貞固兮，奮節義以勵乎已也。紛時俗之躁進兮，若波流而風靡也。彼智者之過兮，下愚者之無耻也。抑先哲之爲依歸兮，愼所行而知所止也。銘以昭其隱德兮，尚多士之興起也。

故處士贈祕書監祕書郎烏君墓碑銘

汴有隱君子曰烏君，諱冲，字叔備。其先大寧路川州人。君從親官汴，家焉。君明經勵行，高蹈深隱，享年五十有二，延祐二年五月十八日卒，葬通許縣之西原。後三十四年，外孫槀城董鎧奉母氏趙國夫人之命來請銘。

初，靜修先生劉公因以高明之資，躬聖賢之學，道德風采，聳動四方，士之從者日衆。君年出二十，亦來授業。以公卿之子，素習富貴，冠服車騎，鮮明華好。既贄見，歸三日不返。諸生皆曰："是豈眞實爲學者歟！"翼日，君博帶褒衣，執經趨席，刮磨豪習，凛若寒士。諸生嘖嘖驚嘆，劉公亦甚喜之。君爲學淸苦，聞師之言，晝誦夜思，至忘寢食，數年始一歸省，蓋惟恐學之不及也。初值父亡，卽能行古喪禮，三年不居于內，宗族賢之。父居官廉，家無儲積，諸兄宦游他邦，君獨養母，旨甘常具。母亡，哀踰前喪，其家益貧，日宴食或不充，意泊如也。榜所居室曰存齋，杜門授徒，講説經訓，諄諄不倦，遠近學者争歸之。劉公嘗集己所爲詩百餘篇，表年以命之曰丁亥集，寓意深遠，讀者或弗深曉。君爲註釋，以達其意。真定安君熙通經學古，數欲謁見謁劉公，不果，君盡以所聞告之，安君由是深有發焉。當是時，君聲名聞海内，憲府、藩方薦者以十數。仁皇御極，鋭意右文，一時儒士多不次進用。當路者方擬召君居成均，教胄子，而君卒矣，士論嗟惜。久之，贈承事郎、祕書監祕書郎。

君祖考塔塔兒台，國初帥軍民詣界河北，迎謁太祖，有勑賜名修捻虎者，命導太師國王南伐，累官龍虎衛上將軍、易州崇寧軍節度使，行川州元帥府事。考禔，初襲父官，充北京路總管，佩金虎符。歷尹真定、彰德、濟南諸郡，卒官嘉議大夫、河北河南道提刑按察使，有名當世。三子：長陝西行臺治書侍御史某，次同知息州事某，季卽君也。祖妣李氏，妣劉氏。配崔氏，真定路治中德昭之女，有賢行，中外姻族以爲表儀，追封宜人。子男二人：杞，承事郎、黄州路麻城縣尹；構，不仕。女二人：長適汴梁路總管李經；次適御史中丞董守簡，鎧之母也。讀書明大旨，治家有禮法，知求金石之文以彰其親，賢矣哉。孫男三人：烋、勳、烈。女一人，幼。

嗚呼，古之人蓋有不仕者矣，或全身以避地，或矯俗以干名，孰能安于義命之正，審于出處之宜，以求合乎中庸之道者歟，若靜修先生劉公，不可尚已。而爲君者，能忘富貴聲利之欲，知慕高尚澹泊之樂，其胷中所藴，亦豈一時之人所能窺其萬一乎！是宜序次行事，揭于其墓之原。銘曰：

委質爲臣，隱約善身。出處雖殊，仁心則均。國之四維，禮義廉耻。進不由道，何以曰士。君退于家，惟志之求。善以及人，而心休休。卓哉劉公，君學是企。凜凜高風，聞者興起。

焦先生墓表

先生姓焦氏，諱悦，字子和。祖考恩，金季自懷之武陟徙真定。考德義，以孝行聞于鄉。先生弱不好弄，端重如成人。始入鄉校，卽知嚮學，師弗煩于訓誨。稍長，從蔾軒吴君游，吴君明經，先生講求誠意正心之學，若有所得。自是一言一行皆求合乎矩度，同游者敬而畏之，不敢狎侮焉。

我國家初定中土，取士之制未遑，仕者悉階吏進。先生迫于親命，俾習律令，夜則讀書，或達旦不寢。嘗與同郡安君熙講説六經之旨，伊、洛諸儒之訓，莫不究其精微，一時朋友皆自謂弗及也。久之，辟州佐史，未幾謝去。又辟爲郡掾曹，數月辭歸。蓋先生持身廉正，不樂隨俗俯仰，以故退休于家。

奉親之養，温凊甘旨盡其職。執親之喪，衰麻哭泣合乎理，三年不宿于內，君子以爲難。家庭雍睦，雖盛暑必具衣冠以見子孫，子孫亦皆緝學修行。先生弟恒早亡，其妻趙氏守節自誓，朝廷特表異之，皆先生之德有以化之也。豈惟家人化之，而鄉閭亦知景仰焉。先生嘗曰：「學者將以行其學，學焉而弗踐履，何以學爲哉！」故晝之所行夕則書之，其不可書者則有所不爲也。鄉之先進若翰林王文恭公、恕齋安先生咸器重之，燕南部使者復以憲府掌書薦，亦辭不就。中臺御史表其學行可爲人師，遂授真定郡學官。先生勉起就職，訓誘諄諄，唯恐不至，而學者亦樂聞其說。歲餘不出，號其居曰兑齋，家事不復關白，詠諷詩書以佚老焉。享年七十有二，至元三年丁丑夏六月壬辰卒，是月丁酉葬郡城之北大安鄉游家里。先生之妣王氏、鄒氏，配趙氏。子男二：鎮，先卒；次埜。女適稾城尉劉景祖。孫男二：立本，治進士業；次習耕。女一，幼。

昔先參政府君與先生交雅厚，其爲掾曹蓋同就辟。先府君擢掾河東，先生贈言曰：「君行我止，豈非命乎！」蓋安於義理類此。先生既卒六年，天爵之官鄂省，拜謁墓下，埜以墓表爲請。夫以先生潛德篤行，當上太史，垂範後世。顧惟晚學，豈足以發其萬一，然不可以無言也。先生始學爲詩，卽有理趣，其詩百餘首，詩講疑一編，並藏于家。銘曰：

充乎其若虛，確乎其若愚。歛之歸藏，淵乎自如。奉親居喪，執禮弗渝。我述潛德，以表諸幽墟。百世之下，尚徵其爲齊魯質行之儒乎，噫。

濮州儒學教授張君墓誌銘

吾鄉有博洽豈弟之士曰張君，諱在，字文在。其學自六經、百家、太史之籍，先儒箋疏、傳注之書，兵家、族譜、方言、地志與夫萬里海外蠻夷異域荒怪之説，靡所不覽，既久而能不忘。屏居閭里，環堵蕭然，聚書萬卷，誦習校讐，風雨寒暑不輟也。賓客學子經過從游，有問輒應，愈叩而愈無窮，然亦未嘗以自矜也。其爲人和平樂易，孝於宗親，蚤失其父，獨奉母氏。家雖固窮，自奉清約，養生事死，必稱於禮。與朋友交，克盡誠欵，氣和色温，怡然不忍相違也。人或犯之，置而不問。聞人之善，稱道不已。人苟有過，未始一語及之。嗚呼，可謂博洽豈弟之士矣。

君世真定槀城人，幼時嘗侍諸父宦學他邦，聞見日廣。年二十餘，始還真定，又從鄉先生侯君受業。大參王文恭公休政家居，君恒往來聽言論於左右，所學益大以肆。延祐初元，詔郡縣賓興多士，有司以君應詔，遂以春秋中其科。明年春，試禮部，下第。時貢舉初興，試者鋭於一得，既而被黜者譁言不公，至作謌詩譏詆主司。君卽日束書而歸，曰：「是吾所學未至也。」朝廷方崇尚斯文，作興士氣，凡與計偕者授以校官有差，君得真定儒學正。具訓諸生，懇懇不倦。初成均制登歌樂以祠孔子，至是郡國悉倣爲之。古樂廢已久，憲司求能通制度音律者，共議屬君。君乘傳詣餘杭，稽圖制器，審音協律，數月完歸。春秋釋奠，必奏其樂，鏗鏘之音，升降之節，觀者悚然，思見隆古之盛矣。

國家既以文藝取士，士之進也不雜，於是人人思奮於學。而中州老師存者無幾，後生或無從質問，聞君善教，來學者益盛，經其指授，多中科名。君既明習春秋，以貢舉唯許用左氏、公羊氏、穀梁氏、胡氏之傳，然四家言義互有異同。君比輯其合于經者爲四傳歸經，以授學徒。江南三行省每大比士多至數千人，而考官必得碩儒士方厭服。至治癸亥，御史中丞曹公伯啓監試浙省，以書幣延君，遂偕宣城貢公奎、江寧楊公剛中、長沙歐陽公玄考試其文。及禮部取士，浙省得人居多。

泰定間，故翰林待制彭公寅亮屢薦君多識故事，宜居史館，不報，及循資調濮州教授，泊然赴官，振舉學職。山東學子遠近至者常百餘人，君晝則分經講貫，夜則課習程文，久之疾作。或勸君宜少休，則曰：「教吾職也，敢以疾辭乎。」猶講説如平時，而疾益劇矣。以至順二年四月廿八日卒于官舍，年五十六。濮之官吏及諸儒生共割俸出財，爲治棺槨，僦車載之，歸葬其鄉。

君曾大父某不仕。大父玉，承事郎、永年縣尹。父君鐸，上都留守司掾。妣顔氏。娶羅氏。子男二人：務本，治進士業；立本，尚幼。是歲六月十日，葬君稾城縣張家原。里人國史院編修官楊俊民以狀徵銘其墓，天爵自總角時從親來京師，間歸鄉里，輒與君游，每獲多聞之益。嘗嘉君之賢而竟不果顯聞于時，悲夫，故爲之銘。銘曰：

維古於學貴多識，匪衒才華蘊爲德。猗歟張君資挺特，篤師古訓廢寢食。典學校文臨郡國，多士鼓笥樂矜式。神於君子壽何嗇，石著銘章示無極。

故静觀處士劉君墓碣銘

劉氏世家上饒，唐季有諱迪者仕于鄱，徙居鄱之清溪。六傳曰宇，宋慶曆二年登進士第，官至祕書丞。其弟曰定，皇祐五年舉進士，官至尚書吏部侍郎，皆有譽聞于世，爲郡望族。君諱傳，字芳伯，祕丞六世孫也。曾大父咸。大父元芝，宋迪功郎。父孔昭，母胡氏。君少學于家庭，迪功府君教誨甚嚴。君讀書清苦，日記千言。

前至元時，江東部使者柳城姚公爘按行至鄱，鄱之名士黎君廷瑞、吴君存偕迪功府君同往造謁，君操几杖以從。姚公愛其穎慧，命題賦詩，君援筆立成。姚公嘉歎，期以遠大。迪功府君居常訓子孫曰：「吾家世習詩禮，蓋三百餘年，汝曹勉旃，無墜先業。」君感勵奮發，遂窮五經，尤深於易，推明程、朱之傳，復輯諸儒之言以輔翼之，又輯大學、中庸要語以授學者。名既著聞，江浙、湖廣兩行省提學官各以校官起之，俱不就。延祐天子賓興多士，鄱之郡守首以君名應詔。君曰：「吾之所學果能合於主司之好乎？」自是深居不出，聚書數千卷，討論皆造其極，郡人争具禮幣延致於家塾而師法焉。君有弟曰仁，曰儀可，各以所學分教鄉邑，朔望來歸，深衣巍冠，諸子侍列，一家父子兄弟以道義相切劘，若師友然，視聲利泊如也。

君晚年獨喜爲詩，雍容冲雅，五言諸作深得陶、韋之體。佳時令節，杖屨徜徉清溪之上，蕭然若與世相忘者。中臺御史列薦其行，集賢院臣表以静觀處士之號焉。君室程氏前三十年卒，終不復娶。或問其故，則曰：「獨不聞曾參之事乎！」

後至元六年二月某甲子，君以疾卒，享年六十有三。子男曰貞。孫女尚幼。某年月日卜葬君於鄱之和風南鄉苦塘原，以程氏祔。既葬，門人程與權來請銘，其言曰：「鄱自昔爲文物之邦，邇年鄉之老成若黎君、吴君皆相繼淪謝，今君又亡，吾黨後學小子將何所考德而問業焉。」余感其言，爲之銘曰：

清溪漣漪，可以樂飢。劉氏來居，世篤詩書。遭時易代，歷年三百。詩書之傳，獨有遺澤。溪水之清，可以濯纓。咨爾雲仍，尚保幽貞。

張文季墓碣銘

張君諱綱，字文季。家居京師，以清修博雅聞于時。卒不仕，終其身。當至元、大德間，民庶晏然，年穀豐衍，朝野中外，號稱治平。公卿大夫，咸安其職。爲士者或退藏于家，優游文藝，樂以終日，而世亦高仰之。此其承平人物之美，後世不可及矣。

君資高爽，佩服儒素，讀書而不求官，治生而不謀富，稍有贏餘，卽購鼎鍾彝器、法書祕畫，真收僞黜，日得日奇。明窓棐几，布列展玩，作而喜曰：「古人不可見矣，流風餘澤是尚有可稽焉。」人欲傳觀，亦不甚惜。或以遺文古事求質於君，君考訂辯說，皆有援據可徵，非妄言以自詭者也。君處家雍睦，動以禮法自持，齋居深静，竹樹茂密，無世俗囂紛之雜。間爲歌詩，亦多清婉可喜。久之，遂顯名京師。當路者欲薦用之，君不屑也。一時名公碩儒東平張公孔孫、高唐閻公復、汲郡王公惲、柳城姚公燧、涿郡盧公摯、濟南劉公敏中皆傾蓋與君友，休旬令節相帥詣君〔一〕焚香煮茗，鳴琴觴酒，倚然娱樂，京師之人相傳以爲盛事。

君享年五十有四，以至大二年九月十五日卒，是年十月十八日葬大興縣燕臺鄉可大里。張氏霸州文安人，五世祖俊生興，興生福。福生瑄，金季避地河南，事定北歸，遂徙居燕，以詩書教授學者。子皞，歲戊戌以經義中選，著儒籍，贈中順大夫、兵部侍郎。娶李氏，封清河郡君。三子：伯曰經，復業進士，卒官太常檢討；次緯，贈集賢直學士、亞中大夫；季卽君也。娶劉氏。二子：鉉，雲南行省宣使，蚤卒；次逢吉，由國子學正累遷太史院校書郎，官第七品，贈君從仕郎、文安縣尹，劉氏封宜人。至元元年春，逢吉由芮城尹入爲國史院編修官，録君行事來請銘。天爵曩在成均，與逢吉及其從兄今禮部侍郎景先游，慕其家世儒雅，故序而銘之。銘曰：

去古日遠，古制寖微。文物聲明，孰究其遺。圖象鼎彝，君子是寶。匪以玩物，稽古之道。翼翼京師，軒蓋塞途。豈無居人，孰可與娛。洵美張君，愔愔大雅。視利在前，如棄土苴。顧瞻其家，圖器猶存。以詒孫子，永著斯文。

〔一〕「詒君」原作「諸君」，據李氏鈔本、適園本、徐刻本改。

滋溪文稿卷第十五

碑誌九

元故武義將軍漳州新軍萬户府副萬户趙公神道碑銘并序

公姓趙氏，諱伯成，真定人也。考府君偉，國初以才勇從丞相史忠武王平金，擢黑軍百户。歲庚申，公始襲職，隸萬户邸公麾下，移兵戍守歸德。己未，從邸公濟江攻鄂。中統三年，李壇反，公與賊戰有功，邸公旌幣三端。改隸招討使野德迷失麾下，別將拔都軍百人。至元十有一年，天兵渡江，從攻沙陽、新城、陽羅堡，因戍黄州，進攻隆興、撫州、建昌，皆下之。

十三年，宋亡。宋臣陳宜中、張世傑挾益、衛兩王走閩海，表年官人圖復宋，其下倡亂從之，閩大擾。公從招討使攻建寧，降之，行省署公建寧安撫司達魯花赤。是時守禦未備，有盜萬餘起南劍，來犯建寧，柵郡西河上。公隔水而陣，一矢射死賊首，衆鼓勇進，凡數十戰，斬首不可級計，血流于河，水爲之赤。生擒又數百人，獲鎧仗無筭。省録其功，復署公建寧路軍民達魯花赤。明年，政和、慶元民亂，公討平之。吴望公倡浦城人爲亂，公勦除其衆。左副元帥高某薦之，復以公兼權建寧路萬户。於是招募士兵千人，教之擊射，皆號精兵。盜聞公威名，或斂避不敢犯，民亦少獲其休息焉。朝廷嘉之，特錫金符，制授武畧將軍、管軍千户，公益奮激思自效。十七年春，都昌民杜萬一挾左道媚人，表僭名號，搆亂一方。公偕方安撫生擒萬一，磔龍興市。賞公白金五十兩，復以管軍萬户守建寧。十八年，制授管軍總管，進階武義將軍。是年秋，漳州高安賊作，樹栅以爲固，公命作雲梯先登，攻破其栅，擒之。

二十年冬，黄華賊起。公引覘之，抵范墩，與賊遇，敗之。又抵甌寧之黄屯，與賊遇，又敗之，斬首不知其數，餘皆敗走。復屯甌寧之板橋，公又敗之。未幾，賊號二十萬，復來分據建寧四面，以示〔一〕必取。公潛出兵水南，賊發矢如雨下，公不爲動，乃泅水以濟，諸兵從之大呼，殺獲無筭。賊披靡遁，公追殺之，且行且戰三十餘里，僵屍藉藉被山野，又捕虜數百人。時黄華餘黨散在政和之青州及獅子巖者，公皆破之，賊患遂息。行省檄公守松溪、政和兩縣。二十四年，移南劍。是秋，尤溪賊作，公又平之，招諭民之脅從者，俾居其鄉，乃還鎮。是冬，鍾明亮兵起，公偕福州路達魯花赤脱懽捕之，轉攻南劍及邵武諸盜，皆大破之。

平章拜降表公前後戰伐以聞，制可其請，超拜漳州新軍萬户府副萬户。二十六年冬，平寧化黄土、石門等栅。二十八年，省府以漳之龍巖羣盜之所出入，移公守之，乃招諭賊魁謝大老等來歸。二十九年，漳浦賊作，公從樞府臣破之，復留公守雲霄隘。於是招諭曾小虛歸化，而曾大虛負險不出，公復以兵臨之，大虛亦降。其餘黨尚爲民患，公提勁兵揉之。省臣以南詔之地，控制循、梅、潮、廣諸郡，檄公鎮之，仍總雲霄之兵。凡二年，盜不敢犯，民甚安之。大德初元，劇賊劉大老犯漳州境，公將兵迎戰。刀中公頂及腰，猶與賊戰不已。于時公年六十七矣，遂移疾北歸，行省不允。公復以爲請，久之方聽其去。至大二年正月十有九日，卒于家，享年七十有七。葬真定縣新市鄉别駕莊之西原。

公貌魁梧，力能兼人，平生大小蓋百餘戰，身被十餘創，其勞勩何如也。

初公至閩，閩人卽降，同列建議請計口徵銀爲贄禮，號令嚴急，民大驚恐。公榜通衢，立罷其事，合郡歡聲如雷，呼公爲佛。建議者暴死，民大稱快。公綏緝新附，簡易寛厚，民以爲便，立祠祠公，迄今不隳。嗚呼，昔者王師伐宋，曾未數年，降其君臣，墟其廟社。已而遺民在在蠭起，何其取之之易、安之之難若是歟？余讀周書，每嘆周人滅殷之易、安殷民之難也。大抵古今人情不甚相遠，益知書之爲可盡信。

公母高氏，夫人常氏，如夫人者七。子男四人：仲立、德明、寧老、仲信。女三人：長適真保劉某，次適建寧謝某，幼爲比丘尼。孫男十人：成立、君佐、君澤、君弼、君哲、君傑、君讓、君和、君祥、君瑞。曾孫男二人：真保、關保。公歸，元子仲立嗣。仲立卒，弟德明嗣。德明卒，仲立之子成立嗣。成立卒，今其子真保嗣焉。

天爵與公同里，少嘗拜公，酒酣耳熱語其平生戰攻之勞，英氣凜凜，真一世豪傑之士哉。銘曰：

南北分裂，世祖荒之。滔滔江、漢，一葦杭之。宋社既墟，頑民胥動。借曰余復，交刃以鬩。荷矜爲兵，裂裳爲旗。動萬爲羣，以殺爲嬉。公往兵之，小大百戰。殲厥渠魁，執俘以獻。惟昔閩、越，文物皇皇。何于斯時，大肆獗狂。蓋有所恃，地險而遠。新造之邦，未洽國典。慨彼昏嚚，以干大刑。幾三十年，嶺海始寧。維公虎臣，多著勞勤。身犯矢石，出入瘴癘。天子錫命，副長萬夫。傳子及孫，世功弗渝。白髮來歸，優游隴畝。語其平生，猶見材武。惟公之墓，滋水之陽。刻詩貞石，威名日揚。

〔一〕「示」原作「視」，據李氏鈔本、適園本、徐刻本改。

元故奉議大夫國子司業贈翰林直學士追封范陽郡侯衛吾公神道碑銘

世祖皇帝臨御中國，思建百度，以興文治。至元六年，乃命國師肇造新字，頒布天下。

京師建國子學以教胄子，外則州郡並置校官，以教民之俊秀者，又置提舉學校官以總之。初以制敕符印改用新字，於是國家言語文字盛行于時，而國師之功固不細矣。當是時，左右國師以成其功者，公之考文書奴其一也。新字既成，遂由翰林應奉文字超拜直學士。久之，仍以學士出爲提舉湖廣學校官，召歸京師卒。二子，長曰護林，中順大夫、監漢陽府；次卽公也，諱野先，少敏悟，世其父業。年二十，擢爲國子教授，諸生翕然信服，不敢以少年易之。歲滿乃遷助教，又遷博士，爲博士凡三考，遂遷監丞。又拜司業，累官奉議大夫。

公性謹厚，其於教人孜孜不怠，作成人材居多。嘗考古者聖賢行事及歷代君臣善惡成敗可監戒者，譯以國言，傳諸學徒。故諸生服公之訓，人人卓然自奮，思立事功，非但誦習其空言而已。公又依倣成均之制，定爲學規，下至米鹽筆札，亦皆出納有法。其所譯潤諸書，人争傳之。學國言者，以得公師爲榮。至大間，武宗皇帝親擇貴臣子孫數十人，俾從公游。仁宗皇帝方興學校，眷公尤深，嘗曰：「此人極有學守，不可使離監學。」公亦泊然守職，不變不退，蓋自教授累至司業，幾三十年，未嘗别遷他官。一時臺閣名卿碩輔，往往皆其弟子。或欲援公居要官者，輒力辭曰：「是有命焉，不可幸而取也。」舊制司業班列五品，以公故特陞四品。方欲進爲祭酒，而公不幸病卒矣，得年四十有七。仁宗深悼惜之，累贈翰林直學士、太中大夫、輕車都尉、范陽郡侯。

其子赫赫，少傳家學，知名公卿間，出監解之聞喜、黄之黄陂，皆有惠政。入翰林爲修撰，拜授經郎兼經筵譯文官，擢拜陝西、江南兩臺御史。言事切直，劾罷權貴數人。歷僉江東、湖南肅政廉訪司事，進拜海北、廣東兩道副使。按行郡縣，風采肅然。今官太中大夫、湖廣行中書省左右司郎中。

嗚呼，國家自建元以來，號稱治平，迄今七十餘年矣。京師公侯大家，貴富赫奕，而與替消長於歲時旬月間者，何可勝數，而公父子三世獨以文雅清慎相繼顯聞，不亦盛乎！公曾大父以上世仕高昌，自其考始入中國，遂家京師。母八撒納追封范陽郡君。公配也先的斤，繼八剌的斤，俱追封范陽郡夫人。子男一人，赫赫也。女三人，適侍正府知印達禮馬、河東廉訪副使教化、河南行省都事栢柱。孫男一人曰保堅；女二人，幼。公以延祐六年六月二十三日卒，以先塋地隘，權殯都城西佛寺。元統元年十月庚午，葬宛平縣香山鄉七園里。銘曰：

皇有中夏，百度繼作。人文昭宣，臣民允若。乃興庠序，敷揚國言。公爲之師，丕衍其傳。有來貴游，執業抑抑。羣材斯興，以贊皇國。公居亟丈，三紀如初。佩服古訓，衣冠舒舒。咨爾國人，榮達袞袞。文字之澤，獨克悠遠。公又有子，家學是承。歷游清華，令譽日升。思美公休，式表貞刻。尚其來裔，是效是則。

亞中大夫山東道宣慰副使致仕張公墓誌銘

公姓張氏，諱克忠，字彦直。至元中，由東宮宿衛出爲蠡州判官，擢遼陽行省都事，入爲宗正府員外郎，以親老乞歸養。久之，調廣平永年令，歷明州、信州路推官，遷知吉州事，再遷和州。以年老，遂致仕，即拜山東道宣慰副使，累階亞中大夫。泰定三年九月九日終于家，年七十五。

公爲人惇厚篤實，遇事果於有爲。初佐蠡州，歲饑民起爲盜，公出米爲糜以食餓者，於是吏民以公故相繼出米，所活數千人，盜亦衰止。諸王叛東土，詔遣大臣部諸將兵討之。公時居遼陽幕，總督軍餉無少闕，居民流亡失業者，公撫緝完復，東土以寧。永年地號沃壤，公下車召其耆老，語之曰：「治民之道，在乎敦耕桑，崇庠序，廣儲畜而已。農桑勸則無寒餓之苦，學校興則知禮讓之方，儲畜廣則亡水旱之虞矣。」在縣三年，以治稱。信屬縣玉山誣民僞造楮幣，獄具矣，公疑而辨之，民得不死，繪公像事之終身。

延祐丙辰，關中猝有變，聲連河東。吉在窮絶山谷間，民乘間欲爲盜，公下令禁止，盜竟不發。旁州官屬爲不法者，憲司檄公往治之，而訟獄積歲不能決者，亦以屬，公皆決治如法，吏民畏服。公所至大興學宫，延師儒，以教化爲本，擇良民子弟開敏者補諸生，爲除其繇役，以故民學者衆，而風俗亦或少變焉。和州歲旱，公出禱輒雨，歲則大穰。乃繕治州之廨舍及神宇所當祠者，財用甚省而堅完可久。和人縫掖者艾偉公治行，以狀薦於部使者，部使者以其狀聞于朝，而公年已七十矣。

曾祖諱廣伯。祖諱仁，仕於金。考諱璧，皇贈奉議大夫、知趙州事、驍騎尉、高邑縣子。妣王氏，贈高邑縣君。妻楊氏，封高邑縣君。子男二人：𡈽，從仕郎籍田署丞，次某。張氏世家中山，葬新樂縣儀臺原，自公祖以下，始葬安喜縣堯坊原。公之卒也，從葬堯坊之兆。

初，公以材敏侍東宮，一時宮臣後多貴顯至大官，獨公出治州縣，計資而升，未嘗肯妄進取。入官五十餘年而歸老焉，其廉退有足嘉者，故爲之銘。銘曰：

張望中山考厥世，炎漢北平文侯裔。烈烈行成輔唐帝，華胄相承尚克系。温温和州廉以厲，秉旄懷紱號良吏。至今郡邑有遺惠，懸車來歸宛其逝。圖銘玄石識幽竁，更千百年庶無替。

故奉政大夫遼陽行省郎中黄公神道碑銘

延祐四年六月，吏部主事黄公肯播擢拜監察御史。時丞相鐵木迭兒以受賕得罪，匿興聖近侍家，有司不得窮治其事，皆相顧無可柰何。公視事謂同列曰：「丞相受賕之罪固所當治，然其罪之大者盍悉陳之。」卽率同列言：「丞相違世祖制，括江南地，致汀、漳民叛。陰奪阿撒罕太師官，致闕、陝弗寧。降諸王監郡、監縣，致宗親不睦。增江、淮鹽課地稅，致黎民困窮。引用貪邪小人，致朝廷政亂。」臺臣以聞，天子震怒，命罷相政事，黜其門下用事者若干人。由是公之名暴著中外，而小人怨恨思害之矣。

明年春，詔御史長哥偕公巡行上都，覈實吏贓。先時上命建佛寺於雲州七峰山，以太府丞大都監治。大都者，平章某私人也。上所賜軍匠金帛，大都及總軍官悉分取之，軍匠訴于御史臺，至是就命公等鞫之，辭連平章及其兄某。二人方近倖寵任，權勢赫然，入言于上，以公等不思奉詔覈實吏贓，乃敢沮格修治佛寺。上性慈仁，奉釋教惟謹，以其言爲誠然，卽遣使召公等至京師。止宮門外，某傳旨責而遣之。尋復以長哥及公知雲州事，俾董治佛寺，以訖其工。公下車惓惓以愛民爲事，少不以遣禍自懲怠其事也。郡當南北衝，乘輿歲幸上都，供頓厨傳悉資于民。公取之有制，民不甚擾。權貴宦官過其州，聞公廉直，亦不敢橫有需求。值歲大饑，穀貴民徙，公請于朝，得米若干石以賑餓者，其民至今以爲德。

仁皇賓天，丞相復位，向所黜門下之人悉召用之，睚眦之怨無不報者。會史臣請修先朝實録，内外三品以上官在皇慶、延祐時除拜、罷免、賞賚、責罰，悉録送史館。符下有司，公具昔所得罪以聞。相雅怨公，思害之未得，遂誣公訕謗先朝，言于英廟，與長哥械至上都。

有司承望風旨，謂公等不應言上而言上，重坐以罪，仍籍其家。始知公衣衾圖書外，他無所有。公退伏田里，漠然不以介意。及泰定改元詔書，凡鐵木迭兒挾怨所搆害者，悉蒙昭雪，於是始除公遼陽行中書省左右司郎中。在官歲餘，以疾卒，泰定三年四月也。其年五月，葬錦州神水牛羣峪先塋之次。

公字允蓺，其先齊人，金初遷利州。州南滿井黃家寨，先墓在焉。大安末，又遷錦州。其世系可稽者，懷安生昌，昌生慶忠，慶忠生杲，杲生錦州儒學正居中。居中生開元路儒學教授瓛，是爲公考，以公貴贈奉議大夫、禮部郎中、驍騎尉、義豐縣子。妣劉氏，贈義豐縣君。娶張氏，封義豐縣君。子男曰謙，由國子生爲祕書監管勾。

公少與其兄肯堂、弟肯穫、肯訥俱學儒，公獨業成出仕，初爲錦州儒學正，貢山北憲司書史，轉燕南，入貢兵曹，擢御史臺掾。尚書參政王鼒早與公善，累欲辟公，力辭不就，遂補中書掾。出官承直郎、中書檢校官，改吏部主事，出調雲南郡縣官，人稱其廉。還拜御史，累階奉政大夫。卒時年五十八，聞者莫不哀之。

公爲人磊落明白，讀書務求大旨，尤喜古人奇節偉行，故其剛毅正直，屢與禍會而無悔。昔者先君與公交契至深，嘗同掾東曹，同撿校中書，蓋道同而志合者也。先君居秋官幕，亦嘗言忤權姦而幸無事，然與公偕卒官行省郎中。悲夫，天爵尚忍言哉。今幸與謙得爲同朝，常相期勉，以無忝先世爲事。會謙以公之墓碑爲請，故謹序而銘之。銘曰：

偉哉黄公，蚤以儒進。植志不阿，守道自信。延祐天子，清明在躬。思正百度，丕變羣工。爰有相臣，陰險嗜利。盜用福威，傷我聖治。君門九重，匪言孰通。疇爲耳目，克廣天聰。公居其時，執憲靡顧。讜言正色，彼罪斯著。斥官外郡，敷惠在民。國述信史，網羅舊聞。彼爲詆欺，忍肆凶毒。公身可辱，公名不辱。惟昔世祖，肇建憲臺。孰去匪邪，孰進匪材。列聖承之，典則咸在。人存斯興，君子奚慨。肅肅風紀，豈無正人。云胡不淑，以殞公身。遼海茫茫，碣石在下。太史銘之，克示終古。

皇元贈太傅開府儀同三司康靖邢公神道碑

正議大夫、光禄卿邢某既葬其父母，偕丞相掾趙隆來請曰：「維邢氏世家遼東，吾祖忠定公當聖朝劉金之初，倡其鄉民來歸。太師國王承制授義州行軍千户，撫綏其衆，不妄誅夷，東人咸往依焉。後以壽終。先考康靖公時方七歲，祖母趙夫人以官授其族子。先考既長，恬忽時榮，不事進取，奉母以孝聞。及與人交，慈祥樂易，鄉閭以長者譽之。族子屢讓以官，辭不取也。元貞二年二月十二日卒，享年八十有一。先夫人先十年卒，年五十五。吾與二子承先世餘澤，被遇仁宗皇帝，給事禁闥，命掌膳羞酒醴，日承寵光。曾無數年，致位列卿。推恩之隆，延及祖考。勑賜第宅，並居京師。念先世墳墓遠在遼東，子孫歲時不克展省，今買地於京城之南燕臺鄉契丹里，作爲塋垣，樹列翁仲石儀，以元統三年二月十九日舉先考及先夫人之柩葬焉。願爲銘文刻諸石，昭示寵光于無窮。」

嘗讀周官，酒正掌酒之政令，以式法授酒材，辯五齊之名、三酒四飲之物，以共祭祀賓客。王之燕享，而酌數獻酬，皆合其度。酒正之出，日入其成，月入其要，歲終則會。蓋古昔王者畏天卹民，經德秉哲，罔敢暇逸崇飲，故掌酒之政嚴慎若此。我國家自世祖皇帝肇建官制，命宣徽、光禄以司膳羞酒醴，凡郊祀、宗廟、朝會、燕享，則共奉之，故必勳舊世戚親密近臣始得與焉。而邢氏父子兄弟遭時治平，皆愿謹自持，上結主知，迭膺是選，非朝廷恩寵之隆，祖考積累之厚，何至是歟！

謹按，忠定公諱建昌，特贈推忠佐運功臣、太保、金紫光禄大夫、柱國、魯國公，謚忠定。配趙氏，贈魯國夫人。康靖公諱璉，特贈太傅、開府儀同三司、上柱國、魯國公，謚康靖。配張氏，贈魯國夫人。光禄初事成宗皇帝，得在宿衛。大德十一年，擢承務郎、禮部員外郎，歷尚食局大使、尚飲局提點。皇慶元年，超太中大夫、宣徽院判官，進嘉議大夫、祕書卿，出爲大寧路總管，召拜光禄卿。娶張氏，封魯國賢淑夫人。子男三人。長曰山而，由近侍擢奉訓大夫、嘉醖局提點，尋加朝列大夫，又加中議大夫、典瑞少監，遷太監、卿。會陞監爲院，就拜典瑞院使，官資善大夫。改侍儀使，轉光禄卿。出爲山東道宣慰使，卒。次曰海住，起家中憲大夫、詹事院斷事官，遷嘉議大夫、侍儀使，擢工部侍郎，卒官通議大夫、光禄卿。次買買，今宿衛内廷。銘曰：

於赫皇元，登世際治。累洽重熙，涵育成遂。爰有臣隣，左右帝廷。富貴尊安，遭逢顯榮。推本其先，載德弗耀。否極而亨，實乃天道。桓桓忠定，乘時奮揚。好生止殺，保其鄉邦。康靖承之，辭禄而隱。篤生孫子，榮達袞袞。國有大事，祠享會同。牲牢酒醴，罔或不共。帝念其勤，晝日三接。華要卿曹，父子就列。上公封國，節惠褒章。爾宗爾先，煒其輝光。顧瞻遼東，鬱鬱封樹。遠莫至止，歲祠永慕。龜食惟言，改卜新原。刻文墓石，永昭國恩。

元故浙東海右道肅政廉訪司事甄君墓碑銘

今上皇帝以至順三年出居靖江，侍御僕從多弗克從。時則有若廣西元帥府都事甄君世良左右承事，克盡恪恭。明年，皇上入繼大統，遣使召君入朝。未幾，御史臺奏爲山南道廉訪經歷。將行，上不許，改通政院都事。無何，擢拜監察御史，出僉浙東道廉訪司事。至元元年九月六日，遇病終于金華官舍。二年六月丁酉，葬真定縣大安鄉曹家疃北原。

甄氏世爲真定人，君祖諱全，妣朱氏，考贈承事郎、真定縣尹諱義，妣宜人王氏。君字賢卿，蚤歲業儒，既長習律令。年四十餘，游江南。會朝議用儒士補郡縣吏，浙西提學以君名薦，遂補慶元路掾曹，進擢浙東、西憲司，又進南察院。文宗皇帝方居建業，臺臣御史皆得進見。君從御史按事廣海，入辭潛宫，上識其貌，問其姓名。尋貢中臺。天曆元年，文宗入正宸極，下詔固讓。明年，明宗皇帝立于朔方，勑省、臺分官奉寶璽北迓，君從御史在行。上閔其勞，特除廣西道廉訪知事。在官歲餘，調元帥府都事，際遇今上，疊承寵命，搢紳以爲榮。君恒思報效，而不敢自伐。

君爲人質實謹厚，不與物忤。初使廣海，御史務爲苛察，以釣名聲，君隨事止之。其在靖江，親視省上服用，數奏甘毳食物，調護聖躬，夙夜無懈。蓋豈豫知天下之福，而徼其報哉。上時燕間喜親翰墨，大書「賢卿」二字以賜。及遷浙東，上憐其貧，又賜楮幣五千緡，仍諭君曰：「浙東汝嘗巡行，勿以爲遠。」其恩眷類此。

君享年六十有八。初娶李氏，延祐二年九月卒，年四十七，贈宜人，至是合祔君墓。繼室洪氏，封宜人。子男曰英，内察院書史；曰蒙，常熟州吏。女適郡人李惟相。孫男五人：思明、思聰、思温、思恭、思忠。銘曰：

於赫聖皇，神明之胄。往君南土，天篤其佑。既踐天位，如日當中。照臨覆燾，六合同風。尚念從臣，式懋勞烈。匪朕爾私，庸表臣節。抑抑甄君，人曰遭逢。進司風紀，昭明有融。惟古哲王，舊勞于外。亦有臣隣，左右翼戴。咨爾多士，負奇藴能。或命不遇，卒老于行。何獨甄君，膺是榮寵。爰述銘詩，光賁丘壠。

元故鷹坊都總管趙侯墓碑銘

維趙氏奉聖州礬山人。天兵入中原，侯之祖考以易州總押都統帥民十萬來歸，遂拜鎮國上將軍、都元帥、易州軍民太守，始家易之淶水。尋詔拔降民三千七百爲獵户，別置鷹坊總管府司之，仍錫元帥金符，兼領其職。元帥卒，元子守贇嗣。守贇去爲他官，侯之考府君嗣。府君卒，侯嗣之。

侯之爲總管也，廉以律己，嚴以馭下。歲時蒐獵進貢有常，而民不擾，經行所部，民相帥爲酒食遮留，侯未嘗一入其家。下至胥徒部屬，趍其約束，亦不敢生事病民。居官二年，引疾免歸，民念之不忘。侯卒之三年，猶子棣州判官道安奉狀請銘侯墓。昔者國家草昧之初，南北未一，政教未洽，常因畋狩以講武功，故鷹師之職貴幸隆寵。承平既久，猶恐武備寖弛，或者不究其意，馳騁豪縱，因爲姦利，民始不勝其困矣。若侯行事，可不銘乎。

侯生世家，喜狗馬射獵。既長，聞容城劉公號稱大儒，燕、趙多士咸往授業，侯亦趍函丈執弟子禮。劉公告以聖賢之訓，歲餘盡去豪習，故相何公瑋數稱其賢。國初兵荒之餘，元帥度田數千畝分賜諸子，以給衣食，侯守先業不墜，種木千章，歲計益饒。然自奉清約，唯務賑施貧乏。趙氏宗族既盛，宦學四方，或不相聞，侯移書俾歸省元帥公墓，庶幾古人合族之義焉。其貧不能歸，旅殯他州不克葬，男女昏嫁及時者，侯給錢皆有差。先世丘隴在礬山者，侯復鏤石表之，列樹翁仲，令子孫不忘其處。嗚呼，侯行事若此，才不滿用，識者惜之。

侯諱密，字仲理。祖考諱柔，官至金紫光禄大夫、河北西路兵馬都元帥，贈天水郡公，謚莊靖。妣張氏，贈天水郡夫人。考府君諱守政，鷹坊都總管，又以長子允貴，贈同知保定路遂州事。妣王氏，金吾衛上將軍義之女，追封宜人。侯初娶范陽劉氏，早卒，獨居奉親幾二十年。萬户廉某聞而賢之，以女弟歸焉。夫人出大家，有賢行，亦先侯卒。有男二人，女五人。男曰：伯仁，隆祥使司宣使；其次伯輔，庶也。女一適翰林國史院檢閲官進士廉方，二在室，二夭。侯享年七十有四，以元統二年二月某日卒。伯仁舉侯之柩於其鄉五峯山，次元帥之兆葬焉。銘曰：

有美趙侯，生于華族。年富力强，狗馬馳逐。長知問學，出親師儒。刮磨豪習，衣冠舒舒。涖官臨民，不忮不戾。至今其民，懷慕遺惠。推原爲政，蓋本諸身。賑施孤窮，九族日親。聖治百年，洽于中土。文恬以嬉，猶不忘武。王公將相，蒐畋以時。車過侯墓，尚徵銘詩。

武略將軍河南淮北蒙古都萬户府千户武君墓碣銘

國家龍興朔幕，中原豪俊奮其材勇，起應以兵。時方急於得人，無遠邇戚疏之間，故能克成武功，混一華夏。今觀武君功行之實，則國初用人之盛，尚可稽焉。

君諱展，占河南蒙古軍籍。以驍勇從其主帥南征，署帳前百户，躬冒矢石，直前無避。主帥承制授行軍百户。至元庚午，從攻襄陽南隆洞，又從攻安慶黄龍洞，戰績居多，進行軍鎮撫。甲戌，渡江有功，賞賚甚厚，陞四翼漢軍千户。宋之亡也，揚州堅守不下，大兵臨之，君率士卒分守要害。未幾，調監邵武光澤縣。版圖初入，政令未洽，或相率起爲盜。君出奇策，獲渠魁，戮之，釋脅從者不治，民大感服。連帥表于朝，制授管軍千户，錫銀符。已而金坑賊作，衆號數萬，君從行省平之，有功加武略將軍、河南淮北蒙古都萬户府千户，錫金符。癸巳卒，享年若干。

夫人楊氏。子男三人：長曰德，贈武畧將軍、襄陽萬户府千户、飛騎尉、西平縣男；次曰脱因，曰可畏，支出也。德沈毅有謀略，不幸早卒。孫庭瑋、庭玉，俱幼。脱因權嗣其官。脱因卒，庭璋嗣。方其幼也，楊夫人親鞠育之。稍長，從羣兒授詩書于鄉校，羣兒未達，庭璋能通其義。楊夫人曰：「汝祖將蒙古軍征伐，以有今官。汝父早亡，汝當襲爵，今以蒙古名命汝，庶不忘授官之所自也。」由是以小字忙兀台行。天曆之初，京師調兵以禦北軍，庭璋被檄巡視檀、薊諸隘。人多觀望，庭璋獨戮力所事而不敢怠。事平，進官忠顯校尉。曾孫男九人：曰息，曰謐，曰謂，曰質，曰毅，曰庸，曰義，曰忠，庭璋子也；曰衡，庭玉子也。女三人，適蒙古軍彈壓謝某、千户范某、百户當閭。武氏本隰州隰川人，徙家汝州梁縣，葬縣東某鄉某原，今戍滑州白馬云。銘曰：

矯矯武君，奮身戎行。進長千夫，材武洸洸。濟彼淮、江，又抵閩、越。分將國兵，克著勞烈。再傳其孫，遭時無虞。學古儒將，佩服詩書。思表先德，垂示孫子。汝水淵淵，其流無止。於皇國初，圖治須材。無間戚疏，羣士鼎來。立賢無方，古有明訓。述此銘詩，厲爾豪俊。

滋溪文稿卷第十六

碑誌十

高邑李氏先德碑銘

至順二年春，兵部侍郎李公思明擢太禧院斷事官。是冬，遷户部尚書。明年，拜陝西行臺治書侍御史。元統元年，調江西道廉訪使。二年，召爲工部尚書。又除大都路總管。歲餘，拜中奉大夫、江浙行省參知政事。於是推恩褒封先世，大父翰林直學士、亞中大夫諱平加贈嘉議大夫、禮部尚書、上輕車都尉、隴西郡君，考嘉議大夫、禮部尚書毅加贈中奉大夫、河南江北等處行中書省參知政事、護軍、隴西郡公，祖母宋氏，母隴西郡君王氏，並追封隴西郡夫人。公得告北歸，謂郡人蘇天爵曰：「思明少讀孔氏書，起家試吏，列官臺、省，致位光顯。鴻恩褒命，施及考、祖，思明何有焉。今將樹碑先墓，以彰朝廷之寵光，以表先世之潛德，子其爲我銘之。」

謹按，李氏其先太原人。公之曾祖府君諱成，金季避兵入趙之臨城山中，生四子，長卽郡侯，次曰鵬，曰弘，曰榮，艱難鞠育，皆克有成。府君既卒，兵復至，各逃難解散。弘、榮被俘，郡侯物色百至，卒不能得。後聞弘、榮俘雲、朔間，復往求之，竟出錢贖還。中統初元，中土已定，乃自臨城遷居高邑，因著兵籍，遂葬府君於縣之新豐鄉詧村原。頃之，有詔調兵戍襄，謀伐宋，郡侯亦在遣中。宋亡始歸，而弘、榮別占民版。先是勑「凡民已著兵籍別入民版者罪之」，或勸當訴於官，郡侯不可，曰：「爲兵雖勞，寧獨任之，忍令吾弟罹於罪乎！」至元十四年卒，年八十六。二子，長曰：訥，次卽郡侯公。事母以孝聞，治家儉勤，宗族雍睦。公仕於朝，欲迎養，不許，曰：「吾不忍離鄉井丘隴也。」公既貴顯，未嘗喜見於色，惟教以清慎持身，忠實事上。春秋既高，益自謙恭，里人咸化其德。郡邑牧宰歲時存問，必造其廬，曾無一事干焉。泰定四年卒，年七十二。鵬二子：曰旺，曰琪。弘四子：曰威，曰輝，曰某，曰某。訥之子二：曰信，曰德。郡公之子二：長卽公也，次曰思敬。公之子二：曰庸，曰讓，俱補國子員。思敬之子二：曰允，曰權。允補宗仁衞譯掾。

公初由丞相西曹掾爲壽福院都事，歷府正司典簿、工部主事、大都留守司都事、山北憲司經歷、户部主事、河南行省員外郎、陝西行臺都事、刑部員外郎、御史臺都事、遼陽行省郎中、山北道廉訪副使，遂爲兵部侍郎。公爲人質實自信，未嘗矜智飾名，居官臨事，毅然有守。其爲山北經歷也，先時有誣告大〔一〕寧路官不法者，逮繫三十餘人，久之獄不能具，憲長傅致其罪。公至，閱其獄辭，不可而止。泰定間，丞相倒剌沙當國，其黨與有坐貪墨者。時車駕在上京，公以都事往奏其事，丞相怒，欲沮之萬方。中書參政楊庭玉亦以官市錦受賕事覺，詞連丞相壻大都路治中某，丞相請令臺、省、宗正鞫之。臺臣以爲世祖立制，官吏貪墨者唯令臺憲劾治，今日與省、宗正共之，是違祖宗舊制也。上請者七，不報。公辭歸京師，臺臣復聞，始可其請。庭玉等欵伏，當治其罪。丞相急奏貸之，弗及，於是益怒。會御史封章言：「天下水旱，貧民流徙，皆樞機之臣不能調變贊襄所致。」丞相取其封章入言：「曩者柏柱〔二〕鐵失言論異同，構成國禍。今御史誣詆大臣，惑亂朝政，當置獄鞫問。」乃矯敕令諸生省、院、宗正雜治，中丞、侍御史皆下獄。及無所得，遂以臺臣損益御史封章奏聞爲罪。公曰：「是皆某等之責，臺臣無與也。」辭氣奮激，衆皆聳聽。倒剌沙屢奏誅之，賴天子知其無罪，不允。復自請爲御史大夫，奏釋其事。公退歸田里，泊然不以介意。丁内外艱，治喪以禮，由是聲名益著。朝廷連拔用之，其在户、工二曹，力能正其錢穀濫出者乎。〔三〕嗚呼，祖考積累於其先，公承於其後，碩大顯融，爲時聞人，是宜有銘，以表見於後世。

銘曰：

李氏徂遷，肇自太原。畜其善慶，以貽後昆。維茲後昆，益大以顯。迺本厥初，流澤日遠。於皇建官，式放漢、唐。中書憲臺，綱紀四方。公才而賢，揚中歷外。細不必陳，當錄其大。在昔泰定，有臣擅政。虐焰爍天，百僚震悚。公於是時，執憲在庭。風采冽冽，姦諛是懲。彼騁其威，我勵其操。若金弗渝，如木不撓。退安田里，華問彌彰。帝嘉其直，登用日光。尚篤其先，璽書褒賚。匪徒褒之，用勸有位。自昔人臣，顯親爲孝。數備禮登，以有先廟。維今之制，樹碑新阡。銘詩孔昭，百世其延。

〔一〕「大」原作「天」，據徐刻本改。按山北遼東道廉訪司所屬有大寧路。

〔二〕「柏」原作「相」，據李氏鈔本改。柏柱又作拜住，元史有傳。

〔三〕此句各本均同，疑有誤。

楊氏東塋碑銘

楊氏爲著姓舊矣，其家真定由束鹿徙。推本世次，鹿城翁某生總管成，總管生嚴齋君義，嚴齋生從仕郎、靈壽縣尹昌榮，縣尹生應奉翰林文字、承事郎、同知制誥兼國史院編修官俊民，凡五世。元統二年夏，縣尹遣人持先世事狀謁銘於天爵曰：「吾家葬真定郡城東秦家里。先考不幸客死江淮，先妣無恙時，嘗曰：『楊氏塋域弗廣，禮當別兆，第祖宗神靈安此殆且百年，未易改卜。汝父初配已葬兆域，吾老，汝其別爲我塋葬郡城西柏堂原。』今將卜葬先妣，念先世墳墓尚無文字以表其潛德，敢請。」天爵少與俊民同門學，今又同執筆太史，鄉閭故家遺事固所喜聞而樂道也。

謹按，鹿城翁爲人孝謹慈祥，金季播遷南踰河，以先隴暌隔，歲時不克展省，遇祖考忌辰，悲哭彌日，因號鹿城，以示不忘鄉井。平居無疾言遽色，藹温然馴行君子也。年八十餘而卒。總管字道原，早歲嗜學，有志事功。值時多艱，抱器弗售。歲壬辰，北渡河，僑家真定。郡新刳於兵，民無屋宇，乃寓僧舍。親終，悉力以營家壙，手植松栢，孝聞遠邇。歲丁巳，遂占户版，隸劉元帥織局。時官制未備，元帥廉君有守，因命董匠衆，稱總管。君分功授法，歲獻其程，已而朝廷所設官至，君退就匠列，織組謀畫，衆咸咨焉。殖家清儉，童奴年出四十，悉皆良之，曰：「均人也，獨可久役乎！」春秋既高，命構崇屋，繪孔子、老子像祠之，間集幽人，誦説道義，以佚老焉。卒以至元八年三月，年七十三。其配尚氏、李氏、王氏，俱開封人。尚氏没於兵，李氏卒年四十一，王氏卒年八十五。生五男子：曰和，曰元，曰義，曰律，曰某。

和字和甫，性好簡静，知與世不偶，克然自樂以終其身。大德八年八月卒，年七十七，配任氏。生子三人：珍、定、用。元字元甫，倜儻不羈。聞江南佳山水，輒往游觀。至元二十五年六月，行次江州卒，年五十五，藁殯彭蠡湖側。配王氏。義字義甫，嚴齋君也。丰姿雄偉，弱不好弄，寡言笑。長入鄉校，師友異之。母既早世，奉繼母以孝，事兄尤篤，里徭門役，已獨任之。治家嚴栗，閨門肅然。凡與人交，始卒一敬，曰：「歡狎者，交紀之媒也。」嘗遇相者，戒君不可遠出，出則事叵測也。及兄訃至，卽日成行。或以相者言止之，君曰：「兄亡不奔赴，可乎？」至則兄墓已淪於水，君居踰時，哀慟無已。鄉人見而憐之，援君同歸。過淮易舟，君以舟樊，別僦一舟，而鄉人差在前，訝其後，訊之，莫知所在，至元二十六年二月也。年五十五。相者之言果驗。縣尹徒跣〔一〕奔涉江湖，衝冒風濤，物色百至，竟不能獲。久之，作木主，卽淮濱迎神以歸。

君初配王氏，前卒；繼室張氏，有賢行。生男四人：全、昌榮、顯允、德秀。孫男十人：逸民、殷民、及民、獻民、懷民、中民、信民、黎民、斯民，其一俊民也，皆讀書業儒。俊民登至順元年進士第，知名於時。銘曰：

燕南趙北，有城峩峩。上峙恒嶽，下瞰滹沱。山川炳靈，將相焉出，亦有清門，世業儒術。敦行孝友，蘊德于身。身焉弗彰，熹及後昆。有美孝孫，溢於翰墨。射策王廷，思報皇國。昔在炎漢，楊世顯融。雄爲巨儒，震官三公。天懋其功，克衍厥後。衣冠相承，嗣有賢冑。真定之宗，來胤日隆。顧瞻東原，封樹是崇。維古公侯，必復其始。碑以表阡，匪華桑梓。

〔一〕「跣」原作「既」，據李氏鈔本改。

寧晉張氏先塋碑銘

昔至元中，寧晉有名公偉人，故按察使王公忱、參知政事王公椅、廉訪使荆公幼紀、宣慰使陳公祐及其弟御史中丞天祥，皆以風節材猷聲振當世，天下想聞風采。況居同里閈、世通婚姻、覩其流風遺俗者歟！太中大夫、順德路總管張侯世家是邑，間來請曰：「公爵非材，承先世餘澤及鄉黨耆舊之訓，粗有樹立。由樞密、丞相掾官工部主事，歷行陝西省員外郎、儲政司議、中書左司都事、工户兩部郎中、僉山南廉訪司事、行河南省郎中、監察御史、都漕運使，改牧順德。推恩褒贈祖考，將刻石先墓，以彰朝廷之恩渥，以爲鄉井之光華。子其銘之。」

按，張氏初由臨城徙兆寧晉金符鄉井臺里。侯之高祖府君某值金人南徙，河朔盜起，偕里人避崛室中。盜索出之，歷問何有，衆不能對，殺之。府君遺盜藏衣一篋，遂獨得生。配郝氏。一子曰林，值天兵入中原，率衆來歸。歲乙未，著籍民版。配王氏，慶源軍節度副使玉之女弟，按察使忱之姑也。一子曰山。植家儉勤，見僮僕棄粟於地，必俛拾之曰：「農人終歲勞苦，汝何不念之乎！」大德十一年五月卒，年八十五，贈中順大夫、禮部侍郎、上騎都尉、清河郡伯，配姜氏，封清河郡君。一子曰善，讀書業儒，不事進取，奉親教子，克孝且嚴。積粟於家，賑施鄉隣之貧者。里有惡少，獨畏其行而不敢犯。初封從仕郎，卒贈奉議大夫、知趙州，進朝列大夫、同知真定總管府事，加贈翰林直學士、亞中大夫、輕車都尉、清河郡侯。至治三年十月卒，年七十九。配劉氏，累封清河郡夫人。生子四人：公弼，公憲，公佐，季卽侯也。

始官工部，董修大內文武樓、諸侯王邸、白海柳林行殿，材用減省而堅完可久。泰定間，京畿雨水，關、陜大旱，民皆告飢。侯承詔賑之，所活無算。至順初，都事左司。時相請給西域賈胡中寶鈔若干萬定，侯曰：「空府庫以私黨類，明詔所以誅姦臣也。今復欲效尤耶！」太史上言：「國有禁忌，四年不當興土功。」時中書方請爲左相起甲第，侯復官工部，獨曰：「民間營建尚卜吉日，矧咎徵在國家，臣子忍爲之乎！」僉憲山南，斥豪民之武斷鄉曲者。及拜御史，從畋柳林，久未還宮。卽拜疏言：「聖躬櫛風沐雨，當以宗廟社稷爲念。」遂命罷獵。順德亢旱，侯下車卽雨，歲則大熟。

公弼之子二：曰珪，國子員；曰瑁。公佐之子二：曰璟；曰璞，都水奏差。侯之子二：曰璡，國子廟學管勾；曰琦。女孫適真定路司獄王德、工部奏差蘇良臣、司農司管勾鄧宗禹、中書省宣使王蒙。蒙卽參政椅之孫也。獨公憲早亡，其子亦夭。妻劉氏守節自誓，年踰六十，有司登名於朝，旌其門曰貞婦云。

趙屬邑七，寧晉最下，衣冠卿士接武明時表率風厲其人者多矣。張氏累世不顯，至侯始大，閨門之中，亦貞順有禮。表而銘之，豈第爲一鄉勸哉。銘曰：

太行之東，大陸既作。列爲郡邑，民物旁礴。皇有中夏，稽古建官。至元隆盛，聿多賢材。蕞爾寧晉，故家遺俗。風動丕應，善斯可續。侃侃張侯，學傳父師。克奮材能，以究厥施。民無恒性，習俗日下。樹以風聲，不善者化。漢有王烈，行義孔彰。鄉名君子，邦家之光。自昔有國，賢材是進。表率之機，惟祇惟慎。咨爾張侯，克紹前聞。來者具起，尚觀斯文。

真定杜氏先德碑銘

至正紀元春二月，太中大夫、廣平路總管杜侯均以祖考封爵請于朝。踰月制下，祖信贈中順大夫、中山知府、上騎都尉、京兆郡伯，考瑶贈太中大夫、順德路總管、輕車都尉、京兆郡侯。侯將樹石表于塋兆，乃録先世所藏故國誓書譜諜傳誌屬天爵爲之銘。

維杜氏世家真定，故宋昭憲太后之族。建炎初，宗人南徙，有留居柘城者曰宴之。宴之生繹，繹生思義，思義以材武爲萬夫長。金亡，北踰河至臨洺鎮，卒焉。夫人李氏挈其二子歸真定，長卽中山府君，爲人篤實不欺。河朔既平，治生益裕。每因事導人於善，鄉隣化其德。至元九年六月卒，享年六十有一。其配京兆郡君李氏，元貞元年八月卒，享年七十有六。子男四人，仲卽順德府君。丰姿高爽，所交皆一時名流。性喜施與，人有緩急，赴之唯恐後。其才長于理財，不卑小官，歷監中山、濟州、廣平、清江稅，民不苛擾，而額亦溢。將老以承務郎、右八作司提舉致仕，享年七十有三，至治三年十二月卒。其配京兆郡夫人賈氏，享年七十有九，天曆二年七月卒。子男均也。女適承直郎、德興縣尹李權。孫男壽，國子員。曾孫樞、楷、楨。中山府君之弟靜二子：曰珍、曰萬。順德府君之兄曰瓊，弟曰瑛，臨水鐵冶管勾；曰琮。仕之顯者，侯也。

侯以葛城縣尹擢丞相東曹掾，轉太府、利用兩監經歷。廷議以廣東海舶病民，命侯罷之，悉收舶貨入官，一毫無所私。改承德郎、萬億綺源庫副提舉，遷奉直大夫、灤州知州。政教修理，人懷其惠。陞中順大夫、嶺北行省左右司都事，佐其省臣分給邊民錢穀。鄭王嘉之，與以名馬。進拜廣平路總管。

侯之遠祖諱蘊，蘊生琬，琬生爽，爽仕周爲宣徽南院使。五子：審琦、審玉、審瓊、審肇、審進，女歸宣祖，是爲昭憲太后。后既貴，贈蘊太保，琬太傅，爽封陰平郡王，尋加太師。其後蘊累贈太傅，封平原王；琬太尉、西河王，爽中書令。仍以爽有佐命功，俾從祀景靈宮，又賜誓書護其家。審琦仕後唐爲義軍指揮使，子彥超西京作坊使。審玉蚤卒，贈中書令。審瓊富州刺史，贈太師、中書令，謚恭僖。子彥圭，饒州刺史，贈太師、中書令。彥圭子守元，梧州刺史。審肇，左武衛上將軍、檢校左僕射，贈太傅、昭信軍節度使，謚温肅。子彦遵，南作坊使。審進，保義軍節度使，累加太師、開府儀同三司，贈中書令，謚忠惠，追封京兆郡王。子彦鈞、彦彬。彦鈞密州觀察使，贈安化軍節度使。子贇文，供奉官；贇寧，殿直。孫宗壽，三班奉職。

初平原、西河兩王葬真定東南臨濟原，石儀皆具。至恭禧公陪葬安陵，温肅公賜第京師，子孫徙家開封，請以昭憲故第度僧居之。勑名臨濟禪院，尋改奉慈，蠲其税役，俾守墳墓。久之，滹沱大水，墓皆淪没。元符二年，平原王裔孫常由吏部侍郎知成德軍，訪求塋域，得仆碑翁仲於臨濟沙中而封殖之。金天會八年，陰平王五世孫通直郎、權萊州軍州事欽兵後購得王之遺像，復修家譜，分遺宗人藏焉。自後臨濟屢有河患，先墓遂失其處。國初中山府君改卜塋兆於真定西北三家原。

嗚呼，後唐至今四百餘年，凡三易代，衣冠遺裔泯滅無聞，而杜氏獨能傳緒若此。天爵昔列詞林，獲觀宋史，稱：杜氏世以積善聞鄉里，陰平王所至，民立生祠。昭憲遺言以，天下務重不可暇逸，四海至廣當立長君。茲其慶澤深厚，詒謀晏寧，而其家賴之能久遠歟。故謹爲之銘曰：

惟杜受氏，陶唐其始。漢、周延年，徙家西京。再世埶憲，益弘厥聲，錢魏僕射，弼齊衞尉，雲仍祁祁，接武元魏。三世持節，嗣守常山。遺愛在民，有若世官。平原西河，蓋其華胄。女輔宋室，丕正傳授。積善之慶，鄉閭允聞。四世王封，澤流子孫。浚都陵夷，衣冠孰在。陰平遺苗，及今益大。出贊省幕，歸領郡符。人思其惠，王善其謨。寵命褒章，賁及祖禰。德澤淵淵，方來無止。歸視其家，故牒猶存。惟昔先世，簪紱盈門。爰樹封碑，以表世德。滹沱安流，永衛封殖。

元故贈亞中大夫東平路總管李府君神道碑

亞中大夫、彰德路總管李侯來請曰：「伯敬早承先訓，粗有樹立。踐歷中外，官第三品。朝夕恒以不克顯親揚名爲懼。今聖澤汪濊，贈典光華。先考府君既錫寵章，焚黄告于墓次。然神道之石猶未有刻，惟執事幸賜之銘，則府君孝德懿行，庶可以垂示于後世矣。」

按府君諱註，字才卿。少奇偉有志節，甫冠，游京師。適裕皇正位儲宫，世廟命選故家子以備宿衛，府君以才敏在選中。出入蒐畋，無不從行。至元十年，裕皇始授册寶，而左右之人多以年勞得官。久之，大司農臣請於京畿之南新城、定興之境建立屯田，分命中原及江、淮軍士樹藝五穀，以實軍儲。制可。於是置總管府以涖之，分立諸署以治其事。比及三年，墾田若干萬頃，而倉庾委積如坻如京矣。府君由宿衛爲萬盈署令，在官數年，治效居多。會留守叚貞奏立虎賁衛以掌屯田，而總管府諸署皆罷，府君于時方強仕也，以母年高，輒家居不出，躬奉事之，甘旨滫瀡，克盡孝養。母幾九十，以天年終，喪葬如禮，孝行聞乎郡國。而侯時已入官，府君益不肯仕。又十餘年，以疾卒于家，享年六十有五，至大元年正月八日也。

娶楊氏，易州太守某之女，有賢行，前府君二年大德十年三月十五日卒，享年六十有三。子男二人：長則伯敬，次伯顯。女一人，適棣州管民提領張某。孫男曰某。女長適承務郎、南陽府判官崔括，次適史楫。府君初贈奉訓大夫、同知中山府事、飛騎尉、新城縣男，加贈亞中大夫、東平路總管、輕車都尉、隴西郡侯，楊氏累封隴西郡夫人。

府君曾祖考諱忠，仕金知黎陽縣。祖考諱璋，興定中以驍勇擢水軍萬户，佐高陽公張甫守信安，屢出奇兵戰燕、趙之野。金亡，始殞其身。考諱天祐，初以父死國事，隱于易之西山。事定，出謁萬户張忠武王柔。忠武器其材，導之入覲，命爲新城縣尹。時天下初定，披荆棘，立官府，築居室以招流亡，闢田野以務稼穡，布政以養民，興學以訓士。居官十有三年而終，民懷思之不忘。贈中順大夫、中山知府、上騎都尉、隴西郡伯。配張氏，封隴西郡君。

侯元貞初宿衛内廷，久之，中書奏爲尚乘寺屬，歷太史院經歷、儲祥都事。外補則爲同知慈利州事、建康路總管府判官、知衞輝之淇州，又知保定之安州，遂遷彰德總管。淇州之政，民尤稱之。方泰定乙丑，河北大水無麥禾，民無以爲食。侯首捐俸以倡，富人共爲出粟，得二千餘石，分給貧民，以是民無死徙者。明年夏，大蝗，淇之西北鄉有蝗生焉。侯齋沐禱于浮山八蜡祠，至暮有羣鴉飛集，食蝗皆盡，郡人神之。又明年，河朔大旱，侯禱于靈山龍祠者七，每禱輒雨，歲用豐稔。民有訴弟毆己者，同列欲置於理。侯曰：「是某等不能敷宣教化所致。」召而諭之曰：「汝兄弟之身俱父母之遺體，柰何以小忿傷父母之遺體乎！」其弟感涕，友愛如初。雷氏女訟隣女詈己，侯令里長諭之曰：「鄴下風俗不可長也。」郡有豪民爲猾惡以亂吏治，侯痛繩以法，或改行爲善。侯清慎有守，年六十餘卽致仕而歸。少嘗接見先朝故老，誦其言行甚習，蓋温然循行君子也。

維李氏涿州范陽人，後徙雄之新城。自隴西郡伯以上葬縣東南歸信鄉柳林莊，府君始葬其母隴西郡君于縣北嘉禾鄉板築里，遵遺命也，而府君亦從葬焉。嗚呼，昔者貞祐之變，金人南播，兵燹之餘，中國衣冠舊族存者無幾。而新城李氏祖孫相繼百五十年，宦學不絕，非積善累行之久，能至是歟！銘曰：

猗歟府君，允爲吉士。生際明時，胡不禄仕。歸休于家，事母孝恭。晨昏甘旨，罔有不供。母終天年，喪祭以禮。鄉人嗟咨，咸曰孝子。燕趙之野，有川有阿。士生其間，慷慨悲歌。世代既遷，風俗斯易。王化熙熙，樂我聖治。維昔李氏，進長萬夫。驍勇桓桓，徇國捐軀。温温府君，克奉其母。忠孝一門，輝映今古。國有卹典，錫兹侯封。墓門之南，有石穹崇。爰勤是詩，式表懿行。惟爾子孫，尚嗣其慶。

元故廣寧路總管致仕禮部尚書李公墓碑銘

李氏由燕之霸州寓家河間，今居京師三世矣。公諱羽，字翼之。大德中，從事省曹，擢户部掾，轉掾宣徽，就除架閣庫管勾，階承務郎。久之，調同知南陽府唐州事，選爲左八作司提舉，進奉議大夫、兵馬指揮使，改度支監丞，積官太中大夫、廣寧路總管。歲餘致仕而歸，遷正議大夫、禮部尚書，享年七十有四，至正四年正月二十六日卒。贈上輕車都尉，追封隴西郡侯，謚靖敏。越十日，葬大興縣燕臺鄉大市莊之原，以元配隴西郡夫人王氏祔。夫人前公十年年五十九以卒。繼夫人郝氏。祖考諱成，贈中順大夫、中山知府、上騎都尉、隴西郡伯。祖妣吕氏，隴西郡君。父諱仲謙，累贈太中大夫、永平路總管、輕車都尉、隴西郡侯。妣劉氏，隴西郡夫人。子男四：彦敬，奉政大夫、兵部郎中；彦中，忠翊校尉、濮州判官；彦通，山東宣慰司奏差；彦德，未仕。女二：適張某、張某，皆宦族也。孫男三：恒，補國子員；次愘、恂。女一。

我國家既有中土，設都于燕，建立朝省，考定官儀。而錢穀、律令、章程，非得明敏便給之士，不足以集，由是四方材傑羣起而趍附之，中外庶官沛然足以充其用矣。況如公者，家居京邑，又有適用之才，凡在廷煩劇之司，列郡長貳之任，皆克舉之，是宜有銘表著于世。公早游鄉校，及長，治文書省曹，卓有立志而不詭，隨欲顯名于當時，故所至輒以敏給見稱。户部、宣徽掌出納金穀餼廩錫賚之數，尤稱浩穰，公皆從容辦治。領宣徽者多貴近大臣，善公之爲，遂有管勾之命。唐州地本沃壤，兵荒之餘，貧民不克佃作，爲强有力者兼而有之。民屢訟之于官，而長吏貪其賂，〔一〕皆不爲理。公驗其契券，稽其疆界，悉歸之民。未幾，公丁内艱去官，民不忍忘公惠，刻石頌之。

都城設八作司，凡銅鐵髹漆甆盎筐莒席箔繩索皆掌之，以一司不勝其任，故分左右，其繁雜不可勝紀，〔二〕朝有營繕、祭祀、燕享、畋遊、飲餞不時之須，悉取給焉。公既被選，供其急未嘗乏用，勤其職不以爲勞。及代者至，則以故儲新斂，按籍付之，無一缺者。輦轂之下，風俗雜而獄市繁，兵馬使雖用繫斷，然專任以刑則網密而俗獘，崇之以寬則威信不立，公素明習法令，又適寬猛之宜，而惡少稍知斂避不敢犯法，以故囹圄數空。大駕歲幸上都，公卿宿衛之士扈從而還，悉出騎馬分飼山東、河朔，以少者留京師，度支卽以芻料給之。比歲或憚地遠，恃貴幸多不肯行，於是京師供給愈煩，財用或不足矣。公不恤怨，議度郡縣遠近、年穀豐歉，皆命驅驰馬出之，而國用亦少紓焉。遂拜總管，方施豈弟之政以撫東人，人亦安其慈祥之治，而公年及七十矣。此公之剸煩治劇因服官政可見者也，非其才之精敏過人，能如是乎。

嗚呼，有國家者嘗患人才之不足也，或具其才能而世弗克知，或用之違其所長未究其蘊，此所以世不獲盡其用，民不克被其惠也。若用之或宜其能，或食焉而殆其事，又豈造物者之所佑乎！公蓋有濟時之才，而不負其所用者也。其壽考顯榮，有子孫以善其繼，豈偶然歟。彥敬起家御史臺知班，歷浙東西憲司照磨，遷山南、山東知事，由江南行臺照磨爲中臺管勾，擢陝西行臺御史，改僉江東廉訪。入拜監察御史，又僉山南憲司事，進擢郎官。是蓋克承先志，益大其家者哉。銘曰：

奕奕京都，羣才所趍。用適其宜，治效畢輸。大則公卿，其次郎掾。錢穀刑章，有程有憲。掊克爲能，苛察爲明。苛知利己，遑恤民生。朝衣綷縩，正笏束帶。日月其除，國政奚賴。偉歟李公，職思其憂。中外踐更，敷政優優。事集目前，雜沓膠轕。疏之剔之，是究是度。匪名之植，而譽益隆。匪利之趍，而福是叢。其福伊何，天篤賢胄。執憲愕愕，風紀惟舊。克承克衍，家用以興。寵榮有光，遭世治平。京城之郊，有拱丘木。刻石載文，來者其勗。

〔一〕「而長吏貪其賂」原作「長而吏貪强其賂」，據李氏鈔本、適園本、徐刻本改删。

〔二〕「勝紀」原作「勝原」，據李氏鈔本、適園本、徐刻本改。

滋溪文稿卷第十七

碑誌十一

元故通議大夫徽州路總管兼管内勸農事朱公神道碑

世祖皇帝既一四海，思欲休息吾民，命選良二千石以牧養之。成宗皇帝恪遵祖憲，天下晏然。一時守臣多才能清慎之士，若朱公者，蓋其人哉。

公諱霽，字景周，泰安新泰人也。初襲父官爲淮東大都督，知揚州。至元十四年，詔改都督府爲總管府，命公爲揚州路總管兼府尹，官中順大夫，佩金虎符。二十三年，改吉州路總管。二十五年，遷少中大夫，起爲平江路總管。元貞改元，進階太中，轉台州路。大德四年，轉信州路。十年，遷嘉議大夫，總管衢州路。延祐三年，進通議，改徽州路。七年夏四月戊午，以疾終於官舍，春秋六十有二。凡七爲郡守，唯吉州丁外艱不果赴，其他皆有政績可紀。

公初爲揚州時，甫弱冠，已能習知民事，治以簡静，民便安之。平江户賦繁夥，素號難治，公寬其法制，而民亦理。或告嘉定富室王氏謀爲不軌，郡議調兵捕之。公曰：「是必姦人利其財爾，遽從其言，民將重足而立不得喘息矣。且人孰不畏死，柰何以罪懼之。」乃命邑令及千夫長一人潛詗虛實，遂正誣告者罪。會大兵航海征爪哇，省〔一〕檄郡給軍餉十萬餘石，而風濤之險，折閱之害，吏民咸以爲懼。公曰：「郡民朱、張二氏歲漕米海道，可俾就輸充其常賦之數，則公私皆利。」衆咸服焉。公遇事敏給類此。台州土不宜桑，官歲征絲纊於民，民轉市於他所。公請正輸其直，民甚便之。或言郡産白金可以充貢，行省命公行視。公曰：「此作俑以害民者也。」力言無有，議遂寢。其他若賦役之苛，鹹鹺之擾，纖悉委曲，公皆爲條約以釐正之，台人至今以爲德。黄巖歲飢，公惻然曰：「捄災恤民，守臣職也。俟報而發，民無餘矣。吾寧獲罪，不忍坐視其民飢而死也。」亟出官粟賑之，全活萬人。事聞，朝廷嘉之。海有劇賊數百，恣行剽掠，舟人患之。至是禽制渠魁，同列欲緩其獄，公曰：「茲爲民害久矣，孰忍容之！」遂置於理。餘黨聞之皆清。信州歲貢金幣，金則私於吏手，幣則掊尅於工，民無可奈何。公親爲督視，其弊始革。先時郡即宋某官辛幼安第爲稼軒書院，國初戍兵奪而居之，公歸其侵地，新其棟宇，儼然列爲學宫矣。衢之西南黄陵堰溉田數百萬頃，歲久弗治，水溢爲害。公曰：「此農政先務也。」庀工完之。是歲江南旱飢，衢田藉堰灌溉，獨獲豐稔，民故無徙死者。又修平山亭，暇則帥僚吏登覽山川林壑之盛而詠歌焉。徽州歲貢紙數百萬，皆賦細民，民不勝困，流移失所者衆。公驗户籍，請以田多者賦之，爲除其租，中書是其言，民害始息。又葺學宫以教士子，修郡乘以識風土。郡人方樂其政，而公薨矣。

我國家至元、大德時，方内悉平，年穀屢登，法制簡易，公卿大夫往往多樂外官，蓋有以也。公治揚七年，徽六年，平江、衢皆五年，所至廉平政理，名聲流聞，吏民愛慕，豪强畏伏。齋閣静深，娱意圖史，蓋〔三〕隱然承平官府之治焉。比年朝廷軫念斯民，數下詔書，選擇守令，卒未聞有治化表表稱於時者，豈材能不逮於昔人歟？抑或事有難爲者歟？如公者誠不多見矣。

公曾祖某，祖森，藴德弗耀。父焕，累官中奉大夫、福建道宣慰使。母夫人高氏。配趙氏，先公卒；次管氏，江西行省左丞如德之女；俱有婦行，閨門以爲則。趙氏未嫁有足疾，父母辭焉，公卒行親迎之禮。子男七人：德懋、德輝、德容、德成、德潤、德明、德寬，皆以學行聞于時。德懋溧陽州判官，德潤江淮營田提舉。女七人，適許謙、葉珍、陸鉉、敬自强、謝庭芝、管若鑑、吴某，俱宦族也。謙同知攸州事，自强安州知州。孫男十三人：道生、道寧、道安、道興、道定、道清、道存、道全、道通、道常、道康、道元、道堅。女二十人。公卒之明年某月日，葬某縣某鄉某原。

初，宣慰公以雄材將畧奮戎伍，天兵渡江，臨安已歸，而揚州獨堅守不下。及大兵至，郡守李庭芝戰不克，遂棄城遁。兵荒大飢，軍民數萬或相食，制閫不能支，民且亂。宣慰公諭八郡吏民來歸聖朝，秋毫不擾，淮人大悦。近臣道之入覲，世廟奬諭良久，錫賚甚厚。公至元末亦嘗以事見焉，上顧問周渥，賜西錦衣一襲。嗚呼，昔者江淮内附之初，法制未立，居官者或肆貪暴以虐其下，而公父子惟務施德布政，惠活其人，其胷中所存，豈不出於尋常萬萬哉。宜其子孫蕃衍，衣冠相繼，爲海内聞家。天爵按部淮東，道定適爲憲史，以公神道碑銘爲請。故采其治行，序而銘之。銘曰：

惟天生民，弗克自乂。惟古建邦，分吏以治。吏治伊何，允維循良。國用寧一，民斯樂康。於赫皇元，奄有萬國。爲官擇人，克奉其職。有美朱公，如古列侯。慈祥愷悌，敷政優優。四十餘年，歷典七郡。民歌孔揚，肆有令聞。在昔公考，材武桓桓。挈爾萬衆，易危卽安。爰及諸孫，世秉詩禮。蔚爲聞家，衣冠濟濟。彼何人斯，爲虐爲貪。報施昭昭，天罔弗監。忝爲公卿，山或如礪。銘詩不磨，視此良吏。

〔一〕「省」原作「賓」，適園本同。據李氏鈔本改。
〔二〕「蓋」原作「益」，據李氏鈔本改。

元故太中大夫大名路總管王公神道碑銘

至元六年冬十月丁酉，太中大夫、大名路總管兼府尹諸軍奥魯管内勸農事知河防事王公以疾卒于郡之德教里，吏民咸走吊哭。明年至正改元正月甲戌，其孤子仁護公喪歸。二月庚寅，葬安喜縣仁樂鄉奇蓮原。吏民懷思不忘，屬國子司業潘迪頌公遺愛于石。仁來請曰：「先子治行魏人已述之，而神道之碑獨未有刻。吾爲子孫者，稱揚先世之美，庸敢緩乎！」

按，公諱惟賢，字國寶，世家中山。祖立，仕金爲唐縣主簿，皇贈亞中大夫、廣平路總管、輕車都尉、太原郡侯。考玉，贈嘉議大夫、禮部尚書、上輕車都尉、太原郡侯。公少從鄉先生學，長善書計，遂游京師，擢户部掾，由宣徽入掾中書。延祐二年，詔大臣分賜諸王金幣于朔方，掾屬從行者遷賞有差。公與其選，進官從仕郎、工部主事。未幾，改户部主事。踰月，徽政院選爲都事，中書奏留之。徽政復以爲請，朝著由是皆知其材。久之，得告歸省父疾，尋丁父憂廬墓，鄉閭以孝聞。服闋，復爲工部主事，轉吏部。泰定元年，擢中書左司都事。先時詔由吏出官者止從七品，至是至許四品，公超遷五階，官奉直大夫。無何，擢拜御史，遷户部郎中。庭議以公向嘗錫賚于邊，復命偕重臣北行，周踐沙漠，蓋萬餘里，邊人賴其惠。進爲侍郎，官朝散大夫。海漕歲運米三百萬石以饋京師，舟至直沽，則命户部官一人往督其運。公凡四往，彼皆悉其廉明，不敢爲姦，米盡完好不雜。陞中議大夫、同知河間都轉運鹽使司事。公深恤竈民之苦，工本親給與民，官屬不敢有所掊克。值秋大雨，颶風溢潮，舟壞没官鹽七萬五千餘引，死者三百餘人。公力陳于朝，復散楮幣，令民煮鹽以當其數，又給死者葬具。竈民感公之惠，繪像事之。

至順三年，進亞中大夫、兩浙鹽運使。公經畫有方，課先諸漕以集，仍補前政所負鹽十萬引。廷臣嘉其能，請賜酒幣勞之。時今天子新卽位，大會宗親，賜予蕃渥，白金不足，分命鹽漕代償，公設法取之而商不擾。元統初元，徵拜户部尚書。朝廷以錢穀爲重，非精熟練達者不授。公歷主事、郎中、侍郎，凡財利出入盈縮，咸悉其數，於是節省冗費尤夥。至元元年，詔選郡守，宰臣以公應詔，出爲大名路總管。郡境方旱，公下車數日，雨以霑足聞，歲則大穰。官歲和市綺素于民而直不時給，積多至四百萬緡，公屢以爲言，始給其直，民力以紓。府署譙門及韓忠獻王祠歲久將壓，公治完之。楮幣之易以便民用，吏或滯之，公申嚴舊規以去其弊。課税之徵以經國費，賦入不實，公選人督視以盈其額。吏之濫者黜之，民之冤者辯之，文書下州縣皆畫時刻，以遠近難易爲期，衆莫敢違。旦望入學，令諸生講誦經訓以程其業，敦勸耕稼，裁抑游墮，使各食其力。三年夏，河北大水，水入郡城，没官民舍且盡。公朝服致禱，捐俸募能治水者立給賞，分命有司縛木爲舟以救民，又發官廩以食之。豪强或乘時肆攘奪，公痛繩以法。亟使人告言于朝，天子爲遣官賑恤，所全活者不可勝計。此公之有功于魏人，魏人所以不能忘也。

公終更二年，吏民挽留弗忍公歸。卒年七十有一。祖妣劉氏，繼陳氏。妣尚氏、劉氏、尚氏，俱贈太原郡夫人。娶楊氏，封太原郡夫人，繼周氏，皆先卒。今夫人趙氏。子男曰仁，將仕郎、武備寺知事。孫男益也。

先儒有言，兩漢名臣多出于丞史小吏，非丞史之能出名臣也，乃知古雖吏屬亦必選用賢材焉。我國家之用人也，内而卿士大夫，外則州牧藩宣，大抵多由吏進，可不重其選歟。公歷中外垂三十年，理財治民皆以能稱，宜有銘。銘曰：

在昔國初，天啓昌運。於時豪傑，咸思振奮。或陳謀畧，或屬櫜鞬。攄其智勇，乃翼乃前。海宇既平，爰立法制。九有同文，比比試吏。有美王公，冠珮于于。不忮不矜，珥筆以趨。郎官之廷，御史之府。奉三尺法，孰敢踰矩。詔從大臣，往撫遐荒。恩涵渾濡，遠人所望。時稱其材，再司鹺政。賦入有經，民弗告病。晚典魏郡，惠愛孔多。魏人思之，播爲頌歌。吁嗟王公，焯有能績。几尔法家，過者宜式。

元故奉議大夫河南行省員外郎致仕贈嘉議大夫真定路總管和公墓碑銘

和氏占數東平陽穀縣，世葬縣西六里之原。有因官家濟州任城者，既卒，歸葬于鄉，其子兵部尚書元昇徵文，以表諸墓。

按，公諱洽，字伯川。至元十年，起家試西夏中興路勸農司掾，久之，擢屯田丞，遷濟州判官。大德初，轉益都高苑縣尹，歷尹濟之沛、單之單父二縣。延祐元年，以河南行中書省左右司員外郎致仕。又三年，卒。我國家既定中土，務先民急，而版籍、刑章、食貨、工作、樞機、品式之制，必得精敏通變之才，始周其用，故一時豪傑羣起而爭趨之。當中統初，故相張忠宣公行省中興，邊防既寧，乃疏唐來、漢延二渠溉田，以利其民，及立勸農之官，辟公爲掾。其後又立屯田長官，擢公爲丞。故於灌溉之方，播植之利，深有力焉。會西鄙有警，公集强壯者守城堡，老幼護堤防，而轉輸供餽不絕。事平，甘州宣慰司以其功聞，遂佐濟州。州當水陸要衝，侯藩朝覲，要甸貢賦，舟車相望，迎侯無虚日，公應務優暇，而民政亦修。高苑歲凶，公下車諭吏，以民方乏食，一切不得横有誅求。又捐俸倡富民出粟，以賑貧者，衆賴以安。初，朝廷歲命衛士以驄馬分飼民家，及聞民多被擾，始命郡縣築驄圈，作馬廐，官吏董之，庶幾編民不至受害。公時在沛，買地三十畝，作馬廐數十楹。又建風雨雷壇，以謹時祀。又濬棘塚、處塚、清水、甘沙四渠，以通漕運。工築雖勤，公親視之，時省而民不知勞。是時朝野寧謐，年穀屢豐，按部使者巡行郡國，皆清整嚴峻，故守令亦多守職奉法，而民獲被其惠澤焉。

公仕四十餘年，官五轉而至六品，階六遷而至奉政大夫，享年七十有二，卒以延祐三年三月十有六日，葬以是年四月某日。考府君諱順。妣劉氏。配張氏，享年八十有五，卒以元統二年七月十有三日，合葬公墓。子男五人：元謙，歷晉州安平縣主簿、易州淶水縣尹，卒官承務郎、蘄州路蘄春縣尹；元昇，歷應奉翰林文字、翰林司直，知趙州、德州，同知真定路事，河南、嘉興、安慶三路總管，進拜尚書、正議大夫致仕；元恕，歷壽福院照磨、汝寧西平縣尹、河南稻田提舉、裕州知州，卒官朝列大夫、同知大名路總管府事；元清，濟州蒙古學正；元孚，新店閘提領。女二人，適朝請大夫、同知温州路總管府事李伯榮，封真定郡君；次適奉訓大夫、昌國州知州嚴毅，封沛縣君。孫男四人：愨，黄州路録事司判官；忠、志、思，未仕。孫女二人：長適將仕郎、德州齊河縣主簿陳致雲，次適敦武校尉、侍儀司通事舍人楊思文，封宜人。

公先世勤于稼穡，至公讀書入官，清慎自持，治獄平恕，所至以愛民濟物爲心，不求赫赫之譽，而人亦多稱之。嗚呼，官之比民者，莫切于守令，或深文峻法以干名，或玩歲愒日以苟禄，斯民何賴焉。公之父子俱以材敏列官郡縣，又以循廉見稱于時，是宜有銘，以紀其世。公以子貴，贈官嘉議大夫、真定路總管、上輕車都尉、汝南郡侯。考府君贈亞中大夫、東平路總管、輕車都尉、汝南郡侯。妣劉氏，配張氏，俱封汝南郡夫人，而諸婦亦以夫貴受封命焉。銘曰：

唐虞建官，首命羲和。惟和受氏，傳緒衆多。晉漢之間，凝家于鄆。陽穀之宗，豈其苗胤。公服宦政，豈弟愛民。天報之豐，多子多孫。多子多孫，克守家法。不忮不求，施用不乏。或紆墨綬，或持郡符。歲時來歸，車騎甚都。天子有錫，恩及考祖。閨庭禮嚴，亦有命婦。衣冠之盛，萃于一門。耀尔州里，華爾宗姻。福慶之儲，其來無止。尚思忠孝，勗汝孫子。陽穀之野，有木惟喬。刻銘貞石，德音孔昭。

元故亞中大夫河南府路總管韓公神道碑銘并序

復號至元之二年三月壬申，亞中大夫、河南府路總管兼本路諸軍奧魯總管管內勸農事知河防事韓公以疾終于洛陽官舍，享年五十有二。是歲五月戊申，載其喪歸。七月己酉，葬宛平縣高麗莊之原。又十有一年，諸孤以太常博士金華胡助之狀請銘公神道之碑。

昔者世祖皇帝克大一統，凡殊方絶域豪傑智謀之士，隨其才器而登用之，故能招徠羣工，震疊九有，治功興而天下定矣。公起家朝鮮，入直環衛，勚歷歲久，位列通侯，是宜著銘以表其墓。豈特昭示寵光覆被韓氏子孫，實維表率忠勤以爲外藩臣工之勸。初，關、隴、陝、洛之郊號稱沃土，國家承平百載，年穀豐衍，民庶樂康。然自致和之秋，軍旅數起，飢饉荐臻，民之流亡十室而九。自是朝廷數遣重臣出粟與幣，以惠活之，蠲除租賦以休養之，擇選官屬[一]以撫安之，既久而復事稍得寧。公當天曆二年由臺臣荐擢僉河西隴右道肅政廉訪司事，時餓莩載路，存者無以爲養。公悉心賑救，務施實惠，全活者不可勝計。巡行郡國，糾劾貪邪，風采大振。歲餘，選爲陝西行省左右司員外郎。兵荒之餘，法制寬弛，公舉行墜典，而樞機品式寖復其舊。關中地大人衆，去京師又遠，錢穀□徼[二]州縣幕職故多版授。時銓曹法壞，貪吏旁緣爲奸，間有富庶之所，衆皆視爲奇貨。公籍在銓名次先後，復以缺爲等差，一日忽坐省中，唱名注擬，卽揭省門，銓吏不得高下其手，衆服其公。未幾，省官曹掾因坐他事皆免，惟公獨無所汙，遂遷河南總管。

公下車訪求民瘼，度其緩急而施行之。郡當西南孔道，使者交馳，驛騎多死。公覈實驛户，得富實者若干，皆奸民久避役者，卽日趣事，貧窮者悉聽免歸，而驛傳始不乏矣。肇新驛舍及幃帳衾褥器皿，使者之至如其家然。以廟學門廡傾圮，繕完如初。旦望帥僚吏聽講經訓，冀習知其廉平之理。又置更漏，謹其晷刻，以警朝昏。又葺惠民局，修藥[三]餌以活貧人之有疾者。蓋河南昔經兵難，民多徙死，公私廬舍、聖賢祠廟盡皆毁壞，公到官未久，百廢俱興，大則出官帑，小則割俸以倡，富者樂於輸財，貧者皆願雇役，故人不擾而事集，蓋深得古人救荒恤民之意焉。於是政聲流布遠邇，凡他郡刑獄寃抑田宅昏嫁訟弗決者，行省、憲府屢以屬公，皆隨事裁遣，衆悉推服。及聞公薨，咸悲思之。

公諱永，字貞甫。居本國之清州，世以儒術爲業。世祖既奠天位，萬邦來庭，維高麗王尚主，聽還其國，乃選世家子弟二十餘人爲質于朝，公考亦在選中。久之，歸仕〔四〕其國，子孫因家京師。公以大德七年入備宿衛，未幾成宗皇帝命掌服御爲近侍。時宮禁邃深，法制嚴整，公扈從出入，小心慎密。及仁宗皇帝爲皇太子，公復被召在其左右。仁宗愛尚文學，公時時進説故事。至大初元，官承務郎、資武庫提點，遷奉議大夫、壽武庫使，轉利器庫使，皆武備寺所屬。國家初以武定天下，故於甲兵所藏不輕授人，公居其職凡十餘年，出納無虞。延祐七年，遷奉議大夫、大寧路錦州知州，又遷高州。公習熟二州之俗，故其爲治也本之以寬仁，守之以廉静，民被其惠，吏服其能。及遷遼陽路懿州知州，未及上，遂有僉憲之命。

公性明敏，幼若成人，喜怒不形于色。稍長，愈善文學，國人敬焉。及蒞官臨民，寬厚豈弟，未嘗疾言遽色。勤于政務，至忘寢食。持守潔白，一毫不取諸人。奉身清約，恒以圖史自娱，齋居終日，澹如也。捐館之日，室無餘財，聞者益重其操。

公五世祖奕，仕其國爲尚衣直長同正，生子希愈，儀仗府别將。曾祖考光胤，朝請大夫、禮賓卿，卒贈金紫光禄大夫、守司空、右僕射。祖考康，匡靖大夫、都僉議中贊、修文殿大學士、監修國史、判典理司事，以世子師致仕，卒謚文惠公。考謝奇，朝奉大夫、右司議、知制誥。三世皆以進士及第。曾祖妣陳氏，本國富户長懿之女，封通義郡夫人。祖妣任氏，禮賓少卿龍臂之曾孫，權知監察御史克和之孫，禮賓注簿同正全祐之女，金紫光禄大夫、政堂文學、禮部尚書、寶文閣大學士、判兵部事謚章憲公鄭某之外孫女，封牙善郡夫人。妣蔡氏。繼妣鄭氏，本國大相良祐之女，封利城郡夫人。公鄭出也。既仕聖朝，階官三品，天子推恩贈其祖中順大夫、僉太常禮儀院事、上騎都尉，追封高陽郡伯，任氏封高陽郡君；考贈翰林直學士、亞中大夫、輕車都尉，追封高陽郡侯，蔡氏、鄭氏俱封高陽郡夫人。公配崔氏，累封高陽郡夫人。子男三人：長孝先，由近侍累遷太府監右藏庫副使、征東行省左右司員外郎、資政院都事，擢拜江南諸道行御史臺監察御史；次仲輔，侍儀司通事舍人；次文獻，給事儲宫。

天爵既序公行治官封卒葬壽年，仲輔曰：「吾東國之俗，凡筮仕結婚，必各徵其族世，外家非勳貴之冑不得補官，非衣冠之世不許作配，蓋有古人仕者世禄、崇尚氏族之遺意。請並著之。」銘曰：

朝鮮之東，箕子所封。遺教猶存，蔚有華風。自昔其國，風俗好儒。設科取士，誦詩讀書。矧逢聖朝，海宇咸一。東土承風，誕沐文德。有美韓公，起自儒家。入侍天子，允著才華。出領郡符，分持憲節。春陽之温，美玉之潔。民受其惠，吏畏其威。關陝東西，咸有去思。公用弗極，公有賢子。言論雍容，進拜御史。惟仲與季，出入禁廷。執事有恪，繼美父兄。尚事華學，清慎周密。克孝與忠，世贊皇國。豈惟恩寵，東土之光。益大其宗，百世之芳。

〔一〕「屬」原作「厲」，據李氏鈔本、適園本、徐刻本改。

〔二〕「□徽」，各本均同。

〔三〕「藥」原作「築」，據李氏鈔本、適園本、徐刻本改。

〔四〕「仕」原作「任」，據李氏鈔本、適園本、徐刻本改。

元故正議大夫僉宣徽院事周侯神道碑銘

正議大夫、僉宣徽院事周侯諱貞，字幹臣，以至正元年十二月廿一日卒，葬保定清苑縣延育鄉延福里先塋之兆。其子克敬徵銘以表墓道。

按，周氏世家清苑，侯曾祖諱集，國初以才勇爲義軍萬户，能保全其鄉邑。祖諱元，積善好施，以賑親族，用侯貴，贈亞中大夫、廣平路總管、輕車都尉、汝南郡侯。考諱普，讀書業儒，材不克顯而歿，贈嘉議大夫、保定路總管、上輕車都尉、汝南郡侯。侯早聰敏，既長，思樹功名，乃游京師，學國語，數月盡能之。擢翰林院譯掾，語益精熟。出官將仕郎、監廣盈倉，出納無弊。進承務郎，佩金符，慶元、紹興等處海運副千户。在官四年，舟再涉海而不以爲勞，中書錫宴及賜錦幣四襲。遷奉議大夫、東勝州知州。侯下車作新學宫，士亦往往來游焉。學舊有田二千餘畝，比年豪民冒種，士無所訴。〔一〕侯稽故籍，悉歸諸學，士刻石頌侯美。歲餘，政教修理。民有兄弟争財久不能決，侯以理諭之，兄弟慙悔，卒爲敦睦之行。儒生耿某喪親廬墓，侯率屬吏表其孝行，仍分禄米以周其貧，民愈化服。遂除和寧兵馬使，進官中議大夫。邊庭法制寬簡，盜多未獲。侯馳驛數千里，乃盡獲之，悉致于法，盜亦屏息。中州良家子女被賣于邊者衆，侯索得之，歸其父母，家咸繪侯像事之。捐俸建龍沙書院，民亦有興起者焉。

廷臣嘉其能，擢拜中興路總管。江淮之田履畝而税，貧者或無地入租，富者或儌倖獲免。民有輸米沙市倉者五百〔二〕餘家，貧實無地，有司徵求榜掠無已。行省屢命核實，數年不絶。侯到官月餘，卽正其事，民皆神之。漢江之水岸善崩，其曰象鼻觜者，官築倉于上，歲役民數千人修完之，民不勝擾。侯命作堤護之，親董其役，樹以竹木，積以土石，堤長若干里，力省功倍，堅完可久。民曰：「俾吾歲無修築之勞者，周侯力也。」相率著其遺愛焉。進僉宣徽院事，侯以年老乞致仕，卒時年七十有一。

祖妣、妣皆王氏，俱追封汝南郡夫人。娶劉氏，封汝南郡夫人。侯兄弼，承務郎、大名路清河縣尹。弟誠。子男二人：長克明，出繼兄後，將仕郎、淮安路總管府知事；次則克敬，居侯之喪，不茹葷酒，鄉閭以孝稱。誠之子克恭，束鹿縣稅務副使。女三人：長適大宗正府譯掾王國器，次適儒士劉秉善，次適僉左都威衞指揮使顏伯瑛。孫男恕也。

昔我國家撫定海內，收覽豪傑，隨其才〔三〕器大小而任用之，入官之塗蓋不一也。世祖皇帝始制國字，以通語言，中國之民亦皆使之盡學焉，故人材率多由是而顯。若周侯者，蓋其人哉。故爲之銘。銘曰：

維皇建國，于燕之域。九有來賓，如星拱極。矧玆清苑，密邇神京。民生其間，詠歌太平。或承寵光，進爲卿士。秉笏垂紳，紆朱曳紫。有美周侯，譯掾起家。致身通守，萃其暉華。若昔國初，豪俊輻凑。戰征方殷，蝨生介冑。殆逢治安，富貴尊榮。游優文墨，保有令名。侯所歷官，興學敦善。民俗承風，亦克用勸。頌其遺愛，載諸貞珉。又列銘章，以貽子孫。

〔一〕「訴」原作「許」，據李氏鈔本、適園本、徐刻本改。
〔二〕「五百」原作「百五」，據李氏鈔本、適園本、徐刻本改。
〔三〕「才」原作「不」，據李氏鈔本、適園本、徐刻本改。

元故奉訓大夫冠州知州周府君墓碑銘

周氏爲燕名族，金贈儒林郎企生子安貞，登皇統五年〔一〕進士第，累官中議大夫、咸平路轉運使。其弟宣武將軍、河間草場使安吉生鎮國上將軍、杞縣令璧，璧生蔡州節度判官天禧，國初燕京行省辟充詳議官，生奉政大夫、右侍儀使鐸，鐸生二子，長曰翰林侍講學士、中順大夫、知制誥、同修國史之綱；次卽君也，諱之翰，字子宣。

我國家既定中夏，太保劉公奏起朝儀，侍儀公佐之，遂成一代之禮。夫人王氏，翰林學士承旨文康公鶚之女，讀書賢明，教子有法。君與侍講早歲皆以儒名，侍講以朝命出繼文康公後，君次當廕父官，推讓從兄之幹。久之，擢侍儀舍人，滿考，再爲之。復充法物庫直長，出官將仕佐郎、主滄州清池簿，未上。大司農司辟爲掾，進本司照磨，擢侍儀通事舍人，轉承務郎、武備寺經歷。出爲淮安路推官，進拜冠州知州，到官五月而卒，至順元年二月二十一日也，享年六十有五。歸葬良鄉縣南呂里先兆。

君自元貞初入仕，六命而至郡守，階六轉而至奉訓大夫。當朝廷承平之日，又佐人以爲職，故不克大有所施。獨在侍儀明習禮文之事，嘗述朝儀備録五卷、朝儀紀原三卷以進，蒙賜幣帛，命以其書藏史館。及官淮安，民有殺其子而誣仇人殺之者，有誤擊人死有司鍛鍊爲故殺之者，有因中酒而死其家誣人毒死之者，獄具，君一一辨之，民大稱善。君嘗問學於楊先生時煦，文康公時，賓客日集其門，故君於近代故事、一時偉人悉能知之。居官廉慎，毫髮無所私。少嘗拾遺于路，追及其人與之。蓋其爲人温厚和平，能以禮義自守者也。

其配敬氏，燕京提舉學校官大寧先生鉉之從孫，太常博士元長之女，中書平章政事儼之女弟也。子男曰驤，國子積分出身奉聖州判官，擢中書掾，歷文林郎、都護府都事，擢拜江南行臺監察御史；次駿，廕官進義副尉、〔二〕主亳州城父縣簿。周氏自金皇統迄今至正垂二百年，而詩禮衣冠之傳不乏，可謂盛矣。宜有銘以著其世。銘曰：

幽燕之郊，天挺雄豪，世服韃櫜。云何周氏，祖及孫子，蔚乎多士。遭逢明時，執禮誦詩，温温其儀。朝有大會，冠裳玉佩，臚傳九拜。額額淮城，汝往司刑，死者復生。維聖之制，刑本于禮，民率興起。世禄之家，克慎弗奢，益振厥華。咨爾來裔，家學是繼，尚永其世。

〔一〕「五年」原作「五子」，據李氏鈔本、適園本、徐刻本改。

〔三〕「進義副尉」原作「退義副尉」，李氏鈔本、適園本同。按，元代武散官三十四階，無退義副尉，有進義副尉，階從八品。據徐刻本改。

滋溪文稿卷第十八

碑誌十二

故曹州定陶縣尹趙君墓碣銘

泰定四年八月乙未，承直郎、曹州定陶縣尹兼諸軍奥魯勸農事趙君年五十四以官卒。其年十月庚申，葬中山安喜縣堯坊原。又三年，其子藝來京師，疏君行事徵文以表其墓。藝與天爵嘗同門學，相友善，爲叙而銘焉。

序曰：君諱時勉，字致堂，世家蔚州蜚狐。曾大父瑨，國初倡鄉民來歸，累官提刑按察使，贈儀同三司、太保、上柱國、定國襄穆公。因官中山，徙家焉。大父秉温，左右世祖四十餘年，嘗兩都，作朝儀，制曆象，悉與其議。卒官昭文館大學士、知太史院侍儀事，贈金紫光禄大夫、大司徒、定國文昭公。父睿，生具美質而不克壽，以君故贈承直郎、真定路總管府判官。

君幼聰警絶人，及長事師故國子司業滕公安上。滕公門人多文雅端謹之士，君以貴游子及其門，磨礱浸灌之久，問學粹精，治身修潔，而無驕矜浮靡之習。其事長以恭，接友以信，齋居終日，晏如也。君初後承直卒五月而生，母氏尋亦卒，鞠於伯母冀氏。及冀氏卒，服喪三年以報其德。文昭公既薨，諸父多官于外，君始經紀其家，御下肅然。趙氏族大而盛，歲時伏臘昏喪，君承之皆有法。嘗悼近世之士貴爲公卿而享祀其祖禮同庶人，乃稽司馬氏、朱氏祭儀、家禮，爲祠堂於正寢之側，凡喪祭昏冠議而行之，鄉郡聞家或從而化。建學家塾，延師以訓其宗族子弟之無依者，里人亦多來學焉。

名既著，朝廷耆舊聞而薦之，起爲承事郎、侍儀通事舍人。供職未幾，會有倖幸除爲侍儀官者，君曰：「是豈可與共事耶！」卽移病去。先世别墅在郡城東新河之陽，君益修治爲堂，爲亭，爲臺，爲池，清泉奇石，嘉禾修竹，映帶左右。君偕好友日鳴琴觴酒，婆娑詠歌以自娱，翛然若與世相忘者。久之，起爲承務郎、右八作司同提舉。君曰：「吾學儒者也，豈能吝出納以爲有司之事乎！」又移病去。居數年，出尹定陶。是邑土沃而民庶，君下車卽驗民力差爲九等，悉著於籍，凡賦役調發按籍而行，於是姦吏不得暴歛侵其民矣。先是俗頗健訟，富室子弟或珥筆習吏，覬免徭役。君興學宫，禮師儒，悉使就學執弟子業，躬爲訓督，日漸月化，而習俗亦或少變焉。民有親死欲火之者，君以理喻之而止。無何政清訟簡，流户來歸，惟恐君滿代而去。其卒也，咸悲惜之。

君曾祖妣楊氏，祖妣張氏，俱追封定國夫人。妣劉氏，贈恭人。配李氏，封恭人，陝西都轉運鹽使汝明之女。子男藝，由國學弟子員補侍儀舍人，調靖海尉。女適同知安肅州事崔繼宗。孫男勝寧。銘曰：

維志之勵，克善其繼。維學之修，克篤於誼。彼皆赫赫，我則舒舒。玉佩長裾，進退裕如。壽弗孔延，施不盡有。尚復其初，以燾爾後。

右衛親軍千户鄭君墓碑

國家初以干戈平定中國，一時豪俊風起雲蒸，戰伐攻取，勳烈焜燿。厥後父死子繼，兄終弟及，所以修習武備，褒表功德。而勳舊世家以爵禄相讓，光顯于時，若鄭君者，蓋可稱列者也。

君諱銓，字方平，真定靈壽人。元帥府經歷，贈資善大夫、大司農卿、常山郡公，謚安僖諱守德之孫；資善大夫、江浙行中書省左丞，贈推忠宣力功臣、榮禄大夫、平章政事、趙國公謚武毅諱温之子。至元二十六年，代其兄爲右衛親軍千户。大德七年，復以其官讓其兄子克諶。元統元年閏三月廿三日卒，其年四月八日葬。君生貴家，而無紈綺之習。兄弟四人，長曰利用監丞欽，次曰樞密院判官釭，季曰同知靖州路總管府事鏞，君次居三。初，武毅公行省江南，欽、釭列官中外，君與鏞留養母滎陽郡夫人馮氏。會召武毅公入覲，世祖皇帝方畋柳林，君從見于行宫。上偉其容，乃命宿衛成廟。未幾，侍成廟撫軍龍荒，錫賚優渥。及嗣兄官，當天下懾然，武無所事，君亦未嘗苟於其職。朝廷既建太室，歲常以十月剛日大享，先期百官執事者賜湯沐錢，而吏卒亦均賚焉。有司或不時給，君上言：「祀者著誠致潔也。今湯沐錢或不均賜，非是。」自茲有司奉行唯謹。又嘗分董治橋于渾河，以備乘輿秋獮。既而霖雨水溢，君所治橋獨堅完不壞，乘輿安度，勑賜酒饌。及讓官家居，作園亭於衞水之上，疏泉種樹，逍遥杖屨，日與里翁隣友投壺觴酒以自娱，陶然忘其爲貴家也。

君性孝友，武毅公薨時，葬其鄉東北原，封樹石儀，既嚴且固。先世丘墓在某原者，君復修治垣墉，鏤石表之，俾子孫不忘其處。有姊孀居，迎養于家。親朋貧窶不能家者，多賙給之。君凡五娶：王氏、董氏、岳氏、蒙古氏、孔氏，子男克順，今尉趙之臨城。女五，適趙憲、李志順、康中正，皆宦族子，二幼在室。君卒時年七十二，從葬武毅公兆次。銘曰：

鄭爲顯姓，在唐尤盛。相業輝華，覃絪餘慶。於皇天朝，神武開國。猗武毅公，應時豪傑。奮厥才勇，南土是戡。活人止殺，篤生多男。君世其官，遭時清寧。材藴莫施，孰究其成。凡代將家，傳及苗裔。或起争奪，以隕厥世。偉哉鄭君，獨興禮讓。刻詩墓門，永光穹壤。

故承務郎杞縣尹閻侯墓碑

真定郡城西北三里，有墓林焉。余嘗過而問之，其故老曰：「縣尹閻氏之先墓也。」及余使憲淮東，而縣尹諸孫師魯適掾憲府，廉慎而文，余獨愛之。間來請曰：「師魯之先大夫仕至元間，最後爲杞縣尹，有惠政。終更民愛思之，不忍其去。逮卒，又留葬焉。今三十餘年矣。吾先世皆葬真定，不可使吾祖魂遊他州，將以某年月日載其柩歸。公以鄉曲之故，幸賜之銘，則吾祖行治庶其不泯没矣。」余聞其言而感焉。比見中州士夫宦游于南方者，往往樂其風土之美，而無丘隴霜露之思，今閻氏獨知歸葬先墓，宜有銘以示于世。

按，閻侯諱琛，字伯玉。初從真定府辟爲掾曹，歷檢〔一〕法官及税務使。至元二年，遷轉法行，又陞真定路總管府知事。四年，加將仕郎、開元路宣撫司主事。九年，轉益都路總管府經歷。十三年，遷承事郎、洺磁路鐵冶同提舉，佩銀符。十九年，除趙州寧晉縣尹。歷尹槀城及杞。元貞初，以年老不復仕。

我國家初定中原，故丞相史忠武王開府真定，登用前金遺老，陳立法制，撫摩瘡痍，政化流行，民黎安輯。久之，治最河朔諸郡，流風善政，一時賴之。侯之少也，猶及接見前輩，律令、章程，皆習知其説。爲掾曹、檢法，不以文深爲害，人已德之。在幕府贊畫，咸適其宜。佐鐵官課最而人不擾。歷尹三縣，皆以惠養元元爲本。當是時，爲上官者亦多老成勳舊，故其下言信而事易集。寧晉旱歉，侯請于大府，得米以賑飢民，又推其餘惠及隣邑。杞學傾圮，侯創禮殿，建饔舍，延師俾講經訓，暇則率僚吏往聽焉，學者由是興起。縣當驛置之衝，侯剸繁治劇，益有餘力。

時朝廷未有致仕之令，侯雖年老，精力尚强，乃曰：「人可以不知止乎！」卽退休不仕，將歸其鄉。杞人挽留，侯因築室以佚老焉。嘗曰：「吾生平有二幸。其一，自少至老，未嘗有疾，不知藥石刺治之苦。其二，入官四十餘年，夙夜祇畏，未嘗被上官呵譴。今已謝事，又沐國家承平之澤，正當觴酒樂歌，優游以盡餘年。」疾革，起正衣冠端坐，悉召子孫前列，中以誨言，各飲以酒。已亦引滿，就枕悠然而卒。享年八十，大德三年十一月十一日也。

侯爲人明敏特達，幼失怙恃，鞠于其兄。及長，友愛彌篤。常恨少長兵閒，學不克盡儒術，乃勗子孫讀書，皆以儒名。侯之鄉友有夤緣柄臣驟登宰執者，欲相薦引，侯陽爲遜辭，陰實絶之。其人後坐事誅，諸薦引者皆免，而侯獨無所汙，人服其識。

侯曾祖鑄，祖浩。考元，金季爲林州元帥府經歷，妣賈氏，魯山令某之女。侯昆弟三人：珪，璋，侯季也。初配趙氏，先卒。繼室高氏，金正奉大夫、户部尚書夔之女，皇通議大夫、河北河南道提刑按察使從道之女弟也，夙有婦德，克相夫子。子男曰：鼎，將仕郎、分寧縣丞；謙，潁州儒學正；晉，祥符縣務使。男孫四人：師道，德安府務使；次師魯、師德、師賢。女孫五人，侍儀舍人周騰、磁州判官楊克昭、博野縣主簿高某、田玉、張中式，其壻也。銘曰：

昔在至元，人材方興。世紀其官，允著賢能。矧維閻侯，三仕爲令。至今鄉民，猶誦名姓。古人有言，狐死首丘。何獨於人，寬遊他州。杞雖桐鄉，趙爲侯里。永安其藏，利及孫子。

〔一〕「歷檢」原作「檢歷」，據李氏鈔本、適園本、徐刻本改。

大元贈奉訓大夫博興知州程府君墓碑銘

濟南章丘縣之嘉會鄉，故贈奉訓大夫，博興知州、飛騎尉、歷城縣男程府君之墓在焉。府君諱璧，字君寶。享年若干，以大德某年某月卒。配蔣氏，封歷城縣太君，享年百歲，以元統某年某月卒。子男五人：曰義，曰恭，曰信，曰肅，曰某。孫男四人：曰益，恭之子；曰某，信之子；曰某，曰某，仁之子。曾孫男三人：曰矩，曰圓，曰桂，皆益之子也。程氏本冀州棗強人，金季轉徙章丘，世服田畝。我國家治平百年，民獲休養，程氏族大以蕃，而先兆族葬至不能序昭穆。蔣夫人卒，恭始卜得吉壤，去先兆西南二里，奉遷府君之柩合葬焉。周以垣墉，樹之松栢，前列石儀翁仲，將刻銘墓碑，弗果而卒。至正五年，天爵使憲山東，炬來請銘。念昔與益同朝相好，屢聞恭官江南有聲，及閱進士王健之狀，始知程氏孝廉世有陰德，故爲叙其事而銘焉。

按，府君之考萬，爲人慈祥不苛。嘗爲濟南郡獄掾，囚之飲食必躬視之，夏則汛掃囹圄，令無汙穢，冬則織蒲爲屨，分給其衆。或獄卒搒掠罪人，妄有誅求，輒訶止之曰：「笞杖徒殺，有國法存，汝曹何敢法外加慘酷乎！」以故活者甚衆。囚或有就刑者，輒仰天呼曰：「程公撫我，恩踰所生，願公壽考多子孫，我死固無憾矣。」妣孫氏，治家有法，姻族訟者多就直之。躬行節儉，以率其下。考、妣皆以高年終。府君其長子也，早歲以才能著。已而山東按察辟爲書吏，操持清介，人不敢干以私。遇事敢言，屢與官長争曲直。久之，不能與時俯仰，迺嘆曰：「吾母年在喜懼，吾何爲違甘旨之養，屈志以從事于斯乎！嘗聞鄉長老言，吾父有陰德于人，程氏將有興起者矣。」卽辭歸，事母以孝，聞于郡國。

諸子惟恭能官，初爲淮西憲府譯掾，教授嚴州，掾辟江浙行省，擢溧水州判官，轉吉水州。以守令選尹句容，再遷南陵。語家人曰：「吾養親之日能幾何時，與其疲精神以事上官，曷若盡孝敬以奉吾母。」卽日棄官歸養，踰二十寒暑，不離左右。母老，遂謝事。進官奉訓大夫、同知松江府事。其在吉水，潔己以愛民，勤政而善俗。既去二十餘年，民思弗忘，建祠刻頌，以著遺愛。在句容，課民樹桑四十萬，興學聘士以化其民。尤善教子，常誨益曰：「吾世清白，無以遺汝，汝能勤學足矣。」益既登進士第，則訓之曰：「富貴有命，汝惟進學，是吾所望。」及聞益入翰林爲檢閲、編修官，改秘書郎、國子博士，奉詔與修宋史，則竊喜曰：「吾子問學庶有進乎！」益擢監察御史，未幾以論事切直，出遷河西隴右道肅政廉訪司事，亦卒，君子惜之。銘曰：

灤水之東，維齊之疆。芃芃者麻，菀彼柔桑。自昔有年，民庶豐足。耕焉學焉，尚知榮辱。猗歟府君，試吏明時。克峻所持，不詭以隨。釋爾筐篋，奉爾甘旨。士稱廉平，鄉推孝弟。念昔厥考，慈祥不苛。治獄活人，陰德孔多。清白再傳，益大以侈。遺愛在民，如古循吏。侃侃御史，學蘊其躬。直言不阿，卓有祖風。守官以廉，趍庭以孝。子繼孫承，是則是傚。嘉會之鄉，欝欝新阡。表其孝廉，過者式焉。

故承事郎象山縣尹李侯墓碑

士有負不羈之材，奮有爲之勇，弗克盡所施設，賚志以歿，君子惜之。余讀象山縣尹李侯行事，深有所慨嘆焉。侯諱天祐，字吉甫。少有大志，俶儻多智略。涉獵書傳，遇古人偉節奇計，輒慕好之。既長，欲以功名自顯。南北既一，侯方踰冠，蹶然曰：「今海宇會同，聖明臨御，可以出而仕矣，吾寧久遯荒野歟！」卽走江、漢之上，以策干水軍招討司。時中外官多名公卿，招討使聞侯謀畫可聽，推擇爲掾。荆湖行省知其才，命提領本司按牘，尋陞知事。嶺海初定，朝廷新令未洽，有盜竊發。侯從招討使平之，進擢湖廣行省掾。交趾自中統初朝廷遣使諭之，彼遂來貢，其後負嶮不朝。至元二十四年，又詔湖廣省臣將兵征之。侯掌文書從行。是冬，兵會廉州，泛舟于海，次安邦，與交人遇，斬首二千餘級，獲船六十餘艘。追世子至弘縣海口，斬首三百餘級，獲船二十餘艘。明年春，兵次塔山洋，與世子戰，敗之。又戰竹洞，斬首二十餘級，獲船九艘。轉戰連日，數破其衆。三月，次白藤港，交人橫戰艦江中，以拒我師。值潮退，舟不能進，兵潰。侯等被執，乃斷其髮，或絕其食，凌辱困苦萬方。侯執守益堅，不少慴屈。久之，防禁少弛，侯脱身拔歸，晝伏夜行，掇草木實食之，數日始達吾境。行省以其事聞，時朝廷初改鈔法，重其職守，以侯提領紹興路平準庫，階將仕郎。凡再考，代者始至。元貞初，調衢州録事。民訟于庭，立決遣之。滿考赴調入京。侯以向陷交趾，備極艱苦，至是吏部止積月日，與從七品。先時行省郎官有以從征升一官者，掾之同被陷者亦受從七品官，獨侯循序而進，衆爲之不平。乃自陳于政府，於是卽與正七品，階承事郎，慶元路象山縣尹兼勸農事。邑有豪民二十輩，表號龍虎，張其聲威，虐民蠹政。侯得其姦，捕寘于法。邑在郡治東南海島中，去郡稍遠，有盜數十時出剽掠，復乘舟入海，官兵無可奈何。侯選邏卒驍勇者，親載入海，悉擒捕之，邑民始安。又差次邏卒勞効，薦諸大府，賜錢賞官，而己不自爲功也。民有親喪久不葬者，蓋始則泥陰陽休咎之説，土俗因而不改。侯以禮勸諭，期七日不葬者罪之，或貧不克舉者分俸助之，而死者皆得歸藏于土。仕者或歿官所，妻子貧而不能存，勸好義者周之。嘗言：「劭農興學，王政之始。朝廷屢降德音，而郡縣視爲虛文，夫我則不敢。」春秋親行鄉社，諭民孝弟忠信，察其勤惰而賞責之。月朔帥僚吏入學，聽師生講説經訓，使知禮義廉耻，而習俗亦少變焉。會有詔遣使〔一〕巡行郡國，問民所疾苦，覈吏廉貪，同列皆坐罪免，獨侯廉明著聞，民共薦之。使者復以他州婚嫁、田宅、獄訟未決者，屬侯治之。在官二年，以疾卒。士民莫不嗟悼，相謂自内附迄今，邑令未有如侯之賢者也。

侯世家高唐州之高唐縣，在金爲官〔二〕族，兵後譜亡不可考。大父寶，父清，皆隱德不仕。妣王氏。侯卒以大德七年九月朔旦，享年五十有一。葬德州清平縣李官莊，侯所卜也。元配劉氏祔焉。子男五人：必誠，昭信校尉、松江府判官；益，贈承務郎、同知高唐州事；次珍、鼎、晉。女四人，適劉某、元某、張某、劉某，皆士族也。孫男八人：瑛，曲阜林廟學正，擢禮部掾，卒；珩，常州路犇牛鎮税務副使；璉，浙東海右道肅政廉訪司書吏；璵，卒；琰，中書掾遷承務郎、江浙行中書省左右司都事；璡、瑢、珷，讀書未仕。孫女六人。曾孫男五人，女八人，俱幼。

侯性孝友，事母得其歡心，輕財好義，先業在高唐者，悉推與伯叔昆弟。徙家清平，力穡種樹，生產漸饒，買田四百餘畝。及調官江南，復分與諸族人。侯喪歸葬，蕭然一貧，宗人拜哭，請以田廬還之。其子不受，曰：「父命也，吾不敢違。」相讓既久，乃取田十餘畝。聞者賢之，益信侯之廉讓不獨行之于己又能化其家焉。銘曰：

馬也泛駕，士或跅弛。不有異才，疇克任使。才難之嘆，古今所同。作而興之，用世之功。侃侃李侯，抱器負奇。直志之卓，胡寧詭隨。往佐戎幕，謀畫是賴。奮義來歸，士氣增愾。賞弗讎勞，不卑小官。志欲有爲，世方治安。年踰五十，竟殞其身。施不盡有，羨及諸孫。嶷嶷諸孫，肄業文史。周旋臺閣，華聞日起。孝思祖烈，式徵銘章。表諸貞石，來者勿忘。

〔一〕「遣使」原作「使遣」，據李氏鈔本、適園本、徐刻本改。

〔二〕「宦」原作「官」，據李氏鈔本、適園本、徐刻本改。

元故承德郎真定路總管府判官趙公墓碑銘

蔚州飛狐趙氏由太保、儀同三司、上柱國、定國襄穆公顯。我國家龍興之初，襄穆以城來歸，歷事累朝，屢典名郡，惠澤被于其民，故諸子多留居其地。第五子承直郎、知輝州事秉讓因襄穆嘗監真定，家焉。公諱寬，字子栗，襄穆公之孫、輝州君之子也。初以父澤擢饒陽尉，再尉真定，進主靈壽縣簿，入朝爲武備寺管勾。調揚州海門縣尹，不赴。會有詔舉庶官才堪守令者以名聞，部使者以公應詔，起尹濟寧之鄆城。歲餘，以老辭歸。享年若干，復號至元之四年四月十有七日，以疾卒。是月二十七日，葬真定縣栢堂原。祖妣定國夫人楊氏，妣真定縣君周氏。配涿郡盧氏，翰林學士承旨摯之女，封恭人。子男二人，祖德、祖昌。女五人，適董守惠、史墉、耿瓚、史澤、元某，俱名家子。孫男五人：安，高邑縣務副；堅，全，某，某。女三人。

公早喪親，卓然克自樹立，雖生大家，而無紈綺之習。盧公一代名流，奇公之爲，以女歸焉。真定居燕南孔道，使者旁午，公迎勞護送，不失其節。治盜有方，而不竊發。其佐靈壽，督秋稅均平無私，民至于今稱之。及官武備，被命出董諸匠，而工不怠弛。鄆城户夥事殷，公撫以簡靜，久亦稱治。引年于家，日具琴酒，倘徉娛樂。公性慈祥，睦宗族以恩，交朋友以讓，施之于官，民亦安其豈弟之政焉。盧恭人治家清儉，教子嚴明，公得内助爲多，後公若干年卒，享年若干。

昔先子參政府君與公交游雅厚，天爵復與公諸子嘗同師學，故謹序其家世銘焉。

銘曰：

趙居飛狐號聞族，烈烈官勳自襄穆。歷典名邦政多淑，孫子詵詵食世禄。惟定啓封欝喬木，栢堂高原公所卜。石著銘詩名不没，公侯之裔終必復。

從仕郎保定路慶都縣尹尚侯惠政碑銘

至正庚寅，慶都耆老王國瑞、麴成、邵德，儒士趙士元、吕嚴等，屢狀令尹尚侯治行，上燕南憲府。復詣予請曰：「吾邑自至元、大德以來，爲政有聲者數人。既去，民鑱其遺愛於碑。老者雖亡，少者猶克知之，以有石章故也。尚侯家世卿相，由成均釋褐入官，卽能大振名聲，非賦予過人，能若是乎！今則瓜代，將刻石著其惠政，執事幸賜之銘，庶吾民永遠而不忘也。」嗚呼，比年朝廷悼雨暘之失時，憫民生之不足，精擇牧守，惠養黎元，故郡邑得人有若尚侯者焉，是宜紀其治迹以爲來者勸也。

侯以戊子之秋下車，時頗不熟，米日踊貴。侯卽命發常平粟，召四鄉民減價糶之。同列以爲難，侯曰：「常平本虞荒歲，今復何疑。」賴以全活者衆。侯勤于爲政，朝出視事，抵暮方歸。凡昏嫁、田土、獄訟積年不能已者，悉决治之，民皆以爲平允，縣以無事。庭列羣吏，講説經訓，變其筆刀筐篋之習。鄉校所以正俗也，舊皆以醫卜雜流爲之師，侯擇士之明經者施其教，暇則親自飭厲，民亦稍稍興于禮讓焉。農桑本以養民也，世皆視爲具文，〔一〕侯躬行壟畝而敦諭之，又爲訓誡之詩，家傳而人誦之，四郊之桑皆欝然成列矣。邑當燕、趙之衝，館傳在焉，館中涖事者歲久多方困苦其驛户，侯察其尤暴戾者黜之，廳舍頹壞者新之，什器不足者完之。侯王大臣經行，飲燕供帳之須，悉取于民，侯規措有方，民不知擾。蓋驛館稟餼，朝廷歲給鈔有差，使者日多，或不足以供。前至元中，姚公天福尹真定，始自春初給鈔與民，俾之規運，而所須次第取之。今則取之百倍，鈔又不給，郡縣皆然，民不勝苦。侯視物賤時官自買之，足給一歲之用，仍有餘饒焉。

始者中原之人著户版者，或任征戍之勞，或供館傳之役，名曰軍、站。其爲民者，夏則輸絲絹，秋則輸米粟，鄉推一人總其事，若鄉官然。比者年穀不登，爲民者多貧乏流移，乃命軍、站之家代總其事，日伺于官，官有所求，悉以供之。民畏其有破産之患，争納賄以求免，而有司視爲奇貨。侯推次甲乙爲之，事已治集者遣歸，不令伺于官所，姦吏計無所施，民心大悦。當國者以經費不足，歲課漸增而鹽益貴，民私煎者日益多。漕司邏者沓至，守令畏失覺察獲罪，令民十家爲甲，出錢賂之。侯令既嚴，民不敢犯，邏者亦不復至。先是邑境盜竊屢發，侯以民素無教，始因賭博飲酒游蕩無檢，久則遂至爲盜，陷于刑辟，官府初不知也。其知之者，鄉長、隣里乎。惟杜其原，則絶其流。民有犯此者，鄉隣之長卽以名聞，否則同坐。以故民皆相帥爲善，無爲盜者。凡郡縣令下，揭之于牌，本以示信也。皁隸奉行，會歛百端。侯爲文符，令鄉社自相傳達，皁隸一至鄉社，飲食若干，需索若干，悉書于籍。月一具聞，侯覆實之。遂無一人無故輒入鄉社擾民者。侯廉愼修潔，每出行縣，裹糧自隨，吏亦化服，民愛戴之。己丑之夏，天少雨，民以旱告。侯齋沐禱于西山，雨隨霑足，歲亦大穰。蓋其爲政廉平，名實相應，是以民足衣食，安于田里，而無所撓。

嗚呼，中國承平百年，朝廷德澤深厚，戴白之老目不識兵，民生當益富完，柰何今者日愈趍于彫弊？蓋本于守令之貪暴，加以政令之煩苛，民有愁嘆之心，是以時有水旱之異。返而正之，其惟循良之吏乎！詩曰：「豈弟君子，民之父母。」其尚侯之謂矣。非惟侯爲然也。監縣完者帖木耳嘗以諸侯王命監衞輝郡，捕盜有功，中書改奏是官，與侯同心愛民，故邑以治聞。侯名恕，字彦仁，世居保定。銀青榮祿大夫、平章政事、齊國正獻公諸孫，吏部侍郎克強之從子，至治進士、監察御史克和之子。夫以故家詩禮之漸濡，成均師友之訓誨，宜其爲政多可紀云。銘曰：

燕趙之衢，邑曰慶都。乘傳馳驅，行者日瘏。邑有大夫，厥終自初。迎侯走趍，遑知其餘。民則嘆吁，孰恤我劬。有美尚侯，肅肅冠裾。廉平以居，匪亟匪徐。潤飭吏事，悉本於儒。起視鄉校，汝敦詩書。惟善與俱，俗惡是祛。出省農夫，爾耕爾鋤。吾無汝需，田勿荒蕪。而弊者完，而傾者扶。凡令之敷，惟簡以孚。曰吏曰胥，里絶追呼。獄訟日無，徭役日除。民力日紓，式歌且娱。頌聲載輿，乃勒乃模。允著令譽，悠久弗渝。

〔一〕「具文」原作「文具」，據李氏鈔本、適園本、徐刻本改。

無極縣尹唐侯去思碑銘

大凡今仕於郡縣者，率三歲乃代，而守令之任則尤重焉。無極尹唐侯治縣七年，代者始至。士民耆老不忍其去，録其政之善者，屬予文諸石，尚其永遠不能忘也。

夫天下之事，未有不至于久而能有成者也，況於方千里之郡，百里之邑，欲其民庶之家給，農桑之業成，風俗之淳美，治化之流行，豈一朝一夕所可致歟！昔子產爲鄭，一年而人歌之曰：「取我田疇而伍之，取我衣冠而褚之，孰殺子產，吾其與之。」三年而人又歌之曰：「我有子弟，子產教之。我有田疇，子產殖之。子產而死，誰其嗣之。」使子產爲鄭一年而去，則政教未孚，孰云其有遺愛乎！漢孝宣嘗曰：「庶民所以安其田里，而忘歎息愁恨之心者，政平訟理也。太守，吏民之本，數變易則下不安。民知其將久，不可欺罔，迺服從其教化。」而黄霸亦曰：「數易長吏，送故迎新，及姦吏緣絶簿書盗財物，公私費耗，皆出于民。」嗚呼，守令之不得久居官守，民庶之不得洽其政治，豈非古今之所患乎！然則唐侯之尹無極，宜其政之有成而可書也。

侯初下車，令不輕出，令出而民不違，事不妄作，事作而民斯應。謂民非耕桑何以能養，故巡行壠畝，親勸督之，而農無怠墮者。謂民非教養無由自立，故興崇庠序數教誨之，而士有成立者。比年水旱不節，稼穡不登，民無宿儲，而征戍乘傳之勞未嘗缺供，故民日益貧困。侯知其然，凡大府文書之至，稍有不便，輒力陳之，惟恐其病民也。郡縣歲以土之所出，民之所有，具其時直達于省部，侯其所需而應之。然而直不時給，民甚苦之。侯殺其數以聞，庶少紓其力焉。朝廷常募民入菽以實河倉，檄至，侯言：「無極邑小民貧，菽無有也。」中山命糴常平倉粟，侯言：「連歲凶荒，民方乏食，請止其糴。」侯始涖事，民訟立辨直曲，既而民無所訴。旁邑民訟或歲久不能決者，郡符屬侯治之，皆伏其平。

真定當滹沱之衝，夏秋水爲城患，春則豫修隄防，芻葦之費，畚鍤之勞，均于其屬。而中山所領縣三，安喜當其十之六，無極、新樂當其四。後以新樂驛傳所置得免，無極獨當其四。近歲安喜請于會府，又免其三，無極遂當十之七。侯奮然曰：「同爲民也，爲上者當均其役，豈宜利彼而病此乎！是彼能愛民而我不能也。」乃列狀數百言陳于會府，遂仍其舊。斯則侯之永久有利于民者也。嗚呼，今之爲邑者苟且一時之政，孰思其爲後日計乎，而侯之深謀長慮如此，民其忍忘之哉。侯常建常平倉，繕完三皇及孔子廟，下至澤梁塗路，亦修治有法，蓋於興利去害，皆勇爲之。

夫以朝廷宣布號令，更張治化，無非所以爲民。然而貪墨之徒，舞文玩法，適足爲害。不有慈祥豈弟之君子，何以能稱國家責任之意，副黎元望治之心平。〔一〕今唐侯在官七年，治無煩苛，民有遺愛，故予列序古人久于其職而政有成者告之，庶幾任官者有徵焉。侯名鎔，字子治，益都費縣人。由資政掾尹是邑，階官承事郎。銘曰：

皇有中原，治安百年。德澤涵濡，雨露自天。水旱蝗螟，比歲爲害。稼穡不登，民生奚賴。豈弟君子，務休民力。民力既息，衣食滋殖。猗歟唐侯，廉平不苛。爲政七年，民樂且歌。長吏數更，勞于送迎。惟昔君子，久則化成。懷禄苟安，玩歲愒日。雖服官政，朝不謀夕。猗歟唐侯，慎始克終。爰述頌詩，播美無窮。

〔一〕「心平」原作「平心」，據李氏鈔本、適園本、徐刻本改。

滋溪文稿卷第十九

碑誌十三

有元旌表孝行劉君墓碣銘

君諱成，字瑞卿，姓劉氏。國初由汴徙家燕。君年二十喪其父，事其祖父母克盡孝養。祖父母卒，奉其母氏益恭，於是孝行聞京師。故翰林承旨劉公賡以重德雅望，久在朝著，搢紳推服，適與君同里閈，熟君之行，登名于朝。朝議是之，禮部符下，表其門曰「孝行」云，延祐五年正月也。是時天子方以孝治天下，而劉公年已七十，爲國耆老，其父孝靖公年九十餘。天子重其高年，數遣使卽其家賜以幣帛、酒醴，一時敬老興化之意，誠太平之盛典也。故劉公一言而君遂承旌命，海内聞之，有不興起者與。禮曰：「司徒養耆老以致孝。」詎不信夫。

君爲人温厚慈祥，治生以奉旨甘，寒暑晨昏不懈也。居喪如禮，買地爲塋域，以葬其親及宗族之未葬者。撫其弟慶友愛尤篤，同居共庖，不問於人言。治家節約，資用有餘，輒施與其親族朋友之貧者，人由是益稱君賢。蓋不獨孝友于家，其又能推所有以及於人也。君享年六十有一，以至治元年正月二十三日卒，葬大興縣燕臺鄉海王莊。其孤子屬太史保章氏齊克明狀君行來請銘。余於君未之前識也，向在詞林，嘗侍承旨劉公，而保章則同門友也，因不固辭，而爲之書。君祖信，妣韓氏；父德禄，妣蘇氏。娶張氏，子男一人：敬祖，讀書不仕。

嗚呼，自昔京師俗稱浩穰，强宗富室多輕俠横恣，甚則武斷以亂吏治，而劉君獨能以孝行旌其宅里，茲其可銘也夫。銘曰：

翼翼神京，風化攸興。自遠伊邇，罔或不承。温温劉君，允修子職。不耀具章，好是懿德。彼都人士，冠蓋如雲。篤其天倫，孰無父弟。念茲孝友，尚其作則。表銘君阡，車過者式。

元故尚醫竇君墓碣銘

方技之學，古人所慎重也。故醫非三世，不服其藥，聖人著之禮經以示後世，蓋傳業貴欲其精，用物貴欲其熟，豈漫焉嘗試者乎！

真定竇氏以醫術名著百餘年矣，至君而名益顯。君諱行冲，和卿其字也。世祖皇帝在位既久，一時才俊悉被任用，聞郡國有名能藝術者亦遣使徵之。親詢其人，以察其所學，而其人非真有所能則亦不敢應也。當是時，光禄大夫許公國禎領尚醫事，以君名聞，卽日被徵。既至，入見便殿，賜對稱旨，命爲尚醫。京師之人，無貧富貴賤，請之輒往，遇疾輒已。人德報之，則曰：「天實生之，未必盡出吾術也。」會皇孫梁王開國雲南，詔選尚醫從行，近臣以君應詔。賜以衣裘、鞍馬。君先時名籍隸樞府，至是改隸尚醫，又錫璽書護其家，俾永蠲其徭役焉。雲南去京師西南萬里，風土氣候與中國殊，王既居之而無所苦，蓋君調護之力居多。久之，君以親老求還其鄉，王不忍違，厚其禮而歸之。君居鄉里，學醫者多師其說，疾之尤難起者須君爲之。君察其表裏虛實寒熱，用所宜藥，莫不奇中立効。蓋君少嘗講授詩書孔、孟之説，故於醫經方書獨得其大原大本，非若世人取効一方一法而無所通也。

君年既高，遂厭世事，買地郡城之東，闢爲小圃，築亭于中，周植嘉樹，偕其好友婆娑嬉遊，怡然忘其年之老也。集賢學士盧公摯時方貳憲燕南，表其亭曰：靜深，中朝碩士咸詠謌焉。君以至大二年六月十七日卒，享年七十有七，葬真定縣新市鄉三家里西原。考大栗，母某氏。娶高氏，繼左氏。子男四人：曰仁、曰榮、曰禮、曰智。女二人，適平原縣尹張惟哲、聊城縣主簿張明。孫男五人。君既以醫顯名，諸子皆世其業，榮最知名，初用薦者補御藥院掌藥，累遷廣平路官醫提舉。既葬君之二十有五年，榮偕國子監典簿郭質求銘其墓。

天爵昔者嘗讀覃懷許文正公遺書，有曰：「近世論醫，有主河間劉氏者，有主易州張氏者。張氏用藥依準四時陰陽而增損之，正內經四氣調神之義，醫不知此，妄行也。劉氏用藥務在推陳致新，不使少有怫鬱，正造化新新不停之義，醫不知此，無術也。然主張氏者或未盡其妙，則瞑眩之劑終莫敢投，失幾後時而不救者多矣。主劉氏者或未悉其蘊，則創〔一〕效目前陰損正氣，遺禍於後日者亦多矣。能用二家之長而無所弊，其庶幾乎。」按劉氏諱守真，精通素問，有名金大定、明昌間。既死，其學無傳。張氏諱元素，博極經方，然自漢以下，惟以張機、王叔和、孫思邈、錢乙爲得其傳，遂以其學授李杲明之。明之授羅天益謙甫。明之國初有盛名，嘗著傷寒會要諸書行于世，謙甫亦著內經類編，兩人者皆家真定。君蓋及見謙甫，盡得明之之書讀之，而有發焉，故其醫業過人如此。嗚呼，天下之事未有無所師承而能名世者也，豈唯醫哉。銘曰：

維古方技，民生係也。上焉十全，下者泥也。不有哲師，業孰繼也。爲方者宗，播利惠也。君讀其書，善藥劑也。疾者神之，若龜契也。名聞天庭，光顯喇也。歸休雍容，進者礪也。相彼亟工，慎厥藝也。矧醫活人，澤後裔也。勒銘貞珉，永無替也。

〔一〕「創」原作「刼」，據李氏鈔本、適園本改。

元故河間路醫學教授王府君墓表

至元六年，予自維揚被召入朝，道出河間，以疾止。命醫視疾，得王彥澤氏。問詢其家世之自，彥澤言曰：「吾王氏家河間數世矣，皆以醫業相傳，至先考教授府君而名益著。疾者請之輒往，貧則惠之以米，遠近求藥者踵門，賴以生全者衆。府君爲人慈祥而孝友，尤善事親，晨夕躬奉甘旨以致其養。平生樂趍人之急，宗族飢寒者歲時濟之不厭，子弟孤幼者皆教養之。居鄉黨事長者盡其禮，撫幼者中平節。每儒服持謁，必館于家，苟有所求，亦周給之。故鄉社之人愛而敬之，既没而猶思焉。嘗訓彥澤等曰：『比見世人以治疾取財，居藥致富，鮮克能久，汝曹當以爲戒。』郡守廉知行義，欲表于朝，府君辭曰：『吾盡吾心而已，豈干譽以爲是耶！』」彥澤又曰：「昔金大定間，鄉郡有良醫劉氏完素，能起危疾，名傾朝野。累召不起，賜號高尚先生。兵後子孫皆亡，而所著書幸在。先世嘗因劉氏遺書以治其術，府君曰：『不可使劉氏之學無所傳也。』卽其故居作新祠宇，且望率醫者祠之，庶幾瞻拜儀刑，講習論著，益廣其傳，以活斯人焉。府君之没今十餘年，得公一言以表于墓，則其行義庶不泯没矣。」予嘉彥澤之志，謹論次之。

按，府君諱宗，字伯川。初爲保定路醫學正，遷衢州路教授，再擢河間路教授。享年六十有一，以天曆元年三月十三日卒，葬郡城西南三里。祖諱珍，妣某氏。考諱璧，前至元中授河間路官醫都管勾。妣某氏。生子曰仁，河南道按察司書史；曰誠，滄州官醫提領；次府君也。娶某氏。子男三人：長彦澤，由中山府醫學正遷晉州教授；次彦直，彦修。孫男四人：丕度、丕進、丕遠、丕輔。府君之叔父諱鼎，生子曰弼、曰讓、曰義。誠之子彦叔，弼之子彦洪、彦忠，義之子彦濟、彦深。諸孫丕衍、丕承、丕顯、丕明、丕俊。

嗚呼，聖賢之道大矣，其散爲百家九流，亦有可觀者焉。嘗考夫劉氏之言曰：「醫教當本乎五運六氣，世之醫者由未知陰陽變化之道，失其意者多矣。」乃著運氣要旨以明其經，藥證宣明論以證其方，玄機病原式以辯其誤，大抵皆祖素問而爲言也。其用功精深，造術淵奥。而王氏父祖子孫居同里閈，討論遺書，風聲習尚，蓋有默契者焉，故其尊崇景仰若此。然則縫掖之徒於吾聖人之教，當何如也。是歲龍集庚辰春二月戊子，嘉議大夫、江北淮東道肅政廉訪使、新除樞密院判官蘇天爵述。

李遵道墓誌銘

君諱士行，字遵道，姓李氏。故集賢大學士薊文簡公之子，聰敏過人。少從文簡公官吴、越，及見故國遺老，而吴興趙公孟頫、漁陽鮮于公樞則又朝夕從學者也，故其謂詩字畫悉有前輩風致。于時公卿大臣喜尚吏能，不樂儒士，君年壯無所遇，乃遊名山，從釋氏學究竟，大有所悟。久之，娛意翰墨，泛舟江湖，見踈篁老木，斷渚崩崖，輒推蓬艤棹臨觀游衍，心與境會，愉愉然而樂其樂也。仁廟在御，崇尚藝文，近臣以君名薦，遣使召之。君以所畫大明宮圖入見，上嘉其能，命中書與五品官，偕集賢侍讀商公琦同在近列。文簡公歸老維揚，特命君爲泗州守侍行，再調知黄巖州。時郡久旱，君禱于寒坑，輒雨，歲用豐稔。省檄録囚閩中，歲餘方歸，適按部者至郡，務爲苛刻，君不樂，移疾去。聞文皇潛藩在建業，喜接納文士，將往見焉。行至上元縣界，卒，年四十七，天曆元年六月一日也。葬江都縣某鄉某原。君母王氏，薊國夫人。娶王氏，浙東僉憲某之女。子男希閔，温州永嘉尉。女淑賢，適承務郎、同知諸暨州事吉䕫。君卒之十三年，希閔請銘其墓。我國家治平既久，當有奇材異人出瑞斯世，然卒弗克振耀者，可勝數哉。君爲詩清遠蕭散，畫品尤高，亦足以名世矣。銘曰：

矯矯李君，志廣而材充。既無所遇于世，乃游戲翰墨以寫其心胷。彼超然于物外，而志不與俗同。蓋自古異才奇士高世則難合，絕俗則多窮。故聞君之終世皆惋悵而哀恫，我述銘詩于以表君之幽宮。

元故鄱陽程君墓誌銘

江東程氏皆祖忠壯公靈洗。忠壯公仕南朝，有功於歙。歙人祠之，水旱疾疫禱焉，故子孫蔓衍至今。君諱傑，字世英，其先由歙徙樂平。故宋時，有諱中行者，官于鄱陽，因家邑之霍溪。傳三世爲蘄州司法應淳，登進士第，有聲。君曾大父應炎，司法之兄也。大父萬里，述論語、大學、中庸説傳家塾。父在，以易中鄉貢進士選，值宋亡不仕。

君資篤實，爲學精勤，思不墜其父祖業。年未壯時，有司以其家著版驛傳。内附之初，教令未洽，吏旁緣爲姦，其家困苦弗能支，轉徙江淮。君既長，奉親還鄉里，身任户役而無所缺，吏亦不敢横有需求，其親安焉。久之，先業寖復，宗族稱其材。君事親孝，暫出而歸，亦必入謁，親疾躬奉藥餌，疾愈乃已。親殁，哀毁骨立，喪葬如禮。母弟居淮之樓陽，歲疫與妻俱亡，子無所依。君教育于家，不異己子。饒之名士若故進士吴君存、今鑑書博士周君伯琦望重一時，君節衣食，致禮幣，命其子往受業焉。且言：「爲學當明經訓，不當專尚文詞。」交朋友盡信義，賓客過門，命觴具饌，不計家有無。人有急難，竭力赴之，鄉鄰鬭者得君一言各解去，不復詣有司。嘗衝寒雨暮歸，聞有醉墮塗泥者，卽令從者舁歸，飲以湯藥，達旦方甦，泣謝而去。君平生行義類此。晚樂鵠山密邇先墓，有林泉之勝，築室居之，表以悦山之號焉。

君生于前至元十四年丁丑正月二十五日，卒于仍改至元之五年己卯四月二十九日，享年六十有三，葬先墓之側。娶同邑李氏。子男二：長與權，大都路儒學録；次章，饒州路醫學録。女二：長適吴政，次適劉貞。孫男二：蘭生，夭；次祖慶。孫女二。初，君命與權游京師，因博士周君館于余家。已而御史薦其名，春官擢其材，奉中書省檄造雅樂禮器于江南，而遭君喪。至正癸未，予參湖廣省政，與權挐舟千里來請銘。昔宋季年江東多文學節義之士，若尚書湯公漢、提刑謝公枋得，皆風裁凜凜，可厲庸俗，聞其風而興者，寧無人歟！銘曰：

維古尚行，無易由言。匪事枝葉，貴有本原。世教漸微，風習斯靡。化俗達材，始於君子。大江之東，英豪如雲。卓哉程君，尚其知聞。瞻彼鵲山，原隰孔厚。表其行義，以厲爾後。

楊府君墓誌銘

君姓楊氏，諱宗伯，字禮卿。故宋贈朝奉大夫涣之曾孫，迪功郎、淮西制置司幹辦官友義之孫，國朝白鹿洞書院教諭師盤之子。其先自華陰徙蜀，朝奉之長子友直由太學釋褐，累遷知德慶府，蔚有華問，學者號曰儆齋先生。樂東南廬阜山水，奉親家焉，故今爲南康路建昌州人。

教諭六子，君最居長。方其幼時，祖母李孺人極鍾愛，能言教之讀書，凡先世遺訓皆使知之。既就外傅，進退言動悉有矩度可觀，鄉先生亟稱之。成童卽任幹蠱，衝冒寒暑，奔走險難，雖甚勞苦，而未嘗幾微見於言色。當是時，江南初内附，我國家新令未洽，官吏征歛並緣爲姦，民頗苦之。君年尚少，已能應門，公私辦給皆具，俾父母安于所養而不知官府之擾。考府君典教來歸，不樂進取，卜新安里居之，築室以障風雨，墾田以藝禾稼，皆君心計指授。居家孝友，親有疾拜醫求藥，必嘗而後進；親喪致哀葬祭，求合於禮。建塾延師，以教諸子。君恒誨之曰：「吾楊氏本漢太尉遺胄，父祖以清節著名，吾兄弟當夙夜績學，以續詩書之澤。」諸弟賴君之教，皆卓然樹立。族人或有喪弗克舉，乃具棺以葬之。子孫幼而孤者，男則教之學，女則擇所歸焉。近舍有澗溪之水，君伐木爲杠，爲舟楫，往來者不病涉也。歲庚午，江淮大旱，君賣田買粟，賑救其宗族，次及隣里，故能不至于饑餓流亡。蓋君天性好施，非矯飾以干譽也。廣東元帥府聞君行義，檄授惠州合光寨巡儆官，不果上。君以新安之居湫隘，遷隆造里，構堂名曰：積慶。日從親舊觴詠娛樂，其心休休然。享年六十有八，以至正元年二月十五日卒。

妻熊氏，郡名士與文之女，勤約以相夫子，後君一年卒，享年七十有一。君母熊氏，外祖天瑞，宋名進士，官靖安縣丞。子男玄貞。女適謝謨，丞相方叔四世孫。君諸弟宗仁、宗德以高年深隱表號處士，宗侃、三傑以文藝宏敏，並爲學官。宗侃調上高縣麻塘巡檢。三傑擢淮東宣閫掾史，〔一〕嘗授徒建業，臺臣、御史稱薦其才，天爵亦及識之。玄貞將以某年月日葬君於某鄉某原，故三傑狀其行來請銘。

嗚呼，自周元公居潯陽倡明聖賢之學，朱文公守南康講道于白鹿洞，於是環廬阜左右士皆以洙、泗、濂、洛爲宗，而李燔敬子、吕燾德昭、周謨舜弼、蔡念成元思、胡泳伯量相繼而作，流風遺俗迄今尚存。儆齋先生晚登朱子之門，與敬子、德昭諸公相友，遺文數十卷藏於家。其昆季子孫接于見聞，觀感而化。考君之修身制行若此，則家學世德之淵懿，其亦有所本歟。予故不辭而爲之銘。銘曰：

有美楊君，悃愊無華。聿修其身，益大厥家。宗族鄉閭，推其孝友。一門雍容，禮俗孔厚。大江之濆，匡廬峨峨。昔有君子，樂爾絃歌。詩書之化，無遠不被。流風百年，家範猶美。爰有貞石，刻此銘詩。嗟哉里人，尚克式之。

〔一〕「史」原作「由」，據李氏鈔本、適園本、徐刻本改。

房山賈君墓碣銘

進士賈彝述其先伯父之行來請曰：「吾家涿之房山，世習詩書。伯父有政事材而弗克壽，伯母守節以終其身。今既合葬，願得銘文表諸墓。」天爵自幼往來燕、趙間，每見搢紳故家才子賢孫奮其所能，欲效于世，而閨門之中亦皆貞順有禮，此國家承平俗化之美，非一旦一夕所能致也。若賈氏者，其可徵哉。

君諱和，字仲禮，金進士伏翼縣丞景山之孫，故處士德全之子。君資簡重，少游鄉校，日誦書數百言。弱冠明經，務求大旨，不爲缴繞章句學，下至醫卜書數咸通其說。初著版籍鷹房總管府，時中原甫定，江左未下，朝廷嘗因畋狩以閱武功，鷹師所至威若神明，或旁緣爲姦，而下不勝其虐矣。君間爲其官長言：「國家肇基百戰，始得中土，蒐畋閱武，本以服未服，豈宜病民若是乎！」鷹師嘉君廉謹，命司其府錢穀，君出納有方。久之，別籍採石提舉司。當宮城肇建，欄檻、陛礎、輿梁、池臺，悉資玉石，供億浩穰，主者莫能支，辟君掌其文書，事集而工不擾。至元十四年四月，君以疾卒，年二十八，識者哀之。大德元年四月，葬房山抱玉鄉栗原先塋。

娶田氏，無子。君卒時，田氏年二十餘，誓不他適，屏去簪珥，遂著女道士服，深居不出凡四十年。族人時遺蔬米，以飲食之。天曆元年二月卒，年七十一。至元二年二月，君之諸姪始舉田氏之柩合祔君墓，仍以一人奉君祀。初，處士娶康氏，生子四人，而君長子也。次曰閏，曰璞，曰壤。閏之子仲良、仲恭，璞之子伯儉，壤之子叔讓、季常、彝。仲良之子愨，伯儉之子誠。壤終宣德府教授。彝以至順元年賜同進士出身，官將仕郎、太常太祝。誠好義有聞。奉君祀者，季常也。按賈氏系出晉康叔虞，唐長江主簿島以詩名，世居涿州范陽。金大定末，分范陽爲萬寧縣。明昌二年，又名奉先。國初始改房山。島墓今在縣境，君其苗裔耶？銘曰：

猗哉賈君，才可大受。天嗇其年，人又奚咎。九原無憾，繇娩有人。操其節義，蓄德于身。瞻彼西山，有石如玉。琢此銘詩，永表貞俗。

處士賈君墓表

至順元年三月，天子策士于庭，房山賈彝賜同進士出身。或曰：「是惟詩禮故家，世載隱德者也。」未幾，彝以奉常太祝丁内艱，免喪，調官新樂。其父卒，乃命猶子誠來告曰：「彝幼學于家庭，殆忝科名，欲以爲親榮，不幸復罹大故。苟無文字表章先德，後將無以鏡考，是則彝所懼也。」謹稽門生任享祚所述狀而爲之書。

君少聰警過人，弱冠聞容城劉公因以理學淑多士，偕其兄往從焉。公愛其兄弟性静而樂學，命其兄名曰璞，字抱真，君名曰壤，字巢夫，蓋所以期待者非淺淺也。久之，學若有得。隱處州閭，以奉其親，旨甘瀡瀡，孝養克備。親疾，躬省藥餌，憂形于色。親没，衰絰斂殯，遵古喪制。兄亡，撫諸姪盡恩義，教之讀書，皆克樹立。君綜理家務，一髮不以自私。建祠堂以奉神主，割美田以供祭祀。敷教于家，遠近學徒恒百餘人，君懇懇爲陳經義，大抵祖述劉公之訓爲多。學者寒飢或不能存，又從而振給之。繪孔子像，且望帥里人祠之，蓋欲一鄉興起爲善之心焉。與朋友期，風雨寒暑未嘗後至。爲文渾厚質實，不尚華靡，一時翕然推重。初用薦者授涿州學正，再調宣德府教授，皆漠如也。翰林承旨郭公貫、國子祭酒崔公詠、燕南廉訪使趙公晟以君才可教胄子，俱嘗薦名于朝，不報。至元元年乙亥八月二日卒。

君世涿州房山人。曾大考金尚醫某。祖考貞祐三年進士、伏翼縣丞景山。考處士君德全。母康氏。娶焦氏，早卒，繼趙氏。子男叔讓，提領金玉府採石山場；季常，司石局庫；次卽彝也，今翰林國史院編修官。女適焦仲平、張世傑、趙大本、劉某。孫男某。君享年七十有四，葬房山抱玉鄉栗原先兆。昔者劉公以高節絶學師表當世，海内之士聞而興者豈無其人，矧親承其學踵其高尚若君者歟，宜有銘以表諸墓。銘曰：

幽燕山川欝奇崛，士氣感慨多奮烈。偉哉容城古豪傑，作訓其徒勵名節。若冠有緌玉有玦，百世考德載貞碣。

故梧州幕府王長卿墓誌銘

君諱士元，字長卿。其爲人儀觀魁梧，倜儻有大志。少好讀書，通玄象及先天之學，又善行草，表其號曰白襴居士，士亦多從之游。君談論風生，賓客滿座，聽之終日不厭。年二十餘，慨然思樹功名于世，將爲遠游以廣其見聞。遂涉關、陝，西至巴、蜀，南抵六詔，覽觀山河之雄壯，其志愈振而不少衰。鎮蠻〔一〕宣慰都元帥奇其才，辟署爲掾，君忽不樂，棄之去。叙州諸部宣撫使〔二〕聞其名，復羅致之，不敢以曹屬御之也。君喜以爲知己，因留居焉。

叙州僻在遐荒，蠻民甫定，事多無法，君稍爲之疏櫛滯務，衆口咸譽之，由是聲名益盛。雲南行臺御史薦君爲之佐。遠方征戍軍士歲有衣糧之給，朝廷慮或侵漁，常命御史察之。時永昌軍士當給積年鹽米若干，偶御史缺員，命君代行，有司不敢爲姦，軍士大和。洞蠻歹難作亂，行省平章征之，道出永昌，其民遮平章言：願留君以相府事。平章以其事聞，尋授君將仕佐郎、茫施路軍民總管經歷，大德元年正月也。龍江驛者，西天、緬國塗所經焉，或請合于騰衝府，而山路崎嶇三百餘里，馬不能馳，絡繹死于道，民甚苦之。君請復置驛于其所，行省是其說，仍檄土官修治之，爲經久計。雲南左丞尤以君爲可用，擢置掾曹，檄至茫施，而軍民固請留之，竟不果行。大理、金齒及鎮南諸蠻更相讎殺，招諭者數不聽，或以君薦，遂往諭之，彼皆交歡如初。

行省上其勞，君感瘴癘，移疾出六詔，遨遊潼、梓諸山。久之，泛江至鄂，謀歸其鄉，而湖廣省臣有知其才者，援例調梧州幕府。適思播洞民及羊溪猫梗邊，遣人諭之不止，衆以君熟邊事，遂檄君往。至則陳禍福以動之，彼亦無事。未幾，君至蒼梧，卒焉。

王氏世爲河南洛陽人。君曾伯祖賡仕于金，以資善大夫、汾州等處提刑使卒官所，遂家于汾。曾祖貞，司天監、保章大夫。祖炳，業儒，以金政亂不克仕。父瓘，國初歷林、石二州教授。妣任氏。有子五人，君其長也。生于歲之壬子，卒于至大戊申，享年五十有六，歸葬西河縣慶雲鄉洪哲里。娶劉氏。三子：某、某，前君卒；璽，後君三月生，今治進士業。君母弟士毅，仕至奉議大夫、湘鄉知州兼勸農事，以至正三年六月卒于江南。其子翰林國史院檢閱官稷將與璽扶柩北歸，遣其弟揖來請曰：「伯考平生抱負奇才，欲以自見，竟賫志以没，惟公哀而銘之。」某昔貳春官，考第國子，而稷中選。重其家世學行之偉，故與之銘。銘曰：

王君卓犖早負奇，遊觀蜀、漢窮滇池。材名傾動西南夷，荷旃被毳髻作椎。操刀相讎殺爲嬉，聞君一言洞弗疑。不勞征戰輿兵師，君罹瘴癘志不衰。亦思百代休聲垂，欲知君材〔三〕訂銘詩。

〔一〕「鎮蠻」，李氏鈔本、適園本、徐刻本均作「鎮南」。
〔二〕「使」，徐刻本、適園本作「司」。
〔三〕「訂銘」原作「銘訂」，據李氏鈔本、適園本、徐刻本改。

元故奉訓大夫昭功萬户府知事馬君墓碣銘

馬氏本雍古部族，金季有爲鳳翔兵馬判官死節者，子孫因以爲氏。君諱祖謙，字元德。故禮部尚書、贈推忠宣力翊運功臣、正議大夫、僉樞密院事、梁郡忠懿侯諱月合乃之曾孫，行尚書省左右司郎中、贈嘉議大夫、吏部尚書、梁郡侯諱世昌之孫，朝列大夫、同知漳州路總管府事、贈中奉大夫、河南江北等處行中書省參知政事、梁郡公諱潤之第六子，資政大夫、御史中丞，贈攄忠宣憲協正功臣、河南江北等處行中書省右丞、魏郡文貞公祖常之弟也。

君賦質清美，異于常兒，少入鄉校，日記數百言。踰冠，從文貞公來京師補國子員。是時朝廷方尚文學，太史齊公履謙入爲司業，請改學制，以積分法試諸生，庶幾士知向學而人材出矣。詔從其請。久之，君試中選，授承事郎、同知保德州事。州居萬山之中，事多苟簡，君持身以廉，奉法惟謹，未幾吏始知畏，民亦知勸，而同列共稱其才焉。或謂君官卑薄禄而能盡心其職，他時必當貴顯，君曰：「吾聞先儒有言：一命之士，苟存心於愛物於人，必有所濟。豈覬異日之富貴乎！」滿考，調監保定束鹿縣。君曰：「庶可行吾志矣。」於是興學訓農，以勵其民。民訟至庭，一言而決，胥吏無故不敢輒入鄉社，民深德之。部使者按臨至邑，民老幼數百争言其賢，使者以其狀聞，尋召爲昭功萬户府知事。民聞其去，共請留之，不報。復以財物爲贐，曰：「君在官無毫髮侵漁我民，故以是爲贐。」君再三諭而却之。至元二年十一月十八日，君以疾卒，得年四十有二，積階奉訓大夫。母楊氏，封梁郡夫人。生母李氏，贈開封郡君。娶童氏，封開封縣君。無子，一女適某，以兄祖烈之子惠子爲後，今濠州鍾離尉。

君卒之明年四月二十七日，葬光州桐鄉阡梁公墓北一里。惠子請文以表其墓。維馬氏世著勞烈于國，至文貞公以文學益大其家，宗族子弟悉教育之，俾克有立，積分貢舉，連中其科，惜乎君之不壽弗克顯于世也。銘曰：

維馬有氏，肇自先公。捐身國難，慶流于宗。衣冠相承，世濟其美。尚書之孫，梁公之子。佐郡監邑，烈烈有聲。天胡爾嗇，獨隕其生。詩書之澤，相爾宗族。爰載世官，來者其勗。

萬億綺源庫知事郝君墓誌銘

君姓郝氏，諱伯魯，字希曾。其父道寧，以詩書教授鄉里，學者常至百人；今吏部侍郎郭公、户部主事左君尤著名者也。君少傳父學，起家欒城縣教諭，遷固安州學正，爲守令者重之，爲諸生者敬之。閒居京師，詩酒自娱，卓越豪縱，或以奇士目之。會朝廷崇儒術，黜吏弊，詔學官未調者悉補百司吏，君以才擢户部史，轉太醫院，〔一〕出官將仕佐郎、萬億綺源庫知事。年五十三，泰定元年十一月某日卒。妻李氏。無子。君操守嚴謹，户部綺源掌天下錢穀簿書，出納一毫無所私。其卒也，郭公經紀其喪，合諸友之賻授其弟某，以是月某日歸葬君真定縣常山里先塋。銘曰：

時須其材，而命不偶，又將誰咎。

〔一〕「轉太醫院」，李氏鈔本、適園本、徐刻本均作「改太史院」。

滋溪文稿卷第二十

碑誌十四

皇元贈通議大夫翰林直學士上輕車都尉滎陽郡侯鄭公神道碑銘并序

至正六年三月某甲子，朝列大夫、冀州户騎都尉、滎陽郡伯鄭公進封通議大夫、翰林直學士、上輕車都尉、滎陽郡侯。其子既焚黄告祀家廟，又將勒銘表諸幽阡，于以發公潛德，彰朝廷之寵光，覆被子孫于無斁，乃屬天爵爲之辭。

維鄭氏真定冀州棗强人，家世以才武著顯。我國家初入中原，命太師、國王招集豪傑，戡定未下城邑。公世父義帥其鄉人來歸，累官龍虎衛上將軍、元州兵馬都元帥。公之考甫亦以戰功遷同知冀州節度使事兼管民萬户，昆弟子孫爲統軍元帥、萬夫長者十餘人，千夫、百夫長者又十餘人，宣慰使、御史、郎官、守令者二十餘人。門閥之貴，推次甲乙，近代所未有也。

公諱澧，爲同知節度之第十七子。惟節度使有子十九人，公性高潔雅，不樂仕，曰：「俱仕固榮矣，祖宗墳墓其誰與守？」乃營别墅棗強之永川里，務躬行實履，絶去世俗華靡之習。課家人治耕桑，蕃畜牧，伏臘以供祀事。衣食既有餘饒，推之以周宗親，次及鄉鄰之貧者。鄭氏族大且盛，或貧乏鬻其世分田者，公贖而還其人，不責我償也。飢者分粟以活之，男女未室者給資粧以嫁之，死不能殮者槥之，蓋以恤災解紛爲心，未嘗懈也。每思祖考俱有勞烈于國，樹立豐碑，紀述成績，慮有風雨剥裂之憂，構華屋以覆之。又築室于先墓之側，以待展省之至者焉。

其居家也恒以孝友睦其昆弟，春秋浸高，衣冠尊肅，動履康寧，一話一言，皆可爲法。歲時子孫來謁，車騎之盛，朱紫之華，列拜庭下。公雖以家世崇高爲榮，復以富貴滿盈爲懼，戒子孫以「先世驍勇發身，忠義報國，汝宜奮勵，勿墜先訓。」邑有孔子廟，公兄元帥、宣靖公渤所建，歲久傾圮，公一新之，俾士有所受業。事母至孝，旨甘克盡其養。事兄能順，田園悉推讓之。及卒，室無餘財，惟祭器圖書而已。宗族隣里之人始而愛，久而化，既殁而猶思焉。公享年七十有八，至順三年八月十有八日卒，九月十有八日葬棗強之南留馬原。

元配劉氏，事舅姑以恭，相君子無違德，享年八十有六，後至元三年八月某日卒，合祔公墓。累封滎陽郡夫人。子男三人：曰郇，曰郛，曰郊。女二人，適張氏、王氏。孫男十人：

敦復、至臨、中順、素履、撝謙、允升，其四人幼。鄩以世家子宿衛内廷，出官從仕郎、開城路總管府判官，歷陝西行省管勾、鄜州同知、武衛經歷，進朝列大夫、知同州，入提舉備用庫，出知慶陽府、陝西行省理問，遷奉元路總管，積階通議大夫。國家之制，凡由宿衛官某方者，始終不離其地，惟關輔聽中書注擬，他省則三歲一遣官調之。鄩官關中既久，臺、憲屢表廉能，蓋其慈祥愷悌之政，皆公孝弟忠信所由化也。故推恩之典，上賁于公。諸孫皆入成均爲胄子，敦復以侍儀舍人擢山東憲掾，今官從仕郎、太常太祝。

嗚呼，公躬行于家，而人化于里，非有遇人之才，克若是乎！使公登用于時，其官勳必與昆季相埒無疑也。公既弗欲顯聞，柰何使之湮晦而無所傳乎。是宜有銘以著于世。銘曰：

維古名族，德澤深長。才子賢孫，奕世蕃昌。生長食息，不離典訓。在家在邦，允著令聞。冀有鄭氏，聿爲名門。昆季衆多，其盛如雲。桓桓將軍，侃侃御史。郎官守令，冠蓋盈里。公生其閒，獨樂静嘉。持身孔嚴，悃愊無華。夙夜奉親，旨甘畢其。慮瞻丘隴，雖老猶慕。家有餘饒，惠我宗親。匪維宗親，施及鄉鄰。孝友恂恂，是亦爲政。尚熹爾後，克嗣其慶。我銘公墓，匪表其私。吁嗟里人，過者是思。

皇元封奉議大夫鉛山知州驍騎尉涇陽縣子張府君墓碑

至正甲申，余遷官西臺，覽河山之高深，省風土之敦厚，意其必有豪傑之才，高尚之節，可以爲世楷範；而士農之衆，亦必有孝友信義，可以興起俗化者焉。未幾，南臺御史張侯以先世遺事來請曰：「儆之祖父以好義聞，蓋上承曾祖之志，下熏我後人，以化其鄉閭者也。今將樹碑墓道，願爲文以表之。」昔余佐中臺幕府，侯方爲掾，繼遷掌故，蓋交游厚善。考其先世遺事，曾祖墓碣，集賢學士蕭公所作；祖父埋銘，太子贊善同公述也。二公皆昭代碩儒，關輔高士，顧余敢附其後乎！已而赴召入朝，侯亦持節按行四川、六詔，及余參預江浙省政，侯又適長幕府，復以墓碑爲請。乃爲之文曰：

奉元路之北若干里龍橋鎮者，張氏家焉。其地本屬耀州之三原縣，職方氏以三原邑小不足以域民，龍橋市井繁衍，故遷縣治居焉。君諱德明，字彥明，賦性淳質，其爲人廉靖忠厚。少學詩書，言動悉遵軌度。篤於養親，未嘗暫離左右。或勸之仕，則曰：「富貴非不欲也，若舍吾親遠遊，甘旨將誰致乎？」初，張氏在金以醫術爲業，至君考則曰：「醫人命所係，蓋重事也。吾以中人之資，豈可易爲之哉。」當國家戡定之初，原野方闢，加以壅土肥沃，乃帥家人治農務，歲連大穰，家用饒裕。遂大振施于人，久之，以孝義名一方，蕭徵君所以表其墓也。及君代理家政，尤輕財好義，曰：「此吾親宿昔之志，吾朝夕恒懼不克繼之。」有張澤者，因屢昏嫁假貸于君，積負甚夥。君憐其貧，一不責償，取其券焚之。邑人李和、雲陽李仁皆爲隸于人，其家欲得錢縱之爲民，聞君尚義，輒往請焉。君哀矜其人，以私錢數千緡畀之，仍爲經紀其家。是其書于同公埋銘者特一二事，其他不及書者尚多有之。推君之心，蓋本乎惻隱，濟之以惠利，非期欲人之知，亦非覬人之見德也。

君嘗曰：「今海宇承平，年穀豐足，若鄉校不修，則無以興治化，師道不崇，則無由識禮義。」乃倡縣侯買地建夫子廟及學舍門廡，而締構像設之費出于君所施者居十之五，遠近觀感，争遣子弟就學，讀書習禮，以變其俗。君教子孫極嚴，必擇賢師良友與之游處，使知古人爲己之學，故修身涖政，肅然有法。蓋君之治家勤以中節，儉而合禮，祭祀盡孝，燕享致豐，誠以接人，敬以持己。鄉邦無賢愚，悉推爲君子長者。君春秋既高，以子貴封奉議大夫、鉛山知州、驍騎尉、涇陽縣子。是日，宗族閭里咸來致賀，子孫以次奉觴獻壽，遠近觀者以爲榮。享年七十有九，以至治二年二月二十七日終于所居正寢。配李氏，先十二年卒，贈涇陽縣君，柔順恭恪，克修内事。是歲五月十有七日，合縣君之喪葬于縣之常玉鄉悌友村先兆。

君祖諱順。考諱貴。祖妣馬氏。妣孟氏、馮氏、白氏。君白氏出也。子男世英，同知鐵州軍民事；世昌，敦武校尉、脱思麻路新附軍上千户，佩金符，累贈中順大夫、兵部侍郎、上騎都尉、清河郡伯；世傑，承務郎、同知松潘、客疊、威茂等處軍民安撫事，佩金虎符，終奉議大夫、同知河州路總管府事；世榮，承務郎、僉海北廣東道肅政廉訪司事，終繕工司丞。孫男曰信，曰備，世英子也。信，中政院管民提領。曰儼，曰徽，世昌子也。徽由奉政大夫、嶺北湖南道肅政廉訪副使，遷江浙行中書省左右司郎中。曰佁，曰佶，曰侃，世傑子也。曰佖，世榮子也。習進士業，貢于鄉。信之子履，陝西行臺掾。儼之子晉。徽之子恒升。曰王諒、米安仁，女之夫也。曰段珪、李温、李居仁、黎思恭、楊敏、王炳、段永貞、宋德新，孫女之夫也。

嗚呼，古之君子施而不求其報。三原張氏自孝義君樂分施而恥積藏，至奉議君克紹先志，惠及鄉邑，子孫昆季列官風紀，遂爲搢紳聞族。然則感應之理，益可徵乎。銘曰：

關輔之右，風土高厚。惟人之生，克孝而友。有美張氏，世以義聞。施與其親，惠及鄉鄙。鳌身于家，康寧豈弟。施于孫子，益大以侈。總戎邊閫，執法憲臺。輝光日新，福禄鼎來。世有鄙夫，多藏厚積。遺及後人，鮮有弗失。積而能散，其心孔仁。已弗求報，天福善人。鄉有碩儒，埋銘燁燁。揭文豐碑，永示來葉。

元故兩浙運司浦東場鹽司丞楊君墓誌銘

君諱居義，字子宜，姓楊氏。故中書參知政事居寬，從兄弟也。其先由華陰徙汴，宋宣和間，有諱絢者，司易州儀曹事，城陷死之，贈朝請大夫。其子邦基，擢金天眷二年進士第，以文藝擅名，官秘書監。既老，拜通奉大夫、永定軍節度使。生奉直大夫、郊社署令皓。皓生監嵩州〔一〕酒庭直，庭直生淵，是爲君考。國初爲百夫長，卒官鐵冶提舉。

君少負奇氣，南游江、淮，當路者以故家子薦之。然所司者不過米鹽之細，巡邏之勞，君念母孫夫人年高，急于禄養，在官皆舉其職，未嘗以爲卑也。及佐定海，始得治民，而監、尹皆缺。歲仍大飢，民多徙死，君撫諭有方。又值倭人作亂，火城市，殺吏民，帥府命君供儲峙，是集而民不擾。賊平，衆皆推君才可大用，而君老矣。君素貧，事母至孝，嘗承省檄當如京師，徬徨不忍去，母曰：「汝既委身從仕，勿以吾爲念也。」君不得已北行。比還，母以天年卒，君終身以爲痛焉。

君貌魁梧，美鬚髯，清白廉靖，蓋家法也。晚歲刻意讀史，歷考古今治亂得失，談說如在目前。嘗曰：「吾少罹多故，今勉强向學，甯戚所謂老而學者，不猶愈于坐致怠惰乎！」君初娶李氏，燕中士族。繼室沈氏。子男曰昱，卒于福建道廉訪書吏；曰旭，由中臺察院掾爲浙西道憲司照磨；其曰晟、曰曇者，佗姬出也。女四，汴人吴鐸、王某，莘縣徐某，宛平張文魯，其壻也。孫男某、某。君初起家常州酒使，歷鎮江圖山〔二〕巡檢、嘉興海鹽尉，會陞海鹽爲州，改建德淳安尉、慶元路務副，官進義副尉。主定海簿，遷進義校尉、兩浙運司浦東場鹽司丞。享年六十有五，延祐元年八月朔日卒，權殯丹徒汝山原。楊氏自秘監始家燕，嵩州府君占籍東昌莘縣，别兆邑之西廉原，旭將卜以至正某年某月某日葬君莘之先塋。銘曰：

華陰之楊，繇漢涉唐。族姓蕃昌，宋金百年。時屢變遷，世載衣冠。君多子孫，益大其系。惟德之自，歸葬于莘。土厚俗敦，銘詩不泯。

〔一〕「州」原作「叔」，據李氏鈔本、適園本、徐刻本改。

〔二〕「圖山」，李氏鈔本、適園本、徐刻本均作「圌山」，當是。

大元贈朝列大夫秘書少監董府君墓碑銘

朝列大夫、御史臺都事董之用拜江北淮西道肅政廉訪副使，將行，來請曰：「先君少負奇氣，思自奮拔，喜讀孫、吴兵法，習騎射。昔至元中，丞相淮安忠武王總兵伐宋，收攬豪傑，分任將佐。或以先君名薦，丞相與語奇之，乃命將兵從行。攻城野戰，躬冒矢石，立功居多。所過郡邑，惟務輯綏，未嘗妄殺一人，賴以生者無慮萬計。宋平北歸，游優里社，卒不言功。于時先祖、先伯父皆已卒，祖母年高，甘旨滫瀡，克盡孝養。祖母既終，築廬墓傍，啜粥飲水，哭泣三年，猶初喪也，聞者嘉其孝。卒喪，事寡嫂有禮，撫諸姪盡恩義，衣服飲食，不先己子。田廬所入，悉以歸嫂。嫂卒，諸姪求分財異居，凡屋之華好、田之肥美者，悉令諸姪取之。乃前之用等曰：『吾地雖磽瘠，屋雖［弊］漏，［二］我自安之。汝兄弟輯睦有立，勿憂家不肥也。』久之，貲用益饒，宗族朋友之貧者周之有差。于是郡守、邑宰咸高其行，事多咨焉。里閈李氏子或誣殺人，獄具，先君爲辨其誣，李氏子得不死，殺人者亦獲。此先君行事之用得于家庭見聞不誣者也。夫善積于躬，不享其報，委祉于後，而獲顯榮，宜表墓石，昭示永久。子嘗同官，其爲之銘。」

按，董氏河南洛陽人，世有隱德。君諱清，字伯源。昆弟三人，曰深，曰溥，君于次爲弟三。曾大父洪業，家洛之北邙山，墾田千畝，積粟萬鍾，遇凶歲輒施粟以賑鄉隣。大父歷名，有才畧，省、府交辟，辭不應，深居自樂以終其身。母葛氏。娶牛氏。子男三人：大用，君用，之用。女四人：嬉，適張誠；婉，適王課；嬪，適辛泰；好，適楊亨。孫男某、某。之用初擢南行臺掾，歷蜀憲幕，爲樞密院都事，遷中書右司，由工部郎中拜監察御史。初贈君承事郎、同知陝州事，進奉直大夫、禮部郎中、飛騎尉、洛陽縣男，加贈朝列大夫、秘書少監、騎都尉、隴西郡伯。牛氏累贈至隴西郡君。君享年八十有三，泰定四年八月二十六日卒。

牛氏年五十八，大德二年九月初三日卒。合葬洛陽金谷鄉杜村原。銘曰：積厚者家，流澤必廣。天道昭昭，報施不爽。偉歟董君，早歲從戎。活人止殺，卒不言功。有行有年，又多孫子。寵命載揚，華爾桑梓。維洛北邙，古墓實多。豐功盛烈，樂石不磨。我述是詩，式表潛德。尚配昔人，垂示無極。

〔一〕〔弊〕漏　據李氏鈔本、適園本、徐刻本補。

莘縣楊氏先塋碣銘

東昌莘縣楊氏，其族有二。故中書參知政事居寬，今江南湖北道肅政廉訪司知事景，皆著姓也。天爵昔官六察，景爲之佐，愛其清慎而端雅。今焉參預鄂省，景居憲幕，蓋有斯文之好焉。問來請曰：「景之上世譜軼于兵，曾祖迨今，凡六傳矣。遭時承平，朝野治安，居者樂歲時之豐登，仕者列官曹之清要。又承寵命，追榮考妣。而塋兆封樹之固，願求一言以爲之表，庶俾子孫永久而弗忘也。」

按，景之曾祖諱善祐，慈祥樂易，不與物忤，時以長者稱之。配某氏。祖諱寶，初以勇果應募爲兵，久之擢揚州管軍彈壓，佩銀符。英毅多謀，身率士卒，均其勞苦，故伍部嚴整而不敢犯。帥府推其才，謂有古節士風。配趙氏，晚歲始生一子。乃曰：「吾家有舊田廬，先人之所遺也。吾嗣守之，不敢失墜。今託先人遺體，幸有一子，苟無以教誨之，他日何以能保先人遺業乎！幸吾子有成，則報國有日矣。」遂棄官歸，以勤苦律其身，以孝義行于家，豈惟子孫化之，而鄉人亦皆矜式焉。

其所生子，景之考也，諱德。早承父母之訓，長則身任其家務，周旋内外，克慎以和，曾次洞達，與人交無宿怨。值父母喪，能致哀毁。自奉淡泊，惟務儉約，有餘輒賑救其宗族閭里之貧者焉。大德某年某月卒，享年八十有四，贈從仕郎、丘縣尹。配段氏，至大某年某月卒，享年七十有三，追封宜人。子男六人：長敬，趙州提控按牘，致仕莘縣尉；次清，次平，俱以孝弟力田稱；次文，應鄉貢進士舉；次政，仁虞總管府鷹房提領；次景，歷山東、淮東憲史，貢中臺察院，授將仕佐郎、江東道廉訪知事，進從仕郎，轉官湖北。孫男十七人。敬之子伯元，清之子伯亨，平之子伯榮、伯顯，文之子伯英、伯傑、伯貞、伯安、伯永，政之子伯恭、伯敬、伯讓、伯倫、伯宜、伯直，景之子伯仁。曾孫若干其人。伯元之子二，長曰國子伴讀遵古，次曰遵禮。楊氏塋兆在縣之第五鄉太傅保楊家里。天爵既序其事，復爲之銘。銘曰：

惟莘之郊，九河所瀉。河既南流，是爲沃野。楊氏來居，有田有廬。勤爾耕鋤，樂爾詩書。詩書業成，賛畫風紀。寵命在門，賁及桑梓。疇昔楊氏，顯于關西。四世三公，孰盛與夷。浮陽清明，時有消長。表石于阡，尚企其往。

洛陽劉氏阡表

參議樞密院事王君來請曰：「洛陽多衣冠世家，典刑文獻有足徵者。外舅劉氏，亦令族也。子孫欲述族世遺事表諸先墓，吾嘗與子同官，幸爲之文無讓。」

按，劉氏有仕金爲管軍教練使者，譜逸于兵，諱亡。夫人魏氏。生子慶昌。皇有中夏，爲深州管民總管。時兵戈甫定，法制寬簡，凡爲郡十餘年而不佗遷，以故得盡設施無所牽制，民獲受其賜焉。歲乙卯三月卒，年若干。夫人馬氏，遼中書令翼之裔孫。其家以清白著，故服用質素，不喜華靡，有田百畝，命家人耕稼以供伏臘。中統三年九月卒，年七十九。子男曰英，曰堅。女適中奉大夫、陝西行省參知政事趙彦澤。

堅字彦實，性警敏，讀書有立。稍長，不樂進取，然其志常欲濟人急難。見鄉鄰貧者疾病不能致藥餌，惕然傷之，乃從名醫張仲文學。久之，傳其業，疾者當病，授藥而不責其報，賴以生全者衆。至元十三年三月卒，年三十七。以子貴，贈奉訓大夫、河南行中書省左右司郎中、飛騎尉、閿鄉縣男。其配閿鄉縣君謝氏，年方盛也，貞静自守，躬爲蠶織以給衣食，窮苦益久而無變志。事嫞姑備孝養，勵諸子以學，諸子亦能以藝自奮。初縣君考卒無子，爲具棺槨葬之，母喪明無所歸，迎養于家，卒祔其考之墓，鄉閭以孝稱焉。延祐元年七月卒，年七十三。

子男德泉，將仕佐郎、濟南等處管民副提舉，在官以廉愼聞，居家則温然馴行君子也。次德淵，御史薦其才，擢河南、山南憲史，言：「南士浮薄，不宜任風紀；郡縣水旱，宜蠲公田賦入以裕民；江陵築堤防，有司旁緣爲利，可罷其工；荆湖宣慰使恃貴馳狗馬蹂田稼，可禁其獵。」廷議善其言，多施行之。進掾甘肅、四川行省，累遷奉訓大夫、知陝州事。次德源，掾江陵宣慰司，卒。女適儒士步懿。德泉娶李氏，繼賀氏。一子曰藹。女適王敬方，參議君也，封洛陽郡君；次適鄭彥舉。德淵娶王氏，閿鄉縣君。二子：曰蕙，卒；曰藴，調官永寧尉。女適李季璋，次適李彥禎。德源娶張氏，繼趙氏。二子：曰芳，曰蔚。

劉氏初爲順德人，葬邢臺東小張村原，蓋以貲雄其鄉。金之季年，教練使始家于洛，卒葬北邙山金谷之陽，子孫以其次爲兆葬焉。天爵居京師三十餘年，四方之士仕于朝者蓋及識之。洛陽多儒先名公，流風遺俗猶有存者，郡人漸被其化，才賢輩出，若參議君則尤知名于時者也。故因請表劉氏先墓，推本其鄉郡之懿，而爲之銘。銘曰：

維洛自昔多巨族，衣冠接武振遺俗，隆隆劉宗世業篤。教練有子司郡牧，郎中活人愼擇術，積行累善榮以祿。諸孫孝廉壹則肅，葬有吉壤邙山麓，表石著銘來世告。

元故承務郎真定等路諸色人匠府管總管闞君墓碑銘

君諱德聚，字敬夫，姓闞氏。世爲真定新樂人，户版隸高唐王府。王進封趙，户仍隸之。君貌魁梧，性倜儻，負其才能，欲顯于時。數侍趙王往來漠北，王念其勞，命同知真定等路諸色人匠總管府事，凡王之貢賦出納、户數登耗皆司之。君勤於職守，居數月，以父喪去官。奉母甚篤，甘旨無所缺，鄉鄰共稱其孝。久之，趙王復薦君于朝，中書以聞，天子乃降璽書，陞爲其府總管，階官承務郎。君益修職弗懈，歲餘，以養母辭歸。晨昏定省，得母之歡心。享年四十，以至正二年九月二日卒。闞氏世葬新樂長壽鄉西明村之原，不知幾昭穆矣。由君之祖別卜塋兆于先墓西南一里，君從葬焉。

曾祖通，妣武氏。祖珍，妣李氏。父政，妣孟氏、田氏。三世積善于鄉，有田數千畝，歲收萬鍾。儉于自奉，裕于濟人。比歲螟蝗水旱，五穀不登，民有飢色。朝廷聞而憐之，輒出楮幣，遣使者分行振救，民猶不足。又命有司勸大家富民出所有以佐之，而闞氏施粟者數矣。環君所居百里之内，民乏食者相帥有所假貸，君不務取厚利，惟以活人爲心，故人人咸懷其惠。聞君之亡，多傷悼焉。君娶賈氏，繼張氏、劉氏、張氏。子男曰愽，亦以趙王命同知其府事，卓然有立。女長適王某，次許適劉某、李某。

初，新樂闕氏宗族甚盛，其後散居真定靈壽、行唐、曲陽之境。有諱山者，幼爲金人所俘，襲爲謀克。謀克者，世掌軍旅之官。有諱碧者，國初以百夫長戍潁州，其孫曰玉，終稾城尹。曾孫思義，從太保劉公起朝儀，擢侍儀引進使，累僉江東建康道肅政廉訪司事，曲陽之族也。獨君父祖世守墳墓不去，至君始以才能入官。既葬之八年，博偕君之表弟河東憲掾范思誠求銘墓碑。予以鄉黨之故，爲之銘曰：

自昔居官多惠愛，奚間中朝與流外。偉歟闕君志慷慨，屢發蓋藏佐振貸。歲值凶荒人有賴，豈弟君子神所賚。慶澤淵淵當未艾，石著銘章示方來。

易州李氏角山阡表

承德郎、僉河北河南道肅政廉訪司事李英，當泰定丁卯春二月某甲子，葬其先世十餘喪于易州易縣碧玉鄉角山之陽。又十有五年，爲至正辛巳，英來請曰：「維李氏陳州商水人。歲壬辰，天兵克汴，詔徙河南之民實河北郡縣，先曾祖挈其家僑易州。歲乙未，始占驛傳户版。時國家設都和林，中外之事由驛傳以達，而號令傳布遽于星火。曾祖遂遷于涿，以趍事焉。既終，稾殯于涿之野。吾祖以材幹充驛官，卒亦殯于涿。而曾祖妣、祖妣、〔一〕伯父、叔母、諸弟之喪，或在易州，或在固安，弗克族葬。英時雖少，念之輒痛心疾首。稍長，試吏憲府，求升斗禄以養親。及調河東，先考、妣相繼卒，憲長憐其貧，爲賻鈔若干緡，始克載其喪歸。買地爲兆，定昭穆之次，自曾祖以下，爲之具衣衾棺槨而葬。〔三〕周以垣墉，樹之松栢，庶幾祖考體魄安于斯歟。英承先世遺澤，忝列風紀，考之令甲，得立石表于其阡。執事幸賜之銘，俾子孫知李氏遷徙之所由，兆域之所始也。」天爵向官西曹，英掾丞相府，見其進趍雍容，器識深遠，其行周，其操廉。及拜御史，又見其言事切直，不避權貴。心愛重之，故因其請而不辭。

按，英之曾祖諱誠，幼長兵間，艱苦百至，卒年若干。配楊氏，執夫之喪，哭泣喪明，卒年八十二。次馮氏，性嚴謹，事楊氏如姑，卒年七十。生二子，長仲義，次仲信。義即英之祖也，字敬之，讀書有政事材，而不克顯。其爲驛官，御衆有法。涿當西南孔道，使者絡繹，供帳輿馬調發，倉卒皆具，卒時年未四十，人咸惜之。先娶涿郡王氏，既生子榮，則卒。繼室固安范氏，年方三十而寡。家貧姑老，紡績織紝以供衣食，歲時祀享甚嚴。撫育三子榮、德禄、輝，恩愛均一，人或不知爲異母也，卒年五十七。德禄字受甫，爲人温厚慈祥，事母甚孝。母疾，湯藥嘗而後進，起居扶持，夙夜無少懈也。居家治生，一錢不以自私。待昆季尤篤，兄嘗醉怒云云，跪而聽之弗離也。弟或酗酒，亦不與校，愈加敬愛。久之，昆季雍睦，里閈舉以爲法焉。嘗訓英曰：「我幼喪親失學，汝當劬書自勵。」於是貸錢買書以遺其子，子亦卓然有立。其後就養河東，卒年六十，遺命勿作佛事。初贈承直郎、禮部員外郎，再贈奉議大夫、太常禮儀院判官、驍騎尉，追封易縣子。配陳氏，卒年五十八，追封易縣君。子男英也。榮無子。輝一子閏，早卒。仲信娶王氏，三子：德秀、德裕、德孚，德裕之子質也。

英由丞相掾爲户部主事，調宣政院都事，改南行臺御史。未行，就遷經歷，擢户部員外郎，遂拜御史。初英遭親喪，獨護靈車北還，歷太行之險，涉滹沱淵冰之危，而皆無虞，卒能改卜宅兆，以終大事，君子賢之。銘曰：

維昔先王，保民多方。生有所養，死有所藏。曰墓大夫，職其禁令。丘封地域，咸位于正。古制既微，或薄其親。棄捐中野，心焉弗仁。孝哉李氏，葬克以禮。角山之阡，有穹無圮。

〔一〕「祖妣」原作「妣祖」，據李氏鈔本、適園本、徐刻本改。

〔二〕「葬」下原有「之」字，據李氏鈔本、適園本、徐刻本删。

元贈中順大夫中山知府郭府君墓表

君諱聚，姓郭氏，世爲汴之陽武人。早喪父，不克推本其世。母陳氏，年方少艾，誓守節義，雖父母不能奪其志。居貧，自力於衣食。君既成人，河南兵亂，已不能家，乃負母逃難，嘗遇兵士，憐其志而遣之。轉客河北，因占籍於中山無極龍泉里。時中州新去兵難，〔一〕君治生養其母，甘旨無闕供，里人共推其孝。唐山縣尹程公以女妻君，裝送資賄甚盛。程氏鬻之買田宅，君日治田疇，程氏勤于蠶績，風雨寒暑無少懈也。久之，遂以貲雄里中。

君喜施與，歲飢，鄰里或乏食不能自存，輒出粟以周之。或婚喪有所假貸，亦與之。其人或不能償，見君有愧色，君以好言撫之。歲久，悉焚其券。鄉人皆曰：「郭氏其有陰德矣。」初，君命諸子習技藝，既而悔曰：「是豈所以立身揚名者歟？」乃延鄉先生於家塾，教誨諸子以及鄉人願學者。季子明德給事樞府，將從軍征日本，道過其家。里人危之，來語君曰：「是役必乘舟浮海，前歲軍士能生還者幾人？君盍止之。」君召明德曰：「爲人親者皆欲子之侍膝下，顧汝有諸兄以事我，汝能委身報國，是吾志也。」

君母陳氏，卒年九十有七，君自陽武遷其父柩，合葬龍泉之新塋。君於至元三十一年年八十四而卒，遂從葬焉，以程氏祔。鄉人赴者餘千人，皆有戚容。程氏先君六年卒，年六十九而卒。三子：曰成，曰潤，曰明德。潤，安肅州稅務使；明德，少中大夫、同僉樞密院事。二女適黎某、張某。孫男七人：弘毅、弘剛、擇善、擇仁、擇義、元珪、元璋。女五人，適某、某。曾孫男女十五人。元珪累官亞中大夫、廣平路總管，推恩贈君中順大夫、中山知府、上輕車都尉，追封太原郡伯，程氏贈太原郡君。將伐石表君之墓，乃以文來請。

嗚呼，古者之民，鄉田同井，出入相友，守望相助，疾病相扶持，其親睦之情爲何如哉！後世井田之法既廢，不幸民罹水旱之災，而常平之粟猶或足以爲養。國初海内治平，法制未備，其鰥寡孤獨凶荒飢饉之人，獨賴一時好義之家發其蓋藏以惠活之，若郭君者，宜其子孫甚大光顯之若此也。然自君之没五十餘年，無極之長老有識君者，與其里人嘗賴君以爲生者，往往念之不能忘也。歲月既久，壯者日老，老者漸亡，幼者或不能知其詳，故爲之表以告其後人焉。

〔一〕「兵難」原作「難兵」，據李氏鈔本、適園本、徐刻本改。

滋溪文稿卷第二十一

碑誌十五

元故承德郎壽福院判官林公墓碑銘

世祖皇帝臨御方夏，收攬豪傑，布列周行。其大者任以股肱耳目之寄，次則公卿百執事之選，下至宫室、服御、飲食、醫藥、弓矢、車馬，既以大臣世掌其事，至於分官以任其責者，則亦在所選擇，初不以遠近親疏而有間也。此其立制周密，得人衆多，至其子孫猶世守之不改其法焉。

成宗皇帝元貞之初，錢唐林公堅至自江左，近臣導之入覲，遂得列于宿衛，治饔事焉。公儀貌秀異，言論慷慨，美鬚髯，見者偉之。出入宫禁，恭慎不懈，稍以能自著。大德初，朝廷乃命以官，授進義副尉、常湖茶園副提舉。三年，陞同提舉。公規畫有方，課以時集。茶户歲貢有常，有司又復役之，皆以爲苦。公聞于朝，卽蠲其役。考滿，復歸内庭，執事如故。

至大初，從行在上都，賜見于水精殿。有旨命掌中宮簽事，尋授徵事郎、中政院司議。贊畫事宜，不亟不徐，多中肯綮。本院掾曹，官長近幸者多循故習，辟用私人，公請於六曹掾擇而用之，庶幾得人，衆從其議。前後擢用十餘輩，果皆清愼有聞，其後多至大官。若內臺中丞何公約，亦其一也。

久之，公以父年八十乞歸養，不許，命賜鈔五十定以爲旨甘之奉焉。尋陞承直郎、中政院斷事官，公用刑惟務寬平，或有鞫問，則第以情求之，初不事搒掠也。嘗侍上幸奉宸庫，偶於暗中得一帛囊，不知爲何物也，持至上前發而視之，皆大珠也。上嘉其不欺，賜黃金寶裝束帶一、帛五十疋、鈔二百定。中宮錢穀多出東南，領于江浙財賦府，歲久逋負者夥。公奉命徵理，得鈔若干萬定、糧若干萬石。仁皇念公久侍禁中，進公爲司農丞，又改都水少監，命未下，以父喪去官。服除，會上以聖壽萬安寺〔一〕世皇神御殿所在，當領祠官以奉祀享，有旨立壽福院，擢公判官，階承德郎。寺有先朝賜田若干頃，主者多爲姦利欺隱，公乘傳徧走畿甸，按籍求之，盡復其舊。延祐之季，以疾在告，無何，致仕南歸。

公爲人慈祥豈弟，人有急難亟援救之。嘗奉使上京之潮河，民有爲勢家妄占爲奴者二百餘户，泣訴于公，歸言于朝，皆復民之。及官茶司，茶户有與民相仇者，先賄其吏而後以私茶誣民，覬不得解。公察其寃，力與同列爭辯，卒明民無佗，抵茶户誣告者罪。又嘗奉旨監製茶品于閩，前爲使者指以尚食，需索多端，民不勝擾，公以廉自律，復爲戢其撓政者，民甚安之，頌其美于石。有士葬其親茶山之傍，地實民産，而惡少素與士有隙，搆詞興訟，公覈實直之。嗚呼，公存心忠厚若此，是皆因事可見者，特一二焉，惜乎終于禁庭之職掌，而不克盡其所施設也。

公字仲實。宋建炎初，由光州徙家錢唐。祖某，閤門宣贊舍人；妣王氏，封碩人。父昌，以公貴贈奉議大夫、嘉興路崇德州知州、驍騎尉、華亭縣子，妣黄氏，追封華亭縣君。初，歲在丙子，左丞董公從丞相淮王以兵抵杭，官民相繼請見。公時猶未成童，從親偕來，進退安雅，儼若成人，董公見而奇之，留置左右。頃之，董公分兵取閩，載戰艦入海，公偕衆別乘一舟從之。會風濤大作，其舟將覆，董公亟命人救援得公，其舟竟覆。及班師北還，公請歸省，左丞憐其志，許之。道出泗州，遇淮水大漲，登浮圖避之，凡三日不得食，水退方歸，聞者異焉。及歸老于家，日惟故舊相爲娱樂，與其兄承事郎、江浙理問所知事㞕，弟承務郎、唐州管民提舉實，克盡友愛，親族貧寒者多周給之。教子嚴甚，雖盛暑亦具衣冠端坐，家庭之間肅如也。

公享年七十有二，以元統二年正月六日卒。娶顔氏、陳氏、丁氏、鄧氏，丁氏封華亭縣君。子男四：鎰，將以公廕入官；鏞，由國子員補侍儀舍人；鉉，尚乘寺奏差；鑑，未仕。女五，兵部尚書賈忽里台、集慶路總管李完澤秃、松江府金山巡檢袁珙、王某、楊某，其壻也。孫男九，女二。復號至元之三年四月壬午，葬公嘉興縣柿林鄉日新原。鏞與天爵有成均同游之好，故請銘公之墓。余不得辭，銘曰：

昔在至元，南北一統。羣材斯興，克致其用。惟時林公，童稚甚奇。應對進趨，温温其儀。入侍禁廷，小心謹敕。日從太官，恭進玉食。春秋扈行，三十餘年。進官五品，循序以遷。居之裕如，是亦有命。子孫繩繩，克嗣其慶。柿林之原，實爲公藏。表銘貞石，鄉井之光。

〔一〕「萬安寺」原作「萬定寺」，各本均同。據元史祭祀志及其他有關記載，世祖神御殿在大聖壽萬安寺，故改。

元故建昌州判官蘇君墓碣銘

蘇氏居趙郡欒城者，唐宰相味道之裔也。五季之亂，始分處隣邦，故常山之境，訖今蘇氏爲最盛，稽其世出皆本欒城。君諱恒，字德常，其先由欒城徙高邑，至其祖又徙元氏，今爲真定元氏人。曾祖諱彝，金太中大夫、安武軍節度使。祖諱順，不仕。考諱禧，仕縣邑爲筦庫官。君起家建昌路知事，主吉州永豐簿、隆興路録事判官、建昌州判官，至大間，封贈制行，授奉議大夫、驍騎尉、槀城縣子，夫人王氏，封槀城縣太君。子男三人：善政，杭州路教授;次允迪;次克恭,廣元路學正。孫男十人:禎,奉議大夫、司農丞;祉,進義副尉、左衛率府百户;禔,國學弟子員;祐,祚,祺,禄,祥,裕,禮,未仕。

君蚤從翰林李公治學詩書、孔孟之説,及仕郡縣,務以惠愛元元爲本。初佐建昌府幕,謹簿書出納,約束胥吏,俾不敢爲姦。及貳永豐,訟至卽決遣之,無留者,久之民畏其剛斷,不敢犯法。邑接嵠洞,其人時出爲梗,民以爲病。鎮將請調兵殲之,君曰:「彼豈無良心耶!如諭之不從,兵未晚也。」卽單騎深入,諭以「國家德澤深厚,法制寛簡,降者未始卽誅,何爲陸梁自取滅亡也。」酋長感泣,帥其黨數千人,求爲平民。政聲既聞,流户來歸者又千餘家,悉闢荒田以存活之。滿代北歸,邑民刻石以頌其美。再調隆興、建昌,皆辭疾不行。

春秋既高,優游里社,日從樵夫野老嘯歌息偃於樽席之側。既受寵命,鄉閭益以爲榮。延祐五年某月某日卒,享年八十有七,葬元氏縣神嵓鄉輔村原。諸孫以狀來請銘。余先世出亦欒城也,故爲之銘。銘曰:

世之仕者,官無崇卑。功誠在民,民父母思。刳活千人,必有封賞。彼蒼者天,報施不爽。既康而壽,多子多孫。勒銘墓石,悠久長存。

故贈奉訓大夫同知中山府事何君墓碣銘

何氏世居河南登封縣，葬潁陽川韓家里。國初著籍真定靈壽縣，其葬真定縣原頭村者，自君考全始。妣崔氏。

君生貧家，稍長，營什百以養親，久之資用饒益。親老，諸弟求分財異居，君不能已，中分之。居無何，諸弟亡其貲，獨君完富如初，後召諸弟與居。君治生有法，務儉約，以身先之，凡治屋室必樸固，曰：「是以待風雨也。」飲食服用必淡薄，曰：「是以御寒饑也。」遇凶歲輒出粟以活其親族隣里之貧者，家人化之，皆率君教無違，而其貲至今不衰。

君諱柱，字清甫，享年五十有九，以大德丁未十一月十七日卒。娶陳氏。三子：永道，安道，允道。女適蘇某。孫男三人：某、某、佑。孫女四人。安道由章佩監知事、容城縣尹擢掾中書，出爲河南行中書省左右司都事，調山北京畿道廣教總管府判官，遷奉訓大夫、知深州事。於是得追榮其父母，先贈君承務郎、大興縣尹，再贈奉訓大夫、同知中山府事、飛騎尉、靈壽縣男。母恭人。陳氏贈靈壽縣君。安道之妻，蘇氏天爵之女弟也，從封靈壽縣君。故安道以君行事來徵銘。銘曰：

維何受氏，肇自姬出。萬封韓原，胄本唐叔。變韓爲何，厥音孔訛。彌漢涉唐，顯者實多。君弱而良，獨困窮窶。以養以承，靡懈寒暑。爰菲我食，爰莽我衣。匪儉以固，周貧振饑。天相厥德，篤生子孫。仲也服官，克顯其親。寵命有光，官封郡縣。刻詩墓門，積善者勸。

有元贈奉訓大夫禮部郎中左君墓碣銘

泰定紀元之歲，下詔萬方：凡由吏出官者復舊制，内外官封贈其祖考有差。從仕郎、拱衞直都指揮使司經歷左煥遷奉訓大夫、户部主事，制贈其考居實奉訓大夫、禮部郎中、飛騎尉、真定縣男，母張氏真定縣君。煥述君族世行事，屬里人蘇天爵叙而銘之。

左氏世爲河間人，曾祖逸其諱。祖義，仕金官承直郎、同知清州防禦使事。四子，季諱信，習進士業，貞祐變擾，寓居原武。金亡，徙真定。當是時，丞相史忠武王開府真定，得承制官人，命參謀萇公羅金遺士。信出入萇公門下，講説經史。薦其友張君舉。舉金時中律科，累擢尚書省掾，至是授真定檢法官。信終其身不仕。妣楚氏。

君字彦實，資謹厚，學律令於張君。張君喜其通敏，以女歸焉。戊午歲，補真定府吏，處議皆當于法，郡中稱其廉平。中統四年，調河間鹽運司管勾。未幾，以親老謝去。親殁，獨養其兄。兄詼諧豪縱，數破其産，君一無間言，事之彌篤，鄉閭以此多之。

至大二年夏五月廿六日，君以疾卒，年七十三。後七年，張氏卒，年七十八。三子：炳，不仕；煥，由山東憲司書吏至中書掾，以廉能稱，今中尚監丞；炤，萬億廣源庫吏。墓在真定縣新市鄉西陽村。銘曰：

在昔漢帝，任吏以治。酷烈爲聲，或隕其世。孰若循良，藹如春陽。國用寧壹，民斯樂康。於惟左君，廉平佐理。天報之豐，貴以其子。爰錫寵命，下賁幽墟。咨爾法家，監此銘書。

百夫長賈君壽堂銘

稾城賈君德成字誠甫，其才器落落不凡。少嘗從軍樞府，慨然欲樹功名于世，遭時承平，不克展布。久之，樞臣惜其才，憐其志，署以文書，辟長百夫。又數年，辭歸。予先世田廬墳墓在真定之北，滋水之陽，君恒經紀之，人不敢犯。君一日買石作壽堂于其先人墓側，鄉長老訝之。君曰：「死生亦常理，又何疑哉！」堂成之日，乃至正七年二月九日也。親戚共持酒食勞之，君大喜，痛飲連日，復屬予銘之。君父諱玖，母蘇氏，先祖兵部尚書、郡侯之女，先考參知政事、郡公之妹，天爵之姑也。故君於予爲兄。賈氏世葬稾城崇福鄉牛家里，宗族甚大，君行第十二。妻楊氏。生子昌元、昌善。長女適侍儀舍人蘇昌言，次許適楊氏。孫男吾安，餘幼。銘曰：

惟死與生，猶晝之夜。能知其故，斯爲達者。偉哉賈君，負才抱奇。生作玄堂，棄世如遺。堂以石爲，是欲不朽。道若可樂，室亦何有。生世役役，歿無所歸。視君之志，尚其幾希。

金鄉劉氏阡表

泰定丙寅秋，金鄉劉君以其子官于朝，封從仕郎、金鄉縣尹。既受命，合其昆弟長幼而告之曰：「昔吾祖考當兵戈流離之中，保有厥緒，積德垂慶，以遺我後人，俾至今日，吾何能有哉。先考嘗語吾曰：『劉氏自宋、金以來，遷徙靡常，塋域亦莫究其處。可卜陽山吉兆，自汝祖始，俾吾後世皆從葬焉。』大德己亥，始克奉祖考而安厝之，繚以垣墉，樹之嘉木。考諸禮制，又得立石表於其阡，于以光昭先德於無窮，開示子孫，俾知其所自，庶幾盡吾心焉爾。」乃走書京師，命其子持中奉狀，屬史官蘇天爵筆其事云。

謹按，劉氏徐州豐縣人也，歲久譜亡，不能遠本其世。宋靖康間，始遷金鄉楊徐里。金有中夏，務休兵息民，故劉氏族大以蕃，田疇第舍甲里中。至貞祐時，金人徙都汴，河朔俶擾，劉氏之族皆逃難解散。祖府君諱恩，雖偕衆避地他所，然桑梓之感心獨未嘗忘也。國朝既滅金，郡縣甫定，瘡痍之民稍稍來集。歲庚子，府君始達鄉里，而田廬悉爲豪家所有，遂徙居邑之陽山里，因占籍焉。後以壽終。配某氏，生子曰義。義早孤貧不能家，及長出贅于張氏。張氏家羨於財而無子，獨能謹事婦翁，其後婦翁既有子矣，分與田宅而居之，以孝弟力田稱。至元十二年卒。其配張氏，時年方盛，深居獨處，能以禮節自持，訓其諸孤，使皆有立，家益厚完于前時。三子：長曰信，縣尹君也；次曰侃；次曰偉，興國路學正。

縣尹君忠厚孝友，不樂進取，喜施與，諸子宦學於外者，悉資給之。築室延師，以教其邑人子弟。壽考康寧，享有寵命，閭里以爲榮。子男三人：持敬，持中，俱補國學弟子員；持恭，濮州教授。侃之子一人：持敏。偉之子三人：某，某，某。諸孫十餘人。初，持中肄業國學有聲，薦充學録，遷太史院校書郎，擢御史臺掾，今儒林郎、江南浙西道肅政廉訪司經歷，清介有守，棘棘不阿。余聞昔之君子於其親也，生則致其養焉，歿則卜其宅兆而嚴事之，蓋孝子慈孫所以厚於其先者也。觀劉君之行若是，則其子孫之昌大有以也夫。故爲之表而銘之。銘曰：

陽山之下，有封偃斧。伊誰云藏，劉氏考祖。念昔考祖，洊罹兵凶。顛沛艱阨，克紹其宗。儲善在躬，弗耀于世。天厚其門，以昌來裔。祗承寵命，擁笏巍巾。慶流沛沛，彌日而新。嚋克致茲，實荷先德。顧瞻丘壠，式表貞刻。子孫至止，眎此銘詩。尚其勗哉，祖考是思。

彭城郡君耿夫人墓誌銘

彭城郡君耿氏，濟寧金鄉人。朝列大夫、秘書少監、騎都尉、彭城郡伯劉公之夫人，僉江南湖北道肅政廉訪司事持中、大名録事持恭之母也。始年二十，歸于劉氏，逮事其姑。姑性嚴肅，治家有法，夫人能適其意。及主内事，蠶績烹飪，課責諸婦，一如姑之誨，已而家道益隆。諸子宦學于外者，夫人不以愛弛于教，而皆勗其有立。持中升朝爲太史院校書郎，祕監推恩授金鄉縣尹，夫人從封宜人。持中由浙西憲司經歷累拜監察御史，祕監進知單州，夫人封金鄉縣君。殆持中僉憲淮西，則有郡君之命。至元五年己卯，夫人七十有九，以其年三月某日卒于家。父諱某，母某氏。子男四人：長某，次持中，持恭，幼某。孫男二人：擴，撝，皆補國子員。孫女三人：長適苗勃然，亦國子員，餘幼。曾孫男二：曰蒙，曰某。將以是歲六月某日葬夫人于金鄉縣金山鄉陽山里。天爵與持中游雅厚，嘗述劉氏先墓碑，習聞其族世舊矣，故爲之銘。銘曰：

閨門之教，由本於内。維昔君子，式慎其配。猗嗟夫人，閫則無瑕。養姑教子，克善厥家。生享榮封，壽登鮐背。銘此淑德，昭示千載。

甄母墓誌銘

無極甄克敏述其母邢夫人之行，來請曰：「吾母生有淑質，稍長，習女功，孝事父母。既笄，適先君子。吾甄氏族大而盛，歲時昏祭皆有禮節，吾母周旋其間，咸中儀度。承上御下，能敬而惠。蓋於孝經、論語亦習知其說。克敏之從師學也，苟有所需，吾母悉資給之。嘗誡克敏曰：『汝讀書學儒，樹立于世，勿廢墜先業。吾見近世大家婦人愛子，多不知教，往往嬌逸以隕其家聲，吾不忍使汝至是也。夫力學在汝，窮達有命，汝其勗哉。吾知吾多疾，不克壽考，及見汝之有立於世也。汝能勿忘吾言，吾雖死無憾矣。』吾母自至治二年忽感風疾，綿延十餘年而卒。比卒，召克敏至前，猶以讀書立身爲訓。今而後思其言之爲可悲也。吾母卒之明年，先君子亦卒。今將以吾母之喪合葬吾父之墓，子其銘之。」天爵與克敏游雅厚，又知其家世之美，故與之銘。

夫人諱從正，世居趙之平棘，再徙真定。曾祖彦容，顯武將軍、元帥、右監軍。祖義。父真，母賈氏。外祖大亨，朝散大夫、真定河間等路宣課使。夫人生十有七年歸甄氏，是爲尚書兵部郎中讓之曾孫婦，户部主事用之孫婦，西蜀提刑按察司書史昌祖之婦，河東憲司掌書恒之妻也。既歸二十有六年，年五十三，至順二年三月二十日卒，明年九月某日葬真定縣朱俗里。子男三人：長克敏，歲貢儒士，次早夭，次霞童。銘曰：

肅肅閨門，夫人來嬪。相其夫君，夙夜惟寅。圖史具陳，子也甚文。刻銘幽珉，尚永厥聞。

甄德脩墓碣

吾友甄德脩之葬也，翰林楊君俊民以書來唁曰：「德脩吾鄉後進之彦，績學纘文，欲名立于世，今不幸卒矣。其生也曾無爵禄之榮，其葬也可無文字賁其墓乎？」天爵聞其言而慽焉。

德脩世爲真定儒家，六世祖慶仕宋爲武康軍節度掌書記，生贈明威將軍、騎都尉、中山郡伯公亮，公亮生金嵩州刺史讓，讓生尚書户部主事用，用生皇故處士昌祖，昌祖生河東憲司掌書恒。恒生德脩，諱克敏，少與楊君俱學于郭先生士文。聰敏卓然，不類童子，家庭之内，訓誨甚嚴。時處士退隱于家，聲聞四方。一時名公卿官燕南憲府君〔一〕咸交處士，德脩侍立左右，聞見日廣。處士既卒，奉掌書及其母邢氏益盡孝謹。深居一室，羅列圖史，凡先世隱德遺事，采摭構緝，惟恐或遺。當代文詞可傳者，咸筆録之。部使者以其名薦，當得河南憲司書史，亦不果就。年三十八，至元元年乙亥六月辛亥朔，以疾卒，葬真定縣朱俗原。所著述有詩文一編，文林三十卷。娶宋氏，生男曰某。

嗚呼，甚矣，人材之難也夫！以生賦清明之質，當國家承平之盛，本衣冠世族之懿，習父師詩禮之傳，方克有就。德脩既有可學之資，遭逢治平，又承家世義方之訓，其學行進而未止，意其且壽必能成其材，振乎今而耀乎後，孰謂不幸以死。吁，可悲已夫！可悲已夫！

〔一〕「君」，各本均同。疑係「者」之誤。

元故贈長葛縣君張氏墓誌銘

武德將軍鎮守池、饒、棗陽萬户府管軍中千户所達魯花赤、贈驍騎尉、長葛縣子馬馬其配長葛縣君張氏，居黄州黄岡縣五峯山之南，年若干來歸于公。公哈兒柳温台氏，世家朔漠，父諱哈八秃，國初從兵破汴，始家許州之長葛。公生將家，以多力善射聞。至元甲戌，丞相淮安忠武王總兵伐宋，一時材勇之士悉致麾下，公與其選。於是大兵由襄、漢順流東下，瀕江諸城或戰或守，大抵弗能有所爲矣。公分將士卒戮力戰陣，數著勞效。明年，宋亡，論功行賞，受池州總把。

歸附之初，新令未洽，豪民潛擾鄉邑，公撫治以嚴，民賴以安。久之，朝廷以日本梗化不庭，出師征之，公又在行。由慶元汎舟入海，凡七晝夜，抵達可島，去其國七十里。潮汐盈涸不常，舟弗能進，乃縛艦爲寨，碇鐵靈山下，命公守之。八月一日，夜半颶風大作，波濤如山，震撼擊撞，舟壞且盡，軍士號呼溺死海中如麻。明日，大帥命公先歸。公由躭羅逾高麗渡遼水以趍京師，遂歸于池。其後累遷今官，因以池爲家焉。至治元年某月某日卒，享年若干。

方南征時，詔軍將各以其家從行，故公自江上之戰，縣君獲與之俱，持身以嚴，侍公以謹，而飲食衣服之奉無少闕。雖居軍伍之中，憫其夫之勞苦，未嘗以驚懼爲辭。及征日本，大風之夕，公方以王事爲重，奚恤其家，而縣君獨在舟中，身綰印章，未嘗舍去。及舟壞，乃抱折檣得達于岸，是豈尋常者所能及哉。其居家性質直，不妄笑語，安于素約，而華靡奢麗皆無所好，所好者蠶績之事耳。操持家務，内外蘄蘄，宗族無間言。至元六年六月日卒，享年八十有五。是月某日，附葬公墓，墓在池州之西湖山堂。

公凡五娶，子男四人：彦智傑，武略將軍、管軍中千户所達魯花赤；海盧，承事郎、同知許州事；伯顔，萬奴，早逝。女三人：長適武德將軍、管軍千户所達魯花赤帖木兒，次適不花，次適買住。孫男七人：阿八赤，延平沙縣尉；哈睦，那海，治進士業；哈剌台，賜進士出身，儒林郎、漢陽府判官；奥魯帖木兒，昭信校尉、管軍千户所達魯花赤；那可赤，博洛，亦習進士。女八人：適敦武校尉、管軍百户塔海不花，忠顯校尉、管軍千户張節，奉政大夫、静寧州達魯花赤塔海帖木兒，承信校尉、烏程縣達魯花赤拜都，將仕郎、江州路録事司達魯花赤道童，忠翊校尉、管軍千户毛榮，一在室。

縣君之考諱泰魯，世業詩書爲儒家，故縣君教子孫嚴而有法。初皇慶科舉詔下，哈剌台甫十餘歲，縣君呼而教之曰：「我昔居父母家，歲時親戚小兒來者，吾親必祝之曰：『長大作狀元。』自我爲汝家婦，恒在軍旅，久不聞是言矣。幸今朝廷開設貢舉，汝能讀書登高科，吾復何恨。」於是悉資給之，俾從師授業。泰定三年策試進士，哈剌台果中第二甲第一人，授同知徐州事，歷監方城縣，皆奉縣君就養，日以居官清慎爲教。既殁之三年，哈剌台傳父命，以池人王南壽狀來請銘。余讀詩小戎篇，蓋秦之國人奉命西征，其從役者之家人始則誇其車甲之盛，然後思念及于君子。説者謂：以義興師，雖婦人亦知勇於赴敵，而無所怨。今觀縣君之事，其信然歟。故爲之銘。銘曰：

婦德之懿，本於閨門。無非無儀，中饋是勤。昔在至元，征伐四國。將校之家，勇於赴敵。風濤戰陣，曾無震驚。知有其夫，不知有生。義根于心，能保其節。刻銘貞石，永著芳烈。

滋溪文稿卷第二十二

行狀

默庵先生安君行狀

先生諱熙，字敬仲，姓安氏。太原離石人也。五世祖玠，金修武校尉。高祖全廣，以貲雄鄉閭，買書萬餘卷。曾祖昇，不仕。祖滔，登經童第，金亡徙山東，愛真定風土，家焉。歲戊戌試中選，占儒籍。以郡博士舉貳其學事，貴游子弟多出其門。父恕齋先生松，用名臣薦，起家江淮轉運司知事，累遷建寧令。中年謝歸，教授于家。母劉氏。

先生幼顥悟絶人，在襁抱間，已誦孝經。五六歲時侍恕齋膝下，隨目所矚，恕齋出以詩句，皆應口對。甫十歲，終日儼然端坐一室，博攷經籍，晝誦夜思，至忘寢食，悉通其大旨。成童慨然有志於求道，聞容城劉公以理學淑多士，欲往從游，以烏君叔備爲先容。劉公許之，將行，會劉公卒，往拜其墓，録其遺書而還。又聞南方禮樂斯文所遺，老師宿儒尚有存者，盍往觀焉。行及中途，以疾止。始聞劉公之訃也，先生與烏君書曰：「某欲見先生之心無須臾忘，先生欲教之意亦甚厚，豈意天喪斯文。先生没矣，而今而後惟當問學親賢取友，勉力孳孳，死而後已，庶可不負先生私淑之教，朋友期望之心，及某勉力大業之初志也。」

國初有傳朱子四書集註至北方者，滹南王公雅以辯博自負，爲說非之。趙郡陳公獨喜其說，增多至若干言。及來爲真定廉訪使，出其書以示人。先生懼焉，爲書以辯之，其略曰：「道之大原出于天，其傳在聖賢。吾夫子既不得君師之位，獨以列聖相傳者筆于經，曾子傳之子思，子思傳之孟子，孟子没而其傳泯焉。至濂溪夫子，不由師傳，默契道體，建圖著書。二程夫子擴而大之，然後斯道復明。至朱夫子，以爲道之不明由說經者不足以得聖賢之意，於是竭其精力作爲傳註，以著明之，至於一字未安，一詞未備，必沉潛反復，以求至當而後已。故章旨字義，莫不理明詞順，易知易行，所以妙得古人本旨於數千載之上。其闡於天命之微，人心之奥，可謂極深研幾發其旨趣而無所遺矣。獨以世衰道微，俗生鄙儒膠於見聞，安於陋習，於朱子之說多不得其旨意而妄疑之，甚或不能知其句讀，於其平生爲學始終之致，及所論著，多未之見，故其所說掣肘矛盾，支離淺迫，殊不近聖賢氣象。原其本意，蓋欲藉是以取名，率然立論，曾不知其爲害之甚也。使其年益高，於天下之理玩之益熟，必當茶然悔其平日之爲而火之矣。」其後陳公果深悔而焚其書，然後學者始服先生談經之精，識見之卓，而於朱子之學爲有功。

古禮廢久矣，恕齋之遷居也，先生實左右之。首建祠堂以奉四世神主，冠昏喪祭一遵文公禮書，本之以愛敬，明講而熟習，合宜而應節，鄉人觀感而化者居多。先生之教人也，師道卓然，科條纖悉，皆有法度。入學以居敬爲本，讀書以經術爲先，其講説也毫分縷析，融會貫通，俾學者如親聞聖賢之言，心開目明，釋然無疑。是時弟子去來者常至百人，出入周旋，咸有規矩，望之知其爲安氏弟子。其間各以所學分教佗邦、仕爲名鄉才大夫者，不可勝紀。凡當世名公鉅儒經過宦游于真定者，請問無虚日，先生各隨所問而告之，莫不虚往實歸。苟有饋遺而義不可受者，輒謝却之。故翰林韓山王公以文章名中朝，視先生父行也，凡有制作必見示焉，其爲世所推重類此。

憲司數以其行薦于朝，卒無所就，先生亦介然不動其心。故憲使中山王公、侍儀趙君以禮幣延于家塾，俾教諸子以及鄉人願學者。居無何，不幸以疾卒，至大四年五月十五日也，享年四十有二。先娶張氏，再娶焦氏，皆有婦行。三子：塈，垣，墉。二女：宜寧，順寧。塈、垣嚮學有立。宜寧適王氏。墉與順寧皆夭。越六日，歸葬藁城縣安仁鄉新里先塋之次。真定之士咸哀惜之。韓山以書唁恕齋云：「令嗣物故，不惟安氏不幸，吾道之不幸也。」

先生早歲豪邁，中年涵養完粹，氣和色温，事親至孝，與弟煦極友愛，一家父子兄弟自爲師友。其學一以聖賢爲師，尤深于六經、語、孟，嘗病近世治春秋者第知讀左氏，不考正經，因節左氏傳文議論叙事始末，依倣通鑑綱目，作小字分注經文之下，以類相從，凡左氏浮夸乖戾之語悉去之，秦、漢以來大儒先生之言及諸家之説可取者附注其後，庶觀春秋者以攷傳，讀左氏者亦知有經。其大旨一以程、朱爲本，以求聖人之意絶筆于莊公之十二年。爲文章以理爲主，皆有爲而作。詩學淵明、晦翁，第以吟咏性情、陶寫造化而已。有默庵文集十卷，其佗詩傳精要、續皇極經世書、四書精要考異、丁亥詩註，以未脱稿藏于家。

嗚呼，昔者靖康之變，中原文獻悉輂而南，金有國百年，士之爲學不過記誦詞章而已，其於性命道德之文何有哉，矧貞祐衰亂之餘乎！賴一二儒家傳其遺業，俾吾道不絶如綫，若先生之家是也。先生天質之美，力學之篤，使天假以年，益充其所學，則著書立言開示學者，豈止於是而已耶！姑叙其梗概以授塈、烜，俾求立言君子圖不朽焉。謹狀。至治二年三月丙子，門生蘇天爵狀。

故昭文館大學士中奉大夫知太史院侍儀事趙文昭公行狀

趙氏世爲蔚州蜚狐人。公大父崑，金元帥府評事，以材勇聞。父璮，始附國朝，從太師國王平中夏，積有功烈，官至昭毅大將軍、河北河南道提刑按察使，由監中山，家焉。妣定國夫人楊氏。有子十一人，多知名，而公最長，諱秉温，字行直。資端重，不苟戲笑。稍長，從金進士馮巽亨學。當是時，世禄之家以侈靡相高，獨公能敬讓以禮，偘偘自持，滋久愈謹，華問彌著。

世祖皇帝方居潛藩，收召一時聞望之臣，咨謀治道。歲己酉，帝在和林西，公入見，儀觀修整，應對詳明。帝異之，命侍左右。癸丑，征大理，甲寅征雲南，己未濟江伐宋，公皆從行。中統元年，帝卽位，命公與參知政事李某行右三部事。稽考諸道工程，稱旨。三年，詔擇吉土建兩都，命公與太保劉公同相宅。公因圖上山川形勢城郭經緯，與夫祖社朝市之位，經營制作之方，帝命有司稽圖赴功。至元五年，兩都成，賜名曰大都，帝定都焉；曰上都，巡狩居焉。于時國家以干戈平定海内五十餘年矣，而公卿多武力有功之臣，未遑文治，四方來朝貢者禮尤簡易。太保奏起朝儀，詔公及史公杠等十人共討論之，又選近侍二百人肄習之。公頗采古禮，雜就金制，度時所能行者習之。月餘，帝臨觀焉，大悦。命立侍儀司，拜公中順大夫、禮部侍郎兼知侍儀事，杠以下授官有差。八年秋八月，帝以生日爲天壽節，諸侯羣臣咸朝，公請行新禮。先平明設儀仗於崇天門内外，東西鄉虎賁羽林弧弓撮矢，陛戟左右，教坊陳樂廷中。於是皇帝輦出房，升御座，謁者傳警，雞人報時，諸王、后妃、皇子、公主以次奉賀，通事舍人引百官班入，丞相進酒，教坊作樂，成禮而退。御史執法，舉不如儀者有罰。三品以上官宴饗殿上，大作樂。日晡，皇帝御輦還寢閤。自是每元旦受朝賀，冬至進曆日，册立皇后、皇太子，建國號，上徽號，宣大詔令，諸國來朝，合行典禮皆公所論著也。

十年，詔收天下圖籍，立秘書監，進公少中大夫兼少監事。十九年，拜嘉議大夫、昭文館學士、知太史院侍儀事，未幾加大學士，進階中奉大夫。授時曆既行，公奏以太子諭德李公謙、校書郎楊公桓撰曆經、曆議。公以年老，屢上章丐免。宰相不可，曰：「公天子近臣，其去就非有司所敢議。」公入侍，承間爲帝言，帝良久曰：「卿視朕孰老？」公不敢復言。二十九年，公有疾，始集侍儀司所行儀禮合爲一書獻之。帝覽而稱善，命藏史館。

三十年夏四月某日，公薨于京師賜第，享年七十有二。訃聞，帝震悼，卽以子慧爲侍儀引進使。是月某日葬中山安喜縣堯坊原。夫人李氏、張氏祔。公凡三娶。李氏，五路都勸農使壽之女；張氏，順天路達魯花赤老孛之女；俱追封定國夫人。邸氏，行軍都元帥信之女，封定國太夫人。子男三人：敏，忠顯校尉、管軍千户，佩金符；睿，贈承直郎、真定路總管府判官，皆先卒；慧，累遷集賢直學士、安豐路總管。女適陝西都轉運鹽使李汝明。孫男四人：時勉，承務郎、右八作司同提舉；時中，時學，時可，未仕。曾孫藝，侍儀舍人。

公事親孝，侍諸弟極友愛，凡田廬奴僕在易、鎮、邢諸州者，悉推以與諸弟。恒懼諸房子孫或蹈非義，謹述昭毅公遺言以訓敕之，大抵謂：「奉親以孝，臨喪以哀，居官以廉，律身以正，凡吾子孫當服膺勿失。苟或不然，則告於家廟共擯斥之，不以兄弟數。」至今海內稱家法者言趙氏。

公左右世祖四十餘年，帝愛之不名，嘗遣使秩于山川，使者陛辭，帝曰：「交格神明，殊非易事。能若趙侍郎恭謹，朕實汝嘉。」仁宗在位，追念至元舊臣，俾圖厥像置禁中，各詢其行事。至公則曰：「是非起朝儀趙某耶？」詔贈公金紫光禄大夫、大司徒，謚文昭，而昭毅公亦贈太保、儀同三司、上柱國，謚襄穆，俱追封定國公。復召慧入朝，特授昭文館大學士、中奉大夫、侍儀使。於是藝承昭文公命，將列公行事求銘墓碑，謹譔次如右。謹狀。泰定二年二月丁卯，文林郎、翰林國史院典籍官蘇天爵狀。

榮禄大夫樞密副使吴公行狀

公諱元珪，字君璋，姓吴氏。世爲燕人。曾大父樞，隱德弗耀。大父汝霖，金千夫長。貞祐甲戌，扈從其主播汴，汴潰北歸，至廣平家焉。父鼎，始仕國朝，卒官奉政大夫、燕南河北道提刑按察副使，累贈資德大夫、中書右丞、壽國公，謚憲穆。妣成氏、高氏，俱追封壽國夫人。

公資簡重，好深沉之思。自其大父起家以武，憲穆公致身以儒，凡征謀治法律令章程，家庭授受，生長見聞，公皆能知其說。至元十四年冬，近臣以公入見，帝視其貌，非常人也，命侍左右。以年勞授後衞經歷官，擢樞密院都事，就遷經歷。初諸將之平宋也，攻城野戰，悉有爵賞。江南既定，樞府奏裁其人。京師五衞各置指揮使二人，副使二人，僉事二人，千户以下官有差。行省萬户府各置萬户二人，副萬户一人，鎮撫以下官有差。父死子繼，兄終弟及，均俸禄以優其家，給醫藥以起其疾，設庠序以訓其子弟，置屯田以廩其士卒。上下相維，大小相制，多公所論建也。二十六年，參議樞密院事。于時宫城建二十餘年矣，繕修之事，歲月相繼，尚書省奏抽軍士萬人付留守司主之。公亟陳其不便，始立武衞，專掌繕理宫城，以留守段禎兼指揮使，凡有興作，必文移樞府而後行。遂拜樞密院判官。會邊防用善馬數千匹，時欲從民貰馬，公曰：「恐京師民情騷動。今六軍無大調度，五衞畜馬實多，若就用之而償其直，則事集而民不驚。」遂從其議。有旨：「軍官多役軍士。」公請奏定其制，萬户用軍士八人，千户四人，百户二人，自今多役軍士者有罰。

二十八年，桑葛伏誅，尚書省合于中書，興元忠憲王拜右丞相，中書六曹慎簡僚屬，諸以桑葛爲官者皆免，擢公禮部侍郎。未幾，遷左司郎中。時中書徵舊錢穀，久不能復，丞相患之。公曰：「此前政之失，今當明言其故，蠲之。」丞相以聞，制從其請。遂遷參議中書省事。大德元年，除吏部尚書。選曹注擬，多私其鄉里。公言此風不可長，凡請謁者悉皆謝絶，物論翕然稱之。三年，詔遣使分道詢民利病，公宣撫燕南，劾罷貪吏若干人。轉工部尚書。河朔連年水旱，五穀不登，公言：「治國以愛民爲本，故春秋用民力者必書，蓋民力足則生養遂，生養遂則教化行而風俗美。」宰臣嘉其言，土木之功稍爲之息。六年，出僉河南行中書省事。將行，拜江浙行省參知政事。初朱清、張瑄以財雄江南，及來京師，偏以金幣致諸公貴人，於是朝廷授之以官。而其人僭虐，寖弗可制。及事敗受誅，官録其家，具籍所致諸公貴人金幣，而江浙省臣爲尤甚，惟公獨無所污。

武宗嗣服之初，由僉書樞密院事拜樞密副使。詔公及御史中丞王壽等議政事于中書，若惜民力、用人材、嚴選舉、節財用、建貢舉、課農桑、汰冗員、易封贈，凡若干事，朝廷皆舉行之。初，世祖詔發軍士萬人屯田稱海以實邊，海都之役被俘者衆，至是來歸者若干人，方其在塗，飢寒不能存，至鬻子以活。公具其事以聞，詔賜錢贖之，俾爲父子如初。皇慶初元，拜江浙行省左丞。江淮漕臣某言：「江南之民豪富殷庶，蓋由膏飫之地隱匿者多。朝廷誠能遣官檢覆，當益得田若干萬畝，歲收米若干萬石。」公曰：「江南平定幾四十年，户有定籍，田有定畝，一有動搖，其害不細。」争之月餘，不能止，卽移疾去。復拜樞密副使，同列有忌公者入譖于上，出爲甘肅行省右丞。歲餘，拜陝西行臺御史中丞。未上，值西臺罷，遂召入朝。會遣使分道詢民利病，公奉詔宣撫遼陽諸郡，使還復拜樞密副使，進官榮祿大夫。召見嘉禧殿，温問再三，公奏曰：「昔世祖時命軍士限田四百畝，以給軍需，餘田悉貢賦稅。今中書臣經理江淮田土，第以增多爲能，加以有司頭會箕斂，俾元元之民困苦日甚。臣恐變生不測，非國之福。」上曰：「凡爾軍士之田，其遵舊制。」

仁宗崩，奸臣用事，公以年老致仕。至治三年，奸臣死。英宗勵精圖治，獨任東平忠獻王爲右丞相，君臣相契，慊然欲復中統、至元之盛。優詔起公，及安陽韓公從益、大興王公約商議中書省事，於是絀姦邪，釐弊政，舉材能，興禮樂，以稱天子責任之意，天下之民亦皆悚然思見其治矣。三年秋七月某日，公以疾薨于位，春秋七十有三。是年九月某日，葬公永年縣陽城鄉臨洺鎮西原。公居官清慎，務持大體，不喜更張，所至無赫赫譽，既去而人見思。夫人郭氏，李氏，皆前卒；再娶某氏。子男曰復，奉議大夫、太廟署令。女適翰林待制盧亘、著作郎靳泰、丞相史忠武王諸孫莊。公既葬之明年，復請狀公行事。

洪惟國家太祖皇帝以干戈平定中夏，世祖皇帝以威德混一海内，當是時，勳勞將帥之臣，爪牙熊羆之士，咸被器使，布列中外，以酬其平昔之勞，富貴其身者，可謂至矣。然而自昔天下國家必有道揆法守，而後能有爲也。故至元以來，建中書以統百官，置樞密以總軍政，官曹既立，法度漸備，雖有僥倖苟且之人，將亦知所儆懼矣。蓋法立則民畏，人存則政舉，孰有任法而不任人者乎！凡累朝兵政之源委，當代將帥之材能，城郭山川之阨塞，邊防屯戍之要害，生民户口之蕃息，金幣錢穀之虛實，必有深知其要，身任其責，彌縫持守，以成天下之務者矣。若吴公者，豈非其人歟。公歷事五朝，始終一德，每進用則士民相慶，及其薨也，朝野皆爲之悲。嗚呼，古之所謂大臣者，公庶幾焉。謹狀。泰定四年冬十月甲子，應奉翰林文字、承直郎、同知制誥兼國史院編修官蘇天爵狀。

資善大夫太醫院使韓公行狀

韓氏世居真定真定縣。公諱公麟，字國瑞。高、曾仕金，襲長千夫，諧亡逸其諱。考始業醫，疾者服藥輒愈。天兵急攻襄、樊，士卒需藥者踵門，貧者多不取直。公幼讀父書，既長，挾其術游京師公卿間，名聲籍甚。至元己丑，故禮部尚書許公國禎舉名醫若干人以聞，公與焉。帝召見便殿，各詢其人所能，出示西域異藥，使辨其爲何藥也。公食其味，獨前對曰：「此與中國某藥侔。」帝加賞異，命爲尚醫。是時帝春秋高，體常不平，公典領方藥，蒙賜貂裘、玉帶。辛卯，勑授醫正郎、御藥局副使。

明年，詔皇孫撫軍北邊，公從行。次野馬川，〔一〕皇孫疾初愈，欲出獵。公白：「殿下是行所係至重，今疾新愈不可以風。臣受詔調護殿下，有如疾不可爲，臣死固不足惜，奈宗廟社稷何。」皇孫嘉其言而止。甲午，世祖賓天，皇孫歸自撫軍，卽皇帝位，是爲成宗。公易階爲承直郎，遷太醫院副使。尋加奉議大夫，又遷中順大夫、太醫院大使。大德辛丑，陞太醫院爲二品，進嘉議大夫、僉書太醫院事。

帝身卽位，承至元治平之餘，歲時豐登，府庫充實，任用耆艾，遵守成憲。元貞、大德之初，天下號爲無事。退朝之暇，優游燕間，召公讀資治通鑑、大學衍義。公開陳其言，緩而不迫，凡正心修身之要，用人出治之方，君臣善惡之跡，興壞治忽之由，皆爛然可睹。帝從容咨詢，朝夕無倦，公不爲容悅逢迎，每因事獻納於帝。初，御史中丞崔公或言事忤旨，公乘間奏曰：「臺諫天子耳目，自今皆結舌噤口而不敢言，是自塗其耳目也，何以知天下之善惡乎？」帝召崔公，俾盡所言。帝問公：「當今儒臣孰與卿比？」對曰：「集賢學士焦養直學爲通儒，昔事先帝，日侍講讀，非臣所能及也。」遂召焦公入侍顧問。泰州孝子以事親聞，公薦於帝曰：「忠孝無二道，此其人材必可用。」帝命中書錫五品官，其人果以能官稱。公之論建率此類也。其佗隨事輔陳，中禁事秘，外所不聞者，不可以縷載也。公既見知人主，恒以謙謹自將，所有錫賚，輒辭不受。帝晚節寢疾，公言：「治世莫如愛民，養身莫若寡欲。」帝曰：「朕聞韓某言，恍若疾之脱吾體也。」至大中，尚書省臣專權用事，公移病家居，除淮安路總管，不赴。皇慶初元，除秘書卿。明年，拜昭文館大學士、資善大夫、太醫院使。初，世祖以本草爲未完書，命徵天下良醫爲書補之。公承命往以羅天益等二十人應詔。又嘗校定聖濟總録，醫者賴焉。

公事親以孝聞，母夫人尤有壽，年九十餘，歲時公帥諸弟上壽，搢紳以爲榮。撫愛諸弟尤篤，養孤子、嫁孤女若干人。俸餘悉購古書奇畫，一室蕭然，淡若無所欲。故事醫者不許封贈，仁宗特賜公祖季贈昭文館大學士、資德大夫、上護軍、常山郡公，謚安穆；妣馬氏常山郡夫人；考天祐贈榮禄大夫、大司徒、柱國、趙國公，謚康忠，妣康氏趙國太夫人。公享年六十有七，延祐六年十一月某日薨于位。

古者天子雖有聰明睿智之資，又必愼選直諒多聞之士置諸左右，以參諷議，以備顧問，是以君德日新，治道日隆，後世莫能及矣。欽惟成宗用韓公者，其審是道歟。帝在位十有四年，朝廷清明，海宇寧謐，公卿稱職，年穀豐衍。雖帝之聰明守成爲弗可及，亦惟韓公匡救啓沃之力居多。或者獨以醫術論公，尚得爲知言也哉。然歲月既久，公之言行寖弗克傳，故掇其所可知者而論次之，以俟史氏采擇。謹狀。翰林修撰、奉議大夫、同知制誥兼國史院編修官蘇天爵狀。

〔一〕「野馬川」原作「野爲川」，適園本、徐刻本同。據李氏鈔本改。

元故徵士贈翰林學士謚文獻杜公行狀

公諱瑛，字文玉，霸州信安人也。金之季年，河朔俶擾，公辟地河南，居緱氏山讀書講學，博覽無所不見。時金將亡，儒者猶習文辭爲進取計，公爵禄不入于心，刻苦自勵，獨探六經、百家之旨，古今治亂之原，晝誦夜思，仰觀俯察，優游自適。金亡，轉居汾、晉之間，授徒爲業，聲問漸著。故中書粘合珪開府彰德，以書幣延公，至則待以賓禮而師問焉。

當國家草昧之初，法制寬簡，凡賦役刑罰、除授官吏，州郡皆得專之，公從客爲中書言：「兵荒之餘，生民窮困日甚。宜緩刑薄賦，以遂民生；修學養士，以興治化。」中書從其言，民獲陰受其賜，士子受業者恒以百數，至今相、衞俗尚文雅，公之化也。歲己未，世祖皇帝奉命南伐，所至郡邑，訪求人材，諮謀方略。道過彰德，召公入見，問以取宋之策。公對曰：「王者之師有征無戰，向者天兵既已滅金，又欲平宋，誕敷聲教。蓋惟不嗜殺人，然後能一天下。矧今宋主闇弱，姦臣擅國，習俗嬌靡，將卒恇怯，所恃者長江之險。國家應天順人，興兵致討，選將任能，禁暴戢亂，據有上游，戈船東下，一舉而可定也。」上曰：「善。」

世祖入繼大統，肇新制度，詳延海内方聞之士，咸登諸朝。使者至彰德，公聞王文統已居相位，專言功利，以固權寵，輒引避不見。會中書左丞張公文謙宣撫大名諸路，復奏起公爲大名、彰德、懷孟等路提舉學校官，亦辭不拜，曰：「風化至是，尚欲仕乎！」即杜門謝客，以修學著書爲事。所著多明經術之意，有春秋地理原委十卷，語孟旁通八卷，皇極引用八卷，皇極疑事四卷，極學十卷，律曆禮樂雜説三十卷，文集十卷。公儀觀秀偉，美鬚髯，望之儼然。既居彰德，因留家焉。初中書憐其貧，與田千畝，不受。術者言公寓居地下當有黄金，家人欲發地視之。公曰：「金汝所藏耶？怪誕之言，吾弗信也。」公去，後居者果得黄金百斤。公之廉正類此。享年七十，以至元十年九月十六日終于家，葬安陽縣王裕村。將終，命諸子曰：「我死，棺中第置杜甫詩集一編，題其誌石云：處士杜緱山墓。」

公曾祖信。祖植。父時叔，母張氏。娶孫氏，後公九年卒，祔葬公墓。子男三人：處愿，十歲能詩，號稱奇童，年二十餘而夭，君子惜之；處立，睢州儒學教授；處愿，初以臺薦爲按察司書吏，累遷濟寧、大名路經歷，吴橋縣尹，終東昌路推官，皆有惠政。女適李某。孫男三人：曰愚，爲郡文學，累封奉議大夫、樞密院判官、驍騎尉、安陽縣子；曰堅，曰欽。曾孫男七人：秉彝、秉鈞、秉直、秉讓、秉容、秉一、秉中。玄孫二人：洹、漳。公既葬之六十有六年，是爲天曆己巳，文宗皇帝開奎章閣，詔修經世大典，凡國初勳臣故老行事悉登載之。

秉彝方爲丞相東曹掾，録公遺事送官。天子覽而嘉之，制贈公翰林學士、資德大夫、上護軍，追封魏國公，謚文獻。尋擢秉彝奎章典籤，與修大典。書成，遷鑑書博士。今上皇帝御極，命儒臣進説經訓，又兼經筵譯文官。未幾，拜陝西行臺監察御史。人皆美公文字之澤蓋未艾也。秉彝將之官關中，過家上冢，念公墓碑未刻，無以昭朝廷褒卹之典。於是近臣以其事聞，勑臺臣撰書銘文以賜。

嗚呼，昔者國初承金兵絶學之後，文物凋弊殆盡，賴一二儒者掇拾修補於壞爛亡滅之餘，俾斯文不絶如縷，其功詎淺淺哉。天之報施宜在後人也。天爵向官奎章，辱與秉彝同時，雅相好也。謹撰次公學行論著之大概，以備采擇。謹狀。元統二年四月甲子，朝列大夫、監察御史蘇天爵狀。

滋溪文稿卷第二十三

行狀

元故參知政事王憲穆公行狀

公諱忱，字允中，趙州寧晉人也。至元十七年，由宿衞東宫拜朝列大夫、山北遼東道提刑按察副使。歲餘，以母老辭歸。二十四年，調河南道。久之，以母喪免。二十八年，詔改提刑按察爲肅政廉訪，明年起公爲燕南道廉訪副使。三十年，超拜嘉議大夫、廣西道廉訪使，以疾辭。元貞二年，改使河東。大德三年，除江陵路總管，不赴。七年，總管汴梁。至大元年，拜中奉大夫、雲南諸路行尚書省參知政事，時公年已七十矣。延祐元年，召拜昭文館大學士。是歲十二月七日，薨于汴，春秋七十有九。明年三月十二日，歸葬寧晉縣金符鄉换馬里。三年正月，御史臺臣列公之行以聞，制贈通奉大夫、河南江北等處行中書省參知政事、護軍，追封太原郡公，謚憲穆。公曾大考進。大考守忠，金承信校尉。考王，國初倡鄉民來歸，從太師國王定中夏有功，累官定遠大將軍、慶源軍節度副使。妣李氏。公娶張氏，封太原郡夫人。子男二人：曰銳，由河南行中書省知印入官；曰鈞，承務郎、萬億賦源庫提舉。孫男三人：洙、浩皆國學弟子員，淵幼。

昔者世祖皇帝初命裕皇爲皇太子，左右給使之人皆擇用勳臣舊家子孫，故公得與其選，所以培植育養期大用於異日者蓋甚重也。公給事十餘年，忠謹小心，殆若一日。或因事進言，諒直不阿，每達于上聽，以故首有山北之命。遼、霫多宗王分地，傔從時縱狗馬出蹂民禾，民厭苦之。公繩以法，彼遂斂避不敢犯。時阿黑馬秉政，務聚斂以固權寵，小人觀望争言財利，以希進用。大定小吏耿熙者詣宰相言：「北京宣慰司逋懸官鈔二十萬定。」宰臣以聞，有勑徵之。熙懼事失實獲罪，妄增勑文，併諸官屬覈之，逮繫者百餘人。公察其妄，疏言于朝，熙竟獲罪。裕皇賓天，儲位久虛，時上春秋已高，中外危之。公建言曰：「陛下承祖宗之業，臨御多方，三十年矣。自至元初年，豫建太子，天下莫不歸心。邇者鶴馭上賓，臣民觖望。伏願斷自宸衷，早定大計，宗社幸甚。」章凡三上，上是其言。未幾成宗親承裕皇信寶，撫軍漠北，而大業遂定。

江南既一，或者猶略民子女轉賣爲奴。公言：「四海之内皆爲王民，國家當敷宣惠澤，無間南北，涵濡撫育，俾長子老孫以沐承平之化。今猶縱民奴其子女，非一視同仁之意也。」勑禁止之，著爲令。有汪清者，自其父占籍於息，餘四十年，而鎮軍强有力者利其貲産妻女，誣爲亡奴，訴諸帥府。既得府檄，卽率數十騎馳圍其第，遂格殺清，冀無以自明，妻女貲産悉爲己有。清子成潛出告寃，兵民異屬，文移往來數年不能正。潁人〔一〕朱喜者，始以避兵見俘，繼縱爲良，主給之書，鄉胥里長皆署名紙尾。喜隸軍籍有年矣。一日，喜居室火，故主之子疑其良書被焚也，遂復奴之。喜持書累陳，謾不見直。公循行至郡，俱詣泣訴。公閱吏牘曰：「清占籍於壬寅，某之奴以甲辰而逃，何前政之不攷耶？喜良書具在，紙尾之人，其言足徵，充軍許時何其無一辭也？」乃以其事啓鎮南王府，誣者皆屈。明年，二家援結近臣，誣奏其事。詔遣中書斷事官案問，卽收繫公。公以書言御史臺，臺臣以聞。有旨召公入見，公廷奏其事，上大喜曰：「若此人眞不虛食俸禄者。」復還公河南，於是近臣及斷事官皆以受賕得罪，而清、喜數百口竟賴公言皆復，民〔二〕繪公像，祠之終身。河間鹽使張某與其屬盜用官錢十餘萬定，公發其事，伏辜。恩州爲諸王火里吉食邑，命其官屬貸子錢於民，倍徵其息。公令止收子本，餘歸諸民。及還廣西，臺檄遍諭風紀，以表其廉能。公既疾，不果行，遂改河東。成宗方畋柳林，召詣行宫，撫慰優渥。會河東旱饑，穀貴民流，公請發倉振救，全活者衆。

時成宗初卽位，奉事太后惟謹。於是太后親幸五臺，大建佛宇，爲民祈福。上勑中書遣官護作，工部司程陸信者，驅民數千人入山伐木，山深險多虎豹，民被傷死者百餘人。公曰：「民未獲福，已先受害，殆非國家建寺之始意也。」入言太后，太后命稍損其役，仍賜死者家鈔人若干貫。諸王阿只吉歲支廩餼和市于民，或不能供，輒爲契券，子本相侔則没入其男女爲奴婢。公請于朝，用鈔贖還，凡一百二十四人，自是改賜諸王餐錢，而民患始除。哈塔不花者，恃阿只吉，恣爲姦利以亂吏治。公收案致法，王爲請，弗聽。遣使入譖于上，上猶豫未信。適駕北幸，哈塔不花遮乘輿誣訟公不法事，上命中丞崔彧問之。彧知其誣，將俟見上白之，未幾彧卒。及駕還宮，其人復以爲言，詔省、臺遣官案驗，卒無事實，其人坐誣抵罪，憲綱大振。阿只吉由是禁戢其下，不敢横暴侵其民矣。

先是朝廷以民之占軍籍者，限田四頃，以供軍需，餘田悉納賦税。公力陳其不便，以爲：「國家自取天下以來，征伐曾無寧歲。今海内稍定，民之征戍遠方者歲費尚千餘貫，四頃之田豈能盡給？凡民占籍佗役者，有司歲視貧富差其名數，一入軍籍永不可易。今若多限以田，使無飢寒之憂，是亦富民之道也。」不報。其後兼并之利興，富者益富，貧者愈貧。至是樞密奉旨召公等集議方略，而真定、順德、廣平等路，公分詢之。凡得富民數百家，即命充軍，其貧乏者悉罷遣之，人稱其平。汴爲宋、金故都，浩穰難治，而省府、憲司臨蒞其上，故朝廷常爲選良二千石。然久者不過一、二年，近者數月，或以疾辭，或以罪去，少能滿三歲者。公視事五年，以老致仕。〔三〕始至，省憲以公耆舊德業著聞，不敢以官屬視之，獄訟尤難決者悉以屬公，公一問即得其情，無敢隱。久之，政清訟簡，吏民歌之，方爲近代包拯。丁未之秋，河決原武，東南注汴。官吏具舟，爲避走計，民大驚恐。公白省臣，請導水東下，否則爲害不細。而省臣大家田疇多在汴、宋間，不用公言。公曰：「吾守土臣也，責當在我。」遂乘舟行視河分，命決其壅塞，於以分流殺水，而汴城始完，其民至今以爲德。水害既息，復大發民增築堤防。河西之人居鄢陵者萬家，號礮手軍，民之徭役悉無所與。公曰：「均爲王民，而河西人獨無所役，何也？」至是悉使就工，凡得萬人，不月堤完。公之摧抑豪強，愛養民力，多此類也。

公爲人剛毅正直，讀書能見諸行事，不爲空言。其任風紀，所至惟以興學善俗爲務。北京、汴梁及建、瑞、錦三州，趙之柏鄉，皆新學宮，風勵多士。蓋欲復古治化，作新斯民，非專師法令而以爲治者也。嗚呼，世祖皇帝以天縱之聖，方大有爲，故天出忠直之臣共弼治效，非偶然也。當是時，公及陳公天祥、程公思廉、姚公天福皆骨鯁敢言，不畏強禦，披姦發伏，振擿利害，若疾痛嗜欲在己。故吏畏其威，民懷其惠，風采凛然，震動一時，至今庸夫女子猶知道其姓字，是豈聲音笑貌所能爲哉。向者先君荀公深知，居嘗慕公爲可師法。會公子鈞求狀公行，將以獻諸史官，求銘作者，故因采其始末而論次之，以俟筆削。謹狀。至順四年九月壬戌，奉政大夫、奎章閣授經郎兼經筵譯文官蘇天爵狀。

〔一〕「潁人」，李氏鈔本、適園本同。徐刻本作「潁水」。
〔二〕「民」下原衍「之」字，據李氏鈔本、適園本、徐刻本刪。
〔三〕「仕」原作「事」，據李氏鈔本、適園本、徐刻本改。

元故資政大夫中書左丞知經筵事王公行狀

公諱結，字儀伯。易州定興人，徙家中山。公少聰穎異常，讀書數行俱下，能終身不忘。嘗從董太史朴受經，講解出人意表。間爲歌詩，如魏、晉人語。故憲使王公仁見而異之曰：「公輔器也。」年二十餘來游京師，一時名公聞公談論，皆聳聽畏服。嘗以時政八事陳列廟堂，曰：「立經筵以養君德，行仁政以結民心，育英材以備貢舉，擇守令以正銓選，敬賢士以厲名節，革冗官以正職制，辨章程以定民志，務農桑以厚民生。」其言剴切純正，皆治國大經大法，惜乎時相不能用也。仁宗皇帝初未出閤，已喜接納儒士，或以公薦，得備宿衛。乃集歷代君臣行事善惡可爲監者，日陳于前，上樂聞之不倦也。

武宗皇帝卽位，仁宗爲皇太子，命公爲典牧太監，官太中大夫。仁宗清燕，屢召見焉。近侍以俳優進，公言：「昔唐莊宗好此，卒致禍亂，殿下方育德春宮，視聽尤宜防慎。」仁宗登極，公遷集賢直學士，出爲順德路總管。郡久不治，公下車教民務農興學，孝親弟長，輯姦禁暴，悉登于書，俾民朝夕閱習。久之，郡政大治。屬邑鉅鹿、沙河，唐宰相魏徵、宋璟墓存焉，乃祠二公于學，表其言論風旨，風勵多士。再遷揚州，郡當水陸要衝，舟車不絕。公曰：「吾爲郡守，務在理民，送往勞來，非所先也。」又遷寧國，以從弟紳僉憲江東，辭不赴。遂改東昌，郡境有黄河故道，而會通堤遏其下流，夏月潦水盈積，壞民麥禾。公命疏爲斗門，以走潦水，民始得良田佃作。又新學宫，以延士子願學者。公所至惠政多類此，民迄今思之。

至治二年，丞相栢柱獨秉國鈞，徵用舊人，作新庶政，召公參議中書省事。公言：「爲相之道，當正己以正君，正君以正天下。除惡不可猶豫，猶豫恐生他變。服用不可奢僭，僭則害及于身。」丞相是其言。未幾，除吏部尚書。薦名士宋本、韓鏞、吴炳等十餘人，除吏平允，衆論悉服。〔一〕僥倖請求，一切不與。遠人當遷官者，寬其文法，吏皆不能爲姦。泰定元年春，廷試進士，公充讀卷官，考第多合士論。遂遷集賢侍讀學士、中奉大夫。會有月蝕地震烈風之異，天子儆懼，爲下手詔，命儒臣集議中書。公昌言曰：「今朝廷君子小人混淆，刑政不明，官賞太濫，以故陰陽錯謬，咎徵薦臻。宜修政事，以弭天變。」是夏，詔公領經筵，扈從上都。公援引古訓，證以時政之失，反覆詳盡，覬上有所感悟。中宫聞之，亦召公等進講，以故事辭。明年，除浙西道廉訪使。行至中途，以疾還。歲餘，拜遼陽行省參知政事。遼東大水，穀貴民飢。公請于朝，得米若干萬石以活之。召拜刑部尚書。

天曆元年，文宗皇帝入正大統，公以疾在告，出拜陝西行省參知政事，改同知儲慶使司事。二年春正月，拜中書參知政事。入謝光天殿，以親老辭，上曰：「忠孝能兩全乎！」是月，明宗皇帝立於朔方，命文宗居皇太子宮。於是遣大臣奉寶璽北迓，近侍復有求除拜賞賚者，公曰：「俟天子至議之。」近侍不悦。皇太子寶以上都變擾，莫知所在，至是更鑄新寶。近侍請大其製，公曰：「此寶當傳儲嗣，不敢踰舊製也。」初陝西省、臺請命上都，而四川行省隔在西南，平章曩加歹因繕兵自守。廷議調兵誅之，公曰：「蜀遠恐不能知，可遣使諭之。如果方命，兵之未晚。」曩加歹果來朝。時近侍争求籍没妻孥貲産，公曰：「古者罪人不孥，没入家貲者，所以彰有罪也，未有利人妻孥貲産而併殺其人者也。」近侍聞之益怒，譖詆日甚。八月，明宗上仙，文宗洊正宸極，公遂罷政。尋又命爲集賢侍讀，丁内艱，不起。

今上皇帝元統元年，復除浙西廉訪使，未行。召拜翰林學士、資善大夫、知制誥同修國史。勑史官修泰定、天曆兩朝實録，公與張公起巖、歐陽公玄共領其事。二年冬十月，拜中書左丞，與今參知政事許公有壬並命，士大夫相慶于朝。是月，太皇太后初受尊號，詔天下蠲省租賦，慎恤刑罰，優禮耆舊，懷柔遠人。洪恩實惠，天下便之，公與許公敷陳之力居多。公在政府，遇事輒言，無所顧避。中宫命僧尼作佛事於慈福殿，已而殿災。公言：「僧尼當坐。」左相疾革，家人請釋重囚禳之，公極陳其不可。又言：「選調官吏，錫賚金帛，當與同官僚屬議而後聞，一二宰執不可獨請其事。」先時有罪移鄉者，北人則居廣海，南人居遼東，去家萬里，涉瘴癘寒苦，往往僨于道路。公曰：「流囚尚止三千。」遂更其法，移鄉者止千里外，改過聽還其鄉，因著于令。近歲職官坐罪多從重科，公曰：「古者刑不上大夫，今貪墨者雖多，然士之廉恥不可以不養也。」聞者謂公得宰相體。至元元年春，命公知經筵事。夏，疾作。九月，去位。詔公復入翰林，養疾不能應詔。中外方倚公爲重，日冀其再用，以福元元，不幸疾竟不起。二年春正月廿九日，薨于中山私第，春秋六十有二。訃聞，公卿唁于朝，士弔于家，咸曰：「正人亡矣。」

公行義如古人，務正學以言，未嘗市恩于人，人怨詆之亦不恤也。喜薦拔士，登其門者多知名于時。少通經學，晚尤邃易，有易説若干言，臨川吴公澄讀而善之。故相張公珪初薦公入經筵，有曰：「王某非聖賢之書不讀，非仁義之言不談。」識者以爲名言。當文宗讓位，公所進説蓋欲消弭讒間，爲國遠慮，而小人不便，謗公無所不至。賴天子慈仁愛士，第罷其政而已。嗚呼，國家自世祖皇帝始一中夏，至仁宗時天下治平，獨鄉文學，興禮樂貢舉之事，海内儒士翕然向風。列聖承之，益修文治。公於其時一用儒術輔相國家，必欲俗吏之務不至于朝廷，其功豈不茂哉。

公伯祖某，國初帥鄉民來歸，其後管領中山人匠，因留家焉。祖遜勤，〔二〕以質子軍從太祖皇帝西征，娶婦阿魯渾氏。以公貴，贈通議大夫、禮部尚書、上輕車都尉、太原郡侯，阿魯渾氏贈太原郡夫人。父德信，治縣有聲，擢拜陝西行臺監察御史，與臺臣議不合，年四十餘卽棄官不復仕。累封中奉大夫、河南行中書省參知政事、護軍、太原郡公。母張氏，封太原郡夫人。娶蒙括氏，封太原郡夫人。子男二人：敏修，從仕郎、社稷署丞；敏存，未仕。女適太常太祝馬遂良。是歲二月某日，葬公中山安喜縣鮮虞鄉宣村原。天爵晚學，荷公深知，謹具公官勳行實卒葬壽年爲行狀一通，請謚奉常，徵銘太史，以詔後世。謹狀。至元三年夏六月甲午，太中大夫、禮部侍郎蘇某狀。

〔一〕「服」原作「伏」，據李氏鈔本、適園本、徐刻本改。

〔二〕「遜勤」原作「遜動」，據李氏鈔本改。適園本、徐刻本作「遜勳」。

故嘉議大夫江西湖東道肅政廉訪使董公行狀

公諱訥，字仁甫。真定路趙州栢鄉人。由燕南憲史轉河東，入掾禮部，陞御史臺、中書掾。皇慶初，以承直郎爲工部主事，擢奉訓大夫、監察御史。未幾左遷大都路總管府判官，改陝西行御史臺都事。召爲中書省左司都事。英廟爲皇太子，選爲詹事院中議，進官奉議大夫。久之，遷工部郎中，又遷上都副留守兼本路都總管府治中，改僉河東道廉訪司事。進朝列大夫、江西道廉訪副使。至治二年冬，召拜吏部侍郎。泰定初元，拜右司郎中，尋改左司。歲餘，遂拜太中大夫、吏部尚書，選充山北遼東道奉使宣撫。還朝，拜嘉議大夫、江西道廉訪使。泰定四年五月十六日終，享年若干。

公自少喜讀書，長游真定郡學。監憲完閭數至學舍，愛公清苦，遂薦用焉。及歷省、臺，治吏文書，事益明習。公性鯁直，棘棘不阿，操持清慎，聲聞日著，當代名公咸愛敬之。工曹專掌營造，而京城之建既久，官廨〔一〕寺宇之修歲月不絕。木石丹堊之須隱没于吏牘者，公一一經理而追徵之，凡得楮幣三萬餘定，黄金千兩。近侍請於禁中海子爲傀儡之戲，擬築水殿以備乘輿游觀。公言：「唐文皇嘗命工曹選巧工，尚書段綸教作傀儡。文皇曰：『向求巧工本以供國利民，今造戲具甚失官師相規之意。』詔免綸官。史氏載之，以爲美談。方今聖明在上，豈宜作此。」宰臣是公言，遂罷其役。公在六察，正色敢言。延祐二年冬，星芒垂象。公言：「宰相之職，所以代天理物。今天象示變，蓋由燮理非人所致。」時相方擅朝政，聞公之言，大爲憾恨。三年，元會陳朝儀殿廷，百官將序班行禮，時相乘轎坐殿廷中。公適糾儀，乃前問曰：「此百官朝會之所，丞相坐此非是。」相怒而去，不數日，奏公佐京邑。其再入省，又奏公佐留司，蓋欲以事困之，或少有失，則坐以罪。賴公平素勤於職事，卒無毫髮得〔罪〕。〔三〕相嘗迎鑾輿于北郭，問有司供須者爲誰，左右以府判對，相故求事杖之。明日，知非公也，心甚慚之。

公在京府八月，在留司僅三月，臺臣憐公以言權姦恐終見誣以罪，故兩爲之改除外臺。公在河東、江西，按行郡邑，風采肅然，民有訴訟，皆自理之，吏屬無所干預，坐曹行文書而已。澤州高平民有盜竊其家資，官誣執一家五人爲盜，搒掠無完膚，父子二人已死獄中，而贓竟不獲。公閱其文書，察其辭色，而遽釋之。召其主人問曰：「盜未發前數日，何人曾至汝家？」曰：「鄰村五人者曾來貸粟。」公卽擒五人者至，併贓索之皆在，遂具獄，官吏坐罪有差。邑方大旱，卽日大雨。江西民固好訟，亦由官吏倡之，因逗撓爲利。公初按部吉安，嚴明以攝其姦，公平以服其心，告實者行，誣告者坐，人皆凛然不敢犯。明年，至撫州，前此訟者亦衆，至是乃無一人。公以爲有司止之也，親出詢之，亦無有也，然則興獄告訐，豈民之本心哉。

延祐間，朝廷患郡縣多盜，議依大德之末，遣使驅賊于阡陌，掊擊而死，以號于衆，庶或盜止。公曰：「向者成廟賓天，武皇未立，宰相恐天下人心未安，姦人竊發，權爲一時之制耳，今可效之乎？矧世祖臨御三十五年，未嘗行此，盜亦何能猖獗耶！」衆是公言，其事遂止。公平生論事甚衆，如黄華嶺屯田當罷，江南括地擾民，朝議多是其説。尤喜薦拔人材，在吏部嘗同尚書王公結薦紇石烈希元、張瓘、陳思謙、吴炳、歐陽玄、李好文等十餘人皆可大用。奉使山北，黜陟官吏皆當，興利去弊，民甚便之。

公曾祖考諱增，不仕。祖考諱元，贈亞中大夫、順德路總管。考諱進，嘉議大夫、禮部尚書。曾祖妣某氏，祖妣夏氏，妣趙氏，俱封趙郡夫人。配某氏，趙郡夫人。子男衍，國子生，早逝；次庸，承務郎、大樂署令。維昔國家初定中土，一時豪傑往往起家試吏，以見諸用。其後公卿輔相，率由是選。公自諸生擢置憲府，位至天官尚書及部使者，材行赫然有聞，是宜論著，以圖不朽焉。謹狀。至元六年庚辰夏五月某甲子，通議大夫、吏部尚書蘇天爵狀。

〔一〕「廨」原作「廨」，據李氏鈔本、適園本、徐刻本改。
〔二〕得「罪」據李氏鈔本、適園本、徐刻本補。

傳

貞孝先生傳

貞孝先生王氏諱文淵，字巨卿。中山安喜人，由太原榆次徙焉。考府君德用，始倅中山雜造局使。先生幼失其父，能自樹立，卓犖不羣。家貧，從府尹推擇爲吏，持法廉平。久之，喟然曰：「吾家世以清白稱，吾雖不能克大其門，烏能趨赴承奉效刀筆吏所爲乎！」即揖府尹，棄吏去，衆稍異之。是時故國子司業滕公安上方家居教授，學者雲集，先生折節往從焉。裭冠博衣，躬執弟子之禮。滕公嘉其志，告以古人爲學之方，先生益自刻厲，尊聞行知，聲聞日隆。滕公卒，即杜門不出，稽經訂史，夜以繼晝，下至老、莊、醫、卜之書，靡不該覽。於是母年高，先生奉之彌謹，甘旨無闕供。母亡，毁瘠骨立，喪葬如禮。與弟貞盡友愛，訓子孫甚嚴，家庭之間肅如也。遇人則和平樂易，言必依於孝弟，鄉人以此益親之。喜作詩，紆餘冲淡，得韋、柳體。當代公卿聞其名而重之，道出中山，或造其廬，聽其言而察其心，不敢以其名薦，卒不仕終其身。延祐元年九月也。享年六十，葬唐城鄉西翟原。鄉人誄曰：貞孝先生墓。子男曰復、曰構，孫男秉鈞、秉彝，俱世家學。

贊曰：古稱燕、趙多奇士，豈節義出乎其性者哉。國家既都燕，而趙爲輔部，名公達材由勳勞、吏業起家，仕至公卿將相者，幾何人矣！當是時，獨静修劉公隱居求志，高尚其事，俾一世之人企慕若弗可及，豈非風化之美者歟。而貞孝先生亦能讀書不仕，修身事親，則其志過常人遠甚，亹亹然庶幾隆古逸之遺風矣。

崔孝廉傳

崔孝廉名顯，字耀卿。有官君子也。不稱其官而曰孝廉者，著其行也。著其行者，所以崇世教也。侯早喪父，獨善養母。母年七十，樂居鄉里。其兄千夫長昌戍齊安，不敢歸。侯方隨牒仕遠州，獨慨然曰：「吾年鼎盛，服官政之日長，奉親日短，曷忍違吾親乎！」遂棄官侍母。母年八十五方終，侯養志得其歡，居喪致乎哀，兄亡又走江淮迎其喪歸，此侯孝弟之行著于家者也。

侯初佐官長熟，即以清謹見稱。及尹建平，奉法而無所私，民之富者安之，貧者撫之，強者抑之，弱者植之，上下相親，有如父子。崇仁版户四萬，訟牒填委，侯識精明，片言折之，猾吏無文致之苛，田里絕追呼之擾。當天曆旱荒之餘，民被饑疫之苦，侯勸帥賑恤，衆獲休養。此侯廉平之政著于民者也。侯由門功入官，以養親辭歸，再調鹽官州判官、廣平邯鄲縣尹，皆不果上。母老終喪，乃調壺關縣尹，又以兄喪，弗克終任。歷尹建德之建平，撫州之崇仁，民皆攀戀涕泣，不忍代去。于時侯年已老，始遷長熟知州。部使者屢薦其材，侯未嘗肯妄進取。踐更五十餘年，僅受八命，積階奉政大夫，此侯歷官之始終也。

當金季世，將兵千人歸太師國王，復從大帥逐叛將武仙，克復真定，官至管軍千户、真定同知權府事諱祥者，侯之祖也。佩金符、行軍千户，戍鄧繕治壁壘，奪宋將張貴餉船于襄陽，敗江州都統軍鄂之武磯，追宋潰師于丁家洲，獲將士二百、戰艦五十，轉餽江淮數年不乏，官至懷遠大將軍、兩浙江淮行都轉運使、贈博陵郡侯、謚桓靖諱德彰者，侯之考也。北京行六部尚書贈太保、趙國康惠公秉直之孫，宣權五路萬户天安之女，封博陵郡夫人史氏者，侯之妣也。中書左丞相贈太師、鎮陽忠武王天澤之孫，同知澧州路總管府事梓之女，封元氏縣君史氏者，侯之配也。自大寧之富庶，居真定之真定，侯先世遷徙之所由也。富庶之北韓砦，真定之治頭原，侯祖考窀穸之所歸也。侯家世勞伐之舊，内外姻族之盛，曾不以富貴奢麗有所改易，而以孝弟廉平表其名稱，此侯稟賦有以異于人也。謹緝其事著于篇。

贊曰：昔集賢宣城貢公奎居鄰建平，每嘆東南數十百縣爲令者僥倖苟且，求能慈祥惻怛如崔君者無有也。臨川吴文正公歸老于鄉，嘗言：「今所在郡邑困瘁極矣，得如崔耀卿之潔己愛人者治之，其少蘇乎！」嗚呼，考求二公之言，當國者可不思其故歟。然則孝廉賢矣哉。

滋溪文稿卷二十四

制詔

曲赦雲南詔

朕纘承正統，臨御多方。永惟兆姓之咸寧，恒懼一夫之不獲。矧爾西南之地，皆我祖宗之民。德澤涵濡，富庶安集。比因僭亂，阻遠闕廷，致無事以生疑，帥同惡以相濟。爰興師旅，殲厥渠魁，猶慮脅從，未卽率服。原其詿誤，良用哀矜。庸推肆眚之恩，啓以自新之路。於戲，帝王之德，蓋莫大於好生；臣子之心，尚無忘於效順。咨爾有衆，體予至懷。

丞相耶律鑄妻粘合氏封懿寧王夫人制

朕［紹］繩祖武，〔一〕追思社稷之元勳；加襚王章，爰及閨門之懿德。故光禄大夫、中書左丞相耶律鑄妻粘合氏謙柔有則，專静自持。簪紱襲芳，相爾金源之巨族；珩璜中度，佐予黃閣之名臣。處富貴不失其常，奉祭祀能成其孝。女史共師其淑行，宗媚咸仰其令儀。雖遺[二]偕老之榮，宜舉飾終之典。於戲，鴨江舊壤，聿隆大國之封；鸞檢新恩，庸正小君之秩。尚期精爽，式克欽承。可。

〔一〕「紹」繩祖武　據李氏鈔本、適園本、徐刻本補。

〔二〕「遺」原作「遣」，據李氏鈔本、適園本、徐刻本改。

册中宫詔

古先哲王，天立厥配，上以承宗廟之重，下以正邦家之基。朕奉先朝之燕謀，入纘大統，祗遹慈闈之聖訓，擇建長秋。皇后伯岳吾氏父祖忠勞，弼亮社稷，流慶澤於後裔，宜表正於中宫。若稽典章，焕頒禮命。乃於元統三年四月五日，授以玉册、玉寶。於戲，典崇王化，尚惟風動於四方；惇叙彝倫，其永治隆於萬世。

祝文

三月一日特祭太廟祝文

有嚴太室，祼獻惟時。雨露春濡，孝思罔極。祗循彝典，申薦虔誠。尚祈顧歆，永錫壽嘏。

四月時享祝文

於皇祖考，合饗太宫。炎律凝辰，流陰易感。虔修禴祭，式展孝思。明靈居歆，錫羡繁祉。

奏告太廟祝文

嗣膺統業，寅奉宗祧。比以虧和，寢恙未已。修爰虔祀，申禱皇靈。尚祈監歆，俯垂開祐。惟錫壽祉，永保神休。

皇后造册寶破玉開篆祝文

纘承丕緒，風化攸基。念昔哲王，咸資内治。肇修寶册，璞玉斯攻。惟爾有神，尚祈陰相。

嗣膺正統，思厚人倫。爰正中闈，聿修陰教。肇新典册，玉篆斯鐫。神其相之，益綏福履。

皇后受册寶告祀郊廟祝文

祇荷天休，纘承聖緒。有嚴内治，正位長秋。爰卽郊丘，前期申告。尚憑煙燎，昭是忱誠。

靈承祖烈，膺荷邦圖。思正中闈，協恭宗事。先期昭告，式薦明禋。尚祈格歆，永錫祚胤。

普慶寺祭三朝御容祝文

於皇三聖，肇啓洪基。嗣服云初，孝思有永。顧瞻館御，玉色如存。獻享惟恭，敢祈昭格。

太廟修吻獸奏告九室祝文

繹繹太宫，明靈攸宅。風雨所薄，鴟吻攲傾。涓辰僝工，繕治惟謹。仰祈監祐，永保厥寧。

即位後告祭太廟祝文

於皇祖宗，丕建鴻業。纘承伊始，祗遹先猷。吉蠲孔時，肇修禋祀。尚祈昭格，錫羡蕃釐。

長春宮設清醮青詞齋意

日躔析木，眷六甲之循環；乾奉道樞，祈萬靈之敷佑。乃嚴靖館，祗率明科。陳清醮以肅儀，奏赤章而達悃。冀通真聖，申衍壽祺。胥及羣生，咸被多福。

嗣膺寶曆，底區夏之敉寧；顧瞻琳宮，繄仙遊之所御。恭修祠醮，升薦忱誠。冀太上之居歆，幸列真之凝鑒。丕迎景福，迄致豐年。益綏熙盛之圖，永保靈長之慶。

周公晷景殿竪柱上梁祝文

聖人有作，制器象天。奕奕殿庭，敷離風雨。涓辰庀事，棟宇斯興。維神右之，欽若天則。

五福太乙宮上梁祝文

於赫邦圖，密資道蔭。行基所舍，大起琳宫。肇舉修梁，維神是佑。尚迎五福，普錫羣生。

丞相宅竪柱上梁祝文

桓桓師相，社稷元勳。爰讎其功，賜建大第。涓辰既吉，柱石是基。尚賴神休，克相厥役。

國有大臣，宗社是輔，敕興甲舍，密邇宫垣。諏日既嘉，崇梁上構。維神相事，永保攸寧。

抄紙坊開檻祝文

泉貝之興，原自古昔。因時立制，以權重輕。當歲之春，肇造楮幣。神其克相，國用阜殷。

印鈔庫開板祝文

泉貨之用，式厚民生。若稽舊章，圜法是則。造幣伊始，蠲吉致虔。神其相之，利周四海。

七月時享祝文

紹履基圖，祗承廟祐。率循故典，時邁行都。素律云秋，孝思永慕。爰修常祀，冀蒙鑒臨。

十月時享祝文

九廟舊章，四時祫享。屬臨良月，永慕先猷。吉蠲大烝，明靈歆止。尚祈景福，垂裕無疆。

表牋

元旦賀表

鳳曆授時，法春秋之一統；龍墀輯瑞，謹周禮之三朝。凡在照臨，率同蹈抃。睿哲以武，温恭而文。發政施仁，稽若祖宗之憲；對時育物，裁成天地之功。屬至治之昌期，履上元之景運。二儀開泰，九有均歡。臣等職忝攸司，躬逢華旦。五雲金闕，瞻穆穆之清光；萬歲玉卮，祝綿綿之聖壽。

聖節賀表

皇極居尊，時乂無爲之治；星樞紀瑞，光增有永之符。禮肅班行，慶傳黎庶。實聰睿睿，克寬克仁。命官以振臺綱，式是百辟；降詔以蘇民瘼，使于四方。聿臨日景之長，茂對天休之至。臣等恭逢誕節，忝列從臣。貝葉繙經，錫箕疇之五福；玉卮進酒，致漢嶽之三呼。

千秋節賀牋

南極騰輝，光啓前星之瑞；東闈介壽，歡孚下土之心。禮肅簪紳，福綿宗社。仁明性稟，孝友生知。夏凊冬溫，克謹事親之道；月將日就，茂隆典學之功。肇新一歲之元，益衍千齡之祝。某等叨陪法從，幸際熙辰。甲觀吹銅，延想燕禖之慶；震方主器，永依鶴禁之雲。

賀親祀太廟禮成表

慶纘丕基，聖德聿光於祖烈；恭祠太室，孝思述美於先猷。於昭文物之華，允屬邦家之祉。功高揖讓，德本誠明。玄武鈎陳，丕受萬年之神策；黄流玉瓚，欽承九廟之威靈。誕敷寬大之書，允格馨香之治。臣等叨居宰路，肅侍齋宫。奉璋峩峩，樂覩肇禋之鉅典；降福簡簡，願推錫類之深仁。

賀册中宫牋

鳳扆當陽，光啓中興之運；翬衣正位，聿彰内治之功。典册昭華，邦家闓懌。儷尊皇極，毓德王門。蚤親圖史之文，動履珩璜之節。出居潛邸，悉知臣下之勞；入奉太宫，克相宗祧之祀。誕膺顯號，丕叙彝倫。某等幸際昌期，獲瞻縟禮。詩宣風化，茂隆億載之基；頌衍壽祺，願共一人之慶。

賀登極表

龍庭正位，嗣祖宗肇造之基；駿命在躬，啓曆數重熙之運。綸音誕布，綿宇均歡。睿智有臨，英明獨斷。慶協大橫之兆，光膺令緒之傳。克享天心，日月星辰之順軌；式孚民志，謳謌獄訟之來歸。億萬年以承休，三千臣而同德。臣等忝司端揆，茂對昌期。皇極敷言，願贊維新之盛治；泰元神策，益隆有求之貞符。

賀建儲表

黃屋膺圖，嗣祖考萬年之業；青宮正位，隆本支百世之傳。典憲肇新，邦家具悅。堯仁廣彼，舜德重華。永思神器之安，寔慎元良之選。因心則友，允符聖人之公；立愛惟親，丕厚天下之俗。光增九廟之重，慶協三靈之和。臣等忝列台司，獲覩盛禮。星暉海潤，頌聲行播於寰區；月恒日升，壽曆益延於寶祚。

賀登極表

宗社儲休，丕纘皇圖之正統；穹天眷佑，於昭邦命之惟新。三辰宣華，六服寧謐。聰明時乂，濬哲生知。慶承令緒之傳，光應大橫之兆。舊勞于外，周知黎庶之艱難；允執厥中，克協帝王之治化。曆數肇更於鳳紀，衣冠咸輯於龍墀。臣等躬際清朝，叨塵法從。端門號令，既普洽於民心；延閣圖書，願緝熙於聖學。

登極賀太后表

天下歸心，光啓龍飛之運；禁中決策，允資燕翼之謀。景命肇新，洪圖益固。德全坤載，功定乾維。所與惟賢，諒再安於宗社；不私其子，實惇叙於彝倫。端居長樂之尊，克嗣徽音之美。臣等躬逢慶會，忝列從班。壽介萬年，永祝慈儀之聖；教行四海，聿彰孝治之隆。

皇太后受尊號賀皇帝表

慶纘瑶圖，龍衮尊臨於南面；光昭寶册，鴻名薦美於東朝。載惟典禮之新，允屬邦家之祉。聖學稽古，玄德重華。永思神器之承，實本慈闈之懿。推崇顯號，親親廣愛敬之仁；遵守彝章，業業謹盈成之治。自今以始，長發其祥。臣等忝列從官，聿觀盛事。日隆孝養，式符四表之驩心；天錫壽祺，益衍萬年之景命。

天壽節賀表

四月維夏，天昌誕聖之貞符；萬壽無疆，人祝祈年之善頌。旂仗儼陳于北闕，簫韶律應于南風。凝命穆清，宅心濬哲。秉六陽之嘉會，撫億世之洪圖。訪道石渠，日覽唐、虞之大訓；問安長樂，時聆任、姒之徽音。載臨震夙之辰，茂履丕平之祚。臣某等班趨文陛，職忝諫垣。金鑑露囊，願緝衣裳之黼黻；紫微華蓋，永瞻箕翼之輝光。

賀正旦表

歲正天元，協氣蒙於廣宇；禮隆王會，縟儀蕆於明堂。萬象肇更，三朝伊始。誕膺景命，寅奉丕圖。欽文稽古於神堯，誠孝聿彰於帝舜。横經講道，衣裳端拱於金華；推策授時，曆數宣和於玉燭。羣生咸遂，庶績其凝。臣等躬際清朝，班聯法從。日新聖學，敬陳東壁之圖書；天錫貞符，仰祝南山之壽考。

大明殿秋宴教坊致語

黄屋膺圖，瑞日光臨於下土；彤庭受貢，需雲慶洽於中天。方金行肅爽之期，適玉宇謳謌之盛。肆陳燕饗，申惠臣工。仁孝在躬，聰明不世。荷三靈之孚佑，席累聖之重熙。睿略神謨，舉而措諸事業；宸篇奎畫，焕乎其有文章。丕承令緒之傳，允叶大横之兆。星空貫索，羣元沐汪濊之恩；歲符泰階，九扈告豐穰之瑞。屬嗣服之伊始，爰折俎以示慈。鳳扆當陽，瞻睟容於咫尺；雞人唱曉，喜麗景之舒遲。旂伏周廬，簪紳在烈。敕宰夫以烹鼎，所養惟賢；命酒正以行觴，咸醉以德。樂奏仙韶之曲，聲協治世之音。雜鳥獸蹁躚之儀，縱魚龍曼衍之戲。既歆渥賜，胥抃太平。東海蓬萊，樂聖幸陪於鎬宴；南山秋色，祈年願慕於堯封。臣等欣遘昌辰，叨居法部，敬敷口號，上瀆宸聰：閶闔宏深紺宇涼，仙班齊拱御爐香。日升若木開晴景，雲繞蓬萊動瑞光。百辟衣冠趨劒佩，四方玉帛走梯航。鈞天樂奏宫商沸，同向楓宸獻壽觴。

祭文

祭默庵先生墓文

於惟安氏，世爲儒家。爰及先生，再振厥華。資禀清美，威儀柔嘉。圓方有則，圭璧無瑕。窮經講道，探討幽遐。作爲文章，粟米絲麻。務適於用，靡事浮誇。容城汎翁，名著昭代。德有本根，學有原派。先生聞之，欲走趨拜。適翁去亡，遶墓長慨。又聞南方，禮樂攸在。盍往游焉，以觀其會。中途疾作，還歸言邁。教授鄉里，羣士景從。賢愚鋭鈍，萬不齊同。如飲大河，如撞巨鐘。隨叩隨應，取之不窮。邪説是排，正學是宗。操存涵養，博大明通。它人所難，先生從容。天爵少年，實侍函丈。曾未卒業，奉親北上。天降禍災，哲人淪喪。凡我同門，孰不惆悵。網羅遺文，序次事狀。天爵此心，惟先生實諒之。尚饗。

祭馬翰林祖母張夫人文

於惟夫人，女德是茂。來嬪洪族，允宜厥家。孝於翁姑，以誨諸子。有孫克顯，碩大而文。輔德春官，執經内殿。錫封大國，象服有光。温清旨甘，禄養具美。既康而壽，順以歸全。凡在夫人，福德能備。輤車載塗，哀榮何極。式陳薄奠，侑以誄辭。尚享。

祭劉承旨文

往在至元，碩士如雲。猗歟文獻，公實其孫。生際明時，獲親先覺。蔚有時名，克紹家學。容臺辟雍，金馬玉堂。尚書侍御，集賢春坊。朝踐暮歇，四十餘歲。優游清華，遂以卒世。公之雅志，不尚立名。嚴重簡默，具曰老成。壽罔或康，禄罔克久。公兼有之，夫孰能偶。及時懸車，燕尊齒毛。公踰八秩，不敢告勞。原公之心，匪躬是計。國有大政，于于來議。豈無君子，布于周行。一老不遺，士類永傷。輤車啓行，丹旐旆旆。公如有靈，歆此薄酹。尚饗。

祭王國華學士文

嗚呼公乎，東魯碩儒。温恭自虚，和裕而舒。疇昔嚴侯，奮興田里。崇學延師，以養多士。遭時清明，爲士爲卿。優游周行，羽儀大廷。維兹卿士，鄉人是好。推轂俊良，振拔枯槁。公乘其時，亦起於家。紆朱曳紫，歷游清華。歲易時遷，進居内相。作爲文章，維世所尚。其文伊何，制命丹書。駢四儷六，華榮葉敷。至治天子，肅奉廟祀。公於其時，適官禮寺。作新制度，屬屬小心。第懼弗勝，天威式臨。公之平生，無忤無競。不巧爲機，廉慎以静。慨彼鄒魯，羣士景從。存者幾何，而公遽終。凡我同僚，情何有極。恭陳醪羞，以告哀惻。尚享。

祭張文在教授文

維至順元年閏月某日，應奉翰林文字蘇天爵、國史院編修官楊俊民，謹以清酌之奠，致祭于故濮州教授張君之靈。嗚呼，惟君之生，逢辰晏寧。早親先哲，尚識典刑。鄒、魯遺經，漢、晉諸史。虞初稗官，咸究終始。發爲文字，如地出泉。操紙落筆，累百千言。先進日亡，君聞日顯。學徒雲從，户外屨滿。皇慶詔下，賓興于家。校官鄉郡，儒者輝華。吳、越茫茫，乘傳而往。校士以文，作樂斯享。朝有知己，詞掖薦揚。垂成而止，典教濮陽。人曰是行，克展厥志。命也不融，奄忽長逝。輤車至止，鄉人悲思。士失益友，學失良師。矧在吾儕，情好彌篤。一奠寄哀，有淚盈掬。尚享。

祭楊府君文

維元統三年三月某甲子，朝請大夫、中書省右司都事蘇天爵謹遣甥何佑，以香茗之奠，致祭於近故從仕郎、縣尹楊君卿文之靈。嗚呼，昔君初年，南游江湖。中歲來歸，一室宴如。忘情軒車，娱意圖史。既善其身，又誨諸子。子也有立，實才而賢。秀出班行，華聞日宣。恩典尊隆，禄養具美。凡我邦人，共仰德齒。忽承凶訃，實怛吾心。緘詞往奠，尚其知歆。

策問

大都[一]鄉試策問

曆數之起，上矣。昔者帝堯命羲、和[二]治曆，以閏月定四時成歲。夏、商、周有天下，皆改正朔，以新民之耳目。然則正朔必可改歟？漢儒謂舜紹堯，順天道，改正朔，其説信歟？不然，夏啓誓師，何以併言三正歟？攷之詩、書、春秋傳，或言夏正，或言周正，何爲而不一歟？周官太史正歲年以序事，頒之于官府及都鄙，頒告朔于邦國，其事亦有所因歟？至漢造曆，始以八十一〔三〕分爲統母，數起於黃鍾之龠，其法一本於律。唐開元曆專用大衍之策，其法則本於易。二者可兼用之歟？夫治曆者始皆精密，後多踈而不合，其故何歟？漢曆四變，唐曆八變，變之之故可得而考歟？先儒言：落下閎但知曆法，揚雄又知曆理。治曆者必如是而後可以無差歟？我國家承金用大明曆，至元中詔改授時曆，能知曆法及明曆理者誰歟？行之五十餘年，無數更之弊者，其術果盡合於古歟？夫帝王之治天下，欽天道以授民時，莫重於斯，故歲月日時由斯而成，陰陽寒暑由斯而節，四方之政由斯而行。易曰：「君子以治曆明時。」諸君子通經博史，其於古今治曆之事，攷之悉矣。若曰推步之學乃陰陽家流，則非有司之所願聞。

〔一〕「大都」原作「大部」，適園本同。徐刻本作「大郡」。據本書目録及李氏鈔本改。

〔二〕「羲和」原作「義和」，據李氏鈔本、適園本、徐刻本改。

〔三〕「一」原作「十」，各本均同。據漢書律曆志改。

私試策問

夫財用之制，有國家者所當務也。故洪範八政，貨居其一。周官一書，理財之術亦居其半。聖人豈專爲利者乎，蓋養民制國，此爲重焉。夫古今天下一也，山林川澤之利，寧有異乎？何古者財裕而民息，後世財匱而民病乎？豈理財之方未盡其術乎？用之之道不合於制乎？今欲取之有法，用之有度，攷諸古而宜於今，其道何以？

廷試漢人南人策問

朕惟隆古帝王之爲治，莫不因郊丘以享帝，嚴宗祏以事神，所以報本始，崇孝敬也。朕荷天地之洪禧，纘祖宗之丕緒，蓋嘗潔幣玉以祀穹祇，肅圭鬯以奉宗廟。雖誠意之上通，顧制作之當議。若稽典禮，祭天於地上之圜丘，祭地於澤中之方丘。而后世分祭合祭之説，服冕樂舞之數，果同異歟？宗廟禘祫之義，祖宗昭穆之序，諸儒之論何以折中歟？傳曰：「郊社之禮，所以事上帝也。」或以社爲祭地。又曰：「宗祀文王於明堂，以配上帝。」其説何歟？今天下治平百年，制禮作樂，維其時矣。子大夫明古今之制，通禮樂之原，其詳陳之，朕將親覽焉。

擬廷試蒙古色目策問

朕聞昔者帝王之有天下也，或創業艱難，或繼體守文，雖所遇之時不同，及其成功一也。夫周之文、武、成、康，德業尚矣。漢之高祖、文、景，唐之太宗、明皇，其治功尚有可議者乎？我太祖皇帝肇啓洪基，世祖皇帝混一區夏，列聖相繼，治底隆平。朕承天地之休，居億兆之上，夙夜祗畏，罔敢逸豫。載惟祖宗之治，所當先者何歟？成周聖王，漢、唐英主，其得其失，所當鑒者何歟？子大夫悉心以對。

策問

問：自古有天下者，皆以人才爲務。夫人才盛衰，可以卜世道興廢。或崛起山林，或教養庠序，或見諸謀猷，或施于事業。唐、虞、三代尚矣，自漢以降，張留侯之佐高帝滅秦滅項，本以爲韓報仇，大抵多智謀術數，而先儒以謂「進退從容有儒者之風」，何歟？及高帝欲易太子，留侯乃招致四人以安之，論者以謂「爲子植黨以拒父」，或以論者未嘗知聖人深許首止之盟，其説何者爲是歟？賈誼、董仲舒皆負卓越之才，觀其奏篇，反覆治亂之原、天人之對，而先儒以毛萇、董仲舒最得聖賢之意，不及賈生，何歟？二子得聖賢之意者何以考見歟？諸葛武侯躬耕南陽，輔佐先主，出師二表，臣節凜然，論者以謂庶幾禮樂。夫以孔明連年用兵，專制一方，何以能與禮樂歟？晉室中興，王、謝作相，當國家顛危之時，偉然協中外之望，其輔相之業可傳于世者何歟？所謂寬恕簡靜，高情雅度，其亦清談之弊歟？文中子太平十二策獻之隋文，皆治世之言歟？唐初諸公果出于其門歟？謀猷諫諍於貞觀之治最有功者孰歟？陸贄之相德宗，先儒謂「有王佐之才」，指其奏議言之歟？抑謂其相業歟？或又以贄比之賈誼，何歟？楊綰拜相，有方宴客減其坐中聲樂者，有以騶從之盛爲省之者，有以第舍宏侈毁撤之者。既能使一時之人風動如此，其學術於古人亦有可方者歟？五代之際，有若王朴者出焉。不數年間，制禮作樂，蔚然勃興，亦有可述者歟？夫古今人才多矣，能識其遠者、大者，則可稱焉。諸君子周覽歷代之變通，攷求人物之得失，其於諸公之事，必能有所去取。請詳陳之，以觀諸君子之所藴。

問：河爲中國患，舊矣。禹疏九河而患始息。周定王時，河徙砱礫，歷春秋之世弗聞其爲民患，何歟？攷之，九河在兖州之域，滄、棣、德之間，謂之苞，淪於海者，果可信歟？漢元光間，河決瓠子，發卒數萬人塞之，甚至天子沈白馬、玉璧祠之，而後道河北行二渠，復禹舊迹。彼謂以人力強塞，未必應天。是果廟謨之長算歟？唐世河患無聞，豈藩鎮分據其地，而事有不克登載于簡册歟？宋元祐間，或欲導河東流，或主北流，議論不一，其果何者爲是歟？夫河自南徙入淮，而齊、魯之患稍息。今河復決而北泛濫數百里，壞敗城郭田廬冢墓，不知其幾。聽其北流，則堤防未立，郡縣受害；導之東徙，則工費極大，民殫于後。將何如則可也？夫漢值河決，詔徵能治河者，賈讓出焉。諸君子博攷經籍，必能深明古今河患，及治河長畫，其詳陳之，以備水衡之所採擇。

書

與西管李士興書

五月吉日，趙郡蘇天爵頓首再拜李君士興足下。蓋嘗聞之，同門曰朋，同志曰友，余與足下雖無一日之雅，然而同爲安氏弟子，則朋友也。夫忠告而善道之，朋友義也，余有一事，將爲足下道，足下試詳而聽之。夫古者春祈秋報，皆祭于社，下至一鄉一里，莫不皆然。其祭也，則以鄉有道德先生配之。近世社祭之名僅存，然而大抵非所當祀之鬼，而配祭之禮又亡。甚矣，古禮之廢壞也。嗟夫！不有講學之君子，其孰能復之哉。蓋西管名鎮也，社祭之禮，歲之所常行也，而足下又嘗講學者也，獨鄉先生之祀又可不復之哉！鄉先生爲誰，安氏是也。安氏自石峯、如齋、默庵祖子孫三世，或家于斯、游于斯者，七十餘年矣，凡使是鎮之人誦詩讀書，立身行道，敬老而慈幼，善俗而化家，莫非安氏之教使之然也。然則安氏之功，詎淺淺哉！夫古者鄉無道德先生，猶將合而祭之，矧有如安氏者，舉而祀之，孰不曰宜。禮曰：「豺祭獸，獺祭魚。」夫豺、獺尚知報本，而況於人乎。足下試與里中長老議之，如果能行，天爵亦將往觀古禮之復焉。足下其思之，勿忽。

答達兼善郎中書

近承賜教，知久病新愈。夫君子之仕，固欲行其志也，然事之齟齬者十常八九，欲舍而去之，不知者以爲忘斯世矣。閤下由進士得官二十餘年，始以文字爲職業，人則曰儒者也。及官風紀，屢行而屢止，孰知其志之所存乎。向諭印祝泌皇極經世說，謹裝潢納上。某嘗學於臨川吴先生，聞其言曰：「邵康節天人之學也，雖其子弗克傳焉。蜀人張行成蓋能得其彷彿。行成既没，其學又弗傳矣。祝泌生於宋季，所學者風角鳥占之術，特假皇極之名張大之耳。撫州人有傳其術者，覩物即知休咎，嘗欲以學授予，予弗從而止。」某又嘗學于太史齊公，每見公讀邵子書不去手，晚歲又釋外篇，令某傳録。其言曰：「皇極之名，見於洪範。皇極之數，始於經世書。數非極也，特寓其數於極耳。經世書有内、外篇，内篇則因極而明數，外篇則由數以會極。某嘗欲集諸家釋外篇者爲一書，顧未能也。」又聞國初李徵君俊民、李翰林治皆能通邵子之書，或言徵君傳于河南隱士荆先生，而翰林不知得于何人也。世廟在潛邸時，嘗召徵君問之。徵君既亡，復召翰林問之。以某觀之，二公不過能通其數耳，而康節之學蓋未易言也。故曰：「欲知吾之學者，當於林下相從二十年，方可學也。」因閤下求祝泌之書，偶言及「此」。〔一〕

〔一〕偶言及「此」　據李氏鈔本、適園本、徐刻本補。

滋溪文稿卷第二十五

雜著

讀詩疑問

子曰："「吾自衞反魯，然後樂正，雅頌各得其所。」然則二南正風不可謂之樂歟？抑兼言之歟？古者春秋教以禮、樂，所謂樂者卽雅、頌之樂乎，大韶、大夏之樂乎？詩三百十一篇皆古樂章，六篇無辭者，笙詩也。然則大韶、大夏亦笙詩歟？不然，其辭何以不傳於世也。當夫子自衞反魯，時魯哀公十一年冬也。前六十八年，魯襄公二十九年，吳子使札來聘，請觀周樂。爲歌周南、召南，次歌邶、鄘、衞，次歌王，歌鄭，歌齊，歌豳，歌秦，歌魏，歌唐，歌陳，歌檜，然後歌小雅、大雅，歌頌終焉。由今觀之，所正者獨豳以下詩也，而雅、頌何嘗不得其所乎？若曰左氏後出而作傳，何獨豳之下雅之上不得其次歟？

詩三百篇，婦人女子作者居十之三。夫以淫邪婦人而能爲此，豈聖人潤色之歟？不然，後世老師宿儒反有不能及者，何也？

夫鄭、衛之詩，蓋多淫亂之詩也。平王以下，朝廷雅正之樂歌亦豈少歟，至夫子定詩，獨取鄭、衛淫亂之詩，而棄宗周雅正之樂歌，何也？或曰：「平王東遷，王室衰微，不復能爲祭祀朝聘之樂矣。」夫以天王之尊不能爲此，而魯諸侯之國也，獨得爲燕享之頌歟？

漢廣之詩，言文王之化及於江、漢之間，而有以變其淫亂之俗，故其出遊之女，人望見之知其端莊靜一，非復前日之可求矣。行露之詩，言南國之人服文王之化，有以革其前日淫亂之俗，故女子有能以禮自守，而不爲強暴之所汙矣。標有梅之詩，言南國被文王之化，女子知以貞靜自守，懼其嫁不及時而有强暴之辱也。夫以文王之化，既能變南國前日淫亂之俗，而其婦人女子亦皆有端莊靜一之德，獨其男子反不能被文王之化，革其強暴之性，何也？

淇澳，衛人美武公之德。賓之初筵，武公飲酒悔過而作，抑亦武公作使人日誦於其側以自警？皆衛詩也，一録於風，一録於小雅，一録於大雅，何也？豈聲音節奏亦有豐殺廉肉之不同歟？果然，則諸侯之詩亦可謂之雅矣。

七月，周公以成王未知稼穡之艱難，故陳后稷、公劉風化之所由，使瞽矇朝夕諷誦以教之也。公劉，召、康公以成王將涖政，當戒以民事，故詠公劉之事以告之也。當成王時，召公爲保，周公爲師，皆作詩以戒王。今七月録于風，公劉録于雅，何也？周禮籥章氏祈年於田祖，則吹豳雅；蜡祭息老物，則吹豳頌。豈豳詩亦可爲雅、爲頌歟？果然，是一詩而雜三體矣，豈所謂雅、頌各得其所乎？

六月，宣王命尹吉甫帥師伐玁狁，有功而歸，詩人作歌以叙其事也。采芑，宣王命方叔南征蠻荆而賦其事也。江漢，宣王命召穆公平淮南之夷，詩人作詩以美之也。常武，宣王自將以伐江北之夷，詩人作詩以美之也。四詩其事略同，而六月、采芑載之小雅，江漢、常武載之大雅，何也？

太史公曰：「古詩三千餘篇，孔子删之，存者三百一十一篇。」是則秦火之餘，詩亦爲完書矣。而凡經傳所引逸詩，是皆孔子所删二千七百餘篇之文乎？今考之孔子之言曰：「吾自衞反魯，然後樂正，雅、頌各得其所。」又曰：「詩三百，一言以蔽之曰思無邪。」未嘗言删詩也。至趙氏、孟子題辭，始有删詩之説。而晉世所傳孔氏書序，亦言删詩爲三百篇。皆出太史公之後。夫以周之列國，若滕、薛、許、蔡、邾、莒，其與陳、魏、曹、檜地醜德齊，而獨無一詩之存，何也？將有其詩而夫子删之歟？當季札之聘魯，請觀周樂，於時夫子未删詩也，自雅、頌之外，其十五國風盡歌之。考之今三百篇及魯人所存，無加損也。其謂夫子删詩者，果可信乎？

魯，侯國也。詩之有頌，著其僭也。獨稱魯侯者，何也？或曰：「魯人因其請王而作，故稱其君爲魯侯。」夫既知尊王而請之，又僭王以作頌，何也？或曰：「成王以周公有大勳勞於天下，故賜伯禽以天子禮樂，魯於是乎有頌。」今考之頌，皆爲僖公而作，曾無一詩及於周公，何也？

執競之詩，小序以爲祀武王也，先儒以爲祭武王、成王、康王之詩也。夫古者一王一廟，然則是詩也將通三廟而用之歟？

詩有變風、變雅之文，先儒以二南二十五篇爲正風，自邶迄豳一百三十五篇爲變風。然則成周盛時，齊、晉、陳、衞所得之正風，孔子編詩皆棄而不取，何也？王制曰：「天子五年一巡守，命太師陳詩以觀民風。」今考之詩，自成至宣，列國之風無一篇可見；平、桓以後，天王未嘗巡守也，而所編之詩如此其多，是果孰陳之歟？

孟子曰：「王者之迹熄而詩亡，詩亡然後春秋作。」王者之迹熄，謂平王東遷而政教號令不及於天下也。詩亡，謂黍離降爲國風而雅亡也。先儒之説如此。夫風、雅體製不同，音節亦異，雅非可降爲風也。謂夫子編詩而降之耶，則未編之前，亦不聞名爲雅也。

顔淵問爲邦，子曰：「放鄭聲。」然衞詩三十有九，而淫奔之詩四之一；鄭詩二十有一，而淫奔之詩七之五；齊風十一篇，而淫奔之詩四；陳風十篇，而淫奔之詩七；視鄭、衞有過之者。夫子胡不並絶其聲以爲法哉？

樂有五音十二律。詩之雅、頌，祭祀燕享之樂歌也，必當時所作而用之，所以協乎五音十二律也。二南，國風，民俗歌謡之詩也，今亦用之於樂，其聲音節奏果能協於五音十二律乎？不知古人因詩以度樂歟？抑因樂以爲詩歟？若曰因詩以度樂，則白華、南陔等詩，又將何以爲樂歟？

詩自唐、虞有之，書所謂「詩言志，謌永言」是也。及夫子定詩，獨取周詩，僅及商頌數篇而已。虞、夏之詩皆棄而不取，何也？若曰恐虞詩歲遠而亡，然則子在齊聞韶三月不知肉味，其所聞者非舜樂歟？

戊辰之冬，閲朱子詩集傳、呂氏讀詩記，偶有所疑，輒筆録之，蓋將就有道而正焉，非願學固哉高叟之爲詩也。

三史質疑

遼人之書有耶律儼實録，故中書耶律楚材所藏，天曆間進入奎章閣。次則僧行均所撰龍龕手境。其佗文集、小説，亡者多矣。

金章宗初年，卽命史官修遼史。當時去遼不遠，文籍必有存者，猶數勑有司搜訪事迹。

其書又經党懷英、趙渢、王庭筠諸名士之手。章宗屢嘗促之，僅二十年，陳大任始克成編。

金太祖初起事多草創，故實録所書止此。海陵被弑，諸公逢迎，極力詆毁，書多醜惡。世宗實録適當章宗承平好文，事最周詳。章宗之事，方分撰述，而衞王被弑，國亦南徙。宣宗怨其舍己立叔，棄其稾于燕曰：「俟還都爲之未晚。」在汴諸公復以爲請，始撰述之。時中原新經大亂，文籍化爲灰燼，故其書尤踈略。諸大臣子孫多死于兵，僅著數十傳而已。衞王實録竟不及爲。國亡之後，元好問述壬辰雜編，楊奂天興近鑑，王鶚汝南遺事，亦足補義宗一朝之事。

金亡，元帥張侯柔收拾金史北歸，中統初送史院，當時已闕太宗、熙宗實録。豈南遷時并章宗實録同見遺乎？而海陵實録何故復存？當正大末，義宗東幸，元好問爲史官，言于宰相，請以九朝小本實録馱以一馬隨駕。豈以太祖、太宗、睿宗、世宗父，實録十卷。熙宗、海陵、世宗、顯宗、章宗父，實録十八卷。章宗、宣宗爲九朝乎？不知張侯收圖籍時，太宗、熙宗之史何以獨見遺也。

金諸臣三品以上方許立傳，然多無事業，所書不過歷官歲月而已。四品以下當載者多，而史却不載。當訪求書之。若夫將相大臣卒于太宗、熙宗、衞王之時者，雖歷官歲月，今亦無所考矣。

金亦嘗爲國史，今史館有太祖、太宗、熙宗、海陵本紀。章宗嘗命翰林應奉韓玉修功臣列傳，曰：「是家何幸得斯人作傳耶！」惜乎其書不存。

元好問爲中州集小傳，多庶官及文學隱逸之士，所以補史之缺遺。惜其尚多疎略。又所述野史、名臣言行録，未及刊行，當訪求于其家。

葉隆禮、宇文懋昭爲遼、金國志，皆不及見國史，其説多得于傳聞。蓋遼末金初稗官小説中間失實甚多，至如建元改號，傳次征伐，及將相名字，往往杜撰，絶不可信。如張師顔南遷録尤爲紕繆。

金儒士蔡珪、鄭子聃、翟永固、趙可、王庭筠、趙渢皆有文集行世，兵後往往不存。若趙秉文文集，乃國初刻本，亦多回護，民間恐有别本。

太史齊公履謙嘗言：「金大定中，翰林應奉耶律履撰庚午元曆，最爲精密。國家修授時曆時，推算前代曆書，惟庚午曆及唐宣明曆不差。」又言：「太史院舊有宋前後修改曆書因革數百卷，可備修律曆志用。」其書後歸祕書監。

遼、金大族如劉、韓、馬、趙、時、左、張、吕，其墳墓多在京畿，可模碑文，以備採擇。

金人術藝，若武亢之天文，劉守真之醫術，皆造精妙。當採其事迹，作方技傳。

高麗、西夏皆嘗臣服宋、金，及與遼人戰爭，今於三史，當各附見乎？或别爲書乎？

金人入中原，宋臣死節者僅十數人，奉使不屈如洪皓、朱弁輩又數人。而宇文虚中者，既失身仕金爲顯官矣，金初一切制度皆虚中所裁定。如册宋高宗爲帝文，亦虚中在翰林時所撰。第以譏訕慢侮權貴被殺。今宋史書曰：「欲因虜主郊天舉事。」果可信乎？甚至比爲蘇武、顔真卿，而又録用其宗人。固曰：「激勸臣下」，然亦何爲飾詐矯誣之如是乎？

施宜生邵武人，本名逵。宋政和間，擢上舍第，爲潁州教授。汴陷南走，建賊范汝爲作亂，宜生從之。賊敗，復北走齊，上書陳伐宋之策，爲議事官。齊廢，仕金，累官翰林侍講學士。正隆四年冬，偕移剌闢離剌使宋。宜生自陳「昔逃難脱死江表，義難復往。」力辭，不許。蓋是時海陵謀伐宋，故以宜生往使，以係南士之心，與用蔡松年爲相之意同。宜生既歸，以闢離剌至宋不遜，不即以聞，被杖。五年，除翰林學士。次年，中風疾。大定二年，致仕。三年六月卒。年七十三。此見于世宗實録及蔡珪所述宜生行狀可考。岳珂作桯史乃云：「宜生使宋，漏言將用兵意，曰：『近日北風甚勁。』又曰：『筆來，筆來。』歸則被誅。」又云：「海陵既死，后徒單氏被殺。」桉，世宗實録，徒單氏至大定十二年方死。是皆小説傳聞，修史者可盡信之乎！

宋自太祖至寧宗實録幾〔一〕三千卷，國史幾〔二〕六百卷，編年又千餘卷，其佗宗藩圖譜、別集、小説，不知其幾。今將盡加筆削乎？止據已成國史而爲之乎？理、度兩朝，事最不完。理宗日曆尚一二三百册，實録纂修未成國亡，僅存數十册而已。度宗日曆殘缺。皆當訪求。

史官修史，在内天子動静則有起居注，百司政事則具于日曆，合而修之曰實録。有實録方可爲正史。宋仁宗初，史官修真宗實録而起居注闕，乃命三司判官程琳修大中祥符八年以後起居注，是闕起居注必當補修。龍圖閣學士宋敏求補撰唐文、武、宣、懿、僖、昭、哀七帝實録，共一百八十三卷。今理宗實録未完，度宗、衞王、哀帝皆無實録，當先采掇其事補爲之乎？卽爲正史乎？

宋史官洪邁進言：「國史，太祖、太宗、真宗三朝先爲一書，仁宗、英宗兩朝繼爲一書，神宗至欽宗四朝又爲一書。凡大政事，大議論，如禮樂、食貨、兵刑、選舉，皆首尾斷續，不相貫穿。天文、地理、律曆、藝文，每書登載復爲煩雜。於屬辭比事之體，若未盡善。乞纂成九朝國史，庶幾法度章程合而爲一。」當時亦不及從其言也。周世宗次第削平諸僞，宋太祖因其子母孤弱取之。宋史言「陳橋兵變」者，欺後世也。宰相范質曰：「倉卒遣將，某等之過。」陳大任遼史書曰：「周殿前都點檢趙匡胤廢其主自立。」今修宋史，用是例歟？別有説歟？

宋太祖之死，人多疑之。觀長編所載，隱隱可見。如曰：「上不豫，夜召晉王屬以後事，其言左右皆不得聞。但遥見燭影下晉王離席若有遜避之狀。既而上引柱斧戳地，大聲曰：『好爲之。』遂崩。」夫太祖英明如此，疾又未至大漸，果欲屬以後事，何不召宰相共命之乎？翰林袁公桷嘗言：「秦王廷美、吴王德昭、秦王德芳，皆繇趙普以死，今宋史普列傳無一語及之。李燾私作普别傳，姑略言之。」〔三〕果可信歟？

袁公又言：「天聖三朝正史多有謬誤。神、哲、徽、欽四朝史多所避忌，立傳亦有蕪纇，所宜刊削。徽、欽圍城受辱，北行遭幽，正史不載，當求野史書之。」

先儒以修史爲難。昔隋堯君素、周韓通之死，史官不爲立傳，蓋難言也。如新五代史諸世家，則曰：「其後事具國史。」今宋自寧宗、金自章宗，已與國家相接。欲盡書之，則有當回護者；欲盡削之，則没其實矣。如曰：「事具國史」，則金自章宗後僅三十年始亡，宋自寧宗後僅五十年始亡，豈可皆不書乎？况其死事之臣，又豈止一堯君素、韓通而已。

鄭夾漈言：古者修書出于一人之手，成於一家之學，班、馬是也。至唐修晉、隋二書，始用衆手，然亦隨其學術所長者授之。如李淳風、于志寧則授之以志，顔師古、孔穎達則修紀、傳。以顔、孔博通古今，于、李明天文地理圖籍之學故也。所以晉、隋二志，高於古今。歐陽公修唐、五代史，律曆專資於劉羲叟。今之儒者孰爲明天文律曆地理之學者乎？

歐陽公修新唐書，凡廢傳六十一，增傳三百三十一，志三，表四。今三史舊傳當廢者有幾？傳、志當增者有幾？如宋中興四朝史，諸傳尤少，蓋當理宗初年諸公猶多在世故也。司馬温公撰資治通鑑，凡十九年始成。歐陽公修新唐書，十有七年。李燾編續通鑑長編，垂四十年。今修三史，限以歲年可乎？

先儒有言：修史者當得人，得書。司馬温公修通鑑也，史記、前、後漢則劉貢父，三國歷九朝、隋則劉道原，唐迄五代則范純甫。其在正史外，楚、漢事則司馬彪、荀悦、袁宏，南北則崔鴻十六國春秋，蕭方三十國春秋，李延壽南北史，唐以來則稗官、野史及百家譜録、正集、别集、墓誌、碑碣、行狀、别傳，皆不敢忽。今三史筆削，宜得其人，考證當得其書，庶幾可傳于世。

至正癸未，勑宰臣選官分撰遼、宋、金史。翰林學士歐陽公玄應召北上，道出鄂渚。余以三史可疑者數事欲就公質之，適公行役倥偬不果，因書以寄之。趙郡蘇天爵記。

〔一〕「幾」，李氏鈔本、適園本、徐刻本均作「凡」。

〔二〕「幾」，李氏鈔本、適園本、徐刻本均作「凡」。

〔三〕「姑略言之」，各本均同。袁桷清容居士集卷四十一修遼金史搜訪遺書條列事狀云：「李燾……私家作普别傳，始言：……」此處「姑」疑應作「始」。

滋溪文稿卷第二十六

章疏

經筵進講賜坐

帝王之治，典學爲先。開設經筵，實爲盛典。欽惟皇帝陛下天縱聰明，勵精圖治。嗣服伊始，詔開講筵。特命宰輔臺臣，及選奎章翰林儒宿，十日一進講讀，所以輔益聖德，緝熙大化。實宗社無疆之福，中外臣民孰不欣忭。竊聞講官所進説者，皆祖宗之聖訓，聖賢之格言，然則不可不敬也。自昔講官侍坐有儀，蓋所以尊師重道，從容降接，非第循故事而備外飾也。今陛下春秋鼎盛，聖學方新，其于祖宗之訓，聖賢之言，樂于聽聞，獨于講官尚未賜坐。夫以三代令王皆置師傅之官，坐論道義，世祖皇帝每召儒臣進對，亦嘗賜坐，俾盡所言。伏願自今以始，每遇進講，賜坐設几，從容顧問。凡古今治亂之原，及民間情僞得失，俾講官詳究敷陳，薰陶感發。如此則聖學高明，治化熙洽，而經筵所設，誠非虚文矣。

乞褒贈李延平

竊聞禮曰：「太上立德，其次立功，其次立言。」故古者封爵之典，或以德，或以功，或以言，蓋各有等差也。欽惟國家隆儒重道，褒崇之典，靡間古今。上自洙、泗之聖哲，下及伊、洛之儒先，咸蒙加封公侯爵號。所以尊崇斯道之傳，表章風化之美，誠明時之令則，斯文之盛遇也。然而尚有道德隆重，爲世師表，爵位弗稱，未及褒崇。卑職起自諸生，叨居言路，所當敷陳。

伏覩延平先生李愿中，當宋氏南遷之初，中國擾攘之際，三綱不振，九法亦斁。先生興自南荒，稟賦異識，闡明聖學，興起斯文。既退藏于一時，思傳授于多士。承孔、孟傳心之正學，續伊、洛經訓之格言，獨惟朱子學傳其要。今天下混一，朝廷右文，六經之傳，四書之訓，貢舉以之取士，庠序以之教人。所以明聖賢之道，立彝倫之序者，朱子之功蓋甚大也。考之宋史，方朱子之初年，出入于經傳，泛濫于釋、老，及見延平，洞明道要，頓悟異學之非，盡能掊擊其失。由是專精致誠，剖微窮深，而道統之傳，始有所歸。由是言之，雖以朱子之高明，猶賴延平之啓迪，矧在後世，可不師其學乎！

切惟近代儒先，莫如伊、洛之盛。夫濂溪、二程，既已封公，張、呂、朱子俱列從祀，而延平之學上傳周、程，下授朱子，獨未褒崇，誠爲闕典。昔者朱子竹林精舍已嘗以周、程、邵、張、司馬、延平七先生從祀，當時儒者咸謂合禮。然則今茲敷陳，非一人之私見，實國家盛德之舉也。如蒙奏聞，下禮官議，比擬周、程、朱子，優加封謚，列諸從祀之位，既足以彰聖朝隆儒重道備修祀典之意，又使學士大夫咸知正學之宗，其于表章風厲，誠非小補。

請詳定朝儀班序

朝覲會同，國家大禮。班制儀式，不可不肅。夫九品分官，所以著尊卑之序；四方述職，所以同遠近之風。蓋位序尊嚴，則觀望隆重，朝廷典憲，莫大于斯。邇年以來，朝儀雖設版位，品秩率越班行。均爲衣紫，從五與正五雜居；共曰服緋，七品與六品齊列。下至八品、九品，蓋亦莫不皆然。夫既踰越班制，遂致行立不端，因忘肅敬之心，殊失朝儀之禮。今後朝賀行禮，聽讀詔赦，先儘省、部、臺正從二品衙門，次及諸司院局，各驗職事散官序列，正從班次，濟濟相讓，與與而行。如有躋越品秩、差亂位序者，同失儀論，以懲不恪，庶幾貴賤有章，儀式不紊，上尊朝廷之典禮，下聳中外之觀瞻。

乞增廣國學生員

國家典章，興隆庠序，敦崇勸勉，責在憲臺。夫成均實風化之原，而人材乃邦家之本，是宜增廣員額，樂育賢能。昔者世祖皇帝既定中原，肇新百度，知爲治必資于賢者，而養賢必本于學官。至元七年，初命中書左丞許衡爲國子祭酒，以教公卿大夫之子孫。是時學徒未有定額。其後政教既修，學者寖廣。迨至仁宗皇帝，增多至四百員。然而近歲以來，員額已滿，至使胄子無從進學，殊非祖宗開設學校廣育羣材之美意也。蓋自昔國家未有不由作興英賢而能爲治者也，故漢室中興，圜橋門者億萬計，李唐受命，游成均者三千員。人材之多，近古未有。洪惟國家海宇之廣，庠序之盛，又豈漢、唐所可比擬，獨于學徒員額猶少。方今朝廷治化更新，嘉惠儒術，至于學校長育人材，尤爲先務。宜從都省聞奏，量擬增添生員一百名，內蒙古、色目五十員，漢人五十員。應入學者，並如舊制。錢穀所費，歲支幾何，人材所關，實爲至重。如此則賢能益盛，俗化益隆，其於治道，實爲有補。

建白時政五事

欽惟國家建置臺憲，務求言責，克廣聰明，若或緘默而不言，有負朝廷之任使。卑職猥以非才，備員六察，粗有聞見，謹用敷陳。蓋畏天變者所以盡事天之誠，享宗廟者所以隆孝治之道，輔聖德者所以建太平之基，敬大臣者所以求贊襄之益，恤黎民者所以固邦家之本。

匪欲徒爲空言，惟務切于時政。尚憑采擇，伏希奏聞。

一、自昔人君之居天位，兢兢業業，不敢暇逸。所祇畏者，惟天而已。然而國家之政既修，則天地之和斯應，否則天出災異以警懼之。甚矣，天心仁愛人君之至也，可不夙夜修省克謹天戒乎！欽惟聖天子躬膺眷命，丕纘皇圖，上應天心，下孚民志，將見治化方臻，禎祥疊至。邇者太史上言：「三月癸卯望，月食之既。四月戊午朔，日有食之。」夫懸象著明，莫大乎日月，今焉薄食，得非刑政之失而致然歟？且月食之既爲異已甚，日食純陽之月，古尤忌之，蓋陰盛陽微君子之所懼也。有天下者，其可忽諸。今天子聰明仁孝，天下化服，宜奮乾剛，聿修刑政，疎遠邪佞，專任忠良。庶可消弭災變，轉爲禎祥，日月貞明，宗社蒙祐。若曰：「日月薄食，自有常度。天道悠遠，人不可知。」是乃姦邪誤國之言，非聖人畏天之意也。

一、郊社宗廟，國之大祀，尊親兼著，廟享尤隆。是以古之王者必行親祠之禮，所以報德祖宗廣孝治也。洪惟國家隆興百年，禮樂文物光昭簡册。世祖皇帝肇建太宫，武宗皇帝親行大禮，列聖相承，典章具在。文皇帝撥亂反正，以定天下，臨御五載，治化休明。爰自賓天，臣民思服，載涓吉日，班祔有經。欽惟聖天子祗承遺詔，入奉宗祧，夙夜寅畏，圖新政治。恭事東朝，既盡于奉養，顧瞻清廟，宜展其孝思。伏願率遵舊章，躬行祀禮，則祖宗歆享，降福于萬年，聖德孝恭，有光于四海矣。

一、古者天子雖有聰明睿聖之資，必待左右之臣匡直輔導，然後德化可成也。周成王卽位之初，春秋方富，于時周公爲師，召公爲保，輔養保護，克盡其道。以至侍御僕從，亦皆正人。故成王所見皆正事，所聞皆正言，卒能養成德器，致治隆平，享國久長，爲周賢君。欽惟聖天子春秋鼎盛，臨御九有，睿聖之德，度越百王。然猶開設講筵，鑑觀古訓，蓋所以輔益聖德，緝熙元化者也。夫以儒臣宰輔，進見有時，惟朝夕與居，薫陶德器，正賴待從承弼之得人也。伏願博選勳舊世臣之子，端謹正直之臣，前後輔導，使嬉戲之事不接于目，俚俗之言不及于耳，左右交修，内外相養，則聖德日新，治化日隆矣。

一、帝王之職，在任宰相。宰相者，所以輔佐天子，撫綏兆民，燮和陰陽，贊襄政治而已。故人主躬親庶政，體貌大臣，常于進見之閒，俾盡論思之道。洪惟天朝，富有四海，列聖臨御，保守治平。遇臣下者既盡其禮，大臣碩輔，獻納謀猷，事君上者亦盡其忠，君明臣良，千載一時也。欽惟聖天子聖德寬仁，臨乎臣民之上，天下之大，萬機之繁，朝夕都俞，共圖爲治者，二三大臣而已。然而古昔人君待遇其臣，亦未嘗不至也。故燕饗所以通上下之情，蒐田所以習武備之禮，命之爵禄以求其用，賜之居第以安其身，蓋皆昭儉而合禮，未始踰制以厲民。今朝廷政化更新，中外望治，樞機之臣固宜尊寵，是以爵禄之貴，居室之盛，宴享田獵之樂，可謂至矣。伏惟二三大臣，同心一德，勉圖報稱，雍容廊廟，夙夜贊襄。俾公卿得人，風雨時若，紀綱正而朝廷尊，賞罰公而民心服，不亦至盛矣乎。

一、天下之事當謹于微，民惟邦本，尤不可忽。國家自太祖皇帝戡定中原，世祖皇帝混一海宇，黎元休息，百年于茲。爰自近歲以來，雲南土人作亂，海南黎蠻爲梗，有司視爲故常，不加安輯。邇者猺賊大肆猖獗，攻陷道州，殺虜官吏民庶。夫道州湖南一郡也，先此廣西之民已被其害，今復轉入内地，此其爲患不細。方今天下雖號治平，然山東實股肱郡。去年河水爲災，五穀不登，黎民流冗者衆，朝廷間嘗賑給，猶未克贍。江、淮之南，民復告飢。河北諸郡，盜賊已未獲者三千餘起。夫民窮爲盜，蓋豈得已，爲民父母，顧將何如？豈可優游燕安，視若無事。伏惟朝廷宜急講求弭安盜賊方畧，賑救飢民長策，使海宇清謐，黎民富足，實爲宗社之至計也。

乞續編通制

法者天下之公，所以輔乎治也。律者歷代之典，所以行乎法也。故自昔國家爲治者，必立一代之法，立法者必制一定之律。蓋禮樂教化固爲治之本，而法制禁令實輔治之具，故設律學以教人，置律科以試吏，其所以輔乎治者，豈不詳且密歟。我國家自太祖皇帝戡定中夏，法尚寬簡，世祖皇帝混一海宇，肇立制度。列聖相承，日圖政治。雖律令之未行，皆因事以立法。歲月既久，條例滋多。英宗皇帝始命中書定爲通制，頒行多方，官吏遵守。然自延祐至今，又幾二十年矣。夫人情有萬狀，豈一例之能拘，加以一時官曹材識有高下之異，以致諸人罪狀議擬有輕重之殊，是以煩條碎目，與日俱增。每罰一辜，或斷一事，有司引用，不能遍舉。若不類編，頒示中外，誠恐遠方之民，或不識而誤犯，姦貪之吏，獨習知而舞文。事至于斯，深爲未便。宜從都省早爲奏聞，精選文臣學通經術、明于治體、練達民政者，圓坐聽讀，定擬去取，續爲通制，刻板頒行。中間或有與先行通制參差抵捂，本末不應，悉當會同，斟〔一〕若畫一。要在詳書情犯，顯言法意，通融不滯于一偏，明白可行于久遠。庶幾列聖之制度，合爲一代之憲章。民知所避，吏有所守。刑政肅清，治化熙洽矣。

〔一〕「斟」原作「講」，據元刊本改。

論不可數赦

自昔國家務明刑政，苟或赦宥之數行，必致綱紀之多紊。是以先王既興禮樂以教民，又嚴法制以懲惡。蓋禮樂興則教化洽，法制嚴則姦貪懼，未嘗數赦以病民也。唐太宗貞觀二年謂侍臣曰：「凡赦惟及不軌之輩。古語有云：君子不幸，小人之幸。一歲再赦，善人喑啞。夫養稂莠者傷禾稼，惠姦宄者賊良人。朕有天下以來，嘗頒慎赦，蓋數赦則愚人嘗冀僥倖，唯欲犯法，不復能改過矣。」誠哉太宗之斯言也。昔我世祖皇帝卽位之初，未嘗肆赦。臨御既久，聖德深仁，丕冒天下，是以刑政肅清，禮樂修舉，姦貪知懼，善良獲伸。故中統、至元之治，比隆前古。然自近歲以來，赦宥太數，誠恐姦人貪吏，各懷僥倖，大爲姦利，非國之福也。夫降寬恩。欽惟聖天子承順天心，子愛百姓，發號施令，必先至仁，踐祚伊始，已以世祖皇帝在位三十五年，肆赦者八。近自天曆改元至元統初歲，六年之中，肆赦者九。蓋數恩宣澤，雖出于朝廷之美意，然長姦惠惡，誠爲政者所當慎也。伏願自今以始，近法世祖皇帝之所行，遠鑑唐太宗之所言，使中外臣民洗心革慮，守法奉公，知非常之恩不可復覬，不勝幸甚。

災異建白十事

蓋聞應天以實不以文，動人以行不以言，此自昔國家消弭天變、感格人心之至計也。洪惟天朝列聖臨御，深仁厚澤，涵育羣生。或遇災異，猶思修省，誕布德音，務施實惠。是則祖宗畏天愛民之盛德也。邇者日月薄食，星文示變。河北、山東，旱蝗爲災。遼陽、江淮，黎民乏食。方此春夏之始，農人播植之時，災異若此，歲事何望。夫天之變異，蓋不虛生，將恐人事有乖和氣。當是之時，國家正宜訪求直言，指切時政。矧在卑職忝居言官，豈容緘默。伏願朝廷哀矜黎民，誕敷實惠，更新庶政，勿示虛文。庶幾消弭天災，感召和氣，宗社臣民，不勝幸甚。

一、賞罰者國之大柄，朝廷紀綱繫焉。故賞不失有功，則勞臣勸；刑不失有罪，則姦人懼。二者或失，綱紀必隳。故古者爵人于朝，與士共之，刑人于市，與衆棄之，雖人君不得而私也，況左右臣鄰敢擅威福而爲之乎！竊聞近日以來，倖門漸啓，刑罰漸差。無功者覬覦以希賞，有罪者僥倖以求免。中外聞之，竊議傷嘆，誠恐刑政從此漸隳，紀綱自此日紊。勞臣何以示勸，姦人無所警懼矣。伏願自今以始，凡官賞刑獄，敢有交結近侍互相請託、恣爲罔欺紊亂政治者，嚴行禁治。中書左右兩司及六部等官，所以參贊宰臣，決理政務，若有不思奉公守法，阿容苟從，并許究問。庶幾賞罰攸當，刑政肅清，雍熙之化，可坐而致矣。

一、節用愛民，有國之常經。今朝廷用度不足，弊在于浮費不節。所入者有限，而所出者無涯，遂令內外帑廩皆未充贍。夫天下之財皆出于民，既傷其財，民必罹害，故愛民必謹于節用也。蓋國家財用責之户部，户部責之運司、州郡，州責之縣，縣責之民，至民而止。民竭其力以佐公上，而用猶不足，則嗟怨之氣上干天地陰陽之和，此水旱災變所由作也。宜從朝廷專命中書省官二員，責督户部，詳定減省， 罷不急之工役，止無名之賞賜，裁官吏之冗員,減僧道之好事,凡百用度,務令樽節。庶幾國用既充,民無横斂,感召和氣,莫急于此。

一、遇災知懼,聖賢之明訓。昔之有國家者,凡值凶荒災異,必減膳徹樂,側身警畏,憂恤元元,惟恐其不至也。蓋天災方作,民食未充,在位者于此時何忍相與飲食燕樂而不恤其民乎!近年以來,朝廷無事,待遇勛臣固爲優厚,然而宴享太頻,財用不能無費。夫珠璣國之重寶,馬政國之大事,今宴享必以殺馬爲饌,珠璣爲花,誠恐習俗成風,奢侈日甚,費財擾民,有損國治。矧當災異荐臻,尤宜警懼以答天意。今後内外百司,凡有必合筵宴,一切浮費奢靡之物,並宜裁節禁治,是亦恐懼修省之一事也。

一、在古有訓:「作善降祥,不善降殃。」蓋言人之爲善爲惡,殃咎各以其類應也。後世佛教既入中國,始言人能修奉佛事,輒獲福利。小民信之,或不能悟。甚至有國家者,傾其府庫,捨施金帛,供佛飯僧,唯恐不至。然其徵驗,蓋可覩矣。是以中外之臣言其可罷者,十常八九,而國家崇信方篤,不忍遽已。邇者徽政院臣以府庫不充,金帛不給,啓奉懿旨,凡在興聖宫常例好事,一切罷止。今朝廷政教惟新,方圖孝治,宜體東朝之意,凡大内常例好事,宜權停止。豈惟制節浮費,有裕于國財,庶幾不惑異端,有關于政化也。

一、建官分職,本以爲民,官冗事繁,適足害治。蓋古者爵禄所以待賢才,熙庶績,非以供人之欲、給人之求者也。是以上自公卿大夫,下及抱關擊柝,皆有定員而無曠職,故官無苟得，人無倖心。洪惟世祖皇帝在位三十五年，建官之制，詳酌古今之宜，故治化成而事功立。爰自近歲以來，官府日增，選法愈弊，俸祿既廣，事功益隳。夫文翰之職既同，何爲復列數職；造作所司既一，不應又置數司。掌軍政者亦既俱分，奉祭祀者似太重複。至于屬官辟吏，員額雜冗，支俸食米，內外繁多。若不早爲裁減，日久愈難沙汰。夫科場取士，三年止得百人，今吏屬出身，一日不知其幾。卽自中書類選，已有積年不調之苦，孰思數歲之後，吏部選又將奈何！宜從都省早爲聞奏，照依至元定制，合并裁減，不惟省去冗員，清選舉之方，亦以制節浮用，爲裕財之道。

一、命郡縣之官，唯欲圖治；班田祿之制，所以養廉。今國家設官固有高下之列，頒祿當無厚薄之分。然而朝廷卿士俸廩既均，郡縣公田多寡不一。亦有撥設員闕，逐月止請俸錢。故廉者奉公，凍餒其妻子；貪者受賄，辱及其宗親。各處雖嘗申明其事，主者但言設置已久，廉吏嗟嘆，無可奈何。宜從户部行移取勘各處所闕公田，于係官田內均行標撥。豈惟廩祿惠及官吏之一家，庶責廉能治洽郡縣之兆姓。

一、錢幣之制，在古所以惠民；鈔法之行，歲久不能無弊。蓋米粟布帛，養兆民之本；錢幣鈔法，權一時之宜。故法久必更，理當然也。昔者世祖皇帝始立法制，遂行中統交鈔，其後又行至元寶鈔。夫行之既久，真僞不無，坐罪雖曰匪輕，獲利自是甚重。爰稽造鈔以來，元額已踰數倍，以致鈔日益虚，物日益貴。〔一〕民庶有倒鈔、檢鈔之擾，官吏有監鈔、燒鈔之害。欲救其弊，理宜更張。洪惟武宗皇帝卽位之初，始命尚書省更行銅錢，本欲復古以便民，未聞有妨于國計。蓋因至大已後，一切矯枉太過，因併銅錢遂亦不用。夫行封贈所以勸忠，增俸禄所以養廉，禁干名犯義者厚風化之原，減吏員月日者奬奉公之吏，是皆尚書省所行，未聞人以爲非，何于銅錢獨爲不可。況遠自唐、漢，近及宋、金，明君賢臣阜民之制，皆本乎此。矧今國家疆宇萬里，錢幣之制，祖宗已嘗舉行，宜從都省明白奏聞，令戸部官講究歷代鼓鑄之方，用錢之制，遠近便宜，斷然行之。豈惟救鈔法一時之宜，實所以遂民生無窮之利也。

一、治平既久，民獲奠居，版籍既定，田無餘畝。蓋山東益都之境自昔號稱廣斥，書所謂「萊夷作牧」是也。今國家平定蓋已百年，戸數土田悉有定籍，適者姦人妄行呈獻，凡民之田宅墳墓悉指以爲荒閑。朝廷雖嘗差官覆實，輒與符同，不復考察。夫既設置官吏，遂爲會斂税糧，幸因水旱爲由，不克收滿元額。民既無所控訴，官亦無可奈何。驗其一歲所入之税糧，僅足諸人所支之俸給，既不能裕財富國，徒足以害衆擾民。矧今山東黎民阻飢，盜賊多有，誠恐因之別生利害。欽覩天曆元年詔書節文，有曰：「國家租税自有常例，今後諸人毋得妄獻田土，違者治罪。」擬合欽依明詔，將山東田賦總管府等衙門革去，其百姓合納租賦並依舊制，庶使一方之民咸獲有生之樂，仰稱文宗皇帝發政施仁之盛德。

一、薄賦税者，治國之大經；廣聚斂者，蠹民之弊法。夫以河南之地，方數千里，所輸税糧，已有定數。先之以劉亦馬罕妄獻地土，既已長流海南，是無閑田，亦已明矣。爰自延祐以來，姦人竊取相位，欲興功利，以固權寵，輒以經理爲名，惟欲擾害其衆。名曰自實田糧，實是强行科斂。朝廷深知其弊，累降詔書免除。有司失于奉行，至今令民包納。夫以堂堂天朝，富有四海，差税之入，悉有定制，乃因興利之徒，遂遺斯民之害。擬合欽依累朝詔旨，其經理虚樁之數，並行革撥。豈惟彰朝廷薄斂惠民之厚澤，亦以植斯民本固邦寧之遠圖。

一、國家之治，當一視而同仁。夫以高麗爲國，僻居海隅，聖朝肇興，首效臣節。世祖皇帝嘉其勤勞，釐降公主，蓋所以懷柔小邦，恩至渥也。比年以來，朝廷屢遣使者至于其國，選取子女，求娶妾媵，需索百端，不勝其擾。至使高麗之民，生女或不欲舉，年長者不敢適人，憤怨感傷，無所伸訴。方今遼東歲歉，民適告飢，和氣之傷，或亦由此。今後除内廷必合取索外，其餘官員敢有不經中書擅自奏請取索高麗女子，及因使其國娶妻妾者，擬合禁治。庶幾彰國家同仁之治，慰小邦嚮化之心。

〔一〕「貴」原作「實」，據元刊本改。

乞免飢民夏税

天生烝民，爲國之本；地生百穀，爲民之財。國非民罔興，民非財罔聚。故書有「本固邦寧」之旨，易有「聚人曰財」之文。我國家興隆百年，子育兆姓，雖賦税專征于郡縣，而恩澤常出于朝廷。爰自去歲以來，不幸天災時見，或值旱乾，或遇霖雨，河水泛溢，年穀不登。以致江浙、遼陽行省，山東、河北諸郡，元元之民，飢寒日甚。始則質屋典田，既不能濟，甚則鬻妻賣子，價直幾何。朝廷雖嘗賑恤，數日又復一空，朝飡樹皮，暮食野菜，飢腸暫充，形容已槁。父子不能相顧，弟兄寧得同居。壯者散爲盜賊，弱者死于途路。聞之亦爲寒心，見者孰不隕涕。殆兹春夏之交，將爲蠶麥可望，蟲已損其桑柘，蝗又食其青苗。夏麥既已不收，秋田猶未下種。天災若此，民窮奈何。衣食尚且不充，賦税何由而出。誠恐州縣官吏，但知依期征索，箠楚既施，瘡痍益甚。夫民惟國之赤子，財者本以養民，宜從朝廷早賜聞奏，驗彼災傷去所，曾經賑濟之家，合納夏税，量與蠲免。庶幾實惠普洽困窮，銷愁怨之苦爲歡悦之心，和氣既充，陰陽自順，四時協序，百穀用成。黎民雍熙，天下幸甚。

請保養聖躬

天下安危繫乎人君之一身，人君身安則天下安矣。是以古之王者慎起居以節嗜欲，親忠良以稽古訓，蓋所以調護身體，安定黎民，實惟宗社之至計也。欽惟皇帝陛下纘承正統，端拱淵默，開設經筵，怡神圖史，而祖宗基業之隆，天下安危之計，不可不深慮也。昔者太祖皇帝龍奮朔方，肇基王迹，身屬櫜鞬，櫛風沐雨，削平諸國，以立子孫萬世之基。世祖皇帝既臣宋人，遂大一統，選士求材，作新百度，深仁厚澤，普洽羣生。列聖相繼，保守治平。至我明宗皇帝、文宗皇帝遭時多難，播越南北，撥亂反正，中興帝業。臨御未久，傳之嗣聖。

洪惟陛下春秋鼎盛，聖質日長，當祇畏以事天地，誠孝以奉宗廟，思祖宗之勤勞，念基業之艱難。四方之人亦皆延頸企踵，注目傾耳，觀聽陛下德業之光，想望太平治化之盛。近聞起居稍違安適，旋卽和平，聖躬萬福，然而不可不慎也。夫以陛下承天地、宗廟、社稷之重，守祖宗百年之業，爲億兆之人父母，固當夙夜寅畏，調護聖體，以慰臣民之望。今聞鑾輿將出，北幸上都，廬帳服御，供奉惟謹。而道路之間，寒暑霧露，尤宜調攝。蓋人君所愛，莫切于身，忠臣事君，亦莫切於愛君之身。嘗聞殷書曰：「惟王不邇聲色。」夫成湯清净寡欲，純乎天德，故能享國長久，爲殷盛王。孔子亦曰：「少之時，血氣未定，戒之在色。」言人少時血氣未定，而傷伐本根，或損壽考之福，故君子戒之。伏惟陛下思天下安危之本，監殷書、孔子之言，節嗜欲以調養聖躬，親忠良以日新德業，則宗社尊安，生靈幸甚。卑職備員臺諫，思圖保效，輒陳狂瞽之言，無任惶懼之至。

修功臣列傳

古者史官所以論著君臣善惡得失，以爲監戒者也。欽惟聖朝龍興朔方，滅金平宋，遂一華夏，而閥閱勳舊之臣，謀猷才能之士，茍不載之簡策，何以垂示方來。夫祖宗大典既嚴金匱石室之藏，而功臣列傳獨無片簡隻字之紀，誠爲闕典。然自大德以來，史臣屢請采輯，有司視爲泛常，迄今未盡送官。卑職〔一〕昔嘗備員史官，謹具四事，以備采擇：

一、史有二體。編年始于左氏，紀傳始于太史公。考一時之得失，則編年爲優；論一人之始終，則紀傳爲備。要之二者皆不可闕。近代作爲實録，大抵類乎編年，又于諸臣薨卒之下，復爲傳以繫之，所以備二者之體也。我國家至元間初撰祖宗實録，于時諸臣多在。及元貞初，詔修世祖實録，命中外百司、大小臣僚各具事迹，録送史館，蓋欲紀述一代之事，寓修諸臣列傳。然以進史日期太迫，諸臣事實不完，遷延至今，竟不果作。向修經世大典，臣事之見于簡册者，十居二三。矧今翰林職專筆削，若復曠日引年，不復紀載，將見勳舊盛烈泯没無聞，爲史官者無所逃其責矣。此列傳之當修也。

一、昔司馬遷爲太史令，網羅天下放失舊聞、遺文古事，靡不畢集。于是據左氏、國語，采世本、戰國策，述楚漢春秋，究天人之際，通古今之變，成一家之言，宣布于世。其文直，其事核，不虛美，不隱惡，故爲之實録焉。夫史固欲其核實，事尤貴乎網羅。今史館修書，不過行之有司，俾之采録。或功臣〔三〕子孫衰替，而無人供報；或有司憚煩，而不盡施行。事之卒不能具者，此也。今史官當先取其國初以來至于某年中間功臣當立傳者若干人，各具姓名，或即其子孫宗族，或即其親舊故吏，或即其居官之所，指名取索，其人自當具報，不許有司因而煩擾。又諸公遺文，各處或已刊行，開具模印；未刊板者，令有司即其家抄録，校讐無訛，申達史館。嚴立程限，違者罪及提調官吏，庶幾事無所遺，汗青有日矣。

一、官品固有高低，人材則無貴賤。且作史者本欲紀載賢能，以爲後世之法，初豈别其貴賤而輒以爲等差。故趙周既貴，姓名止見于當時；黄憲雖微，善行永傳于後世。近自金源以來，始以官至三品者行事得登于史，是使忠烈隱逸之士凡在下位者皆不得書，又何以勸善乎？其法之謬，以至如此。今二品以上，雖有官封，别無事迹，自可删去。三品以下，或守令之賢，政績可紀；或隱逸之善，著述可傳；或人子之事親，若王祥之孝感；或義士之赴難，若南霽雲之殺身；並宜登載于編，以爲將來之勸。

一、史之爲書，善惡並載。善者所以爲勸，惡者所以爲戒也。故春秋成而亂臣賊子懼，後世史臣亦云「誅姦諛于既死，發潛德之幽光。」今修史條例止見采取嘉言善行，則姦臣賊子之事將不復登于書歟？彼奸臣者固不恤其書與否也，今從而泯滅之，是使奸計暴行得快于一時，無所垂戒于後世，彼又何憚而不爲惡乎！且如阿合馬、桑哥、帖失、倒刺沙之流，皆當明著其欺罔之罪，弑逆之謀，庶幾奸邪之徒有所警畏。然諸家所具事迹，多出于孝子慈孫之言，門人故吏之手，恐有不實。又當參以刑曹之過簿，吏部之行止，如此則善惡備書，而無虛美隱惡之議矣。

〔一〕「卑職」原作「當職」，據元刊本改。

〔二〕「臣」原作「成」，據元刊本改。

滋溪文稿卷第二十七

章疏

論臺察糾劾辨明之弊

嘗謂糾劾貪邪，在乎公天下之好惡；辨明誣枉，所以著一人之是非。好惡既公，則惡黨消而奸弊息；是非既著，則善類伸而治化興。欽惟世皇肇立臺憲，登明選公，欲四海人才之來集；揚清激濁，務一時公論之持平。比者風紀之司，論列涉于輕易，或因察識之未審，故致辨論之多端。自昔國家皆有國是，國是既定，則邪正判而公道行；國是不明，則是非雜而人心惑。宋宰相王曾語諫官韓琦曰：「近見章疏所陳甚佳，高若訥多是擇利，范希文未免近名。要須純意爲國家事，斯其諫論之良法歟。」夫天生人才足周一世之用，作而成之則才常有餘，沮而棄之則才恒不足矣。然公族貴冑必生于閥閲之家，而謀士軼才或出于山林之下。故伊尹聘于有莘，傅説起于版築，孰曰出身之卑賤，豈論家世之寒微。此古者數路用人，未嘗滯于一也。

夫法令朝廷所定，廷尉天下之平，或笞或杖，受宣者必申禀于中臺；或降或黜，無例者必定擬于刑部。是慎重于守法，不敢輕于用刑。今動輒曰：「省、院、臺勿用」，則當用者宜政、資政之選乎？是降爲雜職矣；又曰：「有選衙門勿用」，無選者孰敢用乎？是不復得叙矣。且職官犯贓，猶有一貫至三百貫之分，至論其罪，則有殿、降、叙、不叙之别。豈有一遭論列，或犯在革前，或事涉疑似，輒坐雜職任用之科，終身不叙之罪，豈法之平允哉！且犯罪者至于流遠，家屬尚留于京師；被劾者未至當刑，起遣卽歸于鄉里。蓋緣無事可尋，强生于掇拾；潔白素著，特爲之汙染。致使高尚之人聞而退藏，有志之士亦爲斂避，當路興乏全材之嘆，後世有國無人之譏，其于世道甚有關係。

夫孰賢孰否，在君子固自信而不疑；去泰去甚，當言者宜核實以詳審。今始者一人糾言其罪，次者一人辨明其非，三人共列于一堂，何以酬酢乎庶政。縱使不行報復，豈能消彌讎嫌。夫史官定千古之褒貶，臺諫判一時之是非，褒貶公則後世之人信，是非明則天下之人勸。今或好惡淪于所偏，邪正因以失實，輕則訐人之陰私，甚則誣人之父祖。是以清濁混淆，善惡錯亂，朝是而暮非，春劾而夏辨。奏請有煩于聖聽，辨論實撓于臺端。事至于斯，當究其理。大抵爲治莫先于擇人，擇人貴在于守法。蓋諸人呈言並無罪責者，所以通上下之情；臺諫論事務得其實者，所以重耳目之寄。若不申其賞罰，何以端其本原。舉人不當，今有連坐之科；論事不實，古有抵罪之禁。今後論言人者，必須赦後爲坐，果犯贓罪，並從臺憲追問。其餘罪名，仍須法司定擬。如此則事不至于及覆，法必底于允平，奏請不煩于聖聽，毁譽弗紊于朝章。刑政肅而國體尊，是非明而人心服。公論幸甚，天下幸甚。

建言刑獄五事

蓋聞刑者輔治之具，非恃刑以爲治者也。欽惟國家列聖臨御，其用刑也本之以寬仁，施之以忠厚，内則論議付之刑曹，外則糾察責之風紀。故治功表著，德澤涵濡。然法之所立，或有所未周，吏之奉行，或有所未至。當職猥以謭材，竊食重禄，粗有聞見，畧具敷陳。

一、到選官員，年六十五以上者，先行銓注。此國家優恤臣僚，宣力既久，恐其年不逮，恩德至渥也。照得各處推官專掌刑名，夫案牘之冗，全藉乎精神；審讞之詳，悉資乎耳目。案牘不差則吏無所欺，推審既詳則囚無寃抑。今路、府推官往往年老，或視聽不明，或神思昏耄，苟圖禄俸，姑俟引年。欲望刑政肅清，蓋亦難矣。夫「先行銓注」固明時之厚恩，而刑罰不中亦聖人之明訓。今後各處推官有闕，當選吏通儒術，儒習吏事，材力明敏，別無過舉，方許爲之。其年六十五以上者，銓注別職。如此則庶幾刑罰得中，官無曠職矣。

一、民之犯罪，具有常刑，苟肆攘奪，理宜禁治。切見各處人民，或稱窩藏盜賊，或言收寄贓物，或因僞鈔攀援，或爲私鹽致訟。凡一切刑獄等事，有司公吏巡捕人等，往往因其捕獲，乘隙肆爲搶奪。所犯罪有輕重，家貲爲之一空，甚至取其贓仗。其家因爲得罪，蓋亦不敢告陳，有司亦不受理。江淮之南，此風尤甚。照得舊例：「諸被囚禁不得告舉他事，其爲獄官酷己者聽之。」夫在獄被酷猶許陳告，況民之罪狀未明，一家已被其虐，不亦甚可恤乎！今後有犯此者，許其家人明立證佐，具狀陳告。合無比依搶奪民財估贓定論。官吏失于約束，亦合量情究治。如或挾讐妄告，抵罪反坐。如此庶幾愚民不至甚受其害，而巡捕之人亦知有所警畏矣。

一、至元三年七月內，中書省奏准節該：「除人命重事外，偷大頭疋等一切罪犯，贓仗完備，不須候五府官審理，令拘該衙門依律歸結。」欽此。夫民之犯刑或不得已，累朝欽恤具[二]有憲章。向者三年一次遣官審理，本爲罪囚在禁淹滯。今次奏准偷大頭匹等罪許令拘該衙門歸結，則是人命重事直待三年五府官處決。誠恐獄內繫夥，愈見淹延。照得立御史臺條畫一款：「所在重刑，每上下半年親行參照文案，察之以情，當面審問。若無異詞，行移本路總管府結案，申部待報。其有翻異及別有疑似者，卽行推鞫。若關人衆卒難歸結者，移委附近不干礙官司，再行磨問實情。若更有可疑，亦聽復行推問，無致寃枉。若有寃滯，隨卽改正疏放。」欽此。今後内外重囚，擬合照依舊例，令廉訪司審録。果無寃抑，移牒總管府結案，申覆詳斷。其三年一次遣官審理，既不得人，徒增煩擾，並合住罷。如此庶幾獄無淹滯，刑政肅清矣。

一、伏覩至元二年八月内宣諭聖旨節文：「内外有司官不爲用心捕捉盗賊，縱有拿獲賊徒，取訖招伏，贓仗明白，指以小節不完，不行歸斷。今後但有捉獲强盗、僞造寶鈔賊徒，半年之内，依例〔二〕結案。偷大頭疋，三箇月内須要結案。合該杖罪，依例〔三〕斷決。違者在内監察御史、在外廉訪司官驗事輕重究治。」欽此。謹按，易曰：「君子以明愼用刑而不留獄。」蓋言獄者不得已而設，民有罪而入，不可留滯淹久也。今各處在禁重囚，或爲賊盗寄贓仗于别所，或印僞鈔藏板具于他鄉，或指爲首同伴在某處居止，或稱家屬證佐在某家隱藏，果有堪信顯迹事發，官司卽須移文勾取，不得因而妄指平民。彼處官司倚恃不相統攝，往往不卽追捕，以致賊徒在逃。又令毁棄贓仗，遷延歲月，虚調文移。蓋因官吏舞弄作弊萬端，以致刑獄淹延不能杜絶。江南州郡，此弊尤甚。今後如有承受各處公文，卽當劃時追捕。若今賊徒等展轉在逃，贓仗亦不到官，合無比依不卽捕盗等例，定立罪名。如此庶幾事得結絶，吏知畏懼，而州郡亦無留獄矣。

一、法制之立，既有成規，奸僞之滋，理宜嚴禁。照得舊例：「諸保辜者，手足毆傷人限十日，以他物毆傷者二十日，以刀及湯火傷人者三十日，折跌支體及破骨者五十日。限內死者，各依殺人論。其在限外及雖在限內以他故死者，各依本毆傷法。」參詳此法，古今遵守，別難更易。今江、淮以南，或辜限已滿，其被毆者身死，有司往往比依元貞元年孟福被死事例，加等科斷。若皆如此遵行，是辜限爲不可用。破已成之法，開姦弊之門，誠恐刑獄日滋，深爲未便。照得孟福事例，通制既已不載，有司似難奉行。今後鬭毆傷人者，止〔四〕合依辜限之制，或在限外雖無他故死者，合無止依本毆治罪。其孟福例擬合遍行禁止。如此庶幾奸僞不滋，法制歸一矣。

〔一〕「具」原作「其」，據元刊本改。

〔二〕「例」原作「律」，據元刊本改。

〔三〕「例」原作「律」，據元刊本改。

〔四〕「止」原作「正」，據元刊本改。

山東建言三事

審天下之勢者，當謹其微；論生民之治者，當究其本。夫審勢而不謹于微，至于著則不可爲矣；論治而不究其本，求其末則又何益矣。欽惟國家布列臺憲，蓋以重内外耳目之寄，達遠近聞見之詳。惟茲山東奄奠齊、魯，控制千里，按臨百城。爰自去歲以來，諸處盜賊竊發，始則潛形塗面，猶恐人知，甚則鳴鼓樹旗，不畏官捕。郡縣聞風而避，弓兵望影而逃。生靈遭其荼毒，府庫恣其攘奪。致煩朝廷遣官，中外始獲寧息。比者各州盜竊復有，或二十爲羣，或七八作黨，白晝殺人，刼其財物。昔人有言：盜猶火也。火之爲災，撲之于將然則易爲力，救之於已熾則難爲功。故小盜不滅，則大盜不絶，可不豫防之乎。伏望朝廷恤民以安其生，選官以責其治，録囚以除其惡。且山東禦盜之方，前後言者不一。有曰浚治城池者矣，有曰繕修兵備者矣，有曰分軍鎮守者矣，有曰申明賞罰者矣。夫言之甚者，人則以爲張皇；言之緩者，人或以爲迂闊。是以言者甚難，而聽者不可不審也。今茲畧陳當行實事，尚冀采擇焉。

一、恤民。夫好生而惡死，趨安而避危，人之常情也。今山東之民，往往甘就死亡起而爲盜者，蓋有其由矣。始于水旱傷農，而貧窮歲無衣食飽煖之給；次則差役頻併，而官吏日有會歛侵漁之害。此其爲盜之原也。昔有人言蜀人樂禍貪亂者，或對曰：「蜀人積弊，實非一朝。百家爲村，不過數家有食，窮迫之人十有八九，束縛之使旬有二三。貪亂樂禍，無足多怪。若令家畜五母之雞，一母之豕，牀上有百錢絮被，甑中有數升麥飯，雖蘇、張巧説于前，韓、白按劍于後，將不能使一夫爲盜，況貪亂乎！」然則後世民之爲盜者，豈非飢寒之故歟！茲者山東田畝不加于前，户口日倍于昔，年穀既已不收，衣食至甚不足。初則典田賣屋，急則鬻子棄妻。朝廷雖嘗賑恤，一家能得幾何。兼以去秋大水，今春疾疫，無牛者不克耕耨，下種者不克耘耡，致使田畝荒蕪，蒿萊滿野。即目秋成，民已無食，不知來春，又將若何。欲民之不爲盜，難矣。夫國家之設刑名，本不欲民犯法。小民至愚而神，又豈不知法之不可犯乎！蓋犯法而爲盜則死，畏法而不爲盜則飢，飢餓之與受刑，均爲一死，賒死之與忍飢，禍存遲速。則民之相帥爲盜，是豈得已，長民者可不爲之深念乎！惟望朝廷明示六部、百司，凡山東軍兵征行之苦，站赤走迎之勞，食鹽辦課之重，和顧和買之煩，土木不急之工役，食用無益之貢獻，但是可以動衆擾民者，皆當一一簡其號令之出，量其科派之數，節其緩急之用，優其輸送之期。俾民普受其實惠，皆不至爲虚文。庶幾生靈得以休息于田里，官吏不能大肆其姦貪。大抵安民之術，不奪其時，不傷其財，能禁其爲非而去其爲害，則民皆按堵矣。

一、選官。夫官不必備惟其人，蓋言三公之選。其餘庶官各有所治之事，不可一日而缺也。況在山東，頻年水旱，盜賊竊發，民多貧窮，可不選官撫治之乎！昔漢宣帝嘗曰：「庶民所以安其田里而亡歎息愁恨之聲者，政平訟理也。與我共此者，其惟良二千石乎！」今國家守令之選，不爲不嚴，但廟堂銓選有時，而各處闕官無已。即目山東見闕宣慰使二員，濟南、東平、濟寧、東昌、益都見闕總管五員，高唐、海寧、沂州見闕知州三員，其餘佐貳之職闕者尚多有之。且年六十五以上者先行銓注，固爲令典，然多係老耄疾病之人。日暮途遠，但知求公田俸禄肥宗飽妻子而已，其能潔己奉公勤力于政務者幾何人哉！方今山東郡縣達魯花赤俱係投下，守令見闕者十居二三，老病者又居其半，然則欲治化之興行，盜賊之屏息，其可得乎！宜從朝廷將山東按治所屬宣慰司、各路州縣等官，下及鎮店巡檢捕盜之屬，但是見闕守闕，省除、部注共爲一選，作急銓注。仍須選擇年方盛强、歷練政務、無大過犯、附近籍居，見闕者勿候宣勑，即便赴任。如此則郡縣有人，庶可責以政務，政務既修則善民獲安，惡人知懼。仍須今後但有急闕，隨即申達補注，庶不闕官撫治其民矣。

一、録囚。夫刑者詰姦禁暴，所以輔治也。近年以來，郡縣或不得人，刑政因以失度，民怨傷于和氣，水旱因以爲災。年穀不收，實原于此。且陰陽爕理，雖根本于廟堂，而政化承宣，實責任于郡縣。故東海殺一孝婦，枯旱三年，及表其墓祭之，天立大雨。此一郡休咎之徵，豈非守令所當責乎！今山東郡縣罪囚除憲司審理疏決外，在禁常有八九十起，枷鎖不下數十百人。罪狀昭著者不得明正典刑，事涉疑似者不敢輕易釋放。豈惟淹延囹圄，誠恐别生事端。且如去秋大盜王五十等刼畧開、濮等處，脱放禁中罪囚，同惡相濟，往往得其死力，是則所係蓋甚大也。宜從朝廷聞奏，選差五府通曉刑名官員，前來山東，一一審錄。如果無疑，比及春分，各正其罪。庶幾刑政肅清，惡黨警懼。傳曰：「國家閒暇，及是時明其政刑，雖大國必畏之矣。」夫以戰國之時，明其政刑，大國猶知畏之，況今山東草竊有不知畏者乎！

論近年無辜被害之家宜昭雪改正

欽惟聖天子臨御天下，仁澤及于臣民，然猶遣使宣布德意，而明詔有曰：「和氣未臻，災眚時作。」夫政化既布于多方，而災異尚軫于聖慮，蓋天人之間，其理本一，故人氣和平，則禎祥斯格，人心憂鬱，則災異疊見。東海殺一孝婦，枯旱三年，及表其墓祭之，天立大雨。斯其已往之明徵，可爲後來之規監。我國家承平百年，中外無事，爰自近歲屢興大獄，或值誣枉陷于極刑，或涉嫌疑輙被流竄，多出一時之好惡，孰思天下之至公。伏覩至正五年二月初四日詔書内一欵：「近年無辜被害之家，仰中書省分揀昭雪改正。」欽此。中外聞之，咸曰聖天子一視同仁，無間于親疏遠邇。則臣民之家或誣枉于人言，或横罹于非命，某家今當昭雪，某人今當改正。若家貲已散當叙復其官職，若子孫或亡當嗣續其宗族，或在遠方當召歸于鄉里，或人已没當追贈其封謚。庶幾生死之無憾，必致瑞應之鼎來。夫詔令既頒于九有，分揀責在于中書。然惟至公可以服人心，惟至平可以召和氣，當自某年以後，其未昭雪改正者，早爲從公取勘，一一子細分揀。使聖恩普洽于幽明，公道大伸于天下。然後和氣斯臻，災眚不作，年穀豐稔，黎民雍熙，不勝幸甚。

禁治死損罪囚

洪惟聖朝，奄有中夏。深仁厚澤，普洽于黎元。明罰祥刑，務存乎寛大。然自近歲伊始，有司或不得人，以致刑獄滋章，重使生靈彫弊。無辜者牽連受刑，有罪者僥倖獲免。舞文弄法，悉快于姦貪；肆虐逞威，尤便于皂隸。始則因事以織羅，次則受財以脱放。及聞審囚官將至，却稱被罪人在逃。縱欲陳告其取受，却緣本宗事未絶。設計害民，無所不至。其有結案之囚，當使明正其罪，今縣未嘗申解于州，州未嘗申解于路，或畏刑名之錯，或因結解之難，不問罪之輕重，盡皆死于囹圄。斷遣者既未曾有，平反者蓋所絶無。夫廟堂宰輔惟恐一夫失所，而州縣官吏輒敢恣意殺人。感傷天地之和，蓋亦莫重乎此。

近因欽奉詔書，巡行畿甸，詢民疾苦，疏滌寃滯。念國家治安既久，本欲生全其民，今中外一歲之中，死者不知其幾。其在江南，猶稍知懼。結案幸達于中書，判送悉歸于刑部。議擬方在吏手，囚徒已死獄中。且重罪飛申，先使知事之元發；有司月報，又欲考事之施行，今皆視爲虚文，一切置之不問。夫朝廷作法如此，郡縣慢令可知。京畿積弊如此，天下之事可知。故憤怨藴于人心，災異形于天變。水旱大損于禾稼，生靈日入於貧窮。聞者可以傷心，見者當爲痛哭。

傳曰：「國家閒暇，及是時明其政刑。」今海宇承平百年，正當申明刑政，感格和平。而乃因循苟且，隳廢如此，欲望禎祥駢臻，黎民安乂，蓋亦難矣。宜從都省明白聞奏，今後内外輕重罪囚，某事一起，自某年月日到禁，某年月日申解所司，或斷訖笞、杖等罪，或審復結案待報；某事一起，自某年月日到禁，某年月日因患某病，某醫用何藥餌，竟因某病身故。年終通行開寫畧節情犯緣由，次年三月以裏申達省部。選委刑部文資正官一員妨職子細披詳，如有淹滯刑獄，決遣不當，妄申急證死損數多，皆當驗事輕重，依例治罪。庶幾朝廷明其政刑，天下知所警畏，有司不敢生事擾民，罪囚不至寃濫死損。

乞詳定鬬毆殺人罪

蓋聞國之重者，莫先乎刑。刑之重者，莫大乎殺。且立法在于可守，用刑貴于適中。夫法不可守，則徒法不能以自行；刑不適中，則民無所措手足。是以古昔之用刑，必也隨世而輕重。故殺人者死，雖有定名，然鬬殺之情，至爲不一。若皆置之死地，或情有可恕；欲悉爲之斷放，則死者何辜。照得大德十年八月刑部郎中趙奉政牒：「鬭毆殺人，輕重似少詳論。本部議得，鬭毆殺人，所犯不一，原情議罪，事各有異。若許一例斷放，被死之人寃何由雪！又恐官吏乘此弄法，漸生奸弊，甚于刑政不便。如准所言，但犯鬭毆殺人，追勘完備，依例結案詳斷，庶免差池。」都省准擬。又照得至正五〔二〕年五月中書奏准節該：「鬭毆以手足毆人，及頭撞擊，或用他物于人非要害處毆損致命者，或因閒擊非虛怯處，痛氣攻心邂逅致命者，並爲本無殺心，擬合杖斷一百七下，並流三千里。其因鬭用刃及他物于人虛怯要害處毆擊，登時而死；或非因鬭爭無事而殺，并被毆者元無忿爭，止辯已事，因而致命；若鬭毆罷散，聲不相接，去而又來，毆人致命身死者；以其卽有害心，並從故殺之法，依例結案待報。」欽此。夫以法制平允，則永遠可以奉行。如或執一，則刑獄必至淹滯。近因欽奉詔書，巡行畿甸，詢民疾苦，疏滌寃滯。所歷州縣等處，或有鬭殺之囚，原情比附新例，往往不克斷遣。蓋禁奸止暴，固宜嚴肅，然哀死卹刑，尤當慎重。且今村野人民，素無教養，誤犯刑憲者多。而郡縣官吏貪汙苟且，通知法律者少。夫既不能詳情審問，又復不肯追勘結解，致使囚徒淹延，一切死于囹圄，豈惟玩舞刑政，實爲感傷中和。書曰：「罪疑惟輕。」易曰：「君子以明慎用刑而不留獄。」宜從都省詳定其法，務使允平，庶幾天下在獄之囚，幸得以生全，國家好生之德，普洽于遠邇。

〔一〕「五」原作「正」，據元鈔本改。

論河南脅從詿誤

自昔國家信賞必罰，敷揚治化，惟務安輯于九有，宣布號令，是欲彰信于兆民。夫治化清謐，則民晏然受惠；號令反覆，則事紛然弗寧。故治大國若烹小鮮，夫魚擾之則亂，民撫之則安，此古人之格言，實有國之明鑑。欽惟皇元，奄奠中夏，列聖相繼，于今百年。蓋以忠厚得民心，以安靜養民力，中外無間，號稱治平。近因至元五年，盜起河南之境，造謀起意，不過范孟等十餘輩，脅從詿誤，連及趙文鐸等七百人。賴上天垂祐民社，而渠魁旋即誅夷，惟餘詿誤之徒，迄今議擬未絕。比者承詔，奉使京畿，詢民疾苦，疏滌寃滯。省部時政一二耳目之所見聞，若復循默不言，是負朝廷委託。夫事或涉疑，人誤犯者則情有可矜；法已至明，人故犯之則罪在不宥。然時有變通，人有衆寡，而爲治者亦未始不致察焉。

昔者中統之初，李璮叛亂，震驚河朔，殘擾山東。伏讀當時詔赦節文，有曰：「豈期逆璮，幾陷全齊，遂愚爾衆，咸蹈禍機。顧其勢之使然，豈吾民之得已。今者天討既平，人心尚惑。奚暇偏枯之恤，庶令反側之安。除將逆賊李璮父子并同謀者並正典刑訖外，知情脅從詿誤及逃移他所流亡外界之人，赦書到日，並皆原免。」欽惟世祖皇帝聖神天縱，臨御中國，既誅逆賊李璮，卽將知情脅從詿誤逃移流亡之人，並皆原免。蓋當是時，中原初定，江南未附，國家仁厚寬大，海涵養育，所以收人心安反側者如此。邇者河南范孟之徒僞造中書之奏目，矯爲行省之文符，路下之州，州行之縣，詐稱朝廷之使者，未嘗明言其叛謀。一言之出，其事急于星火；數日之內，何暇辯其僞真。是以聖天子上體世祖之寬仁，下軫民庶之昏愚，至元六年三月十八日因頒詔令于天下，特出專條以赦之。河南之民，歡呼鼓舞，帖然安定，始獲更生之賜。經今已是數年，議擬猶或未決。竊慮遠近民有未安，誠恐中間事有未便。書曰：「令出惟行，弗惟反言。」號令之出，不可壅逆而不行也。禮曰：「王言如絲，其出如綸。王言如綸，其出如綍。」言其已行而不可反也。

又至元四年正月初一日欽奉詔書內一款：「反賊棒胡、朱光卿、韓法師等明正典刑外，其餘未獲詿誤之徒，並免其罪。」蓋有國家者本欲百姓治安而已，故或罹水旱之災，則加賑恤之恩，視之惟恐其如傷也。或遭過誤之罪，則行寬宥之典，撫之惟恐其不至也。且以李璮之叛，其知情脅後詿誤者並皆原免；棒胡之反，未獲脅從詿誤之徒亦免其罪。今范孟等盜殺宰臣，亦已伏誅，而脅從詿誤之人既已赦之，又復罪之，是反汗也，是示以不信也。夫以堂堂朝廷之尊，而號令反覆若此，既有損于國體，又輕失其人心；豈惟致疑于多方，復恐貽譏于後世。宜從都省早爲明白聞奏，將河南脅從詿誤之徒，欽依已行詔書，並許赦原，以斷天下之疑，以絶四方之惑。使海内之民，信朝廷之號令，而無反側之心；沐國家之德澤，而安承平之治。不勝幸甚。

乞差官録囚

欽惟祖宗混一區宇，既有民庶之衆，尤宜刑政之修。蓋發政施仁，固朝廷之急務，戢姦禁暴，亦郡縣所當爲。是以司刑官吏允〔二〕貴得人，若官不得人，則乏推鞫之明；吏不得人，惟務文深之害。或無罪枉陷于刑章，或有罪僥倖以苟免，以致下有寃抑之苦，則必上干陰陽之和。故累朝以來，數差官審決，蓋欲刑政肅清，臣民畏懼故也。

竊惟本省控制四道，總轄三十餘路。至正八年十二月分共計見禁輕重罪囚一千三百一十五起，三千九百三十六名。每歲約支囚糧七八千石，冬夏衣鈔若干百定。夫以江浙四道，固曰地大民繁，犯法者衆。若使官吏得人，治化清簡，則獄訟亦不至如此之多也。考其罪囚在禁月日，有十五年者，有二十年者。又至正八年之内，四道共計死損罪囚五百餘人。夫既不能明正典刑，皆徒死于囹圄，何以爲姦惡之勸乎！況兼本省之地，東南與海相接，近年海中爲盜者衆，除已招安爲民、各居鄉里當差外，其餘在禁之人，亦合一体明白審録區處。且以累朝審囚條目，具載憲章。伏覩聖天子卽位以來，所降詔書，屢以罪囚爲念，其惻隱之仁，欽恤之意，可謂至矣。元統二年十月内一欵：「刑期于無刑，蓋以弼教而助治也。議刑之際，可不慎歟。司刑之官，宜加詳慎，務在平允，毋使冤濫，致傷和氣。」又一欵：「内外見禁重囚，中間若有贓伏未完、屍傷不明、證佐争差、累審累翻、禁繫三年不能決者，仰監察御史、肅政廉訪司官用心詳讞，果是疑獄，卽與疎放。」至元四年正月内一欵：「各處見禁重囚，果有贓證不明、事情疑似、累審累翻、虚實難辨、三年不能決者，從監察御史、廉訪司詳讞疎放。」至元六年七月内一欵：「各處刑獄寃濫，蓋因捕盜官迫于期限，推問官暗于刑名，審復之司不加詳讞，以致在禁之人輕則淹延歲月，破蕩家産，重則死于非命，朕甚憫之。在内監察御史、在外廉訪司卽與有司正官詳加審理，輕者與決，寃者辨明。累審累翻、果無顯驗、在禁日久、疑不能決者，卽與疎放。具所放緣由，申達上司。如無寃抑，依例結案。」至正三年十月内一欵：「比來獄犴滋多，中間寧無寃濫。其有累審累翻、別無證驗、在禁日久、疑不能決者，在内監察御史、在外廉訪司研窮審理，具由申達省部，詳讞疎放。如無寃抑，依例結案。」至正五年二月内一欵：「内外獄囚，有司不得其人，中間不無寃濫。仰監察御史、廉訪司詳加審理，輕者疎決，重者依例結案。寃抑不能自明者，卽與明辨。累審累翻、三年疑不能決者疎放，具由行移有司，申達省部。」至正七年七月内一欵：「諸禁囚枷鎖監收，飲食治療，具有成法。近年有司失于奉行，畏上司之審録，惡上司之駁問，往往將病囚不即治療，無糧者弗與飲食。甚者託以患病，其實抑死獄中。使爲惡者失正其罪，寃抑者含恨九泉。監察御史、廉訪司嚴加究治。」又當年十二月内一欵：「刑獄之重，民命繫焉。死者不可復生，傷者不可復息。各處見禁罪囚，恐有淹滯，詔書到日，所在有司即與用心推理。合疎决者疎决，合結解者結解，毋以小節不完，淹滯囹圄。其有在禁五年之上、累審累翻、疑不能决者，在内監察御史、在外廉訪司更爲讞疑狀昭著釋之，仍具所由申達省部。」欽此。

夫以聖上好生之德見于明詔者一一可考，然自元統二年至至正九年十有六年之間，不知各處辨明疎放者幾人，結案待報者幾起，司刑者獨可置之不考其故乎！是以徒見囚徒日益以衆，文移日益以繁，有傷聖明仁厚之至化，以致雨暘連年之失時，當國者可不爲之深思長慮乎！

宜從都省聞奏，精選通曉刑名官員，先將各省見繫罪囚多處一一審録。比及立春，使罪狀明白者各正其罪，情犯疑似者悉與辨明。庶幾國家刑罰見于施行，民庶知所畏懼而不敢犯，寃抑淹延亦得寬釋而無怨恨矣。務施聖上恤刑之實惠，勿爲有司一切虚文，不勝幸甚。易曰「君子明慎用刑而不留獄」，又曰「聖人感人心而天下和平」，此之謂也。本省除將輕囚行下各處依例斷决，重囚催督追會完備聽候，死損者行移究治外，「乞差官録囚，以

昭慎重。」〔二〕

〔一〕「允」徐刻本作「尤」。

〔二〕「乞差官録囚以昭慎重」元刊本及其他各本均缺，據徐刻本補。

滋溪文稿卷第二十八

題跋

題魯齋先生遺書後

嗚呼，言語文字果君子之所尚乎？沉淪于言語文字者常背馳于聖賢之道。言語文字果君子之所絶乎？舍棄夫言語文字者又何以求聖賢之心。自洙、泗、伊、洛之教行，蓋未有絶此而不習以從事于空無所援〔一〕者。而世不察，皆曰：「言語文字，末也，此不足治也。」曾不知千載而下，去聖益遠，舍此吾何從而求哉！乃曰：「吾惟躬行云爾。」嗚呼，吾未聞學之不博而有以爲致思之地者，吾未聞言之不文而可以傳精微于久遠者。魯齋先生非篤學力行君子歟，平生蓋未嘗爲言語文字者。今先生遠矣，學者不可得而見矣，幸有遺書六卷者在，猶得見其彷彿焉。不然，百世之下，先生之學何自而見也耶。

〔一〕「援」原作「獲」，據元刊本改。

書續夷堅志後

右遺山元公續夷堅志四卷，述金季災異事也。昔者聖人語常而不語怪，春秋二百四十年間，所書何災異之衆多歟。將天出此以警時君，而聖人筆之以戒後世歟？宜其深切著明之若是也。蓋天人之間，一理而已。故人事作于下，則天變應于上；有不期然而然者。夫春秋之時，去先王之世未遠也，法度未至大壞也，人才猶衆多也，然其變故已如此。矧後世衰亂之極者乎！余觀三代而下，其衰亂未有若晉之甚者也，故災異亦未有若晉之多者也，而宋、金之季實有以似之。其在南方，番陽洪公爲之志；其在北方，遺山元公續其書。凡天裂、地震、日食、山崩、星雷、風雨之變，昆蟲、草木之妖，蓋有不可勝言者矣。他時志五行者尚有稽焉，未可以稗官小説目之也。傳曰：「國家將興，必有禎祥。國家將亡，必有妖孽。」讀是書者，其亦知所警懼矣夫。

題丞相東平忠獻王傳

至治二年冬，天子勵精圖治，獨任丞相，期復中統、至元之盛。丞相亦感激盡力，鋭然勇爲，思稱天子責任之意。君臣同心，親信無間，真千載一時也。當是時，朝廷肅清，刑賞攸當，忠直獲伸，奸邪斂避。天下之人，莫不延頸企踵，想望太平，而小人怨恨，思害之矣。

明年，駕幸上都。是夏，上嘗夜寐弗寧，命作佛事。丞相奏曰：「民惟國本，財出于民，用之無度，則取之無節，民不勝其困矣。古人有言：『財聚則民散，財散則民聚。』惟陛下留念。」上瞿然曰：「朕所經營，捨壽安山寺，餘皆完其故耳。民亦吾怨耶！爾後勿興建也。」西方僧言：「國家當有災異，宜大修佛事，釋囚徒。」丞相叱曰：「爾欲圖金幣耶！」因上言：「臣少無能，蒙陛下拔擢，待罪宰相。方欲除惡進善，致治隆平，諸人共沮撓之，臣度不能有所爲矣。」上曰：「卿有事第言之，他人言朕弗從也。」天爵昔聞其事，心竊識之。因見國子司業孛朮魯公述丞相傳，感而志其末。嗚呼，以先帝之剛明英斷，丞相之公平廉直，使天假之以年，精練悠久，廓包荒之量，明事理之幾，則其規畫施設，將大有可觀者，雖然，自古忠臣義士欲除姦邪，卒爲小人所構害者，蓋有之矣。寧非天耶！寧非天耶！

題訪山亭會飲唱和詩

卿先生甄退翁讀書而不求官，集園亭於負郭之野，爲歲時游息之所。大德中，故翰林學士王公、宣慰使周公皆休致里居，日偕脩齋馬君、西泉郭君徜徉于退翁園亭間，飲酒賦詩，悠然娛樂。此其當時唱和詩也。昔人有言：「家無宗老則閨門亂，鄉無耆舊則風俗薄，朝無老臣則社稷輕。」嗚呼，比年諸老先生相繼淪沒，前輩風流日遠，因退翁之孫克敏出示此卷，良用悵然。

題中山周氏施粟詩後

余嘗經過定武，愛其俗朴而民敦，右族多而趨末者少，故凡郡中名卿碩士，喜與之游。而周君者獨以貲雄，能于凶年出粟活其鄉鄰之貧者，余益信其民俗之多美也。夫周君初非有求于世也，第心有弗忍焉爾。嗚呼，世之任斯民之責者，獨能無感于衷乎！然則周君之事，固可流聞而取信也夫。

書姚君墓誌銘後

至順三年春，敕省、臺遣官録囚郡國。天爵備員南臺，分行岳、漢、常、澧、辰、沅諸郡。囚在獄者無慮數百人，或無罪被桎梏，或有罪以賕免，既皆隨事正之。甚矣，民之可矜而刑辟不可不慎也。蓋用心無欺則可以察人之情僞，守法不撓則可以寄人之死生，自昔君子之治獄，如斯而已。故罰及而人不寃，法設而民不犯。因讀姚君銘章，重有感焉。彼十九人者，非姚君則亦徒死獄中。蓋當是時，江南歸附未久，國家勝殘去殺之教猶未洽也。今江南平定幾六十年，嶺海之間雖險且遠，寧無用心平恕若姚君者乎！夫姚君政績非一，而銘章獨書治獄之事者，亦欲爲吏者有所觀省也。

跋胡編修上京紀行詩後

嘗聞故老云：宋在江南時，公卿大夫多吳、越之士，起居服食，率驕逸華靡。北視淮甸，已爲極邊。及當使遠方，則有憔悴可憐之色。嗚呼，士氣不振如此，欲其國之興也難矣哉。今國家混一海宇，定都于燕，而上京在北又數百里，鑾輿歲往清暑，百司皆分曹從行。朝士以得侍清燕，樂于扈從，殊無依依離別之情也。余友胡君古愚生長東南，蔚有文采，身形瘦削，若不勝衣。及官詞林，適有上京之役，雍容閒暇，作爲歌詩。所以美混一之治功，宣承平之盛德，余于是知國家作興士氣之爲大也。後之覽其詩者，與太史公疑留侯爲魁梧奇偉者何以異。

題王彥禮赴鹽場司丞詩後

周官鹽人掌鹽之政令，以共祭祀、賓客及王之膳羞而已，未聞富國以厲民也。後世財用無節，郡國始有鹽鐵酒榷均輸之制，而計臣裒刻之利興，民始蕭然重困矣。大德中，予初來京師時，鹽米甚賤，國用富饒。其後鹽日益貴，法制愈密，而國用亦未聞大裕也。議者可不思其故耶！彦禮以儒者莞鹽筴，于其行也，故推其本而畧言之。漢元始間，策賢良文學以民所疾苦，皆對曰：「願罷鹽鐵酒榷均輸，官無與天下争利。示以節儉，然後教化可興，風俗可移也。」嗚呼，安得如斯人者而與之共議哉！

題諸公贈范偉可訪尋祖墓詩後

宋在東都時，公卿大臣多葬鈞、許、汴、鄭間，豈以子孫仕于朝者歲時便于展省歟。及遷國江左，南北隔絶，向之丘墓蕩爲樵牧區矣。子孫雖有存者，逃難解散，亦莫知所之。范蜀公之墓在今許州襄城縣房村保，九世孫偉可獨能訪知其處而拜謁之。然則君子之澤，詎可以世計耶。蜀公當嘉祐間，擢知諫院，時仁廟春秋已高，未有繼嗣，中外危之。蜀公奮不顧身，直言切諫，章十餘上，卒賴其言以定宗社大計，茲其所以爲有後歟。偉可之房僑居武陵，兩以進士會試京師。其修潔文雅，望而知其爲故家子孫。噫，范氏其將復振乎！至順四年五月甲寅，趙郡蘇天爵書。

書林彦栗文稿後

余讀林君彦栗之詞章，愛其清厲奇古，超乎高明，而無世俗之雜也。昔宋季年，文氣萎薾不振。國家既一四海，文治日興。柳城姚公、清河元公相繼以古文倡，海內之士蓋有聞風而作興者，彥栗亦其人哉。當延祐時，朝廷設科，方務以文取士，大江之南，士之求售于有司者恒千百人。彥栗于斯時獨刻意業古文詞詩，不趨時好。當路者奇其才，欲薦揚之，而彥栗不幸卒矣。嗚呼，天之生人也，與其才者或奪其壽，以唐之李觀、李賀，宋之王令、王回，皆天才卓越，非偶然而生，卒窮困不壽而死，然其文學已足暴白于後。彼富貴壽考震耀一時者，未嘗無人，或其事業不足以垂世，遂皆湮滅而無聞。若彥栗者，藉其詞章亦自能不朽矣。

書袁德平文稿後

國子伴讀四明袁杲手其先君子文一編示天爵曰：「吾先正獻公學于金溪陸先生，至正肅公益修其學，俱有家集傳焉，蓋非專以文名于世者也。先君子生于宋季，皇有江南，教授州郡，志之所存著于斯文而已。」天爵聞其言而感焉。嗚呼，儒者之學大矣，豈綴文之士所能盡乎。自聖賢之學不傳，而六經之訓日泯。宋在汴時，周、程諸公倡明道學，學者始克知所本矣。及遷國江左，一時大儒各以其學興起于世，其徒從而應之者，考索之精，問辨之博，固有所未及也。而金溪先生獨超然所見，發明其要，欲直造于高明，得其心之本真。正獻袁公、慈湖楊公親授其業者也。故正獻之言曰：「學貴自得。論語一書，多六經所未言。孟子一書，多論語所未發。聖賢豈求異于人哉，得於心，發于言，不自知其然爾。」正肅得其先訓以達于陸氏。杲之先君子則正獻曾孫，正肅公之孫也，其于家學蓋親有所聞焉。天爵往年嘗官江南，訪諸故家文獻之緒，其子孫多微弱弗振。而袁氏之學傳授甚遠，杲也其益知所厲哉。元統二年冬十月庚辰，後學趙郡蘇天爵書。

題松廳章疏後

右松廳章疏五卷，天爵備員御史時所建言也。至順二年冬十一月，天爵蒙恩自翰林修撰拜南行臺御史，明年正月到官。未幾，奉詔録囚湖廣。五月，召拜監察御史，時方在辰、沅，遠莫知也。七月，代者方至。八月入京，道除奎章閣授經郎。十月，始供職。明年，今天子入卽位，尋詔奎章儒臣侍講六經禁中，天爵亦進兼經筵譯文官。是歲冬十二月，復官六察。明年四月，敕翰林修先朝實録，遂有待制之命。其在察院凡四月耳，而又稽覈諸司吏牘，監攝廟社祠享，故所言止此。嗚呼，居言責者豈易爲哉！昔人或焚稿以示謹密之義，或存稿以彰從諫之美，顧天爵何人，敢爲是乎。第藏之于家，以示子孫。元統三年夏五月廿日，亞中大夫、中書省[一]右司都事兼經筵參贊官蘇天爵題。

〔一〕「中書省」原作「中省書」，據元刊本改。

題劉尹瑞芝詩後

浙西憲司經歷劉君向爲滿城宰，政清訟簡，大修孔子廟，有芝生于廟中，聞者異焉。未幾，擢掾憲臺。中朝搢紳詩以美之，咸以芝爲瑞草，和氣所能致也。夫天人之道感格無間，故災異慶祥史册並書，所以究觀政事，念用庶徵者也。夫劉君爲政一邑，祥應若此，矧爲治于天下國家者乎！故本乎正心以正朝廷，極于四方遠近莫敢不正，陰陽和而風雨時，羣生遂而萬民殖，斯其爲瑞不亦盛歟。浙西地大物衆，而劉君清愼有爲，將見列郡承風，民物熙洽，不但一草木之祥而已也。

題黄應奉上京紀行詩後

至順二年夏，予與晉卿偕爲太史屬，扈行上京。覽山河之形勢，宫闕之壯麗，雲烟草木之變化，晉卿輒低徊顧戀若有深沈之思者，予固知其能賦矣。既而果得紀行詩若干首。古者諸侯卿大夫交接隣國，以微言相感，必稱詩以諭其志，蓋以别賢不肖而觀盛衰焉。今天下一家，朝野清晏，士多材知深美，非宜著于文辭，曷以表其所藴乎！晉卿宋故儒家，自應鄉薦，以太極賦名海內。困于州縣幾二十年，今樞密馬公在中書日，始自選調拔置史館。未幾，丁外艱去官。昔歐陽子以梅聖俞身窮而辭愈工，嘗曰：「世謂詩人少達而多窮，蓋非詩能窮人，窮者而後工也。」晉卿之詩縝密而思清，豈天固欲窮之俾工其辭耶！

題商氏家藏諸公尺牘歌詩後

右尺牘謌詩一卷，國初諸名公寄贈參政商文定公者也，文定諸孫國史院典籍官企翁持以示余。洪惟國家龍奮朔土，蹴金滅宋，遂大一統。天下人材咸萃于朝，以致其用。今觀卷中，雖山林之士，詞章字畫亦清婉可喜。甚矣，人物之盛多也。文定以智謀才畧致位兩府，號稱名臣，而其子孫亦多顯著。企翁游冑館有聲，鄉試薦名第一，積分公試又中第一，即釋褐入史館。蓋學博文麗，克振其家者也。初，至元元年乙亥，余奉堂帖考試大都鄉貢士，策問古今曆法。衆中忽得一卷，援引古事既詳，次及國朝修授時曆時某官云云。余曰：「此必文獻故家習聞父兄之訓者也。」擢置首選。及開卷，乃企翁也，衆皆驚異。余嘗閱唐宰相世系表，甚愛諸公各修家法，其材子賢孫不隕其世德，或父子相繼居相位，或累世而屢顯，可謂盛矣。因覽是卷，而知商氏子孫之昌大，有以也夫。

題忠勤樓燕饗詩

集賢經歷示其先中執法忠勤樓燕賓客詩，徵余同賦。往年承乏南臺，到官月餘，奉詔録囚湖北。泝大江而南，臨彭蠡，望廬山，西抵鄂渚，常以事至黄鶴樓。又南抵巴陵，居岳陽樓者十餘日，遂挐舟過洞庭，上沅水，歷辰、沅、常、澧諸郡。雖多瑰偉臨觀之美，時方大暑，日閲吏牘，汗流浹背，殊無從容文字之樂也。事未竟，召爲中臺御史。繇蔡、汴便道以歸，卒不果還建業，登所謂忠勤樓者。今覽是詩，頓起遐想，異時得假一役，遨遊江左，縱觀吴、楚山川之富，追思六朝興廢之迹，尚能爲君賦之。太中大夫、御史臺都事蘇天爵題。

題馬氏家藏宋名公尺牘後

昔者天爵爲太史屬，侍會稽袁公、蜀郡虞公，聞説故國世家衣冠人物之懿，蓋嘗慨想其遺風餘論而不及見也。建德馬氏昆弟皆以才名列官侍從，諸孫湖州路教授泰之出示先世交友尺牘，有曰：「當今人才如執事者，真不負委寄，而久勞于外，士論鬱鬱。」有曰：「當此材難之時，如門下豈易多得。」嗚呼，宋有國三百年，養士求才可謂至矣。慶曆、元祐人材號稱極盛，乾道、淳熙名臣又何讓乎！而諸公猶爲此言。甚矣，人材之難也，當國者可不樂育英賢而用之歟。我國家嘗欲譔次宋、金舊史，故家子孫多微弱弗振，遺文古事往往放失，無所稽考。而馬氏獨能保守先業，是則君子之澤可以世計乎哉。

恭跋御書奎章閣記碑本

文宗皇帝以天縱之聖，歷試諸難。既踐帝位，海内思治，乃稽典禮，述文章，躬祠郊廟，增建官儀，黼黻治化，詠謌太平。萬機多暇，命作奎章之閣，陳列圖書，怡心養神。勑文儒製閣記，親灑宸翰，鏤諸樂石。臣于時執事史館，不獲一登文陛，欽覩雲章之昭回。及待罪南臺御史，召入中臺，未至，除授經郎，而鼎湖上仙，第有攀號而已。今上皇帝入正大統，學士臣言：「延閣之建，本以緝熙帝學，輔養聖德。宜開經筵，日陳聖賢謨訓、祖宗典則。」制可。于是講官儀制，進説經義，凡所討論，臣竊與焉，卽命兼經筵譯文官。嘗爲宰臣言：「今所進説，當指事據經，因以規諫。不可悠悠歲月，徒爲觀美。」無何，再擢六察，建言：「講官宜賜坐設几，雍容延納。」迨忝右曹，復有經筵參贊之命。屢嘗執經勸誦，瞻望天威，穆然淵默，而臣才能謭薄，不能内積誠敬，敷宣典訓，仰答聖明之萬一。比者學士臣請模閣記，識以奎章、天曆之寶，頒賜講官，臣亦獲賜焉。謹述列聖右文典學之盛德，書諸左方，以示後世。至元三年丁丑秋七月壬子，太中大夫、禮部侍郎臣蘇天爵拜手稽首記。

恭書賈忠隱王褒贈制

伏讀冀寧忠隱王進封制辭，而知古昔君子爲小人陷害，其忠藎義烈未有不暴白于天下後世者也。維賈氏自聖朝龍興之初，習聞國禮，備列環衞，親密隆貴，擬于國人。忠隱王歷事五朝，眷遇尤盛，讜言直道，無所狥隱。其在宣徽，宗王大臣近侔衞士芻餼燕享之節，頒賚錫予之數，尊卑疏戚多寡等殺，王身任之而無所辭。小人不便，或生怨怒，卒因逆臣乘間譖詆，構履危禍。其後逆臣賊殺相國，幾危宗社，使能辨之于早，則天下之惡無由而成矣。嗚呼，鄙夫事君，苟患失之，無所不至，聖人之訓豈不明著也哉。夫忠臣直士身死而子孫食其報者多矣。王之第三子禮部侍郎忽里台嘗以材能拜監察御史，劾奏臺臣不法，黜之。其人尋復柄用，侍郎被讒，家居者七年。及其人再以罪黜，始擢燕南僉憲，入爲吏部右司郎官。清愼簡重，衢用于時。然則天之報施善人，福慶流澤，寧有既乎。

書兩淮鹽運使傅公去思詩後

侍御史傅公昔以吏曹尚書爲兩淮鹽使，閔其民勞，以前時所逋餘鹽十萬請蠲其額，廷議是之。章下，淮民皷舞，感戴其德，大夫士又詠謌之。甚矣，君子之政不可徒善爲也，民之感其善政，豈聲音笑貌所能致哉。夫鹽之富國，在古未聞。考之周官，鹽人之政不過共祭祀、賓客、王之膳羞而已。及管仲相齊，負海以正鹽筴，計臣聚斂之説興，民始蕭然重困矣。我國家既定中夏，肇行鹽法，而河間、山東、平陽、四川立課税所，每鹽一引重四百斤，其直銀十兩。至元十三年，初平江南，而淮、浙、閩中並置運司，一引始改中統鈔九貫。二十六年，增爲五十貫。元貞二年，增爲六十五貫。至大以來，遂增至一百五十貫。夫税既增則鹽益貴，甚至雜以沙土，惡不可食。小民嗜利，犯法者衆，郡縣之吏亦從而坐矣。當中統初，有司嘗高其鹽直而强取之，民罹其害，詔德民便，賣買食用。然則朘下以益上，豈朝廷之意歟。昔人有爲汪淮發運使者，宰臣告曰：「東南民力竭矣。」又聞故老云：「大德中，廣平何公當國，聞有陳便利搜括田賦者，皆力止之，斯民晏然以遂其生。」茲其所以爲賢乎！傅公敭歷臺閣，聲問焯然，正色敢言，屢忤權貴，一時搢紳莫不冀其大用，請蠲餘鹽，特惠民之一事爾。昔先君子與公同掾東曹，交契至深，故謹書其去思詩後，庶幾好功興利者聞之有所警焉。

題諸公贈御史寶時中詩後

至元後紀元冬，中臺御史十八人劾省平章姦貪不法。章再上，不報，皆投印待罪于家。

中外聞之，凛凛歎伏。彼其人方爲得計，輙出視事，變更舊典，視臺諫如仇讐。以其封章成于儒者之手，心尤恨之。居數日，遂罷貢舉。未幾，其人竟以罪斥海南，而前時御史官遠方悉内徙，其他亦稍稍進用于臺閣矣。方其人之用也，威焰赫然，雖以臺諫攻之猶不能去。及其敗也，卒以臺臣往治罪焉。而十八人者，曷其識察之先，驅除之力，蓋亦忠直報國求稱其職而已。是則臺諫之有益于朝廷，烏可一日而缺歟。昭功萬户府僉判保寶時中出諸公贈言，求天爵爲之書。時中昔爲御史，乃十八人之一也。爲人清慎而文雅，其在中臺譏十餘日，至今風采聞于朝野。然則有國家者，可不延納諫諍，以通其壅蔽。官風紀者，可不思盡言責，以圖報稱乎！

題僉憲張侯異政記

監察御史張侯向爲山南僉憲，按行郡邑，風采肅然。或誣松滋縣小吏受賕，具獄上，有蟲抱筆端而不得署，侯心疑之，卒明其誣。汴吴徵君爲作異政記。今天下之吏俸禄甚薄，其侵漁于民者勢使然爾，故世視吏之受賕率以爲常，而吏之被誣受杖亦不甚自辨也。張侯于此能致察焉，其用心良厚矣。嗚呼，吏不廉平則治道衰，此漢所以益小吏俸也，在位者可不思救其弊乎。夫天地之間化育流行而無變異者，裁成輔相之力也。故聖賢有作，陰陽和而風雨時，麟鳳朱草難致之物莫不畢至，氣之所感召也。東海殺一孝婦，郡中枯旱三年，茲非其明驗歟。昔我國家建臺之初，中外進用大抵皆忠厚老成之人，故紀綱肅而治化興，初非以苛刻爲能徵贓多者爲功也。然則張侯明一吏之冤，其亦有關于世道矣夫。

跋金溪葛孝女贊

古者山澤之利蓋所以潤國而養民，後世聚斂之徒出，民始不勝其困矣。禹任土作貢，荆、揚二州惟金三品，他州則無是焉。夫人臣嗜利以掊尅，小人妄有所獻陳，皆足厲世以害民，當國者可不熟慮乎。向聞江南之民有鑿山披沙以取金充貢者，不足，又市他所，人孰恤其難也。孝女始因有司彊其父徵求銀冶，不忍見其榜掠之苦，遂投冶中而死。刺吏奏除其貢，至今邑人賴之。嗚呼，夫以女子之行若此，矧仁人君子之用世惠澤及民者何如哉。然則孝女之祠于鄉，宜矣。危君又能表諸文辭，俾好功獻利者聞之，庶有警焉。

題鮮于伯機詩帖

嘗聞故老云：「鮮于公蚤歲學書，愧未能若古人。偶適野見二人輓車行淖泥中，遂悟書法。」蓋與昔人觀舞劍器者同一機也。公生燕、趙，宦吴、越，而詞翰有晉、唐風，屢薦名館閣，不果一試，卒沈抑外官，命已夫。嗚呼，士有懷異負奇不克顯于世者，可勝嘆哉。彼居要官偶擅書名于一時，百世之公議弗然也。夫唐人工書，故以書名世者難；近世工書者鮮，故書易名世。翃公書極工，宜有名以傳後世矣。

題温氏五世同居詩後

余嘗行過郡邑，每見以孝義旌其居者，大抵多巨商盛族，豈禮誼生于富足者耶？灤陽爲都近百年矣，而温氏已稱五世同居，表異門閭，蓋有司上其行，御史覈其實故也。按舊制，其旌表有聽事步欄，前列屏樹、烏頭。正門閥閱一丈二尺，烏頭二柱，端冒以瓦桶。築雙闕一丈，在烏頭之南三丈七尺。夾樹槐柳十有五步。今則唯存烏頭二柱，大書其人姓名，雖爲制視舊簡易，然其表民化俗一也。

滋溪文稿卷第二十九

題跋

題補正水經後

補正水經者，金禮部郎中蔡公珪所述也。蔡氏世家真定，父祖皆仕于金。公生長富貴，雅好著述。予自蚤歲訪公遺書，得其文集五十五卷，晉陽志十二卷，燕王墓辨一卷，補正水經三卷。其他補南北史志六十卷，古器類編三十卷，續歐陽公金石遺文六十卷，并跋尾十卷，皆已不存。而文集乃高丞相汝礪模本，晉陽志、墓辨、水經皆寫本也。至順三年春，予爲江南行臺御史，稾水經將板行之。適奉詔録囚湖北，七月歸至岳陽，與郡教授于欽止覽觀山川。欽止言：洞庭西北爲華容，而縣尹楊舟方校水經，念其文多訛闕。予因以補正示之，今所刻者是也。夫以蔡公問學之博，考索之精，著述文字之富，兵難以來散失無幾。余酷好訪求前代古文遺事，而僅得此，則知世之君子善言懿行泯没而無聞者多矣，可勝惜哉。予與公同居鄉郡，潭西故宅已爲釋氏所廬，丘隴在滹沱之西太保莊者，翁仲石獸猶存。昔嘗過之，有懷賢不勝之感。公之行事，則具秘書少監郭長倩所述墓誌云。

跋趙子昂鮮于伯機與朱總管手書

至元五年己卯，予被命使憲淮東，訪問故家遺俗，郡人皆言總管朱侯族世之懿。侯本泰安著姓，當江淮內附之初，以材能擢守維揚，有惠愛于民。民不忍其去，因留家焉。歷典六郡，其治猶維揚也。侯既違世，子孫皆讀書修行，爲士大夫家。所與婚姻，亦皆一時名流碩輔。夫淮南之俗，喜負販以牟市利，雖公卿大族猶或然也。而朱氏獨以清白文雅，表儀一方，不亦甚可重歟。余忝官于此，以肅清風化爲任，夙夜惕焉，惟恐得罪于巨室。朱侯之孫道定方爲憲史，以趙公、鮮于公手書示予，且曰：「先公在時，圖史甚富。向因回禄之災，僅存此帖，庶見先世交游之盛。」予嘉其意，書其後而歸之，俾觀者不徒玩其翰墨而已。

題移剌氏家藏軍需故牘後

古移剌武毅公國初爲都元帥時所署軍需故牘數幅，其曾孫平江總管蹈中寶藏于家。按是歲龍集丁丑，金人已遜于汴，河朔擾攘未定，黎民瘡痍未復。而太師國王方以兵平遼、霫，軍需爲急，故命史公行六部尚書以總其事。觀其儲偫輸載之方，出納折閱之禁，養兵之實，恤民之誠，見于一時文移者，周詳惻怛，隱然中國承平官府之舊。昔孔子爲委吏會計當而已矣，況取天下者而無道揆法守，其能爲治乎！愚嘗閱史公墓碑，述其佐國王定東土，悉心餽運，軍中未嘗乏絶，觀此益信其言矣。武毅公之後爲將，爲郡守，名聲著聞，而史氏亦再世輔相。夫古之君子盡忠所事，不苟簡以徇禄，不矯激以干名，宜其子孫蕃衍盛大如此。覽〔二〕者勿以吏牘故蹟忽之也。

〔二〕「覽」原作「賢」，據元刊本改。

書羅夫人傳後

向余貳南宫時，有司以羅夫人貞節來上。同列恐忤權貴，欲不以聞，余力言之，事始克達。及旌異命下，同列者愧焉。嗚呼，當天曆初，一時公卿將相崇官厚禄，涵煦累聖承平之澤，知盡忠所事，蓋亦鮮矣。而羅夫人者獨能操守節義，至于殺身而不悔，茲烈丈夫有所弗及也。嗚呼，貞哉！

書黄提學贈孔世川序後

天爵讀黄提學贈孔君世川之文，而有感焉。昔者國家初定中國，而孔子五十一世孫金奉常襲封衍聖公抱禮樂之器來歸，文治由是興焉。奉常既老，有冒孔氏以承其祀者，族人訟之有司，誣被刑苦，乃復訴之于朝，始正其事。是則世川之曾大父、大父也。邇年復有謬欲奪襲封者，天爵適居中臺幕府，帥諸御史力言其事。未幾，忝貳春官，具事始末白于廟堂，丞相以聞，制可其請，孔氏宗法卒歸于正焉。當西漢時，梅福上書曰：「賢者子孫宜有土，況聖人乎！今仲尼之廟不出闕里，孔氏子孫不免編户。誠能據仲尼之素功以封其子孫，則國家必獲其福。」觀福斯言，由漢以來，尊崇夫子，未有若今日之盛者也。天爵列官京師，與同僉太常凝道、左司員外郎用道有同朝之好，今又知世川父祖之賢能也。世川由明道書院文學擢掾湖北憲府，清慎文雅，方將入官，尚思朝廷尊崇聖人之道，而無負其家學也哉。趙郡蘇天爵書。

題諸公贈歐陽德器詩後

歐陽文忠公家本廬陵，中年居潁，宦游南北，屢有思潁之作。或者疑之，謂無瀧岡松楸之思也。天爵間嘗誦公吉州學記，有云：「他日歸榮故鄉，謁于學門，將見吉之士皆道德明秀，可爲公卿。入其里閭，而長幼相孝慈于其家。行其道塗，而少者扶羸老，壯者代其負荷于路。然後樂學之道成。」文忠公之望于鄉人者，不亦厚乎。今海宇爲一，朝廷方由貢舉求賢，吉之士賓興于鄉者常千〔一〕餘人，中選者居額之半，誠不負公之所望矣。公既家于潁，葬于鄭，其居廬陵者，皆族人也，然則德器其族孫歟。傳曰：「君子之澤，五世而斬。」理或然也。近世衣冠故家其子孫往往微弱，弗克振顯。或者妄引右族名賢以自附會，徒貽識者之譏。德器世家廬陵，又藏崇公以上封誥，是則信而有徵矣。

〔一〕「千」，徐刻本作「十」，疑應以「十」爲是。其餘各本均作「千」。

書周益公答孫季昭帖

右宋少傅周益公答解元孫季昭帖，其曰：「六一全集鄉邦合有善本，適數士友留意斯文，遂籍其力校讐哀次。」今廬陵模本，蓋公所校定者。初，歐陽公得昌黎韓子之書于漢東李氏壁間，脱畧顛倒，乞歸讀之，愛其深厚雄博。其後三十年間，聞人有善本者，必求而改正之。歐陽公于韓子之文，用功若此。至朱文公考異出，讀者始無遺憾。甚矣，校書之不易也。歐陽公之文非若韓子重經五季兵難闕誤之多也，然而公之爲文始書屋壁，時加修改，一篇之成，凡數脱稿，故其文多異同。益公悉購得之，既刊其一，餘則附見焉。夫二公之文必待名公校讐而後備，則六籍之言遭秦焚滅，今所存者經或脱簡，傳或間編，尚可一二言哉。故漢置校書之官，必求劉向、揚雄之徒才任其選，所以重其事也。

題孫季昭上周益公請改修三國志書稿

宋鄉貢進士廬陵孫季昭三上書益國周公，請改修三國史志，以正漢統。益公時已年老，遜謝而止。夫綱常名義，天地之大經。昔昭烈以漢室之胄，上承統緒，艱關巴蜀，興復帝業。諸葛忠武侯輔之，名義既正，規模斯張。其言曰：「漢賊不兩立，王業不偏安。臣鞠躬盡力，死而後已。」三代以下，凜然王者之佐。陳壽以其父獲罪于蜀，故史以魏爲正。滎陽太守習鑿齒作漢晉春秋以正其失。宋氏南渡，執政大臣忘讐忍辱，竊禄苟安，一時儒者忠義感激，痛憤怨疾，既不果用，思見于言，此蜀漢統緒所由正也。大則紀于册書，次則表于論著。季昭之陳三書，亦以是歟。益公既不追作，廬陵蕭常第爲紀、表四篇而已。至我國朝，翰林侍講學士郝公經使宋，羈留儀真，始作帝紀二卷，年表一卷，列傳七十九卷，録捌卷，曰：續後漢書，所以正統緒，〔一〕表忠賢，其有功于世教，蓋甚大也。夫由漢昭烈至于國朝蓋千餘年，始則一習鑿齒，次則宋南渡諸公，卒至郝公，始克成之，則知天理之在人心，萬世不可泯也。然則後之修史者，義理〔二〕之嚴，正閏之辨，其可不慎之哉。季昭五世孫義方藏其書稿于家，覽者尚及識季昭之心已夫。前史官趙郡蘇天爵書。

〔一〕「緒」原作「叙」，從元刊本改。

〔二〕「理」原作「例」，從元刊本改。

題國子司業硯公遺墨

昔者國家滅金之初，王師徇地漢上，悉俘其人以歸。故江漢先生趙公，郢城先生硯公，皆相繼至北方。于是趙公居燕，出其橐中伊、洛諸書，傳授學徒，而中原名公鉅卿〔一〕亦始得因其說以求聖賢之學。郢城先生流落雲中，久之始達真定而居焉，亦以經術爲訓，郡人翕然從之，往往以儒著名。世祖皇帝勤于求治，廣于求材，先生由布衣起家，教授真定。及建成均，卽遣使賜五品服，徵拜司業，而趙公不幸已卒矣。

嗚呼，宋之季年，東南文習益弊，士氣益卑。襄、漢之間，人多朴茂篤行，崇尚經訓，觀趙公、硯公之所存，豈不益可信歟。其他老死山林而不獲用者，又豈少歟。宋執政大臣方以耳目所及吳、越之士而信任之，返視襄、漢爲樸學不足取，不思文習之弊，士氣之卑，國勢削弱，不復能有爲矣。然則先生遭遇明時，擢置清貫，庸非天乎！

先生之文，質實暢達，不繪不彫。其家多無存稿，曾孫黃陂主簿惟仁始得遺墨藏之。天爵生晚，不及拜先生屨前，少則聞先郡公談道先生德業之盛，長則與先生之孫宜興使君游，故于主簿昆弟有世契之好焉。因觀遺墨，畧序兩先生出處如此，俾多士庶有觀省，而況硯氏子孫乎。至正癸未五〔二〕月壬申，後學蘇天爵書。

〔一〕「卿」原作「儒」，據元刊本改。

〔二〕「五」原作「三」，據元刊本改。

〔跋張〕〔一〕魏公與劉和州手帖

張魏公世家西蜀，薨葬衡山之麓。愚官鄂省，訪問故家遺俗，則喬木無存，不勝懷賢之感。廬陵劉氏藏魏公與其先世手帖五幅，其憂念民社疆埸，隱然著見于辭。向聞諸老言，南軒先生侍魏公督軍江淮，忽報邊騎且至，魏公以兵少爲憂，先生進曰：「當率城中軍民，戮力一戰，不得已則臣爲君死，子爲父死。」嗚呼，臣子忠孝如是，宋室焉得而不中興乎。

〔一〕「跋張」，據本書目録補。

題晝錦堂詩遺墨

韓魏王初以武康之節來知相州，其後罷相，再鎮鄉邦，乃建晝錦之堂，作詩以遺相人。其意以歲時存問父老、繕完先壠爲喜，以重禄安閑、不稱方面爲懼，以忠義大節、誓死不變爲心，以私任愛惡、快己恩仇爲戒，讀之令人悚然起敬。王勤于吏職，親覽簿書。或言：「王位重年艾，賜守鄉郡，本以養安，無治細事。」王曰：「已憚煩勞，吏民當有受弊者。且俸日萬錢，不事事，吾何安于此。」王忠誠愛民，所當法者。夫古之公卿大臣，皆得牧守鄉郡，蓋習其土風，則爲治也易。殆懸車請老，鄉人師其德誼，歿則祭于其社。後世仕者既以嫌疑不得典鄉邦，及其老也或持吏短長，武斷鄉曲，皆王之罪人也。讀王之詩，寧不有感于衷歟！初堂之成，歐陽文忠公爲之記，至今人喜誦之。而王之詩，人知誦之者寡。王子孫多散處江南，武昌儒學教授敬，王十世孫，今居台州，係出丞相文定房。家藏王親書是詩墨本。愚故表而出之，以爲天下後世勸。

〔題〕〔一〕咸淳四年進士題名

右宋咸淳四年進士題名石刻一卷，兩淮鄉會題名附，湖廣省掾姬洪甫所藏也。按是榜取士共六百六十五人，其第五甲第七十四人，是爲洪甫之考伯陽先生。其年歲次戊辰，皇元至元之五年也。明年，大兵圍襄。又七年，宋亡，天下始定于一。嗚呼，宋以垂亡之國而猶設科取士若此，則承平文物之盛可知矣。

我國家初定中原，歲次丁酉，詔遣斷事官朮虎乃、宣差山西東路徵收課稅所長官劉中遍詣諸路，收金遺士，程試所學，以復其家。至世祖至元十一年，始頒貢舉條例。是時賢才衆多，治平方臻，故弗果行。及仁皇臨御，嘆人才之不足，乃出獨斷行之。既而權臣請罷其事，皇上尋詔復之。而八舉取士六百餘人，成均試貢弗與也。洪甫又藏登科小録及報榜帖，備見一時科場遺制。昔皇慶初，朝廷講求貢舉舊法，而故宋進士之在者則有姚君登孫、熊君朋來、牟君應龍，惜乎伯陽先生已物故矣。夫天之生材，非學校教養不足以致其美，非有司程試不足以知其能，此漢、唐以來賢良方正、詞賦、經義諸科所由設也。不然，士將倀倀然無所依歸，羣然雜進，賢不肖混淆，有國家者何以精別能否而用之乎！

伯陽釋褐爲京山簿，尋用薦者遷長壽令。歸附後，居荆南，與柳城姚公、洛陽暢公爲文字友，隱然一代老成耆宿。洪甫亦清謹，克世其家云。至正三年歲次癸未秋七月戊寅，中奉大夫、湖廣等處行中書省參知政事趙郡蘇天爵書。

〔一〕〔題〕據本書目錄補。

題劉光遠文稿後

至順三年，予忝官六察，奉詔録囚湖北。四月，至漢陽，拜謁儒宮。校官進説經義，引月令孟夏「斷薄刑，決小罪，出輕繫」之文，反覆蓋千餘言，敷腴粹正，慈祥哀矜。予惻然爲之動，詢之，其人瀏陽劉光遠也。是後歷掾洪、鄂兩省，佐理問幕凡十二年。持其文稿復見余于鄂省旬宣堂。余讀其文，體正而氣完，辭潔而義密。夫湖、湘之南，山水峻清，而人之生得其秀麗精英之氣者居多，故奇才異人往往間出，若今翰林歐陽公，穎然拔萃者也。光遠與翰林同里，又相繼應鄉貢進士舉，獨淹留沈滯于小官簿領之中二十餘年，無少芥蔕。嗚呼，士有抱負異材終老山林弗能振耀于世者多矣，獨光遠乎！方今朝廷撰述前代遺史，徵車四馳，收召文學才識之士，惟恐有遺。若光遠者，文華之富，叙述之工，絶出倫輩。惜余遠在外藩，弗克薦達也。然而至寶潛乎山川之幽，其光氣輝然特見于外者，孰得而掩之哉！至正三年冬十月庚子，趙郡蘇天爵題。

題司馬温公人物記

宋元祐初，司馬温公當國，一時人物咸聚于朝。是編所記二百餘人，或一人屢見，若王同老、謝卿材、韓宗道是也。或止記其父兄師友，或盛稱其問學才能，曰某人云然，若欲再三詢問之者。蓋求賢任官，固宰相之職，而聽言觀行，亦君子之所當慎也。矧温公以誠實之資，方更化之始，人材毁譽，宜詳察之。或疑蔡京亦與于是。當是時，温公議復舊制，初改雇役爲差役。京知開封府事，五日之内，盡命畿縣變之。温公喜曰：「人人如是，何患法之不行。」嗚呼，使居相位者皆如温公，則京在下列，其材亦稱任使，置之高位，則不可也。是編之中，有龍遊令王斐者，投「春秋以王正月爲建寅」；有慶州機宜韓川者，王、呂用事，無所向背；有知邕州和斌者，在嶺南三十年，喪十八口。觀此，則温公之於人材，或解經之著新説，或居官不事請求，或遠宦之罹哀苦，皆一一訪求而得之。甚矣，用心之至也。聞者孰不有所感而興起乎！至正癸未冬十有二月丙午，趙郡蘇天爵歛衽書。

題孔氏家藏宋勑牒後

宋東都時，孔氏顯〔一〕者則有曲阜道輔父子、臨江三仲弟兄，皆聖人之裔也。建炎南渡，衍聖公亦徙三衢，今孔氏居江南者多祖曲阜，然惟臨江、三衢文獻信而有徵。嘗聞故老云：宋社既墟，廷議以襲封之爵當歸三衢，彼固辭曰：「吾既不能守林廟墳墓，其敢受是封乎！」嗚呼，孔氏居江南者，皆當以斯言爲念也。因觀學文所藏七世祖毅甫郎中元祐五年赴闕勑，感而爲之書。

〔一〕「顯」原作「題」，據元刊本改。

題杜君墓表

盱眙縣侯納璘不花既遷宋僉書寧海軍節度判官廳公事杜公墓于慶仙山，請于晉寧張翥爲文表之，其用心良厚矣。世之守令大抵多武夫俗吏，于民之生者猶不知恤，況死者乎！

侯以進士入官，深知愛民之道，于一士之枯骨尚不忍其暴露，則于民生惠養當何如也。夫江、淮之間，父子兄弟死則棄之中野，棺槨骸骨縱橫，見者恬不爲異。甚矣，禮俗之壞也。予始至淮憲，即移文諭民瘞之。今觀杜君之葬，則縣侯之能化民表俗，不亦賢乎。侯之爲縣，廉以律身，寬以治民，廣修學宮，以興政化。其施爲具有本末，詩所謂「豈弟君子，民之父母」者，侯庶幾焉。

書吳子高詩稿後

吳子高屏居鄂渚，蕭然一貧，妻子食或不充，日維哦詩爲樂，未嘗一事干人，人愛重之。夫江湖之上，士多挾詭譎以事請謁，而子高制行清慎若此，其果異于人乎。故太禧使阿榮存初少與子高游，嘗薦爲奎章僚屬。秩滿南歸，詩日益工。余知子高非第能詩而已，至于近代公侯大家衣冠族姓之世系、勛勞、門閥之等差，皆能探其源委而詳陳之，彼居著作之廷者或有所未及也。夫詩莫盛于唐，莫逾于杜甫氏，其序事核實，風諭深遠，後世號稱詩史。傳曰：「詩可以觀」，豈空言云乎哉！子高之詩蓋有所本矣。我國家平定中國，士踵金、宋餘習，文辭率麤豪衰苶。涿郡盧公始以清新飄逸爲之倡。延祐以來，則有蜀郡虞公、浚儀馬公以雅正之音鳴于時，士皆轉相效慕，而文章之習今獨爲盛焉。子高自大德末已以詩名湖、湘間，惜乎沈淪小官而弗克顯。嗚呼，自古詩人少達而多窮，其信然耶！其信然耶！至正四年正月己酉，趙郡蘇天爵題。

書寇隱君傳後

長安寇隱君業儒而醫，遯世弗仕，詩書教子，孝弟力田，問望冠于一時。中朝諸老若左轄許文正公、姚文獻公，太史令楊文康公，悉與之友，歲時書問不絶，今皆藏于家。文正之言，則以「別後所接所聞，無非僥倖。憶昔相從講説，皆力本務實者也。」文獻則以「鳴犢田園」爲託，及言春秋植桑條桑之法，其利甚博。文康則以救療其子爲感。維昔世廟初受分地于關中，卽命文正教載多士，文獻勸治農桑，而先王爲政之本已基于斯時矣。及其卽位，文獻由大司農入居相府，文正辭免中書，猶命領成均爲胄子師，則世廟之聖謀神算，蓋深遠矣。夫王者之治天下，其樂育英才，敦厚民生，孰有急于此者乎！故當時公卿皆爲有用之學以濟斯世，如農圃、醫藥、卜筮、星曆，亦古人所不廢者也。其後文康以治曆明時受知于朝，獨隱君深藏遠引，不及召用而終。然古之君子有德而不食其報者，當在其子孫。今隱君之孫靖以明經舉進士，爲乾州判官，是尚能振其家聲也哉。隱君諱士謙，字子益。既卒，郭集賢傳其行，趙郡蘇天爵讀之有感，爲記其後。至正四年六月旦。

題石珏畫

御史張侯家藏石珏千里秋晴圖一卷，峯巒渾厚，烟林清曠，臺閣古雅，人物幽閑。畫者工其一，已稱至藝，今欲萃衆工人之所長，誠不易也。珏家青社，父、祖並能界畫。珏兼畫山水，意欲步趨古人。或傳是圖運思歲久方成。昔宋宣和時，購求古畫，置畫學，珏亦畫學生也。金人取汴，悉輦而北。大定、明昌，文治極盛，一時詞人若楊秘監邦基、任鹽使詢、耶律右丞履、王翰林庭筠，皆欲以絶藝名世，蓋用功深者其收名也遠，豈特書畫然哉。曩余授經禁中，凡秘府所藏關同、范寬、董源奇迹，亦嘗獲見。及官江南，縱觀鍾阜、匡廬之高厚，洞庭、彭蠡之幽深，而江鄉山館竹樹陰蔚風雨雪月千彙萬狀，思得良工模寫其彷彿，而世無工畫者。今覽是圖，恍如昔時所見，于是留玩月餘，題其後而歸之。

題諸公寄贈馬尚書尺牘後

余觀諸公寄贈尚書馬公尺牘一卷，嘆國家人材之盛，致治之不苟也。馬公以經濟長才，際朝廷有爲之日，職專邦之大計，世皇任之而不疑，斯所以克盡施設世獲其濟也歟。當是時，中原始定，江南未歸，民尚瘡痍，事多草創。而川、蜀用兵，江、淮屯守，芻糧鎧仗舟楫之用，飛輓調度征戍之勞，羽檄交馳，急于星火。馬公始則任轉運于關中，繼而總金穀于民部，終則督餽餉于河南，蓋終始不離煩劇，皆從容談笑而辦，未嘗務聚斂以擾人，亦未嘗進羨餘以希寵。國用既足，民力亦紓，故時人以劉晏方之。于時分符典部于外者若故都督史公樞治東平，平章牛公顯治南京，宣慰使陳公祐治河南，或以民罹災異請寬其租賦，或以沿邊供徭請定其方畧，備見于尺牘之中，大抵爲國爲民，而非一己之私計也。若故吏部侍郎高公逸民被命出捕飛蝗，以不克盡絶爲憂，此皆至元初年之事。世皇方厲精圖治，而天之降災若此，惟其有節用愛民之實，故治化亦如是之盛也。國初歲在庚子，有貴臣總天下財賦，惟掊克是務，以真定課最諸道，脅馬公具增辦手實。公慨然曰：「夫利猶水也，源深則流長，民實其源，可竭之乎！」嗚呼，今方内連年水旱茶鹽田賦之入亦云極矣。而財用益絀，〔一〕經費日益不足，安得如馬公者與之共探其本以究其弊乎！昔漢之爲吏居官者長子孫，蓋其謹於奉法，廉于守身，故能久于其職。若于定國爲廷尉，鄭當時爲大農令，皆歷十餘年不遷。然則馬公之總邦計至終其身，則子孫之昌大蕃衍，有以也夫。至正四年甲申秋九月甲午，中奉大夫、陝西諸道行御史臺侍御史趙郡蘇天爵題。

〔一〕「絀」原作「屈」，從元刊本改。

題馬氏蘭蕙同芳圖

江左好事者慕馬氏昆季之賢，繪蘭蕙同芳圖以貺之，館閣名流復爲詩以美之。傳曰：「誦其詩，讀其書，不知其人可乎。」是以論其世也。馬氏本雍古部族，自鳳翔兵馬府君始以官名爲氏，尚書忠懿侯當中統初轉漕給邊餉有功，請令編民通一經者復其家，以詩書禮義訓其子孫，卒贈推忠宣力翊運功臣。三傳至中丞文貞公，以文學政事致位光顯。初尚書有子十一人，孫二十人，曾孫三十餘人，或執業成均，擢進士第，皆清謹文雅，不隕其家聲，遂爲海内衣冠聞族。天爵辱荷中丞深知，又與元博共事憲府，故知其族世之懿。嘗讀中丞述尚書墓銘，有曰：「世多王公，亦多華靡。惟不革俗，而忍其圮。繩繩子孫，思馬有氏。咸宜習禮，以續廟祀。」嗚呼，世之有官君子，可不思正家法以傳其後乎。

書容城李節婦詩後

予讀容城劉文靖公王孝女旌門銘及西山翟節婦詩，愛其詞嚴誼正，功于世教，凛然使人有所興起也。昔金之亡，一時節義之士不可勝紀。當國家草昧之始，而婦人女子猶能若此，甚矣，中州風俗之美也。夫君子所過者化，而劉公言論風節，天下猶當師之，況居其鄉者乎！然則李氏之貞，一有所本矣。朝廷旌異之者，所以勸善也。彼不學無術之徒，弗知風化所由，返謂豪民求蠲徭役，誠如樞判韓公之所嘆已夫。

跋三笑圖

往年行過彭澤，慨想陶公高風，不可企及。兩望廬山，林壑深邃，是宜隱者之所居焉。陶公世爲晉臣，值宋革命，高蹈深隱，其所與游蓋必志同道合者也。自昔士生不辰，逢世多難，往往晦跡浮屠、老子法中，然則惠遠修静抑亦避世之流歟。

滋溪文稿卷第三十

題跋

跋歐陽公與劉原父手書

歐陽文忠公生宋盛時，稟中和之粹，作爲文章，雍容温厚，炳然一代之制。片言隻字，皆有深意。今讀寄公是劉公手書，感慨係之。自昔君子小人不相爲謀，雖亂世未嘗無君子，治世未嘗無小人，視〔一〕在上者用舍何如耳。當至和時，陳執中居相位，而天屢降〔二〕災異，兩制諸公多求補郡。公是上疏陳之，其略曰：「正臣常難進而易退，邪臣常易進而難退。呂溱、蔡襄、歐陽修、賈黯、韓絳皆論誼質直，不阿執政，有益當世。不宜許其外補，使四方有以窺朝廷啓姦倖之心。」仁宗亦悟，留歐陽公等不行。書中所謂「真性難移，加以權倖側目，交攻累年，乞外不得」者是也。又謂「子華喪弟，直孺之許爲郡，漸有樂意。不平山更望增緝。」蓋子華，絳也；直孺，黯也。公是出知揚州，皆不得立于朝矣。夫君子在位，小人在野，天下之泰也。方慶曆初，韓、范、富諸公當國，知天下無事，士大夫弛于久安，慨然思正百度，共修太平。海内悚然，知君相之求治。而權倖小人不便，萬方沮之。已而三四大臣相繼罷去，天下事卒不復施爲。嗚呼，以仁宗之忠厚明恕，在位日久，熟知臣下情僞，又得韓、范諸公爲之輔相，可謂明良際遇。而羣邪壞之，世竟不克登于極治，庸非天乎。是卷御史敬公克莊所藏。公先相國文忠公實爲先朝名臣，晚歲屢召不起，是亦難進而易退者，故表先正之事以爲勸焉。

〔一〕「視」原作「時」，從元刊本改。

〔二〕「降」原作「出」，從元刊本改。

題諸公與智參議先生書啓

右書啓兩卷，國初名公諸老寄贈洛陽智先生者也。先生諱迂，字仲可，少與竇公默流落漢上，丙申北歸。深明易學，屏居一室，焚香鼓琴，世務紛華，翛然不足以動其心。世皇在潛邸，聞其名，遣近侍持書及竇公同被召。入見，首陳王道。上問：「方今有如周公者乎？」先生對曰：「主上身其道，跡其事，心其心，非周公而何。」是時耶律公楚材領中書政務，命諸路置經籍所，以儒者司之，蓋欲士明經學，興起文治。先生分行京兆。會廉公希憲、商公挺開閫宣撫，辟先生參議其幕，立綱陳紀，興利除弊，畫贊爲多。暇則講説經訓，以道義相切劘，官雖僚屬，誼同師友。久之，請致其事。世皇不忍其去，賜田宅，俾家于秦，仍歲賜銀三笏爲養老資。先生辭之不可，止取其一。嘗有盜夜入其室，裂其幣在杼軸者以去，家人欲聞之官。先生止之曰：「此必閭里細民之貧者也，官若捕之，能無擾及善良，傷吾鄉鄰故舊之情乎！」盜聞愧之，復還其幣，時人以先生能化盜爲善。少與兄相失兵間，後知兄居真定，既老猶屢省之。兄亡，載其喪還葬于洛，世共高其行義。中統、至元之初，廉、商諸公爲相，收召海内賢才，布列有位。先生退老于秦，日以琴書自娱，不復仕終其身。昔者國家甫定中夏，一時人物皆金源氏承平百年學校貢舉封殖樂育者也，是以不死于兵，以遺于我。殆世祖立極，肇興制度，崇建官儀，朝廷之上，衣冠之盛，皆其人也。今觀卷中一一具在。惜乎行事多堙晦弗傳，故予略爲述之如此。詩曰：「無競惟人，四方其訓之。」當國者可不以登攬賢材爲務乎。

題孟天暐擬古文後

太原孟天暐學博而識敏，氣清而文奇。觀所擬先秦、西漢諸篇，步趨之卓，言語之工，蓋欲傑出一世，其志不亦偉乎。昔歐陽公謂韓子爲樊宗師墓銘，即類樊文，其始出于司馬子長。子長爲長卿傳，如其文。惟其過之，故能兼之。夫文章務趨一時所尚固不可也，然欲求合于古，又豈易言哉。故韓子曰：「爲文宜師古聖賢人，師其意不師其辭。」歐陽公亦曰：「爲文勿用造語，模擬前人，取其自然爾。」三代以下，文之古者莫韓、歐若也，而其言如此，當與天曄評之。

題魯齋先生手書後

右魯齋先生許魏公手書四幅，寄京兆呂君輔之及其子翰林侍讀學士伯充者也。初，世祖皇帝受封食邑于秦，至征大理，禡牙于斯。首聘魯齋，見于六盤山下，命教授京兆子弟。是以呂君獲納交于先生，翰林從之問學焉。而關輔教化淳美，其淵源有所本矣。嘗讀魯齋所述呂君墓誌云：「君生子未逾年，日買書爲教養計。既長，擇師就學。學必以稽古踐實爲貴。」又云：「翰林治喪，上稽司馬氏、朱氏，考訂古禮；下倣高陵楊氏已行故實。使古人送終之正，復見于今。」手書第四幅所謂「葬禮倣依古制，非信道之篤莫能者」是也。夫以呂氏家庭之所授受，師友之所講習，莫非彝倫日用之大，故其表俗惇禮，卓然有以異于人也。誌中所稱高陵楊氏，卽太史楊文康公，其執親喪動合古禮，魯齋之畏友也。嗚呼，宋、金季年，文習益漓，魯齋先生奮起草野，推明聖賢之遺經，篤實踐履，故一時及門之士操行悉有可觀，攷呂君父子之事可見矣。天爵向官西臺，訪求故家遺俗，蓋罹天曆兵荒之餘，文獻或不足徵。今呂氏諸孫執禮奉常，受業胄監，是則詩書之澤獨能傳諸久遠，信知爲善之有後乎。晚學趙郡蘇天爵書。

題襄陽重刻墮淚碑後

古之君子立身制行，既足以儀形于家，居官臨民，又足以垂稱于後，是豈聲音笑貌所能致歟。太傅羊公之鎮襄陽，生則惠澤及于人，没則流風傳于世，蓋有其實則有其名也。當時所謂墮淚碑者，石已解裂，後人思公重刊者三。夫以羊公之德，固不係乎碑之存亡，而人之思公非碑無以著其愛慕之誠也。然則碑之所存，蓋有懲勸之道焉。襄陽郡守呂侯、戍帥楊侯拳拳以是爲念而不釋者，其亦有所見乎。昔召伯布政南國，舍于甘棠之下，其後人思其德，愛其樹而不忍傷。况金石之文，鉅書深刻以表其善政，固所以傳不朽也。然自漢、魏以來，文之著于桓碑彝器以爲無窮之計者亦多矣，其不幸消磨于風雨野燹之中，毁棄于樵夫牧子之手，使古人遺蹟餘韻泯没無聞者，豈獨墮淚碑乎！不有好古尚賢之君子，其孰知愛重之哉。故歐陽公始克收而藏之，或正簡編之訛，或補政事之缺，非徒以資翫賞而已。尚書王君實博雅多識，好畜古文奇字。博士周伯温精通六書，嘗奉勅臨摹晉人法帖。呂侯爲政，深知追慕昔賢。楊侯將家，獨能崇尚文事。此其一時人物風致之美，後世不可及矣。至正五年秋八月丙寅，通奉大夫、山東東西道肅政廉訪使趙郡蘇天爵題。

恭跋御賜真草千文碑本

聖天子纘承正統，恭儉愛民，深宮燕閒，日閲圖史，蓋以怡神養性。臣于時譯文經筵，數從講官之後，瞻望清光。及備員省闥，參與政議，伏覩至正初詔，以勑人有經，誡勑近臣不可互奏賞賚。觀其以真草千文碑本頒賜臣下，則文物興隆，治化清謐，從可知焉。昔之人君以一嚬一笑皆有所係，未嘗輕賜予者，誠有爲也。是本翰林學士承旨臣姚庸在宥密時所承賜者。臣庸歔歷臺、省，爲時儒臣，潔白廉正，温雅醖籍，蓋于皇上所賜深有契焉。至正六年丙戌九月庚子，集賢侍講學士、通奉大夫兼國子祭酒、差充京畿道奉使宣撫臣蘇天爵頓首謹記。

跋延祐二年廷對擬進貼黄後

延祐乙卯，仁皇初策進士，登第者五十六人。今三十二年，以文詞政術知名者十餘人，不幸才弗滿用而歿者又十餘人，官之崇卑則在所不論也。當是時，方内乂安，文物熙洽，而聖策所問，猶以稼穡傷于水旱、細民致于飢寒、未能家給人足爲憂。嗚呼，聖慮恤民若此，禎祥其有弗格者乎。蓋自昔人君旁求俊彦，布列有位，于以敷宣治化而已。故學古入官議事以制，成周之治所由隆也。仁皇臨御，深厭法吏貪刻，鋭欲登進賢才，丕變習俗。後之議者弗思聖慮深遠，第患選舉泛冗。夫選人之方固當澄汰，寧無闒茸雜進之流，不學無術者乎！聖天子克復舊章，多士興起，臣時備員省闈，獲觀盛事。乙酉之春，承詔與治書侍御史臣李好文、翰林直學士臣宋褧、工部侍郎臣斡玉倫徒充讀卷官，伏覽延祐儒臣擬進貼黄，益嘆先朝崇文之盛。通奉大夫、浙東海右道肅政廉訪使臣蘇天爵恭跋。

題葛氏子還俗事

管子云：「古之四民不得雜處。士相與言仁誼于閒宴，工相與議技巧于官府，商相與語財利于市井，農相與謀稼穡于田壄。各安其居而樂其業，是以財足而不争，有恥而且敬。」夫古之民四，後世散爲九流百家，由其田多水旱則稼穡之民少，由其利無奇贏則商賈之民少，其他失業者亦多矣。故游食之徒不歸于浮圖、老氏之流，則入于法家皂隸之列，衣食其身猶且不足，況能奉父母旨甘之養、足國家賦役之供歟！憂世之士不能不感慨也。然則敦本抑末，化民成俗，獨不在于上之人乎。且董君以一邑之長猶能誘人去邪歸正，矧夫朝廷之上，公卿之尊，其綏來動和之效，當何如哉。

題楊氏肯穫堂記後

余友河東僉憲楊侯築書堂于真定別墅，表曰：肯穫，永清史宗實爲之記，保定張庭美隸書之，槀城董簡卿篆其額。蓋楊侯名堂之義，推本先考院判府君教子之方，俾後人奉之而不失也。且農夫菑辟其田又播植之，比其穫也，則有水旱之憂，耘耔之苦。人之承先業者，則無是矣，何爲而弗肯穫乎？夫古者世禄之家鮮克由禮，今三君子皆出于王公將相之族，而文詞之奇，書法之古，豈惟克振其家聲，又將垂譽于後世。彼爲士者起身寒家，獲登仕版，子孫可不夙夜戰兢，思無忝其所生乎！予與楊侯生同里，少同師，長則同仕于朝，每嘆近世衣冠之裔往往墜廢先業。甚矣，風化之弗古也。讀斯記者，豈不愓然有感于衷乎。雖然，德業之積可以裕子孫，詩書之澤可以貽永久。嗚呼，楊氏子孫尚思先世作室菑田之功，庶幾肯構肯穫之有望乎。

書羅學升文稿後

泰定丁卯，廷策進士。予被命掌試卷，得浮光羅君學升之文讀之，愛其汪洋温粹，詞博而意深，不極其至弗止。後聞調官江淮，士之從游者衆，或擢高科登膴仕。夫以國家取士之制，察行于鄉里，考言於朝廷，試之以事，而人才于是出焉。世以偶儷之詞，汗漫之文，織組以爲工，繁縟以爲美，既徼倖于中選，又苟且以終身，殊失設科求才之意矣。使非豪傑之士識見超卓，孰能迥出時輩不徇流俗之所好乎！予退休于里，學升方尹稾城，暇日以近作一編示予，蓋欲剷除科目之陳言，步武作者之雅製，豈世之因陋守舊不知變化之妙者所可及哉！是宜拔置館閣，以養其才，惜乎沈淪州縣而不克進也。然鶴鳴九臯，聲聞于天，士之抱負足以鳴世，雖居遐遠未有不達于朝廷之聽聞者也。學升當益養其和平以鳴國家之盛，不亦可乎。

題晦庵先生行狀後

晦庵先生子朱子著述凡數萬言。自先生歿，大江之南儒者講明其説固不乏人，然而真知實踐者亦不多見也。我國家興隆之初，南北未一，覃懷許文正公始得先生諸書讀之，起敬起畏，乃帥學者盡棄舊學而學焉。既相世廟，遂以其學推行天下。迄今海内家蓄朱子之書，人習聖賢之學者，皆文正公輔相之力也。然朱子族系爵里出處言行，世或弗知，爰命杭州校官謝某刊其行狀，與多士共傳焉。嗚呼，考跡以觀其用，察言以求其心，庶幾致知力行不爲空言而已乎。

書孔子及顔子以下七十二賢像

古先聖及顔子以下七十二賢像，江浙行省平章榮禄公所藏也。公以太師國王諸孫踐敭臺、省，允著材能，暇則好收法書祕畫，尤喜古聖賢像。當聖朝龍興之初，國王以征伐有大勛烈，受封食邑于東平。凡郡邑之長，悉聽其宗族子孫及部人爲之。東平密邇鄒、魯，聖賢之教所由興也，故其人官于斯家于斯者，則有好賢樂善之心焉。平章初監東阿，進擢朝著，適際國家文明之治，宜其所好異于人也。天爵少讀孔氏書，見聖人居鄉黨，在宗廟、朝廷，動容周旋，無不中禮。門人熟視而詳録之，宛然如聖人之在目也。況覽觀圖像，思慕言動，其必有所感而興起矣夫。至正己丑三月甲子，學者蘇天爵拜手謹記。

題泉州士子贈崔宗禮詩後

七閩山川險阻，漢嘗處其民江、淮之間而虛其地。唐建中初，常衮爲觀察使，始設鄉校，俾民知學，親加講導。由是閩俗一變，歲貢士與内州等。宋蔡忠惠公襄世家興化，歷知泉、福兩州，尤知閩之風俗，勸學興善，折節禮士，以變民之故。宋氏徙江左，龜山楊先生載道而南，豫章、延平相繼而出，子朱子擴而大之，聖賢之學遂因經傳復明于世。稾城崔君宗禮由登進士科贊浙省理問幕，出使臬南，廉平著聞。既歸，以士子所贈謌詩一卷示余，文詞之清潤，音韻之鏗鏘，誠一時之盛作也。方今國家四海爲一，文治蝟興，人才之生，初不以遐邇有間，顧長民者教養何如耳。乃以閩中學術源流端緒告之，覽者其亦知所考求而用力于遠者大者乎！

題兼善尚書自書所作詩後

白野尚書向居會稽，登東山，泛曲水，日與高人羽客游。間遇佳紙妙墨，輒書所作歌詩以自適。清標雅韻，蔚有晉、唐風度。予猶及見尚書先考郡侯，敦龐質實，宛如古人，而于華言尚未深曉。今有子如此，信乎國家文治之盛。然人知尚書才華之美，而不知其政術之可稱也。每當論大事，決大疑，挺正不阿，凛然有直士風。而貢舉得賢之效，益可徵焉。元泰身居方外，而與之友，寶其詞翰，亦有識之士哉。

書泰定廷試策題稿後

右策題草稿四首，泰定丁卯三月廷試進士監試官治書侍御史王士熙、讀卷官翰林直學士馬祖常所擬撰也。既繕寫進呈，御筆點用其一。蓋自延祐設科以來，規制如此。洪惟國家承平百年，治化當興。然生財有道，制用未得其要；正俗多方，防範未盡其宜。將校驕墮而武備日弛，官士苟簡而廉隅弗修。是皆當世急務，宜所延問而詳陳者也。夫朝廷取士求言，惟期有裨于政務，非徒觀美而已。是舉得人凡八十有五，國子員阿察赤、李黼名冠第一。今二十餘年，同榜之士歘歷臺、省，蔚有令聞。則貢舉得賢之效，成均養士之隆，益可徵焉。時天爵待罪史館，承命收掌試卷，故藏策稿于家，謹裝潢以授黼。黼累遷祕書太監，方以材能進用云。至正己丑夏六月甲戌，通奉大夫、江浙等處行中書省參知政事趙郡蘇天爵書。

題白太常三歲時所書字卷

世之童子少以穎悟聞，長能以政術文辭顯，惟劉忠州、楊文公、晏丞相數人而已。蓋聰明既得于賦與，苟無問學以濟之，其克有成者鮮矣。鄉先生太常白公家世在金朝爲名進士，國初昆季並擅才名，惟先生早最敏悟，三歲卽能書八卦之名，諸老見者無不驚嘆。中年果以能官稱，惜乎老于詞林、容臺而未盡大用。先生之孫行中書掾樞保藏所書八卦字卷。噫，白氏子孫時出而觀之，尚勿忘詩書之澤之所自乎。

題葛賡宋淳熙三年封承務郎致仕誥

金溪葛元喆五世祖宣義府君，生平三遇慶典，累封承事郎，賜緋魚袋，晚加宣義郎以終。里人陸文安公誌其墓。宋南渡至乾道、淳熙，一時號稱極治，宫庭父子之間，壽考尊榮，鴻恩霈澤，被及臣民。而人物之盛，若朱文公、張宣公、吕成公、陸文安公並時而出。蓋治化方臻，天地開泰，祥麟朱草，應期而生，理固然也。時金世宗在中原，專以仁厚爲政，民以小堯舜呼之。朱文公聞而嘆曰："「彼欲爲大堯舜，豈不由己乎。」考之葛氏誥辭，劉孝韙攝西掖所行用皇極斂福錫民爲説。噫，方紹聖、崇寧之際，豐衍盛大，當國者妄生重南輕北之議，有識者憂其必啓分裂之兆。既久，其言果驗。今國家四海會同，朝野清晏，士生斯時，共樂一視同仁之治。而元喆又以文學登進士科，暇日出示先世封誥，感而爲之書。至正己丑秋七月朔，趙郡蘇天爵書。

題東坡制策稿

浙省掾蘇伯夔出示先文忠公擬試制策稿。觀之，忠君憂世之心，溢于文辭。或謂文忠天材有餘，非由學力，是不知老泉先生之所學也。先生年二十七，始發憤閉户讀書，大究六經百家之說，考質古今治亂成敗、聖賢窮達出處之際，得其粹精，涵畜充溢。由是下筆頃刻數千言，縱横上下，出入馳驟，必造于深微而後止。此先生所自得者，文忠兄弟學亦有所本歟。伯夔之子數人，方讀書治進士業，故以家學告之，尚知用力矣夫。

題高昌偰氏三節堂記後

三綱，天地之大經。爲人臣，爲人婦，爲人子，平居無事克盡其職者，固有之矣，及不幸而遇事變，能不失其節者，或數十年得一人焉，或千百里見一家焉。有國者尊禮而表異之，蓋以世教民彝之所係也。孰有節義出于一門，若偰氏之盛者乎。觀夫右丞忠愍公年未四十以死徇國；高昌太夫人守節自誓，肅立閨門；尚書忠襄侯方在髫齓，刲肉以療母疾；則其平居事君之忠，持身之潔，養親之孝，可知矣夫。君子讀書制行，將以儀刑于家，模範于世。今偰氏家庭之間，父祖之訓，嚴明若此，又何必他求哉！宜其子孫克承其教，繼擢高科，入館閣爲名流，官郡縣爲良守令，分持憲節，參預省政，皆赫赫有聞。是足以示天下彝倫之勸，表朝廷治化之隆，豈第紀一家之美而已。

題胡古愚隱趣園記

太常胡先生懸車歸老東陽，有山林深邃之居，有圖書諷咏之樂，有子孫以具旨甘，有田園以供伏臘，又值國家承平之世，優游以享高年，蓋亦福德君子哉。余舊見中州賢士大夫，宦游四方，罷則無所歸，其清節可尚已。昔者范文正公將老，移疾家居，家人以居室未完美爲患。公聞之曰：「人苟知道義可樂，雖形骸亦可忘。」是卽「先天下之憂而憂，後天下之樂而樂」之志歟！

題黄太史休亭賦後

蕭濟甫博學能文，身際熙寧、元祐之盛，卒不利于有司。士之進退，信知其有義命乎！此太史所爲賦休亭也。先儒以屈子所賦，皆窮而呼天、疾痛而呼父母之詞，維作者必出于幽憂窮蹙怨慕之意，乃爲得其餘韻。太史尤以楚詞自喜，惟其務奇太甚，乃獨取毁璧一篇，以其詞極悲哀，不暇作爲故也。然太史孝友刑家，清節名世，生死患難不動其心，富貴利達不易其守，豈記覽詞章譁衆取寵者可方其萬一哉。

題諸公贈真定録事司監野先明道詩後

京師西南雄望之郡曰真定，郡之録事司及附郭之縣則尤任其煩劳者也。蓋上有憲府、郡治之按臨，下有達官、朝使之迎候，繼以賦役訟訴之煩，加以民庶飢寒之苦，茲其所以不易爲也。然而制其煩簡之宜，達乎通變之道，獨不在夫有能有爲者乎！予世家真定，宦游南北，邇者屢聞人言縣尹李侯公輔及録事司監野先明道之賢。世亦未嘗無人，而事之煩勞亦寧有卒不可爲者乎！蓋二子者以勤謹持身，以忠敬事上，以安静撫民，以公平奉法，則人稱之也固宜。今公輔擢尹赤縣，明道行將見用于朝，郡中夫士皆作詩頌之。比年國家念雨暘之失時，閔民生之不足，嚴守令之選，申程試之方，遠近聞之鼓舞懲勸，則政務庶克興舉，黎元或可少休歟。予嘗讀漢元和詔，有曰：「俗吏矯飾外貌，似是而非。安静之吏，悃愊無華，日計不足，月計有餘。襄城令劉方，吏民同聲謂之不煩，斯殆近之矣。」又唐開元時，張九齡上書曰：「乖政之氣，發爲水旱。昔東海枉殺孝婦，天旱久之。一吏不明，匹婦非命，則天昭其冤。況六合元元之衆，懸命于縣令，宅生于刺史，天子所與共治尤親于人者乎！若非其任，水旱之由，豈惟一婦而已。」嗚呼，察守令之才者，當體元和之詔，任承宣之責者，當思九齡之言，天下何患其不治哉。至正庚寅三月乙酉。

書主簿康里君贈行詩後

元統初，有劇盗撓青、齊，潛入畿甸，人或言之，輒殺其家以杜口。予方佐官西曹，力陳廟堂，起前雲南元帥往捕之，擇刑部勇士二十人與俱。不十餘日，賊果授首。宰臣奏賞其功，元帥進長宣閫，勇士二十人除官有差。康里君其一，由尉德平主真定簿。執事三年，勤敏不擾，民甚安之。嗚呼，自昔寇盜之作，多由官吏貪墨，賦役繁重，民不勝困，始相帥爲盜矣。夫樂不仁而趨死亡，亦豈其本心乎。比者朝廷以有官者民之保障，或重内而輕外，數變易以擾民，故嚴守令之選，申課試之方。有治理效，不次陞擢，否則黜之，蓋求治至切也。凡居民上者盍思所以報稱之哉。故因康里君行，書此以贈。

題丘母周夫人貞節詩後

鄄城丘氏母周夫人在至元、大德間以貞節著聞，隨其二子來官江左。時故宋諸老猶有存者，觀其序述之言曰：「北方俗厚而教嚴，婦人多知禮義。」嗚呼，夫以中國風土渾厚，人性質朴，而慷慨忠義之士固多出于其間，則禮義之在人心，豈獨婦人之所能知而已。蓋諸老因周夫人之節，憫吴、越之俗，宜其深有感慨者哉。雖然，士大夫者風俗之表也，衣冠之族可不正其始乎。予昔爲郎儀曹，見中州郡縣歲以貞節孝行登名于朝者不知其幾，則禮俗人性之善，從可知焉。矧鄄城密邇東魯，而丘氏又故金名族，諸老之言豈不信而有徵乎。

跋丘侯送行序後

昔者至元季年，鄆城丘侯調浙東宣閫佐幕。是時宋亡十餘年矣，國家新令未洽，而浙東海隅頻年多盜，供饋殷劇，吏治鹵莽，民不堪命。丘侯下車數月，政事修舉，即庋陳年公案二萬有畸，俾猾吏束手不敢舞法以病民，而上下宴然無事。嗚呼，古所謂法令滋章，盜賊多有，詎不信歟。夫公以佐幕猶能若此，使大藩望郡皆得其人，則政令何有不善，黎庶何患其不安乎。今南北混一七十餘年，朝廷德澤涵濡至矣，而郡縣貪汙苟且之徒，德既不足綏懷，威又不能臨制，假以號令，專務煩苛，其激之作弗靖者，蓋有所自矣。不然好生而惡死，喜安而惡危，皆人情之常也。東南之民，何獨異于人哉。當國者可不深謀長慮，以求其故歟！因讀鮮于公贈丘侯之言，感而爲之書。至正辛卯秋七月，趙郡蘇天爵題。

恭書聖德頌後

聖天子臨御方夏十有八年，嘆災異之屢臻，愍黎元之失所，數選宰輔，與崇治功。至正己丑之秋，圖任舊人共政。明年四月，遂下寬大之書，恩澤汪濊，誕洽臣民。于是東平鄉貢進士臣呂宗傑伏讀明詔，作爲雅頌二十二篇，各述其美以傳。夫古者君臣交修，則治化熙事康。有虞之朝，賡歌之作，戒勑責難者切，故百工熙而庶事康。欽惟皇上命相未朞，百度具舉，是宜播諸頌聲天下歌之。宗傑方業進士，而乃屬辭摛藻，鋪張宏休，古雅富麗，蔚焉可觀。行將奏對大廷，以陳賈、董天人之學，仰稱國家求賢圖治之意，不其偉與。

附録一 輯遺

慶都縣新建三皇廟記

古之爲治者，教養其民而已。蓋自京都郡邑鄉閭黨遂，莫不有學，則教之之法備矣。自宫室衣裳舟楫耒耜，莫不有制，則養之之方具矣。夫聖人之爲治若此，民庶焉得而不親愛其上，俗化焉得而不隆厚乎！我國家撫定中國，敷宣政教，既尊先聖先師于學，儒者主之，以明人倫，又祀伏羲、神農、（皇）〔黄〕帝于廟，醫官職之，以衞民生。所以教養其民者，不亦至乎！

保定屬邑曰慶都，三皇廟久未遑作，祭則假它所，苟簡弗稱於禮。至元六年庚辰，承事郎曹南馮侯允中來爲縣尹，慨然以興建爲任。初年值歲侵弗果。以年治既清簡，歲復大穰，乃得縣廨故基，捐俸構材，作新祠宇。僚吏佐之，士民勸之，工樂趣役，數月克完。華儉中度，象設如儀。

至正二年壬午，天爵由中書參議參知湖廣省政，道出其縣。聞侯持身以廉，馭下以肅，吏畏其威，民安其政，縣以大治。昔者天爵與侯嘗同游成均，知侯讀書清苦。而又識其先大夫侍御公，爲一代偉人。蓋侍御公嘗爲御史，爲侍郎，爲郡守，爲憲使，方嚴公正，居官可紀。侯之少也，親聞家庭之訓，長則受學於成均，故其治民能如是也。

按，慶都本漢望都，帝堯始生之地，其山有堯母之祀在焉。書紀堯之爲治，自克明峻德，而其効至治黎民於變時雍。夫古今之世相去雖遠，然而流風遺俗寧無所存者乎！矧又密邇京師，朝廷教令之所先焉。將見物無疵厲，民皆康樂，庶幾隆古之治其復興于今日歟。

弘治保定府志卷二十五詩文

題大拙先生傳後〔一〕

太史胡君江左繁富之地而蕭然清古，不知慕夫華靡之樂；館京師執政之家而安焉静退，乃獨昧於進取之機。謂之大拙，不亦宜哉。昔人有傲倖萬方以圖富貴利達者，或卒不克如其所欲，是蓋有命焉爾。孔子曰：「富而可求也，雖執鞭之士吾亦爲之。如不可求，從吾所好。」愚願與胡君共學焉。

純白齋類稿附録卷二

〔一〕按，純白齋類稿附録卷二共收蘇天爵文三篇，即：題上京紀行詩後、題太常胡先生隱趣園八詠及本篇。前二文分别見滋溪文稿卷二十八、卷三十，題目文字略有出入。

奉題雜興〔一〕

有客江南來，賦詩長安陌。長安城百里，半是公侯宅。飛甍高切雲，軒户耀金碧。富貴世莫儔，日日承恩澤。明星朝未稀，車馬轟霹靂。九衢多行人，見者盡辟易。懽娱極一時，歲月鳥飛翮。緬思建國初，作邑龍沙磧。狐裘皆大人，至今聲烜赫。洋洋雅頌音，孰知慕儔昔。

純白齋類稿附録卷一

〔一〕胡助有京華雜興詩二十首，載純白齋類稿卷二，友人有奉題之作，此詩即其一。

奉酬見寄清製元韻敬賀致政榮歸惟面同一捧腹

三人詞林官太史，年年載筆立宫門。欲明得失裨時政，獨歷清華荷國恩。天上玉堂勞夢想，禁中金櫃有書存。鄉閭故老風流在，爲教衣冠後世孫。

純白齋類稿附録卷一

送都元帥述律杰雲南開閫

世祖神武真天縱，萬里中華歸一統。當時六詔亦親征，大醜小夷咸入貢。聖澤涵濡垂百年，昆蟲草樹猶生全。豈意狂童聳邊鄙，戈鋋一埽成蕭然。君侯累世稱將種，落落奇才奮忠勇。往歲乘軺諭蜀歸，威名烜赫傳秦隴。邇來天子褒前功，璽書進拜明光宮。腰間金符射白日，胯下寶馬鳴春風。金碧山高天拱北，瘴雨蠻煙今已息。元戎爲國保遺民，日讀豐碑歌聖德。

送同知任君玉西歸

薇花曾見照青春，今日都門又送君。入蜀使迎新太守，渡瀘人識舊將軍。琴聲彈落巴山月，馬首披開劍閣雲。見説西州民事簡，客來多誦長卿文。

送南宮舍人趙子期出使安南

聖德隆千古，皇威奠九壖。金門頒鳳詔，玉節使龍編。博雅資專對，才華屬妙年。郎中初遴選，省府昔周旋。文治中華盛，仁恩漠國宣。清風消瘴雨，麗月淨蠻煙。跋涉思銅柱，委蛇跨錦韉。堯天新正朔，禹貢舊山川。聱語時難解，雕題倍可憐。明年春色早，歸拜御堦前。

元詩選二集滋溪集

附録二　傳記資料

蘇天爵傳

蘇天爵字伯修，真定人也。父志道，歷官嶺北行中書省左右司郎中，和林大飢，救荒有惠政，時稱能吏。天爵由國子學生公試，名在第一，釋褐，授從仕郎、大都路薊州判官。丁內外艱，服除，調功德使司照磨。泰定元年，改翰林國史院典籍官，陞應奉翰林文字。至順元年，預修武宗實録。二年，陞修撰，擢江南行臺監察御史。

明年，慮囚于湖北。湖北地僻遠，民獠所雜居。天爵冒瘴毒，徧歷其地。因有言寃狀者，天爵曰：「憲司歲兩至，不言何也？」皆曰：「前此慮囚者，應故事耳。今聞御史至，當受刑，故不得不言。」天爵爲之太息。每事必究心，雖盛暑，猶夜篝燈，治文書無倦。沅陵民文甲無子，育其甥雷乙，後乃生兩子，而出乙。乙俟兩子行賣茶，即舟中取斧，並斮殺之，沈斧水中，而血漬其衣，跡故在。事覺，乙具服，部使者乃以三年之疑獄釋之。天爵曰：「此事兩年半耳，且不殺人，何以衣污血？又何以知斧在水中？又其居去殺人處甚近，何謂疑獄？」遂復置于理。常德民盧甲、莫乙、汪丙同出傭，而甲誤墮水死，甲弟之爲僧者，欲私甲妻不得，訴甲妻與乙通，而殺其夫。乙不能明，誣服「擊之死，斷其首棄草間，屍與仗棄譚氏家溝中。」吏往索，果得髑髏，然屍與仗皆無有，而譚誣證曾見一屍，水漂去。天爵曰：「屍與仗縱存，今已八年，未有不腐者。」召譚詰之，則甲未死時，目已瞽，其言曾見一屍水漂去，妄也。天爵語吏曰：「此乃疑獄，況不止三年。」俱釋之。其明於詳讞，大抵此類。

入爲監察御史，道改奎章閣授經郎。元統元年，復拜監察御史，在官四閱月，章疏凡四十五上。自人君至于朝廷政令、稽古禮文、閭閻幽隱，其關乎大體、繫乎得失者，知無不言。所劾者五人，所薦舉者百有九人。明年，預修文宗實録，遷翰林待制，尋除中書右司都事，兼經筵參贊官。後至元二年，由刑部郎中，改御史臺都事。三年，遷禮部侍郎。五年，出爲淮東道肅政廉訪使，憲綱大振，一道肅然。入爲樞密院判官。明年，改吏部尚書，拜陝西行臺治書侍御史，復爲吏部尚書，陞參議中書省事。是時，朝廷更立宰相，庶務多所弛張，而天子圖治之意甚切，天爵知無不言，言無顧忌，夙夜謀畫，鬚髮盡白。

至正二年，拜湖廣行省參知政事，遷陝西行臺侍御史。四年，召爲集賢侍講學士，兼國子祭酒。天爵自以起自諸生，進爲師長，端己悉心，以範學者。明年，出爲山東道肅政廉訪使，尋召還集賢，充京畿奉使宣撫，究民所疾苦，察吏之姦貪，其興除者七百八十有三事，有糾劾者九百四十有九人，都人有包、韓之譽，然以忤時相意，竟坐不稱職罷歸。七年，天子察其誣，乃復起爲湖北道宣慰使、浙東道廉訪使，俱未行。拜江浙行省參知政事。江浙財賦居天下十七，事務最煩劇，天爵條分目別，細鉅不遺。

九年，召爲大都路都總管，以疾歸。俄復起爲兩浙都轉運使，時鹽法弊甚，天爵拯治有方，所辦課爲鈔八十萬錠，及期而足。十二年，妖寇自淮右蔓延及江東，詔仍江浙行省參知政事，總兵于饒、信，所克復者一路六縣。其方略之密，節制之嚴，雖老帥宿將不能過之。然以憂深病積，遂卒于軍中，年五十九。

天爵爲學，博而知要，長於記載，嘗著國朝名臣事略十五卷、文類七十卷。其爲文，長於序事，平易溫厚，成一家言，而詩尤得古法，有詩稿七卷，文稿三十卷。於是中原前輩凋謝殆盡，天爵獨身任一代文獻之寄，討論講辯，雖老不倦。晚歲，復以釋經爲己任。學者因其所居，稱之爲滋溪先生。其他所著文，有松廳章疏五卷、春風亭筆記二卷；遼金紀年、黃河原委，未及脫稿云。

元史卷一百八十三

滋溪書堂記

宋本

延祐六年，予初來京師，聞國學貴游稱諸生蘇伯修以碣石賦中公試，釋褐授薊州判官，往往誦其警句，名藉甚。欲一識，則已赴上。及還，始與交，因得知伯修多藏書，習知遼與金故實曁國朝上公碩人家伐閱譜系事業碑刻文章。既久，又見其嗜學不厭。嘗疑冑子有挑達城闕者，已仕卽棄故習者，伯修獨爾，其淵源必有出師友外者。詢之，則果自其先世曾大父少長兵間，郡邑無知爲學者，已能教子，爲人先。其大父威如先生，教其考郎中府君尤嚴。或曰：「君纔一子，盍少寬。」輒正色曰：「可以一子故廢教耶！」先生學廣博，嘗因金大明曆積算爲書數十篇，曆家善之。府君既爲時循吏，又好讀書，教伯修如父教己，有餘俸，輒買書遺之。於是予疑益信。

又久之，則其所著書曰遼金紀年、曰國朝名臣事略者，皆脱稿，而今之諸人文章方類稡未已，士大夫莫不歎其勤。伯修汲汲然，至不知饑渴之切己也。日謂予：「昔吾高王父玉城翁當國初自汴還真定，買別墅縣之新市，作屋三楹，置書數十卷。再傳而吾王父威如先生，又手自鈔校得數百貯之，因名屋曰滋溪書堂，蓋滋水道其南也。歲久堂壞，先人葺之而不敢增損，且漸市書益之。又嘗因公事至江之南，獲萬餘卷以歸。吾懼族中來者不知堂若書之始，幸文之，將刻石嵌壁以示。」

嗚呼，有子不知教不論，教而不克如志者，如志而不得及子子者，皆是也。求若蘇氏四世知爲學，鮮哉。世之致爵禄金玉良田美地者，其傳期與天地相終始，然有身得身失者，況其後萬有一能振奮過祖禰者，則又鄙昔之人無聞知。撤敝廬，創甲第，矜貴富，病先世之微不肯道。而翁之堂，府君能葺之，伯修能求記之。翁之書，先生能加多，府君又益增之，伯修之購求方始，不第能守也。非有以將之，能若是乎！府君葺堂，不敢有加以求勝前人。伯修有屋京師、真定，皆不敢求記，獨惓惓是區區之三楹者，又可以爲薄俗警矣。

抑蘇氏雖世爲學，獨威如先生有著述。伯修著述益富，豈聞祖風而興耶！然予聞自先生至伯修，三世皆一子，惟其能教，故悉克自樹立。今伯修亦一子阿瑣，甫齔，而穎拔可就傅。伯修能繩先生義方以造之，則堂暨書之傳，邈乎未可概也。是爲記。

伯修名天爵，今以翰林修撰拜南行臺監察御史云。至順二年十二月廿六日，大都宋本記。

國朝文類卷三十一

蘇御史治獄記

黄溍

至順二年冬十有一月，趙郡蘇公天爵由翰林爲御史南臺。時方用中書奏，遣官審覆論報天下獄囚。三年春正月，公甫就職，卽分涖湖北。湖北所統地大以遠，其西南諸郡民獠錯居，俗素獷悍，喜鬥爭，獄事爲最繁。公不憚山谿之阻，瘴毒之所侵加，徧履其地，雖盛暑猶夜篝燈閲文書無少倦。因有言其冤狀者，公曰：「憲司歲再至，不言何也？」因皆曰：「前此慮囚者應故事耳，聞公至當受刑，故不得不言。」公爲之太息，事無鉅細，必盡心焉。

辰之沅陵民文甲無子，育其甥雷乙，後乃生兩子而出乙。乙伺兩子行賣茶，即舟中取析薪之斧並斲殺之。既沉斧水中，而血漬其衣，跡故在。事覺，乙具服，部使者顧以三年之疑獄而釋之。公曰：「是事二年半耳，不殺人何以衣有血污，何以知斧在水中？且其居去殺人處甚近，何謂疑獄！」遂復寘于理。

有龍光祖者，買官得同知某州事，用例奪官家居。其子及家奴言：「胡孫谿有吾家故所請射官地，而宋某來畊其上。今宋已死，宜募佃者。」光祖從其言，而宋之子乙來爭此地。光祖以牛、米、鹽遺洞蠻，使與佃人夜持兵圍宋所居，盡縛其家人以去。佃人指乙兄甲謂洞蠻曰：「不殺此人，恐走出洞，事洩。」遂射殺之，而散賣其妻子於諸洞。甲既死，乙竟脱歸，訴其事。吏受賕，止以占田坐其佃人，寘光祖不問。公曰：「殺人而坐以占田，可乎？」廼讁洞蠻，悉出宋家人，而正殺人者罪。

沅之麻陽民張甲、彭乙爭溉田水交惡，張以禾方熟，夜往視之，彭適過其處。張因殺之，而誣以盜禾，取其家竹篡實禾爲驗。吏以爲殺者真盜也，將貰其罪。公曰：「彼盜汝禾，用手取之耶，抑用鎌也？」曰：「用鎌耳。」公問：「鎌安在？」不能對，乃論如法。

有黄天發者，兄子四人，仲獨富，而其季性剛愎，與諸兄數有爭，且陵侮天發。仲欲殺季，乃告于天發，而以錢與謝某者，使共殺之。季妻發其事。仲謂天發曰：「兄殺弟則罪重，叔承之則罪不至死。叔婦子某能衣食之。」天發許諾，尋就逮，自言實出錢與龔某者使殺之。龔蓋仲之舅，而其妻則謝之母也。仲賂吏，如其言，文到成獄。公疑有冤，訊之，果然，廼以始謀者爲罪首。

常德之桃源民盧甲、莫乙、汪丙同出求傭工於人，甲誤墮水死。甲弟之爲僧者欲私甲妻，不得，訴甲妻與乙通而殺其夫。乙不能自明，言：「實與丙同擊之至死，慮其復甦，斷首棄草間，而棄尸與仗於譚某家溝中。」吏往視之，果得髑髏，而尸與仗皆無有。公曰：「尸與仗縱存，今巳八年，未有不腐者。」呼譚問之，則甲未死時其目已瞽，而謬云：「曾見一尸爲水所漂去。」公知其誣，語吏曰：「此廼疑獄，且不止三年也。」卒釋之。

楊乙者，始娶而得悶風疾，其妻惡之，逃歸父母家。乙往追取其聘財，婦翁以訴于官，事未決，而乙於屠者燕甲家見其妻，因與甲鬥毆。既去，而至屠者燕丙家，責所貸，又與丙鬥毆而去，中路病發死。其母知無它，而恐官以前事來索之，故亟以聞。吏不察，廼捕繫兩屠者，治殺人事。公問其母，得乙風疾狀，兩屠者賴以免。

印社子者，聞同里民家女爲妻，未及娶，而周某者恥與爲婭婿，止婦翁使勿嫁。社子恨周而殺之。楊惠孫、黄文德皆里中大家，故有怨，社子本受傭惠孫所，又適僦文德屋以居，文德因嗾社子援楊父子造謀使殺周。惠孫彊服而不能言其故，初言周捕其子姦事而殺之，次言周通其妾而殺之，後徙其獄龍陽，則又言：「過洞庭遇風禱于神，許採生以祭，而殺周取心肝祭之。」公閲其牘曰：「前二説既非是，使如後説，有尸可驗猶未足信，況無尸乎！」及詢得其實，則教之自誣者衞推官也。於是社子已瘐死，迺出楊父子，破械遣之。

州人劉文貴死，妻弟同郡朱德來省其姊，文貴養子飲以酒，數日而患腹脹。文貴次子與養子争家財有隙，因謂德曰：「得非中蝦蟇毒乎？」擣烏柏根和酒飲之，得暴下，視之無它毒，而病愈劇。德歸，具以養子言告其母，其母以聞于官，未及逮問而德死。録事及武陵縣官來驗其尸，皆以銀釵探口中，色不變，定爲病死。衞推官者先以他事怒録事，欲假定驗不實爲其罪，更命龍陽知州聚檢作中毒死，辭連三十餘人，養子已誣服。公疑有寃，爲訪諸路人，且諭使吐實。衆皆曰：「獄辭盡衞推官教我云然。」公既反其獄，併按衞推官罷之。

凡此皆死獄，公所平決未有不得其情者也。

富者以佃客家人死而蒙非辜，公則直其寃。貧者以年飢取他人穀，因擊傷之而傅重議，公則薄其罪。所活又數十百人。澧之齊氏，沅之曹氏、駱氏，靖之唐氏，並雄於貲，而善持吏短長爲民害。齊因湖泊官不聽其撲買而汙以他事；曹與駱有罪例當施粉壁，著其過惡，遂藏去省檄，以滅其跡；唐以白身爲黄平府判官，追奪之令下而拒不納。公至，吏始克舉其法無所避。有以婚田來訴者，公雖歸其事於有司，後必詢所處當否，卽有未當，折以片言，莫不心服而去。

公既召還，兩入臺爲御史，湖北之人思之不置。而士之有文學者太祝周君歷叙其事焉。昔者于定國嘗爲御史矣，而其爲廷尉也，居十八歲乃遷。夫以十八歲之久，事之可書者宜不一而足，史僅存其父于公争孝婦不殺姑事，而於定國之事一無所載，第稱之曰「民自以不寃」而已，豈非當時軼其傳而史家無述歟！用是有感於公之事，輒因周君所叙删取其大略，爲之記，以慰其人之思。後之秉史筆者，或尚有考也。公今由中書禮部侍郎出爲江北淮東道肅政廉訪使云。

金華黄先生文集卷十五

讀蘇御史奏稿

黄　溍

伯修三爲御史，在中臺僅四閲月，而章四十五上。自聖躬至于朝廷政令，稽古禮文，閭閻幽隱，苟有關乎大體，繫乎得失，知無不言，尤以進賢退不肖爲急。所劾五人，皆權要所舉。所舉百有九人，則世臣耆德與一時之名流，而於外官下吏草澤之士有弗遺也。竊惟國家稽古建官，擇正人俾司風紀，固將使分别忠邪而爲之進退。今臺司計簿，每歲最其以甚罪坐免官若干人，以微文抵吏議若干人，而以廉能見識察者無幾。意以爲世道衰薄，故賢者寡不肖者衆，而未敢必其然。兹觀伯修奏章，始知天下未始乏材，特患夫司黜陟之柄者好出聲威以立名譽，一有所引重，輒以附麗爲嫌而止，是以斥棄常多，甄拔常少也。雖然，陽城居諫官七年，視伯修爲已久，所論唯陸贄、裴延齡兩人，視伯修則已略，而又不能如伯修得行其言。非城之賢不逮伯修，蓋伯修遭逢盛際，與城所遇之時有不同也。昔之序名臣奏議者，不專以盡言爲功，而獨以聽納觀人主之德，豈不然哉！

金華黄先生文集卷二十二

蘇御史治獄記

吴師道

獄，重事也。斷獄，難事也。愚嘗身親州縣，而信其然矣。比歲五府官決囚，亦以屬吏詣府受約束，見其羣坐堂上，讞言可否，動多牽制，而專者又病於愎，乃若便文自營，曲致疑似，以開緩縱。應悉論決者，必留一二而不肯盡。至若幽隱之寃，鍛鍊之誣，往往而有，則未嘗究心察之。蓋其假活人之名以沽陰德，而不知陰德之在此，所存既偏，則當明者闇，此通患也。古之論治獄之道者曰明允，曰中，曰敬，曰慎，曰審，曰勤，曰哀矜，曰平恕，有一於此，足以爲之本，未有不能是而可以司民之命也。今觀蘇公伯修爲御史時治獄記十餘事，竊爲之太息。公所蒞湖北一道，同列者衆矣，微公則出入之誤尚誰覺之哉！嗚呼，獄也者，造物不能使之生，長吏不能使之死，死者可生，生者不憾於死，其惟蘇公乎！吾是以推本而言之也。朝廷慮獄囚之多滯，三歲遣官一詣諸道決之，此良法也。近復尼不行，殆必有其故矣。使人人如蘇公，復何慮乎！

吳禮部文集卷十八

治世龜鑑序

趙汸

昔者帝王盛時，紀綱法度悉備，子孫得以據依爲治，號曰成憲舊章。其君臣上下相與鑑視前代以保天命而繫民心者，憂勤惕厲，無時敢忘，以爲家法。其治於未亂者如是，故雖或櫱芽其間，而圖難於易，爲大於細，可以無患，夫豈有一旦土崩之禍哉。秦人學不師古，取二帝、三王所以維持天下之具，與其深微之意，皆蕩滅掃除之，不但燔詩書殺學士爲足以亡其國家也。自是以來，創業者無所因襲，守成者無所持循，而廟堂之籌策，侍從之論思，遂爲治亂安危之本，其不輕而重也明矣。然簡編之所存，忠言嘉謨，曷可勝紀。當其時或見用，或用之而未既，或遂不用，得失可以具知。由今觀之，則所善皆可以爲勸，而戒無不可懲也。若夫貫串古今，博觀約取，以示方來，使先王經世之意一二有見，則誠哉君子之用心已乎。

參政趙郡蘇公，早歲居館閣，嘗即經史百氏書採其切於治道政要者，通爲一編，名曰：治世龜鑑。至簡而不遺，甚深而非激。通疏練達而公平之規著，親切確古而正大之體存，信爲謀王斷國者之元龜寶鑑也。公爲御史，知無不言，持憲節以洗寃澤物爲己任。參議政府，屹然不阿；兩典大藩，皆勤於庶事。嘗奉詔宣撫畿甸，旁求民瘼，秋毫無隱，而又酌理道之中，不迎合於前，無顧慮於後。雖一時或不見察於用事者，而退居之日，凡可以尊王庇民者，未嘗少廢其討論之工也。蓋公學本先王，而志存當世，其見於行事者如此，則是編之作，豈欲托諸空言者哉。新安諸生趙汸序。

東山存稿卷二

送江浙參政蘇公赴大都路總管序

趙　汸

邦畿，王化所先，郡國之本也。自昔盛時，輦轂之下，五方黎民與豪右雜處，憑高附崇，形傾勢軋，紛莫爲制，由是號稱難治。漢世選健吏以擊搏，誅罰先之，何有於化民成俗。唐、宋宰相欲假劇地病儒者，及得因以自見，豈開誠心布公道之謂哉。國朝并包區夏，薄海内外，罔不臣屬，神州赤縣之間，繁殷極盛，列聖相承，皆屈重臣以蒞之，望尊職隆，非前代比矣。

至正九年冬十月，江浙行中書省參知政事趙郡蘇公除大都路總管。命下之日，街談巷議，咸以江浙大藩方賴公爲治，不宜用彼易此。其殆未知祖宗重内之弘規，聖上官人之睿斷者乎！夫發施政仁，樞機轉移，務當其會，古之聖人所以不疾而速、無爲而成者，用斯道爾。皇帝臨御日久，明睿所照，於民生休戚，臣子行能，秋毫無隱。既爲親擇循吏，布諸列郡，深懼京師冠冕萬國，長民苟非其人，則四方無所視傚。乃輟儒臣於外省，俾以其道行焉，變法律以詩書，通政刑於德禮，蓋不言而示天下守將以楷模也。傳曰：「欲平天下者先治其國。」又曰：「堯、舜之仁不偏愛人，急親賢也。」昔之爲國者何獨昧於斯與！

公起家成均諸生，致位宰輔，清忠粹學，簡在上心久矣。蒞官王都，爲二千石師表，非公誰然。公平日論治道，必本三代，所謂明道術，正人心，育賢才，興教化，蓋拳拳焉。今天下承平，朝廷閒暇，聖天子將登用真儒，上稽唐、虞，近鑒中古，建久安長治之策，極維持鞏固之方，以垂無窮。京師雖衆且大，殆不久煩公矣。

士民懷公之德，惜公之去而弗可留也，咸相率爲歌詩以泄其怨思。於是臨川葛元哲述公所以臨政而得民者冠於篇首，汸敢推明德意竊取昔人後叙遺義屬辭末簡以終之。

東山存稿卷二

寄上蘇伯修

趙　汸

卽日未審尊候何如，伏惟納福。汸向因高則誠如京，嘗附短狀，上問起居，計當達左右。邇者伏聞暫持王節，出判漕臺，日與士民同增鼓舞。逢掖之論，率謂鹽莢誠經費所賴，第以閣下居之，則爲非宜。汸竊以爲不然。夫古之君子所以任天下之重而繫一時之思者，初無分於出處也，豈有中外之間哉！矧積弊因仍，禁榷無藝，海隅殘孽，尚煩干戈。閣下碩德雅望，輿論所歸，憂深思遠，形於辭色。撫綏丁户於凋瘵之餘，俾之安土樂生，益寧邊郡，則湟池赤子喘息無地，請命有期矣，夫豈居一官効一職於他日者可同日語哉。汸與一二同志山居讀書，期稍竭駑駘，以無負於門牆，而意廣力孱，未之有進，惟曩歲所聞誨語，則不敢斯須忘耳。虞宅得歐陽公爲神道碑，計已徹尊覽，但所據行狀，未經删改，謹皆繕寫上呈，伏惟閣下必有不刊之論，可慰老先生於九原也。劉靜修先生墓表、曹學士誌銘，偏州晚學皆不得見。方欲謀重拜門下，以畢其所欲求教者，秋暑尚隆，未敢輒易參謁。伏惟爲國爲民，善自寵珍，以副善類之望。謹奉手狀不宣。

寄上蘇公伯修

東山存稿卷三　趙汸

即日仲春，伏惟尊候動止多福。汸自姑蘇舟中拜別，即轉吳興度臘。改歲回錢塘，會葛元哲，昉聞旌節所次，用釋馳系。汸竊聞古之君子居廊廟則功顯，在山林而言立，是以或出或處，初無容心，而言風偉績，顯白一時，焜煌千祀，尤可尚也。矧禮失樂流，文散史缺，非弘才卓識，夙有聞見，不能輯而存之。閣下素抱述作之志，倘及今視聽清明，體履清暇，網羅遺逸，成一家言，以幸後學，尤非小補。前輩欲著書，多以閒居日少，志弗克就。九重側席，良輔乃躬瘁劬勞，則汗青未有期也。汸窮山晚進，仰恃一日之知，輒敢僭效，其愚如此，惟家貧親老，不得供灑掃於溪堂，備檢閱於書府，旦夕瞻企，無時可忘耳。因高則誠入京，謹奉手狀起居，干冒清崇，不勝悚息，伏惟幸察不備。

題三史目録紀年後

東山存稿卷三　趙汸

作史之難尚矣，司馬遷、班固纂其家學，范曄、歐、宋，潤色成書，皆歷年之久而後克就，其攬取該備固宜。又漢、唐惟吏治武功最盛，是非易明，然而王勃、劉子玄輩搜討摭拾其間，猶未已也。陳壽而降，蓋無幾焉。宋有天下三百年，人材學術，上媲成周，論政議禮，明道正學，皆未易一言蔽其得失。中間二三大賢，欲以修於身者措諸當世，稽古考文之士星羅林立，抱遺經以求致用之方，而故家世德衣冠文物，與其國祚相終始，表世系、志藝文、傳儒林者亦或未之見也。況理、度世相近而典籍散亡，遼、金傳代久而紀載殘闕，欲措諸辭而不失者亦難矣哉。

參政趙郡蘇公早歲入胄監，登禁林，接諸老儒先生緒言，最爲有意斯事。嘗取三國史志文集，總其編目於前，而合其編年於後，事之關於治亂存亡者，則疏而間之，題曰：宋遼金三史目録。所以寓公正之準的，肇纂修之權輿也。後雖出入中外，不克他有撰録，而所至訪求遺文，考論逸事，未嘗少忘。近歲朝廷遣使行天下，羅網放失，大興删述之事，則宋、遼、金史皆成矣。若夫合三書於一致，以求治亂之原而不相矛盾，極其賢人君子之心志，以徵文獻之盛而無所逸遺，則由目録紀年而廣之，豈無當論著者，公其尚有意乎。

東山存稿卷五

書趙郡蘇公所藏經史遺事後

趙　汸

金章宗朝，史官所得内送顯宗爲皇太子奏東宮闕官帖黄一紙，命編入實録。進士劉國樞記其父司經迎所聞皇太子嘉言暨詩文凡八條，詩不録。翰林學士張行簡起居注草稿，起明昌六年正月朔，止三月十五日，後有張公題識及部數，脱稿提空式。今趙郡蘇公通輯爲一卷而藏之。

金至世宗，南北戰争甫定，蓋天所以靖斯人也。皇太子簡賢德職輔導，其深知所以爲天下本者乎。及觀國樞所記，則於南面之術得之已多，惜乎弗克嗣位而崩殂爾。起居注記章宗言動甚詳，其禮儀、國用、除罷、聘好，可備參考。所云禮部尚書張（空其名）爲讜直官重勘鎬王獄者，乃張公之父諱，故下文書名字皆闕。其右體新史言允中之獄，成於宰相，無將妄想之奏，朝臣惟曹利用乞貸其死，而章宗不從，則猶有未厭人心者。時張公已罷兼職，不及記覆治何狀，不然，尚書當時名士，以讜直舉，豈得默默無一言耶！張公自言：「以明昌三年閏二月兼記注，凡三十九日。」而本傳不書，百官志亦不言起居注嘗用學士兼，則闕文多矣。且當時左右有簪筆之臣，纂修有實録之篇，史官不爲虚設，而典籍散失如此，良可惜哉！

公家藏書萬卷，於遼、金逸事，宋代遺文，猶拳拳收購不倦，此其毫芒爾。蓋有志述作者其平居暇日必如是而後可庶幾也。當朝廷修先代史，一時文學之士莫不與能，乃獨留公外藩，論者每爲惜之。而汸竊以爲不然者，眉山公有云：「文字議論是非予奪難與人合，甚於世事。」藉令公被命入書局，果無昔人頭白汗青之誚，而函承旨意斂於撰述有如今日之所就者乎！汸所不能必也。善乎資中黄先生言之曰：「制作之文，上關天運，非可以私意苟且傅會其間者。」然則網羅遺逸，成一家言，藏諸名山，以俟後之君子，將不在於公乎。

東山存稿卷五

書蘇奉使本末後

趙汸

自帝王巡狩省方之禮廢，後世人主尊居九重，懼憂民一念無以自達，下情或不得而上通也，於是始遣使分行天下，以問疾苦、明黜陟爲事。所謂揭日月於久昏，轟雷霆於重瞶，誠承平之曠典，聖哲之宏規矣。若乃委任隆重，戒勑諄嚴，由乎睿斷，則未有若皇上至正五年明詔之盛者焉。故輶軒未出國門，而四方萬里至於海隅蒼生寒饑滯屈鰥寡孤獨皆翹然有惠鮮之望矣。是時江東西、閩、浙間官吏發百姓治道路，張設赫奕，如待神明。使者所至，持訴牒遮馬首號呼者千百餘輩，皆漫不加省，不過卽官署一布德音而去，未知聖天子屬以何事，乃漠然如是乎。頗聞他道有捽持長吏發擿司憲者，莫不稱快，然民生多艱，弊源非一，苟咨詢謀度有所未至，則興廢舉墜之方、洗冤澤物之實果何如邪！

八年冬來錢塘，於省掾葛元哲所得觀參政趙郡蘇公奉使京畿還朝所報公事綱目，首詢民疾苦其事二百八十九，次興廢除利病五十七，禁革科擾四十九，均平差役二十三，平反冤獄一十六，昭雪改正二十二，追問贓污七十六，責罰稽違七十一，斷革兇惡三十六，體察糾劾五，審理罪囚九十七，建白時政二十一，勉勵學校三，勸課農桑四，而薦舉官吏一十四終焉。所歷神州赤縣三十處，罷斥官吏四百八十六人。觀其後先，可以知廉問之有序；考其詳略，可以見緩急之得宜。大抵好惡重輕，一因民情而已無所與，非惟不能造端以求釁，亦未嘗廢務以市恩也。既又聞僉憲楊公晝躬詰問，夜稽案牘，殫智竭慮，所得悉在於此。當時黎庶感悦，稱爲包待制，優伶鼓舞，方諸韓魏公，則聖天子深仁厚澤，固已宣布浹洽於邦畿之内矣。

夫以公之用心如此，而亦與不稱旨者同得罷歸，未審廟堂之論，謂奉使當作何體，此其意或有在，非草茅所知也。夫善爲國家者如醫之理疾，必審其元氣盛衰感受新久，以施標本之治，故病去而身安。彼庸醫以温平藥沈痼固無足言，然或昧於緩急後先，而疏導湧泄率然以施者，亦非病家之福也。矧京畿上承輦轂，實冠諸道，設復有當撫循者，公其得已乎。未幾臺憲交論賞罰未當，上復起公於家，不一月三進其職。則公之行事雖不見察於一時，而未嘗不顯白於天下後世也。竊惟皇上恤民深切，至於親遣大使，而耳目所及公論亦待久而後明，則四海之内不得均被德澤，豈無執其咎者。於是重有感焉，乃書其説於至正奉使本末卷終。

東山存稿卷五

書蘇參政所藏虞先生手帖後

趙汸

邵菴先生文章學問冠冕一時，而臨池之工近代莫及。今大參趙郡蘇公以成均舊游，同朝日久，得先生手筆爲多。比來江浙，而先生没，乃出前後十有七紙，以清河元公暨先生與其先公二帖弁於卷首，輯而藏之。至正九年又十月，汸謁公於臨安私第，公出以見示，因得諦觀連日。竊思曩歲獲侍先生，燕閒之論，每及當世人材，必曰吾伯修。汸起請曰：「蘇公今見用於朝，有大名於天下。所録當代名公言行詞章，山林晚進得窺國朝文獻之盛者，賴此二書而已。若公學行之詳，則或不能盡知。」於是先生爲言公所以賢於人者，因顧侍史抽架上文字一帙來曰：「此伯修所作，鎮湖南時録以見寄者也。」汸展卷疾讀，先生憑几聽焉。至論帝王統緒之正，先生止汸讀，嘆曰：「論兹事於前代，先儒具有成言。若夫世變不齊，異論蠭起，自非高見遠識公萬世以爲心者，安能明決如是乎！」繼此每讀盡一篇，先生必爲申其旨意以告在坐者，且曰：「伯修之文簡潔嚴重，如其爲人。吾嘗欲敘其述作之意，顧老病未暇，今當成之。」俄其子敬祖從參政幹公辟爲江西省宣使，當受事趨京師，歸求契舊書問以待。先生曰：「自吾歸田野，未嘗以尺牘通中朝故人，惟蘇伯修、王君實乃無間爾。」即口占二書，授簡於汸，俾執事焉，首末外封名皆自署。未幾，竟以病不起，敘不及爲。敬祖既丁艱，故書亦未達爾。然先生卧病時，嘗謂諸子曰：「吾居閒久矣，知心之友存者無幾，汝曹欲刻石壙中，求銘蘇參政可也。」

今觀先生與參政公父子諸帖，皆辭意諄悉，情誼藹然，見其於公世契深厚如此。趙子長帖，乃歸田後第一書，惟寄聲君實、衆仲，所謂無間，於此可徵。衆仲嘗從先生游，亦親厚，故及之。蓋雖家人子弟問事，未嘗屬他人爾。卷中有曰：「閣下力學修行，推於實用。」有曰：「閣下爲人物學問所歸。」皆與稱公之賢以語汸者辭旨不少異。蓋先生知公甚深，期公甚遠，匪爲一時游從之好，故其平居與學者言即其所嘗告公者也。托貞石於幽隧，豈偶然哉。先生好魏、晉法書，如卷首在朝數帖，雖臨事遣筆，楮墨各殊，而指腕妙處，使米元章、黄長睿在亦無所容喙。目眚後字畫多倚側重疊，然筆意猶髣髴可見。代書泛出門生侍史，得於口授，故時有訛字。所謂「副端門人南游應遣候之」，「應」當作「因」爾。追念疇昔，爲之慨然。乃録所聞先生語與手書中有相發者，系於卷終。

東山存稿卷五

經筵唱和詩序

陳　旅

古人有言：天下重任唯宰相與經筵，周成王能成其德，由周公有以傅之也。是豈過爲高論者哉。我世祖皇帝道參元化，明並日月，宜無待乎儒者之助矣。萬幾之暇，命許文正公與諸儒講堯、舜、孔子之道，以登中統、至元之盛，夫以世皇上聖猶不能無賴乎此，則世之爲人君者能無賴輔導之功乎！

文皇帝以明宗有觀書之喻，開奎章閣，延學士大夫敷陳皇祖寶訓，暨諸格言，緝熙光明，以師表天下。而在位弗永，志有未遂也。今上皇帝以明考元子入紹大統，有志祖宗之事，御極之初，卽命兩丞相與賢臣碩彦之在著廷者，以聖謨嘉言與凡經籍所載可以充廣聰明增崇德業者，一月三進講。上接聽忘倦，而時有儆惕之色，於是益優禮講官，既賜酒饌，又以高年疲於步趨也，命皆得乘舟太液池，經西苑以歸。聞者皆爲天子重講官若此，天下豈不復爲中統、至元之時乎！

今監察御史鎮陽蘇君伯修時爲授經郎兼經筵譯文官，論定其説，使譯者得以國言悉其指。歸沐日又賦詩鋪寫盛事，約同館之士與京師能詩者和之，彙爲一卷，不鄙謂旅使序之。嗟乎，儒者之心亦苦矣，敝精神方册之間，莫不欲售其説於人主，使四海之人咸被仁義之澤。奈何自孔、孟以來儒者之每不遇於世落落也。程正叔氏以名臣薦身際元祐之朝，似可以行其學矣，崇政説書，懇懇忠藎，卒無所售而去，況其他者哉！然則儒者得以所藴進納於其君，實千百載奇遇幸會也，又安得不欣鼓舞而形諸詠歌也哉，此伯修與諸賢之詩所以作也。後之君子想見元統之治，將於是乎觀焉。

安雅堂集卷四

送蘇伯修治書西臺詩序

陳　旅

至元又六年之冬十月，吏部尚書蘇公伯修拜西行台治書侍御史。薦紳先生暨諸能詩者，相與託物命題，分而賦之，以寓比興於飲餞之日，而屬余書其右簡。古之人以王命而之四方也，則朝之公卿大夫士賦詩以送之，所以導至意泳美德而諷勉之也。尹吉甫送申伯之詩曰：「申伯之德，柔惠且直。」送仲山甫則曰：「仲山甫之德，柔嘉維則。」又曰：「柔亦不茹，剛亦不吐。」何其善言君子也。蓋君子之道將措乎至中，又豈有柔剛之偏哉。昔者伯修之久處乎文儒之館也，人第見其泯泯默默，惟沉潛載籍，若他無所能者。一旦拜監察御史，發精明於温厚之中，所至平反宿寃之釐正百度，雖風裁凝遠，而未嘗有不近人情之態。更歷中外，展采指事，凡能吏以爲難者，皆從容治辨。雖才詣過人，而未嘗有求勝於人之心。蓋其天質之美，又善學以成其德，不剛不柔，其殆尹吉甫之所云者乎。世之儒者類以巽懦不事事爲世詬病，或以才稱，又往往務爲狡黠不欵實以取棄於君子，之二者皆質之偏而不善學者也。國家設兩行台，西台獨控四省地，而治書之爲職，前代所謂協律令者也。律令者，官司之守，而生民之休戚繫焉。以是而委諸質之偏者，其可乎哉。伯修可謂宜於其職者矣。

夫物之在天地間，高下巨細壯弱動静之萬不同者，其實固不能以不偏也。故指一物以爲喻，不若羣彙之愽依；擅孤唱以寡和，不若雅曲之並奏。此分題賦詩之所以能具夫形容之妙，而鳶飛魚躍之趣有不可勝言者矣。伯修將卽諸賢所詠之物，以益驗夫道體之著；得詩人言外之意，以益感夫性情之微。律令之協，其亦在於此乎。雖然，吾黨之所以望伯修者，不止在玆行也。

安雅堂集卷五

春風亭記

陳旅

禮部侍郎趙郡蘇公伯修有別墅在真定城北之安豐里，治其地爲園，植桃杏數十本，而築亭其中。意倦游來歸，則與里之賢者於焉夷猶，覽春物以舒神情也。往歲奎章學士蜀郡虞公嘗名之曰春風亭，且爲大書之。今年旅會伯修于京師，則又使旅爲之記。嘗聞古之君子知人身有同於天地，而萬物之皆備於我也，故常欲以其身橐籥乎天地之和。雖或制於勢力之所不及，而睟面盎背，足以使人歆動嚮慕，而善祥之心興焉。是故居人之鄉，則其鄉大穰，爲人之國，則其國大治，此世之所謂仁人而有志之士所以學至於是焉者也。昔者孔子使門人言志，魯晳有莫春浴沂風雩之對。孔子喟然嘆曰：「吾與點也。」程子謂其言有堯、舜氣像。旅嘗因程子之言而思之，於變時雍與綏來動和同一機也，體信以達順，窮神以知化，鼓萬物而萬物不自知其所以然也。近世伊、洛數君子其亦有志於此者乎。邵子之學不見於施用，佳時出游，士大夫欣然耳其車音，雖童兒僕隸亦莫不喜其至。使以其學施用於世，又何如耶！程伯子所至而民化，既去而人思之。以忠誠孚于人主，而始終不疑，極言新法之非便，而争者不怨。朱公掞以春風言之可謂善言德行矣。方宋盛時，而二子居天下風土之中，游從往來，託風雲卉木以吟詠其所適，何其藹然浴沂風雲之悰乎！烏虖，二子皆學堯、舜、孔子之道而然也。世之學者莫不曰學堯、舜、孔子，亦曾及此乎哉！不及乎此，不過得堯、舜、孔子之粗耳。伯修清明而温厚，又善學以成其德，人與之處，不知和仁之熏蒸也。今爲春官小宗伯，方爲天子治禮樂，翕宣陰陽以和神人，又將入政府贊大化，使仁風翔乎四表。而後言歸故鄉，與壤翁轅童燕休斯亭，以同歌堯、舜之治，不亦盛歟。

安雅堂集卷八

朱德潤

舒嘯臺記

樂以天下憂以天下者，此至公之心也。故君子居廟堂之時，思堯、舜其君而皞皞其民者或未達，寧無耿耿於中乎；處山林之時，思堯、舜其君而皞皞其民者固未達，則亦寧無耿耿於中乎。參知政事蘇公伯修居真定古城之東，其先世隱居讀書之地也。至正六年秋，公以奉使事畢，去歸其鄉，嘗憑高覽遠，若有感于懷者。於是因高爲臺，築土爲固，結欄於周，構屋其上。年　月　日，臺成，因采晉處士陶元亮歸來辭中語扁名曰舒嘯焉。

或曰：「舒嘯者，宣其悒鬱之氣也。公仕於朝，登館閣，歷省臺，典機要，出則奉使宣撫，廉察郡縣，參佐行省，可謂榮且顯矣，何以舒嘯其悒鬱者哉？」噫，是未知公者歟！夫公以儒者學業，措之政事。其立朝也，垂紳正笏，嘉謀讜論，而思所以致君澤民者，有其道矣，時或不得盡行其志，則其耿耿於中者，寧不思登臺而舒嘯乎！其在外也，建節行部，宣化鎮俗，而思所以致君澤民者，有其道矣，時或不得盡行其志，則其耿耿於中者，寧不思登臺而舒嘯乎！然則臺之築公之志也。

公之居古趙地也，南望則滹沱之河，滋水東注，西望則廉頗、李牧之故墟也。山川如昔，而草木之榮悴於春秋者，曾不知其幾也，而名迹之相傳，或有不滿於當時者矣。今公之登斯臺也，以忠君愛物之心，不忘於一舒一嘯之頃，尚將拔賢材而利於國，求善治而施於民，樹名節於來今，垂聲光於不朽。則斯臺之色與實也，將與宇宙相傳於無窮矣，豈特廉、李之云哉。公之心蓋曰：「憂天下之憂者，將以爲己任，樂天下之樂者，以爲吾君吾民之樂而不自以爲樂焉。」此臺之所由築而舒嘯之所以名歟。因書以爲記。至正己丑歲八月四日，雎水朱德潤記。

存復齋文集卷二

送蘇伯修赴湖廣參政序

許有壬

至元庚辰冬，趙郡蘇君伯修由吏部尚書擢西臺治御史，大夫士分題賦詩以餞。俄參議中書，乃彙其詩屬余序而未暇。至正壬午夏，拜湖廣行省參知政事，大夫士又分題賦詩以餞。以昔序不果而責償於余也，余不得而辭焉。

竊惟詩有六義，賦若興爲之緯。直陳其事，賦也；因物起興，興也。賦尚矣，而興之感人爲尤易。因淇澳之竹而見君子之斐，因南山之臺而見邦家之光，當時詩人非不能直陳其事，而故爲取譬之辭，不如是則無以暢其歎詠淫泆不能自已之意焉。後世分題之作，其興之支流餘裔乎！唐以來四體昉見，我元詩氣近歲號盛，是體大行，每見於贈別，凡歷涉封部山川樓閣略著聞見者，靡不搜舉。興未有盡，又從而旁羅泛及，以致其極焉。其故何也？朋友五常之一，羣居抵掌，忠告善道，於遵路摻袪之際，以頌不以規，豈古人之所望於朋友者哉。然規固責善之道，而詩人爲教，則主於温柔而敦厚也，故必婉其意而微其辭，奬其善以輔其不及，使告者無失言之累，聽者有悦懌之美，則分題託興之作，其亦不可少者歟！

夫以伯修之才，固不賴友，而進學之功，惟日不足，誠若有望於友者，不知詩人之告伯修，其有説否乎？湖廣地方數千里，南包嶺海，西控庸蜀，其士質而秀，其俗儉而野。畬丁洞猺喜驚而嗜鬥，羈州縻邑憚嚴而樂寬，御得其道，則狙詐咸作使自，御失其道，逢人困於干戈，重湖疲於饟餽，二十年於此矣。參預地雖底而任則首，洞其弊而藥其瘵，於伯修深有望焉，此非余言也，蓋詩人之言而有未盡者也。

滔滔江漢，南國之紀。岐周之盛，詩著於二南，荆楚之衰，騷鳴於百世，亦多詩之地也。余旦夕得請，伯修必予環而報政，是邦大夫士又重其去，而因物起興，以寓愛慕之私，分題之賦，又將倍蓰於今日矣，序不又在余哉。

題蘇伯修治獄記

許有壬

世之爲爰書訊鞫者亦知有所本乎？典謨尚已。西京號隆治，而廷尉府盡用法律吏。賢如兒寬，謂不習事不署曹，然而決大獄也，雖以張湯之愎，不能不博友義者，其亦不能違所本乎。予觀伯修參議治獄記，而重有感焉。伯修儒也，爲御史南臺，録囚湖北，寃者信，罪者得。爲右司都事，治夏秋冬官，其重在秋，其晝諾平允，宜哉。愚復入待罪，椽抱案議三事。一謂居停盜或寓其物，若它罣逮捕，吏乘隙攫其財。不可拘以不得舉他事，當聽其家人告。一謂囚有指逮，而他治不卽追捕，致盜逸獄滯，當定其罪。一謂辜限有定制，不當用近例破成法。法司可之，以布中外。乃伯修爲吏部尚書時所陳也，於是益知伯修之賢且能，丁其會則爲之，身有所見則言之在朝，哀矜根諸中，欽恤見於外，不有所本而能之乎！國家患昔譏儒不習事，今尤習焉。譏者非也。來其譏者何也，使皆如伯修，人皆譏之乎！國家患條格叢冗莫知適從，有勅删修。伯修今參議中書，實在其列，是書之成，尚有望於伯修也。愚昔叙名臣事略，以爲有出事略之外者，蓋以史期之。今也又有望於條格之外者焉，可與言而不與言失人，伯修以爲何如？

至正集卷七十二

書蘇伯修御史斷獄記後

劉　基

往歲朝廷慮天下斷獄之未審，用中書、御史臺議，遣官審覆論報。僕時居山間，聞人言之，山嶽震疊，如雷雨之將至，陰雲鳴條，飛電爍目，豪民猾吏，竄伏如鼠，俱自期不能免。而銜寃抱痛之民，莫不伸眉引項，若槁葉之待滋潤。及其至則風止雨霽，望者如敗軍之歸，而畏者如鷹隼之脱絛而得扶搖也。則恠而問于老成更事之人，咸曰：「斷大獄必視成案，苟無其隙，不得而更焉。」因退自太息曰：「苟如是，烏用是審覆者爲哉！」於是大信刀筆之真能生死人矣。

既又聞諸人曰：「非朝廷意也，奉命者之不恪耳。」及觀國子博士黄先生所叙御史蘇公慮囚湖北所平反事，曷嘗拘於成案哉，然後知賢人所爲固與衆人異矣。夫以一湖北之地，無蘇公公一經歷，而所平反者八事，所擿豪右之持吏而尼法者又數事，豈他道之無寃民耶，無蘇公而已矣。僕往嘗觀于牧民之以簡訟名者，至其庭，草生于階，視其几，塵積于牘。徐而訪于其鄉，察其田里之間，則彊梁横行，怨聲盈路。問其故，曰：「官不受詞，無所訴之而已矣。」大吏至，則曰：「官能不生事，民譁非官罪也。」則皆扶出之，訴者悉含詬去，則轉以相告無復來者，由是卒獲簡訟之名。

嗚呼，輿圖廣矣，不皆得蘇公，彼上報于朝廷者，又將獲備事之賞矣。然後怨憤之氣，拘而爲鬭殺，激而爲盜賊，鬱而爲災沴，上應乎天，誰之咎哉。嗚呼，使人人如蘇公，刑期于無，刑不難矣。明天子在上，庶其見之，則求諸老成，以爲典刑，舍是編其奚適哉。

誠意伯文集卷七

上蘇伯修參政書代柳致明

戴　良

某比承姚椽史傳示鈞喻，需及先子遺稿，悲喜感作，交動于中，循想累日，無所容措。伏念先子自受學以來，卽援筆爲文章，徵搜靜索，脅不沾席者五十有餘年。此其志豈不欲藉是以自託不朽哉，顧以弊於蹇剥，既壯而羈窮，未老而閑退，業愈習而家愈貧，名愈聞而身愈困。迨至暮年，方僅僅一起，而疾病祟之，遂以殞命。某等奔號數千里，迎櫬遠歸，而家事益落，由是送死養生，百冗叢聚，神傷氣悖，衆念昏忘，故其遺稿之在篋笥者，未暇整次成帙，以顯揚先志。

某竊聞之，士子之在當世，生雖不偶，死而垂聲者有矣。故揚雄没而法言始行，馬遷生而史記未振，文字之傳，恒在既死之後也。然非得大君子爲之發揚，以振聳其視聽，則亦不能因其文以永其聲矣。先子之亡，行且十載，遺文之傳，此惟其時，而卒湮没之若是者，或者以爲未得大君子爲之發揚也。閤下以厚德縟文爲善類所依歸，其所以嘉惠士子振起幽滯者，往往而是，況先子在日，又嘗曳裙門牆之下，修容屏罳之間，故相善也。則夫大君子者，不求之閤下，將安求乎！借使閤下方執政于朝，越在數千里之遠，猶將跋涉山川，踰淮泝河而進。況當近莅浙省，統有方隅，而某也幸獲以編人齒於治内，不於斯時露其所藏，以希大君子一顧之重，是果於陋劣無志，其爲不孝甚矣。用敢探其所著詩文合四十四卷，惶恐獻上。倘蒙不遺雅故，念及朽骨，施恩惠於既死，發幽隱之耿光，則是文之傳，雖未能如法言、史記之盛行，而死後垂聲，亦有以少伸先子之志矣。使先子而有知，寧不啣感於地下乎！某雖區區無似，而結草之報，此心昭然。尚當課其子姓，世誦名德，以無忘大造，惟閤下垂閔焉。干冒威嚴，伏增戰越，某再拜。

九靈山房集卷四

舒嘯臺記

王　褘

至正五年，今江浙行中書參知政事真定蘇公以集賢侍講學士奉天子命宣撫京畿。明年，既復命，則退休故廬，築臺於所居之近，取晉陶淵明歸去來之語，名之曰舒嘯，意若有慕于淵明者焉。世之論者以謂君子之出也，道爲重而身爲輕；其處也，道爲輕而身爲重。褘竊以爲不然。道非有輕重也，而身亦安有重輕乎！是故出而道爲天下國家之用，則其身固已重；處而獨善其身，道之在我者固未始或輕也。嗚呼，吾蓋今日於公見之。

始公以天子諸生，致身膴仕，敭歷中外，天下之士無不望其大用，既可見其道之重，而身亦重。及一旦退休，功名富貴，舉不足爲其累，而天下之士惟恐其不復出也，其身之重而道亦重，又豈不可見乎！公之出處，其係于天下之重若是，顧乃慨然有慕于淵明而效其風節，此公之高所爲不可及也。故嘗論淵明之去，當義熙三年，是時劉裕權勢寖盛。淵明爲貧而仕，爲一縣令，非有當世之責。然思保其身名以全大節，而不欲爲苟去，因託督郵之事以行。未幾，而晉祚傾矣。今公生太平之時，而逢不世出之主，得以問學文章，潤飾皇度，事功德業，寅亮帝工，而惟滿盈是鑒，奉使而還，遂請告而去。則公之歸，固非淵明之所同矣。

然公之歸，居亡何，天子念之不置，任屬愈重，內而邦畿薦膺尹職，外而行省略執政權，公亦盡瘁事國，欲反初服而未可。若夫淵明既歸，置身柴桑，寄興松菊，自儗羲皇上人，樂天安命而無疑。則淵明之歸，又有公所不能同者矣。故公與淵明，其迹誠不同，而自其同者求之，則公之志淵明之志也。何也？淵明平生素慕諸葛武侯者也，三代而下，號爲王佐之才者，武侯而已。武侯始處而終出，淵明始出而終處，出處之際，志同而迹不同。公之出而復處，處而復出，其于淵明不亦迹不同而志同者乎！志之同由乎道之同，道無有不重，此其身之出處所以有係于天下重也。然則公于游觀之所有取乎舒嘯之語者，豈將使世之人因其所不同而求其所爲同歟。昔眉山蘇公記韓魏公醉白堂，謂：方其寓形一醉也，齊得喪，亡禍福，混貴賤，等賢愚，同乎造物者遊，非獨自比於樂天而已。禕亦以爲公之登斯臺，一舒嘯之頃胸中浩然之氣，蓋與天地同流而已莫之知，雖不必有慕於淵明可也。禕公門下士也，輒記是説，以質於公焉。

王忠文公集卷六

上蘇大參書

王禕

某年日月，金華王禕再拜參政相公執事。禕聞之，文之在天下，有載道之文，有紀事之文。六經之文，載道之文也，而書、春秋于六經，則專于紀事。紀事而道載焉，雖謂之載道可也。自春秋、内外傳、史記而下，世遂鮮有載道之文，而代史、百家之述作，無不專於紀事矣。然則紀事之文，誠不可視載道之文而易之，而世顧恆以紀事不若載道者，何哉！試嘗論之。爲文而善於紀事者，必其言足以綜難遺之蹟，蹟足以終難明之狀，狀足以發難顯之情，情足以著難隱之理。而又其爲言也，必簡而該，精而覈，深而易通，直而不肆，典實而無浮華，平易而無艱險，斯可以謂之文。而猶未也。文有體，其爲體常不同，故無定體而有大體，必其大體純正而明備而後足以成乎。然天下古今之善于此以自成其家者，固未始數數然也。嗟乎，紀事之文，其亦可謂誠難也矣。

禕年十五、六卽學爲文，聞諸父師，以謂作文莫難於紀事，紀事莫難於造言。故其於文，凡人物之言行功業，制度之本末後先，喜于論録，而於雕刻言語，尤切自力。既而自惟言者心之發也，言之工由乎心之巧，心有知矣，則於言不患乎不工。故自學文以來，今又十有五年，其於爲文，凡言之工否，有不暇計，而所慮者，人物之言行功業，制度之本末後先，有不能盡其詳，將見于文，眞實謬亂，將無以取信於世。故早夜疚心，惟欲就文獻之所在而求教焉。求之方今，以宏材碩學膺一代文獻之任者，執事而已。自禕幼時，讀國朝文類，卽有以知執事之文之所存。何者？文類之書，非徒文也，人物之言行功業，制度之本末後先，皆於是乎載，以及執事他所爲文，莫不皆然。故知執事之文，志於紀事者也。言足以綜難遺之蹟，蹟足以備難明之狀，狀足以發難顯之情，情足以著難隱之理者也。其言簡而該，精而覈，深而易通，直而不肆，典實平易而無浮華艱險，而又其大體純正而明備者也。故論者謂，國朝之文，惟柳城姚公、清河元公、蜀郡虞公、金華黄公以及執事，皆自成其家，而禕竊謂執事之於紀事實過之。是則執事之文，固海内學者士大夫所取法，況禕之有志于斯，汲汲焉早夜疚心，欲求教於文獻之所在者，其爲眅戴慕戀，當何如耶！頃者執事參政江浙，禕方從黄公留京師。及執事被命召還，而禕又就試南歸，無由拜瞻道德之光，拱聽議論。今者使節復涖浙省，禕居浙東，實隸部内。輒敢忘其貴賤之分，冒昧求見，書以爲之先，而進拜之資，有鄙野之文十篇同獻。執事倘以爲可教，效所長於左右，以遂其求教之志，則其於文或者不致眞實謬亂，可以取信于世，而因以文章家知名者，執事造就之賜也。是故大臣之事以報國爲先，而造就人材，卽所以報國。執事於今，可謂國之大臣矣，造就人材，執事事也，幸執事圖之。禕再拜。

王忠文公集卷十三

與蘇參議書

危　素

蓋聞文爲載道之器尚矣，道弗明何有於文哉。氣有升降，時有汙隆，而文隨之。六經之文，其理明，其言約，其事覈，弗可及矣。自是離文與道而爲二，斯道亟微，文遂爲儒者之末藝。雖其才之桀然若司馬遷、揚雄、班固，後世猶有議之者。陵夷至於隋唐，其弊極矣，昌黎韓子起而振之。至於宋，敝又極矣，廬陵歐陽子起而振之。歐陽子以爲韓之功不在禹下，後之論者曰：歐陽子之功不在韓子之下。金之亡，其文麤而肆；宋之亡，其文卑而宂；

考其時概可知矣。皇元一四海，宗工鉅儒，磊落相望。閣下出於成均，踐揚清華，名在天下，則振之之力，有不在閣下者乎！

素曩者得閣下之文而讀之，縝栗而温潤，委曲而淵深，而又旁稽乎百家之言，上求乎歷代之故，信乎其一代之能言者也。故始來京師，首詣閣下之門。閣下忘其高明，接以謙抑，此其志有在此不在彼也。閣下之官累遷而位日顯，素鄙且賤，不敢數煩閽人，况敢以文字自見，誠懼夫以趨走者同鄙薄之也。今者閣下命書其文以獻，閣下之意則盛矣。素於文雖未嘗能自立言，然與世酬酢者，尚存其二三，謹繕寫爲一卷通爲下，執事進而教其不及，是所望於閣下也。雖然此素之私請耳。今治平之久，山林草澤宜有學古道而通其辭者，閣下之力足以振之。誠推所以待素之心，蒐求訪問，使皆出於閣下之門，又豈非大公至正之道哉，惟閣下察之。干冒崇嚴，悚切之至。不備。

危太樸文續集卷八

附録三　贈答題詠

蘇伯修滋溪書堂　胡助

曾過欒城有所思，溪光野色静朝暉。三楹老屋藏緗帙，四世儒冠到繡衣。君子流風開遠業，史官直筆著清輝。試看燕趙多豪貴，金璧如山轉眼非。

純白齋類稿卷四

送蘇伯修分院上都　胡助

詞臣扈蹕更遭逢，共沐恩波喜氣濃。下直錦袍淋馬酒，大酺氈帳割駝峰。白河秋早旌旗合，黑谷雲深劍佩重。想見翰林蘇應奉，樂章進擬動天容。

純白齋類稿卷九

送蘇伯修南臺御史　胡助

九重明達選英髦，豸角峨峨展素操。才學久居文館盛，聲名更入憲臺高。風霜總避新

驄馬，冰雪相看古錦袍。建業青山真似洛，咨詢歷覽遍江皋。　純白齋類稿卷九

送蘇伯修淮東廉使　胡助

觀風使者輟朝紳，張祖都門柳色新。玉節光寒淮海月，瓊花香老繡衣春。岷峨文獻傳家學，山嶽威名廓吏塵。有美皇華臨遣意，澄清一道悦吾民。　純白齋類稿卷九

送蘇伯修侍郎赴淮東廉使　貢師泰

黄金臺上受新恩，還向長楊謁至尊。行殿曉寒須玉節，驛亭春暖簇朱幡。青蒲葉短烟波闊，黄柳枝長雪水渾。别後新詩好相寄，廣陵冠蓋接都門。　玩齋集卷四

送蘇伯修御史　黄溍

君别巃峰我獨留，又聞驄馬向南州。振衣忽若神仙去，落筆遥生草樹秋。封事皂囊須

亟上，藏書金匱待窮搜。北山猿鶴如無恙，爲報詩人已白頭。

金華黄先生文集卷五

送蘇伯修憲使　　黄　溍

久參法從侍凝旒，忽擁幨軺按列州。太史山川皆熟路，淮南草木自生秋。遥瞻龍節辭中禁，尚想鼇峰接雋游。樗散鄭虔無所用，幸搜巖穴副旁求。

金華黄先生文集卷六

蘇伯修往上京，王君實以高麗笠贈之，且有詩。伯修徵和章。因述往歲追從之悰，與今茲睽携之嘆云耳　　陳　旅

往年飲馬灤河秋，灤水斜抱石城流。青城文人來水上，揭謝蘇王（曼石、敬德、伯修、君實）皆與遊。顧予濫倚橋門席，日斜去坐鼇峰石。夜涼共飲明月樽，醉眠更聽馬頭笛。灤河九曲流濺濺，自我不見今三年。蘇郎又扈屬車去，佇望弗及心茫然。龍門峽中雲氣濕，山雨定洒高麗笠。别意遥憐柳色新，歸心莫爲鶗聲急。不才未許收詩垣，賦成何日奏甘泉。

人言凡骨難變化，爲我致意青城仙。

安雅堂集卷一　吴師道

滋溪書堂詩有序

滋溪書堂者，尚書蘇公伯修之先業也。蘇氏出趙郡，自公之高王父玉成翁教子以經，築堂於溪之北，因以名之。大父威如先生、考郎中府君一用家法爲教，藏書滋多。威如先生已有所論著。公資藉既深，承訓蓄德，始由胄監揚聲，踐歷華要，與纂修討論之事，於是遼金紀年、國朝名臣言行、文類等書，遂大行於時。夫以四世之積而發於公，亦既昭于前人，而公之嗜學購書不怠益勤，源遠而流長。後人又將藉公之積，不其盛哉！昔眉山之蘇，亦由趙而遷者，自老泉先生文公暨二子文忠、文定而下，又世有顯人，竊嘗歎其盛。乃今獲聞尚書公家世之懿，異時眉生不得專美，而斯堂之名將亘古而無窮也。因爲詩以頌焉。詩曰：

瞻彼滋溪，沄沄其流。昔也君子，於焉釣遊。滋溪洋洋，其上有堂。君子所營，遺書是藏。藏書之傳，有衍四世。緊尚書公，逢此盛際。既嚌其真，復擷其英。贊襄帝猷，藻飾皇明。用發也宏，由積之厚。浚疏深長，復以貽後。嘉名不忘，先烈是懷。書則日多，搆靡有加。欒城之墟，新市之墅。過者肅容，德人之宇。煌煌人文，山峙海儲。安得從公，以丐其餘。

吳師道文集卷一

分題賦鷄舌香送蘇伯修侍御之西臺　吳師道

彼美南州産，芳辛性不移。品登炎帝録，名著漢官儀。含液深滋舌，揚芳蔚吐辭。從官陪論列，微物得追隨。忽跨青驄馬，將違白玉墀。眷懷敷奏切，西上且遲遲。

吳師道文集卷六

和蘇公伯修曲阜新居落成詩　吳師道

聖皇尊御極，闕里重興文。宫寢新儀盛，牲醪特祭殷。祝辭宣上意，銘石逮臣勳。壇杏深凝露，林楷密蔭墳。鍾金聲九奏，衣布體三熏。執法親遺裔，言詩夙異聞。遺祠承寵渥，序宴洽恩勤。已定封公爵，仍增守廟員。山川方焜燿，天地正氤氲。豈比東都碣，□傳韓府君。

吳師道文集卷六

分題賦漢陽樹送蘇伯修參政之湖廣省

吴師道

江漢交流處，川原樹杳茫。晴光朝歷歷，暝色暮蒼蒼。陌上平如薺，烟中密布行。蔽虧城隱見，掩映屋低昂。秋引登臨興，春生戰鬬場。鳥聲樂林莽，牧地富耕桑。政府迎參預，儒紳動寵光。功懷神禹栢，愛詠召公棠。大别忻移棹，南樓想據床。慇懃與封植，清蔭被炎荒。

吴師道文集卷六

蘇伯修湖廣行省參政分題賦詩送行得洞庭波

宋　褧

秋風木葉下，送目人千里。洶湧趨東陵，潏蕩混南紀。天垂俱沈浮，霜落迺清泚。蛟龍怒未平，舟檝漫難理。蒼梧雲氣連，筀竹礒石磊。所恨礙君山，仍嗟愁帝子。予懷渺不極，客思浩然起。願令沅湘波，安流入江水。

燕石集卷二

蘇伯修右司滋溪書堂

宋　褧

滋溪溪水清如玉，堂中藏書高似屋。緗縹裝潢芸葉馥，遠過李侯三萬軸。上世遺安重教督，有美令孫克佩服。移書庋几置書腹，用之經濟且啓沃。尊經纘史雅志篤，屈宋徛官騷則僕。堂前山水秀且緑，堂中之書茲不辱。愧我四十鬢欲禿，文學事功俱鹿鹿。悲歡枯落悔不足，欲登君堂借書讀。燕石集卷三

送蘇伯修内翰南臺御史　宋褧

若人抱奇璞，柱史稱高情。含霜趨建業，踏雪過蕪城。奮彼澄清志，違此交友盟。相思祝餐飯，貞哉保令名。燕石集卷五

次前韻寄蘇伯修韓文雅　宋褧

園令常多病，嵇康欲絶交。遊魚躍江浦，宿鳥聚松梢。遠志何時遂，閒愁一昔拋。故人多顯達，阿閣鳳皇巢。燕石集卷五

和蘇伯修應奉上都試院夜坐韻　宋　褧

八月簾帷試夜寒，諸公文酒度更闌。然藜共喜臨天禄，分芋何勞問懶殘。誰許桂枝平地折，莫將花樣近來看。主司不是冬烘者，解送宜勝十政官。

蘇伯修修撰分院灤陽，衆仲陳君實王有詩送行，讀之灑然動人清興，走筆擬之　燕石集卷六　宋　褧

桑乾居庸南北京，峭山澗水相送迎。羨君於茲三扈從，憐我不得一經行。到時文酒度長晝，去日車馬奔新晴。龍峰清語應見念，使僕鄙吝心中萌。

次韻蘇伯修侍御樊川遊春　燕石集卷六　宋　褧

霄漢春深鬢有華，離愁望眼一時賒。裁詩不待灞橋雪，醉酒莫嗔韋曲花。渭北樹陰晴蓊鬱，終南雲氣暮週遮。帝城咫尺居庸翠，誰道癡呆不念家。

我別長安四見秋，當時風景如夢遊。含元殿下麥初老，興慶池頭波欲流。三春柳陰北

軒井，千枝柏暗南坊丘。而今祇是成追憶，疇昔無因得久留。

燕石集卷七

風流子　宋褧

至元四年七月二十又二日，蘇伯修侍郎舉一兒子。以予同年久交，且三子名梯雲、拏雲、步雲者方成童就傅，迺求做吾兒制名。遂名之曰乘雲。繼徵詞以紀，筆賦此以贈。兒已滿彌月矣，侍郎作湯餅會，併書呈席上諸公。

紺宇瑞烟浮。仙童小，高舉覓真游。霞絢九光，徘徊若木，日宣五色，照耀瀛洲。人争睹，翱趣絳闕，夭矯上崑丘。幾度驂鸞，蛾眉東畔，有時跨鳳，恒嶽南頭。何事暫夷猶。儘青冥遠攬，碧落奇搜，不數薰香嫵媚，傅粉嬌羞。笑襁褓襜褕，人間羊祜，桑弧蓬矢，地上齊州。剩費通家小字，袞袞公侯。

燕石集卷十

滋之水　奉題蘇氏滋溪書堂　傅若金

滋之水，濬且長。流安極，沛洋洋。

滋之涘，德所履。繽芬芳，萃厥美。
滋之水，澮而文。豐迺積，淑後昆。
騰聲詩，播金石。逾千祀，永昭德。
傅與礪詩集卷一

送蘇伯修侍郎分部扈蹕　傅若金

扈蹕千官出，分曹六職俱。侍郎精古學，議禮應時須。車蓋連諸郡，衣冠接兩都。勾陳嚴内拱，屏翳肅前驅。灤水開宮殿，龍門起畫圖。仗依雲氣肅，人望日華趨。馬酒來官道，駝羹出御廚。露疑金作掌，冰想玉爲壺。地絕分寒燠，天清習曉晡。會朝常咫尺，奏對祇須臾。舊俗懷周雅，今賢誦禹謨。愛君期得道，憂國況爲儒。久客嗟牢落，諸公念朴愚。路經南粵險，心戴北辰孤。汲引勞修綆，吹噓倚大爐。臨風思何限，相送勞勤劬。
傅與礪詩集卷七

題蘇伯修滋溪書堂　潘純

華屋書充棟，清溪樹拂簷。波光浮藻井，雲影亂牙籤。四世風流在，諸生禮數嚴。歸來謝賓客，長日下疎簾。

草堂雅集卷六

題伯修春風亭

潘　純

青陽動微和，條條原上來。緑池解輕冰，芳庭散香埃。粲粲桃李花，照耀初日開。永懷亭中人，春服宜新裁。

草堂雅集卷六

送蘇參政

高　明

日月垂光照海濱，東南聲教屬儒臣。九天雨露金甌重，萬里山河玉燭新。田野年豐多貢賦，江湖秋静息風塵。此行宣室須前席，贈有嘉謨爲上陳。

上苑東風珂珮鳴，宫鶯初囀隔花聲。天清北口烟塵淨，雲去西山雨雪晴。畿甸居民瞻奉使，衣冠國子拜先生。漢家張趙何須數，待看皐夔致太平。

天上神仙白玉京，烟花繚繞鳳凰城。端門日上紅雲動，太液春寒緑水生。封事曉當香案奏，奎星夜接泰階明。更看鼎鼐功成後，緑野堂深遂素情。

草堂雅集卷八

題蘇伯修春風亭

王沂

伊濱集卷六

退食清瑣闥，委蛇嘉樹林。如何試春服，還此集華簪。庭草皆生意，園禽自好音。寥寥千載上，俛仰會余心。

送蘇伯修侍郎扈蹕之上京

王沂

伊濱集卷九

晴川金鯉出芙蕖，持槖仙郎得句無。禮樂又新三代制，丹青應上兩京圖。雲端馴象扶雕輦，仗外明駞絡寶珠。擬待賜酺祠馬祖，華光星裏望驪駒。

和蘇伯修授經筵進講詩韻

王沂

元統千齡運，虞廷六府修。奎躔環列宿，虎觀奉宸旒。雲繞蓬萊仗，春回太液流。登瀛更寓直，稽古贊謀猷。共仰天顔喜，俄傳夕箭浮。化興周禮樂，技拙楚倡優。雨露承華蓋，神仙望彩舟。給符鳴玉佩，賜燕設王羞。青瑣歸應晚，雲臺議已酬。史臣書盛典，嘉應續陽秋。

伊濱集卷十

賦得灤河送蘇伯修參政赴任湖廣　周伯琦

清灤悠悠北斗北，千折縈環護邦國。直疑銀漢天上來，搖漾蓬萊雲五色。蛟龍變化深莫測，金蓮滿川浄如拭。鑾輿歲歲兩度臨，雨露同流草蕃殖。長亭短亭來往人，朝夕照影何嘗息。相君親授臨軒勑，紫騮嚼嚙黄金勒。却從江漢望龍岡，三疊晴虹勞夢憶。

近光集卷二

賦蘇伯修滋溪書堂　虞集

滋源恆伏流，春雨川乃盈。林疇廣敷潤，草木俱繁榮。臨深見遊鯈，仰喬有鳴鶯。君子樂在斯，齋居托令名。積學抱沉默，時至有攸行。抽簡魯史存，采詩商頌幷。禹穴追馬公，湘江歌屈生。紉蘭不盈握，伐木有餘情。浩然欲浮海，歸與還濯清。方舟我爲楫，白髮愧垂纓。

道園學古録卷一

送蘇伯修御史

虞集

新除御史南臺去，頓覺文星闕下稀。病起可堪江霧濕，信還莫待苑花飛。千年鳳鳥來阿閣，萬里鱸魚出釣磯。總道揚雄文最古，君知頭白久思歸。道園學古録卷三

題滋溪書堂

謝端

趙之川滹浸淶易，恆滱泜洨各異出，惟滋有溪亦是匹。或伏或見乃不容，不能百里滹是從，混混千里俱朝宗。子曩涉河觀湖江，踔雲蕩日怒擊撞，歸視子滋嶺之瀧。是滋名揚予所始，有田有廬水之涘，有堂三楹庳非侈。中經子史堂右左，高曾遺子以自課，子廼善繼志不惰。蒐金摭古抉怪奇，泓涵演迤吐爲辭，副墨往往傳京師。籯金青紫世所取，滋溪有源子有後，斯堂斯書可世守。國朝文類卷五

送蘇伯修由禮部侍郎赴淮東憲使

吴當

東曹禮樂竦朝端，忽奏皇華遣豸冠。五色文章金匱富，九天風露玉壺寒。江頭畫舫迎潮去，海上青山立馬看。二十四橋春似錦，飛花不到使君鞍。

學言稿卷五

雅琥

送蘇伯修御史之南臺

天上詞臣夐莫雙，乘驄此日莅南邦。梅花路近宜逢雪，桃葉波平好渡江。千里蒼生瞻繡斧，十州使者避旌幢。同袍知己如相問，已許閑身老北窗。

元音卷九

附録四　序跋著録

滋溪文稿三十卷兩淮馬裕家藏本

元蘇天爵撰。天爵有名臣事略，已著録。所作有詩稿七卷，文稿三十卷。其詩稿元百家詩尚録之，今未見其本。此爲其文稿三十卷，乃天爵官浙江行省參政時，屬掾高明、葛元哲所編。元哲字廷哲，臨川人，以鄉貢第一人舉進士。趙汸東山存稿中有别元哲序一篇，載其行履甚詳。高明字則誠，永嘉人，登進士第，調官括蒼郡録事。趙汸又有送高則誠歸永嘉序，卽其人也。天爵少從學於安熙，然熙詩文龘野不入格，天爵乃詞華淹雅，根柢深厚，蔚然稱元代作者。其波瀾意度，往往出入於歐、蘇，突過其師遠甚。至其序事之作，詳明典核，尤有法度。集中碑版幾至百有餘篇，於元代制度人物，史傳闕略者多可藉以考見。元史本傳稱其身任一代文獻之寄，亦非溢美。虞集賦蘇伯修滋溪書堂詩有曰：「積學抱沈默，時至有攸行。抽簡魯史存，采詩商頌倂。」蓋其文章原本由沈潛典籍研究掌故而而，不盡受之於熙也。

四庫全書總目卷一六七集部·别集類二十

適園叢書本跋

滋溪文稿三十卷，元蘇天爵撰。天爵字伯修，真定人。由國子學生試第一，釋褐授從仕郎、薊州判官，終浙江行省參知政事。事蹟具元史本傳。文稿三十卷，乃天爵官江浙行省參政時屬掾高明、葛元哲所編。元哲字廷哲，臨川人，以鄉貢第一人舉進士。趙昉東山存稿中有別元哲序一篇，載其行履甚詳。高明字則誠，永嘉人。登進士第，調官括蒼郡録事。趙昉又有送高則誠歸永嘉序，即其人也。有柔克齋集，内有送蘇伯修參政之京兆經三詩，可見蘇、高交誼。伯修之文長於叙事，集中碑版幾至百有餘篇，於元代制度、人物，史傳闕略者多可藉以考見。惟刻本未見，輾轉傳鈔，不無譌誤。此丁中丞藏本，又以盧抱經本對勘，又借得莫楚生觀察處元大字本後六卷殘帙校過。脱去兩行，譌錯數十字，悉爲訂正。然乞差官録囚一篇，亦不完矣。歲在柔兆執徐六月，吴興張鈞衡跋。

徐氏退耕堂刻本序

滋溪文稿三十卷，元真定蘇伯修先生天爵所著也。元自海宇未平，而許公魯齋、劉公静修崛起，爲一代儒宗。先生私淑静修，篤尊程、朱，以道德文章見重海内，名公巨卿多託其文以傳。而文亦淹雅閎博，近宋歐陽公，至其關一代典章人物之鉅，視歐陽氏功殆過之。顧其時海内已多故，未幾鼎革，是以其書雖出，流傳未廣。自明以來數百年，未嘗重梓，藏書家鮮有以刊本著録者，雖傳鈔未絶，而訛奪滋多，此非獨先生之不幸也。往歲因柯鳳孫同年得明寫本於南皮張氏，首有文襄圖記，藏弆有年。一日，出示武强賀性存、固安賈君玉，歎爲希寶，從臾付梓。兩君並博求他家寫本，及元刻殘本、四庫全書本，詳加校讎，再逾年蕆事。遂使數百年學者徵求不可得之大文，昭布天壤，謂非快舉也邪。嗟乎，自宋氏南遷，大河南北陷于金源，戎馬之餘，學者轉徙無所，後生無所承受，北學之傳，不絶如綫。洎元氏入主中夏，崇禮教，尊儒士，躋許、劉二公於賓師之位，以正學爲天下倡。故典章制度雖有疏畧，而學風純懿，民俗樸厚。百年之間，上之所教，下之所學，一以程、朱爲主，終元之世不改。生人隱受其惠，聖教亦賴以不衰。先生踵起於許、劉二公之後，究心國故，潛心史事，兢兢焉以古昔賢聖爲依歸，以表章先哲爲己任，故其文皆隱然有關世運，後之修史者取資焉。竊嘗謂有元一代之文，若虞、楊、范、揭諸家尚已，先生獨以一身繫文獻之重，其裨於國故民生者實鉅，又非徒以文章角勝於一時已。民國二十年十月，天津徐世昌。